僕らはとびきり素敵だった

イムボロ・ムブエ

波佐間逸博 訳

風響社

How Beautiful We Were

Imbolo Mbue

僕らはとびきり素敵だった

イムボロ・ムブエ
波佐間逸博訳

目次

闇の中を歩く人々は大いなる光を見た。死の陰の地に住む人々の上には、光がさしていた。

——イザヤ書九章二節

僕らはとびきり素敵だった

私の素敵な、素敵な子供たちへ

僕たちは、もうこれでおしまいだってことに気づいていなかったんだ。気づかないなんてありえなかったのに。空が酸を降らせ、川が緑に変色し始めたとき、僕たちの土地がまさにいま息絶えようとしていることを、見過ごしてはならなかったのに。でもよくよく考えてみると、あの連中が僕たちに気づかせまいとしていたあの状況では、どうやっても気づけなかったんじゃないだろうか。僕たちがふらつき、よろめき、倒れ、かぼそい小枝みたいにぽきんと折れ始めたとき、あいつらは僕たちに「こんなことはすぐに終わりますから」「すぐにみなさんの体調はよくなりますからね」と言った。連中は村の集会にやって来て、状況を説明してくださいますかと僕たちに求めた。彼らを信じなければならない、あいつらは僕たちにそう言った。

　彼らの顔に唾を吐き、最もふさわしい名前をつけてやるべきだったんだ。偽善者、野蛮人、恥知らず、悪魔というふうに。彼らの母親や祖母を呪い、父親に罵詈雑言を投げつけ、口にするのもおぞましい災いがあいつらの子供たちに降りかかるよう祈るべきだったのだ。僕たちは彼らを憎み、彼らとの集会を憎んだが、集会には欠かさず参加した。八週間ごとに村の広場に出かけていっては彼らの話を聞いたんだ。僕たちは死にかけていて、なすすべがなかったから。僕たちは怯え、集会にしがみつくしかなかった。

　彼らが指定した集会の日、僕たちは議論をひと言も聞き逃すまいと、学校から走って帰ってきて、いそいそと家の雑用をこなした。井戸から水を汲み、家の敷地をうろついている山羊や鶏を竹で拵《こしら》えた囲いに追い立て、前庭に落ちている葉や小枝を掃き集めた。夕食後には山のように積み重なったお皿と鉄鍋を洗った。集会が始まるまでけっこう時間はあったけど、僕らは小屋を出た――立派なスーツを着て、ぴかぴかに磨きあげた革靴を履いたあの連中が広場に足を踏み入れる前に、そこに到着しておきたかったからだ。母さんたちも早々と駆けつけた。父さんたちも。ビッグリバーの向こうの森でやってた仕事を途中で切り上げて。手のひらと裸足の足は、汚染された大地の土にまみれていた。明日になればまた仕事が待っているよ、だけど、ペクストン社の男たちの話を聞く機会はそうそうないからね、と父さんたちは言った。慈悲深くも残酷な太陽の下で何時間も働いてへとへとになり、もう体に力が入らなくなっているというのに、集会にやって来たんだ。話し合いには全員が参加しなければならない、父さんたちはそう考えていた。

来てないのは、村に住んでいる狂人のコンガ一人だけ。コンガには僕たちの苦しみなんか、どこ吹く風だった。いま世間で何が起きているのか、これから先何が起きるのか、そんなことにはお構いなく日々を送っていた。彼は、僕たちが何かに追い立てられるように早足で歩を進めるのをよそに、学校の敷地でいびきをかき、よだれを垂らして寝ていた。そうでなければ目を閉じて、寝返りをうちながら体を掻き、何やらぶつぶつ独り言を言っていた。精霊が支配し、人間は無力であるような世界に彼は一人で閉じ込められていたんだ。ペクストンのことなんて知る由もなかった。

僕たちは広場で、太陽が沈んでいくのを静かに見守っていた。僕たちの苦しみは美しい落日の光によって鮮明に照らしだされた。僕たちが見守る中ペクストンの男たちが、村長であるウォジャ・ベキの用意したテーブルにブリーフケースを置いた。彼らはいつも三人だった。僕たちはそれぞれ「丸い人」(僕らが蹴り合って遊ぶボールみたいな丸顔)、「病気の人」(背広がぶかぶかで、痩せ病か何かに冒されていて、今にも死にそう)、「リーダー」(話をするのは彼の役で、他の二人は頷く役だった)と呼んでいた。彼らがブリーフケースを開き、仲間内で書類をまわし、口もとを手で覆い、聞かれてまずい話を耳打ちし合う様子を、僕らは小声でつぶやき合いながら見守っていた。祈るような気持ちで、良い知らせがもたらされるのを待ち望んでいた。ペクストンの男たちがふと話やめて村人たちを眺めまわしたりすると、僕らは彼らの意図や考えを推測し、小声で会話を交わした。彼らの目の前には、僕らの父さんやおじいさんがスツールに腰掛けていた。その背後の一列目には、子供を失くした親や、致死的な病気に罹っている子供たちや、その子供の親たちが並んでいた。さらにそのうしろには、祖母たちや母親たちが赤ちゃんを静かにあやしながら、マンゴーの木の下にいる僕たちがおかしな物音を立てないよう目を光らせていた。若い女性たちは何度もため息をつき、首を横に振った。若い男たちはうしろの方に集まっていた。口をきつく結び、怒りに震えて立っていた。

僕たちは息を吸い込み、息を止め、それから息を吐き出した。僕らは、名前も治療法もない病気で亡くなった人たちのことを思い浮かべた。ペクストンが採掘にやって来たその日から土地の水や空気や食べ物に蓄積した毒によって命を落とした僕たちの兄弟、いとこ、友達のこと。あの連中が僕たちの目を見て、そこから何かを感じ取ってくれることを心から期待した。僕たちは子供だ、彼らの子供とどこも変わらない。そのことをわかってほしかった。そのことに気づいていたとしても、彼らは顔色ひとつ変えなかった。ペクストン社の良心には一点の曇りもない、と弁護することが彼らの目的だった。僕らのことなんて二の次だったんだ。

ウォジャ・ベキが前に出てきて、参加者全員に感謝の言葉を述べた。

「親愛なるみなさん」と、誰も見たくない歯を見せながら彼は言った。「望むものを求めなければ、決してそれを手に入れることはできません。おなかの中のものをちゃんと外に出さないと死んでしまう、それと同じことじゃありませんか？」

僕たちは何も答えなかった。彼の言葉になんか誰も興味なかった。彼があいつらの側の人間であることを僕たちは承知していた。彼は僕たちのリーダーであり、僕たちと共通の祖先をもつ子孫の一人だけれど、彼にとって僕たちは無価値なのだと、ずいぶん前から僕らにはわかっていたんだ。ペクストンは金で彼を懐柔した。そして、彼は僕たちの未来をあいつらに売りとばした。僕たちは一部始終をこの目で見てきたし、この耳で聞いてきた。ペクストンが彼の妻たちを丸々と太らせ、首都にいる息子たちはあいつらの口利きで職にありつき、彼には現金の入った封筒を握らせた。僕らの父さんやおじいさんたちは否定しようのない証拠を揃え、彼に詰め寄った。けれど、こっちにはちゃんと考えがあるんだ、だから私を信じてほしいと彼は泣きついた。自分の行動はすべて我々の土地を取り戻すための作戦なのだ、と。精霊に誓って言うが、私もみんなと同じくらいペクストンを憎んでいる、そんなこと当然じゃないか、と彼はコップ二杯分の涙を流しながら言った。若者たちは彼の殺害計画を立てたが、長老たちがそれに気づいた。そして、彼の命をどうか助けてやってくれまいか懇願した。すでにいやというほど数多くの者たちが死んでしまったのだから、と長老たちは言った。もう墓を作る場所もない、と。

ウォジャ・ベキは僕たちをじっと眺めた。あいかわらず気持ちの悪い歯茎をむき出しにして。見たくもないのに、どうしてもそれは目に入ってきた。彼の顔に目をやると、真っ先にそれが目の中にとび込んできた。夜の最も暗い時間のように黒く、まだらにピンクが散りばめられた歯茎には、斜めに傾いた茶色の歯がすき間をあけて並んでいた。

「我が最愛のみなさん」彼は言葉を続けた。「羊でさえも、飼い主に自分の欲しいものを伝えることができます。だからこそ私たちはこうしてふたたびここに集まり、対話をつづけているのです。ペクストン社の心ある代表者の方々が、私たちとの話し合いを持つためにこの場に戻ってきてくれたことに感謝します。伝言係を使うのもひとつの手ではありますが、直接対話できるならそれに越したことはありません。これまでに多くの誤解がありました。しかし、この集会が我々を問題解決に導いてくれることを願っています。この夜を境に、私たちとペクストン社が良き友人になる方向へつきすすんでいくことを願っています。友情とは本当に素晴らしいものですよね?」

僕たちはあいつらを友人なんて呼べるわけがないと思ったけれど、それでも何人かうん、うんと頷いていた。

僕たちの村は夕暮れに美しく照らしだされた。僕たちの顔はまるで何ひとつ苦悩がないかのように輝いた。おじいさんやおばあさんたちは穏やかな表情を浮かべていたが、内心は穏やかでないことを僕たちは知っていた。これまでにさまざまなことを目にしてきた彼らにとってもまさに前代未聞のことがいま起きているのだから。

「それでは、はるばるベザムからいらっしゃったペクストン社のほまれ高き代表者の方々から、もう一度お話を伺いましょう」ウォジャ・ベキはそう言って、自分の席に戻った。

〈リーダー〉が立ち上がり、僕たちの方へ歩いてきて、広場の中央に立った。

彼は数秒間、僕たちを見回した。頭を斜めに倒して、やけにほがらかな笑顔を浮かべていた。まだ僕たちが知らされていない素晴らしいニュースがあって、それで彼もなんだかうれしくなっているのかもしれない、そう思わせるような笑顔だった。僕たちがいっせいに歌いだし、踊りあがってしまうような言葉が彼の口からとび出すのを、僕たちはじっと待った。ペクストンは奇病もろともここから撤収することに決めました、と彼が告げるのを僕たちは期待した。

彼の笑顔は大きく広がり、やがて小さくなり、それから僕たちの顔に注意の焦点を合わせた。神妙にしている僕らを眺めた。彼はいかにも満足げに話し始めた。こんな美しい日にコサワに戻ってこられるなんて幸せです、と彼は言った。なんてうるわしき夜でしょう、遠くに半月が浮かび、完璧なそよ風が吹いています、あれはスズメが声を合わせて鳴いているのでしょうか、なんて輝かしい村なのでしょうと彼は言った。そして、集会にご参加いただき感謝します、みなさんとこうしてまたお会いできてうれしく思いますと言った。コサワには、信じられないほどたくさんのかわいらしい子供たちがいますねと彼は言った。「みなさんの身に起こったことについては、本社の人たちも気の毒に思っています」という彼の言葉を、僕たちとしては信じるしかなかった。みなさんがふたたび健康で幸せな生活を送れるように、いま問題の解決に全力を尽くしています。まるで僕たちが待ち望んでいた吉報を届けているかのように、彼は微笑みをたやさず、余裕しゃくしゃくの口ぶりで語った。

　僕たちはほとんどまばたきもせず彼を見つめ、前にも聞かされたまやかしに耳を傾けた。ペクストンの経営陣が僕たちのことにどれほど心を砕いているかというたわごとに。大統領閣下の政府高官たちがひどく胸を痛め、首都にいる何百人もの人々が僕たちにお悔やみの言葉を伝えてほしいと言っているという作り話に。「彼らはニュースで誰かが亡くなったと知るたび、みなさんとともに悲嘆に暮れています」と彼は言った。「もうすぐすべてが解決します。みなさんの苦しみが終わるんです。そうですね?」

　うん、うんと〈丸い人〉と〈病気の人〉は頷いた。

「ペクストン社と政府はみなさんの仲間です」と〈リーダー〉が言った。「たとえみなさんがこれ以上ないというくらいの不幸に見舞われた日でも、ベザムにはみなさんのことを考えみなさんのために頑張っている者がいるということを決して忘れないでください」

　僕たちの母親や父親は、いったいいつになれば空気や水や土地が元通りきれいになるのか、その具体的な説明を求めていた。「我々が何人の子供を埋葬したか、お前たちは知っているか」と一人の父親が叫んだ。彼の名前はルサカといい、彼自身、二人の息子を亡くしていた。僕たちは息子たちの葬儀に両方とも出て、涙を流した。彼らの遺体は見たこともないくらい真っ黒な肌をしていた。しばらくすると皮膚とともに土に還ることになる、真っ白のシャツを着せられていた。

　ルサカの次男の、亡くなったワンビは僕たちと同い年齢《どし》で同級生だった。

　ワンビが亡くなってから二年が経っていたけれど、今でも彼のことはかたときも頭から離れなかった――算数の成績はトップで、いちばん物静かな少年だった。咳が出ていないときはということだけれど。僕たちを全部合わせれば、何世紀も生きてきたことになるわけだけれど、彼のような咳は誰も聞いたことがなかった。咳の発作が起こると、彼は目を潤ませ、背中を弓なりに曲げ、体を支えるために何かにつかまらなくてはならなかった。それはむなしく、心痛む光景だったけど、そこにはこっけいなものがあった。僕たちは、体重の重い男が尻餅をついたときみたいにげらげら笑った。君のお父さんは治療師の小屋がどこにあるのか知らないのかい。僕たちは言った。健康な子供特有の屈託のない笑い声を上げながら。僕たちは、その後すぐ自分たちの身体にも咳の発作があらわれ始めることに気づいていなかったんだ。そんなことが自分たちの身に起きるなんて、誰が想像できただろう。僕らの仲間たちが耳障りなひどい咳と発疹と熱にしつこく苦しめられ、それが死ぬまでつづくことになるなんて。頼むから、そんなひどい咳をして寄ってこないでよ、と僕たちは何度もワンビに言った。けれどあとになって、それはただのひどい咳なんかじゃなかったんだってわかった。汚れた空気が彼の肺を満たし、じわじわと毒が体中にまわっていったんだ。そして、それは別の何かに変化した。そんなこととは知らずに、ワンビは亡くなった。

僕たちは彼の棺を囲んだ。流れる涙で言葉が溺れ、ろくにお別れの歌をうたうこともできなかった。数人の父親たちは、気を失ってしまった僕たちを墓地から家まで運ばなければならなかった。ワンビの死から五か月もたたず、さらに二人の仲間が亡くなった。生き残った僕たちは自分たちにも死が迫ってきていることにおそれおののいた。次はきっと自分たちの番だと思った。あるいは、自分が最後まで生き残り一人ぼっちになってしまうかもしれないと不安に怯えた――同じ歳の友達がみんな死んでしまう。舌を出して一緒に雨粒を味わうことができる、同じ背格好の友達が誰もいなくなってしまう。広場で一緒に遊ぶ相手はどこにも見あたらず、果汁したたるマンゴーの分捕り合戦を繰り広げるライバルがいなくなってしまう。

僕たちは熱が出たり、まわりで誰かが咳をしたりすると、死んだ友達のことをいつも思い出した。闇夜にまぎれてやってくる泥棒みたいなこの病気が今、一軒一軒の小屋の上を浮遊して中に入る好機をうかがい、僕らの家の中の誰かを感染させてしまうのではないかと僕たちは恐れをなしていた。この病気は子供の身体を好んだ。だけど僕たちは家族のことを心配した。小屋の中で最初にこの病気に冒された人が他の家族に感染させ、そしてその人がまた別の家族に感染させ、やがて家族全員がこの病気に罹り、次々と、あるいはいっぺんに死んでしまうんじゃないか、と。いや、やっぱり一人ずつ、年老いた者が最初に死に、その後だんだん幼い子たちが死んでいくのだろう。だとすると、僕たちは村中の人々をみんな埋葬し終えるまで、いちばん最後に死の順番がめぐってくるまで待たされることになる。夜、そんな不安が僕たちを眠りから遠ざけた。

たまらなく嫌な気分だった。恐怖の中で眠り、恐怖の中で目覚め、一日中、恐怖を呼吸していた。母さんや父さんは精霊が僕たちを導き守ってくれるから心配することはないよと言うが、何の慰めにもならなかった。精霊に守られていたあの子たちは最終的にどんなことになったか？　それでも、親たちが――父さんは夜、僕たちがおやすみなさいと言うとき、母さんは朝、僕たちが悪い夢を見て泣きながら目覚めたとき

──安心させようと言葉をかけてきたとき、僕たちはいつだってこくんと頷いてみせた。親が嘘をつくのは、僕たちの気持ちを落ち着かせたい一心からだ、とわかっていたから。僕たちが悪夢を見ないで済むようにと。熟睡して目を覚まし、朝食を食べたあと、子供らしく元気いっぱいに学校まで走っていけるように。新しく人が死ぬたび、親たちの偽りの言葉が僕らの耳に吹き込まれた。自分たちの小屋でまた誰かが亡くなる。隣の小屋でまた誰かが亡くなる。僕たちよりも小さくて、人生を味わう時間がほんのわずかしかなかった赤ちゃんや幼児たちがまた一人亡くなる。死ぬのはいつも決まって僕たちの顔なじみの子供たちだった。僕たちは子供心に、死が公平であることを知っていた。

──

お願いです、なんとかしてください、とおばさんの一人が〈リーダー〉に向かって叫んだ。その腕には赤ん坊が抱かれていた。ぐったりしている。毒のせいだ。赤ん坊は村の井戸水の汚染物質に対して、ペクストンの油田から井戸水へ染み出していった毒に対して、まるで無力だった。臨時的な措置としてペクストンから安全な水を送ってもらえないだろうか、せめていちばん幼い子供たちだけにでも、と父親の一人が訴えた。〈リーダー〉は首を振った。それは以前にも伺いました。彼は深呼吸をした。お決まりの返事をするために小さな間をあけた。ペクストン社は企業として水の供給はおこなっていませんが、みなさんの問題は看過できません、ですから私が本社の人間にかけあいます、そうすればみなさんの要求は水道事業を管轄する政府の機関まで届くでしょうし、さらに私たちは政府側の見解を聴取してきます。前回も〈リーダー〉は同じことを言っていたじゃないか。おじいさんがそう言った。いったいベザムの役所は伝言の受け渡しにどれだけ時間を費やすんだ。とても長い時間が必要なのです、と〈リーダー〉は答えた。

母親たちの中には泣き出してしまう人もいた。涙を拭いてあげたいと僕たちは思った。

若者たちが騒ぎ始めた。俺たちはベザムまで行って抗議する、そしてあんたたちの本社を焼き払ってやる、と彼らは言った。お前たちが俺たちを痛めつけるのと同じように俺たちはあんたらを痛い目に遭わせる。

ペクストンの男たちはただ静かに微笑んだ。そんなことできっこないと彼らにはわかっていた──僕たちにもわかっていた。万が一ペクストンに危害を加えようものなら、大統領閣下の手でこの村の若者たちは一人残らず始末され、僕らの村の衰退がいっそう加速するだけだ、と。

それは、すでに僕たちが目の当たりにしたことだったんだ。

前の年の初め、ラフィアのバッグに水と乾燥食品を入れ、ベザムへ出かける六人の男たちを僕たちは見送った。僕らの仲間のスーラの父さんが率いる一行は村人たちに「どんなことがあっても、政府とペクストンに、我々の土地をペクストンが来る以前の状態に戻すと約束させるからね」と言った。僕たちはスーラとともに、彼女の父親や他の男たちが帰ってくるのを来る日も来る日も待ちつづけた。六人の男たちは僕たちのご近所さんや親戚だった。彼らのうち三人は子供が病気だった。十日たっても彼らは戻ってこなかった。僕たちは彼らが投獄されたのではないかと疑い始めた。いや、もっと悪いことが起きたのかもしれない。六人を探し出すため、別のグループが作られベザムに赴いたが、なんの収穫もなく帰ってきた。数か月後、村との初めての話し合いの場にペクストンの男たちが来訪した。その一回目の集会で、長老たちが消えた男たちはどこにいると思うかと質問すると、〈リーダー〉は見当もつきません、この国の市民の消息についてはペクストン社はいっさい関知しておりません、もちろん我が社の労働者なら事情は異なってくるのですが、と答えた。

その日、つまり一九八〇年十月の夜、〈リーダー〉はお仕着せの微笑を顔に浮かべ、ペクストンはあなた方の友人ですとくり返した。そして、犠牲がともなうにせよ、僕たちの土地にペクストンが関心を傾けた過去を、僕たちは誇らしく回顧することになるだろうと言った。

他に質問はありませんか、と彼が聞いた。

質問は出なかった。僕らが最初に抱いていた期待は失望に変わり、もう何も言う気にもなれなかったんだ。彼はにっこりとどめの笑顔を作り、「ご出席いただき感謝します」と言った。〈丸い人〉と〈病気の人〉が書類をブリーフケースに片づけ始めた。黒いランドローバーの運転手が、彼らをベザムの家まで送り届けるために、僕たちには想像もつかないような清潔な生活用品や贅沢な品々に囲まれた生活に送り届けるために、学校のそばで待っているのだ。

ウォジャ・ベキが立ち上がって僕たちに謝辞を述べた。彼は僕たちに別れを告げ、八週間後に開く集会にも参加するようにと言い添えた。では、ごきげんよう。

いつもの夜だったら、僕たちは村の広場をあとにして、家路についていただろう。

みんな無言で暗闇の中を歩き、頭から足先まで容赦なく息苦しい絶望に浸されていたことだろう。うつむいてとぼとぼ歩きながら、希望なんか抱いてしまった自分を恥じていたはずだ。耐えがたい存在の軽さに打ちひしがれていたはずだ。

いつもの夜の集会だったら、僕たちはあいつらにまったく手出しできないのに、彼らの方は僕たちのことをどうとでもできるんだ、なにしろ彼らは僕たちを所有しているのだから、と改めて思い知らされていたはずだ。彼らの言葉は、ある事実を僕たちに再認識させるという、たったひとつの目的のために機能していたことだろう。僕らがあずかり知らない三十年前のある日、ベザムで、僕たちが誰一人として参加していない会議が開かれ、そこで、僕たちを政府がペクストンに売り渡した事実を。僕たちの土地と水は紙切れ一枚で彼らの手に渡ったのだ。自分たちが彼らのものになったことを僕らは身にしみて思い知らされたはずだ。とっくの昔に僕たちは敗北したという事実をが僕らの胸に突き刺さったことだろう。

けれどもその夜、奇妙なほど空気が静まり返り、コオロギたちもやけに静かだったその夜、僕たちは家路につきはしなかったんだ。立ち上がって、おやすみなさいと言おうとしたとき、集会場の後方がざわめいた。会議はまだ終わっていないぞ、これからだ、座っていろ、という声が聞こえた。僕たちはあたりを見回した。長身で痩せっぽっちの男がそこに立っていた。髪はもつれ束状に固まり、身につけているのは穴だらけのズボンだけ。僕たちの村に住む狂人のコンガだった。

学校の敷地からこの広場まで全力で走ってきたらしく、荒い息をついていたが、いま彼ははちきれんばかりの活気に満ちていた。いつもの無気力な姿は影も形もなかった。普段の彼はふらふらと村を歩き、見えない友人と笑いころげ、他人の目には見えない敵にむかってこぶしを振りまわしていた。ほの暗い光の中で今彼の目はらんらんと輝いていたのが見えた。気持ちが高ぶっているらしいことは、誰の目にも明らかだった。興奮を抑えきれない様子で彼は集会場の前まで走り出た。僕たちはおたがいの顔を見合わせた。呆気にとられ、言葉を失った。コンガはいったいどうしちゃったんだ。

〈リーダー〉のうろたえている姿を僕らは初めて見た。彼はウォジャ・ベキの方を向き、コンガはいったいどういうつもりなのかと聞いた。——話し合いが終わろうとしているときに、どうして狂人がしゃしゃり出てくる? 口がきけなくなっているウォジャ・ベキも初めて見た。彼はコンガのほうに顔を向け、呆然と立ち尽くしていた。

僕たちの前には、村の狂人が、今まで見たこともない姿をして立っていた。

コンガはこの世界を我がものとして支配しているかのように、ペクストンの男たちにむかって「座れ」と吠えた。男たちにはコンガの言葉が聞こえていなかった。あたかも彼らの耳は穴の中までこってりと蝋で塗り固められてしまっていて、音なんかまるで届かないとでもいうように。集会はまだ終わっていなかった。始まったばかりだったんだ。

〈リーダー〉はコンガの挑発にいきりたち、ベザム仕込みの礼儀作法をかなぐり捨て、ペクストン社の代表である自分にむかって狂人ごときがよくもまあそんな口のきき方ができるものだな、と吠え返した。コンガはくすくす笑って、相手が誰であれ、自分には好きなように話す権利があると答えた。答えを聞くや否や〈リーダー〉はくるっとウォジャ・ベキの方に振り向き、どうしてお前はうすのろみたいにつっ立って、この薄気味悪いぼんくらを野放しにしている、と言った。コンガは盛大な音を出して咳払いをし、喉にからんだ異物を口中でもごもごとひとつにまとめ、その濃い黄色の痰と思われるものを、〈リーダー〉の両足のあいだにぺっと吐き捨てた。

僕たちはごくりと息を呑んだ。コンガはあの連中が何者かわかっているのか。自分が取り返しのつかないことをしているとわかっているのか。

〈リーダー〉はコンガを、次に僕たちを、そしてふたたびコンガをねめつけた。彼は部下にブリーフケースを持てと合図を送った。彼らはブリーフケースを持ち上げ、回れ右をして、立ち去ろうとした。僕たちはほっと胸をなでおろした。やれやれ、どうやらこれで波乱の一幕はおしまいだ。だけどさ、いったいどうやってあんたらベザムまで帰るつもりだ、とコンガが男たちに疑問を投げつけた瞬間、僕たちの胸の安らぎは吹き飛び、無秩序きわまりない混乱に陥った。代表団はびっくりするというよりもわけがわからんというような顔つきになって振り向いた。

その後、事態は予期せぬ展開を見せた。ペクストンの男たちや村人たちが見ている前で、なんとコンガはズボンの中に手をつっこんだのだ。母親や祖母たちは目を覆った。女性が目にしてはならない行為をコンガがやり始めたと思ったからだ。「もしもコンガが目の前で始めても、絶対に見るんじゃありませんよ」と日頃子供たちに言っていた行為を。

僕たちは目を見開き、コンガがズボンの中で何かをいかにも愛おしげに撫でているのをしかと見つめた。コンガは唇を開け、それをゆっくりと大きく撫でさすっていた。彼の手は、これみよがしにそれを愛撫していた。そして、彼はそれをいかにも気だるそうに外に引っ張り出し、それをつまみあげて見せた。彼は男たちにこれはお前たちのものかと尋ねた。僕たちも、あの連中もかっと目をむいた——あの三人は狂人の手の中に、金色に輝く車のキーが握られているのに気づいた。

誰も事態が呑み込めず面食らっていると、「運転手はどこにいるんだろう」とコンガがペクストンの男たちに尋ねた。運転手はいつも集会のあいだ、車の中で待っていた。しかし、車のキーはコンガの手にある。いったい運転手はどこにいるのか。コンガは何も言わなかった。コンガはただ笑みを浮かべていた。手に持っているこのキーは間違いなく彼らの車のキーだ、学校に戻っても運転手はいないぞ、と彼は言った。

僕たちはいっせいに口を開いた。いったい何があったんだ。あいつは何をしたんだ。

ウォジャ・ベキは口ごもりながら〈リーダー〉にペコペコ頭を下げた。コンガは頭のおかしなゲームをしているだけなのです、脳みそがないコンガには、そんなゲームを高潔な代表団の方々はおやりにならないということがどうしてもわからないのであります、どうぞご容赦くださいと彼は言った。もちろん、運転手は無事で、車の横に立って待っているはずです。もちろん、コンガはすぐにキーをお返しします。村民を代表して、心から深く深くお詫び申し上げますので、〈リーダー〉様、なにとぞお許しください。私たちの大切なお客さま方に対して失礼を働く者は、この村には一人もおりません。ベザムまでどうかご無事でご帰還されますよう、心からお祈り申し上げます。コサワの全住民は、皆様のいま一度のご来訪を心より――

黙れ、引っ込んでろ、とコンガがウォジャ・ベキに言った。

僕たちはフーフーと歓びの声をあげたくなった。とびあがって手のひらを打ち鳴らしたくて、体がうずうずした。だけど、ぐっとがまんした。僕たちはいま驚くべき出来事を目の当たりにしている。その成り行きに水をさすようなことは絶対しちゃいけない。

コンガはまるで星と交信しているみたいに目を空に向けた。空から地上へ視線を移し、ペクストンの男たちにむかって、あんたたちは今夜ベザムに帰りつけないぜと言った。〈リーダー〉と〈病気の人〉と〈丸い人〉は顔を見合わせ、けらけら笑った。笑わせるじゃないか、気の狂った男が俺たちを人質にすると脅している。僕たちもちょっと面白いと感じたけれど、笑わなかった。コンガがもう一度、しかし今度はゆっくりと明確な声で同じことを言ったから。諸君、今宵はコサワで我々と一緒に過ごしてもらうよ。

コンガは本気で言っているのだ。口ぶりからわかった。〈リーダー〉もそれを察したのか、けらけら笑いをぴたりとやめた。困ったような表情を浮かべて僕たちを眺めた。そして、いったいこの頭のおかしな男は何を言っているのかと僕たちに尋ねた。彼の声音は、話しているあいだに、哀願から命令へと次第に変化していった。彼は何がなんでも僕たちに返答させようと躍起になっていたんだ。

僕たちは沈黙を貫いた。

〈リーダー〉はコンガをにらみつけた。ペクストンの男の鼻孔から、怒気がどっと噴き出した。だが、彼は立場上、怒りの感情を押しとどめておかなければならなかった。彼は心もち上ずった声でコンガに言った。どんなゲームか知らないが、お遊びはこれまでだ、キーをよこせ、手荒な真似はしたくない、そうなればこの夜は台無しだ、そんなことにはしたくない、コサワをペクストン社は親身にケアしてきたのだから。だから、速やかにキーを渡せ、すべて水に流してやるよ、それが最善だ。

僕たちは、コンガが従うとは思わなかった。ところが彼のとった行動は僕たちの想像を上回るものだった。彼は〈リーダー〉をひとしきり凝視したあと、せせら笑い、それから爆笑し、しばらく笑いころげた。

〈リーダー〉はウォジャ・ベキの顔を見た。ウォジャ・ベキはがっくりとうなだれた。

「あいつからキーを取り返せ」と〈リーダー〉は村長を怒鳴りつけた。

ウォジャ・ベキはみじろぎもしなかった。〈リーダー〉がなぜわざわざウォジャ・ベキにこんな指示をするのか、僕たちにはその訳が理解できた――〈リーダー〉は自分や部下が下品な狂人に直接手を触れ、自分たちの高貴な人格を貶《おとし》めるようなことはしたくないのだ。

「あのバカからキーを奪え」と〈リーダー〉はふたたび叫んだ。

ウォジャ・ベキはその場で凍りついていた。ベザムの偉い人たちと目を合わせるのを恥ずかしがっているのか、怖がっているのだろう（可能性としてはこっちの方が高い）。

その後、僕たちがずっと夢見ていたこと、そして、夢の中で見ると、笑いがこみあげてきて、眠りから目覚めてしまうことが現実に起きた。だけど、現実としてそれを目の当たりにしたとき、僕たちはけっこうな衝撃を受けてしまったんだ。

コンガは笑うのをやめ、ウォジャ・ベキに近づき、彼の顔にぺっと唾を吐きかけた。僕たちはくすくすと笑った。ある者はぎょっとして息を呑んだ。またある者は半分目をつぶった。ウォジャ・ベキは頭を上げず、唇を直撃した唾をぬぐった。

〈リーダー〉はウォジャ・ベキには目もくれず、今や手足をバタバタ動かす怒りと困惑の塊になってしまい、その場にいる全員にむかってまた叫び始めた。この狂人からキーを奪い取らんか、今すぐにだ、さもなければとんでもないことになるぞ。

僕たちは誰一人、動かなかった。黙りこくっていた。

コンガに手出しできる者なんかいないのだ。誰も〈リーダー〉にそのことを伝えようともしなかった。コンガが何をしようと、コンガがどれほど僕たちをこきおろし、傷つけ、恐怖に落とし入れようとも、彼には手出ししてはならないんだ。コンガみたいな人はそっとしておかないといけない。僕たちはそのことを〈リーダー〉には言わなかった。狂人に余計な手出しをすると最悪の呪詛を招くことになるんだ。何十年ものあいだ誰もコンガに触れたことがないし、この先も誰も彼に触れることはない。

もし〈リーダー〉が腰を下ろして僕たちと膝をつき合わせていたなら、コンガのことを話して聞かせていたと思う。僕たちがコンガのことをからかうたびに親たちから聞かされたあの話を。僕たちが彼のあとをついてスキップしながら村中を巡っているところを捕まるたびに僕たちが聞かされた話を。彼の髪がもつれ合ってマットみたいに固まっていることを笑い、一本しかないズボンのことを笑い、泥が入り込んだ爪のことを大笑いするたびに親たちに聞かされたあの話を。僕たちは〈リーダー〉に、コンガは生まれつきの狂人というわけではなくて、今となっては信じられないかもしれないけれど、実はあるときまでは、それはそれは見事なハンサムな男の人だったんだよ、と話して聞かせていただろう。

もし〈リーダー〉に質問されていたら僕たちはこう答えていたと思う。僕たちがまだ生まれていなくて両親がちょうど今の僕たちくらいだった頃、村にはコンガの妻になりたいと思っている女の子たちが何十人もいて、彼みたいに彫りが深くて手足がすらりと伸びた息子を産むことを夢見ていたんだよ、と。ずいぶん前に亡くなったコンガの両親も、一人っ子だった彼のもとに生まれてくる孫のことを想い、夢をふくらませていたんだ。彼は立派な農夫だったし狩人としても秀でていた。腕のたつ魚獲りでもあった。親たちの話では、コンガは何をやらせても上手にやってのける男だったという。彼には素晴らしい人生を送る資格があった。ところがある暑い日のこと、たくさんの声がコンガに話しかけてきたんだ。その声はいつまでもつづいた。彼はいいかげんにしろと言った。コンガは両親に自分のことを大声で笑いのめす声が聞こえる、と訴えた。声たちは「お願いだから自殺してくれ、そうでないとお前さんには永遠に死が来ないぞ」としつこく言いつづけているんだと彼は説明した。その声は夜になると夢の中に、そして昼間は暗い物陰から、ずいぶん前に亡くなった男性や女性や子供の姿をとって現れた。墓の中にいたせいで、彼らの体のほとんどの肉はごっそりなくなっていた。死者たちはかたときも彼を放っておきはしなかった。彼に理解できない言葉で彼はいじめられた。村のどこにいても彼は付け回された。食事をしようとすると死者たちに取り囲まれた。

コンガの両親は彼を村の霊媒師のところに連れていった。手の施しようがないと霊媒師は言った。コンガが生まれる何世紀も前に、先祖の一人が悪事を犯し、怨霊がその罰を与えるためにコンガの正気を奪い去ったのだ。その償いとしてコンガは残りの人生を捧げなければならない。怨霊を追い払うことはできない。コンガの両親にできるたったひとつのことは、と霊媒師は言った。コンガがいつでも好きなときに出入りできるように小屋の玄関を開け放っておくことだけだ。そして、声たちがおとなしくしてくれている夜に、コンガが戸外のお気に入りの場所でゆっくり眠れるように小屋の外にマットを敷いておいてあげなさい。

僕たちが生まれてきたとき、コンガが空の下で眠るようになってすでに二十年の歳月が流れていた。両親と死別し、食事の面倒をみてくれる兄弟も彼にはいなかった。一人ぼっちのコンガのために、僕らの母さんたちは交代でマンゴーの木の下まで食事と水を届けた。あるときは彼はそれに口をつけた。またあるときは見向きもしなかった。そういう場合、蝿が食べ物にたかった。蟻が行列をつくった。食べ物を入れたボウルを山羊がうっかりひっくり返した。母さんたちはため息をつき、ボウルを家に持ち帰り、次に自分の番がまわってくるとふたたび食事を運んだ。午後になると、彼は半裸でマンゴーの木の下に腰を下ろした。雨が降ったときくらいしか水に触れることがない皮膚をぼりぼり掻きむしった。鼻の穴から、ぶあつくてかりかりになったかさぶた状の大きな塊をほじりだした。ときたま目を閉じてロマンチックなバラードを歌った。むかし僕は息を呑むようなラブストーリーの登場人物だったんだ、と訴えかけるみたいに。ときどき彼は僕たちの目には見えない友人たちに気のきいた寸言を与えた。あるいは、目には見えないバカ者たちを厳しく叱りつけた。腕を振りまわし、顔をゆがめながら、僕たちにはまったく意味不明な主張を声を大にして言いたてた。結婚式や葬式には、遠目に見守るというかたちでかならず顔を出した（彼は踊らなかったし、泣きもしなかった）。けれど村の集会には一度も出席したことがなかった。集会のある日は学校の敷地でじっとしていた。彼は僕たちの抱えている問題にはひとかけらの関心も示さなかった。彼は頭の中の声たちと彼のことを役立たずに変えてしまった精霊を別にすれば、誰に対しても怒りの感情を抱くことができないんだ、と僕たちは思い込んでいた。差し当たり必要なものや、まとわりついて離れない幻影は別にして、彼にはまわりの人や物事が見えていないのだろう、と。

ところがその夜、車のキーを握りしめ、こぶしを高くつきあげて立っている彼を見て、彼も人間に対し怒りを表出させうることを僕たちは知った。「あんたらは俺に対して何もできない」とコンガが〈リーダー〉に告げたとき、彼が怒りを言葉にできることを僕たちは知ったんだ。

〈リーダー〉は、村人たちに悪態をつくことにも疲れてきた。なにしろ村人ときたら、うんともすんとも言わず、ただじっと見ているだけなのだ。彼は黙り込み、大きなため息をついた。首を振った。どうやら気づいたようだ。人々にコンガから鍵

を取り戻させるのは不可能だと。ペクストン本社から遠く離れた、暗闇に包まれた村に住まう狂人に対して、自分はどこまでも無力なのだと。僕たちは彼に対して同情も共感も持ち合わせていなかった。むしろ、彼の絶望は僕らを歓喜ではちきれんばかりに高揚させた。彼のすぐ横でコンガは歌いながら軽やかに回転していた。彼はペクストンの男たちの鼻先でキーをぷらぷら振って、結婚式の日の新郎みたいにひらひら舞い踊った。踊りながら、同じ言葉をくり返した――あいつらは我々と一晩過ごすことになるんだ。いや、幾晩も過ごすことになる。素敵だなあ、彼らにとって実に素敵な日々になる。

〈リーダー〉は部下にこっちへ来いと手招きした。彼らの耳もとに長い時間をかけてなにやら語りかけた。〈丸い人〉と〈病気の人〉は話を聞きながら頷き、ときたま横目でちらちら様子をうかがった。キーを取り返すための作戦を練っているのだ。できるだけ自分たちの手を汚さないで済むような作戦を。

これで自分たちの計画は万全というふうに満足げに、彼らはコンガの方へ足を一歩踏み出した。本人たちはもちろん、子供たちから末裔にいたるまで永遠に呪われることになるなんて彼らは知る由もなかった。僕たちは身を乗り出した。ペクストンの男たちはコンガの方へさらに二歩にじりよった。コンガはキーを唇にあてた。

「あと一歩でも近づいたら」と彼は言った。「この鍵を飲み込んじゃうからね」

僕たちは息を呑んだ。彼ならやる。絶対そうすると思った。その言葉ははったりなんかじゃないとペクストンの男たちも感じたはずだ。〈病気の人〉はよろめいた。〈丸い人〉の顔はさらに丸くふくれあがった。その瞬間、三人が三人とも暗い死の森に迷い込んだ子供のように見えた。

僕たちはウォジャ・ベキを見た。彼はふたたび話し始めた。後生だから村の名を汚さないでおくれと彼はコンガに哀願した。彼はコンガのことを「豹の子供」「音楽よりも美しい声の持ち主」「太陽に匹敵する輝きの持ち主」と形容し、まるまる一分間懇願の言葉をつらねた。彼がどれほど深く愛されているか、彼がいてくれてどんなに我々は幸せか、彼が生まれた日にコサワがどれほど喜びに沸き立ったことか、彼はコンガにこんこんと語った――

たわごとをぬかすな、と〈リーダー〉が一喝した。礼節のかけらもない声で。彼は喚いた。とても高い声で。目線の先で、部下たちがあいかわらずうんうんと頷いていた。何もかもまったくバカげた話だ、論外だ。論外とは何か、その定義をはっきり示す必要があるとコンガが言った。論外とは、ほまれ高きペクストンの代表者の帰路を邪魔する狂人の頭の中身のことだ、と〈リーダー〉は言い放った。

コンガは腹を抱えて爆笑した。その光景に僕たちはうっとりと酔いしれた。顔の筋肉を動かすことすらできなかった。ウォジャ・ベキは放心している僕たちの方につかつかと歩いてきて、何時間もかけて来てくれた客を侮辱しているコンガを、君たちはただ黙って見ているつもりか、と震える声で問いただした――「問題はまもなく解決します」という約束を携え、こんな遠方まで何時間もかけてやって来てくれた客人じゃないか。

誰も返事しなかった。

「もしも明日の朝までにほまれ高いお客様方がオフィスにお戻りになっていなければ」とウォジャ・ベキが続けた。「夕方には軍が捜索にやって来るだろう。言っておくが兵士が来たらただではすまないぞ。コンガを止められなかったなんて、そんな言い分は通用しないからな。コンガが手に負えないだなんて与太話でしかない。軍はただちに処罰を実行する。我々は皆殺しにされる」

僕たちはおたがいの顔を見合わせた。

「私が嘘を言っているとでも?」ウォジャ・ベキは続けた。「あれは先月のことだったな? 村人が徴税人の頭を鉈《マシェット》でたき割り、激怒した軍が村を焼き払った。今頃あの村の連中はどこでどうしているだろう? ちりぢりになって親戚の小屋のむき出しの床の上で寝ているんじゃないか? 『一人の粗忽者のせいで家を失うことになった。まあ仕方がないさ』と人々は話していると思うか? 彼らを排除した軍が我々にだけ行動を起こさない理由がいったいどこにある? 親愛なるみなさん、ここは法と責任の国である。この場にいらっしゃる我々の友人たちにしかるべき敬意を持って応接しなければ、我々は代償を支払うことになる。お願いだから、どうかそんなことにならないようにしてくれ。どうか私の言う通りにしてほしい。これが一人の狂人のしわざかどうか、兵士たちはそんな問いには見向きもしない。我々全員に銃弾を撃ち込むだろう。小さな子供にも無差別に」

ペクストンの連中はまるでいましめるみたいに深々と頷いた。

僕たちの目の前に破滅の道があらわれたとき、僕たちの体からふきだした汗を全員分集めれば、干上がった井戸を満たすことができただろう。銃の威力を僕たちはある程度知っていたけれど、その銃弾によって自分たちが殺されることになるなんて、これまで考えたこともなかった。

おじいさんの一人が立ちあがった。にやにや笑いを浮かべ、前後に身体を揺らしているコンガに向き直った。「お願いだよ」と彼は言った。「村に軍がやってくるのはまずい。頼むよ、コンガ・ワンジカ。バンツー・ワンジカの息子。お願いだから、この人たちにキーを返してやってくれ。お前さんの父さんは私のいとこだ。いま私はお前さんの父さんに代わって話しているんだ。これ以上の災いはもたらさんでくれ。キーを地面にぽいと落としてくれ、な。私が拾って彼らに渡すよ。お前さんが隠している運転手も連れてきてくれ。みんなで気持ちよくおやすみなさいと言って、もううちに帰ろうじゃないか」

僕たちはコンガが長老の忠告に耳を傾けるだろうと思っていたんだ。豊富な人生経験と、物事の善悪に関する深い知恵を持つ古老の忠告なんだもの。年長者からの言いつけはきちんと守りなさい、賢者からの助言を尊びなさい、これは物心ついてから口すっぱく何度もたたき込まれる教訓で、いくら気が狂っていたってこの教えだけは頭にこびりついて離れない、と僕たちは思い込んでいた。僕らはなにしろ混乱していて、すっかり忘れていたんだ。コンガは頭がおかしくなっただけでなく、同時に頭の中身が初期化されていたんだってことを。底意地のわるい精霊によってその知識は消されてしまった。耳や脳から引き抜かれたのだ。いまの彼は大人というよりも新生児に近い状態にある。時間の感覚もなければ過去と未来の区別もつかないんだ。彼が唯一かろうじて知覚しているのは、僕たちという存在の起点であり終点でもある精霊界だけだ。そのことを僕たちはすっかり忘れていた。彼がキーをズボンの中にするりとしまいこみ、げらげら笑い始めたとき、彼がどれほど正気からほど遠い世界に立ち至っているか、僕たちはそのことをふたたび思い知らされたのだった。

――

「キーを渡しなさい」と母親の一人が叫んだ。他の母親たちも一緒になって叫んだ。お願いだから。兵隊はいやよ。だから、お願い。

「狂人に家庭生活を踏みにじられるのを、おたくらはただじっと座して見守っているわけか」と、〈リーダー〉は集まりの前列で腰を下ろしている父さんやおじいさんたち一人一人の顔に目線をめぐらせながら言った。「あんなやつのせいで死ねるのが嬉しいか?」

今頃、軍がコサワに向かっているのだろうなあ、と彼は何度も言った。これは最後通告だ。ただちにあの狂人からキーを奪え、さもないと血がたっぷりと流されることになる。

僕たちの中からも苦悩の呻き声がもれた。僕たちの前に、はっきりとある光景が広がっていた。消えた村。毒におかされ、虐殺される村。コンガのシルエットの中に、僕たちの滅びの姿が映し出されていた。

狂人のまきぞえになるのはごめんだ。

〈リーダー〉はうしろにいる村の若者たちを指さし、コンガからキーを取り戻すために腕っぷしの強い者が四人ほど必要だから、名乗り出てくれと言った。

誰も出てこなかった――虐殺を避けたいのはやまやまだが、

狂人のことが怖くて手をあげられないのだ。ウォジャ・ベキは〈リーダー〉に近づき、こそこそと何やらささやいた。

「まさか」と〈リーダー〉が言った。ショックと哀れみと嫌悪をぜんぶ一か所に集めたみたいな表情をしていた。ウォジャ・ベキは首を横に振った。〈リーダー〉は、あたかも僕たちが異世界の生物であるという事実が判明したとでもいうような目で僕たちを眺めた。普通の人間であれば、行動に強い拘束を及ぼすはずのおきてがまったく効力をなさない別世界の人間を見るような目で。「よくもまあ、そんなでたらめ話、真に受けられるものだ」と彼は怒鳴った。腹立たしげに、腕をぶんぶん振り回しながら。「狂人に触れても死ぬもんか。狂人に触って死んだ者など一人もいない。そんなことをここの人間は誰も理解できないのか？」

この世界のことを〈リーダー〉は何ひとつ知りもしないのに、いったいどうしてそのおきてを理解できるのだろう？

「今すぐキーをここに持ってこい」と彼は力をこめて言った。「持ってこなければ、明日全員が後悔することになる」

ウォジャ・ベキはふうっと深く息をついた。彼はうしろにいる若者たちにむかって、まるで拝借している声を無傷でそっとお返ししなくてはならないといたわっているみたいな話し方で、コサワの未来は君たちにかかっているんだと訴えかけた。「君らの父親にはもう戦う力はない」と彼は言った。「母親も年老いている。妻は女性だし、子供たちは非力だ。すべて君たちにかかっている。はっきり言おう。もし君たちがいつまでもそこにつったってコンガの有害ないたずらを傍観しつづけるなら、風が、臆病な若者たちのおかげで廃墟と化した村の歌をうたうことになるだろう」

若者の一人が前に進み出た。ウォジャ・ベキと同じようにとりとめのない声で、やります、と彼は言った。お願いだからやめて、と彼の妻が涙声で言った。母親ももろい声で哀願した。父親は顔をそむけた。

ウォジャ・ベキはうなずき、感謝のしるしにうっすら微笑んだ。

さらに三人の若者が進み出た。僕たちがやります、と彼らは言った。

広場の向こうから「やめろ」という叫び声。「やれ」という叫び声。この若者たちと彼らの子孫が永遠に呪われてしまうじゃないか、彼らをそんな目に遭わせていいのか、反対派がそう叫んだ。多くの人が立ちあがっていた。明日の朝、皆殺しにされてもいいんだな？　賛成派も負けず劣らず激高していた。他に方法があるはずだぞ。ねえよ。

口論になり、地獄の蓋を開けたような大騒ぎが持ち上がった。今夜こそ我々は抗議の声をあげるんだ、そうすれば連中は好き勝手できなくなる、以前のように自由になれるチャンスだ、と言う者がいた。自由ではなく、生きのびることが大事なんだ、と異議を唱える者がいた。我々が人間であることを彼らに示そうではないか。兵士たちは私たちを撃ち殺すつもりよ。精霊がコンガを遣《つか》わしたのだ、我々が戦えること、我々が戦うべきことを伝えるために。戦う？　いったいどうやって？　私たちが今持っている武器で戦うのか？　槍以外に何がある？　鉈《マシェット》と石と、熱湯煮えたぎる鍋があるだろ。我々に勝ち目があるだなんて、よくもまあそんなばかげたことを。コンガがチャンスを示している。コンガは気が狂っているんだぞ。おそらく我々に必要なものはその狂気なんだ。そんな寝ぼけたことよく言えるわね。我々はもともと勇敢な民だった、我々には豹の血が流れている――我々はそのことをいつ忘れたのだろう？　明日になればみんな死んでしまうぞ――それが君たちの望みか？

みんな立ちあがって叫び立てていた。黙って聞いている人は一人もいなかった。コンガと〈リーダー〉は、たがいに握りこぶしを振り上げていた。その二人のあいだで四人の若者は棒立ちになり、どちらの側につけばいいのか決めかねていた。ほとんどの子供たちが泣いていた。そのせつない泣き声を、僕らの日常の一部となって久しい混乱が呑み込んだ。明日私は死んじゃうんだと子供たちが怯えながら泣き、一か月後には僕は死んじゃっているんだと病気の子供たちが泣いていた。僕たちはみんな真実を知っていた。死が目前にあることを。

――

集会は永遠に終わらないんじゃないか、そんな雰囲気が漂い始めたとき、亡くなった僕らの同級生ワンビのお父さんのルサカが立ちあがり、会場の前の方につかつかと歩いてきた。彼はぱんぱんと両手をうち合わせてみんなの注意をひいた。ざわめきがおさまっても彼は手をうち鳴らしつづけた。やがてみんなふたたび腰を下ろし、口をつぐんだ。

彼はコサワで最も平和を愛する人物の一人で、口数の少ない男だった。彼が前に立つとみんなが耳を澄ませた。息子たちを失った悲しみが彼の体を小さくし、かつての面影は薄くなってしまったが、以前より深い知恵を身につけたように見えた。

「今夜、我々は合意に達することはないだろう」と彼は言い、母親たちや父親たち、祖母たちや祖父たちの多くが首を縦に振った。「ひとまず、この混乱を打ち切るために解決策を提案したい。この男たちを私の家に連れて帰る、運転手とキーについてはコンガの好きにさせてやろう。この連中にはベッドを用意し、明朝、私の妻が食事の支度をする。朝食が済んだら彼らを連れだし、彼らの毒のせいで亡くなった私の息子たちの墓を見てもらう。今までに埋葬したすべての子供たちの墓を見せ、墓がいくつあるか彼らの胸に刻印するために、彼らにはひとつひとつ墓を数えあげてもらう。それから、彼らのことは捕虜として私が身柄を引き受ける。我々に対する殺人を彼らの雇い主がストップさせるまで私が彼らを見張る」

「捕虜?」と〈リーダー〉が言った。「自分が何を言っているかわかっているのか?」

「社員を捕虜に取ればペクストンは我々から手を引く、あんたがそう思う根拠はなんだ?」ルサカにむかって父親の一人が大声で言った。

「彼らをどれくらいの期間、捕虜にしておくつもりだ?」とまた別の父親が言った。

「ベザムの連中を思いどおりに操れると思っているとしたら、あんたはコンガよりも狂っている」

ふたたび騒然となった――全員がいっせいに自分の意見を述べ、人の話に耳を傾けている者は皆無だった。ペクストンの男たちとウォジャ・ベキは、まるで僕たちが正気を失っているというような目つきで見ていた。数人のおじいさんが立ちあがり、ルサカを叱責した。「ペクストンが我々の脅しや要求に応じると思うなんて、世間知らずにもほどがある。連中が態度を急にあらためる? いったいどうしてそんなふうに思えるんだ? 明日、兵士たちが、コサワの生き物を皆殺しにできるくらい山ほどの銃弾を詰め込んできたら、君はどうする?」

「そのときは」とルサカが言った。「村人に手を出したら、我々はこの連中を殺すと兵士たちに伝える」

「でも、あいつらがそんなこと知ったことではないと言ったら?」一人の母親が叫んだ。「私たちがこの人たちを殺したあと、兵士が私たちを殺すんじゃないの? ペクストンがこの人たちの命をそこまで気にかけたりするわけ?」

「気にかけるとも」とコンガが圧倒的な大声で答え、場は静まり返った。「会社の男たちが問題に巻き込まれるのを、ペクストンは放っておけない。ペクストンは自分の社員のことを愛しているからだ」

ほとんどのおじいさんたちが、まるで動かない証拠を目撃したというように大きく頷いてみせた。

僕たちも納得した。なぜなら、精霊がコンガに憑依していることは今や誰の目にも明らかだったから。気が狂っているコンガには、近い過去のことも遠い過去のこともまるで記憶になく、ペクストンが会社の男たちをどう思っているのか彼には知る由もないはずだ。だから、今の彼の発言は、まぎれもなく、精霊がコンガの体を通して発している言葉なのだ。疑う余地はなかった――精霊はいま僕たちのもとにいるんだ。そして、僕たちに「勇気を持って立ち向かえ」と言っているんだ。泣いていた人たちは頬を伝った涙の跡をぬぐい、母さんや父さんたちはたがいにささやいて頷き、深々と安堵のため息をついた。

ルサカはあらためて手を打ち鳴らし、静粛を求めた。「簡単な話だ」静かな声で彼は言った。「ペクストンが我々の子供を殺しつづけるのなら、私は会社の子供たちであるこの三人をこの手で殺す」

広場にいた誰一人、声を出さなかった。

ルサカはみんなにおやすみと告げ、自分の小屋に向かって歩きだした。

コンガは四人の若者に、ペクストンの男たちとウォジャ・ベキを捕らえ、ルサカと一緒に行くよう命じた。「私に触るんじゃない」と〈リーダー〉は言った。若者たちはそれに構わずさっと彼の体をつかんだ。

村の若者に取り押さえられた男たちは、三者三様に抵抗した――〈リーダー〉は腕を振りまわし、部下たちは虚空に蹴りやパンチを見舞い、ウォジャ・ベキは若者たちに人さし指をつきつけ、食いしばった歯の隙間から「やめろ」と命じた。村のリーダーである自分に流れているのは豹の血だぞ、それも最も濃い血なのだ、命令を下すのは私だ、そのことを忘れたのかと言いたてた。若者の手助けがあと四人必要だ、とコンガが言った。われさきと、八人が名乗り出た。僕たちの仲間のスーラの叔父もその中にふくまれていた――名前はボンゴ。彼にはまだ子供がいない、それなのにこの村の災いをなんとしてでも終わらせたいという強い思いが彼を突き動かしていた。そのことがみんなの心を打った。若者たちの数が十二人に達し、捕虜たちは身体的な抵抗をあきらめた。かわりに悪態が口からこぼれたが、それは消え入るような声だった。ウォジャ・ベキの妻や子供たちの泣き声がはっきりと聞こえた。彼の子供の二人は僕たちのクラスメイトだ。二人をなぐさめる者は一人もいなかった。もうずいぶん前から彼らはクラスの嫌われ者だったんだ。

コンガが僕たちにむかって、参加してくれてありがとうと言い、これにて集会は正式に終了したと告げた。それから、おやすみと言った。「明日から」と彼は言った。「すべてが変わり始める」


――

一部の人々は恐怖に震えながら家路についた。喜びがはじけ、舞いあがっている人もいた。友達のスーラは、行方不明になっている、おそらく死んだのではないかと思われる父親のことを思い、うつむいて歩いていた。ペクストンの毒によっていったんは息の根を止められ、そのあと、精霊の慈悲のおかげで蘇生した弟のジュバの手をひきながら。二人の背後を、母親と父方祖母が重い足どりで歩いていた。彼女たちは夫や息子の消息を一刻も早く知りたいと思っているはずだ。コサワの他の家族がそうであるように、スーラ・ナンギの一家も、苦しみからの解放を希求していた。その夜僕らはみんな希望に満ちていた。僕たちは恐怖に怯えながら、しかし希望を抱いていたんだ。

明日、兵士が到着し、夕暮れ時には僕たちは死んでいるかもしれない。

明日、ペクストンが降伏すれば、僕たちは老齢に達するまで生きながらえられるかもしれない。

先のことは考えないようにした。ともかくいまはこの夜にできるだけ長くしがみついて、僕たちの上に舞い降りてきた楽観と、勝利へのささやかな予感を噛みしめていたいと思った。僕たちもコンガのように狂気にとりつかれて、大胆不敵な行動がもたらす、つかの間の恍惚感に浸っていたいと思った。勝利者という新しい人生をまぶたに浮かべながら。

僕たちに対するあの連中の勝利宣言は時期尚早だったのだ。その夜、僕たちは彼らに宣戦布告した。翌朝の彼らの到着を待ちかまえた。

僕らは生やさしい相手なんかじゃない、そのことを彼らはわきまえておくべきだったんだ。

スーラ

小屋の中は暖かいのに、私の歯はガチガチ鳴っていて、頭の中では、銃弾に撃ち抜かれた自分のおなかから血が噴き出し、それが激流みたいに渦巻いている。私を殺すためにいったい何発の銃弾が必要なのだろうと自問する――私の死体はどんな格好をしているのだろう？　これまで死と隣り合わせの人生を送ってきたけれど、それでもやっぱり死は怖い。死は謎めいていて、私をパニックに陥らせる。ここにいるのにここにはいない、この世界にいるのにこの世界から消えている、そんなことがどうして成り立つのだろう？　空気を吸い込まない鼻、開かない目、かたく閉じられた口。人間なのに、ただの「もの」。私はこの世界が大嫌いだけど、べつにこの世界から出ていきたいと思っているわけじゃない。長生きをして、ひどくゆがめられた子供時代を送った、その後の人生がどんなふうに動いていくのか見てみたい。でも、死が私の命を奪いたくてうずうずしているのはわかっている――ふたたびパパと肩を寄せ合って生きる旅が、明日始まるかもしれない。以前友達のお葬式が終わったあと、「この世界から次の世界へ行くときって、どれくらいさびしくて、どれくらい危ない旅なのかな？」とパパに聞いたことがある。するとパパは「人によりけりだよ。その人がどんな人生を歩んできたかによってちがってくるんだ」と言った。その言葉は私をちっとも心落ち着かせてはくれなかった。「君は死んだりしない、いつまでもね、スーラ」とパパは言った。それは嘘。二人ともわかっていた――他人の長生きをうけあうことができる人なんて、いるわけないもの。

――

ママが、入り口の扉にロープをかけ、開かないようにロックする。小刻みに震えている手で、念入りに何重にも結ぶ。扉（竹製の扉だ）をこうやってしっかりとロックしておけば、兵士たちは絶対入ってこられないと自分に言い聞かせているみたいに。裏口の扉にも大急ぎで同じことをする。ジュバと私は応接間でおばあさんと一緒に座っている。ジュバはヤヤおばあさんの膝の上に、私は隣のスツールに腰掛けている。ヤヤは片手でジュバの頭を撫で、もう片方の手を私の肩に回している。ママが動き回っている音を別にすれば、私たちの小屋はとても静かだ。コサワもしんと静まりかえっている。

「かけがえのない子供たち」とヤヤが優しい声で言う。「さあ、もう寝ましょうね。明日どんなことが起きてもしっかり立ち向かえるように、たっぷり休んでおくのよ」ヤヤは、パパがいなくなった日から失われていた安らぎにいま包まれている。「もしも私たちのところに誰かが何かを奪いに来たら、くれてやればいいわ。たとえ、彼らが望むのが私たちの命であっても」

「ボンゴと男たちは今頃みんなで集まって、鉈《マシェット》を研いでいるところね」ママが応接間に戻ってきて言う。その声は心もち震えている。「もし、兵士たちが簡単にここまで入ってこられると思っていたら……」

「でもママ、兵隊は銃を持っているのよ」と、こみあげてくる涙をがまんしながら私は言う。パパはいなくなる前私に、必要なとき以外は絶対に泣くんじゃないぞと言った。「マシェットがなんの役にたつの？」

「ジャカニとサカニがなんとかしてくれる」とママが答える。

私の質問はそれでもう終わり。その双子――村の霊媒師と治療師だ――には信じられないような奇蹟をおこす力がある。彼らは人間を超越している。だけど不死身というわけではない。彼らだって死をまぬがれないのだ。

「今夜は私の部屋で、みんなで寝ましょうね」とヤヤは遠くを見つめながら言う。「同じ夢を見ましょう。きっと、おふたりさんのパパとおじいちゃん《ビッグパパ》が出てきますよ」

みんなはまた静かになり、外の静けさに耳を傾ける。杖に寄りかかりながら、先にヤヤが立ちあがる。ジュバと私はあとについて寝室に行く。口をゆすぐこともなく、寝間着にも着替えず、ヤヤをはさんで両側に体を横たえる。ママは床で寝ている。パパがいなくなったいま、ママに添い寝をしてくれる人はいない。他の男の人とベッドをともにするのは道徳に背くよくない行いだという伝統があるから。ジュバとヤヤの寝息が聞こえる――二人の寝息はやがて、軽いいびきに変わる――けれどママは、私やコサワの多くの人と同じようにひと晩中目を覚ましているだろう。安らかな眠りというプレゼントをもらえるのは、すごく小さな子ととても年を取った人たちだけ。ママとヤヤとジュバが動物みたいに殺される場面が私の目に浮かんできて、それがどうやっても消えない。どれくらい旅をすればこの世界から次の世界まで、先祖のところまでたどりつけるんだろう。そのときは彼らに歓迎してほしい。あっちの世界での暮らし方なんかも教えてほしい。こっちの世界での数少ない良い思い出なんか、きれいさっぱり忘れることができるよう、先祖が手助けしてくれると私は信じている。そこはちょっと想像もつかないような土地だけど、慣れるのはきっとそんなに難しいことじゃないはず――パパとビッグパパが待ってくれているわけだし、ママとヤヤ、ジュバとボンゴも一緒に行くわけだから。またみんなと暮らせる。でもそれにはまず私たちは死ななければならない。

――

私の人生の最初の記憶は、ママとパパから「ビッグリバーには絶対近づいてはいけない」と注意されたことだ。ママとパパに教えてもらったから、私は、もともとその川はオイルや有害な廃棄物なんかにまみれていなかったことを知っている。もしも私たちの親世代が、子供の頃は、美しいコサワで、清らかな水が流れる川で泳いで過ごしたという話をしてくれなかったら、前触れなく村を覆い尽くし、私たちの目を潤ませ、鼻をすすらせる煙だらけの環境というのは、この年頃の子供たちの生活環境としてどこか狂っているのだということに、私と友達はどうやって気がつくことができただろう?

私や同じ歳の子供たちが生まれた年。まだ私たちが母さんたちの胸に抱かれていたとき、あるいは、まだ胎児の国で最後の日々を送っていたとき、ガーデンズで油井が爆発した。両親や祖父母から聞いた話では、この爆発で木々よりも高いところまで原油と煙が噴き上がったという。大気は煤で埋め尽くされた。かつて誰も見たことのない光景が出現し、誰しも、これは災いが起きる前兆だと思った。だけど、私たちが生まれて六年の歳月が過ぎる頃、自分たちの生活には、オイルの眠っている土地の呪いがかけられていることに親たちが気づいた。そして、あの日見た光景は何かの前兆なんかではなかったのだと理解した――交換時期をむかえたにも関わらず長期間放置され、劣化した油井のヘッドが原因だったんだ。手抜きの犠牲になるのは私たちだから、ペクストンはそれを放置していたんだ。

――

五歳になったある日の夕方、ベランダでパパと一緒に座っていた私は、どうして、油田や油田を囲んでいるペクストンの労働者たちが住んでいるあの区画には花が一輪も咲いていないのに、「ガーデンズ」と呼ばれているの、と聞いた。パパはしばらく考え、それからにっこりして、そうだな、ガーデンズはいささか性質が異なるお庭《ガーデン》なんだよ、ペクストンもまた一風変わった庭師《ガーデナー》で、オイルが彼らの花なのさ、と言った。私はパパに、ガーデンズから延びているパイプラインはどこかに行き止まりがあるのと聞いた。パイプラインは、私たちの村をぐるりと囲んで、ビッグリバーを横切って、私たちの農地をつっきって、森の奥深くへ延びており、どこまでも続いているように見える。始まりがあるものには終わりがあるんだよ、とパパは教えてくれる。パイプラインの場合はね、油井から始まって、バスで何時間もかかるはるか遠くの町、海の近くの町で終わっているんだ。そこでオイルはコンテナに移しかえられ、海の向こうにあるアメリカという国まで送られるのさ、とパパは言う。

私はパパに、アメリカにはコサワと同じくらいたくさん人がいるの、と聞く。学校で教えてもらったことだけど、アメリカという国にはたしか七千人くらい住んでいて、ほとんどの男性は身長が高いらしいよ、と彼は答える。ガーデンズにいる上級監督もアメリカから来た人だよ、と言う。その人と友人たちは、アメリカにいる仲間たちが車に使うオイルを手に入れるために、コサワまでやって来た。アメリカではみんな車を持っている。アメリカでは時間が経つのが早いから、いそいで目的の場所まで行って、日が暮れる前に用事をすべてかたづけなければならない。そのために車がいるんだ、とパパは言う。私もいつか自分の車を持てるかな、そのときは私の車に私たちのオイルを使うことになるのかな、と私は質問する。パパはにっこりして、もちろんさ。君は自分の車を手に入れる。そうだろ？　まちがいなく大きな車を手に入れる。その車でパパを狩りに連れていってくれるかい？　そうすれば、いつも森の中を延々と歩き回ってくれる足のことをいたわってやれる、と言う。ペクストンのことが嫌いな私は、彼らのオイルを車に入れたくないから、オイルを使わない車を買わなきゃね、と答える。パパは車はオイルでしか走らないよと言うけれど、私の車はまったく違う種類の車だからと言い張る。私の空想にパパはくすくす笑って、それからぷっと吹き出す。あんまりおかしそうに笑うから、私も笑っちゃう。パパの目の中に浮かんでいる喜びが、私の心をくすぐるから。

パパはどこにいるの？　パパはベザムで何をされたの？　まだ生きているの？

パパが団体交渉に出かけたきり、帰ってこない日が続いた最初の頃、私は、自分が中年になり髪が白くなり、あいかわらずベランダに腰を下ろし、疲れ果てた姿でパパを待ちわびているところを想像した。想像の中でおじいさんになったパパが姿を現し、こんなふうに言う。「スーラ、私だよ。君の父さんのマラボ・ナンギだ。またこうしてベランダでおしゃべりして、声を出して笑いたくなったので、戻ってきたんだよ」その老人に私はどんな言葉をかけようか？　世界でいちばん素敵な私の仲間。コサワの他のパパたちとは違う私の大好きなパパ。パパがいなくなってぽっかりあいた心のすき間をいったいどうやってふさいだらいいの？　夜になると隣に腰を下ろし、星をひとつずつ一緒に数えてくれたパパ。草の茎はいつか自分が踏みつけられるんじゃないかと怯えて生きているのだろうかと、一緒に頭をひねって考え込んでくれたパパ。大人になっても子供のときの気持ちを忘れてはいけないよ、自分はちっぽけで誰かに守ってほしいと思っていたその気持ちを、ずっと覚えておかなければならないよ、なぜなら、むかしは自分も子供だったのに、それをすっかり忘れてしまったおとなたちのおかげで、世界の多くの苦しみはひきおこされているのだから、と教えてくれたパパ。

——

パパは子供をたくさん欲しがった。けれど、生まれてきたのはジュバと私だけだった。

なぜジュバと私が六歳も離れているのか、パパにもママにも聞いたことはないけれど、私が四歳だったときと五歳だったとき、何度も子宮のお医者さんがママを訪ねてきて、お医者さんが帰ったあと、ママが泣きじゃくっていたのを覚えている。そういうときは決まってパパはベランダに出て私の隣に座り、ヤヤは寝室でママを慰めるのだった。

パパは遠くを見ながら「何かお話をしてくれるかい」と私に声をかける。私はうんと答え、たったひとつだけ知っている物語を話す。それは、コサワの子供たちなら誰でも知っているお話で、三人の兄弟が森の中の罠を見に行ったら、その罠に豹がかかっていたというふうに始まる。

どうか私を逃がしてください、と豹は兄弟に泣いて頼んだ。私は子供たちのもとに帰らなければなりません。私は何日も罠にかかっていたんです。子供たちには面倒をみてくれる者がいません。

どうしよう、と兄弟はひとしきり話し合った——なにしろ豹というのはなかなかお目にかかれない貴重な獲物だ。村に連れて帰ればひと財産になる。しかし、心の痛みのあまり、豹は涙を流していた。けっきょく兄弟は、彼女を子供たちのもとに帰すことにした。感謝の気持ちを込めて、豹は自分の前足に切り傷をつけ、みなさんの指にも槍で切り傷をつけてくださいと頼んだ。この日、豹は兄弟一人ひとりと血の約束を交わしながらこう言った。「私の血をあなたたちに分け与えます。私の血があなたがたの血管に流れます。あなたがたの子孫の血管にも。太陽が昇らなくなるまで、その血は流れつづけ、あなたを滅ぼそうとする者は一人残らず敗北します。あなたの中の私の力があなたを勝利させるのです。さあ行って。今からあなたたちは、不屈の男として生きるのです」

兄弟は村に戻ると、荷物をまとめた。そして、新しい村を作るために出発した。新しい村で、豹のように恐ろしく見事な子孫を産み育てていくために。兄弟はコサワに村を作り、いちばん最初に生まれた長男を村のウォジャに任命した。彼は蛇やサソリを踏んづけてもへっちゃらで、豹の血の強い影響があらわれていることは誰の目にも明らかだった。私たちはこの兄弟たちを介して、この世界に生まれてきたのよ。

物語を話し終え、私はじっと、パパがほめてくれるのを待った。パパはいつもにこにこ笑ってほめてくれる。

たまに、歌をうたってと頼まれることもあった。コサワの地盤を築いたときに先祖たちが歌い、そのあと、村の歌になった歌を。私の歌声は雄鶏の鳴き声みたいにかわいい。そのことをべつに誇らしいと思っているわけでもないけど、私はパパの心がいたわりを求めていると感じ、パパのために歌う。

豹の息子たちよ／豹の娘たちよ／我らをあざむく者どもに用心せよ／我らの咆哮がやむことは決してない。

私が物語を話し終えてもパパは黙りこくったままで、私もじっと沈黙しているという場合もある。パパにはどうしても手に入れたいものがあり、私にはそれを与えることができないとわかっている。私にできることといえば、いつか子宮のお医者さんがうちに来て笑顔で帰っていく日を、パパとママと一緒に待っていることだけ――そしてついにその日がやって来た。ママは笑顔を浮かべていた。ママのおなかが目立って大きくなり、コサワのみんなにも、男の子が欲しいというパパの夢がようやくかなえられたことがもうはっきりわかるようになったその日に。

ジュバが生まれた日の夜、パパは私を抱きあげ、くるくるまわった。まわりながら二人とも声を立てて笑った。パパの目は喜びにあふれ、きらきら輝いていた。村人たちは私たちの小屋で、食べ物ややし酒がきれいになくなるまで歌い、踊った。それからみんなは「おやすみ」と言ったけど、私は眠れなかった。ジュバが泣くたびに私は起きあがった。ママがおっぱいを飲ませ終わると、私がげっぷをさせてあげた。おむつを替えている最中におしっこして、それが私の顔にかかったときは思わずくすくす笑った。彼はどこからどう見ても完璧だった。ジュバが大きくなったら、パパは私の親友ではなくなってしまうかもしれないと、ときどき心配になった。パパとジュバは父子鷹《おやこだか》みたいな二人だけの絆で結ばれ、私は仲間はずれになるんじゃないかと。でも、パパの私への愛情は無限大だと思い直した――きっとパパとジュバと私で親友三人組をつくることになるはずだ。私は槍の使い方を覚え、狩りに同行し、きっとコサワでは見たこともないような大物を仕留めて帰ってくるんだ。

私は右に左にと寝返りをうつ。心が落ち着かない。隣にいるジュバとヤヤはすやすや眠っている。ママに、隣で寝てもいい？　と言おうかと思ったけど、ママも寝ているかもしれないし、起こしたくない。まっすぐ上を向き、暗闇を見つめる。いったいどうしてコサワの空気と水は汚染され、致死的な毒なんかになってしまったのだろうか。

パパが小さかったときからペクストンはここにあったけれど、たくさんの人が死に始めたのは、三年前ガーデンズに新たに別の油井が掘られてからだ。それ以来、投棄される廃棄物の量が増え、ビッグリバーの生きものたちはすべて死に絶えた。一年も経たないうちに漁師たちはカヌーを壊し、樹木の新しい使い道を探し始めた。子供たちは少しずつ魚の味を忘れていった。コサワの匂いは原油の匂いになった。油田の騒音は昼も夜も、寝室や教室や森の中にまで押し入ってきた。空気はもったりと重くなった。

最初の乾季の終わりにパイプラインが破裂し、友達のお母さんの畑にオイルが流れ込んだ――その年、彼女の家族は収穫がほぼなかった。学校のお昼休みにお弁当をわけてやらなければならない日もちょくちょくあった。その数週間後、また新たにオイルが漏れ出し、そこに火がついて六家族の畑が焼失し、母親たちは新しい土地を探し求め、へとへとに疲れ切ってしまうまで、森の奥を歩きまわらなくてはならなかった。そうこうしているあいだも、ガスフレアはさらに大きくなっていった。黒煙は一段と黒さを増していった。理由はわからないけれど、煙はつねに私たちの村の方向に流れてきて、ガーデンズやアメリカ人の上級監督が住んでいる丘の上の邸宅の方には流れていかなかった。新たにオイルが流出したり、私たちの皮膚が縮みあがってしまうくらい猛烈なガスフレアが噴き出したりすると、ウォジャ・ベキはそのたびにガーデンズに人を送り、上級監督と連絡をとり合った。上級監督は作業員を寄越した。作業員は被害を調査し、古くてさびついたパイプラインを間に合わせに修繕した。そして、オイルが漏れたところでべつに害はありません、空気はきれいですし、ペクストン社はちゃんと法律を守っています、と私たちにむかって力説した。

もうすこししたら私が八歳になるという頃、一か月のあいだに二人の子供が相次いで亡くなった。二人とも高熱を出していたが、それを別にすれば、二人はそれぞれ異なる症状を示していた。

パパをはじめコサワの男たちは棺桶をつくって墓を掘り、ママや女性たちは遺族のために料理を作り、がっくりとうなだれている母親たちと一緒にさめざめと泣いた。私たち子供は、死んだ子の兄弟や姉妹を悲痛な孤独に切り裂かせまいと心を砕いた――彼らが泣かないではいられないとき、私たちはそっと彼らに体をくっつけた。ひとしきり泣き通したあとは、みんなでどんな遊びをしたらいいか、彼らにそれを決めてもらったりした。一か月で二人の子供が死んだという事実を、誰も深刻なものとして受け止めていなかった――村には何十人もの子供たちがいて、そういった事態もべつにとりたてて異常なことではなかったから。同級生のワンビが咳き込むようになり、まわりの者はそれを見て笑いころげていた。咳をしていた彼が吐血したとき、私たちは初めて異変を感じ取った。ワンビを埋葬したあと、学校の敷地にワンビと同じような咳が響き始めると、何か異常なことが起きていると誰もが確信した。小屋という小屋からひっきりなしに咳き込む声が聞こえた。血のまじったおしっこをする子や、どんなに水浴びをしても体から熱のとれる気配がないひどい高熱に冒される子もいた。何人もの子が死んでいった。ひょっとしたら子供たちの死亡原因は同じなのかもしれないと親たちが疑いだしたのは、一度息を引き取った弟のジュバがパパの腕の中で息を吹き返すという出来事があった、ほんの二、三か月前だった。

最初、油田のことは誰もなんとも思っていなかった――油田は何十年も前からそこにあったわけだし、ペクストンのことをいくら憎んでいるとはいっても、故人となった人の遺体を見つめながら、その人の死とペクストンを結びつけて考えることまではしなかった。私たちの体は鍛え抜かれている、だから毎日吸い込んでいる毒くらいなんでもないとずっと思っていた。精霊の慈悲もある。いくら毒でも、薬草や呪薬で癒せない病気を引き起こせるわけがないと、ずっと私たちは信じていた。

呪いのせいじゃないか、他の村にいる親族が嫉妬に駆られて、子供たちを攻撃しているんじゃないか、多くの親たちはそう考えた――その激しい嫉妬の矛先はコサワの特定の一家族を狙っているのだけれど、無差別を装って、誰の仕業か特定されないように村の子供全員を攻撃しているんじゃないだろうか。いやもしかしたら、コサワは精霊に対して何か悪いことをやらかしてしまったのかもしれない。子供たちの命を救うためには、私たちの親が何らかの償いを捧げる必要があるのかもしれない。霊媒師のジャカニは先祖に語りかけ、その必要はないと断言した。子供たちの苦しみの原因は霊界ではなく、この世にあると彼は言った。村の中の毒物が子供たちの胃の中に取り込まれているせいだと。でも、死んだ子供たちは同じ食べ物を口にしていたわけじゃなかった。数年来、ほとんどの家族が畑の作物のみでは十分な栄養をとることができず、ロクンジャにあるビッグマーケットで食材の一部を買い求めていた。死んだ子供たちは寝ていた小屋も別々だった――彼らの身体に共通して接触していたもの、いったいそれは何だろう。踏みしめて歩く大地。彼らが食べたのかもしれない、一本の木に実っているフルーツ。そして、村の井戸から汲み上げて飲んでいる水。

水のせいだと思う、と最初に指摘したのはパパの親友のビッサウだった。彼はそのときパパといとこのソンニと話をしていた。やがて、この説は村じゅうに広まった。親たちは自分の子供が飲んでいる水に何が入っているのかと首をひねった。蓋をしている井戸にいったいどうやって毒が入ってくる？ ウォジャ・ベキは会議を開き、ガーデンズにいる責任者たちを招いた。親たちは彼らに、井戸から水を採取して調査し、水が死亡原因であるかどうか調査結果を知らせてほしいと依頼した。責任者たちは言葉少なに、井戸の水を持ち帰った（水は検査をするためにベザムまで送らなければならなかった）。数週間後に戻ってきた彼らは親たちに「水は問題ないが、念のため子供たちに飲ませるときには三十分ほど沸騰させた方がいい」と伝えた。ママは、ジュバと私を病気で死なせまいと、毎晩二時間かけて水を煮沸した。でも、そんな努力は何の役にも立たなかった。

——

誰がみても、ジュバの病気がふつうの病気ではないことは一目瞭然だった。体の痛みにうめき声をあげだしたかと思うと、高熱にうなされ、乾いた土の上の魚みたいにごろごろと体を回転させ、のたうちまわった。朝、サカニがやって来て薬を飲ませたが、夜になっても体はますます熱くなっていくばかりだった。冷やした布でどんなに体をふいても、いっこうに熱は下がらなかった。パパの腕の中で痙攣し始めたジュバの手足を、ママとヤヤがおさえつけた。私は顔を背け、それからふたたび彼に目をやった。ジュバの体はぐったりと動かなくなった。ママとヤヤが悲鳴をあげ、ジュバにすがりついて言った——目を覚まして、ジュバ、お願い、目を開けて。パパは手のひらでジュバの頬をひっぱたき、目を開けろと言った。今すぐ目を開けろ、と怒鳴った。開けないか。言うことを聞くんだ。

ボンゴがジャカニを連れてきたとき、パパはまだジュバの頬を平手で叩きつづけていた。ボンゴもジャカニも村のいちばん奥まったところにある双子の小屋から駆けつけたので、息が切れていた。ジャカニは何も言わずにラフィアの袋から穀物をつかみ出すと、それを口に放り込み、唇を鳴らし、ナイフを取り出し、ジュバの両足の裏を切りつけた。口の中で穀物を噛み砕き、それをジュバの全身にぺっぺっと吹きかけ、唸り声と吠え声と鋭い歯擦音を浴びせた。次の瞬間、彼は目を閉じたまま大きな身振り手振りをまじえ、ジュバにむかって「今すぐ走って、家に帰ってこい」「手遅れになる前に家に戻ってくるんだ」と大声で命令した——右に曲がって、橋を渡れ。もう一度右に曲がれ。狩猟用の罠に注意しろ。その水たまりはとび越えろ。イノシシなんか気にするな。走りつづけろ。左に曲がって、まっすぐ進め。もっと速く走れ。もっと速く！　そうだ。家までもうすぐだ。足の血のことなんか気にしなくていい。家に帰ってくれれば、ママが手当てしてくれる。とにかく今は全力で走るんだ。ライオンと犬とニシキヘビが近づいてきたぞ。ジュバの足が遅ければ捕まってしまうだろう。うしろを振り返るなよ。ひたすら走りつづけろ。おい、マンゴーなんて気にするな。やれやれ、マンゴーは果汁がしたたっているぞ。君はそんなもの食べたいだなんて思わないはずだ。家に帰れば、すぐにジュバのママがもっとおいしいマンゴーを食べさせてくれる。最高にジューシーなマンゴーをな。だからその手に握っているマンゴーなんか捨てて、走りつづけろ。川の水位が高くなりすぎないうちに、森をぬけろ。水位があがれば、渡れなくなって家に帰ることもできなくなってしまう。そうなったら、残りの人生を永遠に一人ぼっちでその森の中で送らなければならなくなる。ママとパパには二度と会えない。そんなの嫌だろ？　いい子だ。そこは川だ。泳いで渡る必要はない。思いきりジャンプするだけで家に帰れる。そうだ、ジャンプだ。もちろん君ならできる。ぐずぐずしている暇はない。ほら、ライオンと犬とニシキヘビが迫ってきてる。ジャンプしなければやられちまうぞ。今だジャンプしろ。ジャンプだ。そして、ママもパパもボンゴもヤヤも私も泣きながらジュバに向かって「お願いだから川をとび越えて」と叫んだ。ジャンプして、お願いジュバ、ジャンプして、家に帰ってきて、ジュバならできるよ、いますぐジャンプして、もしとび越えられなかったら……ジュバの目が開いた。

——

翌朝、パパはいちばん年をとっている雄鶏よりも早くベッドから起きだした。パパは一睡もしていなかったのだ。肩に毛布を引っ掛け、小屋をとび出し、ウォジャ・ベキの家に押しかける。パパはウォジャ・ベキに、口の中に残っている夜の味をすすぎ、目の端にくっついている眠りのかけらを払う時間さえ与えない。二人はごく手短に挨拶を交わす。「ぐっすり眠れたかい」のひと言だけ。このあたりの話は、ウォジャ・ベキの三番目の妻であるジョフィが聞かせてくれた情報にもとづいている。この日の出来事について、彼女はのちにコサワの半分あまりの女性たちに話をしてまわった。

ウォジャ・ベキは寝巻のまま応接間に腰を下ろし、沐浴のための湯を妻が沸かすのを待った。パパが話し始めた。朝の会話にしては声が大きかった。だから、後日ジョフィが語った説明によれば、応接間から離れた台所でその日の火をおこしていた彼女のところまで、会話の一部始終がはっきりと聞こえてきたという。自分の仕事に集中していたし、私は自分とは関係のない話に聞き耳を立てたりしない女だけどね。

一刻も早くベザムに行って、政府高官と面会し、こちらの言い分を聞き入れてもらわなければならない、とパパはウォジャ・ベキに伝える。一人でも多くの高官たちと忌憚なく話し合う必要があると。彼らは、この土地に引き入れた忌まわしいもののせいで、一人息子が死んでいく姿を目の当たりにしなければならなかった男の、おのれの胸の内を語るその口もとを、しかと見届けなければならない。彼らは、コサワの住民が埋葬した子供の数は知っていても、亡くなった子供の親の話を聞いたことがあるか？　何日、何か月、何年にもわたって子の親として注がれてきた努力と胸に抱いてきた希望の日々が、ほんの一息でふき消されてしまった悲劇に耳をすませたことがあったか？　ここの国の役人たちは、無力な子供たちをなすすべなく見殺しにしてきたではないか？　ウォジャ・ベキが動き出すまで黙って待っているわけにはいかない——誰かが子供たちを救わなければならない。ウォジャ・ベキのやっていることは、まるで何の足しにもなっていない。

ウォジャヤ・ベキは黙って聞いている。

ジュバの息が止まり、ジャカニがジュバを生き返らせたことは、彼も知っている（なにせこの出来事は一時間も経たないうちに村中に知れ渡ったのだ）。そんなむこうみずな考えがいったいどこから出てくるのかなどと、彼はパパに意見をするわけでもない。ウォジャ・ベキはただうんうんと頷き、それから首を左右に振り、さらにもう一度頷く。先祖に誓って言うが、人が家族のために行動を起こすとき、なにをもってしてもそれを妨げることはできないとパパは言う。パパが話し終わると、ウォジャ・ベキは静かに、パパの言っていることはすべて正しいと答える。この問題を解決するために、村は新しい計画を立てるべき時期に来ていると。

ウォジャ・ベキは、あいかわらず朝のさわやかな空気をかすかにふくんだ口調で、政府の力でペクストン社を操業停止に追い込み、懲罰を与えてほしいとこれまでベザムに訴えてきたが、まったくらちがあかない、と言った。改善の見込みはゼロだ——他にうつ手もない。人間なら子供を見殺しにできるわけがない。もしかしたら近い将来に彼らの子供にも降りかかってくるかもしれないようなことを、この村の子供にやっているということに、あの連中はどうして気づかないのだろう？　私はこんなふうに自問自答することがよくあるけれど、答えは見つからない、とウォジャ・ベキは言い足す。数日前、ロクンジャの県の庁舎にいるとき、ペクストンがもうひとつ油井を掘ることを計画していると聞いた。もうひとつだって？　あんなにたくさんの油井があって、毎日毎日、私たちに毒を吐きかけていて、それでもまだ足りないっていうのか？

最後にお葬式があったあの日から私は眠れなくなったよ、とウォジャ・ベキは言う。後日、彼はロクンジャに行き、我々のためにペクストンともう一度協議を持つよう県の行政官に申し入れた。後生だから⇩ペクストンにパイプラインの交換をいいわたしてくれ、と。さほど遠からぬうちに、もれたオイルが我々の家まで入ってきて、我々は眠っているあいだに殺されてしまう——しかし、彼らが耳を貸すはずはなかった。行政官は、「パイプラインは問題ない」「たまに漏れたり、こぼれたりしたって、なんてことないのだ」「そもそもオイルというものは世界中どこでもパイプラインから漏れるものなのさ」と言った。ウォジャ・ベキは返す言葉もなかった。狂人を見るような目で見られることに耐えて要求しつづけるべきか？　おとなしく引き下がって、自分の村人が死んでいくのをただ静観すべきか？　彼は途方に暮れるしかなかった。

その夜、暗い部屋の中でパパが団交の計画の詳細をママにささやき声で話しているのを、私はマットの上で聞く。ママは黙って聞いている——パパがウォジャ・ベキの家から戻ってきて「ベザムに行く」と言ったとき、ママはチッチッチと舌を鳴らした。私には、パパが仰向けになって、胸のうえに置いた両手を握りしめているところが見えるように感じられる。「ウォジャ・ベキの話では、ペクストンは行政官たちを買収し、現実から目を背けさせ、地面や空に目を向けさせているそうだ。つまり、目の前で死んでいく子供たちは一顧だにされていない」とパパはママに説明する。あいつらはいつの日か、一人残らず、受けて然るべき報いを受けるとウォジャ・ベキは言っていた。どうやったら、精霊のさだめをこんなにも軽んじることができるのだろうか？　オイルに血眼をあげている見ず知らずの他人に子供を売り渡せるほど、彼らには金が大事なのか？　「私を見るんだ」とウォジャ・ベキはパパに言った。「私は遺族には香典を欠かさず送ってきた。村でいちばん小さい子に話しかけるときでさえ、その子がいちばん偉い人であるかのように話しかけてきた。そうするのが当然だからだ。そうだよな？　人間が犬よりも優れているのは、仲間を仲間として認める能力があるからではないのか？　金への愛が多くの人を腐らせるのはむなしいことだ。実にむなしい」そう言って、彼はため息をついた。「だが君は正しい」と彼は続けて言った。パパの言うとおり、村としてベザムに直接抗議の声をあげるべきときが来たのだ、と。

タイミングの悪いことに、ウォジャ・ベキはここ数日、腰を悪くしていた。旅には出られそうになかった。彼の相談役たちも年を取りすぎており、さすがに遠出は難しそうだった——いまなお小屋から出て歩けるというだけでも奇蹟的だった。一人は目がよく見えず、あとの二人は耳がかなり遠くなっていた。けれど、パパなら村の代表者としての役割をつとめることができる。「首都にはゴノが住んでいる。ウォジャ・ベキの息子だよ。ゴノが自分の兄弟みたいに世話を焼いてくれるだろう」とパパは言った。

ママはいつしか眠りの世界に入っていた。パパが話し終わって、「サヘル、サヘル、起きているか」と言っても、ママはしんとしている。そして私は、ママがあの汚い歯をした詐欺師の嘘を耳から締め出してくれたのはよかった、と胸の中で言う。

―――

それから二日後の夕方、ウォジャ・ベキは、村で一目置かれている男たちと三人の相談役を集め、会議を招集する。彼は、自宅のリビングで、コサワにひとつだけしかないソファに腰かけ、白い靴下を履いた足で、コサワではここにしかない絨毯を踏みしめ、長針が十二を指すたびに歌を歌いだす時計の下に頭をすえる。他の男たちは木のスツールやセメントがむきだしの床に座っている。ウォジャ・ベキは相談役たちに、パパがコサワを代表し、ベザムまで出かけるのは良い考えだろうかと尋ねる。相談役たちはうなずいたり、肩をすくめたりする。みなさんのお知恵に感謝しますとウォジャ・ベキが言う。パパが立ち上がって、同行してくれる男が三人ほどいないだろうかと尋ねる。誰も手をあげない。一人の男が立ち上がり、ベザムへの使節団を率いるのはパパではなくウォジャ・ベキの役目だと言う。それに、パパは長老ではなく、長老の直下の世代でもないのだから、村を代表して発言する権利はないと付け加える。多くの人がうなり声によって同意を示すが、パパは引き下がらない。ウォジャ・ベキに話したのと同じことを集会でも話して聞かせ、それから、こう言って議論が長引くのを抑え込んだ。自分は誰の理解も祝福も求めていない。感謝もいらない。必要なのは三人の男の同行、それだけだ。パパの幼なじみのビッサウが、パパが最後まで話し終わらないうちにすっくと立ちあがる。さらに四人の男が立ちあがる。パパが募った以上にたくさんの男が集まってしまったけれど、パパは誰の申し出も断らない。パパにはわかるから。みんな自分と同じように、ベザムなんかに行きたくはないと思っているけれど、子供たちの命を救うという意志によって強くつき動かされているのだ、と。

おじさんのボンゴも会議に参加し、パパの隣に座っていた。けれど、彼は同行を申し出なかった。ボンゴおじさんはパパとともに家に帰りつくなり、計画を考え直してほしいと切り出す。ボンゴは、ウォジャ・ベキがパパたちにかならず罠を仕掛けてくると言い切る。団交のために出かけるチームの中には、裏切り者ウォジャ・ベキの殺害をかつて目論んだグループのメンバーも含まれている。レンガ造りの家に住み、ベザムから持ち込まれたペットボトルの水を飲み、アメリカで買った新しいシャツやズボンを着ている自分が男たちにどれほど嫌われているか、息子たちから「偉大な父親へのお礼として」と言って贈られた服を着ている自分がどれほど男たちに憎まれているか、ウォジャ・ベキにはわかっているのだ。子供たちの棺にのしかかるように立ち、その魚のような目から水をこぼしながら、上下そろいの上等な服を着て、こぎれいにしている自分がいかに軽蔑されているかを。でも、パパはそれを意に介さない――ともかく、一人息子が息を引き取る姿はもう二度と目にしたくない、ただその一心で彼は自分の軽蔑している男とあえて手を組む。

――

「考えてもみろよ、マラボ」パパが出発する日の朝、ボンゴが言う。私たちはみんなでベランダに座っている。ボンゴはパパと向き合い、パパはまっすぐ前を見ている。「自分がいったい誰と組もうとしているか、わかっているのか？　ゴノはペクストンで働いている。彼の二人の兄弟は政府関係の仕事に就いている。つまり三人ともペクストンのおえらいがたの口利きで食っている。そんな連中をどうして信用する？　子供の頃からただの一度だって、あいつらのことは好きになれなかったじゃないか。それから、あいつらの父親のことも――ウォジャ・ベキの口から誠実な言葉が出てきたためしがないことは、村のいちばん小さな子供だって知っている。おはようと言葉をかけられたら、外に出てほんとうに太陽が出ているかどうかたしかめてから返事しなくちゃならない。あの男は蛇さ。その息子の家に泊まり、手助けが得られるとでも？　あいつらがどっちの味方なのかはわかっているだろ？」

「他に使える手があるのなら言えよ」パパが言う。「ベザムで暮らしている知り合いがいるかい？　泊まらせてくれて、食事を出してくれて、面会を手配してくれる知り合いがいるか？　私たちとあの……」

「ベザムに行って、政府の連中が握手の手をさしのべて、『ようこそいらっしゃいました、どういったご用件でしょうか』なんて言ってくれると思ってるのかい？」とボンゴが言う。

「握手しに行くわけじゃないさ」

「時間の無駄だよ。おまけに家族に多大な心配をかける。何になるんだよ？」

「政府は岩なのか？　脳も心もないのか？」パパはボンゴに顔を向け、声をあらげる。「政府の人間は、我々と同じ人間だろ？　子供を持つ人間だよな？　病気の子供を持つということがどういうことなのかくらい、ちゃんとわかっている母親や父親ではないのか？　私は自分の腕の中で自分の息子が息を引き取り、それから息を吹き返すのをここに座って見ていたんだ。おまえは自分の目では見てない。もしあのとき精霊がサヘルと私に同情心を起こさなければ、いまごろジュバはここに座ってはいないんだ。だが、いったいどうしてジュバは息を引き取ったりなんかしたんだと思う？　政府は一声でその原因を終わりにできるんだ。いまでこそジュバはぴんぴんしているけど、もう二度と病気にならないと、誰がそんなこと受けあえる？　あいかわらずここの水を飲みつづけているのに？　父親同士で顔をつきあわせて話せる政府の人間を探しに行くことが、そんなにばかげたことか？」

「ベザムに行くのはよせよ」

「おまえも妻と子供を持つようになれば、男には、家族のために行動を起こさなければならないときがあるってことを思い知るはずだ。ここにじっと座して、無駄なおしゃべりをするのではなくてね」

ボンゴは立ちあがって小屋に入る。

ヤヤは鼻をすすっているが、涙は私からは見えない――彼女は視線を地面に落としている。つらすぎて、子供たちを見られないのだ。「私のかけがえのない息子よ」と彼女はパパに言う。「あなたがここに戻ってきたとき、私はもうここにいないかもしれない」

「なにも心配ないよ、ヤヤ」と、優しさを取り戻した声でパパが言う。「長くてもせいぜい十日くらいのものだよ」

「あっちの世界で父さんに会ったら、あなたがよろしく言ってたって伝えるわ。あなたが立派に成長し、良き夫、良き父親になったことを私から伝えるわね。父さんは、あなたが家族を顧みず、目を見開いたまま敵の罠にとび込んでいったことに納得いかないでしょうけど、あなたとサヘルがどんなに手厚く私をいたわってくれたかを話して聞かせれば、きっとあなたのことを誇りに思ってくれるわ」

「ヤヤ、お願いだから……」

ヤヤは杖をついてスツールから腰を上げ、小屋に入る。ママはジュバを腰に抱え、おなかの中には生まれてくる弟か妹を抱え、ヤヤのうしろについて行く。

私はパパと外に残っている。二人とも口をきかず、風に吹かれて葉を落とすグァバの木を見ている。乾季が終わり、雨季の入り口にさしかかっている。これから雷雨の夜が多くなるだろう。そして、目が覚めると朝の空に虹がかかっているという日が、一日か二日ばかり訪れ、やがて今年の二回目となる次の乾季が始まると、一九八〇年になる。私が待ち望んでいた年。私は十歳になる。十は私の大好きな数字。けれど、この日の朝私はパパのために、四十歳の大人になったみたいに振る舞わなければならない。自分のやるべきことを理解してもらおうとしてあせっているパパが、孤独に押しつぶされてしまわないように。私もパパには行ってほしくない。だけど、ジュバと私のためには他に方法がないということくらい、私にだってわかる。

「スーラ」しばらく押し黙ったあとで、私に言う。

「パパ」

「私がいないあいだ、どんなことがあっても……」彼はそこでため息をつく。パパは私と目を合わせない。ジュバの面倒をしっかりみてあげてくれよ、それからヤヤとママとボンゴの言うことをちゃんと聞くようにね、と言う。

「うん、パパ」

彼は、私が強い人間に育つことをいつも願っているよと言う。とくにママについては、ママの体と生まれてくる子供のためによく食べ、よく眠れるようにしてあげてほしいと言う。

私は頷く。

「父さんが帰ってきたとき、ママとヤヤが父さんのことを心配するあまり食事が喉をとおらなかった、なんてことを知らされるのはかんべんしてほしいからね。ボンゴは男だから、うまくできないこともあると思う。そんなときは頼むからね。弟のことをかわいがってあげてね」

「パパの言うとおりにする」

「オーケー、さあ、学校の準備をして、行ってきなさい」

学校に行く途中の道や、授業の合間や、昼休みの時間に、友達が私に質問してくる。ほんとうなの？　あなたのお父さんはグループを連れて、ベザムまで行くつもり、ほんとに？大統領閣下の宮殿に乗り込んでいって、ペクストンを私たちの土地から追い出してくれって閣下に言うの？　私は相手にしない。そっとしておいてほしい。そうじゃなければ、他の五人の同行者たちの子供や姉妹のところに行って、話してくればいい。そんなふうに思っているのに、彼らの子供や姉妹の中にすら、私のところにやってくる子がいる。出かけていく男たちはまちがいなく全員無事に家に戻ってこられる、と私がきっぱりと断言するのを聞きたがっているのだ。ベザムは誰も戻ってくることができない凶暴なジャングルなんかじゃない、そんなのは作り話だと私に言ってほしいとみんな思っているんだ。


学校から帰ってくると、もうパパは出かけてしまっていた。私はママとヤヤにただいまとだけ言う。寝室に入り、制服を着たままマットに寝転がる。ブランケットを頭までかぶり、文句なしに幸せな世界における人生というものを頭に思い描こうと努める。でも、目に浮かんでくるのはパパの顔だけ。きっと、パパと仲間たちは、私が学校に出発したあと、そんなに時間を置かずにガーデンズからバスに乗り込んだはずだ。一日半後にベザムに到着するまで、少なくとも二回はバスを乗り換える。「ご飯ができたから食べに来なさい」とママの呼ぶ声が聞こえるけど、私は返事をしない。食欲なんてないんだもの。

ボンゴはその日の夜、家に閉じこもり、広場で仲間とおしゃべりに興じることはない。ママはやけに早く寝てしまう。私はマットから起き出して、ベランダに行き、ジュバとヤヤのそばに座る。みんなでパパのことを考える。いまごろ何をしているのだろう。精霊がパパとともにありますように、とお願いする。大人になっても子供の気持ちを忘れないように、というパパからのアドバイスを私は思い出す。約束は守りたいけど、こんなに胸が苦しい日のことなんてさっさと忘れてしまいたい。

私たちは日数を指折り数え始める。駆け足で十日が過ぎ去りますようにと真剣に心の中で願いながら。そんな私たちの願いを現実は顧みてはくれない。一日目は千年かけて二日目を迎え、それから、三千年かけて三日目を迎える。雄鶏はいっこうに夜明けを告げず、影にしても、ぐんぐん長く伸びていってくれるような思いやりを持ち合わせていない。私たちは常に耳を澄ませている。こちらへ向かってくる足音が聞こえてこないかと、世界中の物音に聞き耳をたてる。必要なとき以外は何も話さない。自分の言葉で相手を深く傷つけてしまわないように。「お願い、飛んでいって」と頼んでいるのに、分も時間もなかなか私たちのもとを通り過ぎようとしない。頭上にあった太陽が下がり始める。けれど、少しだけ下がってしは延々と同じ一点にとどまる。まるで私たちをあざ笑うかのように。そんなにたっぷり時間をかけて見入るようなものなんかこの世界にはなにひとつありはしない、精霊が地球を創ったその日からなにひとつ変わらないありきたりの夕刻の景色じゃないか、と言っているみたいに。

私たちは同行者の男たちの家族を訪ねる。ママは、パパの親友であるビッサウの妻、ココディに会いに行く。夫がベザムに旅立ち、不安を抱えた妻が二人。ママとココディは毎晩眠れない日々を送っていることをしょんぼりした声で語り合う。さらにもう一人、ママの友人のルルが訪ねてくる。彼女の兄弟のロビがパパと一緒に出発したのだ。ママはルルに、パパのせいであなたの家族まで苦しめてしまい、申し訳なく思っているわと言う。ルルはママに、男の犯した過ちを自分たち女性がお詫びしなければならないと思ってしまうのはなぜかしらね、と言う——村を振り回すような問題を女性が起こしたことがこれまであったかしら？　ルルの声は普段よりも小声になっている。けれど、なにか話すたび前歯の隙間から舌を押し出す癖はいつも通り健在。それは彼女の兄さんと同じしぐさだ。それは私に、人が死んだら歯の隙間はどうなってしまうのだろうかという疑問を抱かせる。けれども誰も死んでないじゃない。誰か亡くなったわけ?

――

十日目、私は早起きして前庭のグァバの葉を掃き、小屋の裏でそれを燃やす。学校が終わると急いで家に帰る。ベランダから離れる勇気はない。息をするのさえ苦しい。みんなでベランダに座り、おたがい押し黙っている。削り取られた私たちの感情はとうとういびつに変形してしまった。たえまなく目を凝らし、目はからからに乾いてしまう。暗闇が深くなり、それがおたがいの顔に浮かんでいる苦悩の色を隠してしまうのを、私たちはじっと待っている。

パパは帰ってこない。

十一日目の夜、ママとボンゴはかわりばんこに眠りにつき、もう一人がそのあいだ外に出て腰を下ろし、じっとしている。やがて太陽が昇り、夜露が乾く。次の夜が来て、私は暗闇の中で泣く。パパ、私を一人にしないで。早く私のところに帰ってきて。朝、ママは目を真っ赤に充血させ、起きてくる。彼女はガーデンズまで歩き、そこからバスに乗り、ロクンジャのビッグマーケットに行き、新鮮な野菜を買って戻ってくる。わが家の鶏を二羽つぶす。ママは食事の支度をし始め、ローストチキンと料理用バナナ《プランテン》にナスとトマトのソースを作る。パパの大好きなメニュー――パパが帰ってきて、おなかがすいたと言っている夢をママは見たんだ。でもパパは帰ってこない。パパはもう戻ってくると思うよ、とわざわざ言葉をかけに来てくれた人たちに、ママはその食事をふるまう。その人たちはわびしげに首を振り、歯で骨から肉をちぎる。指をなめる。それから、食べ物をおなかの中へ流し込むために水をコップ一杯いただけますかと言う。

十五日目の朝、ヤヤはとうとうベッドから起きあがれなくなる。トイレにも行けなくなって、ママがヤヤの体をふいてあげなきゃならない――最初は年のせいで足が弱っていただけだったのだが、心の痛みが仕事の最後の仕上げみたいな感じでそこに追い打ちをかけた。その後も、近所の人や親戚が続々とやって来て、私たちをなぐさめてくれる。希望は持ちづらい状況だけどみんなで力をふりしぼってめげずに生きていかなくてはならない、とボンゴは同行者たちの家族に言ってまわる。学校で私はできるだけ人目に触れないように気をつける。昼休みの時間になると人目の届かないところで一人でじっとしている。中途半端ななぐさめの言葉なんて聞きたくない。

二十日目。二十回の悪夢の夜。

時間には懲罰的性格がある。おまけにそれは過酷なまでに硬直している。時間は、じっと待つことよりよっぽどたちが悪い。食欲は私たちの前ですっと立ち消える。私たちはどんなニュースを待ち受けているべきなんだろう?

――

ウォジャ・ベキの息子ゴノが、三十日目にベザムからやって来る。

学校から帰ってくる途中、私は彼がロクンジャで借りあげた車から降りてくるのを見つける。大急ぎで家に戻り、みんなに知らせる。ママは大きなおなかを抱え、ジュバは私におんぶされて、全員でウォジャ・ベキの家へ走る。もう何日もほとんど食事をとっていないヤヤでさえ杖をついて、ぺらぺらになってしまった体を引きずりながら先を急ぐ。なぜなら、それはきっと良い知らせにちがいないから。少なくとも、最悪のニュースではないはずだ。ゴノは車に死者たちを詰め込んで戻ってきたわけではなかった。パパが戻ってくるのがどうしてこんなに遅いのか、その理由を伝えに来たのだ。

だけど、パパの居場所をゴノは知らない。

六人衆は村を出てから二日後ベザムに無事到着した、とゴノは私たちにむかって言う。ゴノは役場を通じて父親からのメッセージを受け取り、彼らの到着を待っていた。バス停で六人衆を出迎えた。彼らと抱き合い、家まで連れて帰った。妻は、特製のココヤム・ポリッジとヤマアラシの燻製肉を彼らに食べさせ、リビングにマットを敷いて寝かせてやった。朝食はフライドポテトと目玉焼きを食べさせた。そして男たちはゴノと一緒にバスに乗り、政府のオフィスに向かった。腹ごしらえを済ませた六人衆は、やたら早歩きでやたら早口の人々でごったがえす通りや、見わたすかぎりの車の群れや、家の上にのっている家や、頭を上げないと屋根が見えないほど高い建物を、目をきらきらさせ口をポカンと開けて眺めていたらしい。

「僕は彼らと児童局で別れた。彼らは僕が事前に段取りをつけておいた二人の保健局の幹部と会うことになっていたからね。僕は政府がコサワに薬を届けさえすれば、それで問題は解決すると思っていたんだ」とゴノが言う。「そのあと自分のオフィスに戻り、二時間後に迎えに行ったけど、彼らはもうそこにはいなかった」

父親の家の応接間に立って説明している彼に、私たちは冷ややかな視線を浴びせる。彼は私たちに取り囲まれている。死んだ可能性の高い六人衆の父親、母親、妻、子供、兄弟姉妹に。他の村人たちはいとこや甥、友人や隣人の命運を案じながら外にいる。

「それじゃあ何かい、面会が終わった頃に男たちを迎えに行ったけれども、彼らは砂ぼこりかなんかのようにぱっと消えちまったと、そういうことか?」とビッサウの父親が尋ねる。

ゴノは頷く。

「いったいどうやって消えた?」とボンゴが聞く。

「わからない」

「嘘はつかないで」とビッサウの妻ココディが叫ぶ。彼女は妊娠している。おなかのふくらみはママよりも大きい。

「誓ってほんとうだよ。児童局の部長たちの話では、彼らは六人衆と面会し、そのあと送り出したそうだ。僕は彼らがビルの前で待っていると思っていた。だけど、ビルのまわりを何度もぐるぐる探しまわってみたけど、どこにもいなかったんだよ」

「お前が彼らを政府に売ったんだ」と行方不明者の兄が怒鳴る。

「そんなことするわけがない……」ゴノが叫ぶ。

「あんたが彼らを殺した」と私の背後から叫び声があがる。

「僕が自分の友達を殺す? どうして?」

「大人の男たちがそろって迷子になるわけがないだろ」

「その通りだ。だから……だからこの状況が……僕にもさっぱりわけがわからない……」

「ほんとうのことを教えて、ゴノ」と母親が叫ぶ。「お願いだからあなたが知っていることをそのままつつみ隠さずに教えて」

「みなさん一人一人の、いちばん最近祖霊となった魂にむかって僕は誓って言う」と、ゴノは腰を折り曲げ、人さし指を床にすべらせ、指についたほこりをなめ、それを空に向けながら言う。「政府の関係者は僕たちの兄弟が生きてオフィスを出ていったと明言した。嘘じゃない」

妻や娘や母親がわっと泣き叫び、その声がウォジャ・ベキの家の二重扉を通って、彼の敷地にあるリンゴの木立を抜け、ガーデンズに続く道を流れていき、上級監督のいるオフィスや、ペクストンがガーデンズの子供たちのために建設した学校をつっきり、彼らの病院も通り過ぎて、労働者たちが夜な夜な集まっては、ペクストンで出稼ぎをするためにあとに残してきた遠い故郷の思い出話を語り合うホールの中に入り、火と煙を吐き出しつづける鉄塔が立ち並ぶ広大な裸地を越え、油井の底まで降りていく。声はそこで石油に溶け込む。

私は弟を膝にのせて、背中を壁にもたせかけ、ママがおなかに手をあてて泣いているのを見ている。ママの涙を拭いてあげたいと思うけれど、そんな気持ちは、涙をもう見たくないと思う気持ちによって打ちのめされてしまう。ちょうど十日目からママは泣き始め、それから一度も泣き止まない——それも、水分をもっとしっかりとらないと赤ちゃんが枯れてしまう、とヤヤが警告を与えるほどの大泣きなのだ。でも、しばらくしてママがようやく泣き止むと、今度はヤヤが、父無し子として生まれてくる子の不幸をうたい始め、不安と悲しみをかきたてられたママがふたたび泣き出してしまう。私は足早に部屋を出る。こんなことをしていても何の足しにもならない。パパが生きていることを想像していた方がよっぽどいい。私は成長し、ベザムまで出かけ、パパを助け出し、家に連れ帰り、パパの笑い声を聞き、そして、パパがママを幸せにし、ジュバに男らしさについての教示を与えるところをこの目で見るのだ。

「我が親愛なる姉妹たちよ、そして子供たちよ。涙はいささか場違いじゃあないでしょうか?」とウォジャ・ベキがソファから立ち上がって言う。「私たちの目の前に死体がひとつでも転がっているでしょうか? 私たちはどうして涙を流しているのでしょう? 私たちは事の全体をまだ何も知らないのに。ともかく、ゴノと私で真相の解明にあたりましょう」

ウォジャ・ベキの顔を見ていると、どうして彼が生まれてきたのかと思っちゃう。生まれてきてほしいと願われながら生まれてこない者たちが数かぎりなくいるというのに。生まれてくるチャンスに恵まれてさえいれば、ほとんどの人がまともな人間になるのに。精霊はどうしてウォジャ・ベキのような人間を使って、世界を呪いつづけるのか? パパをだまし、私たちに恥ずかしげもなく嘘をつき、絶望にあえぐ私たちを見て口からでまかせを吐き、他人の身体に傷をつけ、そこにコショウと熾火《おきび》をこすりつける彼のことが私は大嫌いだ。

とても許せないことが起きてしまう。彼のせいで、彼の家で持たれた話し合いの二日後、この世に生まれる準備がまだ整っていなかった胎児を、ママの悲しみが体外へ押し出してしまう。ママは赤ちゃんを見て悲鳴を上げ――赤ちゃんの体は手のひらにおさまるほど小さい――ママの友達はママに「しっかりするのよ。さあお別れしましょう。女らしくこの苦しみを耐え抜くのよ」と泣きながら言う。すぐに次の赤ちゃんができるよとは誰も言わない――隣で眠るパパがいなければ、ママが赤ちゃんを産む日は二度と来ないから。

ヤヤには泣き声をあげる力すら残っていない。私たちは赤ちゃんを埋葬するためお墓まで歩く。赤ちゃんは私のおじいさん――ビッグパパ――の上に埋葬される。この道と同じ道を歩き、小川を渡ってビッグパパを埋葬したのは、つい最近のことのように思える。パパとボンゴ、そして他の四人の男たちの肩にバランスよく乗せられた棺が行列の先頭を行き、そのうしろではジュバを身ごもったママが私の手を握り、三人の女がヤヤを抱き寄せ、夫と何十年も一緒に過ごせるなんてほんとに幸せな人生なんだからねとなぐさめ、私たちのうしろにいる他の村人たちが歌をうたっていたあのときのことが、今ありありと胸によみがえってくる。**すべての命には終わりがある。あなたの命がいつまでも続きますように。**

赤ちゃんのために歌う人は誰もいない。私たちの赤ちゃんは命を宿すことがなかったから。埋葬地へ向かう人々の列もない。私たちは十数人しかいないから。赤ちゃんの体はわざわざ棺桶を作るほどのものですらなく、親族の一人がブルーシートに包んで、抱きかかえている。

私はその日の午後、胸に誓った。ウォジャ・ベキとベザムにいる共犯者たちに、私の家族に対する罪をいつかかならず償わせてやる、と。どうやれば少女が大の男たちに罪を償わせることができるのかまるでわからないけれど、残りの人生をあげてその方法を私はつきとめてみせる、と。

——

その週の終わり、ボンゴはベザムでパパたちを探し出すために三人の男たちとともに村を出ていく。ボンゴが出かけようとすると、ヤヤが地面に両膝をつく。自分が産んだ子供が誰一人いなくなるような目にはどうか遭わせないでほしい、それは子供を産んだことのある女性にとって最悪の呪いなのよ、と泣きながら。ちゃんと帰ってくるよ、とボンゴは約束する。生きていようと生きていなかろうと、かならず兄さんも連れて帰るから。

ベザムに着くと、ボンゴたちは政府の建物の階段付近で待ち構える。有力な情報をもたらしてくれた人には土地とヤギをプレゼントします、と言ってまわる。道端の廃墟のようなぼろ小屋に寝泊まりし、夜明けから夕暮れまで、親切そうに見える人に近づいて行って質問し、説明をするが、人々は首を横に振るばかり。それから、神経の張り詰めた、ばかでっかい町を歩きまわる。四人の男たちは大都会に引き裂かれ、呑み込まれそうになる。出発から八日後、彼らはなんの収穫もあげられないまま、戻ってくる。

あいかわらず、ママとヤヤは夜になるとベランダに出てパパを待ちつづけ、うちひしがれ、痩せほそる。二人は順番に衰弱していく。私の助けを借りながらヤヤがママに食事をとらせる日もあれば、ママと私でヤヤに食べさせる日もある。私はほぼ毎晩、二人に食事の介助をする。ボンゴが家にいればボンゴの手も借りる。私はできるだけバナナを食べるようにしている。多少なりとも体力の残っている者が家の中に一人は必要だから。私は夜更けにようやく自分の痛みをいたわってあげることができる。みんなが寝静まっていることを祈りながら。もし私たちの祖先がどこか別の土地を選んでいたら、私たちは今頃どんなふうな人生を送っているのだろうと想像する。涙がこぼれてくる。死んでいった友達の姿が夢に現れては消えていく。生まれてくることができなかった私たちの赤ちゃんが、もしもおなかの中ですくすく育って、穏やかな世界に生を受けることができていたなら、どんな子供になっていたんだろう？　パパがいなくなったりしない世界に。生き残っている私の友達や私が大切な時間を使って、自分の死ぬ順番がまわってくる日のことを考えたりなんかしないです む世界に。

――

パパが失踪してから三か月後、ペクストンの社員が村との初めての話し合いの場にやって来る。彼らの到着に先立って、ウォジャ・ベキが私たちにむかって、パパたちには感謝しなければなりませんと言う。ベザムで彼らが行動を起こし話をしてきてくれたからこそ、ペクストンがここまで話をしに来てくれることになったんです、と。私にはよく意味がわからない。ベザムの人たちがパパたちの力になりたいと本気で思っているとしたら、どうしてパパたちが消えていなくなったの？ でも、この話し合いはどうしてもうまくいってほしい。

ヤヤとママもベランダの椅子から腰をあげ、会議に参加する。ボンゴたちの捜索は無駄骨だったけど、パパはひどい怪我を負っているとしても、かならず生きて帰ってくるというひとすじの望みを、二人はつないでいた。私たちの服しているのは、世界最悪の喪なのです。彼らが死んだのかどうか、どうやって死んでいったのか、いつ死んだのかすらわかりません。救える可能性がまだ残っているのかもわからないんです。ヤヤは泣きながら訴えた。せめて息子の死体を引き取り埋葬しさえすれば、事実を事実として受け入れることができます、と。ところが、ペクストンの連中ときたら、なにひとつ知りませんの一点張り。行方不明者の父親の一人が立ちあがり、〈リーダー〉に「せめて六人が死んだという確認をとってくれませんか。そうすれば、彼らの身代わりとして精霊に供儀獣を捧げることができるんです。それが済めば、彼らはすぐにでも航海に出発し、祖先のもとへ向かうことができます」と懇願すると、〈リーダー〉は、それはできません、そこに関与する権限が私にはないのです、迷信的な問題についてはペクストンのあずかり知るところではありません、と答える。

この一年以上にわたって、八週間おきに、彼らは私たちと話をしにやって来る。その都度、ウォジャ・ベキはリネンのスーツに身を包み、ペクストンの男たちはいつもの嘘を新しい言葉で語り直す。集会が終わるとママとヤヤは泣く。コサワは少しずつ弱っていく。ほんの二、三時間前までは私たちはみんな諦めかけていたのだ。コンガが男たちの車のキーを奪ったのは、そのときだった。

考えごとをしているうちに、思案の重みに耐えかねて、夜更け頃私は眠りにつく。目を覚ますと、コサワに日の光がさし込んでいる。太陽が昇らないよう祈っていたが、太陽は昇った。もう起きなきゃ。銃に立ち向かわなきゃ。

ジュバはあいかわらず私の隣で寝息をたてているが、ママとヤヤはとっくに起きている。応接間でボンゴおじさんとひそひそ話をしている声が聞こえる。私が部屋に入っていくと、三人は話をやめ、私を見る。ママが微笑みをつくる。私はすべてを知りたい。コサワの男たちは兵士を迎え撃つ準備ができているの？　彼らは昨晩どんなふうに時間を使ったの？　マシェットは足りてる？

「今日は学校に行かない」と私は言う。

ママは「おいで」と言って私に手をさしのべる。私は動かない。

「君が家にいなきゃいけない理由などないよ」とボンゴが言う。「学校はいつもどおり。学校は安全だ」

「どうしてわかるの？」

「どうしてって……何もかもうまくいくよ、スーラ。昨日の夜ペクストンの男たちが言ってたことなんか忘れちゃうんだ、いいね？」

「忘れられないわ。彼らは大真面目よ。本気なの。ねえママ、お願い」

ママはボンゴに反論しない。あいからず作り笑いを浮かべている。

私はドア越しに外を見る。おだやかなものだ。なぜ、男たちは軍との抗戦にそなえて、駆けまわっていないのだろう？　ボンゴが夜を徹して戦闘準備をしていたようには見えないのはどうしてなの？　たっぷりとオイルでコーティングされた顔や、きちんと整えられた髪を見れば、彼が沐浴を終えたばかりであることは明らかだ。壁に立てかけてある彼のマシェットは磨きあげられ、刃先は光っている。彼がこんなにくつろいでいられるのは、とんでもないスピードでむかってくる弾丸なんか、このマシェットで切り落とすことができると確信しているから？　信じていいの？

ボンゴはうっすらと笑みを浮かべ、首を傾げて私を見ている。彼の顔は以前にも増してパパに似てきた。彼はパパとそっくりの低い声で、昨夜の出来事にはまだ子供の私を混乱させてしまうような部分がたくさんあった、と言う。なにも戦闘が始まるわけじゃないさ、兵士は人を殺すためにやって来るのではないんだよ、と彼は言う。たしかにペクストンの男たちは、君が耳にしたように不穏な言葉を使っていた。だけど、「兵士が村人たちを片づける」という発言については、彼らとしても本気で言ったわけじゃない。〈リーダー〉が言いたかったのはね、軍隊がペクストンと私たちのあいだに存在している意見の不一致を「片づけてくれる」ということだよ、つまり、問題を解決に導くということさ。ほんとに兵士はやって来ると思う。きっとね。でも、それは村の男たちと話し合いを持つためなんだ。それ以上ではない。だから、子供たちは学校に行かなくっちゃ――家にいて兵士たちを待っているのは親の役目さ。
ママはくすくす笑いながら（もしかしたら本気で笑っているのかもしれない）、私が学校から帰ってくる頃には、この日の出来事は、いつかあなたがおばあさんになって、孫に話して聞かせるような物語になっているはずよと言う。

――

ボンゴとママの言っていることはとても信じられない。だけど、どんなふうに言い返せばいいのか私にはわからない。さからってはいけない――年長者にたてつく権利を私は持っていない。たとえ相手がばればれの嘘をついているとわかっていても。私はヤヤの方を見る。なにか知恵深い言葉で、私の戸惑いを取り除いてくれるといいんだけどと思いながら。けれど、とっておきの言葉がおばあさんから語られることはない――彼女はひと言も口をきかない。
私は井戸に水汲みに行く。学校には行かないわ、と自分に言い聞かせる。おなかが痛いふりをしちゃえ。
途中で友達と会う。彼女たちの顔からすぐに、ボンゴが私に言ったのと同じ言葉を親に言われたことが見てとれた。
友達も私と同じ一九七〇年生まれの子供たちだ。男の子も女の子も友達。クラスメイトだし、同い年の仲間《エイジメイト》でもある。一緒にハイハイして、一緒によちよち歩いて、今となってはみんなで歩いている。女の子は男の子と別々に遊ぶこともあるし、一緒に遊ぶこともある。喧嘩をすることもある。泣かされて、ママに言いつけても、ママはため息をついたきり、ちっとも取り合ってくれない。しばらくすると私たちは仲直りする。だいいち、年が違う他のグループの中にいたって、自分たちのグループにいるときみたいに居心地のいい場所なんてどこにも見当たらないんだもの。私には同年のグループの中に、特別に仲のいい子が二、三人いる。そのうちの二人と、水汲みに行く途中でばったり会う。大人たちは私たちに隠し事をしているという私の意見に二人は同意する。それなのに二人は学校に行くという。何はともあれ学校には行こうということのようだ。「ねえ、スーラ、考えてもみて」と友人の一人が言う。「私たちが学校で殺されると思っていたら、親は私たちを学校に行かせたりしないんじゃないのかな?」

――

眠れない夜を明かした私は、授業中にペンダ先生が出した最初の算数の問題を解き終わらないうちに、居眠りしてしまう。ほとんどのクラスメイトがうとうとしている。どうしたのですか、どうしてそんなに疲れた顔をしているのですか、とペンダ先生が私たちに聞く。私たちは口をそろえて「なにも問題はありません」「なんでもありません」と答え、いっしょうけんめい先生の授業に集中する。村人たちが村長とペクストンの社員三人を捕まえた事実は、政府側の人間にはふせておきたいと親たちが考えていることくらい、私たちにだってわかっているから。同級生の一人が、前日の夜に村で長い話し合いがあったんですと口をすべらせそうになるが、他の子供たちが、ジャカニやサカニがやるように、相手の目につき刺さって片目になっちゃうんじゃないかと思うくらい鋭い目線を飛ばして、彼をにらみつける。ペンダ先生に村のことをうっかり話してしまえば自分たちの命が危うくなると、そのあとも私たちはみんなびくびくする。この恐怖心はずっと一日中私たちの警戒心を高く保つ。先生から出されたすべての問題に対して何がなんでもきちんと答えてやるぞと私たちは奮起する。とにかく絶対、先生に怪しまれないようにしなければならない。

ペンダ先生は政府の側の人間だけれど、私は先生が好き。私たちの学校の他の六人の先生と同じように、彼もガーデンズでペクストンの労働者たちと一緒に暮らしている。住んでいるのはレンガ造りで屋根がアルミの家。この住居は政府の諸手当のひとつだ。ペンダ先生は、私たちがこれまでに出会った、あるいは両親から話を聞いてきた他の政府の人たちとは違ってとてもやさしい。彼は私たちに知識を与えてくれる。知識それ自体に害はない。とはいえ、お金の問題がからんでもコサワのことを裏切らない人物かどうかはまた別の話だということも、私たちはちゃんとわかっている。先生は私たちの仲間ではないのだ――彼は、ここことはちょうど反対側にある村の出身だ。彼が好んで口にする話によると、その村では、一人の男では手にあまるほどの美しさの持ち主なら、三人まで夫を持つことができるという。私たちは、村に帰れば奥さんや子供が待っているのかと聞いたことはない――他人にするような質問じゃないから――けれど、私たちは先生のことが好きなので、家族の結婚式や出産祝いに彼を招待する。そして、成績の良い生徒からの招待のときだけ彼は出席する。

―――

午後、学校から家に帰る。そして、ママが、兵士たちは予想に反してやって来なかったけれど、大人たちはたいして心配もしていないし、兵士たちがいつ来ても村の大人たちはきちんと準備しているからね、と言う。そう話すときのママのなんだかうれしそうな様子は、私の不安を振り払ってくれる。きっとなにもかもうまくいくはずだと私は確信する。

ママがあなたの大好きな料理をつくったわよと言う――熟したプランテンの揚げ物と、豆と豚足の燻製のシチュー。コサワじゅうの母親たちが、家族のために特別な食事を用意する。ありふれた一日が祝福に値するんだよね、と言っているみたいに。米を炊き、山羊の燻製のシチューをつくる。葉物野菜にヤシ油とマッシュルームを添え、蒸しあげる。オクラソースのかかった茹でヤムイモをブッシュミート（野生動物の肉）と合わせる。料理に使われる食材には、「汚れているもの」も「汚れていないもの」もある。植物がほとんど何も実らなくなった畑で採れたもの。もう少しで空っぽになってしまう納屋にあったもの。でも大半は、森で男が仕留めた動物を女が売り、そのお金を使って、ビッグマーケットで買ってきた食材だ。他の村に住んでいて、よく肥えた土地を持っている親戚からもらったおすそわけで作った料理なんかもある。ずいぶん遠い親族の「おばさん」や「おばあさん」、「いとこ」がときたま訪問してきて、彼女たちのもとにはまだたっぷりある食材をわけあたえてくれる。そんなとき私たちはおいしすぎる食事に、病や死のことなんかあらかた忘れちゃって、応接間の床でむしゃむしゃ食べるの。ジュバが自分の皿を舌でぺろぺろ舐め、舐め終わると、私の皿にちらちらと目をやる。私はジュバにちょっとだけわけてあげる。友人の中には、胃が私より大きい子がいる。そういう友達の家にかぎって、おなかをすかせたたくさんの兄弟がいて、だから子供たちは鍋の底のソースを舐める権利をめぐって火花をちらすことになっちゃうんだ。よくあることだけど、それがエキサイトしてくると母親があいだに割って入り、鍋に指で線を引く。そうやって陣地を割り当ててやるわけ。

食事が終わると、友達と私は家族が使った皿や鍋を洗う。たいした仕事じゃない。すでにきれいに舐めあげられているから。この日の夜の私たちの家事は、なんだかこれまでになくらい楽しいものになる。鶏と山羊はおとなしく納屋の寝床に戻る。前庭で私たちが掃き集めた葉や小枝は、完璧なうず高い山を形作る。それを私たちは裏庭まで運ぶ。時間がたてば、寄せ集められたものはかたちが崩れて、ちりぢりに細かくなっちゃう。そこからミミズが姿を現す。そしてそれは私たちの病んだ土壌の養分になっていくんだよね。

こまごました家の仕事が片づき、日が暮れかかり、あたりの空気が青く染まりだす。私たちは外へとび出し、遊びに行く。家の敷地を自由気ままに横切り、友人や兄弟とかくれんぼをしたり、プランテン・バナナの葉っぱとゴムで作ったボールを蹴ったりして、もうこれっぽっちも残っていないと思っていた希望の光の中で幸福感に浸るんだ。

パパがいなくなって一年以上たつけど、その日から今日までこんなにしあわせな気持ちになったことはなかった。大人たちと兵士の話し合いによってパパが帰ってくることになるかどうかはわからない。だけど、私は村の大人たちのことを信じてる。みんなではっきりと村の主張を述べてくれるはずだし、そして、それにつき動かされたペクストンは使えない代表者を寄越す以上の具体的な行動をとるだろう、と。

友達の家のベランダで三人の友達と座り、私たちとはまた別の友達二人が縄跳びをしているのを見ている。片方の子の足が縄跳びにひっかかって転び、私は声をあげて笑う。その子はなんだか面白くないといった感じでぶつぶつ文句を言い始め、私はそれをにこにこと聞いている。私は必要に迫られないかぎり、あまり自分から話をしようとは思わないタイプなんだ。パパの話では、私には生まれつき四つの目と四つの耳と、話すよりも笑うことに適している四分の一の口があるそうだ。とくに今夜みたいな夜には言葉はいらないと感じる。この村とみんなのことが大好きという気持ちが押し寄せ、とめどなく笑みがこみあげてくる。友達の笑い声を聞きながら、若い男の人たちがマッシュルームをまったりと吸うために広場へ向かっている姿を見ていると、そんな雰囲気におあつらえ向きのそよ風なんかも吹いてきて、コサワに生まれてほんとうによかったと思っちゃう。

———

あくる朝、食事をとりながら私はママに、捕虜たちのことをどうするか村には何か計画があるの、と尋ねる。ボンゴとルサカ、そして他の男たちがこれから集まって話し合い、兵士がすぐにはやって来ない場合も見込んで作戦を立てることになっているとママが教えてくれる。それはどんな作戦になるのだろうと、私と友達は登校時や昼休みにあれこれ考えてみる。村の男たちは捕虜たちを殺しちゃうんだろうか？　だったらまっさきにウォジャ・ベキを殺してほしい。裏切り者に最悪の死をおみまいしてやりたい。

午後の家事が終わると、私は友達に会うために広場に行き、マンゴーの木の下でかわりばんこにたがいの髪を編み合う。ここでも私は友達に好きに話をさせる。ときどき友人同士で口論みたいになることもある。自分がしている話がいちばん重要なんだから、その話をちゃんと聞きなさいよというように。話者の役を争うより聞き手でいる方がずっと面白いのに。どうしてそんなことになるのか私にはさっぱり理解できない。私が心から話したいと思うのは、パパ一人きり。私たちの会話は木の葉のざわめきのようにささやかで、そのあと静けさがやって来るのがとてもいい。彼はもういない。だから私は自分の頭の中に閉じこもって、どうして世界はこんなふうなんだろうか、精霊はいつの日か世界をつくり変える気になるんだろうかと、考えごとに耽っていたいんだ。

ペクストンの男たちが拘束されて三日目、ヤヤは昼寝をしていて、私はママとジュバと一緒に応接間に座っている。食事をしていると、物音が聞こえる。食べ物を噛む音をかき消す大きなエンジン音。ガーデンズの方から細い道を通って、こっちに向かって来る。

それはべつに大きな音でもなければ気にさわるような音でもないのだけれど、かといって、無視できるような音でもない。なにしろここは小さな村で、物音が隠れ場所を見つけられないくらい物静かなところだから。近くに油田があるとはいえ、コサワに車がやって来ることなんてめったにない。村を過ぎると、とくに見るべきものもない。どこまで行っても木と草だけ。車の音が近づいてくると、それ以外に何も聞こえなくなり、会話もそれに引っ張られる。いったい誰が車に乗っていて、何をしに来たんだろう。

私の口の中の食べ物はたちまち味がしなくなる。

私はママを見る。そんなところでのんびり座っている場合じゃないわ、私はそう怒鳴りたい。ぐずぐずしないで、ドアに鍵をかけるのよ。窓にも鍵をかけて。集会の日の夜にやったみたいに三重結びをしなさい。

ヤヤがあわただしくベッドルームから出てくる。私たちを見て、それからベランダまで歩いて出ていく。私たちは全員立ち上がり、ヤヤのあとから外に出る。手に持っている私のお皿からヤシ油が指にこぼれる。

――

コサワの男たちがそれぞれ自分たちの小屋から出てくる。彼らは何も手に持たず、車の方に吸い寄せられていく。マシェットも槍も持たずに。ボンゴはルサカの小屋にいるようだ。兵士たちとの会話の流れを予想し、こまごましたことを話し合っているのだろう。だけど、兵士と向き合うのに武器なしでいいのだろうか？　近所の男性が広場へ駆けていくのを見て、そう聞いてみたくなる。大切なものを忘れているわよ、と忠告したい――平和的に話し合いが進むことを期待しているのだろうが、それにしても、丸腰で兵士に会いに行くなんてありえない――けれど、武器を持たずにうちの前を通って広場へ向かう男たちの数はどんどん増えていく。まさにいま死の淵に追いたてられているというような顔つきをしている者は誰もいない。なかには、ぺちゃくちゃとおしゃべりして笑い声をあげ、たがいに背中を叩き合い、自分のおなかをさすり、妻の手料理を自慢している者までいる。コサワの男たちは新種の狂気に冒されちゃったんだと私は縮みあがる。

村の集会の直後、ジャカニとサカニは男たちに何をしたんだろう？　兵士たちの到着とそれにともなうあらゆる事態に備えさせるのが双子の役目だったはずだけど、どういうわけか、二人がおこなった儀礼は逆効果を引き起こしたみたい。

男たちの姿が見えなくなったあと、ママや他の母親たちがベランダから出てくる。ささやきながら、歩き始めたばかりの子の手をひき、赤ん坊を腰や背中に乗せている。それから押し黙り、広場に向かって歩きだす。私たち子供は戸惑いながらも、母親のあとについていく。子供を破滅に導くようなことを母親は決してしないと知っているから。私たちは二人あるいは三人でかたまって歩く。私は大きく息を吸い、大きく息を吐く。広場で目にすることになる光景を思い描いてみるが、心がそれを半分拒んでいて、あまりうまくいかない。

――

広場に到着すると、兵士たちはすでに車から降りていた。近づいていくと、私たちをじろじろ眺める。彼らはマンゴーの木を見分している。いつもそこで昼寝をしているコンガはいない。どこにいるのだろう？　ママに聞いてみた。誰にもわからないみたい、あの夜の村の集会から、誰も彼の姿を見かけていないそうよ、とママは言った。コンガは村の男たち全員に、ジャカニとサカニの小屋の前で会おうと言い残した。けれどそこに彼は現れなかった。あの夜の残りの事柄の処理については――それがどういうものだったのか私たちにはわからない――双子に任されたのだ。

兵士たちは広場を見回している――ほこりっぽい前庭や隣接している家屋の斜めの茅葺き屋根なんかを。広場からのびている小道を。杖を握ってやって来るヤヤや祖父母たちの足もとから白い砂ぼこりがたちのぼるのも、その目は捉えている。祖父母たちの足の運びは、よちよち歩きの子供のようにおぼつかないけど、なにも生死の境界へ急いで行くこともない。

――

私はてっきり兵隊は少なくとも五、六人はいるんだと思っていたが、二人しか来ていない。二人とも、緑に赤と黒の斑点がちらばっている軍服を着ている。一人は雄山羊みたいに顎ひげが生えていて、もう一人は頬の肉が、大切に飼われている豚の腹のように小刻みに揺れている。彼らは怒っているようにも喜んでいるようにも見えない。ただ、どこかめあての場所に行く途中で、ちょっとついでにそんなに大切じゃないものを受け取るために立ち寄った男たちというふうに見える。

ボンゴが歩いて兵士たちに近づいていくのが見える。兵士たちのまわりに村人たちも集まって来る。

ボンゴは軽く手をあげて一礼する。彼は、他の人には聞こえないような小さな声で兵士たちに何やら話しかける。兵士たちは頷く。ボンゴはウォジャ・ベキの家を指さす。兵士たちはまた頷いてにっこりする。ボンゴが兵士たちを笑顔にするようなことを口にするなんて、私は目を疑う。パパをひどい目に遭わせた政府の兵士たちを笑顔にするような言葉が、あろうことか彼の口をついて出てくるなんて。そしてまた、他の父親たちや、おじさんやおばあさんたち、年長の兄弟たちがなぜ微笑んでいるのかも、私にはさっぱり理解できない。友達を見ると、みんな私と同じように首をひねっている。でもその困惑の表情は次第に笑顔にかわっていく。まるで微笑の輪に参加すること以上にかしこい選択はいまこの瞬間において存在しないとでもいうように。胸の内から湧き出てくるのではない笑顔は口が痛くなるけど、私も微笑の輪に加わって、私なりの役割を演じなければならないことはわかっている。学校でも、リーダーには従わなければならないと教えられてきた。今はボンゴがリーダーだ。空から糸で引っ張られているみたいにその唇の両側が釣りあがっている。広場にいる誰もが同じことを考えているのだろう、たちまちコサワの全村民が聞き取れもしない会話のなかで微笑み始める。なかには本物の笑顔もあるかもしれないけれど、それさえも疑わしいなと私は思う。だって、私のまわりにいる人たちなんて、みんな不自然に歯をむき出しにして、目を大きく見開いているんだもの。

作り笑いを浮かべつづけるのに必死で、次の成り行きに考えを巡らせる余裕なんてない。ふと右を見ると、ウォジャ・ベキが広場の方へ歩いてくる。彼の両脇を、村の集会の夜に彼をルサカの小屋まで引きずっていった二人の若者がかためている。ウォジャ・ベキは微笑を浮かべている。両脇の若者二人も足並みを揃えて笑っている。ボンゴの笑顔は大きく広がって、兵士たちも微笑みつづけている。誰もが、わけもわからず陽気に振る舞っている。こんな致命的なゲームを始めた張本人たちを別にすればということだけど。

―――

「我が親愛なる兵士たちよ」とウォジャ・ベキがせかせかと前へ進み出て、呼びかける。「お待たせしてしまい、失礼いたしました」

豚みたいなほっぺたの兵士は肩をすくめる。あいかわらず笑っている。

「仕事が大変お忙しく、一分すら惜しいお二人の重要人物のお時間を私が無駄に使って良いわけはありません」とウォジャ・ベキが続ける。「兵士のみなさん、私はほんとうに申し訳ないと思っております。実は私は友人を訪ねていたところ、いつの間にか彼の家で眠り込んでしまっていたのです。ここにおります立派な若者たちが私を起こしてくれたのは賢明でした。うかがったところによると、あなた方はペクストン社の社員を探しておられるとか？　彼らが私たちの村を出ていき、それ以降姿が見えなくなったという話はほんとうなのでしょうか？」

二人の兵士は頷く。

「そう聞いて、私は途方に暮れております。そんなことがありえますか？　彼らは三日前に出ていったというのに？　信じられません。まったくもって……ああ、なんと申し上げればいいのでしょうか……言葉もありません。まるで理屈に合いません。ここはひとまず、私の家に参りましょう、そこでお話をさせてください」と彼は言って、家の方向を身振りで示す。「私の村の仲間たちとあなた方が顔を突き合わせて話をするのが良案にも思えますが、ここはひとつ関係者のみでじっくりと深い部分まで内談できればありがたく存じます。いかがでしょうか？」

兵士たちはふたたび頷き、体の向きを変えて、ウォジャ・ベキについていこうとする。

ウォジャ・ベキはボンゴと、さきほど広場まで随行した二人の男を身振りで示しながら、「もしよろしければ、兵士のみなさん、この三人の若者を同行させ、私の発言の証人になってもらいたいのですが」と言う。「ご理解いただかなければなりません。私のような立場の者が何かものを申し述べる際、そこには立会人がかならず必要なのです。言葉がゆがめられてしまいかねないですから」

兵士たちはおたがいに顔を見合わせ、また肩をすくめる。私はそれを見て、彼らは頷いたり肩をすくめたりするためだけにここまで派遣されたのではないかと思ってしまう。彼らのどこかのんきな立ち居振る舞いを見ていると、コサワの男たちが武器を家に置いてきたのは、ちっともおろかなことなんかじゃなかったと思えてくる――これまでの流れなら、槍やマシェットなんてまったく必要ない。兵士たちは銃を右腰のホルスターに入れている。けれど彼らは、銃に対する知識や関心をこれっぽっちも持ち合わせていないように見える。銃をホルスターから抜く気配も、私たちに銃を向ける気もまったくなさげなのだ。

私たちは広場に立ち尽くし、ウォジャ・ベキと五人の男たちが立ち去るのを見送った。ウォジャ・ベキの声はいきいきとしている。なにしろ、この数日間、使うチャンスを与えられなかった言葉を解き放つことができるのだから。文章と文章を区切るわずかな沈黙さえ差しはさむことなく、とんでもない早口でまくしたてる。「兵士のみなさん、私の受けている衝撃はとてつもなく大きなものですけれども、ともかくまずは座ろうではありませんか、と申しますのも、私の妻たちがおいしい料理でもてなしてくれますので、そこでいったん頭を整理して、男たちの行方を探りましょう、私がそうするのがいいと思いますのは、ある場所から別の場所へ移動するとき、人間が消えていなくなるなんてありえないことだからですし、私の長年の経験に照らしてみても、そんな話は聞いたことも見たこともないからですし、これまで世界に存在するありとあらゆる種類の出来事を見聞してきた私です、私の言うことに間違いはありませんし、そして、あそこに立っている私の村民たちに聞けば、あの夜の集会のあと、社員のみなさんは運転手が運転する車に乗り込み、家に帰ると言ってここを出発したとはっきり証言してくれるはずですし、私としてもあの方々が翌朝目覚め、奥様の用意した朝食を召し上がってから家を出て会社に向かっているところを想像していたわけなのですが、あなた方がここにいらっしゃって、あの日以来、誰も彼らを見たことがないとおっしゃるものですから、私はまさかそんなことはありえないと……」

一行がウォジャ・ベキの家へつづく道にむかって小屋のむこうに消えたあと、友達と私は顔を見合わせて、首をかしげる。ウォジャ・ベキはいったいどうしちゃったの？　どうして私たちの味方をしているんだろう？　もう敵じゃなくなったわけ？

私は村の男たちを見る。うろたえている様子はまったくない。満足しきっている。彼らの望んでいたことが目の前で現実に起きているからだ。子供には今ひとつよく理解できないけれど、物事が計画どおりに運んでいるからだろう。慈悲深い精霊の守護による自分たちの勝利を確信しているからだ。

――

ボンゴたちがウォジャ・ベキの家から戻ってくるのは何時くらいかな？　さっぱり見当もつかない。私は友達と話し合い、ひょっとすると何時間も待つことになるかもしれないから、私たちだけでちょっとゆっくりしようかということになる。私たちは待つことに慣れっこになっている。生まれたときから、あれやこれやといろんなことを待ってきたんだもの。一生における待ち時間から見たとき、数時間の待ち時間なんて、ものの数ではない。杖をついたおじいさんやおばあさんが、家までひとっ走りしてスツールを持ってきてくれるかい、と言う。母さんたちも娘に頼み事をしている。足を伸ばして座れるように、マットをもってきてマンゴーの木の下に敷いてくれる？　ついでに小さな子供たちが遊んで、退屈しないでいいようにボールも持ってきてくれると嬉しいわ。お尻に布を巻いただけの裸の赤ちゃんを抱えて広場に駆けつけた姉さんたちや、まだ若いおばさんたちも、妹や姪にお願いしている。赤ん坊に着せるものを持ってきて。それからついでに、赤ちゃんがおなかを空かせたときのためにバナナも持ってきてね。それからついでに、草編みの抱っこバンドも持ってきてくれる？

コサワの子供たちは四方八方に駆け出す。私はヤヤのスッールと、ジュバの水だけ持って戻ってくる。けれど友達はいろんなものが入ったバスケットを抱えてくる。というのも、彼女たちはひとつの小屋に、両親、たくさんの兄弟、叔母、叔父、いとこ、祖父母たちと同居しているから。友達の家族は、誰かが結婚するたびに部屋を増やしていく。新婚の夫婦は、やがて生まれてくる子供たちと一緒に暮らせる居室をつくる。祖父母には寝室があり、未婚の叔母や姉、女性のいとこは一人部屋を持っている。彼女たちはその中で男の人に抱かれるのを待つ。未婚の叔父や年長の兄弟、その他の男性親族は別の入り口のある奥の部屋にいる。彼らは自分から家を出ようと思わない限り、いつまでもそこに留まることができる。

マンゴーの木の下に敷いたマットの上で、母親たちがひそひそ話をしている。最年長の祖父母たちは身を乗り出しておたがいの耳に語りかける。友人のお姉さんたちの中には、つい最近子供という枠をはずれ、女性としての新しい輝きで世界を明るく照らしながら歩きだした女の子もいる。そして、もう自分は男の子なんかじゃないと心を決め、女のために男としてできることはなんでもやってみせると腕まくりしている男の子たちと、いたずらな視線を交わし合っている。くすくす笑っている娘たちに目をやりながら、もうすぐ男になる少年たちは、まばらにひげが伸び始めた口もとを舐め、唇をすぼめたりする。ところがそこで親たちは、男の子たちが子供をつくる準備のすっかり整っている者たちだけに許されるような視線を投げかけていることに気づく。すると若者たちは気まずそうに目をそらし、頭にあるのはコサワの運命だけというようなふりをする。

父親や叔父、祖父たちは女性や子供たちから離れて話をしている。ルサカの言葉にしきりに頷いている。私の友達はコンガの話をする。みんなの想像の中のコンガは森の中を散歩していて、すぐそばで動物がうろつき、鳥が頭上でさえずっていて、それなのに彼はそれに見向きもせず、風に命じられてかさかさと囁き合っている葉っぱの声に耳を澄ませている。

ジャカニとサカニは広場の左の隅っこに立ち、私たちを見ている。そこは彼らのお決まりの場所なのだ。彼らはここから、これまで村のすべての集会を見守ってきた。コンガがやって来たあと、行動を起こすことも発言することもなかったけれど、前回の集会も彼らは一部始終を見ていた。

母親たちにほど近いところで地面に腰を下ろしている私の友達は、コンガの話に区切りをつけ、ペクストンに対する私たちの反撃はいつ終わり、どういう結末を迎えるかと話し始める。同級生の一人が体調を崩していた。彼は今日学校に来なかった。それとはまた別の友達の生まれたばかりの弟が病気になった。母親が畑仕事できるように、彼女は家に残って弟の面倒をみなくてはならなかった。つい数日前抱いていたかすかな希望は消えかけている。コサワはわびしさをぬぐいさることができないでいる。

二、三分おきに沈黙が友人たちをとらえる。死についてそんなに長い時間語れるわけもない。もう何もしゃべらないで待っていようか、と一人が切り出す。黙って胸の中でお祈りしようよ、と別の一人が言う。異論はない。真剣に祈らなければならない時があるとしたら、今がその時。私はうつむいて、コサワのために祈り始める。パパが戻ってきますように。ヤヤとママ、そしてすべての母親たちが泣かないでいられますように。

目を閉じていると、友達が私をひじでつっつく。ルサカと他の男たちが歩いてきて、祖父母のうしろの席に戻る。その理由はすぐにわかる。ウォジジャ・ベキと兵士たち、ボンゴと二人の若者が、ウォジジャ・ベキの家から広場へと続く道をちょうど曲がって来ているのだ。母親たちは赤ちゃんや子供を抱き上げ、立ち上がって彼らを眺めている。ウォジジャ・ベキが隙間だらけの歯列をむきだしにして目をらんらんと輝かせ広場の前まで歩いてくるのをみんな見つめている。兵士たちは彼の両脇に控え、ボンゴと若者たちはその一歩うしろにいる。

——

私たちが待つまでもなく、ウォジジャ・ベキが口を開く。彼は、もういてもたってもいられないという感じで、兵士たちとの話し合いがいかに素晴らしいものであったかを話し始める。

「かなりいい感じの議論だったでしょう?」と彼は言って兵士たちを見る。どちらの兵士も関心なさげに頷く。彼らの物腰に変化はない。

「我が親愛なるみなさま」とウォジジャ・ベキが言う。「ここにいる優秀な兵士たちと我々の息子たちは額をつき合わせて意見を交わし、その結果、今まさに何が起きているのかをしっかり突き止めなければならないという結論に至りました。いろいろな可能性をじっくり検討してみましたが、ペクストンからやって来たあの親愛なる友人たちは、家に帰る途中で親族を訪ねるために寄り道をすることにしたのではないか、と考えました。そういうことはありえますよね、違いますか、親愛なるみなさん?」

「ありえるとも」親と祖父母たちは声をそろえて答える。

「親愛なるみなさん、私の考えではこうです。思うに、ペクストンの紳士たちは、彼らの一人と親族関係にある人物のもとを訪れた。そして、その親族はたいそう親切な人であった。妻にとびきりのごちそうをつくってくれと頼んだ。なんといっても彼は自分の身内なのだし、その彼のかけがえのない友人たちであって、なにしろアメリカ人のために働く労働者として、みんな大きな仕事を成し遂げてきたところなのだ、と。妻は、まるまると太った豚と鶏をつぶして煮込み、いちばん大きなヤムを薄切りにしてゆで、ペクストンの社員たちと運転手は心ゆくまでごちそうを堪能した。すっかり満足した彼らは、身内のいるこの村ならとびきり素敵な時間を過ごすことができるから、あと数日ここにいようということにした。親族と再会してこんなにもゆったりくつろげる機会はそうそうあるもんじゃないし、だからどうだろう、二、三日ゆっくりしていこうじゃないか？　急ぎの仕事があるわけじゃないし、妻たちだって気ぜわしく料理をしないで済む。子供たちは子供たちで、たっぷりやんちゃできるだろう。誰もかれもいいことづくめだ。男性たちはそう考えたんじゃないかなあ。ありえないかな？」

「すべてありえることだよ」と両親や祖父母たちは答える。

「善良なる兵士たちは、ペクストン社の男性たちが責任感のある者たちだと考えています」とウォジャ・ベキは続けて言う。「つまり、我々の親愛なる兵士たちは、ペクストンの友人たちが自分たちの責任を忘れるほど食べて、笑って、個人的生活にふけることはないと考えています。しかし、我々がこの優秀な兵士たちに対して、ではその他に見込みがありそうな、男たちの居場所とはどこなのでしょうかと申し上げたとき、彼らはどこも思いつけませんでした。社員たちはどこかにいるはずです。それはどこなのでしょう？　ベザムに戻る途中で彼らの車が事故を起こしたわけではありません。もし事故なら、我々の優秀な兵士たちがひしゃげた車を見つけているはずだからです。男性たちはふっつり消えたのではありません。大人の男が消えてしまうことなどありえないからです。そうでしょう？」

「ありえないとも」

「彼らの運転手が車をスタートさせ、ベザムに向かって走り出したとき、私たちは全員ここにいましたね？」

「いたよ」

「私たちは車がコサワを出ていくのを、自分たちのこの二つの眼で見たのではありませんか？」

「見ていたさ」

「すなわち、ペクストン社の三人は消えたりしたのではなく、ここではないどこかで快適なひとときを送っていて、いつか近いうちにベザムにかならず戻ってくるという事実を別にすれば、私たちから親愛なる兵士たちに対し、お話しできることは何もありません」

子供たち

翌朝、学校に行く途中、僕たちはめちゃくちゃ笑った。兵士たちが立ち去ったあと、僕らはおなかがよじれるほど笑いころげたけれど、それでもまだ笑い足りなかったんだ。彼らの一挙手一投足を事細かに並べたてないわけにはいかなかった。話し終えたウォジャ・ベキを見ている彼らの目。肩をすくめて車に戻っていく姿。彼らがどんな顔をしてたか見た？　兵士って賢くなくっちゃいけないんだよね？　今から何年も何年も経ったあと、僕たちが初めて彼らの鼻を明かしてやったこの出来事のことをコサワの子供たちが歌なんかにしちゃうんだろうね、と僕たちは言い合った。最後には敵を倒すことになるそのきっかけとなった最初の勝利の歌を歌っちゃうんだろうなあ。子供たちはスキップをして、くるくる輪を描くに決まってる。うん、ちょうど、他の村の男たちが僕たちの土地を奪いにやって来て、返り討ちにあって、僕らの祖先に切り刻まれたという歌を、僕たちがスキップしながら歌うみたいにね。

——

親たちは夜遅くまで僕らの側に寝返ったウォジャ・ベキのことを話していたんだ。村の男たちが持ちかけた取引に応じた彼は賢明だったよね、と親たちは言った。兵士を一緒に騙してくれるのなら、自由にしてやるぞ。もちろん、と彼は頷いた。むきだしの床に何日も横たわりながら、彼は自分の部屋のマットレスや枕のことを恋しく思い返していた。同意しないわけがなかった。そして、与えられた役を彼は見事に演じきった。けれども、まだ彼のことを信用するわけにはいかないと父さんたちは考えていた。彼と彼の家族を家の中に閉じ込めておく必要があった。彼らが村の中を自由に動き回るのを許すのは、墓穴を掘るようなものだ。まず間違いなくガーデンズに逃げ込んで現場監督に密告するだろう。そうなれば、コサワはあっという間に血にまみれるだろう。

その日の朝、僕たちはいつものように二、三人でグループになり、学校まで歩いていった。ある子は親戚の家の前を通り、ある子は双子の小屋の前を通り、またある子はバタおばあさんが小屋の前に座っているわきを通りすぎた。おばあさんには夫も子供もいなかった。それは僕たちの友人スーラ以外のすべての女の子にとって、悪夢のような境遇だった。この点についてはスーラと言い合いになることがあって、彼女は子供がいないことはちっともみじめなことなんかじゃないと言ってゆずらなかった。

双子の小屋の前を通り過ぎるとき、僕たちは急ぎ足になった。どんなことがあっても小屋の方を絶対に見てはいけない、小屋の中に目が行って、口に出せないようなものが見えてしまうといけないから、といつも両親に注意されていたんだ。親たちからの言いつけにもかかわらず、僕たちはみんな覗いてみたくてうずうずしていた。だいいち、親に何かを禁止されると、それがそっくりそのまま僕たちのいちばんやりたいことになっちゃうんだ。でも、好奇心に駆られていたとはいえ、これまでのところ、誰も小屋の中を見たことはなかった。というのも、前に男の子や女の子が小屋の中を覗いたとたん、その子たちの目玉が丸い黒い石に変わってしまったという話を親たちに聞かされていたからだ。みんなで一緒に勇気を出して小屋に近づき、親たちの話がほんとうかどうか試してみようとしたこともあった。だけど、友人に勇気を示し、あっと言わせたいと思う気持ちはあるのに、けっきょく誰一人、大好きな目を手放してもかまわないというところまでは思い切れなかったんだ。

小屋の中を見た子はいないけど、物音を聞いた子は何人かいた。とどろく雷鳴と動物のうなり声が混ざったような音、わらべ歌をうたう赤ちゃんたちの声、鍋釜の音と人間の笑い声、赤ちゃんが産まれそうになっている女の人が胎児にむかって「出てこないで」と懇願している声、はっきりとしたメロディーを奏でるおなら。こんな話、他の村に住んでいる友人やいとこにはとても信じてもらえなかった。彼らの村には霊媒師や治療師はいても、僕たちの村の双子みたいな人はいなかったんだ。だけど、僕たちだけは双子の力を固く信じていた。僕たちは、双子には多くの人が不可能と考えることをやってのける能力があると知っていたから。

親たちから双子とは目を合わせてはいけないと警告される前から、僕たちは彼らが尊敬されるべき存在であることに気づいていたんだ。彼らはそれぞれ雄鶏の時の声とともに生まれてきた。最初にジャカニ、次にサカニが生まれた。遠目からでは、二人の見分けはつかない。同じように長い灰色のひげを生やし、二人ともカタツムリの殻で作った黒と茶色の首飾りを巻いている。けれど、よくよく見ると区別はつくんだ。ジャカニは右利きで、サカニは左利きだし、ジャカニは生まれつき左目が閉じていて、サカニは右目が閉じている。彼らは僕たちの親よりは年上だが、祖父母よりは年下で、祖父母世代のほとんどの人が、双子の生まれた日にはすでにこの村に暮らしていた。おじいさんの一人が言うには、双子の母親は一週間前から陣痛が始まったらしい。七日間ぶっとおしで陣痛の大きな呻き声が響き渡り、コサワの村人は誰一人眠れなかった。なんと虫や鳥や動物たちまで、不眠に陥ったらしい。動物たちは夜中になると声をそろえ、チーチー、チッチッとさえずり、メーと鳴き、ワンワン吠え、ブーブー鳴いた。その声は日に日に荒々しくなり、やがて狂ったように鳴きわめくのだった。けれど、陣痛中の女性の叫び声が頂点に達したそのとき、あたりはいっせいにしんと静まり返った。そして双子が生まれた。普通の赤ちゃんとなんら変わらないように見えた。どちらも片方の目が閉じていることと、頭が大きいこと、前頭部に白いあばたがあること（それはしばらくすると、顎の方へ移っていった）を別にすれば。

もう一人のおじいさんの話では、彼がまだ幼い頃、双子とかくれんぼをして遊んでいると、ジャカニは誰にも見えない遊び相手の姿が見えるようになったという。誰も何も隠していないのにそこに何かが見えるようになったんだ。サカニはサカニで、遊んでいる友達の切り傷や擦り傷を、森に走っていって見つけてきた葉っぱで治し、癒しの祈りを唱えるようになった。ワンビが亡くなったのと同じ日に老衰で安らかに死んでいったおばあさんがベランダで僕たちの母親数人に語った話では（僕らはその話にそっと聞き耳を立てていたんだ）双子は女性に興味を示したことがないという。ズボンの前が大きく膨らんだこともなく、二人が若い男の人に成長しても、このことに変化はなかった。年頃を迎えた同年代の仲間たちが女の子といちゃついたり、付き合ったり、よその村まで出かけていって少なくとも子供を五、六人は産んでくれるような女の子を連れて戻ってきたりしているあいだ、ジャカニとサカニは両親の小屋にこもって、いろんな工芸品を拵《こしら》え、腕を磨きつづけ、お金を稼ぎ、そのお金で村の片隅に自分たちの小屋を建てた。二人は今もそこで一緒に暮らしている。

双子の小屋の中はどうなっているのだろうと、僕たちの想像は異常なくらい膨らみあがっていたんだ。母親たちだって（きっと父親たちも）同じように首をひねっていたはずだけど、対面を保つために、そのことについて考えているそぶりはおくびにも出さなかった。双子は同じベッドで右にジャカニ、

左にサカニというふうに寝て、腕を組んでいるのかもしれないと母さんたちが話すのを何度となく耳にした。母親たちはある種の比喩を使って話しているのだと僕たちは受け取った。男同士で抱き合ったり、手をつないだりすることは別におかしなことじゃないけど、そこにはもっと特別な意味がほのめかされているのだ。男性が女性としかやらない特別なことがおこなわれているということがそれとなく語られている、僕たちはそう考えた。ひとつのベッドの中で深夜、相手の体の上に寝て息を荒くしてベッドをきしませる。僕らの親が、子供は寝ていると思っているあいだにすること。僕たちが今すぐにでもしてみたいと思っていること。両親がやたらしょっちゅうそれをやっている事実からも、それをしている最中に聞こえてくる父さんのうめき声や母さんのくぐもったあえぎ声からも、その〈特別なこと〉がどんなに素晴らしいものなのかははっきりわかるから。

僕たちが今より小さかった頃、仲間の女の子の一人が運悪く夜中に目が覚めてしまった。膀胱はおしっこでぱんぱんになっていた。彼女はおしっこをするために外に出た。そしてそこで、絶対に見たくないと思っていたものを目にしてしまった。ふつうなら彼女も、一人で外に出たりしなかったはずだ。僕たちが夜に小屋から外に出るのは、兄弟が一緒にいる場合だけだ。だけど、この子には生まれたばかりの弟がいるだけで、一緒についてきてくれるような兄弟はいなかった。そこで母親を起こそうと思って両親のベッドに行ってみたが、ベッドに二人の姿はなかった。急いで応接間を抜け、裏口を通って外に出た。両親がそこにいるんじゃないかなと思って。夫婦で一緒におしっこに行ったんだろうと思ったのだ。ところが、外を歩いてみたけれど、二人は見当たらない。ただ、キッチンの中から二人の喘ぎ声が聞こえてきた。その瞬間、友達の尿意は吹き飛んだ。急いでベッドに戻ろうと思ったが、ついつい好奇心に駆られて、キッチンの竹の壁にそっと近寄り、隙間から中を覗いた。灯油ランプの薄明かりの中に、彼女ははっきりとそれを見た。両親は裸だった。母親が仰向けに寝て、大きく広げた足を高くもちあげていた。母親の太ももと太もものあいだに父親の頭が深くもぐり込んでいた。友達はベッドに駆け戻り、すっぽり毛布をかぶった。いつまでも心臓は高鳴りつづけた。目を閉じることすらできなかった。夜が明け、両親がキッチンの床に敷いて横たわっていた毛布を持って部屋の中に戻ってくるまで。二人はベッドの下からまっさらの毛布を引っ張り出し、ベッドに横になった。キッチンの床で口にできないようなことをしていたのは幻だったとでもいうように、二人は何食わぬ顔でその毛布を引き上げ、自分たちの体にかぶせた。翌朝、友達は目にしたものを打ち消そうとあれこれ悪戦苦闘し、やがて疲れ果て、朝寝坊をし、学校にコサワの多くの男たちは双子の小屋が危険な場所であることをわかっていたけれど、軍隊と対決しなければならない場合の備えを万全に整えておくのに、ここ以上に頼りになる場所はなかった。村の集会が終わったあと、双子から小屋に入るように言われたとき、何人かの父親は身じろぎし、まわりの父親たちから、背筋を伸ばして男らしくしていろと喝を入れてもらったことだろう。あるいはひょっとすると、ジャカニに呪文をかけられ、蟻がリーダーの命令に従って行進するように、みんなで列をなして小屋に入っていったのかもしれない。いずれにしろ、全員が小屋に入っていったのはまちがいない。だからこそ僕たちが小屋に戻ったあと、コサワはしんと静まり返っていたのだ。双子の小屋の中で男たちはサカニに戦闘前の薬を渡され、それを飲んだのだろう。そして、男たちは不安を忘れ、固く強い心の盾を張りめぐらせたんだ。ジャカニは男たちに小屋の中央にひざまずくように言い、精霊に呼びかけた。どんなことがあろうともまったく怖れを感じない心を男たちに授けよ、と。夜明けの光が闇に打ち勝つように敵を完膚なきまで打ち負かす力を彼らに授けよ、と。その光景を僕たちは思い浮かべた。

朝、小屋から出てきた男たちは、自分たちの身に何が起きたのかまるで記憶がなかった。父親たちの前日の途中までの記憶は問題なく残っているのに、その日の夜遅くから翌日のも遅刻してやって来た。昼休み、どうして君の足は草みたいによろよろしているのさと僕たちが質問すると、彼女はその夜の出来事について話し始めた。僕たちの二、三人も似たような光景を目にしたことがあった。彼らは、ともかくいずれにしても、そんなところを見ただなんて親に言って、恥をかかせるようなことをしてはいけないよと釘を刺した。

ジャカニとサカニがそんなことをするはずないと僕たちは信じていた。彼らがおたがいに感じているのは、僕たちの親たちがたがいに対して抱いている感情というより、僕らの親が僕たちに対して持っている感情に近いんだ、と。でも、確信はなかった。なにしろ、双子は、決して二つに割ることのできないヤシの実なんだ。彼らは、僕たちに癒しと平和をもたらすために彼らの力がどうしても必要な場合は別にして、言葉を発することはなかったし、一緒に何かをすることもなかった。ときたま、彼らは小屋に人を入れることがある。儀式をおこなうためなのだが、双子はその人の記憶を片っ端から消し去り、小屋を出るときには、その人は自分が何を見たのか、何をしたのか、思い出せなくなっていた。村の集会の直後、僕らの父親たちもきっとそういう状態になったのだと僕たちは思った。

――

夜明けにかけて自分たちが何をしたか、誰も思い出せなかった。コサワのみんなには明らかだった。ジャカニは精霊に与えられた力を借り、男たちの頭の中に入って、記憶を全消去したのだ。そして、男たちが二人の小屋を出たとき、つまり精霊界と人間界が交わる場所から離れたとき、男たちの記憶の働きを再開させたのだろう。僕らの父親たちは、何か異常を感知したとしても、双子はただコサワのために手を尽くしているだけだとわかっていたので、つべこべ苦情を垂れたりしなかった。むしろジャカニが彼らの意識を一時的に遮断してくれたおかげで、生命の終焉を意味する精霊との対面という事態を避けることができたと、とてもありがたく思ったのではないか。

——

その日の朝の授業は、ここ数か月でいちばん興味深いものだった。ペンダ先生が政府について話してくれたんだ。政府はこの国で最も聡明な人たちから構成されている、と先生が説明したとき、僕たちは笑わないように必死でがまんした。説明の最後にさしかかったところで、生徒の一人がペンダ先生に大統領閣下のことをもっと詳しく教えてくださいと言った。閣下がそれほど偉大な大統領になることができたのはなぜですか？　ペンダ先生は僕たちに、素晴らしいリーダーになるための必要な素養を挙げてみてごらんと言った。僕たちは「優しい」「親切」「面白い」「尊敬できる」といった特徴を大きな声で答えた。ペンダ先生は、閣下はこれらの特徴をすべて備えておられるし、それ以上の美質も具えておられると言った。閣下は世界で最も賢い人なのです。僕たちみたいに素晴らしい大統領に恵まれている国はそう多くないのですよ、と。僕たちは反論しなかった。先生が給料を受け取って、言うべきことを言っているだけだとわかる程度には大人になっていたからだ。

言うべきことを言っていないときのペンダ先生はたくさんの真実を教えてくれた。石油がどこに運ばれていくのかということについて、僕たちは八歳になる頃には祖父母やそのまた親たちよりも詳しく知っていた。それは、ペンダ先生が、アメリカの人々は大きなレンガ造りの家に住んでいて、ジャガイモを潰したものを「フェルク」と呼ばれる道具で食べるのが大好きといったことまで、アメリカのことをつぶさに話して聞かせてくれたからだ。先生は英語の話し方も教えてくれた。ガーデンズにいるアメリカ人ほどペラペラと話せなかったけど、僕たちは遊んでいるときたまに英語を使った。「知るか《フー・ケアズ》」「ぜったいにだめ《アブソリュートリィ・ノット》」「やべえ《ホーリー・シット》」などと言い合って、英語をたがいの胸に刻み込んだ。

英語に自信まんまんの友達がいて、あるとき、村を訪れた上級監督に大きな声で挨拶してみせたことがあった。アメリカ人の上級監督は、前任者たちと同じように油井や労働者キャンプを見下ろす丘の上にあるレンガ造りの家に住んでいた。大きな家で、僕らの小屋を全部合わせたくらい広かった。この日彼が僕たちの村を訪れたのは、ふと孤独な生活に嫌気がさし、人との触れ合いが恋しくなったからだったのかもしれない。その男の人の車がまだコサワに入るかどうかといったタイミングで、ひと足お先に僕たちはウォジャ・ベキの敷地の入り口に集まっていた。そして歌った。**モーターカー／モーターカー／僕を首都に連れてって／僕は首都になりたい。** 運転手がドアを開け、アメリカ人が出てくると、僕らは彼がよく見える場所に移動した。アメリカ人がウォジャ・ベキにゆっくり近づいていくと、ウォジャ・ベキは馬鹿みたいにニヤニヤ笑いを浮かべた。「ハロー、マン」と友達が叫んだ。ペンダ先生が教えてくれたアメリカ人の挨拶の仕方だ。僕たちはぽかんと口を開けた。あいつ何やってんの？　上級監督に友達みたいに話しかけていいとでも思ってるわけ？　僕たちはウォジャ・ベキの目の奥に不安の影がよぎるのを見逃さなかった。監督はどう反応するのだろう？　彼は微笑みながら僕たちの方を向いた。彼の目は、元気に声をかけてきた友達の目を優しく抱きしめた。「おやおや、こちらからもハローだよ。かわいいおちびちゃん」と彼は言った。僕たちはその瞬間笑いはじけ、おたがいの体をつつき合って大喜びした。まさか僕たち、アメリカ人とお友達になっちゃったのか？　それから何日も僕たちはその友達に、アメリカ人の注意をこちらに振り向かせた瞬間どんな気持ちがしたか、と何度もくり返し尋ねないではいられなかった。

それから数か月後、高熱やひどい咳や原因不明の発疹が同時に発生して友達のほとんどが家から動けず、クラスの人数が半分しかそろわなかった日、僕たちは休み時間に、あの日の午後のことについて話した。アメリカに住んでいるのはあの監督のように陽気な人たちなんだろうか。僕たちにはどうしても彼らのことが理解できなかった。彼らのせいで僕たちが死んでいるのに、どうして彼らは陽気でいられるのだろう？　僕たちを殺すのはもうやめてくれとなぜ彼らはペクストンにいる友人たちに言わないんだろう？　もしかして、彼らは僕たちのつらくどうしようもない境遇のことをなんにも知らないのだろうか？　ペクストンは、僕たちに嘘をついているように彼らにもでたらめを吹き込んでいるのだろうか？

僕たちの親の世代にあたる人たちの中には、ペクストンが初めてこの土地にやって来たとき、まだ生まれていなかった者もいる。その当時、この谷には、コサワ村と、動物たちが

たわむれ、鳥が歌い、木々の立ち並ぶ歩道しかなかった。「安心しなさい、私たちは長くここに留まるつもりはない」と石油掘削業者を案内してきた政府の役人たちは祖父母たちにむかって言った。小屋から出てきた祖父母たちはぽかんと口を開け、手を腰にあて、村に現れた見ず知らずの人々を眺めていた。来訪の目的について詳しい説明を受けても、祖父母たちは、オイルがほしいのならヤシの木を植えてヤシ油をつくればいいのに、どうしてそうしないのかさっぱり理解できなかった。質問をウォジャ・ベキ（彼の父親のウォジャ・ベワの死後、村長の職を引き継いだばかりだった）が政府の代表団にぶつけると、代表団はこの谷の地下にあるオイルは特別な種類で、自動車を動かすこともできるオイルなのだと言った。この説明に祖父母はびっくりして、顔を見合わせた。祖父母たちはロクンジャで車を見たことはあっても、どうやって車が動くのか考えたこともなかった。代表団は石油採掘が私たちの村に「文明《シビリゼーション》」と呼ばれるものをもたらすだろうと言った。いつの日か、コサワは「繁栄《プロスパリティ》」という素晴らしいものを手にするだろう、と。「シビリゼーション」と「プロスパリティ」というものを、われわれの言葉で説明してくれないかと祖父母は頼んだ。政府の役人たちは、何から何まで事細かに説明するのはとても難しいし、見たこともなければ考えたこともないことを人に理解させるのはとても難しい、と言った。ただし、「シビリゼーション」と「プロスパリティ」がやって来れば、あっという間に、それらがもたらしてくれるどえらく快適な生活にあなた方はしびれることだろう、と彼らは言った。あなた方やあなた方の祖先は、急速に変化する世界が運んできてくれる不思議な品々に囲まれることもなく暮らしてきたわけだが、そんなかつての生活の技をいずれあなた方はきれいさっぱり忘れることになるだろう。祖先への感謝の気持ちを込めて、何度も何度も酒を酌み交わすことになるだろう。そして、自分たちの土地に石油をもたらしてくれた精霊に、毎朝感謝の歌を捧げることになるだろう、と。

それを聞いて祖父母たちは歓喜した。

彼らはペクストンの嘘を信じ、親たち世代も長いあいだそれを信じてきた。じっと我慢していればいい、そうすれば、いちばん太った豚をつぶして作ったごちそうで丁重にもてなすそれはそれは大切なお客さんみたいに「プロスパリティ」がやって来て、ウォジャ・ベキがその後所有するようになるレンガ造りの家にコサワのみんなも住めるようになる。みんなそう信じてきたんだ。

———

年を重ねるごとにペクストン社への憎しみと憤りは増していったが、ペクストンが祖父たちに仕事の口と、掘削によって生まれる富のチャンスに引き合わせてくれたのは否定できない事実だ。ペクストンは祖父たちに、一日決まった時間会社のために働き、言われたとおりにしていれば、ひと月ごとに決まった額の金がもらえると言った。けれども、祖父たちは自分の人生の所有権を手渡してしまう気にはとてもなれなかった。みな一様にペクストンの申し出を断り、食料を狩猟によって調達するというスリリングな経験の方を選んだ。そして、谷の全体に生い茂っていた木々は、油田やパイプラインやガーデンズの建設のために次々と伐採されていった。

僕たちの父親が成人し、ペクストンが三本目の油井を掘り始めた頃には、コサワの住民の誰もが、石油の金銭的な恩恵を受けるにはペクストン社で働く以外に道はないと身にしみて理解していた。だけど、父親たちがガーデンズまで行って、働き口を求めるたび、監督たちから職はないと言われ、追い返された。仕事はひとつ残らず、ベザム周辺の村から連れてこられた男たちのあいだで取り回されていた。彼らは、政府のオフィス勤めの兄弟、叔父、いとこ、同胞たちのあいだで秘密の会議を開き、不可解な文書に署名した。油田がもたらす繁栄を自分たちの家族や一族、同胞たちの内部で独占できるよう、裏工作はすでに仕込み済みだったんだ。僕たちの父親には、ベザムでの交渉ごとで頼れる人脈もなければ、喉から手が出るほど欲しい仕事の口にありつける手段もなかった。

彼らも、そっくり上の世代をなぞるように、石油流出で汚染される以前のビッグリバーで狩猟や漁を続けた。そのあいだ、遠方の土地から男たちがやって来て、ペクストンの仕事に励み、ガーデンズのレンガ造りの家に住み、毎月現金の入った封筒を受け取った。その金は、彼らの地元である先祖代々の村に立派な家を建てるために使われ、子供たちをベザムの学校に通わせるために使われ、そしてゆくゆくは将来会社勤めをしてアメリカ人みたいに車を運転するような人に仕立てるために使われた。

その労働者たちを僕たちは軽蔑していたんだ。

本当は僕らのものなのにそれを我が物として所有している彼らは、ガーデンズからロクンジャにむかうバスの中で僕らが彼らの隣に座ると、害虫を見るような目で僕たちをねめつけた。それはペクストンの労働者のためのバスだった。ペクストンはわずかばかりの憐憫の情を起こしそれを僕たちにも使わせてくれた。それでも、それは労働者を僕たちの土地から連れ出し、僕たちの土地に連れ戻すためのバスでしかなかった。

僕たちの畑がパイプラインの石油流出で汚染されても、パイプラインの修理のためにいつも気が遠くなるほどの日数がかかった。僕たちはそれがいやでいやでたまらなかった。修理が済むと、彼らは親たちに、自分たちの畑をもとの姿に戻すためには、表土を取り除いて、廃棄すればいいと言った。親たちは、毒は土中深くまで染み込んでいるだけでなく広範囲に及んでいるから、そんなことはどだい無理な話であり、ペクストンがもっとましなパイプラインにつけかえるのが最良の解決策だと主張したが、労働者たちはせせら笑って、あんたたちは自分たちのお気に召さないペクストンを、この土地から撤収させようという魂胆なんだろうと言った。

このようなやり取りのあと、労働者たちは自分の家に戻った。僕たちと同じ空気を吸っていたが、飲み水と食べ物は僕らのものとは違っていた。彼らには金があり、すべての食料をビッグマーケットから購入していた。水は井戸水ではなく、ペクストンによって水道水が引かれていた。したがって、彼らの子供たちは僕らの村の子供のように死ぬことはなかった。労働者の子供たちが病気になると、ベザムから医者がやって来て治療した。金はペクストンが負担した。安心安全な生活が保証され父親たちは従事すべき仕事に集中できるというわけである。僕たちの村の父親の一人が、集会の場で、自分の病気の子供をベザムから来た医者にみてもらえないだろうかと聞いたとき（その医者はサカニが持っていない薬を持っていた）、〈リーダー〉は首を振って、子供たちは別々にしておいた方がいいと答えた。なにも世の中のシステムをごた混ぜにすることはないでしょう？

捕虜をとらえたその週の終わり、父親たちはくつろぎ、母親たちはこまごまと家事をこなしていた。そのあいだ、僕たちは数人でルサカの小屋の前をうろうろ歩き回っていた。ペクストンの男たちと運転手が泣きながらここから出してくれと懇願する声が聞こえてくるんじゃないかな、と期待していたんだ。ルサカたちは僕たちが兵士に彼らの居場所を言ったりしないことを知っていた。僕らの母親たちはルサカの小屋にしょっちゅう出入りし、捕虜のための食事の負担をルサカの妻一人に背負わせまいと食事を届けた。だから僕たちは、そこに近づくんじゃないわよと何度も叱りつけられることになった。僕たちの母親がルサカの小屋に行ったのは、食事を持っていくためだけではなく（そんな用事ならいつものように僕たちがひとっ走りして片づけてあげていることができる）、ルサカの妻に、簡易牢屋みたいなものを作りそこに捕虜を移してもらえないかと頼み込むためでもあった。簡易牢屋に移されれば、ペクストンの男たちの顔に唾を吐きかけ、彼らがどんなに最低最悪の人間かとこきおろし、ひっぱたき、蹴りつけ、その頭をペクストンに殺された子供たちの眠る地面に叩きつけてやることができるから。

ルサカの妻は、母親たちが部屋に入ることも、したがって捕虜に対して手を出すことも許さなかった。亡くなった子供たちが毎晩夢に出てくる母親たちにさえ、彼女はノーと言った。夢の中で我が子は白い服を着ている。目に涙を浮かべて、言葉はひと言も話さないけれど、どうして自分は死んでしまったのかと、その理由を必死に理解しようとしていることは見て取れる。子は母を強く求めているのに、触れることができない。母親たちがどんなに足に力を入れ駆け寄ろうとしても、どんなに手を伸ばして抱きしめようとしても、見知らぬ世界で元気に健康に暮らしているかどうか間近で見ようとしても、二人のあいだの距離は縮まらない。そんな夢をしょっちゅう見る母親たちにさえ、彼女はノーと言った。

「あの人たちはもう十分苦しんでいる。これ以上いじめる必要はないと思うわ」とルサカの妻は僕たちの母親に言った。自分の役目は食事を与え、彼らを死なせないようにすることだと言った。そして、自分だって、毎日の生活の中で耐えているこの苦しみを彼らにも感じさせてやるには何をどうするのが最良の方法か、と考えを巡らせないではいられないと告白した。ほんの一瞬でいいからとにかくこの苦しい生活から逃れたいという心の悲痛な疼きをどうすれば彼らにも感じさせてやれるのか、と。捕虜の食事に毒を入れようかと考えたこともあると言った。けれど、すんなりと苦もなく死なせるわけにはいかない。飢え死にさせることも考えたが、夫や村の男たちが許さないだろう。うまいやり方で捕虜を痛めつけてやることはできないだろうか。しかし実際彼女にできることはほとんどなかった。なにしろ、夫や長老たちが、捕虜たちのことも含めて次にどうするかという策を練るために、ひっきりなしに応接間で会議を開いているのだから。

長老たちはこの会議で、ウォジャ・ベキの家族が村の境界を越えて遠出したり、他の小屋を訪問するのを禁じることに決めた。彼らをガーデンズや役所に駆け込ませず、密告に向かわせないでおくためには家に閉じ込めておくしか手はなかった。僕たちはこの決定を聞き、心の中で拍手喝采を送った。あの家の同年代の二人のことは以前からこころよく思っていなかったし、この方針決定のずっと前から彼らとは遊ばないことにしていた。とりわけ、彼らが「リビングルーム」の「ソファ」に座って、「フェルク」で食事をすることをさもうれしそうに話すときのあの顔と声が僕たちの心を憎しみで満たした。

他の家族たちに対しても、村の嫌悪感はそうとうあおりたてられていた。ウォジャ・ベキの三番目の妻ジョフィに対しても。彼女は誰それの夫が、誰それの妻をあるまじき目つきで見つめていたとか、どこそこの若い女はああいうお高くとまった態度を改めない限りいつまでも夫とめぐり会うことはできないとか、誰それの子は病気にかかっているが、精霊のご加護で助かるだろうとか、そういう話をあちこちでふれまわっていた。死別の悲しみにくれる母親のもとを訪れ、ベザムの服に包まれた肉付きのいい体からぞっとするようなきんきん声（僕らの母親たちの台所に腰を下ろして張り上げていたあの声）を響かせ、私の夫はこの子の死をつぐなわせる方法を見つけるまで決して引き下がりませんよ、祖先に誓って、と言っていた。そんなジョフィも、彼女の家族に対する僕たちの憎悪が解き放たれた今、完全に村の生活から閉め出されることになった。彼女が太い足首を引きずってコサワじゅうを歩き、いとまを告げてその場を離れていくとき、他の母親たちが呆れたような顔をしている脇で、彼女は何食わぬ顔で陽気にはしゃいでいたが、村の会合があった日の夜、そんな日々にも終止符が打たれたんだ。そして今、彼女と他の妻たちはまるで僕たちの怒りから身を隠すみたいに、どうしても外に出ないわけにはいかない場合を別にして、レンガの壁の向こうでじっと息をひそめていた。

僕たちの母親は昼夜を問わず、敵意（僕たちも見たことがないくらいの敵意だ）をあらわにウォジャ・ベキの三人の妻たちの行動を監視した。父さんたちのような冷厳な心を持っているわけでもなく、友に背を向けるようなふるまいを僕らに勧めたり決してしなかった彼女たちが、いま、僕らもびっくりするくらい意地悪になっていた。けれど、彼女たちには我が子を埋葬した経験があるという事実を僕たちは思い出した。おばさんの一人は村の集会の四日後に子供を埋葬した。村の集会の場で彼女が高く持ち上げ、ペクストンの男たちに見せたあの赤ちゃんだ。ウォジャ・ベキの妻たちが埋葬した子は何人いたか？　一人もいない。あの家で、井戸水をそのまま飲んだことのある子は何人いる？　一人もいない。あの家にはゴノがベザムから運んできた清潔な水が取り置きされていた。井戸水を飲まなければならなくなったときのために、井戸水からあらゆる不純物をきれいに取り除いてくれる機械もあったが、その浄水器を実際に目にした村人はいなかった。あるときウォジャ・ベキは父親たちを彼の家に連れていって、そんな機械はうちにはないだろと言って家の中を見せ、そんな話は馬鹿げた作り話だし、自分もその手の嘘には頭を痛めていると言ったが、みんなは内心で、作り話なんかじゃないさと言っていた。彼と彼の家族は自分たちの身を守ることしか考えていない。僕たちにはお見通しだった。

誰も僕たちを助けてはくれない、どんな手段を使ってでも――かつて一緒に食事をしたり、抱き合ったこともある人間を監視し軟禁するという手を使ってでも――自分たちの身は自分たちで守り抜かねばならないと母さんたちは（村の誰もが）気づき始めていた。母さんたちはたがいにキッチンやベランダを訪問し合い、ウォジャ・ベキの妻たち、とりわけジョフィに対してひた隠しにしてきた長年の憎しみを盛大にぶちまけた。「頭にくるのは」と母さんたちの一人が言った。「ジョフィに好意を抱いているふりをすることなんかに大切な時間を費やしちゃったことよ」

　みんなの目があんたたちに向けられている、もし村を出ようとしたところを見つけたら、天地がひっくり返るような制裁を加えてやるとルサカから警告された一家は、ワニに取り囲まれた島のように固く身を縮めていた。

　夕方、僕たちはときどき、ウォジャ・ベキの妻たちや子供たちの泣き声が聞こえてきやしないかと思って、彼らの家の外をうろついてみたけれど、物音ひとつしなかった。窓やドアは閉めきられ、妻たちは自分の娘たちと寝室にこもり、息子たちはもうひとつの寝室にかたまっていた。いざというとき自分と子供たちの身をどう守るかということを母親たちは思慮していた。彼女たちに同情を寄せている者がいたとしても、友人にさえそのことを語る者はいなかった。これは僕たちが究極的な勝利を手にするための不可欠の作戦なのだとみんなわかっていた。

ボンゴ

僕は今ベランダに座り、これから担おうとしている新しい役目に降りかかってくると思われる問題からひたすら思考を遠ざけようしている。スーラは病気に罹っている友達を見舞いに行った。今頃、同い年の友人たちと一生懸命、面白い話や変な思いつきなんかおしゃべりをして、病気の男の子を元気づけ、体の痛みから彼の気を逸らせようとしているのだろう。スーラのことだから黙って座って、友人たちが自信たっぷりに語る話にうんうんと耳を傾けているんじゃないのかな。それともたとえば、前に僕も聞いたことがある海の話なんかを話しているのかもしれない（なにしろ誰も海というものを見たことがないから）。ペクストンにもいるアメリカ人たちのせいで海が死んでしまったという説があるんだ。アメリカ人が有毒な廃棄物を川にたれ流し、それが海に流れ込んで海を窒息させてしまうという。

ジュバは僕の隣にいて、ヤヤの膝の上にのっている。サヘルは台所で夕食を作っている。マラボがいなくなってからというもの、僕たち家族はすっかり変わってしまった。もとに戻ろうという努力も見られない。一年以上経っているというのに、ヤヤとサヘルはいまだふさぎこんでいる。しかし彼女たちは女性だ。涙をふいて顔をあげ、喪失をなんとかくぐり抜けなければならない。僕たちみんな進んでいかなければならない。今、村の中には、病気の子供たちが七人いる。そのうち三人は赤ん坊だ。サカニによると、精霊のご加護で、みんな元通り回復するという。新たな希望の中で子供たちは成長していくんだろう。いま僕たちが開始した勝利への闘争は、赤ん坊たちの命をめぐる戦いでもあるのだ。人々の団結心のおかげでコサワの空気もなんだか軽くなってきたように感じられる。迷いの季節はとっくに過ぎ去ったんだ。

僕はヤヤをじっと見つめる。ほとんどの歯が抜けてしまい、頬が顔の奥に沈み込んでいる。自分の初めて産んだ子を思い、泣き叫びながら目覚めたとは思えないくらい穏やかな表情をしている。僕の父さんが死んだとき、母は一か月余り、一日が涙によって始まるという日々を送った。それが兄さんということになれば、一生、涙しながら一日を送ることになるだろう。母さんが僕のせいで涙を流すことはありませんように。彼女はジュバをあやしている。ジュバは四歳で、あやされるにはもう大きくなりすぎているのだけれど。ジュバもヤヤも体をぴったりくっつけ、いやそうな顔ひとつしない。そういう二人を見てマラボはため息をついていた。「もうよしなよ」とヤヤによく言っていた。けれど、この熱烈な愛情表現をうまい具合にやめさせられたためしはなかった。ヤヤが僕の子もあやしたがっていることは知っている。だけど僕がいつ妻を得るのかと彼女が聞いてくることはない。僕がエラリのことを忘れ、姉妹村の女の子を選ぶことを彼女は願っている。選ばれるべき者の中から選んでほしいと思っている。けれど、母さんは僕に面と向かってそうは言わない。何も言わないのだ。沈黙によってすべてを語るというのが母親たちの流儀なんだ。

———

　こんばんは、と小屋の前を通りかかった親戚が声をかけてくる。僕たちも彼に挨拶を返す。そのとき、ルサカの二人の娘がこっちに向かってくるのに僕は気づく。年上の女の子の方は背が高くて、細身とふくよかの中間くらいの体つきをしている。美しい。僕は自分が下した彼女に対する唐突な評価にびっくりする。僕がエラリを忘れ始めていることのしるしだといいんだけど。僕はエラリを忘れなければならない。毎晩、他の男が彼女の太もものあいだに入り、彼女は彼の名前を呼んでいるんだ。僕の名前ではない。でも、彼女は「死ぬまであなたの名前をささやきつづけるわ、ほんとよ」と言っていたんだ。彼女は百回くらいそんなふうに約束した。僕の寝室で過ごした初めての夜から。ガーデンズで乗り込んだバスの中で彼女が労働者の隣の座席に座ったあの日まで。あの日、彼女は僕のものではなくなったんだ。

　ルサカの年上の方の女の子が僕たちに近づいてくる。彼女の太ももはエラリほど細くて引き締まっているようにはとても見えないけれど、時がくれば男に対して特別な効果をあらわすくらいには素敵な太ももをしている。どことなく彼女の身体の動きは僕の気持ちを、エラリではない女性へ解き放ってしまうところがある。女性の体体を、僕のものだと主張できる女性の体を。僕のこの手で引き寄せて、心ゆくまで愛撫することができる体を、僕に求めさせる。だけど今は、求愛のダンスを踊るときではない。エラリが結婚してから僕は二、三人ほどの女性とつき合った。そのうちの一人は、エラリにはお願いする勇気がなくて、できずじまいだったことを僕にやらせてくれた。女性への渇望が僕の脳を泥のようにとろけさせ、もう少しで自分の股間を切り裂いてしまうというときに、彼女たちは僕を思いとどまらせてくれたんだ。でも僕たちの関係はそれ以上に深まりはしなかった。

ルサカの娘は、僕の顔以外のどこかを見ながら、気取った足どりでまっすぐ歩いてくる。彼女の体つきは、彼女が赤ちゃんを宿せる時期を迎えたことを示している。死んだ赤ちゃんたち。死んだ赤ちゃんたちのことを、僕は考えないようにしている。コサワの少女たちは気づいているのだろうか？　木の枝や草の茎で赤ちゃんの人形（目のかわりに花をあしらっている）を何時間もかけて作り、名前をつけ、あやし、歌いかけ、母親になった未来の自分を思い描くとき、もしその願いが叶うとしても、その淡い夢は避けられない死へ転化するということに。新しい命の誕生により、そのぶん死がばらまかれているということを、彼女たちに教えてやらないといけないのではないか？　このような宿命に感づいていたからこそ、スーラは幼い頃からこの遊びに加わろうとしなかったのではないだろうか？　友人たちはおもちゃの赤ちゃんを（すぐそばで死が待ち受けている赤ちゃんを）目の中に入れても痛くないといわんばかりに可愛がっていたが、スーラは眉をひそめて眺めているだけだったのは、そういうわけだったんじゃないだろうか？

スーラの友達が、生まれたばかりの弟を連れてきたときのことだ。スーラはその友達と赤ちゃん、そして他の二人の友達と一緒に僕たちの小屋の横に座っていた。僕が見ているとは知らずに、女の子の一人が自分のドレスをたくしあげて、自分のぺったんこの胸に赤ちゃんをくっつけた。赤ちゃんに授乳するときの感触を確かめたかったのだろう。赤ちゃんは鼻先にあるものに吸いつき、女の子の顔がうれしそうに輝くのが見えた。他の女の子たちもくすくす笑っていた。スーラの顔にはこう書かれていた。死と隣り合わせの人生の始まり。その赤ちゃんは長いあいだ病気を患っていたがなんとか持ち直し、今この村で暮らしている。でも僕はそんなことを考えてはいけないんだ。まず、結婚相手のことを考えなくては。僕の妻となる女性のことを。僕の結婚相手は胸が豊かで肌はすべすべだし、いつも自ら進んで小屋を完璧に保ち、僕を幸せな気持ちにしてくれる。彼女の太ももはこのうえなく甘美なんだ。僕はもう、エラリの豊穣な太ももとはお別れしなければならない。エラリという名の共和国の緑豊かな奥地を探検するとき、僕をしっかりと受けとめてくれたあの太ももに、僕はさよならしなくちゃならない。

――

「こんばんは、ヤヤ。こんばんは、ボンゴ」とルサカの娘が言って、急に僕の前で立ち止まる。美人の姉の横にいる妹は見た目としてはそれほどぱっとしない。僕はもうこの少女に同情している。彼女は、自分が男の三番目か四番目の選択肢にしかなれないことをまもなく知ることになるだろう。

ヤヤは姉妹に会釈して弱々しく微笑む。彼女はあいかわらずジュバをあやしている。

「お父さんはどうしてる?」僕は二人に尋ねる。

「ボンゴ、パパがすぐに来てほしいって言ってる」と美人の女の子が言う。彼女の歯は小さくて、嵐の気配ひとつない雲のように白い。

「ボンゴ、ワンジャが言ってること聞こえた?」とヤヤが言う。

「聞こえたよ」と僕は言う。彼女をいささか長すぎるくらい見つめていた自分に気づく。「お父さんが僕に来てほしいって?」

「そう、お願い。今すぐに来てほしいって。とても大切な用事だって」

僕は頷いて立ちあがる。だけど、それほど急ぐ必要ないんじゃないの、と胸のうちで僕は思っている。ルサカが話したいと言っていることは別段喫緊の用件でもないだろう、と。我々はあの連中を捕虜に取った。我々が行けと言わないかぎり、彼らはどこにも行けない。兵士たちの目はあざむいたし、ウォジャ・ベキと家族は監視下に置かれている。決着をつけるまでの各局面で我々は何をどうやるべきか、僕たちは今その計画を思案しているだけなんだ。

僕は寝室に行って、ベッドの上に山積みになっている服の一番上からシャツを取りあげる。サヘルが今日洗濯してアイロンをかけてくれたシャツだ。兄さんがサヘルのようなしっかり者と結婚してくれたおかげで、僕たちはみんな快適に暮らせている。不平不満を言わず、良妻賢母として家族のために尽くす女性だ。もしかしたらルサカの娘がその役目をひきついで、僕の服を洗濯し、アイロンをかけるようになるかもしれない。こういう新しい展開もけっこういいなと思って、僕は一人笑いを浮かべる。

僕はルサカの娘のうしろを歩き、彼女の家族の小屋に向かう。僕は彼女のお尻に見とれる。ゆるやかに傾斜した、密度の高いお尻。だけど、僕は目線をそこからひきはがさないといけない。友人や親戚がベランダに座っていて、その前を通り過ぎるたび、彼らと挨拶をかわす。ゆっくりしていきなよ、と声をかけてくれる人に、僕は、話している時間はないんだ、いやなんでもないよ、何もかもうまくいっているよ、と言う。

こういう作戦に関わりたいと思ったことは、ただの一度もなかった。僕たちを不幸な目に遭わせている張本人たちに、

僕たちの願いを受け入れてここから退去したとしても、彼らの幸福は脅かされることはないのだという真実に気づいてほしかった。だけど、自己の幸福は他者の不幸の上に成り立つしかないのだと数多くの人が信じているこの世界では、どうすることもできなかった。

あの夜、村の集会でコンガがペクストンの男たちのキーをちらつかせながら現れたとき、彼の主張と計略は僕たちを怖気づかせた。僕は友人たちと同じことを考えていた。僕たちが望む結果を手に入れるために、これは果たして良策なのか？強引すぎやしないか？　とっさの思いつきで攻撃に出るのではなく、手堅く戦略を練った末に、しかるべき反乱の日を待つべきではないだろうか？　いったいなぜ僕は、自分の口から出てくる言葉をコントロールできないような人間の命令を聞き入れたのだろうか、それは自分でも今もってよくわからない。だけど、あの晩の彼の言葉には、耳を傾けるべきものがあった。それを聞き入れないわけにはいかなかったのだ。それはこれまで兄さんに言われてきた言葉でもあったわけだが、僕はそれをずっと無視してきた。そして兄さんをベザムへ旅立たせてしまったんだ。僕は同行せず、支援の手をさしのべるわけでもなかった。一緒に行っていれば、兄さんは僕の愛と洞察から何らかの恩恵を得られたはずなのに。もう二度と兄を裏切りたくはない。

僕が仲間と協力してペクストンの男たちとウォジャ・ベキをルサカの家まで引きずっていき、彼らを応接間の隅にほっぽり投げるなり、コンガが「彼らの手足を縛って奥の部屋に放り込め」と言い、ウォジャ・ベキが大きな声を上げた。「コンガ・ワンジカよ、バンツー・ワンジカの倅《せがれ》よ、俺がおまえさんに何をしたというんだ、こんなひどい仕打ちをするなんて……」

死んだ子の傍らで悲嘆のあまり卒倒する母親の姿を見るたび、これと似たような文句を僕は口にする。コサワを目のかたきにしている者たちよ、こんな仕打ちをするなんて、我々がいったい何をしたというのだ？

僕はベッドに横になりながら、想像の中で扇に変身することがあるんだ。コサワ上空の空気をあおぎ、それをガーデンズの裏山の向こうまで吹き飛ばす。そこには強い風が吹いている。コサワから運ばれた空気はその風に乗って、さらに遠くまで運ばれていき、僕たちの村にはそれと入れ替わりにすがすがしい空気が吹き込んでくるんだ。それから僕は地球の土中奥深くから空までそびえたつ壁になる。パイプラインを断ち切り、汚染物質を僕らの水から遮断する壁になるんだ。子供たちには、本来の汚れなき自然を伝えていきたい。清らかな水。澄みきった空気。清潔な食べ物。好きなだけ泥まみれになっていいんだよ。子供たちに泥まみれになる権利を与えないなんて、いったいそんなこと誰にできるんだ？

僕はコサワで最も腕の立つハンターでもなければ優秀な農民でもなく、長老になるのはまだ何十年も先のことだ。けれども、兵士たちが去ったあと、僕の村の男たちは僕をリーダーに選んだんだ。

その日の夜、ルサカが僕たちの正面に立ち、我々には新しい勇敢なリーダーが必要だと訴えた。兄さんと同い年のチュニスという男がみずから名乗り出たものの、彼を熱心に推そうという人は一人もいなかった。情熱的な男ではあるけれど、大笑いがとまらなくなることがあり、しかも最近双子の女の子が生まれたばかりである。いとこのソンニも名乗り出た。彼の父親であり、僕の叔父にもあたるマンガおじさんも、倅《せがれ》は生まれつき頭がきれるし、有能なリーダーになるはずだ、と後押しした。けれど、父親が息子を指名するのはちょっと違うんじゃないかなあ、と誰かが大きな声で言った。誰が誰を指名する権利を持っているのかという議論になりかけたとき、ルサカがさっと手をあげ、静粛を求めた。彼はペクストンの連中を自分の小屋まで連れて来てくれないだろうかと呼びかけたその場所に立ち、みんなにむかって、僕がリーダーになるべきだと確信していると言った。この一年間、コサワのために僕以上に尽力した者はいないと彼は言った。何人かの男が頷き、反論はなかった。

僕は立ちあがって、彼にそっくりそのまま同じ言葉を返したいと思った。けれど、彼は間をおくことなく話しつづけた。口をはさむ隙を与えなかった。僕にリーダーになってほしいと思う理由はたくさんある、と彼は言った。僕が、過去二年間に亡くなったすべての子供の墓を掘るのに参加したこと（これは彼の思い違いだ。エラリが僕のことをもう愛していないと言ったとき、僕は寝室にひきこもった。朝から晩までひたすら壁を見つめていた。頼むから食事を食べてくれよとマラボが言うのも黙殺した。生後九か月の男の子が眠ったまま起きてこなくなり、その小屋から泣き叫ぶ声が聞こえてきても僕は無視した。その子の葬式には行かなかったし、男の子の名前を知ろうという気にもなれなかったんだ）。

ルサカは、ベザムで消息を絶った男たちの捜索を僕が指揮したと言った（捜索隊を編成し、彼らを連れてベザムを探し回ったのはたしかだが、コサワのためにやったわけではない。それはあくまで兄さんと家族のためだった）。彼は正しいとは言えない説明をさらに続けた。コンガがペクストンの男たちをしょっぴくのに手を貸してくれる者はいないかと募ったとき、僕が真っ先に名乗りをあげたと彼は言った（前に進みでていく若者たちの一番後ろに僕はいた）。村の集会の夜、コンガの命令で双子の小屋の前まで来て、コサワの男たちの何人かがその場にいないことに気づいたのも僕だ、とルサカは話しつづけた。彼は顔を背けている臆病者たちを指さした。僕がその男たちの小屋まで行って、妻のスカートの下から彼らを引きずりだしたあげく、彼らの妻や子供たちに、この男はいったいなんだ、びしょ濡れのヒヨコみたいに縮みあがって、人生を楽しむ活力がまるで抜けちまってんじゃねえかと言い放った、と（そんなことは言っていない。一緒に来てもらわなければならないと言っただけだ。確かに今は、男たちの小屋の中で叱りとばしてやればよかったと思ってるけど。家族のために他の男が戦って死のうとしているとき、家に隠れているような小心者は男じゃない）。

「ボンゴは、兵士たちがやって来る前に、ウォジジャ・ベキと交渉した」とルサカは言った。その通りだ。ただし二人の長老と一緒に彼もその場にいたのだ。そして、彼の言う通り、僕はウォジジャ・ベキにコサワの将来は彼がどちらの側につくかにかかっていると言った。村の仲間か、それとも敵なのか、どちらにつくか選べばいい、と。その日の午後に限っての選択という可能性は捨てきれなかったが、彼は僕たちの方を選んだ。兵士たちはペクストンの社員がこの村にはいないと確信し、引きあげていった。戦いは始まったばかりだった。けれど、状況は僕たちにとって有利に運んでいた。

「我々に勝算はあるか？」ルサカは男たちに聞いた。「あるとも」と彼らは答えた。

「我々は勝つだろうか？」

「勝つとも」

「そうとも、我々は勝利する」と彼は言った。「だったら、ボンゴに感謝しようじゃないか」

——

毎朝、僕は精霊に、あなたに感謝の念を抱けるような根拠を与えてくださいとお願いしている。兄さんの子供たちの守り神になってくださいと祈っている。ジュバは悪夢にうなされ、汗びっしょりになって目を覚まし、スーラは、僕が何の成果もあげられず、ベザムから戻ってきてからというもの、僕とはあまり口をきかなくなってしまった。僕は彼女の父親の期待も、彼女自身の期待も裏切ってしまったのだ。スーラがまだ幼かったとき、明け方に僕の寝室にやって来て、ベッドに潜り込み、僕のシャツの中に手を入れてきたのが、やけに懐かしい。ときどき、笑わせたくなって、ちょっとだけくすぐったこともある。彼女の素敵な丸い目が大きく見開かれると僕は幸福な気持ちになった。スーラのハート型の唇や長いまつげ。彼女が将来美人になることはまず間違いなかった。彼女は今その入り口にさしかかっているんだ。でも、その細身の体つきでは、コサワの男から思いのこもった目線を引き出すのは難しそうだ。スーラは年を重ねるごとに自分の中に閉じこもり、微笑を見せることはあっても胸の内は何も語らないようになった。僕は、このままでは彼女は度を越して不可解な女性になっていき、せっかくのその素敵な顔も宝の持ち腐れになるんじゃないかと心配になる。スーラの父親も、内向的な人だった。二人は身体的にはあまり似ていなかったけれど、スーラの心は父親のレプリカだった。二人がベランダで談笑していた夜は数知れない。父親がいなくなってしまった今、スーラは自分の考えを父親とだけ共有したいがために、完全に心を閉ざしてしまったように見える。心配だ。口にこそ出さないが、彼女は、父親の蒸発に関与したすべての人間に腹を立てている。だけど、その怒りをいったいどうすればいいというのだろう？　学校の教科書を読んでいるときのスーラは普通に見えるが、マラボがいなくなってからというもの、一日また一日と日を重ねるにつれ、次第に口数は減り、怒りは弱々しい笑顔という形をとって表に出てくるようになった。父親がいなくなってしまった小屋で座っているときより、友達のおしゃべりを聞いているときの方が、そんな笑顔を浮かべることが多い。

スーラが他の女の子だったら、僕はただ精霊がその心を修復し、胸に抱えている苦悩を取り除いてくれるよう祈るだけなのだが、スーラは兄さんの子だ。先のことはわからない。そして、いったいいつになったら僕はマラボが始めたこの仕事をやり終えて、子供を産んでくれる妻を探すことに意を注ぐことができるようになるのかもわからない。でも当分のあいだスーラは、僕が将来持つことになる娘にいちばん近い存在でいることだろう。だからこそ、たとえ不可能なことに思えようとも、彼女には何事にも束縛されない自由な女性として育っていってほしいと、とにかく僕は心から願っている。とてもかないっこない願いに思えるとしても。そうすれば、兄さんと再会したとき、兄さんを陥れた連中から彼を守ることはできなかったけれど、兄さんの子供たちについては、僕は失敗しなかったし、子供たちが汚れのないコサワで育っていけるよう精一杯努力し、守りとおすことができたよ、と伝えられる。

僕がルサカの小屋に到着すると、そこにはルサカと、二人の男がいる。僕のおじさんのマンガ。そして、ウォジャ・ベキの、今も生きているたった一人の妹の夫ポンド。ルサカは九日前に捕虜を捕らえてから、ずっとこの二人の長老の知恵を頼りにしてきた。時に応じて間違いを正し、有益な選択を導き出してきた二人の知恵。僕もその恩恵にあずからせてもらおう。僕がスツールを引っ張って、彼らの輪に加わろうとすると、男たちは僕から目をそらす。

「彼が死にかけているんだ」僕が腰を下ろすと同時にルサカが言う。

「誰が?」と僕は聞く。

「〈病気の人〉さ」と彼は言う。彼の吐いたものを妻が掃除したところだ。昼からずっと吐きつづけている。体に触ってみたんだが、熱湯の鍋よりも熱い」

マンガとポンドは僕に目を向ける。その目はこう言っている——この状況をなんとかしなきゃならんぞ。

「新しい計画を立てなければならない」とマンガが言う。

「いろいろ試してみたんだが、誰も口を開こうとしないんだ」とルサカは言う。「昨夜、私は彼らに言ったんだ。『長いリストなんか必要ないんだ。ほんの五、六人でいい。名前を教えてくれ』と。〈リーダー〉は腐った食べ物が入っているボウルでも眺めるような目で私のことを見た。他の連中はかたくなに目を閉じたままだ」

「だったらもう殴るしか……」とポンドが言う。

「殴る?」とマンガは、同い年の仲間がお話にならない言葉を発したとでもいわんばかりに、冷笑を浮かべながら言う。「おいおい、人が死にかけているというのに殴れというのか……」

「情報が得られなければ、捕虜にした意味がない。今までの苦労も水の泡だ」

「そんなことはないよ」と僕は言う。


「じゃあ、死ぬまでここに置いておくつもりか?」とポンドが聞く。「まさか、それが新しい計画だなんて言わないよな? 遅かれ早かれ、この前とは違って大勢の兵士が捜索にやって来るぞ。我々は質問責めにされる。事実を知ったら連中は何をしてくるだろうな。精霊のみぞ知る、だ」

「僕たちが工夫すれば、絶対見つかりっこない」

「部下が行方不明になっているのに、ペクストンが静観するとでも?」

「ボンゴ、どうすればいい?」とルサカが言う。それはささやき声だ。僕たちはみんな小声で話している。村の他の人たちに隠しだてすることなんか何ひとつないのに。

ぐらぐらと僕の決心が揺らぐ。計画通りにいかないことも出てくるだろうと警戒心は忘れなかったが、捕虜の死の危険に見舞われるなんては思いも寄らなかった。


僕たちの計画、つまりコサワの男たちが同意した計画はシンプルだった。ベザムで僕たちに手を貸してくれる男たちの名前を捕虜たちが教えてくれるまでは、彼らをここに留めおくというものだ。他には何も求めない。名前だけだ。そのあと、彼らを自由にする。それが、村の集会の翌朝、双子の小屋から出てきたあとで、僕たちが立てた計画だった。槍やマシェッ

トを手に持ってコサワのために死ぬ覚悟で集まったあの夜、コンガはなぜあの場にやって来なかったのか、そして双子が僕たちに何をしたのか見当もつかないが、いずれにせよ我々にもたらされたのは、誰の目にも明らかなように、この戦いは武器と武器の戦いなんかではなく、武器と知恵の戦いであるという啓示だ。

僕たちの役に立ってくれそうな人間の名前がわかったら、ブッシュミートの燻製や乾燥スパイス、ヤムイモ、ヤシ油がつめられた瓶、太った鶏の卵などの贈り物を抱え、村の代表団がベザムまで出かけていく。そしてその贈り物をその男たちに渡す。僕たちは彼らに包み隠さず事実を話す。捕虜たちから聞き出した名前、それは権力者でありながら信念と善良な心を持った人物の名前なんだ。彼らのオフィスに入ったら、ひざまずいて彼らのことを讃え、それから、一緒に村に来てくれるように懇願する――すっかり消耗し、やつれはてた子供たちの姿を自分のその目でじかに見てください、と。僕たちの村にいるあいだ、彼らにはウジャ・ベキの家が提供される。僕たちは家を塗り替える。女たちはきれいに掃除をし、たくさんのバラとヒマワリを飾る。丁重にもてなされるべき招待客を極上の香りが包む。たしかにその家は、ベザムから遠く離れている。だけど、その外観と芳香は、ベザムにある（と僕たちが想像している）最高に見事な家にさえ、ひけをとらないものだ。それは、子供たちの学校の教科書に載っているアメリカの家の写真を参考にしながら、僕たちが作りあげた作品なのだ。ウォジャ・ベキは彼らと一緒に家に留まる。僕たちは村の女たちに、胆汁のような苦い思いをさせるのはほんとに申し訳ないけど、お願いだからウォジャ・ベキの家族を小屋に受け入れてくれないかと頼み込む。我々は来賓たちに、食べ物は僕たちの妻や母や妹たちがみなさんの食べたいとおっしゃるものだけお作りしますと伝える。ウォジャ・ベキがみなさんを大切なお客様としておもてなし差し上げますと約束する。実際に彼らは適切な応援を受けることになるはずだ。ウォジャ・ベキにこのアイデアを話し、釈放の条件として、この作戦をうまく運ぶために彼の家を必要に応じて使わせてもらいたい、と伝えたとき、彼は異論はないと言った。ベザムの有力者の歓待という仕事が彼の胸を高鳴らせているように見えた。

僕たちは物乞いではないけれど、ベザムまで行ってその男たちの前にひれ伏して、彼らの靴に口づけをするんだ。どんなに汚れた靴にだって。僕たちがこの土地で生活して、老人になっていくにはどうしても彼らの助けがいる。必要なら何度でもベザムに足を運ぶこともいとわない。政府の高官とペクストンの重役を少なくとも一人ずつコサワに連れてくることに成功するまで、僕らは遠征し、懇願し、贈り物をしつづける。彼らが村に到着したら、歓迎の宴を開き、土地の区画をプレゼントする。そして、彼らの足元に病気の子供たちを横たえ、この無力な子供たちの命を救ってくださいと哀訴するんだ。僕らにだって誇りのようなものはある。けれど、この痛みを消し去ることができるなら、どんなに人格をおとしめられたって平気だ。子孫のためなら、僕たちはどんなことだってやり抜いてみせる。

——

ペクストンの男たちから重要な情報を引き出すのはルサカの役目だった。彼らがルサカを敵としてではなく、彼らを自由にするために動いてくれる人物として認識すれば、進んで話をしてくれると僕たちは考えた。もしもコサワであの男たちにとって信頼を置くことのできる人物ができるとすれば、それはルサカであるにちがいない。なにしろ、コンガに車のキーをこっちにくれないかと頼み込んだのはルサカだったのだ。村の集会の夜、僕たちが捕虜を彼の小屋に連れていっていたときだった。コンガは小屋から出てくると、ルサカにキーをポイとほうってよこし、その後、姿を消した。双子の小屋の前で僕たちと落ち合う前、ルサカは三人の男を連れて学校の敷地に行き、ペクストンの運転手を探した。彼らは運転手が暗闇の中でキーを探しているところを見つけた。ルサカは彼にキーを見せ、一緒に来るように言った。運転手は抵抗することなく、他の捕虜たちと一緒に連れていかれた。

「お望みの人物の名前を教えたら、そのあと私たちに何をしてくれるんだ?」〈丸い人〉がルサカに聞いた。

「君に車のキーを渡す。そして、『無事の帰宅を』と別れを告げる」とルサカは答えた。

〈リーダー〉は失笑した。

「約束する」とルサカは言った。

「嘘だ」と〈リーダー〉は言った。「おたくが私たちに用意すると言っていたベッドはどこにある? おたくの死んだ息子たちの墓とやらはどこにある? おたくはほんとに息子に死なれたのか?」

「作り話だったらどんなに良かっただろう」

「あんたに名前を教えれば、すぐさまあんたは私たちを殺すんだろう?」と〈病気の人〉は言った。

「我々は人を殺したりしない」とルサカは答えた。「それは君たちがすることであって、我々がすることではない」

「ただでは済まされないぞ、嘘じゃない」と〈リーダー〉が言った。「おたくには重い罰が下されるんだ」

「殺さないと誓うなら、君が知りたがっていることを教えよう」〈病気の人〉がぼそっと言った。

「黙れ」と彼の上司が言った。

「彼の言うことにかまうな」とルサカは言った。「教えてくれ」

「車には」と運転手が言った。「くれぐれも手を触れさせないでほしい」

「車は二日前に安全な場所に移した。子供たちが触れない場所に」ルサカは言った。「キーは俺が持っている。このポケットの中に。祖先に誓って言う。我々が要求している名前を教えてくれたら、君たちを車まで案内し、キーを渡し、ベザムまでの良い旅を祈り、送り出そうじゃないか」

〈リーダー〉はぷっとふきだした。「あんたは私たちを送り出してしまえば、何もかもきれいさっぱりなかったことになると思っているのか？『ではさようなら。よいご旅行を。あなた方をこの村に迎えられて、私たちにとっても素晴らしいことでした』ってか？」

「何もかも、きれいさっぱりなかったことになるさ」ルサカはそう言うと、振り向いて部屋を出ていった。

――

どのようにすれば「なかったことになる」のかは述べられなかった。なにもそこまで説明する必要はないだろう。僕たちが求めている情報を彼らが提供したあと、彼らは即座にルサカの小屋を出発するのだが、首都に戻るためにふたたび車に乗り込む直前、一時間やそこら、ジャカニとサカニの小屋の中に入ってもらうんだ。目隠しをして双子に会わせ、集会の日コサワに到着したあとの記憶を双子が消してくれる。記憶は完璧に失われる。家族や友人から、コサワではどんな話をして、何をしたのか、どうして旅が長引いたのかと聞かれたら、車が故障して修理に時間がかかってしまったんだと彼らは答えるだろう。その点以外はいつも通りの旅だったよ、いろんなことを話してきたし、いろんなことをして特別変わったことは何もなかった、今は家に戻ってこられてとにかくうれしいよ、と。

家族や友人たちは、男たちの屈託のない能天気な語りを、そのまま受けとるしかないのだろうかと考え込んでしまうだろう。四人の男たちが一様に詳細を欠いた説明しか語れないのはいったいどうしてなのか、ひょっとしたらそのことで話し合いがもたれるかもしれない。あるいはもしかすると、彼らに対する愛ゆえに、とやかく問い詰めたりしないかもしれない。いずれにせよ、納得できる説明なんて誰もできっこないし、どんなに頭をひねったところで、僕たちのところまでたどってこられるような痕跡は何ひとつ見つけられやしないだろう。なにしろコサワの村人でないかぎり、男たちに何が起こったかを知る人間は一人もいないのだ。そして、仮に、今の僕たちに推察しかねるなんらかの理由によって、ペクストンと政府が兵隊を寄越し、男たちが行方不明になった日の記憶を失っている理由を僕たちに問い質したとしても、僕たちはふたたび広場に集まり、「村の集会を終えたあと男たちが行方知らずになっていたなんて、どうにも訳がわかりません。ありえない話です」ときょとんとしてみせるだろう。我々が生きているこの現代はなんと奇妙な世界だろう、と。

しかし、それもこれも僕たちの計画が次のステップに移ってからのことだ。

ともかく男たちを生かし、名前を聞き出すことが先決だ。

――

僕はルサカ、マンガ、ポンドに、少しのあいだ外の空気でも吸いながら〈病気の人〉をどうするか考えてくるよと伝える。ベンチに腰かけ、もしここにマラボがいたらどうするだろうと想像をめぐらせる。

「男たちのところに連れていってくれ」僕は小屋に戻り、ルサカに言う。

小屋の裏手にあるキッチンの外では、夕方の光の中でルサカの妻と唯一生き残っている息子が座っている。息子は涙をふきながら、母親がやさしく語りかけている声に耳を傾けている。ルサカは二人に目もくれず、奥の部屋のドアを固定しているロープをほどく。僕はルサカとマンガ、ポンドと一緒に部屋に入る。

暗がりに目が慣れきて、空っぽの部屋の隅にペクストンの男たちと運転手が座っているのが見えた。

彼らとは、村の集会の夜以来だ。〈リーダー〉はシャツを着ずに壁に背中をもたせかけて床に座っている。頭をがっくりと下げている。両手と両足は体の前で縛られている。食事の皿は手つかずのまま、脇に置かれている。部屋の反対側に小便用のバケツが見える。両手を縛られた状態で、食事や排尿ができるのか、痒いところを掻くことができるのか、僕はそのことが気になった。だけど、ルサカが、大丈夫だ、捕虜なんだからなんでもかんでも快適というわけにはいかんだろうと言い、僕は納得する。毎朝、ルサカは近所の男二人の手を借りて捕虜を一人ずつトイレに連れていく。ヤシの葉で作った壁の向こう側に回り込み、そこでルサカは捕虜の手足を自由にしてやり、必要なだけ時間を与える。〈丸い人〉と〈病気の人〉はちゃんとトイレの時間に用を足している。でも運転手はいつも、自分の糞は恥ずかしがり屋だから一人きりにしてくれないと絶対に出てきてくれない、と文句を言う。するとルサカは運転手に、トイレに行きたくないなら好きにすればいいさ。私は狩りに出かけるよと言い残して立ち去る。そして、運転手は夕方までお尻をきゅっと締めていなければならない。毎朝、このお決まりの会話が交わされ、男はうなり声を漏らし、歯を食いしばる。我慢の限界が来るまで。

〈リーダー〉は奥の部屋にいるあいだ、立ちあがることもトイレに行くことも拒んだ。念頭にあるのはおのれの優位性の誇示のみで、食事もまったくといっていいくらい取らず、コサワに来る前に食べたお上品な昼食のわずかな胃の内容物だけで生き延びている。彼を見ていて、僕にも何かしら腑に落ちるものがある。彼の苦々しい胸の内と哀れを誘うほどの高慢さは、これまでの人生の中で大量の鼻持ちならない何かを体の隅々にまで詰め込んでしまった結果なのだろう、と。

「こんばんは、〈リーダー〉」と彼に言う。彼は何も答えない。僕の言葉につづけてルサカと長老たちも挨拶するけれど、やはり返事はない。

〈病気の人〉が苦しげにうめいている。僕は彼に近づき、彼の体を観察する。彼は床に横たわっている。シャツは汗で濡れ、体はがたがた震えている。運転手は縛られた手で苦労しながら〈病気の人〉の額の汗を拭いてやっている。〈丸い人〉は〈病気の人〉から離れて座っている。あいかわらずきちんとスーツを着ている。彼は僕の目をのぞき込み、僕が何か言い出すことを期待しているが、僕は何も言わない。みんなは〈リーダー〉のことをいちばん嫌っているけれど、最初の村の集会以来、〈丸い人〉の何かが僕をどうしようもなく腹立たしい気分にさせるのだ。

僕は〈病気の人〉の横に屈み、気分はどうかと尋ねる。彼は「お願いだから助けて」と言う。「ここでは死にたくない」

「どこか気持ちわるいところは？　痛いところはありませんか？」

彼は顔を背ける。病気について話すのを恥じ入っているみたいに。「あなたの名前は？」僕は尋ねる。

「クムブム」

「クムブム様、私はボンゴです。私がお願いしたいことというのは――」

「私は『様』と呼ばれるほどの人間じゃない」とクムブムは答える。「病気なんだ。頼む。家に帰らなくては……娘が二週間後に結婚する、まだいろんな準備が残っているから、行って妻を手伝ってやりたいんだ、どうか頼む……」

「お嬢さんのお名前は？」と僕は聞く。

「ミミ」と彼は言う。「私の最初の子供だ」彼はため息をつく。「兵士たちが来るのをずっと待っていた。でももう彼らは来ないだろう。私たちがここに連れてこられてから九日が経った。彼らが見当違いの場所を探しているのは目に見えている。人家の、それも奥の部屋まで嗅ぎまわろうなんて絶対に思わんだろう。家に帰りたい。何でも話すよ……」

「黙れ」と〈リーダー〉が言う。

ルサカも僕の横に屈んで、クムブムの額に手をあて、すぐに手を引っこめる。朝より熱い、とルサカの目がはっきり告げている。ルサカは膝を折り、尻を浮かせてしゃがみこむ。前かがみになっていた僕も体勢を変え、彼と同じように体を丸くしてしゃがみ込む。マンガとポンドも同じ姿勢をとる。僕たちはみんな床にしゃがみ込んだ姿勢で、クムブムと向き合う。僕たちは、苦しそうに息を漏らし、汗をかいている彼の姿を見つめながら、いまここで僕たちの目の前で死なないでくれと念じている。〈丸い人〉はまるで見世物でも見物しているみたいに僕たちをじっと眺めている。その目をえぐり出し、だぶついた脂肪の中にねじ込んでやりたい。

「クムブム」とルサカがそっと言う。「あなたには、家に帰って娘さんのミミの結婚式の準備をしてもらいたいと私たちは心から願っているんだ。ここで死んではいけないよ」

「死なないでください」と僕は横から言う。「僕たちの話を聞いてくれそうな、ベザムにいる有力者の名前を教えてくれれば――」

「おいおい、笑わせないでくれよ」と運転手が言う。僕はうろたえ、彼に向き直った。人の話をさえぎり、冷やかすなんて、なんのつもりなんだと言い返したくなる。けれど、いま目の前で人が死にそうになっているのだ。そしてその人の死は、本質的には僕たち自身の死をも意味するのだ。だから僕はつとめて冷静な口調で運転手に「僕たちが君を笑わせる？」と尋ねる。

「だって、あんたらは、つい昨日空から落っことされて、この土地に降り立ったみたいな口ぶりじゃないか」と彼は言う。「ベザムでは、あんたら村民のことなんて、誰も気にかけちゃいない。わかるか？　そんなやつ政府には絶対いない。ペクストンにもゼロだ。ないないづくし」

そうかもしれないと思う。けれどその種の絶対的な判断をそう簡単に信じるわけにいかない。物事のあり方はひとつであって、他のあり方など存在しないというふうに百パーセントの確信を持つことにいったいどんな意味があるのだろう？地球が存在してきたすべての年月を生き、すべての可能性を見尽くした者がこの世に存在するだろうか？　でも、運転手の話を聞いていると、この世界には絶対的なものが数多く存在し、僕たちにはそれを認識するだけの知性が欠けているのかもしれないと思えてくる。

「ここにおられる方々があんたに名前を伝え、あんたはベザムに行ってその人物と会い、子供たちのために嘆願したとする。で、そのあとどんなことになるかわかるか？」と運転手は話しつづける。

ああ、僕の兄さんはベザムに行ったきり戻ってこなかった、だからどうなるかわかっているさ、僕はそう言ってやりたいと思う。わかっているさ、ベザムに行けば僕たちは行方不明になるだろう――だからと言って、どうしても行ってはならないのかい？

「どんなことになるのだろう？」と僕は尋ねる。

彼は首を振り、〈リーダー〉とよく似たあざけりの笑い声をあげる。その笑いは長々と続き、ごほんごほんと彼は咳き込み始める。まるで事前にリハーサルをしていたかのように、同時にクムブムも咳をし始める。二人の咳——乾いた咳と痰がからんだ咳——が重なり合いながらしばらく続く。するとルサカは台所に行き、水の入ったコップを二つ手に持って戻ってくる。運転手は自分の分を飲みほす。クムブムは、ルサカがコップを口に運んでやるとほんのひと口だけすすって飲む。

「トンカが言っているのは」クムブムは一語発するたび荒い息を吐いた。「君たちがベザムにたどり着いて、どんなに言葉を尽くしてみたところで、笑いのめされるのが関の山だということさ」

「我々は馬鹿じゃない」ルサカが言う。「ベザムは悪が家を建て、悪が子供を育てる場所だと俺たちも知っている。だが、そこに善人が住んでいることも知っている。住んでいないはずはないのだ。その中の数人を紹介してほしいと言っているだけだ」

「彼の口から出てくる言葉を、おたくらは理解できないのか？」と運転手は叫ぶ。「耳が聞こえないのか？　いいか、ベザムに高潔な人間はいない。誰があんたらの子供の生死なんか気にかけるもんか。どう言えばわかるんだよ、あんたら？」

「ベザムの人間はみんながみんな悪人だとでも？」とマンガが言う。

「ベザムに行って、腹ばいになって、町の端から端まで這いずりまわって、ありったけの涙を流したところで、状況はなにも変わらんと言っているんだ。権力者たちは、おたくらが持ってきたプレゼントを受け取り、礼を言い、その肉を料理人に渡し、料理を作ってもらうだろう。そして、それを食べる頃には、そもそもおたくらがどうしてその食べ物をくれたのか理由すら忘れている。一人もいなくなるまで、おたくらの子供たちは死につづけるんだよ。今この部屋にいるこの人たちだけが」と彼は言って、ペクストンの三人の男たちを身振りで示す。「おたくらの話し相手さ」

僕はルサカに目を向ける。彼はクムブムを見る。彼も運転手が今言ったことと同意見なのかルサカは読み取ろうとしている。

「どうしてそう言い切れる？」ルサカは運転手に尋ねる。「その確信はどこから来る？」

運転手は、この話をするために何年も待っていたかのように顔がぱっと明るくなる。

「苦しんでいるのは自分たちだけだと思っているのか？　この国の村や町はどこもかしこも、おそろしくいろんな問題を抱えている。こっちの町には清潔な水がない。あっちの村では兵士が娘をレイプしている。また別の村に行ってみると、どっかの企業が森を伐採し、土壌侵食を引き起こしている。あるいは、人々が住んでいる地面の下からいいカネになる石が見つかり、法令に基づいて兵士がやって来て、地域の安全確保って口実で人々を殺害している。なぜなら……いや、理由なんかいらないんだ。俺の妻のビコノバン県にある先祖代々の村（俺の村からさほど離れちゃいない）の話だが、政府が村全体をよこせと言い出した。野生動物保全のプロジェクトのためだとさ。村人たちはみんな、荷物をまとめて、よその土地へ移住しなければならなくなった。おたくはここの村人たちのために何ができると思ってる？　手はないね。何十人もの人がベザムまで行って、泣いて助けを求めて、どうなると思う？『家に帰って待っていなさい。助けが来るから』と言われる。だから家に帰って待つ。待って、待って、待つ。ときどき、またあらためてベザムに赴く。数え切れないくらい何度も何度も行くことになる。でも、何も前と変わらない。おたくらであれ、誰であれ、なんの進展もありゃしないさ。気に入らんのなら新しい国を作ればいい。この国を所有している連中は、今あるこの国のかたちをこよなく愛しているんだ」

僕は運転手を見つめる。でも、どうして彼がこんなふうに弁舌を振るうのかわけがわからない。腹いせ？　怒り？〈素朴で美しい未来は、彼や僕たちみたいな人々の生まれながらの権利なんかじゃない〉と彼自身は諦観している。それなのに僕たちときたら、あいもかわらず新しい人生への変化を夢見ている。だからむかっ腹を立てているのだろうか。自分は運転手以上の存在にはなれないと、彼はかたく信じている。自分はお偉方のお皿からこぼれ落ちてくる食べかすを拾い集めるしかない、みじめな男のままなのだと。残飯の拾い方を教えたのは、きっと彼の父親だろう。まもなく、彼も息子に同じことを教えるのだ。作り笑いの浮かべ方。おじきの仕方。上役から与えられたものはなんでもありがたく頂戴すること。たっぷりと礼を言うこと。質問はしないこと。呼吸しているこの空気さえ彼らの所有物である、と伝えるともなく伝えること。

「君たちにできることがひとつだけある」とクムブムが言う。

「墓を掘る以外に何ができる？」と運転手が聞く。

「手を貸してくれ。座らせてくれ」と言って、クムブムが僕の腕をつかむ。彼の体調のことを考えると、腕をほどいて戻してやった方がいいんじゃないかと思うが、施《ほどこ》した情けがあだになって、僕たちがすべてを失うことにもなりかねない。僕は思い直す。

クムブムが苦しげに顔をしかめる。ルサカは部屋からとび出し、枕を持って戻ってきて、それを壁に立てかけ、病人に背中をもたれかけさせる。

「私の甥がいるんだ」とクムブムが言う。「彼なら力になれる」

「政府の人間ですか？ それともペクストンの人間ですか？」僕は尋ねる。

「どちらでもない。彼は新聞記者だ。君たちの記事を書いてくれる」

「それがいったい何の役に立つんですか？」と僕は聞く。「あなたの運転手がさっき言ってたじゃないですか、そんな話べザムでは誰も耳を貸さないって」

「読者はべザムの人間たちではない。アメリカにいる人々さ」

「アメリカ？」

「そう、アメリカ。ペクストンの国だ。甥っ子が記者をしている新聞には、アメリカ人の読者がわんさかいる……」彼はひと息つく。まるで空気を使い果たしたとでもいうように。次の新しい空気が送り込まれるのを待つ必要があるかのように。「アメリカ人というのは、どこか遠くの土地で起きている出来事にも興味津々なんだ。だから甥っ子はこの国のことを書いているんだ」

「じゃあ、あなたのその甥は、アメリカ人のために働いているべザムの人間ってことか？」ボンドが尋ねる。

クムブムは首を横に振る。「いや。彼はアメリカ人だ……。話せば長くなる。彼の父親はアメリカ人で、母親が私の妹なんだ……甥っ子がアメリカからこっちに移ってきたのは二、三年前……ややこしい話だ。ともかく私を信じろ。彼に会ってこい」

「彼が真実を書いてくれるって、信じていいんですか？ 根拠は？」と僕は言う。

「それは、あいつがそういう人間だからだ。とにかく会えばわかる。そこに伝えるべきことがあると判断すれば真実を書く、怖がったりせずに。彼はべザムで開かれている集まりに片端から参加して人々の実情を学び、それを記事に書いている……」

「彼が僕たちのことを書き、その話をアメリカ人が読む。そうすれば……」

「記事を読み、自国の企業が君らの子供たちにどんなことをしているかを知ったアメリカ人たちは怒り狂うだろう。アメリカ人は行動を起こすことを良しとする人々だ。あんたたちを助けたいと思う人が出てくるかもしれない。どんなことになるのかはいまひとつよくわからない、でも……」

「でも、アメリカにいるペクストンの人たちもこの記事に目を通すことになるわけだろ？」とマンガおじさんが聞く。「ペクストンの連中がこの村のことを読み、同じ記事に目を通したアメリカの同胞たちに『私たちについての記事はガセネタで、あんたの甥っ子はデマを広めようとしている』と言ったらどうなる？　アメリカ人は俺たちの苦しみを実際に自分の目で見て確かめたわけじゃない。コサワまで来たアメリカ人は皆無だ。だから、ペクストンは、アメリカ人たちにあんたたちは何ひとつ実態をわかっちゃいないと言い張ることだってできる」

クムブムはしばらく考え込む。「それもそうだ」と彼は言う。

「そういうことになるかもしれない」

しばらく何も言わなかった〈リーダー〉がククッと笑う。「真面目な話、おたくらは笑える。そのこと気づいてるか？」。僕たちは取り合わない。

「明日、朝一番にベザムに向かえ」とクムブムは言う。「甥に相談しろ。彼宛てに紹介状を書こう。コサワまで来たアメリカ人は皆無だ。でもその前に、どうか……私たちを家に帰してほしい。お願いだ」

ルサカは外に出るよう僕に合図する。マンガとポンドも僕たちのあとについてくる。数分の話し合いの末、僕らの方針は固まる。僕は翌朝ベザムに出発し、新聞記者を探し出す。ルサカと誰かもう一人（あとで決める）も僕と一緒に行く。ともかく今はクムブムの体調が第一だ。彼をきちんと養生できる場所に移さなければならない。ウォジャ・ベキの家。ウォジャ・ベキの妹の夫でもあるポンドの出番だ。クムブムを受け入れてくれるよう、彼がウォジャ・ベキに掛け合う。ポンドはウォジャ・ベキに、行方不明になっているペクストンの男がコサワで命を落とし、彼の遺体がこの村で発見されたら、ウォジャ・ベキと政府やペクストンとの関係はまず間違いなくこじれるだろうから、そうならないようにこの男を生かすための手を尽くさなければならないと説得する。

ペクストンの他の二人と運転手はルサカの奥の部屋に残していく。マンガおじさんが、ルサカが不在のあいだ捕虜はいとこのソンニに責任を持って面倒を見てもらえばいいと提案する。この僕のいとこは知恵が浅い人物だ――彼はぐずぐずした感じで歩くし、話し方にしたってやけにとろい――けれど、波風は立てたくない。僕は頷き、僕たちの期待をソンニが裏切らないようにと心の中で祈る。僕たちは計画を練りつづける。ただちに男たちを集めて会議を開き、現状についての情報を全員で共有する必要がある。けれど、なにはさておきペクストンの男たちに、もうすぐ自由になれると伝えなければならない。絶望が他の三人を、毒入りトウモロコシを食べた鶏みたいに急病に陥らせてしまうことがないよう、僕たちは彼らの心に希望を灯しつづけなきゃならない。僕らの願いは、彼らが奥の部屋を立ち去るとき、自分たちの足でしっかり歩いて出ていくことだ。僕たちの代表がクムブムの甥に的確に説明をする。そしてその甥っ子が僕たちの実情をアメリカの人々に正確に伝える。その報道によって確実に状況変化がもたらされる。もはや男たちを捕虜にとっておく必要はないという確信が得られたあと、ベザムから仲間たちが戻ってる。彼らを解放するのはそのときだ。

僕たちは奥の部屋に戻り、男たちに決定を伝える。彼らはにこりともしない。けれどこうするより他にどうしようもないんだ。

――

それから何時間か経過したあと、事態は現実に、僕たちが奥の部屋で話し合った通りに展開していく。ウォジャ・ベキは、クムブムが危ないと聞いて震えあがる。彼はポンドを質問攻めにする。病気はうつるのか？　あの男が病から回復したとして、よそから持ち込まれた病気が我々の妻や娘たちに害をおよぼす危険はないのか？　彼は家族の安全を守らないといけないのだ。それに対してポンドは「わからない。保証はできん」と答え、「我々は答えのない問いを抱えて歩を進めているのだ」と言う。すると、ウォジャ・ベキは押し黙ってしまう。彼は命じられたまま動き抵抗しないことが最善の策であるという教訓を学習しようとしている（僕たちの方は、そのような教訓をむしろ問い直そうとしている）。

ベッドに横になる前に、僕はラフィア・バッグに荷物をつめる。ヤヤは涙を見せることなく、目の前で跪《ひざまず》いている僕を祝福し、旅の安全を祈ってくれる。僕がいないあいだ、兄さん家族のことは私にまかせてとヤヤは言う。サヘルは僕のために食べ物を包み、水筒に水を入れてくれる。ジュバは僕に抱きつき、しばらく離れない。スーラは一人でベランダに座っている。二、三日したら戻ってくるからねと話しかけても、彼女は見向きもしない。

――

我々は夜明け前に広場に集合する。ルサカ、僕、チュニスの三人。すんなりとチュニスが三番目の男に決まった。チュニスはコサワの中で最も優れた地理感覚の持ち主で、新聞記者の仕事場を見つけるとき、彼の能力は心強い味方になってくれるはずだ。マラボを探しに行ったとき、彼の力を頼りにして町の中を歩き回ったように。

いよいよガーデンズのバス停に向かおうとしたそのとき、かさかさという音が耳にとび込んでくる。雨の訪れを告げる明け方の風が木の葉を揺らしているだけだろう、と僕はなんとなく思う。けれど、それは葉ずれの音ではない。コンガだ。マンゴーの木の下のいつもの場所に戻っている。僕たちはベザムのことで頭がいっぱいになっていて、茶色のシーツをかぶってそこに横になっているコンガの姿が目に入ってなかったんだ。僕は指を唇にあてる。他の男たちは首を縦にふる。〈俺たちも気づいたよ〉というサインだ。僕たちは息を合わせ、足を地面からそうっと持ちあげてはまたそうっと地面におろす。狂人を目覚めさせちゃいけない。気づかれでもしたら、その口からどんな言葉が出てくるか見当もつかないけれど、ともかくそれがどのようなものであれ、面倒なことになるから。

手遅れだった。

「察するに、君らはどこか重要な場所に行こうとしているのでは？」と、背後からコンガが言う。

僕たちは立ちどまる。振り返るべきか、歩きつづけるべきか。声は彼のものだが、どっちのコンガがしゃべっているのだろう。新しく姿を現した賢者としての彼か。それとも長年の要注意人物としての彼か。僕たちは、今彼が語りだそうとしている話に耳を澄ますべきなのか。そうするべきだとルサカは判断し、コンガの方を振り向く。

「おはよう、コンガ」と言って、彼は狂人に近づいていく。

コンガはさっとシーツをはねのけ、立ちあがる。

「皆みなさまはどちらへ向かわれておられるのですか？」やけにていねいな物腰だ。その様子から彼の正体を推し量ることはとても無理だ。

「我々はベザムに行くんだ」と僕は言う。

「ベザム」と彼はくり返す。「それで、なぜみなさまがベザムに行こうとしているのか、あなたはその理由を教えてくれないのですか？」

僕はルサカを見る。彼に最後まで話をさせるのがいいだろうと僕は考え、黙ってガーデンズの方を見やる。バスに乗り遅れたりしませんように。ルサカはいったん無言になる。彼はコンガの質問に対する適切な答えを探しているように見える。

「私は待っているんです。お返事をお待ちしています。そして、待つこと以外に何もすることはございません。だから、待つしかなくなるまで、ただ待ち続けます」と狂人が言う。笑みを浮かべながら、抑揚のない声で。口の端には、乾いた唾液が、点々とまだら模様をつくっている。鼻の穴からは、鼻水が乾いて固くなった大きな塊がのぞいている。僕は、彼のことを恐れていると思われるのは嫌なので、彼の顔からあえて視線をそらさない。僕は彼を恐れてはいない。この作戦をリーダーとして成功させるためには、相手が正常な人間であれ、狂人であれ、とにかく誰に対しても恐怖心を抱くことは許されない。

「昨晩、我々はある助言を受けたんだよ」とルサカは切り出す。「ベザムにいる、我々の助けになってくれる協力者の名前を教えてもらった。それでその人に会いに行くところなんだ」

「で、その方はどのような御仁なのでしょうか……」

「重要人物だよ。我々は有力情報を手に入れたんだ」

「みなさまの受け取られたご助言がはたして本当に有力情報かどうかについて、私なりにご意見させていただく必要はございませんか？」

ルサカは僕を見る。僕が肯くと、彼はクムブムが僕たちに提案した計画をすべてコンガに説明し始める。コンガはルサカが話しているあいだ、いっさいまばたきをしない。まるでルサカが国家的なニュースを知らせるために、はるか彼方からやって来た使者であるかのように、ルサカをじっと見つめている。僕はバスに乗り遅れるんじゃないかととても心配になる。ルサカはクムブムが語ったことをあますことなくていねいに説明している。

コンガはルサカの話が終わっても、ルサカを見つめつづけている。そしてようやくルサカの顔から目を離すと、その目で僕の顔を見つめる。

「あなたの探しものはベザムで見つけられないでしょう」とコンガは僕に言う。

「見つからないかもしれない」とルサカは同調する。「でも、だめかどうか、まあやってみようじゃないか」

「失敗は目に見えているのにですか？」

「何もしないより、やってみて失敗する方がいいじゃないか？」

「私たちに必要なのは、これ以上失敗を重ねることなんかじゃないはずです、ルサカ・ラマリワさん。数々の失敗の重みに耐えかねて、世界はすでに倒壊寸前です。まわりをごらんなさい。失敗の他に何か見えますか？　それなのにまだ失敗する必要があるとでも？」

「失敗する必要なんてないさ。だけど、我々には、有力者たちにこの戦いに参加してもらう必要があるんだ」

コンガは頭をぐっとうしろにそらせて笑い声をあげる。「有力者、無力な人、有力でも無力でもない人、さていったいあなたは誰をお望み？」ルサカは僕を見る――僕らは狂人のなぞなぞに答えるべきなのか？「あなたは自分のことを無力とおっしゃる」とコンガは続ける。「恥ずかしげもなく」

「僕たちをこの状況から解放できるような力を具えた人物の助けを必要としていることを認めるのは、恥ずかしいことでもなんでもありません」と僕は言う。

「おっしゃるとおりです。異存はございません」とコンガが、そんな陳腐な話はもううんざりだというような口ぶりで言う。「生意気なことを言うようですが、おぼっちゃま、先にも後にも聞くことがないかもしれないことをお伝えいたしましょう。自分を解放することができるのは自分だけです」

ふうん、そうですか、と僕は心の中で言う。子供たちは死につづけている。来る日も来る日もガスフレアは燃えさかり、パイプラインからはいつまでも石油流出がとまらない。僕たちはいまにも死に絶えてしまいそうなんだ。そんな僕たちにまだ自分たちを解放する力が具わっているとでも？

「まったくその通りだよ、コンガ・ワンジカ」とルサカが答える。「祖先は我々に偉大な力を伝えた。そして、たしかに我々が独力でなせることはたくさんある。だが、ペクストンに関してはちっともうまくいかない。もし、アメリカの人々に我々の置かれている状況を知ってもらえたなら――」

「アメリカから来た人間たちが私たちをめちゃくちゃにしたというのに、みなさんは今さら彼らのところにのこのこ出かけていって、我々を救いに来てくださいと泣きつくわけですね？」

「同じ人じゃないんだ」と僕は言う。ほんとは「もう行かなくちゃ」と言いたいんだけれど。「ペクストン社を所有している人間と、ペクストンが僕たちを傷つけるのをやめさせるために必要なあらゆる手段を講じてくれる人は、同じアメリカ人でも中身が違っているんです」

「ですが彼らは違っているわけではありませんよ、お若いの」コンガはそう言って、僕に近づき、僕の目をのぞきこむ。僕は生まれて初めて、コンガが僕のことをコサワの何十人もの若者の一人としてではなく見た、というふうに感じる。「あなたは、外国の人たちはみんな同じ種類の人間にすぎないということを理解していますか？　アメリカ人も、ヨーロッパ人も、この地に足を踏み入れたすべての外国人が同じものを求めてやって来ました。そのことはご存知ですね？」

彼には記憶というものがないはずなのに、どうしてヨーロッパ人のことなんか覚えているのだろう？

「あなたはお若い」と彼は言う。「いつの日か年老いたとき、我々を殺しに来た者と、我々を救うために駆けつけてくれる者はたがいに寸分違わぬ同類だったと気づくことでしょう。見てくれはともかく、彼らはみな一様に、自分たちには強い力があり、それを行使し、自分たちの果てしない欲望を満たすことができると信じています」

「つまり――」

「私が申し上げたいのは、みなさまはいますぐ自分の小屋に引き返すべきだということです。他人に頼らず、自分たちの力だけで戦いつづけるべきだとご忠告差し上げたいのです」

チュニスは懇願するような目で僕を見る。その目つきで、彼がコンガに説き伏せられてしまったということが見て取れる。彼は自分の小屋に引き返したいと思っているのだ。彼は、自分たちの力だけで大統領閣下もアメリカ企業も打倒できるという狂人の言葉を真に受け、僕たちが立てた作戦から手を引こうとしているのだ。僕は彼に、さっさと妻子のもとに戻ればいいじゃないか、そして僕たちとの共闘などきれいさっぱり忘れてしまえよと言いたくなる。もしもこの先、彼の子供たちが死ぬようなことがあれば、子供の血が自分の手のひらの上に永遠に消えないしみとして残るんだぞと言ってやりたい。もう少しで僕の口からその言葉が出そうになるが、それを飲み込む。僕はふうっと息を吐く。男の怒り、それはしばしば臆病者の都合のよい逃げ場となる。

僕はコンガの助言に対して礼を言う。そして、僕たちは作戦をほっぽりだして安らかな眠りにつくために、旅の支度を整えたわけではないと彼に言う。ルサカも頷いている。できる限りの手はうったし、いろんな選択肢を検討したと僕は言う。今日ベザムに行くことが僕たちに残された最良の選択肢のように思う、と。

「正しいように見える道がある」と、僕たちがくるりと背を向け、旅に出るために歩き始めたとき、狂人が大声を張りあげる。「だが、それは、結局のところ破滅へ向かう道だ」

僕たちは歩きつづける。ガーデンズにつづく道に出たところでチュニスがつぶやく。それは彼の目の中に僕が読み取ったのと同じ台詞だった。「僕たちはコンガの言う通りにすべきかもしれないよ」と彼は視線を地面に落として言う。

「帰れよ」と、僕が返事をする間もなく、ルサカが大声で言う。彼の声は怒りでわななき、指はコサワを差している。「帰れよ。二人の息子を墓に埋めたあと戻ってくればいいさ。狂人のアドバイスを聞き入れるか、それとも自分の心の声に従うか、どっちにする？　さあほら引き返せばいいじゃないか。二度と戻ってくるんじゃない」

チュニスは引き返さない。僕たちは黙って残りの道を歩いていく。

僕らがガーデンズからバスに乗ったのは、労働者たちが朝食を食べ終わるくらいの時刻だった。そして正午、ロクンジャで乗り継いだ二台めのバスが僕たちを乗せて出発する。そこからさらに二回バスを乗り換える。いずれも車内は乗客の人いきれでむっとしている。僕は毎回窓際の席に座り、通りすぎていく木々を眺めながら、自分が子供だった遠い昔のことを思い出す。コサワはどこをとっても非の打ちどころがなく、そこには穏やかで豊かな生活文化があり、子供たちには憂いと無縁の世界に暮らしていた。そのとき僕にはマラボがいた。

兄さんはいつも同い年の仲間に囲まれていた。僕にも僕の同い年の仲間がいた。僕たちは村の別々の場所でボールを蹴ったり木に登ったりしたが、僕としては、両方のグループが混じり合って遊ぶときがこのうえなく楽しかった。そういう日には彼がいちばん遠くまでボールを蹴っとばしたり、木のてっぺんまで登ったりするのを見ることができたんだ。現実にはそうじゃなかったのかもしれないけど、僕の目にはたしかにそう見えたんだ。なんてったってマラボは僕の兄さんで、背がとても高くて体が強く、彼より優れた人間なんて存在しないのだ。他の少年たちと森にブッシュプラム摘みに行くとき、いつも兄は僕に前を歩くよう言った。僕だけでなく、兄さんのいない小さな男の子たちにも。そういう少年たちには誰かがかまってやらなければならず、万一ほったらかしにされたら、それは自分の責任だと兄は自覚していた。ヤヤは、それは彼が長男だからだし、長男というのは生まれながらに責任を負うものだからだよ、と言った。もちろん村の中で弟たちが隅のほうで泣いているのに、我関せず長男が友人たちと遊びほうけているということも間々あった。だけど、彼女はそんなことまでいちいち説明しなかった。

マラボはみんなに心静かに生活してほしいと願っていたんだ。僕を守るため、ヤヤを幸せにするため、彼は気づかいを怠らなかった。父さんが怒りにまかせて夕食を足蹴にしたときには、マラボはいつだって落ちている食べ物をヤヤに拾わせまいと、すぐに立ち上がってそれを拾い集めた。

僕がヤヤに父さんの怒りがおさまらないと訴えに行くと、決まって母は肩をすくめ、そういう人なのよと言った。父さんはね、幸せになるのが苦手なの。でも、どうしてさ？　しょっちゅう僕は尋ねたものだ。それはね、生まれつきなのよ、ボンゴ。でも、どうして村のみんなは笑っているのに父さんだけ笑わないのさ？　あなたはみんなと同じようでなきゃいけないと思っているのね。だってくる年もくる年も、父さんは暗い気持ちを引きずりぱなしじゃないか？　僕は知りたかった。ひょっとして呪われているのか？　ヤヤの話では、父さんの虚無感は、父さんがまだ母親のおなかの中にいたときから始まったのだという。父さんの父親と土地争いをしていた親戚がニシキヘビに変身し、父さんの父さんを絞め殺したんだ。その数週間後、喪に服していた父さんの母さんが父さんを産んだ。そして、それと同時に彼女も亡くなった。父も母も失った彼は姉に引き取られ、彼女の小屋で、彼女の子として育てられた。姉は彼に自分の赤ん坊と仲良く二人で母乳を吸わせ、彼を自分のベッドに寝かせた。姉とその夫は、わけ隔てなく赤ん坊たちの隣で眠った。そのおかげで、二人ともこの未知なる世界の孤独と恐怖にさいなまれなかった。

僕が出会った、父さんの母村に暮らしている人々はみんな口を揃えて、父さんの姉夫婦はたしかに父さんのことを、姉のおなかから生まれてきた子のように大切に育てていたと語ってた。でも、彼らのそんな公平な扱いも、生まれたときから（もちろん僕もマラボもまだ生まれていないわけだが）自分の直系の家族とのつながりが断ち切られていた父さんに言わせると、何の意味もなかったようだ。父さんは、二人が自分に良くしてくれたのは、孤児になった自分を彼らが責任を持って養育せざるをえなかったからであり、親族のことを見捨てたりすれば村中から顰蹙を買うことは目に見えていたから助けたに過ぎないのだ、と言った。どうしてありがたがる必要がある？　彼はマラボと僕に、今あるものに感謝しなさいとことあるごとに言った。僕たちの生活は、彼が生まれてきたときのものとは異なっている。彼は大きくなるまで自分の居場所がどこにも見つからなかった。村を歩けば、急に人々は声を落とした。「ほら見て。この世でいちばん孤独な子よ」と囁きあった。そんな子供がにこりともしない人間に育っていくのはある程度仕方のないことなのかもしれない。

床につく前にベランダに腰掛けていたあの夜のことを僕は覚えている。マラボはヤヤと僕を相手に笑い話をしてくれた。笑い話をしてくれたのは、笑わなければ、心が寒々しくなるような姿をした故郷のことや、それを立て直すことができないでいる自分たちの無力を思い悩み、気持ちが暗く沈み込んでしまうからだ。うつを抱えた父さんと身近に暮らしている僕らには、笑い話をすること以外には気持ちをまぎらわせる手立てがなかった。終わりのない寂寥とかんしゃくに同時に襲われ、食事を取ることもできず、他の男たちが仕事に行っているあいだ一日の大半をベッドに横たわって過ごし、やがて自分が情けなくなって体を起こし、「息なんかしやがって」などと僕たちに悪態をつく、そんな父さんの最悪の日々を僕らがやり過ごすことができる方法が他に存在しただろうか？

思春期の頃、僕は自分ももっとマラボのような人間になりたいと思っていたんだ。兄のことをもっとよくわかりたくて、他人のためにしてあげる行為は楽しくてそうしているのかと質問した。たとえば、他人の喜びを吸い取って干からびさせてしまうような男とは付き合わないという選択もできる年齢に達しているにもかかわらず、マラボは父さんと一緒に狩りに行っていた。あるいはたとえば、誰もが必要に迫られなければ近づかない、隣に住んでいるバタじいさんによく会いに行った。自分のやるべきことだけに行動を限定すればもっと楽に生きていけるのではないか？　マラボはなんだかとても嬉しそうににっこりして、みんなが、自分のやるべきことだけしかやらなくなったら、誰もやらなくていいと思っていることはいったい誰がやるのさ、と言った。楽しさと義務はいったいどんなふうにつながるのだろう？

結婚し、父親になるということ、それは間違いなく僕の兄さんに、彼を彼たらしめている人格を付与した。

とくに忘れられないのは、村の広場で友人と楽しく過ごしていたある夜のことだ。白く発光して自己主張する月。星でぎっしりうめ尽くされた空。みんなして、プランテンの葉で巻いた陶酔効果のある乾燥マッシュルームをまわし喫みして、僕らはげらげらと声をあげて笑い、気分が高揚してきて、どんどん笑い声のボリュームも大きくなっていった。女性の太もものようなあたたかくて心地よい至福感に包まれていた（もしその場に訪問客が居合わせていたら、彼らは僕たちがペクストンのペの字も耳にしたことはないと、思い込んだことだろう）。その時マラボが、大きな声で笑うのはやめようぜ、近くの小屋で寝ている子供たちを起こしてしまうかもしれないからね、と言った。そう心配しなくても、もう僕たちの笑い声の中で寝ることに慣れっこになってるさ、と友人の一人が言うと、マラボはそれを決めるのは子供たちだよ、と返答した。これはサヘルがスーラを妊娠していたときの話だ。マラボはスーラが生まれてからというもの、広場の集まりに顔を出すことはあっても、家に帰ったあと妻の手助けくらいできるようにと、煙草のまわし喫みには付き合わなくなった。そしてこのことが僕たちの笑いをかき立てた。「赤ん坊を抱えた女のそばに男がいていったいなんの役に立つのさ」みたいな感じで。

僕らの父さんはなにしろ最悪の父親だったけれど、マラボはそんな父さんに人生最大の贈り物をしたんだ。それはつまりスーラが生まれた日のことだ。その日は間違いなく二人の人生において最高に幸せな一日となった。自分の血縁が新しい世代につながっていくのを目にすること、自分の子の子である女の子を腕の中に抱くこと、それは父さんに最も深くて長い、しかしつかの間のうつ病からの休息をもたらした。ヤヤによると、スーラが乳児期から少女時代にかけて笑顔をたやさない子だったのはそのおかげだという。スーラが人生で最初に目にしたものが、彼女のためにずっと大切にとっておかれていたおじいさんの笑顔だったからよ。

スーラが生まれてから数か月間というもの、僕たちの小屋は経験したことがないほどの幸福な空気に包まれた。父さんはスーラを抱きしめ、スーラがぐずついても、サヘルやヤヤに抱っこをかわろうとしなかった。僕とマラボは夜になると広場まで行って、友人たちと笑い合ったり、冗談を言ったりした。兄さんは煙草を吸っていないのに誰よりも陽気だった。結婚して父親となり、人生が完成形に達したとあって、誰よりも高らかな声をたてて笑っていた。

スーラが六歳のとき、父さんが死んで埋葬を終えたあと、マラボが一家の長となった。彼は新しい人間になった。

自分の父親とは異なる種類の父親になろうとして、つまり、朝めざめた瞬間から夜ねむりに落ちるまで、家族の幸せのことを考えつづけるような父親になろうとして、マラボは自分に新しくもたらされた立場から、僕たちが何をどうすべきか、どうあるべきか熱心に説いて聞かせた。兄は僕にとって、そして僕たち全員にとって何がベストかを指示してくれたんだ。兄は僕に、ある女の子を今後は小屋に連れてきてはいけないと言った。彼女の時間を無駄にしてはいけない、と。兄の中で、その子は僕の理想の結婚相手ではなかったんだ。兄は僕たちに、彼の考える幸せな家庭を築いてほしいと願っていた。つまり、僕たちは兄の言うがままに行動しなければならなかったし、彼の知恵を僕たちの知恵より上位に位置づけておかなければならなかった。それから、父さんのうつ病のおかげで自分が味わうことができなかった、子供の特権とも言うべき無邪気な楽しみを、スーラに惜しみなくわけ与えた。ヤヤとサヘルは家長には黙って従うという義務をしっかりと守った。それでは僕はどうだったか？　一人の男である以上、僕の話にも耳を傾けてもらいたいと僕は思った。けれど、マラボは僕の意見には取り合わなかった。兄は僕より年上で、長男だ。だから彼が一家の長として、すべての重大な決定をたった一人で下した。兄がベザムに行きたいと言えば彼は行く。それが最終決定なのだ。家族を愛するがゆえに、家族のためになすすべてのことには揺るぎない正当性がある、その彼の信念が彼自身の破滅を招いたんだ。今となっては兄も僕たちの父さんも死んでしまった。荷が重いけれど、僕はこの崩壊しかけた家族の長とならなければならない。そうしなければ彼らの命には何の意味もないことになってしまうから。

僕たちは一日半かけてベザムに到着した。ひどく混雑した町なかのバス停で降りる。僕のバッグには新聞記者宛の手紙が入っている。クムブムが教えてくれた、彼の甥っ子のオフィスがある場所はどこだろうかと、僕はおおまかな行き先について見当をつける。チュニスの道案内に従って道路を渡り、右に曲がってさらに左に進む。前にも後ろにも車のクラクションが鳴り響き、舞いあがった砂ぼこりが僕たちの目にとび込んできて、人々は聞いたことのない言葉を話し、太陽は燃えるような熱を放ち、僕たちから最後のわずかなエネルギーを奪っていく。バスの中でいちおう腹ごしらえはしてきたが、長時間座っていたせいで僕たちは足にうまく力が入らなくなっていた。だから僕たちはゆっくりと歩いた。人目を引くまいと、たがいに距離を置いた。誰に見られているかわからない。一時間ほど歩き、道路が終わってしまう。けれどもそこにオフィスはなく、ただがらんとした空き地が広がっているだけだ。

僕たちは沈黙し、だらだらと汗を流し、地面に座り込む。〈病気の人〉に騙されたのだろうか？　なんて僕たちはとろいんだろう。ルサカやチュニスの表情を見ると、彼らもどうやら同じことを考えているようだ。どうしてベザムの男の話なんか信用し、助けてもらえるなんて思い込んじゃったんだろう？　僕が口を開かないうちに、ルサカが立ちあがった。小走りに通りを横切り、飲み屋に入っていった。パラソルの陰でビールを手に持って座っている男に話しかける。それからニコニコしながらこっちに戻ってくる。オフィスはここからそんなに離れていないらしいぜ、と彼が言う。

路地を横切り、道を進み、ふと目をあげると、十二個ほど小屋を積み上げたくらいの高さの建物が目の前に立っている。クムブムが書き留めてくれた説明と一致している。計画の第一段階を終えた僕たちは人差し指でこりこりと眉間を掻き、指についた汗をズボンで拭く。チュニスは建物を見上げ、ベザムの人たちはいったいどうしてこんなに高い建物を建てるのだろうと疑問を口にする。空の上で暮らしたいのか？　地面にいる生き物か何かに噛みつかれるのが怖いのか？　ルサカと僕は何も答えない。

まだ建物に入るべきじゃないと思う、と僕は言う。なにしろ二日近く旅をしてきたのだ。水浴びもしていないし、口の中もすっきりさせたい。チュニスも同じ意見だ。俺たちは人肉を焼いたような臭いがする、と彼が言う。僕は笑うけれどルサカは笑わない。彼は理由なく同調するタイプの人間ではない。同い年の仲間の中で突出している、彼の素敵な部分だ。僕たちが大人になりかけていた頃のことだ。夕方、みんなが大声で話しげらげら笑っている傍で、つねに思索的な態度を崩さず、目の中にしるしばかりの小さな微笑みを浮かべ、周囲の情景に目を凝らしているルサカの様子を、僕はこっそりと見ていた。あるとき僕はマラボに、父さんのほんとうの長男はマラボじゃなくルサカで、スーラはルサカの娘なんじゃないの、と冗談を言ったことがある。兄さんは笑い声をあげ、我々のような小さな村はもともとどこかで血のつながった者同士が結婚してできているんだ、精霊の慈悲のおかげで全員見た目は違っているけど振る舞いの方はどことなく似通っているということがしばしば起きるんだよ、と言った。

ルサカを見ていると、この任務が、この闘争の全体が彼の人格を変えてしまったことがわかる。どんなに無口な人間でも隠しきれない自己の一面がどうしようもなくあらわになったんだ。ルサカには早く幸せになってほしいと願っているけど、悲しみにくれる親たちのそばにずいぶん長いこといたから、彼らにとってのゴールは幸せなんかじゃないということもわかっている。闇の中に光が明滅するだけで、ただそれだけで十分なんだ。きっと、ルサカの死んだ息子の一人は冗談を言うのが好きだったのだろう。だからこそ、バスの中で僕たちの気持ちを落ち着かせるためにチュニスが言った冗談にも、彼は笑わなかったのだろう。チュニスの最高のジョークは、コサワにいる女性たちのお尻について一人ずつ、どの果物に形が似ているか喩えてみせるというものだった。彼がサヘルのお尻をパイナップルだと言ったとき、僕はおなかを抱えて爆笑し、チュニスも声をあげて笑った。チュニスにとってサヘルはいちばん年長のいとこであり、彼にとってはきょうだいみたいな人なんだけれど。

――

「中に入ろう」とルサカが言う。「もし、その新聞記者とやらが俺たちのことを臭いと言って取り合ってくれないなら、そのときはジャカニに頼んで何かの花にでも生まれ変わればいいさ」

僕たちは建物のドアに向かう。

ドアの前に、一人の男が立っている。鼻腔がふくらんでいて、こぶしを握り、何かに対していらついており、今にも殴りかかってきそうに見える。この男にどんな言葉をかけたらいいのか、わからない。

「こんにちは」と僕は言う。

「用はなんだ?」

「ご機嫌いかがですか? 僕の名前はボンゴと言います。友人たちと僕は……」

「おい、とっとと用件を言え」

「ぼ、僕は、ええと、僕たちは新聞記者に会いに来ました。彼のおじさんに頼まれたんです」

彼は僕たちを頭のてっぺんからつま先まで検分する。「田舎から出てきたというわけか」。荒くれた声と態度で人に接するのが、この町の流儀らしい。「新聞屋に何の用だ?」

「彼に手紙を届けに来たんです」

「誰に?」

「新聞記者です。彼のところまで連れていってもらえませんか? 彼の名前はオースティンです」

「オースティン? オースティンと面談する?」男の顔は突然ぎこちない笑顔でゆがみ、黒い歯茎がむきだしになる。「なんでもっと早く言ってくれなかったんです? 君たちは彼の母親の村から来たんだね? そういえば、この前、母親の村にはまだ帰省できてないんだって話してくれましたよ」男はドアを開け、僕たちに入るように合図する。「そこで待っていてください」と彼は言い、誰もいない部屋の隅を指さす。「俺は二階に行って彼を連れてきます」

僕たちはオースティンの母親の村の出身ではない。だけど、彼の誤解のおかげで、親切に対応してもらえるのならそれは願ってもないことだし、わざわざ思い違いを訂正する必要はない。

年齢が僕と同じくらいの二人の女性が部屋に入ってきて、あいさつを交わすこともなく、僕たちの前を素通りする。二人は男のようにズボンをはいている。一人は髪を短く刈りあげている。「なるほどね、あの話は本当だったんだ」とチュニスがささやく。「ベザムに本当の女はいない。男らしく見せかけようと頑張っているけど女にしか見えない男ばかりだ。ほら、あいつらの尻を見てみろ。ぺたんこだ」。来たこともない部屋で、会ったこともない人物を待ち構えている僕たちの心臓は激しく鼓動しているのに、チュニスと僕はくすくす笑いがとまらない。ドアの男が階段を降りてくるのが見えて、僕たちははっと息を呑む。彼は女に見せかけた男のような女を連れている。ドアの男は僕たちに向かって会釈をした後、外に出て、自分の持ち場に戻っていく。僕たちは、オースティンとどういう関係にあるのかさっぱりわからない人物とあとに残される。

「こんにちは、ブラザー」その人は英語で話し始める。「あなたたちですね、面談にいらっしゃったのは?」

「僕は、ええと、私たちは……」と僕は言う。

教員資格試験に落っこちてコサワに戻ってきてからというもの、もう何年も初対面の人と英語で話す機会なんてなかった。事の発端は、父さんが死んで二年が過ぎた頃ビッグマーケットに行った兄さんが、全国で建設中の村の学校で働く教員候補を政府が募集していると聞いてきたことだった。僕は、政府が探し求めている若手人材の条件にぴったりだった。成績優秀だったし、コサワにいる大人の中で誰よりも上手に英語を話すことができた(今でも僕は英語を舌の上で転がして、言葉の響きを楽しんだりしている)。とはいえ、英語が好きという気持ちだけではコサワから遠く離れた村の学校の先生になろうとまではとても心を固めることはできなかっただろう。しばらくしてエラリにこのプログラムのことを話すと、彼女は大喜びして、「わたし学校の先生の奥さんになって、レンガ造りの家に住むのね」と躍り上がったんだ。

そして、そういう未来を思い描き、何だか気持ちを高ぶらせている僕がいたんだ。

「あの女性はいかにも思慮分別に欠けた笑い方をするな」と言ってエラリのことを毛嫌いしている兄さんと離れて住居を持ち、生活することだってできる。たしかな筋から得た情報だと言い張る兄さんの話では、エラリは金目のものをくれるならどんな男にでも股を開く女性だという。彼の情報源によると、エラリは僕とつき合う前に、少なくとも七人の男とつき合っていたという。僕はこの話を聞かされたあと、何日もマラボと口をきかなかった。父さんが亡くなって以来、僕が家に連れてきた女の子を彼はことごとくつっぱねた。彼に言わせると、僕はうわべに目がくらんでいるのだと言う。そして、ついに僕は、すべての面でまったく非の打ちどころのない女性とめぐりあうことができた。なのに彼はその女性すら追い払おうとしたんだ。マラボの話が本当かどうかをエラリに尋ねると、彼女はしくしく泣きだした。彼女は僕にそんな話を信じるのかと涙ながらに聞いた。もちろん、信じるわけがない。

僕はエラリを愛していた。彼女のために、僕は研修プログラムに応募した。そして、受け入れの連絡が来たときにはとび上がって喜んだ。数週間後、僕は国の反対側にある町に引っ越しをした。ところが、一年間の研修の最後におこなわれた資格試験に僕は落ちた。つまり、教員にはなれなかったのだ。やることがなくなった僕は、コサワでの狩猟生活に舞い戻った。

村に持ち帰ったのは、屈辱と竹のスーツケースと、ある日の夕方、研修所の前で見つけ、持ち主が見当たらないのでもらい受けた本四冊。本は、プログラムを評価するために訪れたヨーロッパ人グループの誰かが置いていったものと思われた。

その本は今、僕の部屋の木製のスツールの上に置かれていて、僕がどれほど遠くまで旅をし、なんの成果もなく帰ってきたかを思い出させてくれる。本には意味がよくわからない英単語がびっしり並んでいたから、僕が読み通すことができたのは一冊だけだった。それは、地球上にいろいろな国があらわれるよりもずっと前に存在していた、ヌビアという失われた国について書かれた絵本だ。ヌビアには「ヌビアの王女たち」と呼ばれる神聖な女性たちが君臨していた。スーラにも読んであげた。彼女は朝、僕のベッドに来て、くるんと体を丸め、横になった。やがて、スーラがそういうことをやらなくなったので読み聞かせの機会も失われてしまったけれど。でも僕の読み聞かせの相手といえ、なんといっても、僕にとってのヌビアの王女、エラリだった。僕が帰郷したあとも僕たちはつき合っていた。でも、彼女はレンガ造りの家に住むという夢も捨てていなかったんだ。彼女のその夢を叶えたのは、ペクストンの労働者だった。

僕の知っているすべての英語が僕から消え去っていく。僕には目の前にいる人が男性なのかそれとも女性なのかもわからないし、その人にそれを失礼のないように尋ねるにはどんなふうに言えばいいのかもさっぱり見当がつかない。その人はきれいな楕円形の顔をしていて、その真ん中に真っ直ぐな鼻があり、顔の両側に落ちかかっている長い髪はいくつも小分けにされて、それぞれしっかりと編み込まれている。明るい色をした滑らかな肌は、その人が太陽の光の穏やかな場所で幼少期を過ごしたことを物語っている。女性がズボンを履き、男性がブラウスを着ているこんな町では、着ているものから性別を判断することはまずできない。女性にちがいないと僕は結論づける。耳に届く声の響きは男性のものとは思えないけれど、かといって女性の声のようにも聞こえない。

「失礼ですけど」僕は、自分が明瞭に発音していることを祈りながら英語で言った。「今僕は混乱しています。僕たちが探しているのは男の人だからです。彼の名前はオースティンと言います」

その人はくすくす笑いながら、「僕がオースティンです」と言った。

「まさか！　あなたが？　申し訳ありません。僕ほんとに混乱しちゃってて……」。失礼なことをしてしまったお詫びのしるしに僕が膝をつこうとすると、地面に膝をつける寸前に彼の手が僕の肩をつかむ。彼はにこにこしている。「ここではほんとによく間違えられるんです」と彼は言う。「気にしないで。で、僕のことはオースティンと呼んでください。僕宛の手紙をお持ちだとか？」

「その通りです。あなたのおじさんからです」そう言いながら僕はバッグから手紙を取り出す。「僕のおじだって？」彼はびっくりしたような顔をしている。「君たちはどうやっておじさんと知り合ったわけ？」

「彼は僕たちのことを助けるために僕たちの村まで来てくれたんです」

「へえ、そうか。なるほど。仕事に行って、そこで君たちと知り合ったわけか。おじさんはまだその村にいるのかな？」

「いや、それは……」僕は、僕の目の中のおびえの色に彼が気づきませんようにと祈る。僕の口の中でずっしりと舌が重くなる。どのように答えればいいのだろう？　この場を切り抜けるにはどれだけの嘘を連ねる必要があるのだろう？

「彼はいつ君の村から帰っていったのかな？」手紙を手に持ったまま彼は僕をじっと見ている。

「よ、よく覚えていません」

いったいどうして彼はこんな質問をするのだろう？　本当に新聞記者なのか？　僕らは〈病気の人〉にかつがれたのではないか？　事の真相を明敏に嗅ぎつけ僕らを政府につきだすことができる人間に僕らは引き合わせられたのだろうか？

「君の村は、僕のおじさんたちが最初に立ち寄った村なのかな？」と彼は言う。「おじさんが村々を訪問して回っているということを別にすれば、僕は彼が何をしているのか知らないんだ」

「ええ……その村です」と僕は言う。「彼は僕たちの村を訪れたあと、次の村に向かいました」ひとつ言葉を口にするたびに、僕の心臓が暴れまわる。もっとつっこんだ質問をされはしないかと不安になる。オースティンはルサカとチュニスに視線をやりながら話しているが、二人とも彼の言っていることは何ひとつ理解できない。二人は不安のあまり体が硬直し、まばたきすらしていない。僕はみんなのためになんとかして場の空気をくつろいだものにしてあげないといけない。

オースティンがこんなふうに質問をしてくるのは、彼がアメリカ人だからで、アメリカ人というのは初対面の人には軽くて意味のない会話を投げかける人種なのだと僕は自分に言い聞かせる。そんなふうに前に何かで読んだことがあった。オースティンは何ひとつ知らないんだ。したがって、彼のおじがどんな目に遭ったのかを知らせる必要はない。ペクストンの社員がコサワで捕虜になって囚われているという事実を僕は念頭から消し去る。ルサカの家の奥の部屋には入ったこともないし、入ったことがあるとしても、部屋の隅には薪が積んであるだけで他には何も目にしなかったんだと自分に言い聞かせる。

「おじさんの体調のことを考えると、もうそろそろ退職の潮時じゃないかなという気がするんだ」とオースティンは言う。「でも、家族がいるし、彼のような仕事の口はそうそうあるわけじゃないしね」

オースティンの言う「カム・イージー《カム・イージー》」という言葉の意味はわからないけれど、彼の言うことを無視するわけにもいかず、敬意を払うために僕は頭を深々と下げ同意を示す。頭を上げたときに彼と目が合う。使命を果たせ、ボンゴ。僕は自分をたきつける。今だぞ。

「オースティンさん、僕たちの村はいま目も当てられない悲惨な状態です。だからあなたに会いに来ました」と僕は言う。「あなたのおじさんは、あなたなら僕たちを救うことができると考えてこの手紙を書いてくれました。それが彼から言付かったことです。お願いします、どうか僕たちを助けてください」

汗がふき出す。僕はふらつかないように足に力をこめて立っている。絶対にひるんではならない。まっすぐ立ちつづけなければならない。僕の心はひどく混乱していた。この建物の中に兵士がいたらどうする？　上の階のどこかに隠れているかもしれない。今ここで彼らが出てきて、兄さんを連れ去った場所に僕を連れ去っても不思議ではないのだ。

「お水でもいかがです？」とオースティンが尋ねる。落ち着きを失っている僕を気づかってくれているのだ。僕は首を横にふる。喉はからからだけれど。たやすく人の厚意に寄りかかるものではない。

「とにかく座って」と彼は言う。彼は、丸テーブルと三つの金属の椅子が置いてある部屋の隅に歩を進める。僕たちに椅子に掛けるように言い、急ぎ足で木の階段を上ると四つ目の椅子を運んでくる。彼が上に行っているあいだ、僕たちはおたがいひと言も口をきかない。僕のシャツはすでに汗まみれだ。チュニスとルサカの顔からも汗が流れ落ちている。チュニスは爪を噛み始める。僕たちはいままさに新聞記者に自分たちのことを語り始めようとしている。

オースティンは戻ってくると、おじの手紙を広げる。僕はその手紙にはすでに目を通している。そこに裏切りが含まれていないか確認するために読んだんだ。オースティンはショックや興奮を示すわけでもなく、手紙を読み進める。僕は自分の手を見て、自分に落ち着けと言う――震える手では勝利をつかめないだろ。ルサカは僕を見つめ、こくんと頷く。〈君はうまくやっている、しくじったりしない〉と言っているのだ。

オースティンは手紙を読み終えると、いったん席を外し、ふたたび木の階段を駆け上がり、ノートブックとペンを持って戻ってくる。もっと詳しく話をうかがいたい、と彼は言う。ペクストンが最初にコサワにやって来た日から、いちばん最近子供が死んだ日のことまで、残らずぜんぶ知りたいと言う。僕が話して彼が書く。彼は次々に質問してくる。何人の子供が死んだ？　僕は思い出そうとする。多すぎてわからない。ルサカとチュニスに聞く。みんなで指折り数えてみる。だけど正確な数はわからない。僕は、ルサカが二人の息子を亡くしたと言う。オースティンはルサカをじっと見る。ルサカは目をそらす。彼の息子さんたちについて話してほしい、とオースティンは僕にむかって言う。ワンビは算数がクラスでいちばんできる生徒だった、と僕は言う。ルサカの長男は、村の他のやんちゃ坊主たちと同じように、家で飼っている犬にやし酒を飲ませて、犬が酔っ払っているのを見て大笑いするのが何より好きだったと話す。ルサカの息子たちはとても仲良しだった、一緒に大人になって、もう一人の弟と使っていた三人部屋からルサカの小屋の奥の部屋に移ることをみんなで心待ちにしていたと僕は言う。その同じ奥の部屋で彼のおじさんが二日前に死にかけていたということは話さないでおく。ウォジャ・ベキのことについてだけ話す。ウォジャ・ベキの家の大きさや、ウォジャ・ベキの息子がベザムで就いている仕事について。ウォジャ・ベキのことを話しているのだが、ウォジャ・ベキの家にオースティンのおじさんがいることや、おじさんが病（なんの病かわからないけれど）で死なないようにと僕が祈っていることは話さない。

僕はオースティンにマラボのことを説明する。一年以上前マラボが親友と他の四人の男たちと一緒にコサワを出発したきり、行方不明になっていることを話した。お兄さんがいなくなって君はひどくつらい思いをしているのだろうね、と彼が言う。兄さんはほんとうにいい人だったんです、と僕は言う。彼には腹を立てることもあったけど幸福な気持ちにもさせてもらった。兄のような人はこの世の中に二度と現れないと思うと僕は言う。オースティンは僕が失ったもの、僕たちみんなが失ったものそれらすべてにお悔やみ申し上げます、と言う。悲痛な死が引き起こされる状況は今も続いている、と思いながら僕は頷く。

オースティンは僕に、自分には兄弟はいないけれど仲の良いいとこはいると言う。そのうちの一人と今日ばったりと顔を合わせた。彼女はウェディング・ドレスを試着する約束の時間に遅れていて、待ち合わせ場所まで走っていこうとしていた。それなのに、結婚式に政府の大臣が参加するという話が舞い込んできたものだからとても興奮していて、そのことを彼に伝えるために街角で立ち止まって話し込まないではいられなかったんだ。そして彼女は、結婚式で屠殺する二頭の牛を調達するために、近々彼女の父親が村を見てまわることになっているのよと教えてくれた。僕のおじさんは君たちに結婚式の話をしていたかい？　オースティンが僕に尋ねる。

彼は自分がしていることに気づいていない。僕が考えもしなかった事実を僕に教えていることに気づいていない。要するに捕虜たちの家族は、まだ失踪届を出していないのだ。まだ誰も男たちの行方を探し始めていない。

家族は彼らがまだ村から村へと移動していると思っている。失踪した事実が判明するまで、あと二、三日はかかるだろう。そして、そうなればもちろんコサワばかりでなく、彼らが出張で訪問することになっていたすべての村が疑いをかけられることになるだろう。

今ここでオースティンを抱きしめたいくらいだ。よりにもよってこんな時に、ああ、なんという解放感だろう。あくまで僕の見立てにすぎないけれど、僕らがコサワに戻り、男たちをジャカニとサカニの小屋に連れていき、彼らの記憶を消して自宅に送り返す時間的な余裕は十分にあるようだ。彼らがベザム行き着いた頃には、オースティンは僕たちの話を書き終え、アメリカに文章を送り終えているはずだ。

「村で集会が済んだらすぐにベザムに戻ることになってて、帰着が遅れたときは兵士が村までやっ来ることになっている」と言っていたのは、彼らが僕たちについた嘘だったのだ。なにしろ僕たちには真実を知りえないのだから、僕らを騙すのは造作もなかったはずだ。その日の夜、彼らは家に戻る予定じゃなかったんだ。そんなこと僕たちには知る由もない。彼らの次の目的地はよその村であり、そこでも彼らは人々に「みなさんが待ち望んでいるような変化が訪れ始めています」と伝えるつもりだったのだろう。人々はいったいいつまで待ちつづければいいのだろう？　頭の狂った人間が牢獄の門を大きく開き、そこから出ていけと言う日までか？

二人の兵士を寄越したのは誰だったのか。ひょっとすると、ロクンジャの政府関係者だろうか。あの男たちが参加することになっていた会議が組まれていたのか？　あるいはガーデンズの上級監督かもしれない。あの男たちは上級監督の家で一泊することになっていたが誰一人姿を現さず、監督はそれを不審に思ったのかもしれない。けれども、もしそうだとしたら、監督はベザムのペクストン社に報告を入れるのではないだろうか。なぜそうしなかったのか。もしかしたら、監督は地元のオフィスの者に話をしたのだけれども、その人物はあの男たちのことだから仕事をほっぽりだして村で羽を伸ばすことにでもしたんだろうと考え、監督の憂慮を受け流したのかもしれない。兵士たちは、僕たちがウォジャ・ベキとでっちあげた話を信じたのか。それとも、ベザムにいる者たちは男たちの失踪を疑っているが、大ごとにならないよう家族にはまだ黙っているだけなのか。この国では、絶対にありえない話などというものは存在しない。いったいそこには誰が関係していて、どのような事情があるのか、それを解明することは僕にはできないけれど、ひとつだけたしかなことがある。男たちは今もどこかでちゃんと仕事をこなしているとみんなが思っているということだ。彼らがまだコサワにいると考えている者は一人もいない。そして、もしも彼らが行方不明になったことが確定したとしても、ペクストンからやって来た派遣団を捕虜にとるというような大それた真似をコサワの村人が敢行するなんて誰一人想像もつかないだろう。

僕はそういうことはおくびにも出さない。それ以外は洗いざらい話す。

聞き取りの途中、僕は生温くなった水をバッグから取り出し、ひと口飲む。説明が子供たちの症状や、流出した原油によって三家族の畑が汚染されたいちばん最近の事故に及んでくると、僕は声の安定を保つのにかなり苦労する。オースティンに、僕たちのビッグリバーは有毒廃棄物の層に覆われているけど、その汚物の下には透きとおった淡いグリーンの水がゆるやかに流れていると僕は説明する。次の収穫期はひどい凶作が見込まれており、税金を払ったあとに残るわずかなお金もロクンジャで購入する食料でほぼ消えてしまうだろうと言う。

僕がすべてを語り終え、オースティンがそれを書き終えると、彼は、今夜中に原稿を書き、朝一番でアメリカにそれを送ると言う。記事内容について確証を得ることのできない今回のような場合、アメリカの新聞社にいる彼の友人たちが既知の事実にあたって裏づけをとってくれるそうだ。アメリカのペクストン社の社員と掛け合って、会社側の言い分をインタビューしようと試みるかもしれない。しかし、新聞記者にはあちらの言い分ならだいたい予測がつくから、コサワという村の側から見える側面をまず最初に掲載し、ペクストン側の主張は必要があればそのあと別に掲載するという判断をするのではないだろうか。最終的には、新聞社の上層部がこの記事を載せるかどうかを決めるとオースティンは言う。自分にできることは、なるたけ良質な記事を書くこと、そしてそのあとすべてが円滑に進み、自分の書いた記事が掲載に値すると判断されるよう願うこと、それだけだよ。そうなればコサワの記事はほんの数日のうちにアメリカ人の目に触れることになる。

僕は彼を見つめる。言葉ひとつ出てこない。頭の中で思考がめぐっているだけだ。起こりえないことが今目の前で起きているんだ。僕たちの実情が海を越えて伝わろうとしている。僕たちはもう見えない存在ではなくなる。僕たちの名前が知られることになる。コサワがどこにあるのかが知れ渡り、亡くなった子供たちのことも広まる。でも、まだ今なんとか持ちこたえている子供たちが救われるまでにはいったいどれくらいの時間がかかるのだろう?

僕はオースティンが言ったことを、チュニスとルサカに何度もくり返し説明する。僕たちに何も要求してこない人が味方になってくれるだなんて、二人にはなかなか事態が呑み込めない。そこにプレゼント入りバスケットはない。ひざまずくこともしていない。懇願もしていない。土地を与えるという約束もしてない。

「いつ村に戻るの?」とオースティンが僕に尋ねる。

ベザムまで来た目的はたったひとつ、あなたに会うことでした。こうして話ができたのだからこれから帰路に着きますと僕は答える。二、三時間後に四台ばかりバスが出ます。最初の一台に乗ります。

「明日の夕方まで待ってもらうことはできないかな?」

彼は、とにかく急いで僕たちについての真実を書いておきたいし、原稿を本社の人に送り、掲載決定に備え、すぐに必要な対応がとれるよう待機し、そしてその仕事が片付き次第、僕たちと一緒にコサワを見に行きたいと彼は考えているのだ。カメラを持っていき、コサワの姿をできるだけ多くの写真におさめる。写真があれば、より詳細な続報を書くこともできる。みんなに今夜ひと晩休んでもらえる場所を提供できればいいのだけど、と彼は言う。彼は友達と共同でどこかの狭い部屋に住んでいるらしい。大丈夫です、と僕は答える。僕たちはバス停で寝ます。明日ここで会いましょう。必要なら僕らはゴミの山の上でだって寝られるんだ。我々の土地を取り戻すためなら。

僕たちは彼が死にかけているだなんて、ちっとも知らなかったんだ。彼が極端に弱っていて、今にも死にそうな状態にあるということにもし気づいていてたら、誰も〈病気の人〉と呼んだりしなかっただろう。僕たち自身病気を患ったことがあるし、兄弟や友達が病気になるところも見てきた。病気を笑いの種にするなんてとてもできない。彼にそういう名前をつけたのは、彼の体つきが僕たちに一時的な優越感をもたらし、僕たちが心の痛みをちょっとだけ忘れるのに都合のいい材料だったからで、それ以外の選択肢を思いつかなかったからだ。

僕たちが家の敷地で遊んでいると、「今すぐ男たちを集めて、会議を開かなければならない」と話している声が聞こえてきた。母さんたちは父さんたちをじっと見つめ、なぜ緊急会議が開かれるのか説明を求めたが、それに対する答えは得られなかった。父さんたちが広場へ出ていったあと、母さんたちに何があったのと聞くと、ほら夕方の家事を始めなさい、と母さんたちはぴしりと言った。父さんたちが帰ってくる頃、僕たちは眠りについていた。翌朝、学校に行く途中で僕たちは姉さんや兄さんが交わしている会話から、〈病気の人〉が病気にかかり、ルサカとボンゴとチュニスがベザムまで薬を探し求めに行ったことを知った。

その日、僕たちは〈病気の人〉について冗談を言わなかった。少しずつでかまわないから、とにかく体調が回復するようにと祈った。僕たちはもし後で返してくれると約束してくれるなら、僕たちの健康の一部を分け与えたってかまわないと言い、頷き合った。その日の授業中ずっと、〈病気の人〉のためにサカニが作った薬が〈病気の人〉の血管を流れていき、病気をやっつけてくれるところをぼんやりと想像していた。けれども僕らは家に帰りついたときサカニはウォジャ・ベキの家に行くのを拒否し、〈病気の人〉を治療しなかったことを女の人たちの話から知った。

サカニは病気の治療をなぜ拒んだのだろう？　彼は僕たちの治療師であり、悪い精霊が引き起こす身体の不調から人々を救い出せる力を持っていた。死んでいった友達や兄弟の命を救うことはできなかったけれど、いま生きている僕たちは彼に命を救ってもらったんだ。サカニは僕たちの熱を下げてくれたし、発疹が出ると軟膏を作ってくれたし、葉っぱから搾った咳止めを飲ませ、耳の痛みを引き起こす毒を取り除いてくれた。彼は、自分には特別な力があると言い張っている人物（普通の日に普通の分娩で一人で生まれてきた、特筆すべき点は何もない人物だ）が治療にあたっている村の子供たちを癒した。サカニは、精霊が「与えられた時間をもう使い果たした」と告げた者を別にすれば、どんな病人でも癒すことができた。そして、死にゆく人の苦しみをやわらげてやった――この世界にさよならと別れを告げ、穏やかに逝くことができる薬を与えた。

僕たちの耳に入ってきた話では、村の男たちはサカニの小屋の前に立ち、彼の名前を呼び、捕虜を助けに来てくれとお願いしたらしい。扉の前に現れたサカニは実にそっけなく助けるつもりはないと伝えた。僕たちはその態度が理解できず、考え込んでしまった。サカニの仕事は僕たちを癒すことであって、敵を癒すことではないからか。それは、彼がこの世界に生まれ落ちて力を授かったとき、精霊から与えられた指示なのか。サカニも兄ジャカニと同様、自分の意図をひとかけらも説明しなかった。彼のやり方や考え方は、僕たちとはまるで違っているんだ。

その日の夕食の前、僕たちはおたがいの家を訪ね合って、新しく仕入れた事実を持ち寄り話し込んだ。村の青年が〈病気の人〉をおんぶして、ウォジャ・ベキの家までやって来たとき、ウォジャ・ベキは病人食のスープのボウルを手にしていた。ウォジャ・ベキは若者たちが〈病気の人〉をソファに寝かせるのを手伝ったそうだ。彼は〈病気の人〉が足先までくつろげるように靴下を脱がせ、呼吸が胸の中まで入っていきやすいようにシャツのボタンを外してやった。僕たちの一人が姉から聞いた話によると（彼女はウォジャ・ベキの娘のいとこの親友だったんだ）、「私たちが代わりに見ているからあなたは休んでください」と妻たちが言っているのに、ウォジャ・ベキはひと晩じゅう病人のもとを離れなかったという。

――

ウォジャ・ベキが〈病気の人〉をどれほど細やかに看病していたかを知れば知るほど、ウォジャ・ベキに対する僕たちの感情はあたたかく親密なものになっていった。〈病気の人〉が吐きそうになるそのたびに彼は口もとにバケツをあてがい、体が熱くなると冷たい布で体を拭いてあげた。彼がそこまで親身になって世話を焼くのは、病人の看病をした経験があるからではなく――もともと父親たちというのは、自分が病気にかかった場合はもちろんだけど、他人が病気にかかった場合でも看病に関わったりしないんだ——もしも〈病気の人〉が囚われの身で命を落とすようなことになれば、コサワがどのような運命をたどることになるか彼には切々とわかっていたからだ。その気になれば、ウォジャ・ベキはコサワを脱出できたはずだし、家族としめし合わせて脱出を企てれば、息子をガーデンズまで送り込むことくらいできたはずだと、女の人たちがこそこそ話しているのが僕たちにも聞こえていた。深夜、監視の目に眠りの幕が下ろされた瞬間も間違いなくあったはずなのに、と。彼の息子がガーデンズにたどりつけば、ロクンジャの役人やベザムまでメッセージを送ることもできただろう。そして政府は兵士を派遣し、ペクストンの社員を救出し、ウォジャ・ベキをもとどおり、しかるべき地位に就かせただろう。

父さんたちは、あいつは豹からウサギに変えられちまったんだろうと冗談を言い合っていた。だれど、そんな理由だけで彼があそこまで相手のことを思いやるようになったわけではないことを、僕たちは知っていた。兵士をあざむいた日以来、彼の姿を見かけることはなかったけれど、僕たちの想像の中で、彼はあんなにけばけばしい光を放っていた歯を出して笑うことをやめていた。彼はコサワに対する愛について思いをめぐらせていた。それは何年も前にレンガ造りの家の中で蒸発してしまった愛だ。あるいはベッドの下に置かれているらしい現金の入ったバスケットに呑み込まれてしまった愛だ。そしてその愛は最終的に、彼がルサカの奥の部屋の床の上で過ごした最初の夜にふたたび彼のもとに舞い戻ってきたのだ。コサワに対する生まれ変わった愛、それが今彼の存在の真ん中にある。そのことは彼の行動にくっきりとあらわれていた。殺された男たちや、悲嘆にくれる生き別れた妻たちや、死にかけている子供たちの暮らす村の長という地位にふたたびおさまったところで、その肩書きにはこれっぽっちも価値はないと思い定めた彼の行動に。僕たちはそれまでウォジャ・ベキのことを知恵のある者と考えたことは一度もなかったけれど、ルサカの小屋から解放されたあと彼の行動は、愚か者のそれとは正反対のものへとそっくり入れ替わっていたんだ。

そんなふうに思わないかと僕たちが尋ねると、姉さんたちや兄さんたちは、そう思うよ、ウォジャ・ベキは以前のように私たちの仲間になりたくなったから〈病気の人〉にドアを開けたんだよ、と答えた。みんなの話では、頭上の時計が時を刻み、誰一人訪ねてくる者もなく、家の中で一人ソファに腰掛けて過ごした孤独な日々が彼に、自分の人生をふりかえらせ、自分の村でのけ者にされる屈辱に見合うほどの富なんてこの世に存在しないということに気づかせたのではないかということだった。でも、僕たちのおじさんの数人に、この説についての意見を求めると、声を立てて笑い、騙されてはいけないぞと言った。ウォジャ・ベキにそんな知恵があるわけないし、あいかわらずあいつは蛇のままだ、と。もし、ペクストンの連中に対して村人がとった行動を政府が知ったら、あいつがどんなふうに出るか、何を話しだすか、そんなこと知れたもんじゃない、と。

——

政府に対して、どんなことがあっても秘密を守る、石にかじりついてでも。僕たちは固く誓った。ウォジャ・ベキに帰宅許可を出したあと、夜に父さんたちは家族を応接間に集め、へその緒が束になったものを持ってきた。僕たちはそれをかわるがわる手に取った。それは、僕たちや兄弟たち、父さんたち、その兄弟、親族一同のへその緒のかたまりだった。僕らの祖先が、ビッグリバーとスモールリバーの流れる谷間に僕たちのルーツを作りだした過去にまでさかのぼる「もの」。しわしわに縮んで悪臭を放っている、おびただだしい数のへその緒はいく年いく世代を経てこげ茶色になっていたけれど、束がひとつ大きくなるたび、新しく生気をはらみ、僕らをしっかりと過去と未来に結びつけてくれる「もの」なのだ。僕たちはそれが何を意味するのかを心得ていた。それは僕たちの存在の本質なんだ。それを手にしながら誓いを立てる、その行為は、その誓いの言葉を絶えず抱きしめながら残りの人生を送る覚悟を決めるということに他ならなかった。だから父さんたちがこれを持ちだすのは、家族の未来を左右するような大切な誓いを立てるときに限られていた。

その夜、僕たちは一人残らず、順番にへその緒の束を手に持ち、それがあらわしているあらゆるものにむかって誓いを立てた。僕たちは父さんたちがおこなったことを口外しないと誓った。村を訪ねてくる親戚や友達にも他言しないと約束した。村を出てビッグマーケットに行ったり、五つの姉妹村や二つの兄弟村にいる遠い親戚を訪ねたりしても、ペクストンとは無関係なたわいもない話をにこにことおしゃべりしたらそのあとは口にチャックをする、と。もしコサワの近況について質問されたら、あいかわらず村の中で新しい病気や新しい死が人々を悲しみの底に沈ませているけれど、それを別にすれば問題はありませんと答える。人生には禍福が混在しているというのは当然のことで、近々、結婚式が開かれる予定もあるし、来月になれば出産のお祝いをします、と。捕虜についてはいっさい誰にも話さない。遠い未来のある日まで。ちょうど初期の段階は服でおなかをつつんで隠すことはできても、いずれはかならず知られてしまう妊娠の事実のように、これ以上隠しだてできないという状態になるまで。そのときにはすべてがうまくいっていて、真実を明かすこと自体にたいした意味はなくなっていることだろう。そして、もしどうしても口を割らなければならない状況に立ち至ったときには、「精霊に命じられたことを父親たちが実行した」とだけ話す。

束を手にした僕たちは、もし僕たちが誓いを破り、家族や村に災いをもたらすようなことがあれば最悪の方法で僕たちを呪ってくださいとお願いをした。女の子は子宮が閉じてしまい、一生子供のいない価値のない女にしてくださいと言い、男の子は腕力も男らしさも取り上げて、この世界で最も悲惨なできそこないにしてください、と言った。

誓いの言葉を唱え終えると、へその緒の束を家族の次の者に渡した。そして目を閉じ、次の者が宣誓するのを聞いていた。

お墓に入る日がもうすぐそこまで来ていて達観しているヤヤたちやおじいさんたち世代から、まだ幼すぎて、呪い（たとえばコサワ在住のゴンベという男は母親のものを盗もうとしたのを叱責され、母親に平手打ちを見舞った。母親は彼に呪詛を浴びせた。その三日後にゴンベは半身不随になった）を知らぬよちよち歩きの幼児たちにいたるまで、小屋にいる全員が誓いを立てた。ちびっこたちは時間をかけ、父親が唱えた言葉を反復した。いささか幼すぎるけれど、決して無駄にはならない。いずれ彼らも、信念をともなって発された言葉が宿している、祝福や高揚をもたらす威力と、すべてを損壊しうる破壊力を学ぶことになるんだから。


だけど、僕たちは呪いを避けることしか考えていなかったわけじゃない。祝福がありますように、と心から所望していた。祝福に満ちた人生がどんなに素晴らしいかを僕たちは知っていた。ペクストンの爪が喉に深く食い込んだ親たち世代は天の恩恵とは無縁の人生を送ってきたけれど、時代によってはそのような人生が可能であること、そして、そこには、なによりも愛情に満ちた家族生活があり、健康があり、豊富な食べ物があり、笑いがあり、太陽の光があるということを、僕たちは知っていた。この誓いを守ることによって、自分たちの生活が恵み深いものとなることを僕たちは信じた。その夜、精霊との約束はかならず果たされると確信した。もう少ししたら苦悩は一掃される、のびのびと生活を謳歌できるようになるんだ、と。僕たちはまるで鷲のように翼を広げ大空を舞う自分の姿を想像しながら、眠りについた。

ウォジャ・ベキも一家のへその緒の束を妻と子供たちに回したのだろうか。その可能性はある。ウォジャ・ベキが釈放された数日後、あるおばあさんが森に向かう道の近くで、ウォジャ・ベキの第三夫人であるジョフィが妹（彼女はコサワを訪れていた）とひそひそ話をしているのを見つけた。おばあさんはそのことをおじいさんに伝え、その話がルサカに伝わった。ルサカはウォジャ・ベキのところに行って、第三夫人は妹と何を話していたのかと詰め寄った。ウォジャ・ベキはジョフィを呼んだ。ジョフィは男たちに、私たちは祖母が亡くなった時のお葬式のことを話し合っていただけで、それは父さんの墓に誓って嘘じゃないと言った。ウォジジャ・ベキはルサカに、妻の言葉に嘘偽りはないと明言し、自分も家族も村の秘密を決して口外しないし、それは今現在に限った話ではなく、この先たとえ他の人たちが考えなしに約束をないがしろにするような日が来たとしても、変わることのない仲間として村の秘密を守りとおすと言った。

――

〈病気の人〉はウォジジャ・ベキの家で床にふせっていた。僕たちは毎晩、彼のために祈った。そして、ルサカたちがベザムから今すぐ、僕たちを安堵させてくれるような薬を持って帰ってきてくれるよう祈った。ある人がこんな夢を見た。丸々と太っている〈病気の人〉がにこにこと微笑みを浮かべ、「ペクストンに帰り着くことができました。次の村の集会の準備をしています」と言ったという。その夢の話は僕たちを幸せな気分にしなかった。べつに僕たちは〈病気の人〉が元気になり自由になることを望んでいたわけじゃない。彼がふたたびルサカの奥の部屋に戻され、父さんたちが計画の次の段階に移ることができればいいんだけど、と僕たちは思っていたんだ。死の恐怖から逃れたいという一心だった。ルサカたちが首都に向かって出発したその日、僕たちの妹の一人が亡くなったことで焦燥の念はいっそう募っていた。死はなんの前触れもなく彼女に訪れた。発疹も咳もさしてひどくはなかったんだ。死はついに見境なく襲いかかるような種類の死に変容したのだと、そのとき僕らはひそかに考えた。〈病気の人〉は生きつづけなければならない。死を黙らせるために。

僕たちは、コサワがふたたび自由を取り戻したあかつきには、罪ほろぼしの意味をこめて、〈病気の人〉に別の新しい名前を見つけてあげようと心に誓っていた。彼が僕たちに対して権力を振りかざすことがなくなったあと、どこかでふと出会ったとき、彼がいい気分で名乗ることができるほんとに素敵な名前を僕たちは考え出すんだ。

新しい名前を考える機会は、僕たちが学校に行っているとき、ウォジジャ・ベキのベッドの上で彼が死んでしまったことによって、永遠に失われてしまった。彼の命は、僕たちの村の腕の中で尽きてしまったんだ。

その夜、父さんたちは家に戻ってきてまたすぐに出かけてしまった。森から戻ってくるとあわただしく食事をとり、水浴びをした。ウォジジャ・ベキと、彼の家の応接間で夜を明かすことにしたのだ。まさか、よそものの遺体とともに彼を一人きりで残してはおけない。たとえウォジャ・ベキが完全な仲間だとはもう呼べなくなっているにせよ、同じ血筋をひいている彼や家族に対して、腐っていく死体のそばに彼らだけで座らせておくというような罰を加えることは、父親たちにはとてもできなかった。

まだ始まったばかりの長くて暑い夜を何か冷たいものでも食べて乗り切れるようにと、母さんたちは父さんたちにフルーツの入ったボウルを持たせた。僕たちに「おやすみなさい」と言い残し、スツールと食べ物の入った袋を手にして、ウォジャ・ベキの家に向かう父さんたちは、僕たちが知っている姿よりも年老いて、しょんぼりしているように見えた。こんなに途方に暮れ、余裕を失っている父さんを僕たちは見たことがなかった。その夜、父さんたちの顔に浮かんでいた感情は、〈病気の人〉との死別の悲しみなどではなく、とてつもない恐怖だったのだということに、その後僕らが大人になり、その時の彼らの年齢とかわらないくらいまで歳をとってようやく気がついた。恐怖というのは、自分たちの身に関わる恐怖ではなかった。自分たちが引き起こした彼の死によって我が身に降りかかる事態を思っての恐怖心なんかじゃなかった。それは、子供の僕たちに関係する恐怖であり、僕たちのために起こした行動によって僕たちを苦しめるような事態を招いてしまったことに対する恐怖だった。僕たちは子供を持ち、親になったとき初めて、つまりあのときの父さんたちの年齢に近づいて初めて、あの夜彼らの顔に浮かんでいたのは、病人が死んだことへの悲しみなどではなく、最も深い種類の恐怖だったのだと気づいた。僕たちは自分たちも子をもつようになったときに初めて、この世界の窒息するような腐敗を一掃しようとするあまり、親たちが子供たちを傷つけてしまうことがありうるということに気づいたんだ。

僕たちは、父さんたちがひと晩じゅう黙って遺体を囲んでいるところを想像した。

死んだ男の郷里の風習も知らず、遺体の取り扱いに関わる正式な手順についても何ひとつわからず、父さんたちは夜どおし黙りこくっていたのではないか。よそものである彼の遺体には誰も手を触れなかったにちがいない。もし〈病気の人〉がコサワの者であれば、彼を囲んで夜を徹して歌を歌い、体が動く大人たちの全員がその輪に加わっただろう。ジャカニとサカニは死者の髪の毛をばっさり切り、爪も切り、それを燃やし、その灰を使って僕たちには知る由もない秘密の儀礼をとりおこなう。よそものに対してそんなことはとてもできない。彼の魂は、彼自身の土地の流儀に従って送り出されなければならない。そこに他の土地の掟が入り込む余地はない。

だから父さんたちはスツールに腰かけ、死んだ男の魂が身体から完全に離れ、しかるべき場所に旅立っていくまでただじっと時間が過ぎ去るのを待っていたにちがいない。手で触れてみると遺体はひんやりしていた。すでに魂は出ていったんだ。そしてウォジャ・ベキと男たちは遺体をどうすべきか話し合いを始めた。たぶんそうだろう。

その日の夜、僕らは家族と一緒に遅くまで起きていた。僕らは兄弟と、母さんやおばあさんを質問ぜめにした。僕たちの村は何も悪いことをしたわけではないよと言ってほしかったんだ。父さんたちがしたことは、ペクストンが僕たちにしていることよりひどいものじゃないと言ってもらいたかったんだ。〈病気の人〉は自分の家のベッドに寝ていたってどのみち死んでいたはずだし、ウォジャ・ベキにしても〈病気の人〉を治すためにあらゆる手を尽くしたのよ、とはっきり言ってほしかった。〈病気の人〉の病気は不治の病だったのだろう。それに、ペクストンの社員の一人の死が、僕らの友人や兄弟の死を合わせたものよりも悲劇的なものだなんてもちろん言えるはずがないんだ。僕たちは母親に、「大丈夫だよ」「こういうこともあるんだよ」「〈病気の人〉の家族だって、彼の消息が途絶えた理由は永久に知りえないんだといずれ気づくし、そのときにはさすがに嘆き悲しむのもやめるわよ」と言ってほしかったんだ。僕らが、この世界からいなくなってしまった父さんたちやおじさんたちのことを思って泣くのをよしたように、彼らもどこかの時点で泣きやむのだろう。たとえ彼らが永遠に泣きつづけたとしても、彼らのその涙が僕たちの涙よりも熱い涙であるはずはない。母さんにそう言って僕たちを安心させてほしかったんだ、いつまでもずっと。じっさい母さんたちはそうしてくれた。でも僕たちは十分な安らぎを得ることができなかった。母さんたちの目の奥に不安の影が揺れていたからだ。

その夜、この一件のすべてが始まることになったあの日の晩よりもいくらかましという程度にしか、僕たちは眠ることができなかった。

翌朝、不安を払いのけるため、せっせと朝の雑用に励んでいると、ルサカとボンゴとチュニスが肌の色の薄い長髪の青年を連れてつい先ほどベザムから戻ってきたというニュースが舞い込んできた。僕たちは朝食が喉を通らなかった。疲れきっていたし、この青年の到着が意味することについて考え込まないではいられなかったからだ。

僕たちの通学時間になると、父さんたちは出かけていった。

ベザムからの訪問者を出迎え、ルサカたちからベザムでの進展を聞くためだった。それらが済んだあと〈病気の人〉の棺が作られることになっていた。

学校まで歩きながら僕たちは、来訪者の青年はどうやら〈病気の人〉の甥っ子であるらしいと親たちがささやき合っていたことをめぐって、さまざまな角度から検討した。この情報は僕たちを混乱させた。若者はおじを救出するためにここに来たのか。それとも、彼がこの村までやって来てそこで初めておじが来ているという事実が判明したのか？　昼休みになっても、食事をとるために家に戻る子供はほとんどいなかった。僕たちは草むらに腰を下ろし、若者が〈病気の人〉の甥であることは、かならずしも彼が僕たちを復讐のために殺すことを意味しない、と自分たちに言い聞かせた。

―――

学校が終わると僕たちは、〈病気の人〉を埋葬するために墓地に向かう行列についていった。歌声はなかった。棺という不吉な箱がそこにあるだけだった。ウォジャ・ベキが所有する区画の片隅に掘られた墓のまわりに村人全員が集まった。そこでみんなの顔を見まわしたとき、糸みたいに髪の毛が長く落ちかかっている男の人が、僕らの目にとび込んできた。〈病気の人〉の遺体が土の中に降ろされていくあいだ、彼だけが涙を流していた。

青年はやさしそうに見えるけれど、ベザムに住んでいる人間だ。だからまず間違いなくペクストンや政府に雇われているはずだ。いったいどうして彼がガーデンズに走っていって、アメリカ人の監督――二人は友人であるにちがいない。どちらもアメリカ人なのだから――に僕たちがおじを殺したと通報しないのかわけがわからなかった。自分のおじを男たちがコサワに埋葬するのを彼はいったいどうして許したのだろう。なぜおじの遺体をベザムまで持ち帰らなかったのだろう。村の中で青年は落ちこんでいるように見えた。目は充血し、伏し目がちで、僕たちと目を合わさなかった。とはいえ、怒りや嫌悪をこめた目を僕たちに向けることは一度もなかった。僕たちの中で、彼はまったくの一人ぼっちだった。

僕らのおじいさんの一人が地中に降ろされた棺の中の〈病気の人〉にむかって、つつがなく祖先のもとへお旅立ちください、健康を回復させてやれなかった私たちを寛容な心でお許しくださいと最後の言葉をかけたとき、僕たちは涙目になって母さんたちの方に向き直った。僕たちの体は、恐怖と悲しみと恥ずかしさとで等分に引き裂かれていた。母さんたちの顔や震えている手や、僕たちのいちばんちびっ子のきょうだいを胸にぎゅっと強い力で抱きしめている様子から、母さんたちもいくつもの細かな断片に引き裂かれていることが見てとれた。何が起きているのかといくら説明を求めたところで、なにも答えられなかっただろう。母さんたちにわかっていたのはたったひとつだけ。それは父さんたちが口にしていたことだ。つまり、〈病気の人〉の甥が僕たちの味方であり、僕たちがこうむっている害を調査し、その事実を世界に伝え、それによって彼のおじにはなしえなかったことをなすために、僕たちの暮らしを良くするために村を訪れたということだった。〈病気の人〉の親戚がなぜ僕たちの味方になってくれるのかさっぱり理解できなかった。でも考えてみれば「わかりやすいこと」なんていうものは、僕たちが狂人の指示に従って三人の社員を捕虜にとった夜以来、コサワから消え去っていたんだ。

僕たちの聞き込みの結果、青年の名前はアス・シングスだとわかった。青年は墓地をあとにするとき僕たちに微笑みを送った。僕たちはほんとは彼を抱きしめて「大丈夫だよ」と言ってやりたかったけれど、ボンゴがアス・シングスの耳もとに何かをささやきかけ、僕たちに向けられていた彼の注意をさえぎってしまったんだ。僕たちはアス・シングスがボンゴとナンギ家の小屋の奥の部屋に宿泊すればいいなと思った。そうすれば僕らの友達のスーラがじっと彼の様子を窺うことができるし、彼女は無口だけどいつもの寡黙さはちょっとだけ脇に置いてもらって、そのアメリカ人について知りえた情報をいろいろと教えてもらえるから。

でもそんなチャンスは訪れなかった。

それまで毎晩のように僕たちは恐怖で体を硬くしてベッドに横たわり、ありとあらゆる可能性に想像をめぐらせていた。それなのにどうして僕らは、僕たちが家を離れているあいだに兵士が村に侵入し、九丁もの銃で武装した兵士たちが広場で待ち構え、その銃口が僕たちに向けられていることを考えつかなかったのだろう。あの日の午後、精霊はどこにいたのか。約束されていたはずの精霊の恩恵はいったいどこへ行ったのだろう。

飛んでくる弾丸のスピードはすさまじいものだった。

僕たちは錯乱してつまずき、狂ったみたいに転び、声を限りに泣き叫びながら森の中に逃げ込んだ。

家族の血、友人の血が恐ろしいほど大量に流れた。どうして僕らは人生が無意味であることを知っているのに、希望を持ちつづけてしまうのだろう?

サヘル

あの子がアメリカに旅立っていく一週間前、ベランダで私に「ママ、私はかならず戻ってくるからね」と言い、私がそれに答えないでいると、「私は一生ママを見捨てたりしない」と言った。それでも私が沈黙していると、あの子は赤ちゃんのときにしか見せなかったような涙をこぼした。彼女はふたたび私の赤ちゃんになったのだ。最後のお別れの瞬間に。

彼らはスーラの新しい家について話してくれた。学校で生活することになるらしい。どうしてそんなことができるのかと聞くと、あっちの学校の敷地はコサワの学校の何倍も広くて、そこには本がおさめられた建物やベッドのある建物や食べ物のある建物まであって、学校の中に足を踏み入れればあとは建物から建物へと歩くだけで事足りるから、いままで五年間続けてきた毎朝のバス通学ももう必要もなくなるんですよと彼らは言った。そこは彼女が海の向こう側まで渡っていくだけの値打ちのある学校で、人々が知りうる知識をひとつ残らず身につけられる、世界でも指折りの名門学校ですよと言った。そして、スーラがここに戻ってきたとき、知るに値するすべての物事について、残りの人生で必要とされる以上の知識量を手にしています、そしてそれは村の中で物事を正しく理解できる力が育っていくことも意味していますと言った。それ以上に重要なことがあるでしょうか。知識がないおかげで、村の仲間は命を落としているわけだし、村の子供がアメリカに行き、知識を持ち帰ってくれれば、政府や会社が我々に対して続けているこんなひどい仕打ちにも終止符が打たれることでしょう、と。

私は席を立ち、「キッチンで肉の燻製を作ってるところだから、ちょっと見てきますね」と言った。でも、本当は一人になって泣きたかったのだ。私は娘をやさしくなぐさめてあげることすらできなかった。泣くこと以外に何もできなかった。母親の涙が、子供にとって何の役に立つというのだろう。

スーラがその学校に合格したことを彼らが伝えに来たとき、彼の顔——とりわけ、その小さな頭が際だたせている大きなひび割れた唇——を私はじっと見つめた。彼にはちゃんとした名前があるのだけれど、子供たちは彼を〈かわいい人〉と呼んでいる。というのも、いつだってその顔には陽気な表情が浮かんでいるからだ。私たちの話がアメリカまで伝わったあと、私たちを救いたいという人たち——私たちとは血縁の関係を持たない人たちだ——が集まってきた。それ以来、コサワ回復運動の代表として彼がこの村を訪れるようになったのだ。

彼が村の広場で話しているのを数え切れないほど聞いてきたし、私と彼でひざをつきあわせてマラボの失踪について話したこともある。彼がスーラの宿題を手伝うところも目にしてきた。けれど、あの日の彼はそれまで見せたことがないくらい、それこそ目のくらむような明るい顔をして、私の小屋に入ってきた。私はしばらく何も言わなかった。ただ彼の唇が動いているのをじっと見ていた。彼の燃えるような目の輝きを見ても、ちっとも安らぎを得ることはできなかった。そのニュースをくり返し語るうち、彼の声はだんだん大きくなっていった。敬意を払うことにばかり気を取られて伝えそこねてしまっていることがあり、それを声の大きさによって補うことができるとでもいわんばかりに。サヘルさん、本当におめでとうございます。お子さんがアメリカに行けるなんて、本当に素晴らしいことですね。

あいかわらず私が黙りこくっていると、子供たちが〈いけてる人〉と呼んでいる連れの男の人に彼は目を移した。〈いけてる人〉は私に、お知らせを聞いてどう思いますか、いま心の中に浮かんでいることを話してみたくはありませんかと尋ねた。私は目を逸らし、首を振った。彼とその素敵な顔を間近に見つめたら、憧れる権利のないものに対して憧れの気持ちを抱いてしまうから。

回復運動の人たちが私たちの村と開いた最初の頃の会議で、〈かわいい人〉は私たちにむかって私はあなたたちの仲間ですと言った。祖父はコサワの姉妹村の出身で、父はみなさんと同じようにゴムボールで遊び、結婚して子供をつくり、自分の小屋の中で年をとっていくことを夢見ながら育ちましたと言った。けれども、彼の父親のそのまた父親の考えはそれとは違っていたという。分け前が施されるのを待つ人生なんて絶対に生きてほしくない。国の富を割りあてる側の人生を生きていってほしい、と。そして彼は息子を村から首都へ送り込んだ。〈かわいい人〉の父親は首都で学校を卒業し、故郷に戻った。村の中で妻と出会い、そこで〈かわいい人〉が生まれた。「今でも」と〈かわいい人〉は言った。「私は父から、自分がどこの出身なのか忘れてはならんぞと言われます」彼が合格を報告しにきてくれた日、私は、スーラのアメリカ留学が彼女にとっても、私にとっても、そしてコサワ全体にとっても良いことなのだと語る彼の説明に聞き入った。いったいどうやって彼の祖父は、自分の息子を村から旅立たせるばかりでなく、どのようにして彼にベザムで居場所を見つけさせたのか？　いったいどうやって息子を、そのせがれが親切なアメリカ人たちの代弁者を務めるような人物になるまで立派に育てあげることができたのか？　そして彼のおじいさんはそこまでたどり着くのにどれほどの犠牲を払ったのだろう？　そして私も同じような犠牲を払わなければならないのだろうか？　私は彼に聞きたかった。でもそれを言葉にすることができなかった。

「かまいません、今日は何もおっしゃらなくても結構ですよ」と、しばらくして〈かわいい人〉が言い、〈いけてる人〉と一緒に腰を上げた。

「ひと眠りすると質問が浮かんでくることもあります」と〈かわいい人〉は言い添えた。二人は私に素敵な一日をお過ごしくださいと告げ、翌日の再訪を約束して立ち去った。

――

その日の夕方、スーラが学校から帰ってきたあと、私は留学のことを彼女にひと言も話さなかった。そして朝になると――〈いけてる人〉が言い残していったように――私の中で尋ねたい質問がはっきりと形をなしていた。昼過ぎに二人は戻ってきた。ガーデンズでガスフレアが立てているかすかな音を別にすれば、コサワはとても静かだった。私はふたたび彼らと応接間に腰を下ろし、話し始めた。

アメリカでは誰が私の子供の面倒を見てくれるのか、娘の好きな食事を誰が作ってくれるのか、誰が服を洗ってくれるのか、学校に間に合うように誰が起こしてくれるのかと私は尋ねた。留学先には料理をしてくれる人がちゃんといて、そこの食事は、私たちの村の食事には及ばないけれどまあ食べられるものですし、我々がいいかげんな話をしているわけじゃないことは、ここの学校に通っているたいていの子供たちが一年で太ってしまうという事実に表れていますと彼らは言った。学校には服を洗ってくれる機械や、朝起こしてくれる機械があって、病気のときでも、アメリカでは、どのような病気にもちゃんと効く薬があって、かならず手に入りますから心配いりませんと言った。

私は、娘がこれから住むことになる町の様子が知りたかった。彼らは私に、そこはこれまでに存在したどんな都市よりも、またこれから存在するどんな都市よりも素晴らしい場所ですと言った。僕たちは作り話をしているわけじゃありませんよ。世界中を旅していろんな都市を見てまわってきた知識豊富な男性や女性たちが言っていることを、僕たちはそっくりそのままくり返しているだけなんです、と彼らは言った。

彼らはその偉大な都市《グレート・シティ》の名前を教えてくれたけれど、その名前は私の耳にとび込んできた瞬間に消え去ってしまった。一週間後に彼らがふたたび訪ねてきたとき、彼らはもう一度私にその名前を教えてくれた。けれど、私の舌はうまく動かず、その名前はどうしても口からこぼれおちてしまうのだった。だから、その後いろんな人に町の名前を聞かれたけれど、私はべつに無理することもないと開き直って、「グレート・シティというところに行くんだよ」と答えるようにした。〈かわいい人〉と〈いけてる人〉にその話をすると、彼らは、グレート・シティというのはその都市の本当の名前なんかよりどんぴしゃですよと笑いながら言った。

私たち三人が揃っているとき、その話をスーラに伝えた。〈かわいい人〉が説明してくれた。回復運動がアメリカのいろいろな学校に、村を支援するために村の子供たちを受け入れてほしいと依頼を持ちかけたところ、一校だけ「そういうことなら、もちろん喜んでお一人引き受けましょう」と応じてくれた。その学校と回復運動とで、子供たちの成績表に目を通し、全員一致で、スーラをアメリカに連れていくべきと決定した。〈かわいい人〉が話しているあいだ、スーラは顔色ひとつ変えなかった。彼が話し終えると娘は彼と〈いけてる人〉に感謝を伝え、「いいえ、私は行けません」と言った。私やジュバやヤヤを残して行きたくない、と。今は一緒にいなければならないときだと思います。そして私の方を向いて、もし母さんが行ってほしいと願っているのなら行くけど、でも母さんは自分にとって何が望ましいことなのか考えるべきだと言った。子供のためを思うのではなく。彼女は、私の幸せだけを望んでいた。彼女はおしまいまで話すと応接間から出ていった。泣きたいと思っているのが私にはわかった。その口調や伏し目がちな様子から、彼女の心の動揺を自分の痛みとして私は感じた。彼女は世界をもっと理解したいと切実に願っていたが、私たちと離れたいとまでは考えていなかった。

その後も、〈かわいい人〉と〈いけてる人〉は、彼女の留学の準備を支援するために足しげく訪ねてきた。私たちはこの件については村の誰にも、ヤヤやジュバにさえも口外しないことにした。コサワの代表として朗読大会に参加するという口実で、彼女が〈かわいい人〉と一緒にベザムまで行き、留学に必要な書類をそろえ、出発日が決まるまでは。スーラが誰にも話さないことはわかっていた。彼女にのしかかる留学の重圧は相当なもので、心に抱えるものが大きくなればなるほど、彼女はますます堅く口を閉ざすようになっていった。

私は母からことあるごとに、過去や未来についてあまり深刻に考えすぎないようにと言われて育った。いちど起きたことはまた起きるかもしれないというのが母の口癖だった。物事は起こるべくして起こるの。目の前で起きていることに集中した方がいいわ。だけど、こんな夜に、ベランダに一人きりで座っていると——ヤヤとジュバは小屋にいて、スーラは数か月前にアメリカに旅立ち、友人やいとこたちはそれぞれの仕事で忙しくしている——私は過去と未来の声以外なにも聞こえなくなってしまう。過去と未来が私の両脇にどっかりと腰を下ろし、私の心を奪い合う。起こったことを思い出せ、と過去は言う。起こりうることを考えろ、と未来は言う。いつも勝利するのは過去だ。なぜなら過去の言うことが真実だから。起きたことは私の中に生きている。私を取り囲み、つねに存在している。未来や不確実性に信頼を置けるわけがない。

ジュバの目には、過去が映っている。大虐殺の数時間後に訪れたあの空白が。彼は目にしたものを見なかったことにはできない。私たちにだってそんなことはできない。息子はあの銃の音を聞かなかったことにはできない。私たちも永遠にそんなことはできない。ジュバは存在しながらも消えてしまった子供であり、幼いのに心はすでに傷ついている。私にこんなふうに聞いてくるとき、私は彼の中に心の傷を感じる。父さんは戻ってくると思う？　ボンゴは何か悪いことをしたの？　いますぐみんなで一緒にコサワを出ていきたいんだけど、無理なの？　ジュバは一家に残った最後の男になってしまった。そのことが彼をひどく不安な気持ちにさせているのだ。おじいちゃん《ビッグパパ》がいなくなり、マラボがいなくなり、とうとうボンゴまでいなくなった。自分の番がまわってくるのはいつだろう。もしふたたび死んでしまったら、僕はまたこの世界に連れ戻されるのだろうか。ジャカニが連れ戻してくれたみたいに。家族に起こった物事をひとつのこらず理解しておきたいと彼が口にするとき、私は息子の苦悩を感じとる。私は言葉を尽くして説明し、人生にはうまくいかないことが多いのよと言った。心の中で、彼の人生がそんなふうにならないようにと祈りながら。

ビッグマーケットで何かの用事があると、ジュバはきまってスケッチブックとクレヨンを買ってきてほしいと言ってくる。朝昼晩と、絵を描く衝動が何かの発作みたいに激しく彼を駆り立てる。もう何十冊ものノートブックを彼は絵でうめ尽くした。そこに描かれているのは、私には理解できない絵。口が額に、鼻は頬骨の上にあるというふうに、部位があちこちに散らばっている男の顔。空があり雲が浮かんでいるはずの位置に魚や木が立っていて、太陽や星が地面に落ちて転がっている。私は息子に、どうしてそんな絵を描くの、目に見えるままにどうして描けないのと尋ねてみる。彼は「わからない」と答える。彼には説明がつかないのだけれど、それは悲しみのせいなのだ。

息子はヤヤのベッドに行ってその隣で長く体を伸ばして眠る。そのとき彼の心の傷を私は見てとる。彼は十一歳で、村の他の男の子たちはその年齢になると愛情を求める気持ちを捨てて、男になるための儀式の準備に明け暮れる。でも、ジュバは友達に、新しいパチンコを作って鳥狩りに行くのではなく、おばあちゃんと一緒にいたいんだと恥ずかしげもなく言う。彼がそう言うのも痛みのせいなのだ。そのことは、私がヤヤに食事を与えるのをとても熱心に手伝ってくれることや、ヤヤにコップ一杯の水を飲ませるために一生懸命走って水汲みに行ってくれることや、床ずれができないように一日に四回寝返りを打たせるときのその心のこもった優しい手つきによくあらわれている。ヤヤはまた歩けるようになるだろうか、私たちがベザムからのニュースを持ち帰ってきたその日にヤヤの足が動かなくなったのはなぜか、と息子が聞いてくるとき、その声にも痛みがあふれている。心の傷は最悪の病気だからよ、と私は答える。

スーラが旅立つ前、五年あまりのあいだ、学校のある日は毎朝私はベッドから起き上がるとスーラとジュバのために一人二個ずつ卵を焼いた。こんなふうに毎日卵を食べる人はコサワにはいない。鶏が卵を産む数は限られているし、卵を割ってひとつの胃を満たすよりも、それが孵化してやがて成鶏になり、家族のみんなを食べさせてくれるようになるまで待っているのがまあ賢いやり方だから。だけど、私は子供たちに卵を食べさせた。マラボは卵が体にいいと信じていて、子供たちにはできるかぎりたくさん卵を食べさせてやってくれと言われていたから。この五年間、私は回復運動の人たちから貰い受けたお金を使い、ビッグマーケットで卵を買いつづけた。それは回復運動の人たちが私たちのために戦ってくれた結果、ペクストンから支払われるようになったお金だ。

その闘争はアメリカでおこなわれたから、ペクストン社の人々が私たちに敗北したことがわかった瞬間どんな顔をしたのか、私たちはそれをこの目で見るという喜びを味わうことはできなかった。でも、いとこのチュニスから又聞きした話では、実際に戦闘があったというわけではないらしい。ペクストンは虐殺のニュースがアメリカまで伝わると、回復運動に出向き、お悔やみを述べ、コサワの人々に届けるためのお金を差し出したのだという。ペクストンは、私たちの苦しみに自分たちがどれほど心を痛めているかアピールするとともに、回復運動と緊密に協力し、私たちの生活を向上させていくことに強い関心を寄せているポーズを示そうとしたらしい。みんなの話では、私たちにお金を渡したのは、海をまたぐ形で彼らに着せられている汚名を晴らすためであり、彼らから石油を買うのを差し控えている人々に以前のようにふたたび石油を買い求めてもらうためであり、ペクストンが「ほら、我々はコサワの人々を助けているだろ。村人たちはこうして利益の配分を受け取っているじゃないか」と主張できるようにするためだという。

あの日の兵士の行動と我が社は無関係であるとペクストンは主張した。我々は政府側にお金を払い土地を掘削する権利を得ただけだ、それなのにどうして人道にもとる政府の行いの責任を我々が負わなければならないのか、と。そんな話が大統領閣下の耳に入れば彼はきっと激怒し、部下が敵意をむき出しにして攻撃してきたはずだけど、そんな気配は何ひとつ聞こえてこなかった。彼らは私たちに対して乱れなく団結する必要があったのだ。ペクストンは私たちの石油を以前にも増して強く求めていたし、我が国の政府はペクストンの金を際限なく求めていたからだ。世界中から最高級品を買いあさる大統領閣下の欲望はとどまるところを知らなかった。スーラが十一日間にわたり口がきけなくなったあの虐殺事件から八年たった今も、ペクストンは私たちの土地に居座っている。

最初に回復運動が村の視察に訪れたとき、やって来たのは五人だった。〈かわいい人〉と〈いけてる人〉、私たちと見た目は何も変わらないけれど実は隣国からやって来た男性、そしてアメリカから来た男女。その二人はどちらも私と同じくらいの歳で、茶色の短パンを履き、顎ひものついた帽子をかぶり、顔は熟したリンゴみたいな色をしていた。

彼らは村の中を歩きまわり、パイプラインを観察し、長年にわたる原油漏出で汚染されてしまった場所を見分した。私たちは彼らを森の中まで連れていった。そこで彼らは焼け焦げて使い物にならなくなった畑を見てまわった。土壌のなれの果ての姿を手に取って調べた。ビッグリバーに浮かんでいる廃棄物の写真を撮った。穴のあいた葉っぱを指さし、あれは酸性雨のしわざですと言った。ここで降る雨はずいぶん前から安全な水ではなかったと考えられますと説明してくれた。彼らを連れ、子供たちのお墓を見に行った。小さなマウンドをひとつずつ勘定しているのが彼らの唇の動きからわかった。彼らはガーデンズの方を向き、ガスフレアに視線を移した。

私たちが広場で集会を開いているあいだ、〈かわいい人〉が話しているわきで、アメリカ人の男女は何度もため息をつき、首を横に振っていた。私たちの言葉を理解できないにもかかわらず。〈かわいい人〉の話では、アメリカ人の男女は私たちと直接会って話をしたいと切望していたらしい。彼らは私たちと同じような境遇にある人々のために闘争することを仕事としていて、これまでも類似のケースに関しては見聞きしてきたが、ここまでひどい服従を強いられている事例は初めてだ、と言っています。アメリカ人の二人は子供たちに本とはちみつのような味のするお菓子を与えた。彼らが私たちと抱き合いたいと思っていることはわかった。女性の方は目が涙で潤んでいた。でも、二人は抱きしめてほしいとは言い出せなかった。私たちとしても心のこもった抱擁を交わしたかったけれど、アメリカ人とそんなふうに接するのは失礼なような気がして、つい遠慮してしまった。

彼らがやって来ることは誰も知らされていなかったから、彼らのためにご馳走を準備することもできなかった。数人の女性が頭を寄せ合って話をして、それから〈かわいい人〉に「コサワの女性たちが鶏を二羽ほどしめて焼くからちょっと待ってて」と頼んだ。〈かわいい人〉がアメリカ人の耳もとにささやきかけると、「ありがとうございます、とても親切なんですね。だけど、もう食事は済ませてしまったんです」とアメリカ人は笑顔で言った。彼らは広場を離れ、車に乗り込んだ。ベザムまで行き、アメリカに帰国するのだ。そのとき、誰かが突然歌いだした。そしてすぐにすべての女性と少女たちが――私も含めて――いっせいに歌いだした。私は最後に歌ったときのことすら忘れてしまっていたけれど、メロディーに第三パートをつけたすという形で歌声に合流した。女性たちはみんな腰を振ってほこりを舞いあげながら踊った。高らかに声を響かせながら、最初に、感謝の気持ちを込めて、私たちに会いに来てくれた客人を祝福してくれますようにと精霊にお願いの歌をうたった。そして次に私たちが子供の頃、母親がよく話してくれた物語にまつわる歌をうたった。怪物のおなかを内側からちくちくとしつこく攻撃し、嘔吐させ、まんまと逃げおおせた小さな三匹の魚の物語。回復運動の人たちは私たちと一緒に腰を振り、アメリカ人の女性は顔を真っ赤にして、鼻水を流しながら大泣きしていた。どこからともなく、いくつもの太鼓があらわれた。男たちがいっせいに太鼓を打ち鳴らし、私たちは魚たちの言葉をうたった。**この物語は語られなければならない。誰の耳にも心地よい物語ではないかもしれない。それは語る喜びを私たちの口にもたらさないかもしれない。けれど、私たちの物語を語られないままにはできない。**

――

それから一か月後、〈かわいい人〉と〈いけてる人〉は彼らだけで私たちに会いに来るようになった。

彼らはベザムに住んでいて、他の村にも顔を出しているようだけれど、私たちの村には特別に多くの時間を割いてくれていた。新たな死に見舞われ、私たちが悲しみに押し潰されているとき、私たちと一緒にいてくれた。時には、私たちのむき出しの床の上で眠った。あるいは、私たちの村と姉妹の関係にある村に暮らしている〈かわいい人〉のおじの小屋まで行って、そこで眠った。

彼らがペクストンが支払ったお金を持ってきた日、私たちにそれを手渡す前に「受け取らなくてもいいのですよ」と言った。どんなにお金を積まれたところで、ペクストンが私たちにしたことを取り消すことはもちろんできませんからと彼らは言ったが、私たちはお金を受け取った。ペクストン社のことは心の底から憎んでいたが、喪失感に打ちのめされずなんとか生活を続けていくためには、どうしてもそのお金が必要だったからだ。しかも、それは私たちの石油から得られた私たちのお金なのだ。

回復運動の人たちは、その金はいったん涙を流すのをやめるためのさしあたりの一時金にすぎませんからねと言った。これまでに起こったすべての流出事故に対する追加の補償金を、アメリカ本社の社員たちがみなさんに支払うことになるでしょうと彼らは言った。川に流し込んだ有毒廃棄物、大気の汚染、井戸水の毒、次の世代まで収穫があがらないかもしれない畑、そしてもちろん、大人になる機会を奪われてしまった子供たち、一生癒えない傷を心に負った親たち、被害を受けたそれらすべてのものや人々に対する補償金をペクストンに支払わせます、と。

支払いが済んだら、ペクストンには土地をきれいにしてもらいます、みなさんの先祖が最初にこの村にやって来たときと同じ状態のコサワに戻してもらいます、と彼らは言った。しかし、それには何年もかかることでしょうと用心深く言い添えた。復活したコサワの姿や新しいお金の入った封筒を目にしないまま死んでいく人もいるかもしれませんが、その場合、お金は子供たちに手渡されることになりますと彼らは言った。

彼らは、ペクストンからのお金を大きなかごバッグに入れて手渡してくれた。

かごバッグは、コサワの九十あまりの小屋にひとつずつ、それぞれの家長に手渡された。私は家長だった。家長になることを夢見る女性なんていやしないだろう。私は一度もそんな重荷を背負いたいと思ったことはなかった――家長になるということが人間関係にどのような変化をもたらすかを、私はボンゴに対するマラボの態度の中に感じ取っていた――けれども私は手をのばし、お金を受け取った。それは夫が亡くなる最後の三年間で稼いだお金よりも多い金額だった。

我々が受け取った金は、ペクストンが支払った金の全部ではないはずだ、ベザムにある回復運動の事務所の人たちがかすめとっている金があるにちがいない、〈かわいい人〉と〈いけてる人〉もそこから分け前を得ているはずだ、そんな話を誰かが言いふらし始めた。噂は小屋から小屋へ伝わり、回復運動は我々をいい気分にさせるための涙金をくれているだけだと言う者まで出てきた。ガーデンズまで出向いて、アメリカ人たちからいくら送られてきたのか、上級監督から正確な額を聞き出し、確認をとるべきだと主張する者もいた。噂のことを教えてくれたのはチュニスだ。大虐殺のあと新しい村長に就いた、マラボのいとこでもあるソンニから、噂話をうち消してくれるよう依頼されたらしい。私はソンニのことがいまひとつ好きにはなれなかったし、とくに長々と考えこんでようやく話し始めるという彼のスタイルはいただけなかったし、どこか弱さを感じさせる演説しかできない人物がコサワのリーダーになることをマラボが歓迎するとは思えなかったけれど、この点に限っていえば、私はソンニと同じ意見だった。もし、回復運動や〈かわいい人〉や〈いけてる人〉がお金をこっそりと隠し持っているとしても、私たちはいったいどうすればいいのだろう？　まさか私たちのために戦ってくれている人たちと戦うつもりなのだろうか？

かごバッグはベッドの下にある黒い箱の中にしまってある。それは、マラボが仕留めた森の獲物をビッグマーケットで売り、持ち帰ったお金を入れていた箱だった。彼が大金を持ち帰ってくることは一度もなかった。たいていコインが数枚程度。食べ物や服、薬など必要なものを買うと、なくなってしまった。マラボが旅立つ前、私に残していってくれたお金は、彼の父親が彼に遺したお金だけだった。スーラが生まれた日にビッグパパが封筒に入れた数枚の紙幣。彼は、自分が死んだらこれはマラボに渡してほしい、スーラが無駄遣いするといけないからね、とヤヤにことづけていたのだ。

ビッグパパは、言葉や表情というかたちで愛を表現するタイプではなかったけれど、愛に従って行動する人だった。その事実をほとんどの人が見落としていた。彼の息子たちにも見えていなかった。息子たちにはビッグパパが彼らの望むような父親ではないことしか見えていなかった。彼が若くしてコサワに移り住み、ウォジャ・ベキの父親の畑で何年も働いた（身を粉にして働くビッグパパへの謝意を表すために、ウォジャ・ベキの父親は現在の私たちの小屋が建っている土地を与えた）ことに対する私の敬意を、彼らが共有することはなかった。息子たちは、ビッグパパが畑で一日中働いたあと毎晩竹を一本一本使って私たちの小屋と離れをたった一人で拵えていったという事実の重みを正しく受け止めきれていなかった。マラボが、父親の心の不調に起因する行動や無気力についてこぼすたび、私はそのことを夫にそれとなく伝えた。私は彼にこう言った。あなたのお父さんは、自分の能力に見合ったことしかできないのよ、きっとあなたの期待を裏切るのはお父さんにとっても心苦しいことだと思うわ。けれども、マラボの想像は、自分の失望や子供時代のわびしい夜を乗り越えることができなかった。私がマラボと結婚したとき、ビッグパパはもう怒鳴り散らさなくなっていたけれど、あいかわらずずっとふさぎこんだままだったし、彼の子供たちは父の問題行為をまだなまなましく記憶していた。私はヤヤに相談するわけにもいかなかった。彼女はビッグパパの妻だ。夫を批判しなければならない立場に彼女を追い込むことはできない。だけど、人々がビッグパパのことをコンガよりいくらかましな人間と見なしていたことにヤヤは私以上に深く傷つけられていたんじゃないかと私は想像している。

　子供たちですら、ビッグパパのことを陰で「苦みばしった顔」とか「火の目玉」とか呼んで笑っていた。義父の表情の奥にあるもの――私はそれに気づいていた――を彼らが探り当てることはなかった。たしかに彼の顔を見て心躍ることはなかった。けれど、その顔に表れている怒りが私に向けられていると思ったためしはない――幸せになりたいと願っているのに、絶望に呑み込まれてそこから抜け出すすべがない、義父の目はそう訴えかけているように私には映った。人々は私に「彼と同じ小屋に暮らすのは毎日、夕食に酸っぱい葉っぱを食べさせられるようなものだ」と言わせたがった。だけど、ビッグパパは本人も気づかないうちに私に良くしてくれる。彼との生活をわるく言うことはとてもできなかった。いつだって、彼は私に「おはよう」と言ってくれなかったし、食べ物を目の前に置いても、彼の感謝の気持ちはぼやきという形で表に出てきた――彼と応接間で二人きりになり、睨みつけるような強烈な視線で自分が灰にされそうな感じがして、あわてて部屋から出ていったこともある――けれど彼は私のために森へ狩猟に行ってくれた。気分が乗れば薪を割り、料理を作ってくれた。私に娘が生まれたときには、娘を抱いてゆらゆら動かし、寝かしつけてくれた。

　みんなが寝静まると、ビッグパパはベランダに出て、押し黙ってじっと座っていたその姿を私は最近、毎晩のように思い出す。ボンゴが――とくにエラリと出会ったあと――水浴びをしているとき口ずさんでいたとびきり美しい旋律も耳によみがえってくる。でも、いつも私の脳裏にあるのはマラボのことだ。私の夫。胸がせつなくなるあの人のこと。人生ほど予測できないものはないと私は思う。あの日友達の小屋にいた私のもとに彼が姿を現したときのことを思うと、そのことを痛感する。

そのとき私はまだココディと友達にはなっていなかった。私にはウウェという友達がいて、ココディはウウェの友達だった。ウウェはココディに会うためコサワを訪れ、私はコサワに住んでいるおばに会いに来ていた。私は一九歳になったばかりだった。思い起こせば、当時の私は不安のかたまりだった。ハンサムな人との出会いもなく、結婚適齢期を迎えてしまっていたからだ。私の村にはネバという男性がいて、彼が唯一の選択肢だったけれど、彼の鼻の穴はまるで風になびくスカートみたいな形に広がっていて、私にはどうしてもそれが気になって仕方なかった。「鼻が気に入らないから男を振るなんてあきれる」と母はため息をついた。「だって毎日見なきゃいけないのよ。断るしかないでしょ」基準を下げなさい、と母にたしなめられて、私は笑ってしまった。ネバは私に優しくしてくれるだろうなと私も思ったけど、優しくしてくれるというだけでは結婚にまでふみ切れるものではない。

マラボがココディの小屋にやって来た。親友のビッサウ（ココディの夫）に会うために。槍の穂先のように鋭い頬骨と、それにひけを取らない、鋭くとがったあごひげが目に入った。なんて顔だろう。なんて男だろう。これほど完璧でゴージャスな男がこの世に存在するだろうか。

その日以来コサワを訪れるたび、私の目は、村に到着してから村を出立するまですっかり彼に釘付けになった。ココディと私は、滞在期間中、少なくとも二回は彼の小屋の前を通り過ぎる。彼の姿が見えると、私は胸を前につきだし、なるたけ胸を大きく見せる。顔に浮かぶ汗をぽんぽんとたたくように拭く。ココディは隣で、みんながよく知っている彼女に特有の笑い声をあげる、「カ・カ・カ・オー」。けれども、私の努力はマラボにはなんのききめもなかった——彼はその気になるまで私のことには気づかないだろう。

そしてそれは数か月後に起きた。その日の午後、私たち（私、ウウェ、ココディ、彼女の友人ルル）はココディのベランダで笑いころげていた。どこからともなくマラボが現れ、私の前に立った。「ひと言君に言いたいんだ。君のような美しい歯にお目にかかったことはない」。私は心臓が止まった。心臓はふたたび動き出し、そしてまた止まった。数週間後、彼は、私の歯の白さは間違いなく雲に劣等感を抱かせるほどだと言った。私は、あなたの頬骨の鋭さは間違いなくナイフをうらやましがらせるほどだと言おうとした。けれどその日の午後、私は何も言葉が出てこなかった。彼の目の輝きに包まれ、声の出し方を忘れてしまっていた。恥ずかしさが病ならとっくに私は死んでいたところだ。村で私を見かけたとき、彼は、こんなに白い歯を保つためにどんな工夫をしているのだろうと思ったそうだ。パーム・カーネル・オイル、と私は言おうとした。毎朝それで口をすすいでいるわけ、と。「君がどんなことをしているか知らないけれど」と彼は言った。「それを続けてほしいな」

私は形式的な微笑みを返した。

「何とか言いなさいよ」とココディとウウェから小声で言われて、私は余計に気はずかしくなった。

私は二人をじっと見つめた。目から気持ちを読みとってほしかったからだ。何を言えっていうの？　その頃の私は何時間も夢うつつの世界を漂っていた。けれど、マラボが自分の頬を私の頬に近づけてきて、一緒に散歩にいこうよと誘ってくれるなんて夢にも思っていなかった。気がつくと私の足は地面から浮きあがっていた。そしてもう二度と地面に足を着けられなくなった。そのときからずっと最後まで、私は彼と一緒に宙に浮かんでいた。

マラボと私は幸せだった。

そのことを私は忘れないよう努めているけれど、一緒にいた最後の日々の出来事が、私たちの心がひとつに溶け合った美しい思い出を薄れさせてしまいそうだ。初めてコサワを散歩した――手をつなぎ、歩く歩幅もあわせて、私はにこにこ笑いかけながら――あと、彼が私の村に訪ねてくるのを首を長くして待っていたり、反対に私が彼の村に訪ねていく日を常に夢見たりするようになった私を、「自分で自分を苦しめるような真似はやめなさい」と制止できる人は一人もいなかった。彼の心臓の鼓動を一分でも感じるためなら、私は乾季が十回、雨季が十回めぐるまで待つのも平気だった。友人たちは私を笑い物にした。「ついにサヘルは夢にまで見た頬骨を手に入れた」とみんなは言った。私もつられて笑った。マラボのこととなると、ありとあらゆる物事が私を幸せにした。ルルのいやみを含んだ問いかけさえ、私を幸福にした。ルルは私に、史上最も不幸な男の息子と結婚したいなんて正気なの、もしあなたの産んだ子供がおじいさんみたいににこりともしないペシミストだったらどうするの、「こんにちは」と挨拶するたびにうなり声をあげる人と同じ小屋で暮らすのがどんなにやりにくいか想像できるのと言った。私は、もちろん考えたよ、どれもこれも考えたわと答えた。そして、史上最も不幸な男の長男であるマラボと結婚したいと思わない人などいないんじゃないかな、と言った。彼が控えめに微笑みかけてくれるそんな日々をともに生きていきたい、そう願わない人なんていないわ、と。村の子供たちが亡くなり始め、彼の淡い微笑みは消えていった。彼が出かけていったあの日、彼の微笑みはすっかり消え去っていた。

それでも彼の微笑みは私の中で輝きつづけた。

あの夜、私を彼の寝室に連れていってくれたときも彼は笑顔で輝いていた。彼の両親は私たちの兄弟村のひとつで開かれている葬儀に出ており、ボンゴは自分が女の子を連れてきたときマラボがしてくれるように外に出ていき、二人きりにしてくれた。マラボはきらきらした微笑を浮かべたまま黙ってベッドに腰掛けていた。私を見つめるその目から、もう準備はできているよという微かな気配が感じられた。私は時間をかけ、服を脱ぎ始めると、彼の額に汗の粒が浮かんだ。私が服を服をそっと脱いでいった。私が裸になるまでそこに立って待ってて、と言われた彼は身動きひとつせず、ただ両手を広げて立ち尽くし、ほんの少し唇を開き、私から目を離さなかった。「私を抱いてベッドまで連れていって」なんて私は頼んだりしなかったし、彼も「君を抱き上げてベッドまでお連れしましょうか」なんて言わなかった。というか、私たちはそんな台詞をからかって笑い合った。そう遠くないうちに私たちは結婚して、子供に恵まれる。そうしたら、こんな素敵なことも真夜中にこっそりシーツに隠れてやらなくちゃいけないことになるね。しかも、子供たちと一緒に寝ている寝室なら、できないこともたくさんあると思う。若くていろんなことが自由にやれる今のうちに、手当たり次第何回でもやりまくらなきゃ。

結婚式を挙げた夜、まだ子供のいない私たち二人は夫婦のベッドの上で体をぴったりくっつけあって横になり、すごく興奮して声をあげた。その声は、まず間違いなく、ヤヤとビッグパパに聞こえていたはずだ。私の村の女性たちがまだ引き揚げないうちに、私たちは服を床に脱ぎ捨てた。女性たちは、私の持ち物を頭に乗せて運び、母を先頭にして歌い踊りながら、おばの小屋から私の新しい家族の小屋まで移動した。小屋につくと、私の持ち物をすべて応接間に置き、マラボと私を寝室に押し込んでドアを閉めた。そして、外で笑いながら、妊娠するまでは外に出てきてはいけないからねと叫んだ。私たちは喜んでその通りにした。愛の行為の合間に、ビッグパパとヤヤを起こしたくはないから、音や声をたてないようにしましょうとマラボに一度ならず言ったけれど、マラボは笑って、ビッグパパとヤヤはたぶん眠っていないし、我々と同じことをしている可能性の方がずっと高いと思う、そしてその気配が聞こえない理由はただひとつ、彼らが何十年も経験を重ね、音ひとつたてずにそうするわざを身につけているからだよと言った。マラボの言葉を私は信じられなかった。朝、ビッグパパは読み取りにくい表情を浮かべていたが、それはこう言っていた。昨晩の声はしっかり聞こえていたぞ。私にとってその目つきは心地いいものではなかった。けれど、そんなことで私たちの夜の営みは妨げられなかった。スーラを宿した私のおなかがこれ以上ないというくらい大きくふくらみ、台所でヤヤから、女には生まれてくる子のためにやってはいけないことがあるのよと忠告されるまで、私たちを妨げるものは何もなかった。そのとき私はこくんとうなずき、ヤヤにわかりましたと言った。マラボは反発した。そんな話は大嘘で、そんなこと気にしなくても子供は無事に生まれてくるものだし、胎児を強く刺激しないやり方なら何の問題もない。友達も意見は同じだ。だけど、ヤヤのために言われた通りにしなくてはいけないわと私が言うと、彼は折れてくれた。私たちにとって簡単な選択ではなかったけれど、なんとか乗り切った。もっともジュバがおなかにいるときは、私が我慢できなくて、マラボを大いに喜ばせることになったのだけれど。

今も昔も変わらず、私の性欲はとにかくすさまじくて、手に負えない獣みたい。

私たちの愛が始まった頃、愛は罰などではなかった。愛は夫への贈り物だった。私は毎晩のように欲しがり、求めつづけた。「やめられないの。やめるなんて無理」と昼間、私があくびをしながら言うと、ココディとルルは声を立てて笑った。彼女たちは、女性が私のように強い性欲をおぼえるのはちょっと普通じゃないと言った。女性も男みたいに欲しがることがあると知れ渡ったりすれば、夫連中はあなたが変な薬を飲んでいるに違いないと想像して、妻たちをサカニのもとに連れていって、その変な薬を飲ませようとするわよと言った。「あなたたちがやりまくっていることを、マラボがビッサウに話して、おかしな知恵を吹き込まないといいんだけど」とココディが言った。「真夜中にせまってきて、クレージーな料理をつくりたいから君の鍋を開けてくれないかとか言われても困るし」。それを聞いてルルはため息をつき、歯と歯のすき間に舌を押しつけながら言った。「私のお鍋ちゃんなんて、もう二か月も蓋を開けてないのよ。中にどんだけ蜘蛛の巣が張っているか考えるのも憂鬱」。ルルは私の中身が男と大差ないと舌打ちしながら言った。サヘルには見えないひげが生えていて、誰にも見えないくらい小さな喉仏があるのよ、と。ココディは同意のしるしにカ・カ・カ・オーと笑い、おたがいに手のひらをぱちんと打ち合わせた。あの頃はマラボがいた。私と私の終わりのない欲求を彼がしっかりと受け止めてくれていたから、私も友達と一緒になって大笑いしていられたけれど、彼が姿を消してからというもの、この世はまるで笑えない世界に変わってしまった。

――

マラボがいなくなってから最初の一年、私はいろいろな種類の涙を流した。朝に流す涙と夜に流す涙は異なっていた。夜は、二人の夜の感触を思い出した。私の手のひらが彼の頬に触れ、彼の手のひらが私の頬に触れる肌の記憶。私の胸を彼がどれだけ深く愛していたか。せつなすぎて私はシーツにもぐり、一人で泣いた。彼が最後に私に触れた日から今日まで、私の体に触れた人は一人もいなかった。だから私は泣いた。

　私は夫に先立たれた経験を持つすべての女性たちのように、あるいはこれから夫に先立たれることになるすべての女性たちのように、孤独を運命づけられている。抱きしめられ、やさしく愛撫された日々。ふと母の声が私の脳裏によみがえる。母も私と同じように夫を亡くしていた。けれど、マラボがいなくなったとき二十九歳だった私なんかより、彼女はもっとずっと年老いてから夫を失った。母が友人たちにこう言っているのが聞こえる。あの子は生涯でたった一人の夫を失ったわけだけど、次の夫を求める権利などないわ。だって、自分たちの番を待っている女性たちが他にもいるんだもの。母の友人たちがしょんぼり頷いている様子が目に浮かぶ。私の壊れた心の慰めになる言葉は、聞こえてこない。

　父は私が八歳のとき亡くなった。五人の姉たちはすでに結婚していたため、小屋には母と私だけが残された。母が自分の運命をうらんでいないことは明らかだった。不平をもらすようなこともなかったが、私は母のようになりませんようにと精霊に祈った。マラボは私を寡婦にはしないと約束してくれた。こんな素敵な体から俺がどうして離れたりできる？　彼はそう言った。

私と同じように夫を亡くした女性たちは、コサワや兄弟村のあちこちにたくさんいる。男たちは青年期に結婚し、自然の摂理により、あるいはおろかな行動のせいで、女たちより先に死んでいく。夫が死ぬと妻たちは泣き、涙を拭い、残りの人生をかけて幼い子供や病人や年寄りの世話にふたたびとりかかる。欲情は過去の遺物に変わる。妻を亡くした夫に与えられた特権は、私たち女性にはない。女の数が男を上回るという精霊によるおぼしめしのおかげで、男たちには確実に新しい伴侶が現れる。ふさぎこんでいる男のもとに、みずから進んで新しい母親となって彼の子供を育て、彼の子孫を増やしてあげたいと真剣に願う若い女性がすぐにやって来る。あまりにも年老いて、彼らを待っているのは墓だけというような人を別にすれば、人肌の感触を求める夜の疼きに体を引き裂かれることはない。男たちは、亡くなった妻の代わりとなる女性との出会いを恥じることはないし、そのことが世間に知られると、みんなが「男たるもの独り身でいるべきじゃない」と同意してくれる。

「おまえたちは独り身でいられる」と男たちは女たちに言う。「なにしろ女っていうのは耐えられるようにできているんだ」

　マラボが失踪した年、私は精霊に、他の女性の夫を私のベッドに迷い込ませてほしいと祈った。まだ妻をめとっていない若い男が埋め合わせとして私をキープし、新しい女性が現れるまで、この使い古された体をもて遊んでくれますように、そう心から願った夜も一度や二度ではない。妻を得たあとでも、妻が妊娠しているあいだの数か月間、私を手元にキープしておいてくれればいい。私のような境遇の女性たちがしているとささやかれているようなことを私もしよう。森の奥深く、鳥や獣しか見ていないような木の下とか、深夜の納屋で、男と逢引きをするのだ。そして、勇気がなくて妻には頼めないような行為をひとつ残らず私はその男にやらせてあげよう。

人生最悪の日、ココディと私は、私の寝室で一緒に泣きじゃくった。

私たち二人はそれまで、人生のすべてをともにしてきた、かけがえのない相手と結婚できたことを喜び合っていたけれど、今では、人生のすべてをともにしてきた、かけがえのない相手と夫婦になったことを悔やんで涙を流し合っていた。泣きながら涙の合間に、私たち二人で結婚しちゃえばいいんじゃないかと私たちは冗談を言った。ある晩、ココディの年下のいとこのアイシャが一緒にいるとき、私はこのことを言った。それを聞いたアイシャは私たちと声をそろえて笑い、女同士で結婚するのはそんなに悪いことではないかもしれない、人間にとって最高の選択とさえ言えるかもしれないとコメントし、ココディと私を大笑いさせた。アイシャはまだ子供だから、どんなにへんてこりんなことを言っても大目にみてもらえる。

ココディは私ほど男に飢えているわけではなかった。コサワに息子たちの成長過程について気軽に相談できる男性親族がおらず、息子たちを導いてくれるような男と生活をともにしたいと彼女は望んでいた。彼女が心配しているのは、夫たちがベザムに出発し失踪して二か月後に生まれた末っ子のことだ。彼女と私は同じ時期に妊娠した。元気に育っていれば私の子供も今頃は村を走り回っているはずだ。だけど私は、友人が死別の悲しみに苦しまずに済んで本当に良かったと心から精霊に感謝している。そんな悲しい思いをするのは私一人で十分だ。彼女の末っ子の男の子に、大人の階段ののぼり方を教えてくれる新しい父親が必要だというのがココディの意見で、私はそれに同意するけれども、私自身は、自分の子供に新しい父親が必要とは思わない。私には夫の家族がいるし、いとこのチュニスもいる。彼自身も苦しみにあえいでいるけれど。だいいち、コサワに苦しんでいない人などいるだろうか。この世界に、苦しみを抱えたことがなく、いま現在も苦しんでおらず、この先も苦しまず人生を続けられる人などいるだろうか。いずれにしろチュニスが、精霊が私に与えてくれなかった兄弟の代わりを果たしてくれている。

マラボがいなくなってから一年ほど経ったある日の夕方、チュニスが私の様子を見に来てくれた。一人ベランダに座り、何かを見るともなく見つめている私の姿が彼の目にとまった。彼は隣に腰を下ろし、私の耳もとに、ビッグマーケットにいる男たちが私のお尻について話しているのを聞いたよとささやいた。男たちは、私のお尻が甘いパイナップルみたいな形をしていると言っていたらしい。彼の頭を軽く叩いたが、その話がもし本当なら、私はその男たちを探し出し、そこから一人選び、私の小屋まで連れてきて、私の欲求を解消することができるのにと思った。

隣に座って笑わせてくれるいとこがいるあいだは、マラボに何が起こったのかを思い悩むこともなかった。チュニスが家に帰ったあと、私は一晩中、マラボがどんなふうに亡くなったのか考えた。もし、お墓があって、そこに座って泣くことができるなら、最愛の人が眠る盛り土からたちのぼる空気が私の悲しみをやさしくなだめてくれただろう。しかし、夫の肉体を形成していた細かな粒子はとうにベザムの土と混じり合い、地面に溶け込み、消えて失くなってしまった。あるいは、彼の血は川の水に洗われて、流れ去ったのかもしれない。焼け焦げた彼の骨は吹きすさぶ風にさらされてぼろぼろに崩れ、土に還ったのかもしれない。私にはわからない。私は毎日のように彼に語りかける。外でもよく彼に声をかける。ベザムに向かって飛んでいく鳥たちが、私の言葉とともに飛んでいって、たとえそれが彼の望んでいる言葉じゃなくても、ほんの少しでいいから、私の声の響きが彼を孤独から解放してくれますようにと祈りを込めて。もしかしたら、もう彼は一人じゃないのかもしれない。ひょっとするとボンゴが彼と一緒にいるかもしれない。生前と同じように死後もまったく変わらぬ兄弟として。

ボンゴと会えず、ベザムから私たちが戻った翌日、スーラはボンゴのベッドに直行し、体を丸くして、ボンゴが着古した服の中に体を埋めた。彼女は昼も夜もそこから動かなかった。友達が来て、ドアをノックし、一緒にいて慰めてあげたいからここを開けてと頼んでも、返事をしなかった。親族たちがやって来て、応接間にみんな集まり、涙を流し「強くなり、乗り切ろう」と励まし合ったときも部屋から出てこなかった。ベザムで起きたことをヤヤに伝えるという耐えがたい任務をおばたちが果たしたときも、そこにいなかった。私たちがヤヤの手を握り、ボンゴが死んだことを伝えたとき、スーラはその場にいなかった。

私が倒れたのは悲しみのせいではなかった。知らせを聞いたヤヤががっくりと打ちひしがれたのを見たからだ。彼女は生命が身体から離れていくかのように震えだし、過呼吸に陥った。私は見ていられなかった。こんな善良な女性に対し一回の人生の中でこれほどの罰を与える権利は精霊にはないはずだ。

女性たちが私の意識を回復させてくれたとき、そこにスーラはいなかった。目に映ったのは、ヤヤのすっかり変わり果てた姿だった。ひたすら死だけを待っている、呼吸する物質と化していた。スーラはボンゴの寝室に一人閉じこもり、男たちが彼をベザムに連れていった日から変えていないシーツの上に横たわっていた。スーラは私たちを避けていた。まるで彼女の絶望と私たちの絶望は、たがいに平行して流れる川であるかのように。

暗い霧の中に閉じ込められた最初の日が過ぎ去ると、私はわずかに残っていた力をかきあつめて、いとこのチュニスに「ここに来て、奥の部屋のドアを壊し、スーラを外に連れ出すのを手伝ってほしい」と伝言を送った。娘をこのまま飲まず食わずで、ひきこもらせておくわけにはいかない。チュニスがやって来て、スーラにむかって、ドアをこじあけて押し入るような真似はしたくないから鍵を開けてくれと呼びかけた。スーラはベッドから動かず、取り合わなかった。チュニスは苦労してあまり傷をつけることなくドアを開け、それからうしろに下がった。そっと私は部屋に入った。

見ると、彼女はボンゴの服にうもれるようにして横になっていた。その顔は涙に濡れていた。

ボンゴの本を胸に抱いていた。ボンゴがよく朗読してくれたヌビアという国についての本だ。ヌビアでは女性が男性と同じくらい権力を持っていたって知っているかい？　彼はベランダでマラボと私にそんなふうにうれしそうに話しかけた。マラボは彼をぽかんと見つめ、私は笑って「もっと話してよ」とせがんだ。

私はベッドのわきにひざまずき、お願いだから部屋から出てきてとスーラに言った。彼女は壁に顔を向けた。ボンゴの魂は、祖先のもとへ旅立つ前に、この部屋をしばらくさまよっていたいと思うはずだし、そのためにこの部屋を空っぽにしておいてあげないとね、と私は言った。彼女はかたく沈黙していた。「この部屋で一人で眠ってよい年齢にまだあなたは達していないわ」と、ベッドサイドにひざまずいたまま私は言った。彼女は押し黙ったままだ。少女のうちは奥の部屋を寝室にすることはできない。ボンゴがそこを寝室にできるのは彼が若い男だからで、入り口が別になっている部屋で寝ても、万一なにか不測の事態が起きたとき、自力で対処できるからだ。なおも彼女は沈黙を守った。私は立ち上がった。声から優しさを消し去り、あなたの強情っぱりにはもう我慢できないと言った。私があなたの父親やおじを殺したわけじゃない、いいかげんにしなさい、と。それでも彼女は立ちあがろうとしなかった。警告から脅しへ、私のスイッチが入った。「今すぐ出ていかないと、この小屋から追い出してやるよ」岩にむかって話しかけているようなものだった。私は彼女に返事をさせるために決然とベッドからひきはがしにかかった。そのとき初めて気づいた。枕が彼女の涙でぐっしょりと濡れていることに。

私はどうすればいいのだろう？　うちの応接間には、入りきれないほどたくさんの女性たちが詰めかけ、ヤヤを囲んで床に腰を下ろし、がっくりと打ちのめされているヤヤに歌をうたいかけていた。スーラがふさぎこんでいる姿、そしてそれが私を落ち込ませていることを人目に晒すわけにはいかない。私は寝室に入り、ドアを閉め、窓を閉め切った。暗闇の中でベッドに腰掛け、うなだれた。いったいどこで私たちは誤った道をとってしまったのか教えてと私は精霊に訊いた。私たちはみんなしてどこで道を踏み外してしまったのか。どう考えても私たちの先祖がどこかで罪を犯し、その罰が私たちに下っているとしか思えない。コサワのどこを見ても、私たちにもたらされているこの破壊と荒廃から免れている家はない。私はボンゴのために泣き、マラボを呪った。言うことを聞かない少女と、途方にくれている少年と、年老いた女性、彼らを支えるという責務を一身に引き受けなければならない人生に私を突き落とした夫のことを、私はほんとうは憎みたくはなかった。同居している家族は皆、自分の怒りと哀しみを私の背中におっかぶせているのに、私には、自分の怒りや哀しみを誰にも肩代わりしてもらえない。これが運命だったのだ。

私は枕に顔をうずめ、絶叫した。あなたじゃなくて、村のネバと結婚すればよかった。私に妻になってくれと最初に言い寄ってきた男と。「他の男性から結婚の申し出が来ているから、贈り物は受け取れないとネバに伝えて」なんて母に頼まなければよかった。そんな作り話をして友達と笑っていられたのも、自分を必要としてくれる、ほんとうに好きな人といつかきっと巡り合えると信じていたからだ。待ちつづけることにはたしかな意味があるという自信があった。そして、私の夫であり、私の夢でもあったあの人は、たしかに、待ち受けるだけの価値を十分に備えていた。微笑みひとつで、空を流れていく雲を私の足もとまで引きおろし、浮き雲の上を歩いていけるようにしてくれた人。手を触れるだけで、私をこの世で最も静かで美しい水の上にうつ伏せにそっと浮かべてくれるような人。彼のすべてが素晴らしすぎて、私は生まれてきたこと自体を後悔したくなるほどだった。私たちは若く自由で、その恋の情熱は永遠に続くかと思われた。そして、私の作り話が私をこの状況に導いたのだ。

涙を拭き、立ちあがる前に私はマラボにむかって、この世界から次の世界へあなたが旅立つまでに無限の時が百回くり返すことを心から祈りますと言った。そうすれば彼はずっと一人で、私たちとも、先祖とも一緒にならないで、永遠に孤独でいることになるから。彼が私を選んだのは彼の無鉄砲さの代償を私に払わせるためであり、私を愛したのは死ぬほどつらい人生に追いやるためだったのね、と私はののしった。マラボが私にすべてを与えたのは、私を後悔させるためだったのね、と。

——

マラボが私の忠告に耳を貸すことなくベザムに旅立った日以来、私の眠りは毎晩といっていいくらい、精神的混乱との戦いに敗れている。後悔と心痛からの一時的な安らぎを求め、時間が過ぎ去り、雄鶏が夜明けを告げるのを私はじっと待っている。過去は取り返しがつかないけれど、もし私が女性として、妻として、母としてもっと賢明であれば、もっと能弁な人間であれば、彼を止められたのではないかと考えないではいられない。

自分を責めるのはよそうと思っても、いつの間にか気づかないうちに、マラボが私の言葉を聞き入れず、そのせいで私たち家族に降りかかってくることになった悲しみの傷痕をひとつひとつ私は数えあげている。悲しみの傷痕リストのいちばん上にあるのは、妊娠期のおなかを早すぎる痛みが襲った日のことだ。その一週間後、赤ちゃんが産まれた。私は赤ちゃんの姿をどうしても見ることができず、悲鳴をあげ、目を閉じた。リストの次に来るのは、兵士が銃を持ってやって来て、想像もつかないような酷い行為を目の当たりにしたあの日の午後の出来事。そして最後に、ベザムでボンゴの訃報を得たあとコサワまで戻ってきた夜のこと。

「あなたが行動しないと解決できない問題なの、ほんとに？」と私は、マラボが出発する前夜、彼に言った。

「誰の手で終わらせなければならない問題なのだろう？」

「水を飲んでいるのは、あなたの子供だけ？　なぜ、あなたがみんなのために戦わなければならないの」

「君は僕のことをどう思ってる、サヘル？　誰かが行動を起こすまでじっと黙って待っているような男だと？　君が結婚したのはそういう男なのかい」

「ジュバは命を取り留めたわ」と私は大きな声で言った。「あれは予兆なのよ。わからないの？　あの子は死なない。いったん死んだ人間が息を吹き返して、またすぐに死んじゃうなんてことはありえない」

「死んで戻ってきた人を君は何人知っているんだい？」

私は答えなかった。答えは二人ともわかっていた。

「ジュバの他に息を吹き返した子はコサワにはいないよ」と彼は言った。君はまるで何もわかっちゃいないというような声で。「病気の子供たちがこんなにたくさんいる中で、精霊は僕たちの子供の命を助けることを選んだ。なぜだろう？　不思議に思ったことはないかい。我々が受けたこの偉大な恩恵について思案をめぐらせると、この問題の解決のために大きな役割を果たすべきなのは僕たちなのだ、と思えてこないだろうか。ジュバが大人になったときのことを考えたことがあるかい？　生き返ったということがジュバにどう影響するかについて、少しでも考えたことはあるかい？」

「彼が大人になったときのことを話しているんじゃないわよ。私はね、今の話をしているの。あの子は今なんともないわ。でしょ？」

「スーラはどうだろう。あの子も同じように病気になるかもしれないだろ？」

「スーラは大丈夫。必要なら、飲み水を十時間煮沸すればいい。お願い、ベザムには行かないで。ココディだって、今頃ビッサウに言っているはずよ、あなたについていくのはやめてって。ルルと家族のみんなはロビと話して、家にいてくれってお願いしてるはずだわ。あなたたちが彼らの町に出かけていって、いきなり要求をつきつけたりしたら、政府がどんなふうに出てくるか、わかったもんじゃないわ。あの町は悪人だらけだもの」

「よくわからないんだけど、君はどうして未来のことを考えられないのだろう？」

「私たち、いま生きているじゃない」と私は声をあらげた。「精霊のおかげで――」

「要するに君は心配なんだね、だから子供たちの未来のために戦わないでくれ、と」

「あなたに過ちを犯してほしくないと言っているの……この件に関しては私わるい予感がするの……」

「妊娠しているせいだよ。妊娠している体なのにいい気分だなんてありえないもの」

「妊娠していることとは関係ありません」

「ねえ、サヘル、わかってくれよ」

これまでマラボに頼まれて、私がしなかったことはない。「サヘル、今日はこれを食べたい」と彼が言えばそれを作ったし、「サヘル、このドレスを着て、あのドレスは着ないで」と言われれば「ええ、そうする」と答えた。もちろん私の生活は伝統的な慣習にのっとっていたわけだけど、彼と私の関係にかぎって言えば、夫婦間の一般的ルールなんかには目もくれなかった――彼をよろこばせたい、ただその一心だった。それなのに私がたった一度きりお願いをしたとき、「いや、無理だ」と彼はにべもなく言った。彼はベザムに出かけていった。そして、酷い結果に終わった。マラボが行動を起こすその前の状態をなんとかとり戻そうとしてボンゴが試みたことも、また失敗に終わった。そして今、回復運動の人たちがすべてをもとどおりにしようとして尽力してくれている。

――

私たちのために戦ってくれている回復運動がどんな成果をもたらすか、私にはそこまでわからなかったが、スーラの中では、彼らの話を初めて聞いたときから、彼らが味方についてくれるなら大統領閣下やペクストンに勝つことができるという確信が生まれていた。

回復運動の人たちが初めて私たちのもとへやって来てから数日後、つまりボンゴがベザムまで送り出されてから数か月後、スーラの顔に穏やかな表情が浮かんでいることに私は気がついた。その目には光が戻ってきていて、それは、私たちの土地と水と空気をかならず取り戻すのだと誓いをたてた彼らの言葉には嘘いつわりがないと、深く納得していることをはっきり示していた。回復運動との話し合いが終わったあと、他の子供たちはアメリカ人の男女二人が用意していた甘いお菓子を取り合っていたけれど、スーラだけは違っていた。彼らが持ってきていた本を手に取り、家まで持ち帰った。その日を境に、スーラは本の世界での生活をスタートさせた。アメリカ暮らしの始まりと言い換えても良いだろう。

それから六年後、〈かわいい人〉と〈いけてる人〉がアメリカの学校の推薦入学のことを彼女に伝えた日の夜、私がヤムを茹でていると彼女がやって来た。留学しようと思っているの、と彼女はあらためて言った。ただし、私が行かせたいと思っているのならという条件付きで、と言いそえた。私は、あなたが行きたいと思っているのなら、そしてあなたの心が行きなさいと言っているのなら、留学を心から祝福すると言った。私たちは腰を下ろし無言で鉄鍋の下の薪が熾火に変わっていくのを見ていた。

コサワの子供たちに高等教育を受けさせようと言いだしたのは、〈かわいい人〉と〈いけてる人〉だった。彼らは、年長の子供たちが、県の役人の子供たちが通学しているロクンジャの学校で学べば、村や将来の世代のためにプラスになると言った。コサワの学校を卒業したあと、男の子は槍を持って狩猟にとびだしていき、女の子なら母親見習いとして家事の手伝いを始めるというのはやめて、村の学校の先生でも知らないような知識を身につけるために教育を受けさせてはどうか、と。回復運動の人たちは、政府に対し学校の質を良くするために優秀な先生を派遣してくれるよう嘆願することもできる、だけど、コサワはちっぽけな村だから良い学校を置くほどのこともないとはねつけられるのが関の山だろう。それならば、既存の優れた学校に子供たちを通わせ、先のことはまだよく見とおせないけれど、いずれ到来するコサワの未来に備えさせるのが最善の策なのではないでしょうかと彼らは言った。回復運動は、十二歳以上の子供たちをロクンジャの学校まで通学させるためのバスの費用を出します。

どう思いますか、と彼らは村の広場で私たちに尋ねた。

この日は朝から雨が降っていたが、夕方になると西日がじりじり照りつけ、一日で二つの季節がめぐったような感じがした。マンゴーの木の下で、〈かわいい人〉と〈いけてる人〉が新しい村長のソンニの隣に座っていた。虐殺から二年がたっていた。殺された人々が眠る地面の盛り土の上には小草が生い茂り、全体を覆っていた。

ソンニが立ちあがり、口を開いた。その舌を引っ張り出し、もっとさっさと動けと命じたくなる気持ちを抱かせるほどとろい話し方だった。彼は回復運動の人たちの申し出に感謝の言葉を述べ、子供たちが上の学校に進学できるようになれば、たしかにそれは素晴らしいことでしょうねと言った。父親たちがこの件について意見を述べ合うための場をあらためて設定する必要があるかもしれません、それは、みんなの胸の内をきちんとすくいあげるための議論の場となるでしょうし……。しかし、そんな彼の声は母親や父親たちの声の激流に呑み込まれ、水中に沈んでいった。ふたたび集会を開く必要なんかない、子供たちが毎日バスに乗せられて、ロクンジャの大きな学校に連れていかれることが名案なわけがないじゃないか、と。そのような代償を支払ってまで上の学校で学ばせる価値がいったいどこにあるというのか。これまで以上の時間を学校生活に費やすことにどんな意味があるのか。我々は獣の罠にはめられているんだ。読み書きや簡単な算数以上のことを学んだ子供たちがその捕食者をいったいどうやって改心させられるというのか。どうやって我々に目を向けさせ、そこにかけがえのないものが存在しているということに気づかせることができるのだろうか。回復運動の人たちのことは信頼しているし、してくれたことのすべてについて、我々は深く感謝している。けれども、ロクンジャのわけのわからない連中に子供たちを託すなんてとてもできない、と多くの人が言っていた。あっちに行けば私たちの目は届かなくなってしまうわ。親の目の前で子供を殺すことすらなんとも思わない政府なんだ、親の姿がないとなるといったいどんな悪事をしかけてくるとあんたは思う?

みなさんの懸念はもっともです、と〈かわいい人〉と〈いけてる人〉は言った。でも、学校は政府が所有しているものだけれども、バスは回復運動の所有物です。費用は、オーステインの記事を新聞で読み、ペクストン社との闘争のための支援金を回復運動に提供してくれたアメリカ人たちによって支払われます。回復運動の代表者たちは、バスの代金を支払ってくれる人たちは、ボンゴ、コンガ、ウォジャ・ベキ、ルサカを釈放するための資金を提供してくれたのと同じ人たちだと言った。あの時も、そしてこれからも、彼らは私たちの味方でありつづけるだろう、と。それでも、反対の声があがった。もし〈かわいい人〉と〈いけてる人〉が、私たちの目の前で起きた光景を目にしていたら、と何人かの親たちが叫び声をあげた。もし虐殺の日にここにいたら、なぜ木の葉のこすれ合う音にさえ私たちがおびえるようになったのか彼らにも理解できるはずだ、と。

マラボが消息を絶ってから三年後、スーラは、ロクンジャの学校に通える可能性が出てきたことをきっかけに、また口を開くようになった。

あいかわらず必要なことだけしか話さない無口な少女だったが、それでも、大虐殺や家族に起こった一部始終に対する怒りは、もはや彼女を鎖でがんじがらめに縛りつけてはいなかった。あるいは少なくともその鎖はゆるんでいた。回復運動の人たちが村を訪れるたび、知識を身につけることでこの村を苦しみの中から救い出すチャンスが子供たちにはありますと言って希望をもたらしてくれたからかもしれない。あるいは、私たちは一人残らず鎖につながれていて、たしかに彼女の苦しみは彼女に固有ではあるのだけれど、痛みのひどさという点においてはみんな同じだし、ともかく我々は誰しも生きつづけていくしかないのだということを、ようやく了解したからなのかもしれない。スーラのもとに、父親と一緒に暮らしていたときに見せていたあの笑顔や笑い声は戻ってこなかったけれど、その表情は少しずつ明るさを増していった。その輝きは彼女のかわいらしい大きな目をいっそう生き生きとひきたたせていた。

村のどこかで娘と友人が座っているのを見かけるたび、私は少し立ち止まって、娘が笑うかどうかその声に耳を澄ませた。彼女が笑えば、どんな豊かな収穫よりも私を幸せにしてくれた。頼まなくても、スーラは私のそばに来て台所で料理を手伝ってくれるようになった。ヤヤがとてもつらそうにしているとき——たぶん息子たちが夢に出てきたせいで——私はこまめに寝返りを打たせて体勢を変えさせ、さめざめと泣きつづける彼女の涙を拭かなければならなかった。そんな日はスーラが家族の食事を作ってくれた。もっと食べなさいとどんなにうながしてもお皿に盛られた料理の半分くらいしか口をつけない娘から「もっと食べて」と言われて、私はいつもふき出しそうになった。

スーラの体重のことで私は悩んでいた。年齢的には初潮を迎えておかしくないのに、まだ生理が始まっていないという事実が気になっていた。彼女の友達の胸のふくらみはオレンジよりも大きくなっているというのに、娘の胸ときたらカシューナッツほどにもふくらんでおらず、私はそのことにもひっかかっていた。八つある村の中で娘たちは素敵な夫となる可能性のある男をめぐってはげしく競い合っていた。女の子なら思わせぶりなシグナルを送ったり、ちょっと得意げに自分の魅力をあたりに振りまくような年頃にスーラもさしかかっていた。友達はもうとっくに男が思わず見とれてしまうようなお尻をしていた。隣にいるスーラは、さながら母親やおばのうしろをついてまわる子供みたいだった。自分の娘は神々しいばかりの瞳とこぼれるような笑顔を授かった、だから、八つの村がこれまで見たこともないような美しい女性に成長していくだろう、と自慢するのがマラボの楽しみだった。スーラが肉づきのいいタイプではないとわかっても彼は主張をまげなかった。父親には見えないものがあるのだ。母親の私には、娘が直面するであろうさまざまな困難を前もって予測し、対策をとっておく義務がある。スーラの顔は息をのむほど美しいけれど、その薄っぺらで平べったい体型は、不可解な性格とあいまって、伴侶を求める男性の目線の中で彼女を見劣りさせてしまうだろうと私は踏んでいた。

そんな不安をココディとルルにこぼすと、二人は声をあげて笑いながら、今日の荷物は今日運び、明日の荷物は明日になってから運べばいいじゃない、と言った。結局のところスーラの体の準備が整うときがやって来るのを待つしかないわけだし、彼女の胸のことや生理のことでいくらくよくよ悩んでみたところで意味はないんじゃない、そんなこともわからないわけ、と。「生理もない、胸もない、そんな女見たことある?」とルルは笑いながら言った。初潮を迎えたとき、娘が経血に驚いて母親に相談に来るとは限らないじゃない。もしかしたら何にも知らせてくれないかもよ。ココディとルルは、母親たちの娘であり、娘たちの母親でもあり、私の心配をちゃんとわかってくれていた。でも二人は、私が思い描いているような空想ではなく、もっと別のことに意識を移していた。たとえば、娘の初潮を祝う夜のこと。大人の女性となったスーラのために年配の女性の親戚や友人たちが集まってきて、女性にだけ起きる不思議なことを話して聞かせる、あのわくわくするような夜のこと。私も、恐怖と混乱を行ったり来たりする彼女の顔を想像して笑みがこぼれた。素敵な男の人の手にかかれば痛みを補って余りあるとろけるような歓喜が訪れること、妊娠のよろこびが大きければ大きいほど出産の痛みはそのぶんひどくなること。そして、「それこそが女性であることの無上のよろこびなのよ」と女たちに囁きかけられているスーラの顔を私は思い浮かべる。

ある晩スーラと友達がヤヤのことを見てくれているとき、ルルのキッチンで、ココディとルルが私に、初潮を迎えた日のことを話してくれた。夜、二人の母親がコサワの女性たちを呼んでお祝いを開いてくれたのだ。私たちは笑いながら、そのとき女性たち（そのほとんどの人たちはすでにこの世を去ってしまった）が回想した女の一生にまつわる話を振り返った。それは煙の立ちこめるキッチンで何度も交わされてきた話であったはずだ。でも女たちはそれをわかち合わないではいられなかったのだ。何度話してもおかしくて仕方のない話だったから。腹立ちまぎれに夫のスープに唾を吐いたこと。女の子や男の子を産みわけるための体位をどうやって体得したか。料理をする気分ではないときにどんなふうに仮病を使ったか。そういうときは夫が夕食に子供たちに果物を食べさせたこと。そして妻が夫よりいつも何歩も先を行っていることを夫は自覚しておくべきだけど、そんな女性の素敵な知恵も、夫が他の村の女と寝たことをいけすかない連中や友人から聞かされたときには何ひとつ役に立たないよねとか、そんな話だ。夫を問い詰めても「そんなことしてないよ」「なんでそんなこと聞くの」「ほっといてくれ」というばかりで、妻はため息をつく以外、何もできないのだから。そういう話には色あせたところがまったくなかったわ、とルルは言った。私なんか、女に生まれたことの誇りと怒りがいっぺんに刺激されちゃったんだよね、と。

スーラが私の部屋に入ってきたのは、〈かわいい人〉と〈いけてる人〉がロクンジャの学校への進学を提案してから四日後のことだった。「ママ」と彼女は言った。私はベッドの上で洗濯物をたたんでいた。「私、ロクンジャの学校にバスで通いたい」

「だめ」と私は言った。彼女はくるっと背を向け、立ち去った。

翌朝、スーラは水浴びをして青い制服に着替えたあと、キッチンにいる私のところにやって来た。

「ママ、お願いだから」と彼女は言った。「私、どうしてもロクンジャの学校に行きたい」

彼女に食べさせる目玉焼きをつくっていた私は無言で手を動かしつづけた。

卵ができあがると、それを皿に盛り、フライド・プランテンを添えた。私はそれを渡し、ここは煙いから応接間のテーブルで食べなさいと言った。

ジュバの朝食を皿に盛り、テーブルに運ぶと、ちょうどジュバは青いシャツとカーキ色のショーツを着おえたところだった。私はいつものように朝食を取る二人を見守った。スーラはプランテンの薄切りを四切ればかりと卵をほんの二、三口かじり、ジュバは自分の分とスーラの食べ残しをきれいにたいらげた。食事が終わると、二人はヤヤの部屋に行き、出発のあいさつがわりにハグした。ヤヤは横たわった姿勢のまま体を起こさず、口だけを動かして、「先生の言うことをよく聞きなさいね」と言った。二人はうなずき、ヤヤの部屋を出て、私とハグをしてから出ていった。スーラはジュバの手を握り、弟の歩調に合わせて歩いた。彼はまだ姉についていてもらわなければ何もできなかった。ジュバが学校に通い始めたのはボンゴが死んだあとのことで、そんなに日は経っていなかった。大叔父のマンガが学校まで出向いて校長に頼み込んでくれたのだ。同年代の仲間はまだ裸で走り回っているけれど、ジュバは右手をぐるっと頭にまわして左耳に触れることができます、それは彼の脳がもう十分な大きさに達していて、授業にだってちゃんとついていけることの証拠です、と彼は主張した。その結果、学期途中だったけれどジュバの入学が認められた。

子供たちの姿が見えなくなると、私はヤヤの様子を見に行った。唾を吐いたり、排尿や排便をするときに使う鍋を持って行った。こうした介護は私の日課になっていた。日によっては体を起こすことができず、そうなると鍋も使えず、お尻の下にビニールシートを敷き、その上に布をひろげておき、横になったまま排泄できるようにする。排泄したあとは彼女の体をていねいに洗い、きれいにしてから水気を拭きとる。

彼女の排泄物ににおいがあるとしても、私はそれを臭いとは感じなかった。ヤヤは私の母さんだ。どんな苦しみを背負っていようと、私は彼女と一緒にそれを背負う。ヤヤが私のもとを去るか、あるいは彼女に出ていきなさいと言われるその日まで、私と彼女は一体でありつづける。すべての歯が抜け落ちてしまったヤヤのために私は肉をひき肉にし、食べさせる。ココヤムはいったん私が噛んでやわらかくし、それを彼女の口に運ぶ。ちょうど昔彼女が、私の夫や子供たちの口に運んでやる前に食べ物を噛んでやわらかくしてあげていたように。ヤヤが泣きたいときには私も彼女のベッドに腰を下ろし、一緒に泣く。彼女の涙を拭き、お願いだから泣かないでと私は言う。一人で泣かせるなんてとてもできない。だから私も彼女が泣いているあいだ一緒になって泣く。私たちは涙が枯れるまで、ただ静かに涙を流すこともある。心から愛し、亡くなった男たちを思いだし、私たちは切なく胸を痛める。そしてしばらくしてから、あの世で彼らと再会する幸福な日のことを夢想する。

―――

スーラがロクンジャの学校のことを初めて聞き、それから一週間がたったあと、彼女はふたたび私のところに来て、どうしても学校に行かせてほしいと言ってくる。私はベランダに座っている。おばの一人が訪問してきて、ちょうど帰っていったところだった。スーラは私の隣に腰を下ろす。〈かわいい人〉と〈いけてる人〉が自分の代わりに話をしてくれるから聞いてほしい、と彼女が言う。村の子供たちにもっといい学校で教育を受けさせてはどうだろうかという彼らの提案に賛成していると言ってくれ、と。私はため息をついて目をそらす。スーラは位置を変えて座りなおし、私の目の中をのぞきこむ。

「ママ、お願い」

「そんな学校にほんとに行きたいの?」

彼女はうなずく。

ベッドに横になって考えさせてね、と私は答える。翌朝彼女のことが心配になって目がさめる。

彼女は生まれつき、自分が欲しいと思ったものは絶対にあきらめない性格だった。寝る時間になっても「父さんと会いたい」と思えば、父親が広場で友達と煙草を吸って戻ってくるまで絶対に目を閉じない。スーラが五歳のとき、マラボが病気の友人を見舞うためによその村に出かけていった日のことを私は今もはっきりとおぼえている。マラボは次の日まで戻ってこないから私のベッドで一緒に寝ようねと私は彼女に言った。夜中、彼女の姿が消えていた。取り乱したヤヤと私はパニックに落ちかかった。ボンゴが小屋をとび出し、しばらくしてスーラを連れて戻ってきた。ボンゴは彼女をガーデンズへ向かう道で見つけた。どこにいるかわからないけれど、父親と一緒に眠るために、彼女はバスに乗ろうとしていた。

―――

学校から帰ってきたスーラを寝室に呼ぶ。それから、ベッドに腰を下ろしている私の隣に来て座るように言う。レベルの高い学校に行きたい気持ちはわかる、知識を増やすのはもちろん悪いことじゃない、だけどロクンジャに行くのはあまり良い選択とは言えないと伝える。毎日、朝と午後に一時間ずつバスに乗って移動するなんて、とんでもなく骨の折れることなんだよ。まったくかまわない、と娘は言う。私は彼女に、友達は新しい学校には行かないだろうし、四、五年すればほとんどみんな結婚してしまうよと言う。それに、家族もいないロクンジャみたいな町の学校に通いだしたら、万一何か問題が起きた場合、そのことは誰が知らせてくれるの? ロクンジャでいったいどんな問題が起きると思っているのとスーラが言う。毎日のように私の頭をめぐっている恐ろしい可能性や、わるい出来事が重なり、子供たちが奪われ、一人ぼっちになってしまうかもしれない、私はそれを言い出せない。すると彼女は、何も思いつかないよね、だってこの村で起こりようもないことはあっちに行っても起きるわけがないから、と言う。「毎日、誰とバスに乗るの」と私は娘に聞く。「自分の子供をあの学校に行かせる親はコサワにはいないはずよ」。スーラは自分一人のためだけに回復運動がバスを出してくれると思っているのだろうか？

彼女は私の部屋を出て、ボンゴの部屋に戻る。ベッドに横になり、壁に顔を向ける。ジュバがドアの前に立って、僕が描いた絵を見てよと言っても、彼女は起きあがらない。ジュバが部屋に入ってきて、彼女のわき腹をくすぐって、ふりむかせようとするが、彼女は体を動かさない。絵をちらりと見もしないし、よく描けているねと言葉をかけるわけでもない。ジュバはもう一度くすぐってみる。そして肩をすくめ、応接間に戻ってきて、新しく別の絵を描き始める。

朝、私は彼女が学校に行く前に、卵とプランテンで食事をつくる。娘はそれに手をつけない。サツマイモとカボチャの葉のソースで夕食を作っても、彼女はまるで泥の山でも見るような目つきでそれを眺める。私はため息をつき、応接間のベンチに腰を下ろす。根負けだ。私が折れるしかないのだ。私にはとてもスーラに心変わりを起こさせる力はない。私は立ち上がり、歯を食いしばり、食いしばった歯のあいだから、この子は恩知らずでわがままで、これまで女として生まれてきたすべての子供たちの中でいちばんの性悪だと言う。娘は、まるでひどい騒音を立てる空っぽの入れ物でも眺めるみたいに私を見る。私の失望は彼女の決意にはかないっこないのだといわんばかりに。母親の苦悩を深めるような真似をして、良心が痛んだり、恥ずかしいと思ったりしないのかと声をはりあげようとしたとき、ヤヤが私を呼ぶ。ヤヤのところに行くと、スーラの希望を聞いてあげてと彼女が言う。

——

その日から私は、村中の小屋という小屋をひとつひとつまわり、スーラと一緒に子供たちがロクンジャの学校までバスで通学するのを認めてほしいと父親たちを説得し始めた。

村の学校で教えてくれる以上の知識を得るためにわざわざバスで通学するなんて、女の子にとってそれがいったいどんなたしになるんだと何度も言われた。政府が私たちにおこなってきたこと、そして彼らが今なお続けていることの要約を私は聞かされた。コサワの子供たちはいまだに危険な状態に置かれ、回復運動にこっぴどく批判されたペクストンは村の赤ん坊たちにペットボトル入りの水を支給するようになった、けれど、いぜんとして子供たちの死はおさまってはいない、まさかあんたはそのことを忘れるているんじゃないだろうね。何がなんでもコサワの人間は政府を信用してはいかんのだ、いくら〈かわいい人〉や〈いけてる人〉が信用していいと言っていても信用してはならん。政府が所有する建物には必要がないかぎりたち入ってはいけないし、どうしても庁舎に入らざるをえない場合には、全身を目にして細心の注意を払わなければならない。コサワの滅亡なんて望んでいるわけがないじゃないかという政府のまやかしに引っかかってはならない。政府は魂と心臓を持つ人間で構成されているわけではないのだ。

私はこの種の話をくり返し、いやというほど聞かされる。

私は父親たちに「ほんとその通りですよね、パパ」と言い、祖父たちに「ほんとその通りですよね、ビッグパパ」と言ってまわる。

彼らに質問されたときは、私は自分の言っていることがよくわかっていない愚かしい人間のふりをして答える。彼らが話しているあいだ私はうんうんと相槌を打ち、なるべく目は合わせない。こうして私が彼らの知恵を大切にうやまっていることを態度で示すわけだ。彼らは、私がいったいなぜ娘にノーと言えずこんなことまでしているのか、その理由をしきりに尋ねる。娘はもういいかげん自分が進むべき人生の選択について気づいていなければならない年頃じゃないか。女にとって最も重要な知とは、人生がもたらしてくれるすべてのことに満足を見出すことができるようなものの見方なのだと、どうして娘に言い聞かせない？

私は自分の決断を主張することも擁護することもできない。それは、あなたに私は敬意を払っていませんと呈示することになるから。

私はひと言だけ、母性が私を動かしているのです、と答える。

妹みたいに仲よくしている、ココディのいとこのアイシャが何度か、人々を説得するために力を貸してくれた。あるとき、おじいさんが「男が女のせいで貴重な時間を浪費してはいけないから、昔の女性は、村を歩きまわるようなことはさし控えたものだ」と言うと、アイシャはそのおじいさんにむかって、ほんの気持ち程度の謙虚さを声に込めながら「これから世界は女性の意志に従うようになります」と言う。私は言葉を失い、笑い声をあげることすらできない。

何週間もかけてコサワのすべての小屋を訪問したあと、四人の父親が九人の息子たちをスーラと一緒にロクンジャ行きのバスに乗せると申し出てくれた。その決断の背後にある理由については誰も何も語らない。私が三回、四回と彼らの小屋を訪れると、言いたいことはもうわかっている、息子たちもバスに乗っていくことにするけれど、それは別にあなたの娘のためではない、とだけ言う。他の父親たちは、私が近づいてくるのを見かけると不在をよそおった。「パパはおじさんのところに行っちゃった」と子供が言う。「森に罠を見にいったわよ」と妻が言う。外は暗くなっているというのに。私はただ座って待つしかなかった。子供たちがまわりで遊び、とくに仲が良いわけでもない妻たちや、村で挨拶くらいしかかわさない女性たちとうわべだけのおしゃべりをする。そうしたことをうんざりするくらいくり返しているうち、スーラと一緒にバスに乗る男の子が九人もいればまあ十分かなと思うようになる。

ある晩私はスーラに、今日、ロクンジャにある回復運動の事務所に行って、〈かわいい人〉と〈いけてる人〉と話をしてきたのよ、と言った。今の学期が終わって次の学期が始まるタイミングで、スクールバスの運行を始めることに同意してくれたわ、と。彼女はとびあがって喜び、ここ数年間でいちばんの満ち足りた笑顔を浮かべた。私に駆け寄ってきて、その細い腕で私の首にしっかりと抱きつく。私は彼女をぎゅっと抱きしめ、こみあげてくる涙を我慢する。

私はマラボのことを思い起こす。

まだくすぐったがり屋のちびっ子だったスーラは、かすかな笑みを浮かべて歩いている父親の姿を見かけると、彼と同じようににこにこと陽気になって抱きついていた。その頃の彼女は思春期からほど遠く、他の人たちとは異なる考え方も持ち合わせていなかった。その頃の私の人生はおおむね快適だった。耐えられない心の痛みなど存在せず、日々正しいことをしようと努力していた。冷たい言葉を口にせず、邪悪な考えを遠ざけ、精霊の怒りを買って人生の座礁をまねくまいと心がけていた。

ロクンジャの学校でスーラが与えられた本は、枕や毛布となり、料理がのっているお皿となり、喉を潤す水となった。朝私が目を覚ますと、彼女はボンゴの部屋でもう目を覚ましていて、ランプのそばに座って、まるで夢の中で失くした本を見つけるために起きてきたみたいに無我夢中で本を読んでいた。制服に着替えながら本を読み、朝食をとりながら本を読んだ。ロクンジャに向かうスクールバスの中でも本を読んでいた。

夕方、スーラが本を読んでいるかたわらで私は娘を見つめ、いったい本の中にはどんな物事が書かれているのだろうかと首をひねった。本を読んでいるときの彼女はトランスに陥っているように見えた。涙が頬を流れ落ちていくこともあった。本の中でどんなことが起こっているのかと聞くと、説明するのは難しい、言葉には置き換えられないことだからと言った。

彼女は本を置いて応接間の外に出ていき、私は本の表紙をじっと見た。私には本が読めないけれど、文字の読み方は学校で教わった。ofやtheなどの単語もまあわかる。本のうちの一冊には、『ひ・よ・く・あ・つ・しゃ・の・きょ・う・い・く・が・く』と書かれていた。もう一冊には『ち・に・の・ろ・わ・れ・た・る・も・の』。彼女がいちばん好きなのは『きょ・う・さ・ん・と・う・せ・ん・げ・ん』という薄い本だった。これは先生があなたに読ませたいといっている本で、学校の子供たちもみんなあなたと同じように何時間もかけてこの本を読んでいるのかと娘に聞いたことがある。そのとき彼女は、そうじゃない、この三冊はボンゴの本で、彼が教員研修を受けたときに持ち帰ったものだと答えた。彼女は、おじが読めないような難解な単語もだいたい全部理解できるようになっていた。

この三冊の本はスーラの最も親しい友人だった。学校の教科書もとても気に入っていた。あるとき、教科書の中の作品をジュバに読み聞かせている声が聞こえてきた。それは、ヨーロッパに住んでいる若い女性がわるい男に、血が出ないように人の肉を切るように命じたが、わるい男にはそうすることができなかったという物語だった。その女の人は頭がおかしいんじゃないかとジュバが言うと、私はそう思わない、大人になったら私もその若い女の人のようになりたい、とスーラは言った。

彼女は今も本を片手に携え、友達の家に行っている。

女の子たちのまわりには年長の少年たちが群がり、スーラは彼らと時々言葉をかわし笑顔を見せていたけれど、本を手から離すことはなかった。私に近づきたければ、私が本を放っておくくらいの価値があなたにあることを証明しなさいと、あたかも少年たちにメッセージを送っているみたいに。思春期の入り口にさしかかったばかりの娘の顔は、〈男の子たちがしているのはくだらないことばかりで、そんなことに気を取られているのはおつむが足りないからよ〉と言っていた。私は時々、同年代の女の子の中で彼女が最初に結婚し、私が間違った思い込みにとらわれていたことを証明してくれるのではないか、と思うことがあった——男の子の気持ちはつれない女の子に引き寄せられる傾向があるから。平和な日々が続くと、男の子たちがコサワまでやって来て彼女をめぐって争うところを想像して楽しんだ。毎日のように、マラボに君は美しいと言われて育ってきたので、自分が美しいことをスーラは自覚していた。私は娘の体つきに深く重たい懸念を持っていたが、当人にはまるで他人事だった。世界中の女の子が夢見るように、おそらく彼女も、自分に言い寄ってくる男の子が現れ、豚やヤギを贈り物にさしだしてくれるのを待っていたにちがいない。どんな結婚を望んでいるかスーラが語ることはなかった。はっきり言えることは、彼女と本の間には相思相愛の関係が成立しているということだけだった。友達がシャツを着ていない青年を見つけ、くすくす笑い、色目を送っているのをよそに、彼女は顔色ひとつかえず、学校の勉強に時間を注ぎ、悠然と本を読みつづけた。夜になると、ボンゴのベッドの枕もとに置いた本が子守唄をうたってくれていたのだと思う。

スーラが四年生のとき、私よりも年下の友人のアイシャがやって来て、兄弟関係にある村の出身の男の人と結婚することが決まったと言った。十八歳になったばかりのアイシャは何も慌ててコサワから婚出していくこともないと考えていたが、夫の方は三十歳が目前に迫っていて、いよいよ彼女との結婚を待ちきれなくなったらしい。べつにたいしたことじゃないよというように、彼女はニコリともしないで淡々と報告した。

「みんなが結婚を祝って踊ったり、歌ったりするときは、そんなしおれた顔しないでよ」と私はキッチンで腰を下ろしているアイシャに言った。

「母さんみたいな話し方はやめて」と彼女は言った。「私、母さんのお説教を聞きたくてここに来たわけじゃないのよ。いっそのこと逃げだして、どこかに隠れていたいわ。ぜーんぶ終わるまで」

「なんの話?」

「みんなで踊るでしょ。それから、私を彼の小屋まで連れていくわけ。で、それから彼が私の上に乗っかって、私は彼の子供を産むのよ。それから、彼が死んで、子供が成長するのよ。で、子供たちが独立するの。そういうことぜーんぶよ。そこでようやく、私は自由の身になるわけ」

「そんなこと言っちゃだめ。精霊に叱られるわよ」と私は言った。「それって人生の最良の日々でしょ。邪魔くさいみたいにいうのはおかしいよ。どうして自分自身に呪いをかけるようなことを言うの?」

「人生の最良の日々ねえ。毎日朝から晩まで、死ぬまで人に尽くしつづける人生のいったいどこがそんなに素晴らしいわけ?」

「お願いだから、そんな『女性というかわいそうな存在』の歌はもうやめて。子供じゃないんだから」

アイシャはあざわらった。「あなたは『女性というなんて素敵な存在』という気分なんでしょ? だって〈いけてる人〉があなたの耳もとに素敵な言葉をささやきかけてくれてるもの」

「なにそれ?」私は笑っていいのか、それともこけにされたと腹を立てるべきなのかわからなかった。「私と〈いけてる人〉は……」

「いいからいいから、サヘル。とぼけてもむだよ。私あなたと彼がいい感じなところをばっちり見ちゃったんだから」

「はあ?」

「彼のあなたへの微笑み、あれでもう、あなたが彼にいろんな技をお披露目したってことはもろ確定」

私は意味がわからずふきだした。私の反応を見て彼女はいよいよ私を追い詰めたと思い込んだみたいで、「ふむ、人生には予想もしなかったことが起きる――」と言った。

「アイシャ、やめて、ばかばかしい」と、私は大笑いしながら言った。「あなたの頭の中あなたの夫にちゃんとしつけてもらいなさい。〈いけてる人〉と私が? やめてよ、吐き気がする。頭おかしいんじゃない? 気持ちわるい」

「あっそう。でも、ひとつだけ教えてちょうだい、サヘル。あなたと彼はどこでおやりになるの? 納屋? それとも森の奥? いったいどこで、あなたの大きなあえぎ声を……」

「おたまで殴り殺されないうちに、私のキッチンから出ていって、今すぐ」と言って私がおたまを振りあげると、彼女は笑い声をたてながら走って逃げていった。

――

アイシャと話をした日の翌朝、目が覚めたとき私の頭の中は〈いけてる人〉のことでいっぱいだった。一日中、彼のことを考え、彼の裸を想像した。彼と初めて会ったとき、もし誰かに、あなたはいずれ彼に欲情するようになると言われたりしてたら、私は恥ずかしくて泣きだしていたと思う。私は彼に対して一度も気をひくような態度をとったことはなかった――アイシャが口走ったことは、間近に迫った彼女の結婚式から話を逸らそうとして言い放ったでまかせに過ぎない――けれど、いったんアイシャの想像が吹き込まれてしまうと、私の思考はなんだか新しい仕方でめぐり始めた。どうして彼ではいけないのか。彼はマラボほどハンサムじゃない。彼のおなかは、こちらが窒息させられるのではないかと心配になるくらいでっぷり膨らんでいた。だけど、手はぶあつくて大きく、お尻はきちんと形がととのっていた。なにより、彼の妻はベザムにいた。絶対ばれない。朝起きたら、かんかんに怒っている女がベランダにいて、説明しなさいよと噛みつかれる心配もない。

アイシャとの会話から三日目、〈かわいい人〉と〈いけてる人〉が次回の定期訪問でスーラの学校生活の様子を聞きに私の小屋にやって来るということを知り、私は〈いけてる人〉のために着る服を選んだ。ビッグマーケットへのお出かけ用の、とっておきのドレスを手に取った。ルルに、私は八日ごとに髪をきれいにセットしなおさないといけないのと話した。私の胸は、数年前ほこらしげにマラボにつきだしていたときとは形が変わっていたので、一枚しかないブラジャーを小さく縫い直し、バストトップがいちばん高い位置にくるようにした。

私の小屋に足を踏み入れたとき、〈いけてる人〉は私のあまりの美しさに驚いていた。そしてその驚きを外に表現するという仕事を見事にやってのけた。彼は目を大きく見開いた。彼の目は私に釘付けになり、微笑みがとまらなくなった。彼はどんな特別な出来事があってそんな素敵な服を着ているのかと聞いた。生きていることが特別な出来事なの、と私は答えた。聞いたこともないような大きな声を立てて彼は笑った。私が笑うと彼は生まれて初めて私の歯の存在に気づいたというような顔をして、ちょうど昔マラボが見つめたような感じでまじまじと私の歯をながめた。私は胸が踊る思いだった。男の人から見つめてもらうために、私はふたたび身を粉にして自分を磨いた。〈かわいい人〉がスーラの宿題をチェックしているあいだ、私はヤヤの部屋にある長椅子の〈いけてる人〉の隣に座り、偶然を装って彼の体に触れた。そのあいだ彼はヤヤに体調について質問した。ヤヤは、自分はほんとうに幸運に恵まれた人間で、私のような人に身の回りの世話をしてもらえるので生活になんの不満もなく、年寄りはみんなこうあるのが理想だと短い言葉で答えていた。ヤヤの言葉を聞いて私は思わず微笑んだ。ほめられたからではない。自分が世話を尽くすことができる女であることを彼に証明できたように思えたから。

その日、彼は〈二人きりで会いたい〉と言わず帰ってしまったが、私は落ち込みはしなかった。次の時も、次の次の時も。毎回毎回彼のために着飾りはしなかった。けれど、私に微笑みかける彼の表情から、最初の約束を交わすまでそう時間はかからないだろうと私は予想した。

——

私にはスーラの成績表を読むことができなかったけれど、保護者会にはかならず出席した。出席者の中で母親は私一人だけだった。担任の教師から、頭脳の明晰性と勤勉さにおいて、これまで見た生徒の中で彼女が最高だという評価を毎回聞かされた。

知識に対する娘の情熱について話を聞くたび、そして成績表に書かれている彼女の評価内容を知るたび、スーラがなにしろうれしそうにしていたので、私もうれしくなった。でも、コサワにいればその才能が無駄になってしまう。私にはそのことがわかっていた。十七歳で学校を卒業し、家禽の群れの中にたった一羽だけ鷲が混ざっているみたいに、今よりもっと珍奇な存在になってしまえば、宿題に費やしたすべての時間も無に帰すことになる。スーラがベザムに行って高等学校に進学すれば、政府の仕事に就くことも可能だと先生の一人が言ったことがある。そのとき私は瞬間的に「私の娘を、父親を殺した人間のしもべにする気か」と言って、その男の顔に唾を吐き、思いつく限りの呪詛を投げつけてやろうかと思った。ところが彼女がロクンジャに通学し始めて五年目にあたる最終学年の学期初めに、〈かわいい人〉と〈いけてる人〉がアメリカの学校から届いた手紙を持ってやって来た。アメリカ行きがどのように娘の力になるのか、アメリカからコサワに戻ってきて一人年老いていく彼女に、それがどんな力を授けてくれるのか私には皆目見当もつかなかったけれど、娘を彼らに委ねることに同意した。彼女が求めているのは知識であり、アメリカという土地に行けば間違いなく新しい知識が授けられると彼らが請け合ってくれたからだ。

スーラのことを不安に思う気持ちは片時も消えない。娘が私を必要としているときに私はそこにいない。いったいどうなるのだろう？　十七歳の子を一人でアメリカに行かせるなんて、私は何を考えていたのだろう。娘にまた会えるのか。いつ会えるのか。〈かわいい人〉は、アメリカの滞在期間がどれくらいになるのかは本人の意思次第であり、彼女がアメリカの学校でどれだけ学びたいかによって違ってくると言った。私は娘が帰ってくる日を心待ちにしている。大丈夫だと自分に言い聞かせても、不安は募るばかりだ。子供たちのことを考えだすと心配はつきない。けれど、私が子供たちの身に起きるかもしれないことを一万年心配したところで、それによってどんな変化がもたらされるわけでもないのだ。

スーラがアメリカに旅立つ少し前、アイシャが結婚した。その日、私は踊りまくった。こんなに楽しいのはいつ以来だろうと考えてみたけれど、思い出せなかった。雄鶏が時を告げるより早く私は起き出し、ヤヤと子供たちのために朝食を作った。食事の支度が終わると、アイシャの家族の小屋まで走っていき、料理をしているコサワの女性たちに加わった。野菜を薄切りにしながら私たちは歌をうたった。それから、それをさいの目に切って油で炒め、おしゃべりをかわした。ふと気づくとアイシャのおじさんが太鼓を持ってきた。やがて本番前の予行演習的なダンスが始まった。女性たちはお尻を振り回しながら右手でスパイスを挽き、ココヤムをすり下ろしながら左足を踏み鳴らした。チラリと横目で見ると、スーラは友達の輪の中でプランテンの皮をむいていた。ダンスが大好きというわけではない彼女でさえも、実に楽しそうにその小さなお尻を左右に動かしていた。いったん家に戻り、水

浴びをし、着替えていると、さすがに少し疲れを感じた。だけどその疲れも、白いベールと服に身を包んだアイシャが小屋から出てきたときどこかに吹きとんでいった。

姉妹関係にある村から駆けつけた彼女の親戚と、コサワの村人みんなが集う前で、アイシャの父親が娘にむかって、彼女のために差し出された婚資を受け取るべきだろうかと聞いた。「肝に銘じておかねばならないのは」と彼は言った。「いったん婚資の家畜を食べ、差し出されたボトルのワインを私が飲んでしまえば、もとには引き返せないということだ。つまり、この男との結婚を取り消したいと言い出すことは許されない。彼と一緒に出ていったらもうあと戻りできない。それでもおまえは行くんだね？」　アイシャがやさしい声で答えた、「はい、パパ」。彼女の夫が立ち上がり、ベールをそっと脱がせた。その瞬間私たちは歓声をあげた。私たちは土煙が空にたちこめるまで踊りまくった。料理を食べ、歌をうたい、それからまた踊った。月がのぼり、アイシャはコサワを出ていった。そして、二度と戻ってくることはなかった。

――

そのころ私は、〈いけてる人〉から微笑み以上の行為が私に向けられるのを、かれこれ一年ちかく待ちつづけていた。彼のためにめかしこむことはすでにやめていた。その代わり、〈いけてる人〉がよろこんでいる姿を心に浮かべながら作った料理で、彼と〈かわいい人〉をもてなした。私の努力に対する報酬は、結局のところ、心からの感謝の言葉だけだった。でも私はめげなかった。ところが、ある日とりとめもないおしゃべりをしていたときに彼が妻の名前を三回も口にした。そして私は自分の欲望の炎に水をかけてきちんと消火し、けじめをつけることを決心した。〈いけてる人〉や他の男たち――いささかやけっぱちになって私が大声で一緒に笑った男たち――に色目をつかうのはもうよそうと心に決めたのだ。恥知らずな遊戯にいれあげるのも潮時だと肝に銘じた。私はこれから一生この境遇を背負って生きていこう。心の中の不貞行為の許しをマラボに乞い、彼との再会の日まで、私は彼だけのものでいつづけると約束した。

この話をアイシャにしたのは、結婚式の数日前、雨の降る夕方、私のベッドで一緒にごろごろしているときのことだった。私は彼女に、自分のものとして結ばれた男との生活を大切にしなさい、なにしろ自分の男は他の女性から盗んだ男とはわけが違うからと言った。男を奪ってやろうと狙っている私みたいな女はわんさかいる、だからしっかり自分の男を守りなさい。彼女は笑い声をあげ、ため息をつき、そろそろほんとうに女同士で結婚してもいい時代が来ているんじゃないかしらと言った。私が笑いそうになると、「いや、マジな話」

と彼女はさえぎった。私みたいな寡婦が夜中に納屋に集まり、そこでペアを作り、夫がいなくなってしてもらえなくなったことをおたがいに対してしてあげられるようになったら、コサワは奇蹟的な至福に包まれるでしょうね、想像してみてとアイシャは言った。

それなのに、どうしてそうしちゃいけないわけ、と続けた。私たちは夫と子供と青春時代を失った。家族の世話にあけくれ、それに対する返礼はなされなかった。私たちのことをふたたび愛撫されるには値しない存在と見なしている大きな力に対し、私たちは無力だ。私たちに残された最後の幸福な道を、私たちが心ゆくまで楽しんだとして、それがいったいどんな邪悪な罪を犯したことになるの？　私らのぼろぼろに傷ついたこの体をほめたたえ、マッサージし、愛撫し、そこに残っている欲望をそっととき放ってみたって、べつにかまわないじゃない？　男を欲しいと思っているのに、そんな男はどこにも見あたらない、そんな状況に置かれた女たちでそれをして、何が不自然なわけ？　私たちにはそんな権利がないの？　私たちより先の時代を生きてきた女たちや、私たちの同時代の男たちが、そんなことは慎むべきだと言ったからってそれが何よ。アイシャは私に言った。そろそろ自分のルールで生きてみたらどうかな？　そういう時代が来たと思わない？

回復運動の人々は、マラボの身に何があったのか、ボンゴはどこに埋葬されているのか、その真実をつきとめるまで自分たちは追求をやめないと約束した。〈かわいい人〉と〈いけてる人〉は初めて私と対面したときにそう言った。彼らは同じように子供や夫を亡くしたコサワの人たちとも膝を突き合わせた。そうやって最初の数か月間を、村内の小屋を一軒一軒歩いてまわり、石油のせいで命を奪われた人たちの名前と年齢を調べ、記録をとることに費やした。〈いけてる人〉が読みあげてくれた、アメリカから送られてきた手紙には、回復運動の人たちが虐殺の写真を見て、私たちの村を世界の一員として抱きしめなければならないと考えるに至り、村の尊厳を取り戻すために日々戦っている、と書いてあった。コサワの槍として闘争する、と。

私たちは回復運動の正式な名称が「被支配民の尊厳回復運動」であることを知った。〈いけてる人〉の話では、オースティンの最初の記事がグレート・シティの新聞に掲載されたあと、回復運動の人たちは事務所で会議を開き報道について話し合ったという。ペクストンについてはかねてより、監視の目が及びにくく、公正な企業活動を強力に促すための法も存在しない場所でほんとうに節度ある操業が可能なのかと彼らは疑念を抱いていた。オースティンのレポートは疑念が杞憂ではなかったことを証明していた。

記事によって事実が明るみに出たその日、回復運動の人々はペクストン社を訪れ、事情説明を求めた。石油開発がコサワの村落に及ぼしている影響についてペクストンは把握しているのか？　石油の流出や有害物質の廃棄によって被害を受けている村人たちには救済措置をとっているのか？　ペクストン社のオフィスにいる社員たちは押し黙っていた。遠い世界に暮らす村人の生活が、アメリカの新聞にどうして掲載されることになったのか、彼らにはわけがわからなかった。しばらくして、ペクストン社は激怒したにちがいない。話では、ベザムにいるペクストンの社員たちが翌朝、大統領閣下の部下たちのもとに押しかけたという。協議の場では言い争いが起こり、激しい罵り合いの声があがったことだろう。最終的には両者とも落ち着きを取り戻し、何はともあれ可及的速やかに、いったいなぜコサワがペクストンについて（その結果として大統領閣下について）良きイメージを損なうような虚言をまき散らしているのか、その根本的な原因をつきとめなければならないという合意に至ったようだ。私の想像では、まさにこのとき、コサワに軍を派遣する決定がなされた。中傷の責任を誰かに取らせるために。

——

その日、私はグループの最後尾にいて、スモールリバーを渡っていた。子供たちが〈病気の人〉と呼んでいた男性の死と埋葬は、私たちの気力をすっかり奪いとった。雨あがりの朝のやわらかい日ざしは、私たちの顔をあたたかく照らすばかりで、私たちの気分を高揚させることはできなかった。ボンゴは私の前をオースティンと一緒に歩いていた。オースティンは強い衝撃と悲しみに押しつぶされて、いまにも卒倒しそうに見えた。彼が足を踏み入れてしまったこの状況からすぐにでも逃げ出したいという強烈な思いに駆られていることは、誰の目にも明らかだった。

ベザムでは、予想以上に、すべての物事がやけにうまく運んでいたという。数か月が過ぎ、刑務所に入れられているボンゴと面会したときに、私は彼からそんなふうに聞いた。彼らがベザムの町を出発する前すでにオースティンは第一報をアメリカの新聞社に送っていた。コサワに着いたら写真を撮り、できるだけ多くの人に質問し、二本目の長い記事を書こうとオースティンは考えていた。けれどもオースティンがコサワにいるあいだ、彼のおじが村にいる事実はすべて伏せられるべく、細心の注意が払われることになっていた。ボンゴ、ルサカ、チュニスは事前に協議していた。この新聞記者に、彼のおじを拘束していることだけでなく、むきだしの床で数日間にわたって寝ることになったおじが、最後に姿を確認したときには、体調をひどく崩していたという事実をどのように伝えるべきか？　オースティンがコサワに尽くそうとしている善意に対して、我々はどれほどの誠実さを持って報いればいいのか？　仮に事実を打ち明けるとして、そうせざるをえなかった事情を、彼に理解してもらえるだろうか？　もし、彼がこの事実を記事にしたらどうなるだろう？　そんなことになれば、アメリカの人々は我々を、貪欲な支配者たちに対して必死になってパンチを繰り出している弱者——なすべきことをなしている者——などではなく、打倒すべく戦っている相手と同類の悪党であるとみなすかもしれない。

そうなると大変だ、オースティンにはなにひとつ打ち明けてはならない。

オースティンが知りうるのは、彼のおじがコサワに立ち寄ったという事実だけだ。そう、それだけ知れば十分だ。オースティンがやるべき仕事を終え、コサワを出ていくと同時に、ペクストンの男たちと運転手はただちにジャカニとサカニの小屋に運ばれ、記憶を消される。それから村人たちは男たちに別れを告げる。彼らは車に乗る。オースティンはバスに乗っている。無事にベザムに戻るまでおじと甥っ子の再会はおあずけとなる。オースティンはおじを訪ね、当然のように、ボンゴが届けてくれたおじの手紙について話し始めるが、おじの方にはそんな手紙を書いたおぼえがない。手紙はボンゴの手もとに保管されているため、じっさいにおじがコサワに対する支援の必要性を手紙で訴えた証拠をオースティンは示すことができない。オースティンは、おじさんがなぜ覚えていないのか理解できない。けれど、そんなことは我々にとってはどうでもいいことだ。ペクストンの男たちとの次の会議の席では、彼らは、ペクストン社が我々の利益になるような変化をいつ始めるのかその日時に言及するはずだ。我々に対して「できない」という回答を並べ立てるのではなく。

そこまで話し終えると、ボンゴは目を閉じてうなだれ、首を振った。

それから、ボンゴは話を続けた。オースティンと会った翌日の夜、ベザムを出発したボンゴはバスが無事に町を出ると、ひじチュニスと鼻を鳴らして笑い合い、ひそひそ話をして、ひじでおたがいをつつき合った。精霊がこれほどまでに自分たちの旅をうまく進めてくれるなんて、初めてのことじゃないか？　ちょうどこのとき、コサワでは〈病気の人〉の死が翌日に迫っていた。傍らでウォジャ・ベキが祈っていた。バスの中では、ボンゴとチュニスの右にいるオースティンが、ルサカの隣でぐっすり眠り込んでいた。アメリカ人は窓に頭をもたせかけ、穏やかな顔をしていた。

彼らがガーデンズに到着したとき、〈病気の人〉の墓穴が掘られていた。

一団のなかから、一足先にソンニが彼らを出迎えに走った。男たちが近づいてきて、その中に肌がすべすべした男性がいるのを子供が見つけた。ソンニはボンゴとルサカをひきとめ、すべてを話した。私たちの家屋とペクストンの油田を結ぶ道の途中にある、枯れた木の幹のそばで、ボンゴはオースティンを座らせ、真実をあらいざらい打ち明けた。

オースティンは最初笑っていたよ、とボンゴは私に言った。彼は、ボンゴがいたずらっ気を起こして、作り話をしていると思ったのだ。出会ったばかりの人たちと一緒にバスに乗り人里離れた村までやって来て、そこにおじの亡骸を抱えている人々が待ち受けているなんて、ありえないと思っていたのだ。でも、男たちとともにウォジャ・ベキの家まで行き、おじの遺体と対面すると、彼は悲鳴をあげ、遺体の置かれたマットのわきに膝からくずれおちた。彼はおじの手を取り、その手を自分の顔に引き寄せて泣きながら言った。どうして？なぜだ？　いったい何があったんだ？　ボンゴの話では、彼は世界が自分の思い通りにはいかないことを初めてさとった子供のような泣き声をあげたと言う。彼が一対一で死を悼むことができるよう、みんなは応接間を出ていった。

部屋から出てきたオースティンは目を真っ赤にして鼻水を流しながら、廊下を通って裏庭に出ていった。ボンゴがあとをついていくと、彼は「一人になりたい」と言った。彼は、ウォジャ・ベキの妻たちのキッチンの裏に石があるのを見つけ、そこに腰を下ろし、しくしく泣いた。ウォジャ・ベキの第一夫人がピーナッツ・ソースとライスを平皿にのせて届けたが、彼は手をつけなかった。

ようやく立ちあがった彼はボンゴに、自分は何がなんだかわけがわからないし、つらすぎて考えごとひとつまともにできないと言った。悪夢を見ているようだ、と。すぐにでもコサワから離れたい。村人たちがどんなことをおこなったのか、彼らの行動が村の復興とどんなふうにつながるか、それに関する人々の言い分を今はなにひとつ受けとめきれないと彼は言った。彼は肩をふるわせ、あらためてしくしく泣き始めた。おじさんはいい人だった――そんな彼を、どうしてこんな目に遭わせたのか。いったいなぜボンゴは真実を隠したのか。ボンゴが公明正大な人物を演じ、その通り信じた自分が愚かだったのか。いや、そんなことはどうでもいい。そのときのオースティンの願いは、ボンゴにロクンジャまで連れていってもらい、おじの遺体をベザムに搬送する手はずを整えること、それだけだった。

いったいどうやってボンゴは村に留まるようオースティンを言いくるめたのか、どうやっておじさんをコサワに埋葬するのが得策だと納得させたのか、ボンゴからその説明はなかった。彼は私たちの記事を書いた。そして、おじの死の直後コサワにいた。この事実をもって政府は彼が私たちの作戦に関与していると考えるだろう。オースティンはきっとそのように推察したのだろう。数年後に聞いたことだけれど、政府はオースティンがコサワに到着するすこし前に、「閣下のお気に召さないことを書くのをやめ、『より良い国づくり』のための秘密会議に出席しなければ、国外追放する」という脅迫めいた手紙を彼宛に送っていた。おじをコサワに埋葬するというアイデアをオースティンが最終的に受け入れたのは、悲しみによるものだったのか、それとも、恐怖によるものだったのか、あるいはコサワとは関係のないところで何かしらの打算がはたらいたためなのか。ボンゴとの面会の終了時間を迎えたため、結局その点はわからずじまいだった。

彼がそのような話をしてくれた日、刑務所の看守は理由をいっさい説明しないまま、到着した訪問者たちに、「愛する人との面会時間は、三十分で打ち切りだ」と言った。ボンゴがスーラと私の持ってきた差し入れを食べ終え、彼の語りが真ん中くらいにさしかかったとき、看守は鐘を鳴らし、女性や子供たちを怒鳴りつけ、さあ別れの抱擁をしろ、食器や荷物をまとめろ、泣くなら外で泣けと言った。後日ボンゴを訪ねたとき、ジュバの悪夢や、ヤヤの健康状態や、彼を解放するために続けられている回復運動の戦いのことなど、より重要な点について話し合った。ボンゴは、自由の身となる日が来るのをつねに信じていた。彼らの誰もがそう信じていた。〈病気の人〉を埋葬したあの日の午後、その日が彼らにとってコサワを目にする最後の日になろうとは、誰一人予想だにしていなかった。

刑務所の訪問では毎回、奈落の底に落ちたみたいな部屋の、平行に並べられたベンチに、片側に妻や子供たち、その逆側に囚人たちという配置で座った。まわりの人々はみんな小声でぼそぼそ話していた。ウォジャ・ベキはいつも村の男たちがかたまっているベンチの端っこに座っていた。彼の顔は腫れあがって、顔中に発疹が広がっていた。汚れた茶色の囚人服を着た男が、かつては病弱なヒヨコたちの中の強靭な一羽の雄鶏さながら、アメリカ製の新品の服を着てコサワを闊歩していたなんて、誰が信じられるだろうか。そのしわくちゃの老人を目の前にして、それがレンガ造りの屋敷に住んでいたウォジャ・ベキだと誰が認識できただろう。彼の歯茎とまばらな歯でさえ、劣悪な環境の極みに達しているこの部屋の中では、まったく目立たなかった。

ルサカは見た目こそウォジャ・ベキとそれほど大差ないが、いつも変わりなく落ち着いたよく通る声で妻や娘たちに畑の様子を尋ねていたし、泣いているところをベザムの人間に見せるのは褒められることではないから、彼のことを思って泣くのをやめるようにと言った。別れの時間になるといつもルサカはにこにこと笑みを浮かべ、家族に、男の子たちのお墓を清潔にするのを忘れないようにと言った。人をあぜんとさせるほど、自分のいっさいの感情を封じ込めていたあの男が、刑務所に入れられ、今や解き放たれていた。まるで自分の居間でくつろいでいて、息子たちが生きているかのように陽気だった。はたしてこの新しい人格を信じていいものかどうか、刑務所が彼の人格を解放したのか、それとも家族のためを思っての演技なのか、私には判断がつかなかった。

――

私が初めて刑務所を訪れたとき、おばの一人と一緒だった。看守が男たちを中に入れるためにドアを開けたとき、部屋にいた女たちはみんなとびあがった。ボンゴに駆け寄って抱きしめた。げっそり痩せこけた身体から浮きでている彼の骨を、私はごつごつと肌身に感じた。彼は、心配していた以上にひどくやつれており、二八歳という年齢の倍以上老けて見えた。あの生き生きとしていた目はどんよりと曇って細くなり、力強く見開かれることはなかった。彼と私は抱き合って泣き、泣いては抱き合い、しばらくして涙を拭った。おばは私たちをベンチに連れていった。そして、面会のあいだ中ずっと一か所に立ち尽くして泣くだけなんて無益だし、それに私たちがあんまりずっと抱き合っていると村に戻ってから他の女性たちがそのことをむし返して、死んだ夫の弟の体を女があんなに長く抱きしめるのはかなり不自然だと言いふらしかねないと忠告した。思わずボンゴは笑い声をあげたがすぐに真顔になった。たぶん兄のマラボのことが頭をよぎったのだろう。私たちはベンチに座り、ふたたび目を拭き、鼻をかんだ。そして私はヤヤについて話し始めた。ヤヤが食事に口をつけようとしないことを話した。ボンゴはぽろぽろと涙をこぼした。彼にヤヤが作ってくれた食べ物を渡した。キノコは体に毒だと言っていたヤヤが、チキンシチューにそのキノコを入れているのを見て、彼は笑った。ささやかなりとも息子をよろこばせるためのヤヤなりの工夫だった。

部屋のあちこちで妻たちが夫にむかって、食べて、もっと食べてと声をかけているのが聞こえた。女たちは、男たちがどんなに一生懸命食べても数日分の食事が余ってしまうくらいたくさんの料理を作って持ってきていた。ボンゴとウォジャ・ベキとルサカは、いつも食べ物をわけ合っていた。私たちはコンガにもかならず食事を入れたボウルを差し入れようとした。けれど、看守は彼との面会を許さなかった。看守たちからコンガのもとに食べ物が届けられるよう私たちは祈った。だけど、たとえ彼に届けられないにしても、差し入れをやめるつもりはなかった――コンガは私たちの仲間だ。

食事も与えず放っておくわけにはいかなかった。

いやがらせのつもりか、それとも恐怖心からなのか、看守はコンガを刑務所の裏にある小屋に閉じ込めた。それは以前、刑務所の番犬が死ぬまで使われていた犬小屋だった。ボンゴの話では、すべての囚人たちはひとつの大部屋で生活し、睡眠も食事も端から端まで一列にしきつめられたマットのうえで済まさなければならなかった。刑務所の庭で水浴びをしたあと、囚人たちは隣り合わせに着替えた。コンガは昼も夜も一人きりだった。彼が犬小屋を離れることはなかった。首と足と腰に鎖がぎっちりと巻かれ、水を飲み、看守が情けをかけて投げてくれた物を食べるときを別にすれば、完全に行動を制限されていた。看守たちは、彼を小屋の外に出してベザムの太陽の暖かさに触れさせる程度の寛大さすら持ち合わせていなかった。彼は小屋の中で排尿し、看守たちがボンゴとルサカに掘らせた穴に排便した。その穴は、コンガが死んだ犬の毛布をかぶって寝ている場所の反対側にあった。

ボンゴによると、コンガは自由にしてくれと懇願していたそうだ。ある日の晩、コンガは鎖をはずしてくれと執拗に訴えた。安眠を妨げられた看守たちはコンガの小屋に駆けつけ、コンガを重い靴で蹴り、踏みつけた。看守たちにむかって泣き叫びながらコンガが発している問いが、囚人たちの部屋に響き渡った。あんたらは何者なのか。いったいどうして人間をこんなふうに扱うのか。その問いかけは看守たちをますますいきり立たせた。「この臭いトンマ野郎をぶちのめし、ちゃんと言うことを聞くようにしつけてやろうじゃないか」みたいに。しかし、コンガが歌を歌いだすと、看守たちは手をださなかった。彼らはコンガの歌に楽しみを見出していた。それは行ったことのないどこか遠い場所の歌だった。その土地には蜜の味がする川が流れ、採ったらそのまま生食できる草が生い茂り、子供たちの笑い声がこだまし、ふくよかな体つきの女性たちがいて、素晴らしいごちそうを作ってくれる。ああ誰か、その場所がどこにあるのか教えておくれ！　彼が歌うと、その喜びに満ちた声があたりに広がっていった。彼の魂は半ばその土地にたどり着いていたはずだ。看守たちは愉快そうに、その場所のことなら俺たちも知っているが、囚人の彼には行けるはずがないといってからかった――もし噂通りの力を持っているなら、今すぐ自由になってその場所まで行き、素敵な女性と甘い水を手に入れればいいじゃないか。

〈病気の人〉の死によって、私たちの置かれている状況は取り返しがつかないほど危機的なものになるだろうということは予測できたが、その一方で私は、オースティンの登場によって何か信じられないようなことが起こり、〈病気の人〉の死に対する私たちの関与も免罪されるかもしれないとほのかな期待を抱いていた。

ほぼすべての村人と一緒に墓地からひきあげてくる途中で、この先どんな災いが降りかかってこようとも子供たちと私の命は助けてくださいと、私は精霊に無言の祈りを唱えた。丘の上をぼんやりと眺めている時、前の方を歩いていた誰かが叫んだ。兵士だ。

みんな口をつぐんだ。

子供たちは走って、母親の背後にかくれた。

兵士たちは広場にいた。九人の兵士たち。九丁の銃が私たちに向けられていた。こっちに来い、と兵士の一人が私たちに向かって怒鳴った。

私たちは広場にいる彼らの方へ歩いていった。オースティンを別にして、私たちは彼らの前で立ち止まった。オースティンは立ちすくんでいる私たちのあいだをすり抜け、兵士たちの目を盗み、小屋の陰に駆け込んで状況を見守った。身を潜めているオースティンは、首から下げているカメラを構えた。小屋の陰から別の小屋の陰へと身を翻しつつ、カメラのシャッターを次々と切った。一部始終が写真におさめられ、それがアメリカに送られたことを、私たちはしばらくして死者たちの埋葬を済ませた頃に知った。

その写真には、ボンゴとルサカが一群の村人たちの最前列で、村の代表者として話をしている様子が写っている。だが語られている内容まではわからない――オースティンが聞きとった言葉がそこには書き添えられたはずだ。ボンゴとルサカは兵士たちに、兵士の言う新聞記事については何も知らないと説明した。私たちに対するペクストンの行いがいったいどうしてアメリカなんかで噂話になっているのかもさっぱりわからないと。アメリカ人に向けて書かれたオースティンの記事にも、その発言は記されているだろう。村長はどっちだと問われたボンゴとルサカが口ごもりながら、公式にはどちらも村長ではないけれど、つい最近、村のリーダーは変わったばかりだと答えたことも記されているはずだ。兵隊のスポークスマン――小屋を建ててもまだ前庭の土地が余ってしまうくらいとても広い額を持つ男――がしびれをきらして、ボンゴとルサカの話をさえぎり、ほんとうの村長を出せと吠え、そこでウォジャ・ベキが前に出てきて、自分が前の村長で、政府の帳簿には自分の名前が載っているが、最近状況が変わったと述べた。そのやりとりもオースティンは記事に書いているだろう。「何が変わったんだって?」と、でこっぱち兵が吠えた。ウォジャ・ベキがもごもごと返答をしているまさにそのとき、ルサカの小屋の奥の部屋にいた〈リーダー〉と〈丸い人〉と運転手が叫び始め、兵士たちに助けを求めた。万事休すだった。

あのときの血が、私の頭から消えない。

私は死の床にあるとき、銃の発射音や、赤ん坊を背負い、抱っこできない子供たちの腕を引っ張って逃げる母親たちの悲鳴のことを忘れているかもしれない。でも私たちの仲間の血は絶対に忘れない。最初に流されたジャカニとサカニの血のことを。あのときもし彼らが兵隊に向かって走ってこなかったら、血は流されていただろうか。なぜ双子は小屋の中でじっとしていなかったのか。二人は両手に一本ずつ槍を握って、それぞれ二本の槍で武装していた。銃弾よりも速い槍で。双子の頭蓋骨に弾丸が撃ち込まれたとき、彼らの槍はすでに四人の兵士を殺していた。双子が地面に崩れ落ちていくとき、血しぶきが彼らの体から噴き上がった。四人の兵士が死に、私たちの側の死者は二人だけだった。少なくとも釣り合いをとらねばならないと兵士たちは考えた。銃が乱射され、生長させるに値しないとみなされた名もない木々のように、子供たちが次々と刈り倒された。母親たちは背中を撃ち抜かれた。家族を守ろうとした父親たちも撃たれた。子供が五人。女性が四人。男性が五人。その時点ではもちろん、死者の特定はできなかった。

スーラはどこ？ ジュバはヤヤと一緒に家にいる、だけどスーラはどこにいるの？ 私は走りながら娘の名前を叫んだ。スーラ、スーラどこなの？ あとになって私は我が子が村の広場の地面に横たわり死んだふりをしていたことを知った。走って逃げようとしたけれど、何かにつまずいて転んでしまったらしい。自分の足には逃げ切るだけの走力はないと観念し、兵士に気づかれてもすぐに死ねるようにその場でじっとしていたのだ。そのときからスーラは十一日間口がきけなかった。ようやく口を開いたとき、目を開けると兵士が銃を再装填するのが見え、殺害された人たちの体から流れる血と自分の涙が地面で混じり合ったとを彼女は語った。死者の一人は彼女と同い年であり、もう一人はいとこだった。

私は墓地を駆け抜けた。丘の上まで走って逃げた人もいた。私は木のうしろに隠れた。スーラ、と私は叫んだ。他にも多くの声がさまざまな名前を呼び、私の声はその中にかき消された。銃声は続いていた。私たちはさらに森の奥へ走った。

しかし、ボンゴは逃げられなかった。ルサカもウォジャ・ベキも逃げられなかった。

兵士たちは三人を捕らえた。私たちは三人に別れを告げることすらできなかった。私たちが森の中で震えているあいだ、兵士たちは三人を拘束し、ペクストンの男たちを解放した。

ペクストンの男たちはすべての事実を彼らに洗いざらい話した。そうしないはずがない。

自分が受けた苦難を兵士に語る〈リーダー〉の顔が目に浮かぶようだ。ルサカが首謀者、ボンゴは副官、そしてウォジャ・ベキはろくでもない裏切者だ。もう一人いる、彼は兵士たちにそう言ったにちがいない。狂人だ、頭のいかれたできそこない。兵士たちは村中を嗅ぎまわり、彼を探した。出てこい、と彼らはコンガにむかって叫んだ。出てこないならこの村の人間を皆殺しにしてやる、と。身を潜めていた私たちは息もできなかった。兵士たちは私たちの小屋に入り、年寄りや病人にまで銃を向けた。狂人はどこだと彼らは聞いた。答えろ、さもなくば殺す。ベッドの上のヤヤは何も言わなかった。ジュバは彼らの前にひざまずいて泣いた。お願いです、僕は何も知りませんと言った。彼らは隣の小屋に入り、それからまた隣の小屋へ移った。彼らは森の中にいる私たちを追跡した。彼らは敏速だったが、私たちを捕まえることはできなかった。私たちは森のことをよく知っていて、森の中で姿を消すわざを身につけていたから。

彼らは私の友達のルルの妹をつかまえた。彼女は足が不自由で、私たちのように俊敏に走れなかった。狂人のところまで案内してもらおうと彼らは言った。ルルの妹は彼らを学校の敷地に連れていき、そこで彼らはコンガがいびきをかいて眠っているところを見つけた。兵士たちは銃で彼の頭を殴った。起きんか。コンガは目を覚まし、頭頂部から口にかけて血が流れ落ちていることに気づいた。オースティンは彼らのあとを追った。彼は教室の奥に身を小さくして隠れ、コンガのあっけにとられた顔や、〈リーダー〉の人を見下すような表情や、〈リーダー〉が狂人を指さしながら兵士たちに「あいつです、あいつです」と言っている姿を撮った。オースティンの写真の中で、〈リーダー〉の手のひらはコンガの胸にめりこむくらい強く押しつけられていた。彼の鼻孔はふくらみ、目には侮蔑の色が現れていた。「お前さんには手を触れてはならないと言われていたが、さあ、お前の体に触った俺がどうなるか、ほら、みんなに見せてやれよ」と言っているように見受けられた。

兵士たちは死んだ仲間をトラックに乗せた。そして私たちの仲間を連れ去った。ボンゴ、ルサカ、ウォジャ・ベキ、そしてコンガ。トラックが完全に出ていったのを見届けてから、私たちは隠れていた場所から出てきた。丘を駆け下りていく途中で気を失い、倒れてしまう人もいた。死んだ人たちの中から、血まみれになってスーラが立ちあがった。森や丘に逃げていた私たちは一人残らず広場まで戻ってきた。そして死者を両手に抱きかかえた。亡くなった人が誰なのか確認し、私たちは悲嘆の声をあげた。それは、世界の反対側にまで届くほど激しく響きわたった。死者たちの遺体はジャカニとサカニを囲むように横たわっていた。目は開いていた。口も開いていた。穴のあいた腹から血がどくどく流れ出ていた。私の友達が一人。彼女のたった一人の子供。隣家の人。長年患っていた病から娘がようやく回復しつつあったのに。スーラの同い年の友達は胸に穴が開いていた。死んだ両親の頭を子供たちが抱きかかえて、泣きじゃくっていた。女の子たちは兄弟の遺体にすがりついた。母親たちは強いショックを受け卒倒した。私たちは抱きしめて涙をぬぐってやり、泣きながら「しっかりして」とすがるように言った。その場にいる誰にもしっかりする力なんてもう残っていなかったけれど。

男たちは二、三人でひとつの死体を運んだ。広場、そして死んだ人が住んでいた小屋まで点々と血の跡が残された。

ジャカニとサカニの死体が最後に運ばれた。

二人はぴったり寄り添い、手をにぎり合って死んでいた。生まれてから死ぬまでずっとわかち難く一緒だった二人の頭から血が流れていた。その血は下向きに流れ、最初は平行な線を描いていたが、やがて足もとのところでひとつに混じり合っていた。そこからさらに分岐して上の方に、つまり頭の方に向かって流れ、最後は頭上でふたたびひとつの線になっていた。二人はひとつのサークルに包まれていた。その赤いサークルの中で、六人の男たちに運び出されるまで二人は横たわっていた。男たちは二人の手がほどけないように慎重に運んだ。

その夜、私たちは一睡もしなかった。

死者たちの体を洗ってやる必要があったし、彼らの魂が完全に体から離れるまで寄り添っていなければならなかったからだ。翌日の午後には埋葬することになっていた。どうやって全員分の棺を作ればいいだろう。板が不足していた。恐ろしい一日だったし、ビッグマーケットまで行って板を買い求めてこようという者はいなかった。誰かが、棺なしで子供たちを埋葬してはどうかと言ったが、母親たちは激しい泣き声をあげて、異議を唱えた——生前だけでなく死後も子供たちにひどい仕打ちを続けるつもり？ 竹を使わざるをえなかった。表面がなめらかな板と湾曲した竹を組み合わせて棺桶を作った。ひどい棺だったけれど、土の中の死者の家にはなる。ウジがわくまでは、それは安息の箱になってくれる。

墓場まで行列を作って歩きながら私たちは歌をうたったのだろうか？ たぶん歌ったのだろう。私は歌わなかったけれど。行列の端から端まで、肩に担がれた十二の棺。それにコサワで初めて作られた双子の棺。こんな記憶なんか消えてほしい。あの日の午後、いっせいに泣き叫んだ私たちの声。亡くなった人の血が服についている母親や父親や兄弟や姉妹や夫や妻の姿。後ろの方を歩いていたスーラは血まみれの服のまますすり泣いていた。腕にはしっかりと三冊の本を抱えていた。そうすることで自分の息の根をとめようとしているみたいにとても強い力で。私のいとこのチュニスは放心していた。棺のひとつには、彼の一番上の子供がおさまっていた。初潮のお祝いをしたばかりの女の子だった――死はこんな残酷なことをして、いったい何を得るのだろう？

私たちは、あいだを一日置いただけでふたたび墓地に舞い戻ってきた。〈病気の人〉に対する行為のかどで私たちにはどのような罰が加えられるのか、そんなことを案じる余裕はなかった。どの土地の区画が誰の持ち物なのかいちいち気にかけず、死者たちを並べて埋めていった。棺を地面に置き、精霊に慈悲を求めた――私たちはきっとどこかで間違いを犯してしまったのだろう。私たちがこの惨劇を招いたにちがいない。私たちでないなら、私たちの祖先の過ちのせいなのだろう。いったいどこの誰が私たちを破滅させるような大罪を犯したのか。

ジャカニとサカニの棺に取りかかる頃、涙がとうとう底をついてしまったと思った。けれど、私たちはその日、自分の身体の中には海があるということを知ることになった。これまでに村で作ったいちばん大きな棺に、双子は肩を並べて横たわり、手をつなぎ合っていた。二人は手を取り合ってあの世まで歩いていくのだ。私たちの病気を治してくれる人も、私たちに代わって霊をとりなしてくれる人ももういない。このさき何年も。新しく、精霊の子が生まれてくるまで。ほんとうにそういう日がやって来るのだろうか、それはいつのことなのか？　誰にもそれはわからない。

オースティンは手当たり次第写真を撮りまくった。死体の、銃弾を受けて開いた穴が洗い流されている情景。双子のつながれた手。応接間で、子供の横にひざまずき、棺を封印する前に最後のお別れを告げている親たち。掘ったばかりの十三もの墓穴と、その前に置かれた十三の棺たち。地面に降ろされようとしている、親たちがおさめられた棺にしがみつき「行かないで、帰ってきて」と哀願する子供たち。

他の七つの村からも、知らせを聞いて親族たちが駆けつけた。彼らは埋葬の翌日にやって来た。オースティンのカメラは、彼らが広場に行き、地面に赤い血の跡が残る土地を目にしたときの表情を捉えた――その土は、我々の仲間の血を飲み干していた。

葬儀の二日後、オースティンはベザムに帰り、おじの長男と親戚を連れてトラックでまた戻ってきた。男たちは〈病気の人〉が先祖代々の土地に移りそこで永眠できるよう、遺体を墓から掘り起こした。オースティンはボンゴから伝言を頼まれていた。オースティンは政府で働いている友人にボンゴの様子を見たいと頼み、友人の取り計らいで刑務所に入れてもらえたと言う。オースティンは小屋までやって来て、「ボンゴは生きている。彼は釈放を待ち望んでいる」と言い、ヤヤはさめざめと涙を流した。そして、ボンゴが逮捕されて初めてヤヤは食事をとった。私たちは兵士たちが〈四人組〉を、最悪の死に場所に連れ去ったものと思っていた。しかしオースティンは私たちに、よく食べて、よく寝て、心配しないようにしてください、ボンゴはすぐに家に戻ってきますからと言った。ヤヤの目を見つめ、ヤヤの手を握りながら。彼が話している言葉の意味をヤヤは理解できなかったけれど、その落ち着いた表情から彼のゆるぎない確信を読み取っていた。

オースティンは逮捕された男たちの家族を集め、臨時の会議を開き、みんなを激励した――すぐに助けはやって来る。アメリカの新聞に写真が載れば、アメリカ中私たちの話で持ちきりになり、ペクストンは恥辱にさらされるだろう、と。

彼は正しかった。虐殺から二か月後、〈かわいい人〉と〈いけてる人〉、隣国の男性とアメリカの男女が最初の会議にやって来た。

〈かわいい人〉と〈いけてる人〉――彼らの善意を私たちは永遠に忘れない。彼らは、亡くなった人や投獄された人の家族を何度もくり返し訪ねてきてくれた。どの家に行っても彼らはただそこに黙って座っていた。その場に一緒にいるということにまさる意味を言葉が持ちうることはないと知っているから。私たちが泣けば、彼らはじっと地面を見つめ、私たちが食べ物を差し出すと、それを食べてくれた。

彼らの献身は私たちに、復活の日が近いことを確信させた。

何千人ものアメリカ人が私たちの記事を読んだ。何百人もの人々が、グレート・シティにある回復運動のオフィスに電話をかけてきて、どうすれば私たちを助けることができるか知恵をしぼってくれた。私たちはこのことを最初の会議の、アメリカ人の男女の報告で知った。私たちの子供のことを知った母親たちが泣きながら電話をかけてきたそうだ。若者たちは、ペクストンのオフィスのまわりを何周も行進して叫び声をあげたらしい。恥を知れ、ペクストン。恥を知れ、殺人者たちよ。私たちはもはや孤立無援ではなかった。多くの人がペクストンからオイルを買うのをやめた。私たちを救うため、回復運動に資金提供がなされた。オースティンの写真を見た人が他の人に話し、その人たちはさらに友人や隣人に話した。ニュースは私たちと同じように口伝えに、しかし、乾季の山火事以上の勢いでアメリカ中を駆け巡っていますと〈かわいい人〉は言った。

虐殺への関与をペクストンは否定したが、オースティンの新聞記事には、彼らが大統領閣下と結託していることを証明する文書の写真も掲載されていた。「閣下とビジネス上の関係を結んでいるからといって、平和を求める人々を標的にした虐殺を支持していることにはならない」とペクストンが主張すればするほど、私たちの支持者は増え、それに合わせてますます救援金も集まった。

回復運動はその資金の一部を、私たちの仲間を刑務所から釈放するための費用にあてると〈かわいい人〉は言った。私たちが三週間に一度、ベザムに行って囚人たちに面会するためのバス代もそこから支弁される。釈放後は、残りの資金を使いアメリカで有能な弁護士を雇い、ペクストン社が私たちの要求を呑むまで戦いつづける。私たちは会議でこうしたことを論議しているとき心の底から安堵し、涙を流した。ただしその涙は、息を吐くのも困難になるくらい、希望と絶望が複雑にいりまじった涙だった。

――

〈かわいい人〉と〈いけてる人〉は約束どおり、三週間ごとに私たちをベザムに連れていってくれた。出発の日がやって来ると、ヤヤは決まって朝の早いうちから、体に残っている最後の力をふりしぼってキッチンに立ち、私がボンゴのために作っている料理にいろいろと横から口や手を出した。私たちはボンゴに肉のフライや鶏肉の燻製を包んだ。他村に住んでいる親戚が「苦難を分かち合いましょう」と言って差し入れてくれた食料だった。ひなたに出して乾燥させたフルーツも包んだ。料理を食べ尽くしたあと、彼のおなかの足しになるように。

一日かけてバスで移動した。途中で乗り換える必要はなかった。バスの中でときどき〈いけてる人〉が私たちにアメリカ人から送られてきた手紙を読み、勇気づけてくれた。彼は、私たちの戦いは彼らの戦いでもあるんです、と力を込めて言った。彼はアメリカの子供たちが描いた絵を見せてくれた。そのうちの一枚には、小さな男と大きな男の絵が描かれており、小さな男は微笑んで立っていて、大きな男の方は、小さな槍が首に突き刺さりのたうちまわっていた。〈いけてる人〉の話では、その子の先生が学校で、小さな人々が勝利することはよくあることだと教えたらしい。私たちはぎこちなく笑みを作った。私たちは学校でそんなことを教わったことがなかったし、生まれてこのかた、そんなことが起きたためしもなかったから。

ベザムに到着するのはいつも早朝だった。どんなに疲れていても、村の男たちの生きている姿が目に飛び込んでくると、また生気がみなぎってくるのだった。村に戻るときにはもうくたくたに疲れ果てており、バスの中で眠り込んだ。

最後にボンゴに会ったとき、彼は体調がいまひとつだった。

ただの風邪さと彼は言っていたけれど、彼の目は〈風邪なんかひいちゃいない〉と言っていた。彼は食事をほとんど口にしなかった。お願いだからもっと食べてと私は言った。食べてくれないと安心できないし、ヤヤが知ったら心配するわ、と。彼は作り笑いを浮かべた。ヤヤに彼の体調を伝えて彼女の苦しみを深くするようなことを私にはとてもできっこないと、彼にはわかっているのだ。私は懇願し、食事を彼の口もとに運んで食べさせようとしたが、どうしても食べようとしなかった。となりではルサカが妻の語っている話に耳を傾けていた。ルサカの娘がボンゴによく眠れたかと話しかけた。しかし、ボンゴは彼女から目を逸らせた。私は驚いた。以前の彼は女の子に対して常に堂々としていたからだ。ずっと向こうのベンチで、咳き込みながら話しているウォジャ・ベキの言葉をゴノが書き留めていた。父親を釈放するために、回復運動がおこなっている働きかけとはまた別に、ゴノは彼自身のつてを頼って、独自に打開策を模索しているという話だった。けれど私たちにはそれが事実なのかどうかまではわからなかった。ゴノがペクストン社から「父親を刑務所から釈放するために手を貸せることは何もない」と言い渡され、怒ってペクストン社を辞めたという話も囁かれていたけど、それがほんとうなのかどうかも知る由はなかった。政府関係の職についている他の二人の兄弟は今の仕事にしがみつき、父親に援助の手を差しのべることを拒否したため、ゴノと母親は彼らとの連絡を一切断ち切ったという話も耳にした。その兄弟たちは養わなければならない家族がいると主張したという。息子たちの下した決断を知り、ウォジャ・ベキはとがめたりしなかったし、表情ひとつ変えなかった。俺だってこれまで家族のために尽くしてきたわけだから、と。真偽のほどを確かめるすべはなかったけれど、私たちはこの噂を信じた――ウォジャ・ベキの第三夫人で、彼の家族のことにかけては私たちの情報源になっていたジョフィは、虐殺があった翌日に子供たちを連れ、コサワから脱出していた。

――

「あなたにもし何かあったら、ヤヤは生きていけないわ」と私はボンゴに言った。

ボンゴは私の手を握って、自分には何も問題は起きないと約束してくれた。その瞬間、それとまるきりおなじ言葉をマラボが口にしたときの記憶がよみがえった。「僕は大丈夫だよ」とボンゴが言うと、隣に座っていたココディが頷いた。物事はいい方向にむかっていると彼は私に言った。〈いけてる人〉の話では、大統領閣下が裁判の日程をできるだけ早く決めると約束したそうだ。ボンゴはごしごしと目を拭いて、もういちど笑顔を作った。ヤヤには心配しないように言っておいてくれと言った。

〈かわいい人〉と〈いけてる人〉から裁判の日程が決まったと聞いた日、私たちはわきかえった。優秀な裁判官が現れて四人の無実が証明されることを祈った。四人のうちの誰か一人でも罪を犯したということになれば、それはコサワの村人の全員が罪を犯したということであり、その罪は村全体でかぶらなければならない。集団でなした行為の責任を誰か一人に押しつけるわけにはいかない。

長老たちは裁判に代表団を送り込むことを決めた。代表団は四人組の証人となる。私たちの全員がペクストンの男たちを捕え、監禁し、〈病気の人〉を殺め、ジャカニとサカニが四人の兵士に槍を突き刺すのを傍観していたと証言する。私たちはどんな判決でも受け入れる。私たちが求めるのはただ、公正であるということだ。私たちを裁く者たちが正義の名のもとに審議するのなら、彼らは罪を犯させるまで私たちを追いつめた者たちの罪こそをまず問い質さなければならない。

裁判は、虐殺の日からちょうど一年後に開かれることが決まった。私たちはこれを、〈ほとんど涙枯れるまで泣き濡れた我々の歳月も乾季と雨季がひと巡りすれば終わる〉という精霊からのお告げとして了解した。自分たちが耐えられると思っていた以上の苦しみを耐え忍ばなければならない年もあったし、これからもつらくて厳しい年が続くことは私たちもわかっていたけれど、しかしこの一年だけは、自分たちが人間の仮面をかぶった「もの」だと信じ込みそうになったこの一年だけは、なんとしてでもおしまいにしたかった。私たちは何十年も折り目正しく振る舞ってきた。獣のような行為に訴えることもなかった。にもかかわらず、私たちを苦しめていた人たちに、私たちが自分たちの望むような人生を生きていく権利に値する人間であると納得させることはできなかった。しかしこの裁判は彼らに私たちのことを考え直させ、私たちのあるがままの姿を知ってもらう千載一遇のチャンスだ。そして結果として、私たちが奪われた、もの静かな平和的存在としてのよろこびを返還するのが妥当であるという結論が導き出されるチャンスなのだ。

その日の朝、私たちは目が覚めるといちばんいい服を着た。ベザムに向かう途中で、精霊に対して慈悲を願い求めた。そして、精霊が無言のうちに私たちに正義を約束してくれていたことに感謝を捧げた。スーラも一緒についてきた――ボンゴは彼女と手をつなぎ、にこにこしながら刑務所から出てくるのだ、その情景を私は一生忘れないだろうと思った。

裁判所に到着した私たちを守衛が正面から出迎えた。彼は私たちを連れて廊下を通り、がらんとした待合室に案内した。守衛は部屋を出て、ドアを閉めた。

私たちは無言でそこに座っていた。スーラと私。ルサカの妻と娘二人と一人だけ生き残っている息子。ゴノと、村にとどまっているウォジャ・ベキの二人の妻と四人の幼い子供たち。そしてコサワの声の代弁者である五人の長老たち。今回については、回復運動の代表者は一人だけしか建物の中に入れないという理由で、〈かわいい人〉の入構は許可されなかった。〈かわいい人〉は抗議しようとしたけれど、〈いけてる人〉が、事務所に戻ってからグレート・シティに事実報告しようじゃないかと言い含めた。

私たちは殺風景な部屋で、不安にさいなまれ、身を切られる思いで、審理のときを待った。

私たちはたがいに目を合わせることを避け合った。私たちの祈りにも似た感情は、囁き声ひとつで壊れてしまうんじゃないかというくらいもろいものだったから。しかし、永遠に口を閉じているわけにはいかなかった。裁判はこの部屋でおこなわれるのだろうか、そんなことを小さな声で話し始めたとき、ドアが開き、また別の守衛が入ってきた。彼は何も言わずに〈いけてる人〉に手紙を渡し、そそくさと部屋を出ていった。〈いけてる人〉がその手紙を読んだ。手紙を持っている手は震えていた。彼は部屋をとび出した。すぐさま、彼が守衛を怒鳴りつける声が聞こえた。守衛も怒鳴り返したが、壁のこちら側にいる私たちには、彼らの言葉はよく聞き取れなかった。

私たちはおたがいに顔を見合わせた。

「ママ、どうしたの?」とスーラが尋ねた。

ウォジャ・ベキの第一夫人が息子にむかって、何があったのか見てきてほしいと言った。ゴノが外に出ていき、〈いけてる人〉としばらく話をしていた。沈黙が訪れた。二人は別の場所に移動したようだ。私たちは一時間以上待った。二人が戻ってきて、ゴノが政府の書いた手紙を読み上げた。

ペクストン社の従業員四名を誘拐し、従業員の一人であるクンブム・オワウェを殺害した罪、及び共和国の兵士四名の殺害に加担した罪で、今週初めに被告人四名が絞首刑に処せられたことを通知する。我が国の国民を代表する、公正でバランスのとれた裁判官チームは、誘拐の被害者や被告人を含むすべての証人から証言を聞き取った後、何時間も審議を重ね、被告人たちに対し、誘拐殺人罪及び共謀罪の有罪判決を下した。裁判官は、被告人たちが、被告人たちの村や我が国において多様かつ有益な機会創出に専心してきたペクストン社から金を脅し取ろうとしたことを事実認定した。共和国を傷つけようとする者には相応の代償を支払わせなければならない、つまり、被告人に罪を償わせなければならないと裁判官は判断した。彼らは一人ずつ、ペクストンと我が国の人々に許しを求める言葉を口にしたのち、絞首刑に処された。彼らは家族に、自分たちの過ちから学び、賢明な生き方を選択してほしいと言い残した。彼らの不名誉な行為と死により、彼らは非公開となっている共同墓地に埋葬された。我々は、あなた方が彼らの人生から学び、平和的な生き方を選択するよう願っている。

子供たち

　僕たちは体が麻痺し、砂ぼこりよりも細かな粒子に粉砕され、地面に崩れたんだ。その日、ベザムからバスが戻ってきて、村の勇者たちがまとめて一か所に遺棄され、僕らにはもはや戦う術がないと聞かされたとき、僕たちはひざをつき、力まかせに地面を殴った。精霊がこの世に本当にいるのかという疑念に支配され、そのことを精霊に謝った。精霊の超越性を示す証拠はこれまでに目にしてきたけれど、同時にその存在のあまりの弱さも目の当たりにしてきた。あの人たちが僕たちを破壊するのを黙って見すごしている、無力きわまりない精霊に納得がいかなかった。たよりにしていたサカニはもういない。僕たちの現在地のことなら何から何まで知り尽くしている人物だった。彼を失った僕たちは、這いつくばるようにして日々をやり過ごすしかなかった。無力感に打ちひしがれ、そこから立ちあがれなかった。いったいどうして僕たちは、あんなに思慮を欠いた夢を膨らませることができたのだろう。なぜ僕たちはこんなに長いあいだ、避けようのない現実の前にひれ伏すことを拒んできたのか。ふたつの川にはさまれた土地にたどりつき、精霊からその土地をわけ与えられた祖先の血を受け継いでいるから？　この土地は自分たちのものであり、何世代にもわたって自分たちの子供や孫たちやそのまた子供たちに受け継がれると祖先が宣言したから？　もし私たちの先祖がその足の下に石油が眠っているということを知っていたら、そんなに無邪気によろこんで、この土地を遺《のこ》したりしただろうか。豹の血をひいている僕たちが落ちぶれていくなんて、祖先には思いも寄らなかっただろう。けれど、僕たちの敵が有する圧倒的な力を目の当たりにしていたら、彼らの信念も灰燼に帰していたことだろう。

　四人組が投獄されて間もない頃、回復運動はアメリカ中の何十もの新聞社に、僕たちの話を伝えてまわった。いくつかの新聞社はベザムから記者を村まで派遣して写真を撮り、大統領閣下の政府やペクストン社の手によって僕たちがどんな目に遭わされているのか詳しい聞き取りをした。〈かわいい人〉と〈いけてる人〉は村を訪れるたび、海の向こうにいる支援者の数はものすごい勢いで増えていますよと言って、僕らを勇気づけてくれた。ペクストン社のオフィスの前でアメリカの人々がこぶしを突きあげている写真も見せてくれた。アメリカ中から、四人組の釈放を求める手紙が届いた。ペクストンは、彼らが身柄拘束された事案との関わりを否定し、一切は閣下の手のうちにあると主張した。アメリカ国民は、自国の政治家たちに閣下との話し合いの場を持つよう求め、必要なら脅し文句——「このさき現政権が危機に陥っても政府間支援を見合わせ、閣下を同盟国グループから追放して、国として回復に何年もかかるほど厳しい罰を与えることも辞さない」——をちらつかせるべきだと訴えた。その通りの、あるいはそれ以上に痛烈な意見をアメリカの政治家は協議においてて明示した。世界中の指導者たちも同様の見解を示した。悪魔と手を組みたいと願う者は、これらの国々には存在しなかったんだ。利益共有目的の融資を閣下に約束していたヨーロッパ系企業は、四人組を解放しなければ融資をやめると申し伝えた。だが、これらの企業が融資をやめられるはずがないということは、誰の目にも明らかだった——これらの企業は、僕たちのような国を借金づけにしておくことで成り立っているのだ。だから、閣下は彼らの脅し文句を笑いとばした。閣下は具体的な行動で、欧米側の言い草がいかにたわ言にすぎないかを示した。四人組を絞首刑にかけると表明したまさにその日、彼は宣言どおり、刑を執行したのだ。ペクストンは強く抗議し、世界各国の政府も同様に非難の声をあげた。しかし、閣下はまったく動じることなく笑い声をさらに高らかに響かせ、ペクストンに対し、そんなに失望したのならこの国から出ていけばいいと言い放った。けれどもペクストンはとても出ていけなかった。なにしろ、この国の地下にはまだ石油がたっぷり眠っているのだ——良心の痛みを理由に、石油をふいにするわけにはいかない。

僕たちの村は、ペクストン社から連帯のしるしとして支払われる給付金を受け取りつつ、同時に、ペクストンで働いている労働者たちを呪った。けれども、僕たちの呪いというのはそもそも血のつながった者にしか効力を持たないんだ。僕たちが口にした言葉が敵に害を及ぼしたためしは、これまで一度だってなかった。

親たちは憤慨していたが、ペクストンが僕たちへの贈り物として購入したスクールバス(運転手の雇用と維持費は回復運動の負担による)を使って回復運動が送迎を開始した。彼らは僕たちをバスで運んだ。最初の年、通学者はほんの数人足らずだった。ほとんどの親が強い不信感を抱いていたからだ。学期が終わり、ロクンジャで誰一人殺されることなく無事に学期の終わりを迎えた。すると子供を通学バスに乗せる親が増え始めた。回復運動は自己資金でもう一台バスを買わなくてはならなくなった。十二歳以上の息子を持つすべての親たちがロクンジャの学校に息子を通わせたいと望んだからだ。

同年生まれの仲間の絆というものはいずれほころんでくるものだし、おたがいの友情が薄まっていく日はいやおうなくやってくる、そのことは僕たちにもわかっていた。上の世代のあいだでそんなふうに関係が変化していくのを実際に目にしてきた。少女がいかにも女性らしい体つきになってくると、僕らの兄さんたちの同い年グループの輪が小さくなる。女の子は同い年の男の子たちにはまず手が届かないようなものをプレゼントしてくれる若い男たちと好んでつるむようになるんだ。コサワの子供たちの場合、年齢がおよそ十一、二才くらいにさしかかると、生まれた年が同じであるということは、親密さを決定する最も重要な要件などではないと気がつき始め、だいたいそれくらいの時期から年上たちとの交友関係が深まっていく。それが僕たちにも起こった。男の子は学校で学びつづけ、女の子は家にいた。ほとんどの女の子は年上の少女たちや大人の女性たちと時間を過ごした。畑に行き、洗濯をし、市場に行き、赤ちゃんの世話をし、台所で噂話をした。男の子たちは学校に行き、夜は狩りをし、サッカーをする。こうして、ロクンジャの通学バスが走り始めて二年もたたないうちに、もう僕たちは、人生をともに歩む同年代の少年少女の集団の仲間ではなくなっていた――しょっちゅう集まって一緒に宿題をしていた七人の少年とスーラを別にして。

――

僕たちが十五歳になる頃、スーラの親友で同年代の少女三人が夫となる男性を見つけてきたんだ。まだ結婚相手のいない女の子たちは、妻を探している男との出会いを求め、髪を編み込み、顔にお化粧を塗りたくって、いろんな村の結婚式に顔を出した。結婚式ほど、未婚者の心の中に孤独からの解放の欲求を掻きたてる場所はない。同い年仲間の一人が、ロクンジャの兵士の妻になり、彼の家に移っていったときには、僕たちはひどく傷つき、裏切られたと感じた。けれども、その女の子はもともと分別というものに欠けているところがあった。僕たちは彼女のことをわるく言わないように努めた。僕らにしてもみんな、なんとしてでも愛を実らせ、人生の新しい段階に進みたくてたまらないという点では同類だったから。運命は僕たちに子供らしくいられる時間をさして与えてくれなかったが、僕たちはわずかなチャンスがあればそれを逃さず、しっかりつかみとり、それを享受した。成長するにつれ、僕たちから子供の面影は消えていった。けれどどんなに過去が遠のいても、過去の顔は鮮明に僕たちの記憶の中に刻まれていて、それをわざわざ探し求めたりする必要もなかった。僕たちは、未来のことを語りだすと決まって先祖たちが暮らした過ぎ去った日々にすべりこんでいった。僕たちにはもうお目にかかれないかもしれないような、もっとシンプルな日々の中に。

僕たちと同い年の一人は、虐殺の犠牲となった。彼女が長年心に抱いていた結婚式を挙げる日という夢は、一発の銃弾によって残酷な冗談に変えられてしまった。数年後、二人の仲間が亡くなった――一人は長期間にわたって体内に蓄積した有害物質のせいで、あたかも臨月の妊婦のようにおなかがふくらみ、それが原因で亡くなった。もう一人は、ガーデンズから乗ったバスが道を外れて木にぶつかるという事故で死んだ。この事故では他に三人の労働者も亡くなっていたけれど、僕たちは友人の墓を掘りながらペクストンを呪った――僕たちに起きていることと彼らが僕たちにしていることを、どうやっても切り離して考えることができなかった。

同い年の何人かの仲間たちは、思春期の半ばにコサワを去っていった。ガスフレアや石油流出には絶対に屈しないと誓っていた親たちの手で、彼らは友人やいとこたちから無理やり引き離されたんだ。ある女の子は、血の塊の排出と激しい腰痛をともなう月経が止まらなくなり、その状態が何週間も続いたあげく、強烈な痙攣に襲われるようになり、村外へ連れていかれた。子宮のことに詳しい医師の指示に従い、処方された薬草を飲んだが、体調は回復しなかった。ジャカニもサカニもいなくなったため、彼女は有効な治療を探しもとめてコサワを離れざるをえなかった。他にも父親が亡くなり母親が自分の故郷で暮らすことを望み、新しい村に移っていかなければならなくなった友達もいた。複数の子を亡くした母親が、もうこれ以上の子供の埋葬には耐えきれないとコサワに見切りをつけ、コサワを去っていった友人もいた。

新しい村で友人たちは親戚の小屋に押し込まれ、床で眠った。あるいは、結婚した息子たちが家族と離れて新しい小屋を建てたことで空き部屋となった裏部屋で眠った。友人たちは親戚の誰かが村の周辺の土地を分けてくれるまで、浮浪者のような生活を送った。やがてそこに小屋を建てた。コサワに置いてきてしまった温もりでふたたびここをいっぱいに満たすことができるだろうかと、いささか不安な心持ちで。

コサワから逃げだした友人たちは一時的に村に戻ってくると、決まって周囲を見回し、かつては自分たちのものだった情景のひとつひとつに、いかにもなつかしげな目を注いだ。しかし、「このところガーデンズから流れてくる煙は、以前よりもさらに黒くなったように思う」と誰かが話したり、「ペクストンが送ってくるペットボトルの水が足りなくて、いまも井戸水を沸かして飲んでいる子がいるんだ」と誰かがため息をついたりすると、同い年の友人たちから、故郷への憧れが露のようにさっと消えていくのがはっきり見えた。彼らはときどき、空になったペットボトルを持ち帰った。火を燃やす燃料として使うためだ(僕たちもときどきそんなふうに使う)。あるいは、次の里帰りの際に自分たちの飲み水をそれに入れて持ってきた。

彼らが、僕たちを隔てている丘をありがたく思っているのは明らかだった。僕たちの苦しみに満ちた世界と、彼らが新しく手に入れた平穏な生活はたがいに隔絶されていた。それでも、ペクストンがどんな問題を起こしても、僕らの親たちはコサワから出ていかなかった。コサワのほとんどの小屋はあいかわらず人々でごった返しており、賑やかだった。他の村の若い女性たちがコサワの男性たちと結婚し、移り住んできた。住民の数は増えていった。僕たちももうすぐ大人の男という年齢に差しかかっていたから、自分の意志ひとつで村から出ていくことも可能だったし、有害な物質に汚染されていない生活を求めてここを逃げだすことだってできたはずだ。

けれど、僕たちは未来永劫どんなことがあっても自分たちの土地を手放すわけにはいかないと心を決めていた。回復運動やソンニは僕たちにそんな決心を思い出させてくれた。ここは我々の土地だ。雨が降ろうと日照りが続こうと、そのことに変わりはない。いつだって変わらず、ここは僕たちのものなのだ。

ソンニは新しい村長になるはずではなかった。ウォジャ・ベキの後継者として、彼の長男のゴノがいたからだ。もし村長という地位をゴノが望まないのであれば、彼の兄弟がその役職を引き受けることになっていた。だが誰もそれを望まなかった。僕たちの父親が彼らの父親にしたことを間近に見ていたウォジャ・ベキの息子たちは、コサワの空気なんかもう二度と吸いたくないと思っていたし、僕たちに降りかかるだろう事態とは関わり合いたくないと思っていた。絞首刑が執行されたあと、ゴノはコサワまで最後の旅に出た。家族の荷物をまとめ、末の二人の兄弟を連れて帰るためだった。ペクストン社での職を辞した彼が、兄弟二人とベザムにいる彼の家族をどうやって養っていくのか、僕たちには見当もつかなかった。けれど、僕たちには他にやるべきことがあった。そんなことに気をとめてはいられなかった。ところが、コサワの女性たちは我がことのように関心を注いだ。あらゆる角度から一家の状況を分析し、まず間違いなくウォジャ・ベキはゴノのために隠し財産をどこかに残しているはずであり、政府やペクストンから受け取った金のおかげで、これからも一家はなにひとつ不自由のない暮らしを送るだろうと結論づけた。

ゴノは、父親のレンガ造りの家の中に入ると、父親のベッドやラグや時計から母親の乳鉢や乳棒にいたるまで手当たり次第にあらゆるものを、自分が乗ってきたトラックに運び込んだ。父親の第二夫人のために残したのは、あらかた空っぽになった家だけだった。が、それは豪邸であることにかわりはなかった。ウォジャ・ベキの第二夫人は相続した家の中で涙を流さなかった――他の妻とその子供たちは出ていった。第二夫人の子供たちは一人ずつ、レンガ造りの家に自分の寝室を持つことになった。この女性は心の中できっと、ウォジャ・ベキの年長の息子たちがいずれ家を取り返しに戻ってくると疑っていただろう。なにしろ、あの家族の連中ときたら、「与える」という行為からほど遠い連中なのだから。しかし、ゴノが荷物を積んだトラックに乗って走り去るのを見つめながら、彼の家族は僕たちの生活の場からすくなくとも当分のあいだは消え去ってしまうだろうと僕たちは思った。そして実際その通りになった。四人組のお葬式のときにも、だれ一人としてコサワには戻ってこなかった。

――

四人組が亡くなった正確な日がいつなのかは定かではなかったけど、僕たちは裁判所の守衛が手紙を持ってやって来た日から三か月後と一年後に儀礼をおこなったんだ。恣意的に決定したというわけではないにしろ、正しい日取りが設定できなかったわけだし、亡くなった人々が無事に次の世界に到着したかどうかも確認できなかった。そのことで精霊の怒りをかうことがありませんように、と儀礼のあいだ念じた。雄鶏儀礼の三日前から毎朝、僕たちは先祖に祈りを捧げた。雄鶏の時の声とともに、死者の近親者たちは応接間に集まってひざまずいた。他に家族がいない者はベッドやマットに一人きりで腰かけた。目を閉じ、胸に手のひらを押しあて、彼らのつらかった旅をめぐる想像を頭から追い払おうとした。首を縛られて窒息し、吊るされた体がぶらぶらと揺れ、しばらくあとに穴に放り込まれ、死体が折り重なる。全員が囚人服を着たままだ。遺体を洗い、清潔な体にすることすら許されなかった。旧世界の汚れをまとった体のまま新世界へ旅立つことを余儀なくされたのだ。彼らの魂が強いられた、恐ろしく苦悩に満ちた旅のことを、僕たちは努めて考えないようにした。

儀礼の初日、僕たちは精霊の指示に従って、四頭の山羊と四頭の豚と十六羽の鶏を屠った。僕たちは白い服を着て、靴は履かなかった。兄弟関係にある村の霊媒師が酒を大地に注ぎ、僕たちは控えめに太鼓を打ち鳴らした。この世界で得られなかった平和が男たちに訪れるよう祈った。そして、僕たちが彼らのもとに旅立ったときには一緒に平穏に暮らせるよう祈念した。

この三か月忌の後、僕たちはソンニを新しい村長に選んだ。

僕たちの祖父の一人であるポンドは、村長になることを希望していた。彼は、自分はこれまでボンゴやルサカの相談役を務めてきたし、ウォジャ・ベキの姻族でもあるから、彼らの立場から物事を考えることができると言った。もし四人組ではない他の村人たちが絞首刑にされ、四人組が残されて僕たちの喪失から何かを創り出す立場になっていたら、彼らがどのように創造力を用いるか自分にはわかると言った。ルサカとボンゴならどんなふうに回復運動と協力してアメリカ国民の怒りの炎を灯しつづけ、僕たちのことを忘れ去られないように立ちまわるか想像できる、とポンドは言った。自分も相談役だったぞと言って、同じく祖父の一人であるマンガが立ち上がった。虐殺があった日に死者を小屋まで搬送するのを指揮し、すべての遺体に棺を手配したのは自分だ、と集まっていた人々にマンガはこんこんと説明した。そして彼は、自分に劣らない知恵と冷静さを持っている息子のソンニこそ、新しいリーダーにふさわしい人物だと主張した。さらに、彼は言葉を続けた。ボンゴといちばん親しくしており、いとこでもあるソンニはこの地位に就く正当な権利を持っている。亡くなったボンゴには息子も兄弟もいないし、ボンゴのいとこの中ではソンニが最年長なのだから、ボンゴの地位を受け継ぐのは彼でなければならない。ソンニのことをあんなに深く尊敬していたボンゴがもしこの場にいたら、まず反対しないだろう。

僕たちは、ボンゴがリーダーに選ばれた話し合いには参加できなかった。でも今回、父さんたちは僕たちがボンゴの後継者を決める話し合いに参加することを許可した。前回からたった一歳だけ歳を重ねたにすぎなかったのだが、僕たちはもう十分に成熟していると父親たちは許可の理由を述べた。年齢的には成熟しているとは言えないけれど、経験値においてはもう大人になっていると言っていい、と。なにしろ、生涯を費やしても到底消化しきれないくらいの物事を、僕たちは目撃してきたのだ。とはいえ、その日の夜遅く、男たちがマンゴーの木の下に集まって、今後のことを話し合っているとき、僕たちはそのやりとりを黙って聞いていることしかできなかった。意見できるだけの思慮深さをまだ身につけてはいないという理由で。道理をわきまえた男という段階に僕たちが立ちいたるには、少なくともあと二年は必要だった。

僕らはポンドとマンガが議論を交わすのを見守った。やがて二つの陣営ができあがった。父さんたちはそれぞれ親族関係が近い側の支持にまわったのだ。最終的に、男たちはいくら話し合って旗色鮮明にしたところで、新しい村長は決まりっこないということで意見が一致した。そして、三日後の夜に、どちらを選ぶかみんなの前で宣言し、その結果、より多数の男たちが望んだ方を新しいウォジャとするということになった。

僕たちの祖先がこの地を訪れて以来、このような事態になったことはかつて一度もなかった。これまでは血が権力を継承する唯一の手段だった。だけど、祖先が想像した通りには物事が運ばない場合も間々ある。そして宣言の日の夜、ポンドを村長に推す男たちは小枝を持って、ソンニが村長にふさわしいと考える人は石を持って集会にやって来た。男たちは手にしているものを地面に置き、みんなが見守っている中でその数を勘定した。石の数が小枝の数よりも多かったので、ソンニが新しい村長になった。

ポンドは静かに結果を受け入れた。ポンドはもう年を取りすぎていて村長はつとまらないと、マンガとソンニが夜遅くに男たちを説得してまわったという噂話が小屋から小屋へととびかうようになっても、ポンドは沈黙を守った。おそらくポンドは今や村は若者たちのものであり、老人たちは間もなく去る運命にあると悟ったのだろう。抗ってなんになるだろう？　でも精霊が慈悲深ければ、僕たちの再起の日をその目で見るまで彼が生きながらえることもできるんだ。

ペクストンを完全にやっつけてしまう日のことを、僕たちは十七歳のときから毎日のように話していたんだ。「ペクストンの連中にどんなことをしてやろうか」みたいに。ベランダで、村の広場で、森へ向かう道で僕らは思いつくまま意見を出し合った。大統領閣下をどんな目に遭わせてやる？　ガーデンズの建物を焼き払い、労働者を殺害し、銃を手に入れ、ベザムに行き、政府の高官を殺す、僕たちはそんな空想にふけった。そうすると、すっと僕らに安らぎが訪れたんだ。僕たちは彼らに恐怖心を抱かせることができる、そう思うだけで魂が宥められた。そんな光景を心の中に思い描くことを僕たちはやめなかった。でも、僕たちと同じように我慢できないくらいの心の痛みを感じているのに、家族や友人たちは、僕たちとは違って、敵を傷つけるのは善行とは言えないという考えに固執していることも、僕たちは知っていた。虐殺を経験したことで村には分断が生じていた。ソンニや長老たちは、回復運動が僕たちのために闘争をやめないと言っているその言葉を信じ、村の命運は回復運動に託すしかないと考えていた。

そうした認識をソンニは会議の場でくり返し説いた。もうすぐ援助の手が差しのべられる、と。でも僕たちは、親切なアメリカ人をあてになんかしていられるもんかと内心で思っていたんだ。彼らのペクストンへの憎しみが、僕たちの憎しみに匹敵するほど激しく燃えているとは思えなかったんだ。

そんなことを僕たちは一九八八年の初めのある晩、小屋のベランダで話していた。そこへスーラがやって来た。一、三か月したらアメリカに行くと彼女は言った。もし他の村人の誰かがそんなことを言ったとしたら、僕たちは大笑いしたと思う。「へえ、いったいぜんたいアメリカに行って何をするんだい?」と言っただろう。けれどそれはスーラの言葉だった。表情ひとつ変えず、そう言った。だから僕らはそれを冗談とは受け取らなかった。スーラはアメリカに行くんだ、そしてそこでもっとたくさんの本を読むのだろう。僕たちはフーと歓声をあげた。彼女を抱きしめた。次に戻ってくるときには新しい肌の色になってるんじゃないの? ありえないわ、と、くすくす笑いながら彼女は言った。

僕たちはこのニュースを、コサワを出ていった友人たちにも伝えた。

彼女が旅立つ三日前、夕陽がすっかり暮れ落ちた頃、みんなが駆けつけた。アメリカに行くスーラ・ナンギのために、我々のスーラのために村の広場に集まってお祝いをしようとソンニが呼びかけてくれたんだ。三匹のヤマアラシをたき火で焼いた。熟したプランテンの揚げ物を女性たちがトレイにのせて運んできた。男たちはやし酒を持ってきた。僕たちは夜を徹して歌い、踊った。僕らの仲間が空高く舞い上がり、そして彼女のおかげでめぐりめぐって僕たちみんなが高みに駆けのぼることになるんだ。

僕らの父さんやおじいさんたちが代わる代わるスーラをそばに引き寄せ、アメリカでの生活について知っておくべきことを諭した。そんな情報をどうやって知りえたのか僕たちにはさっぱりわからなかった。スーラは「はい、パパ」「もちろんです、ビッグパパ」とうなずきながら、すべての人の話に耳を傾けていた。一人が、アメリカでは月を直接見てはいけない、月には鼻が縮む魔法がかかっていて鼻が縮むと息苦しくなるからと言うと、彼女は深々とうなずいて、「絶対見ません、ビッグパパ。鼻が小さくなるなんて、私いやだもん」と言った。

ベザム行きのバスには全員は乗れなかったけれど(座席の数が足りなかった)、彼女が出発する二日前の夜、僕たちはスーラ

の寝室、つまり彼女の家族の小屋の奥にある、かつてボンゴおじさんが使っていた部屋にあがりこんだ。生きのびてきた僕たち同い年仲間はそこにせいぞろいした。女の子たちは妻や母となり、中には二人目の赤ちゃんを妊娠している子もいた。男の子たちはコサワを率いていく男の気配を漂わせ始めていた。

僕たちはベッドや床に腰を下ろし、自分たちがくぐり抜けてきた過去の出来事を振り返った。ワンビが亡くなる以前の村の生活や、裸になって雨に打たれて水浴びをしたりして怖いもの知らずだった日々を思い起こしたんだ。ワンビと、死んでいったすべての人たちのことに思いをめぐらせた。ついひと月前も分娩中に女性が亡くなった。死んでいった人の顔を思い描き、一人一人の名前をあげ、一人一人のエピソードを語り起こし、あふれてくる涙を僕たちはぬぐった。そして、ある朝、ペンダ先生の椅子にネズミの死骸を置いたことを思い出し、笑いころげた。それから僕たちがやったいたずらを全部並べ立てていった。僕たちは腹がよじれるくらい笑った。一人一人とハグをした。そしてスーラを抱きしめた。彼女は泣いていた。幸福と悲しみが同時に彼女に押し寄せているところを見たのは、それが初めてだった。僕たちは彼女に歌をうたい、彼女は僕たちのことを決して忘れないと約束してくれた。そんなことはわざわざ口に出さなくてもわかっているよと僕たちは言ったけれど。どこへ行こうともスーラは僕たちとともにいる、それが彼女なんだもの。夜が明けると、僕たちは長い抱擁をかわし、またいつかみんなでこうしてコサワに集まれますようにとお祈りをした。

彼女から最初の手紙が届いたのは、それから三か月後のことだった。手紙には、飛行機に乗ったときのことが書かれていた。飛行機は教科書なんかに書いているよりもずっとひどい爆音を轟かせ、ひどく揺れたそうだ。回復運動の人たちが事務所で開いてくれた歓迎会のことも書いてあった。みんなが彼女を抱きしめ、彼女もみんなを抱きしめた。出してくれた料理はほとんど味がしなかったらしい。だけど、みんなと一緒に食事をしてスーラは幸せな気分になった。村について書かれた報告を読み僕たちのことを知っている人々に囲まれながら。

グレート・シティについて、彼女はこう書いていた。

ニューヨークとコサワが同じ地球上に存在し、自分がその両方で暮らし、こんなにも異なる人生を送っているなんて、いまひとつうまく呑み込めない感じがしています。記憶というものがなければ、これまでの日々は夢だったのではないかと思うほど、自分が自分であることをしっかりと裏づけてくれるものがここには存在しません。この寒さは自分に体温があるという事実を忘れてしまうくらい強烈なんです。何にたとえればいいのでしょうね？想像してみてほしいんですけど、母さんのキッチンのかまどや、燻製肉の角切りが入っている野菜スープや、みなさんの家族のにぎやかな笑い声なんかをぜんぶ持ち寄ったところで、ちっとも暖かくならないというくらいここは冷え切っています。毎度毎度、外出するたび、覚悟を決めないといけないんですよ。息を一回しただけで、全身から熱が奪われます。コサワに逃げ帰りたいと思うこともあります。だけど逃げるためにここまで来たのではありません。私はゆっくりと空気を吸い込みます。そして体はまたいつか温まるだろうと自分に言い聞かせます。

　閉口するのは、寒さだけではありません。ここは、何をするにも人々が列をつくり、その場所に真っ先に到着した人が先頭に立ちます。誰がいちばんの年長者かとか、誰がいちばん困っているかなんてこと考慮しないんです。びっくりするくらいいろんな肌の色をしている人々の顔、顔、顔。でも色の向こう側に目を凝らしてみると、ときたま、みんなとよく似た人がいたりして、うれしくなることがあるんです。昨日なんて、バタおばあさんと同じように、足がおたがい外側に向いていて、すべすべした細い足をしている女の人を見かけたんですよ（事実です、ほんとに）。こういう人を見つけると、私の胸は歓びで満たされます。もっとたくさんこんな気持ちになることがあるといいんだけど。昼下がり、ここからコサワまでの距離のことを考えてなんだかわびしくなることがあります。そんなとき私は何時間も部屋の中にこもります。ベッドに横になって目を閉じれば、その距離は消えます。そして私は起きあがります。自分があとに残してきたものを恋しがるためにここまで来たのではない、そう言い聞かせるんです。私がここまでやって来たのは、探しものを手に入れるためです。ここに来てから私は毎日、授業の中に、読んでいる本の中に、〈受け入れられない物事に対しては行動をおこさなければならない〉と信じている学生同士の議論の中に、自分の追い求めているものを見出しています。そんな学生の集まりの中で、友達もできました。故郷にいる人々のために何をしなければならないかことあるごとに話し合っています。

　友達の中にも、かなり遠くからこの町にやって来て、もう三、四年住んでいるにもかかわらず、今なお私と同じように町に違和感を抱いている人がいます。その中にはアメリカから来た人も含まれます。彼らは一度まっさらになって自分が何者なのかあらためて考え直すために、自分の町を離れ、ここに来たそうです。ニューヨークくらい、自分には居場所があると感じさせてくれると同時に、孤独に胸がしめつけられるような場所は他のどこにも存在しないからです。見知らぬ新しい世界の一員になりたいと願い、その世界を遠目に眺めているとき、肩をそびやかして歩いている勝ち誇った成功者たちの姿が目に入ると、なんだか気分が沈んでしまいます。ときどき学校からバスに乗って、他の町の様子も見に行きます。バスの窓から見えるのは、楽しそうにしている子供たちと、自由な時間なんか持たない人たちがゴミをポイっと捨てていくゴミ箱なんかです。この町はなにしろ、とんでもなくスピードが速いのです。誰も彼も限界以上のスピードを出して、ここではないどこかへたどりつこうとしているという感じなんです。

このあたりの道路にはすべて名前がついています。家には一軒ずつ番号がつけられています。初めて見たときは笑いました――いったいどうして自分の家屋に番号をつけなくてはならないのか、わけがわかりませんでした。おそらく、私のような新参者がこの町から抜け出したくなったとき、道案内となる目印が必要だからなのでしょう。私のまわりにいる仲間たちは、自分たちの世界がこんなふうに秩序づけられていることをちっともありがたがっていません。私だってそんな必要性は感じません。私たちには秩序なんてものは必要なかったからです。でも、こうして見ていると――まっすぐ直線に並んで建っている家、立ち並ぶ竹みたいに平行に走るたくさんの道、名前のついているすべてのもの、夜明けから日暮れまで決まった色合いを持つ日々――それはそれで美しいものだなと感じます。

この町にも、川があります。町の東から南に向かって流れていて、川岸の木陰にはベンチが置かれ、家を持たない男の人や夫のいない女の人、そして私と似たような人たちがそこに腰を下ろして、じっと川の水を眺めています。生まれ故郷にいるときみたいな静けさがたまらなく恋しくなったとき、私はこの川までやって来ます。今もその川辺に座ってこの手紙を書いています。

そろそろ自分の部屋に戻ろうと思います。こっちの学校の勉強はロクンジャにいたときより大変だけど、それは願ってもないことです。授業で、私が愛読していたボンゴおじさんの本『地に呪われたる者』を勉強しています。ずいぶんぼろぼろになった自分の本をふたたび手にとって読み返し、講義や授業で行う議論の用意をしています。

じっくり時間をかけ、私は心あらたに理解を深めようとしています。私たちみたいな境遇に直面している人々は何をすべきか、それについてこの著者が書き記していることに、私は背筋がぴんと伸びる気持ちがします。そして、友人たちと何時間もかけ、著者の思想を慎重に議論します。私はコサワのすべての子供たちにもいずれこの本を読んで学んでほしい。考え方がどこまでも斬新なんですよ。明日、友達が私をある集会に連れていってくれます。集会は「村《ビレッジ》」と呼ばれている町の一角で開かれるらしいのですが、友人の話では、このビレッジはコサワとは何ひとつ似ているところはないそうです。でも嬉しいです――私の故郷に何かしら通じる響きの名前を持つ場所に自分はいる、ただそれだけで私は幸せです。

母さんやジュバやヤヤのことではいろいろとほんとにありがとう。そうしてくれてるのは私のためなんかじゃなく、自然な善意からなのだということはわかっているのですが、感謝の言葉を言わせてください。この手紙に返事を書いてくれるときは、私に伝えたいことがないかどうか母さんにも尋ねてあげてください。伝えたいことがあるのに、〈いけてる人〉に気がねして代筆をお願いできないでいるかもしれません。母さんが私に伝えたい話で、〈いけてる人〉に話せないことなんかまずないとは思いますけど、私に言いたいことが言えなくて、思いわずらわせてしまうようなことは避けたいので。母さんはみんなになら、私が知っていなければならないことをすべてなにひとつ包み隠さず話せます。

私が村を出てから赤ちゃんは生まれましたか？　結婚式はありましたか？　この町で私は居心地よく受け入れてもらっています。必要な日数を超えてここに留まるつもりはありませんが、今ここでの生活を楽しんでいます。毎日、新しいことを学んでいます。私が得ているこの知識はいずれ、間違いなく、なんらかの形で私たちの仲間のための力となります。

いつだってみんなの一員
スーラ

彼女の手紙は僕たちを喜びでわき立たせた。アメリカが彼女を変化させている、そのことが手紙から読み取れた。彼女は以前より数多くの単語を使って、彼女の目の奥のほうで何が進行しているか、僕たちにもそのことがはっきりわかるように文章を書いていた。似たような境遇にある、僕たちとはタイプが異なる仲間に囲まれた彼女は、新しい環境の中で、コサワではほとんど話す機会がなかったような新しいことを心おきなく話せているのだろう。一人暮らしの生活が彼女に、もっと人と話がしたいという気持ちを芽生えさせたのかもしれない。いずれにせよ、彼女は、僕たちの知っているような謎めいたスーラではいられなくなったんだ。異邦人としてとび込んだ世界の中でなにしろ変化しないではいられなかったのだ。自分の求めるものを手にして帰りたいのなら、どんな犠牲を払っても世界に順応する必要がある。スーラは今その順応の過程にあった。

――

返事として僕たちから彼女に伝えることはたいしてなかった。なにしろこちらの方は、変わりばえのしない日々を送っていたから。

僕たちはあいかわらず七人で、雨が降ったり、やんだりするのを待ちながら、アンテロープやヤマアラシの狩猟に出かけ、獲物をビッグマーケットに持ち込んだ。あいかわらず村の広場で肩を寄せ合い、ひざを付き合わせた。お葬式や出産のお祝いや結婚式に顔を出した。僕らと結婚を誓い合った女の子たちが、ほんとに僕たちの愛と保護を受けるに値する女性として折り目正しい生活を送っているかを見守った。僕らの父さんの一人が最近亡くなった。そう遠くない将来、父さんたちがみんな先祖のもとへ旅立つことは僕たちもわかっていた。小屋がいっぱいになるまで僕たちは子供をつくらなければならないのだ。父親になり、いずれおじいさんになるわけだ。だけどそんなことを考えても、心はちっともわくわくしなかった。

〈かわいい人〉と〈いけてる人〉も変わらず村を訪れた。物事はゆっくりと、しかし確実に進んでいるという事実を別にすれば、彼らの報告にはおおむね注目すべき情報はなかった。彼らの話では、回復運動とペクストン社の協議が終わり次第、パイプラインは修復され、川の廃棄物は除去され、ガスフレアは小さくなるとのことだった。けれども今のところは、と彼らは言った。ペットボトルの水の効果も見られますし、子供の死亡例は減っていますし、少年たちは通学バスを使いロクンジャで新しい知識を習得しています、そして、その事実をかみしめましょう。そうしているうちにコサワはもとのコサワに戻っていきます。

この前の集会で、あと何年、あるいは何十年たったらペクストンは撤退するのだろうかと僕たちは質問した。「ううむ、それはいささか答えづらい質問ですね」と彼らは言った。今のところ我々が取りうる最善の選択肢としては、ペクストン社の良き隣人となることだと彼らは言った。ペクストンが僕たちの隣人になることなんてありえない、だってこの土地は彼らのものではないんだからと僕たちは言った。この土地は僕たちの土地だ。彼らが何をどう言い張っても、彼らのものになることはない。みなさんの言い分はよくわかるし、まったく異存はありません、しかしながら、土地の所有権というのは法律で定められることになっていて、誰がどの土地を所有しているかを決定できるのは政府だけなのです、と〈かわいい人〉が答えた。そして、僕たちの祖先がこの谷間の全体を自分たちのものだと宣言したからといって、そのままこの土地が先祖のものであり、したがって僕たちのものであるということにはならないと、前の週に大統領閣下が言明したのです、と彼は言った。とりもなおさず土地の所有者は国民であると。国民のしもべである政府は、国民の土地の一部をペクストンに与え、その土地を国民全員の生活を向上させるために使用できる権限をペクストンは保有していると。

　僕らは思わず立ちあがった。動転し、胸がつぶれたような声をあげた。そんな話は寝耳に水だった。けれど〈いけてる人〉はどうかみなさん落ち着いてくださいと哀願するように言った。全世界の人々はみなさんに賛同しているし、どこの国の政府であれ、そんなことを申し渡す権利を持ちません、しかしながら、大統領閣下が村の意見に耳を傾けるようになるその日まで、ペクストンがここから出ていくことはありません、と彼は言い足した。

　僕たちはこのことを手紙に書いてスーラに送った。〈かわいい人〉の説明を聞くかぎり、ペクストンが僕たちの土地の汚染を除去することも、ここから立ち去ることもありえないと思うと僕たちは書いた。僕たちの子供や彼らの子供たちが毒の中で生きていかなければならないのは、まず間違いのないことだろう。いったいどうして回復運動が僕たちに向かってこんなろくでもない回答をくり返すのかまるで理解できないと書いた――そんな応対は僕たちに、僕たちの苦しみがいったいどの程度彼らに共感されているのか疑念を抱かせる、と。彼らの最良の武器は言葉であるはずだ、ほんとうに僕たちのために戦ってくれるのか信用できなくなってきた、と。話し合いはもうたくさんだ、なにか別のこと、まったく新しい手段を講じるべきときなのではないか?

　何か月たってもスーラから返事はなかった。

　彼女から手紙が届いた日は雨が降っていて僕たちはみんな家の中にいた。寒い季節は去り、町は暖かくなってきました、でももっと暑くなるといいのだけれど、と手紙に書いてあった。学業の方はかなり順調のようだ。そして彼女はこう書いていた。

　前の手紙の中で、参加するつもりですと伝えた集会のことをおぼえていますか？　村《ビレッジ》というところで開かれると言ってたあのミーティングのことです。友達の話の通り、そこにはコサワを思い起こさせる要素はなにひとつありませんでしたが、このミーティングが私にどれほど大量のエネルギーを注ぎ込んでくれたかどんなに強調しても強調しきれません。目の当たりにした情景をひとつ残らずみんなに伝えたくて、ミーティングから出てきてすぐ私はこの手紙の文章を頭の中で書き始めたんですよ。参加者たちが話し合った議題は、ペクストンのような類の企業に対して私たちがなすことのできる行動とは何かというものでした。ここの参加者たちは回復運動にいる人たちとは異なっています。どのようにすれば平和的に、対話と交渉と共通理解と協議の積み重ねを通して変化をもたらすことができるか、そんなふうに考える人々ではないんです。まったく違います。ここにいるのは怒れる人々です。一人の男性が立ち上がって、ニューヨークから車で何日もかかる場所にパイプラインがあると語り始めました。私たちのところのパイプラインとは違って、ここのパイプラインから石油が流出することはないそうですが、現地の人々はパイプラインが自分たちの土地を横切っていることに反対しています。パイプラインは地獄の入り口だと人々は主張しているそうです。政府が取り合わないため、彼らも私たちと同じようにパイプラインに近接した生活を強いられています。アメリカにもあるパイプライン。こんなこと信じられますか？　この国のパイプラインは地面の下を通っているのですが、本質的な問題はなにも変わらないと人々は言っています。そんなものが土地にあるというだけで土地の神聖さが損なわれてしまうからです。だけど、政府は人々の土地の神聖さという問題になんか見向きもしません。この国でも、政府と企業は友人の絆のようなもので結ばれています。こっちでも、企業が人々を鎖につなぎ、自由を抑圧しているというのに、政府は何もせずにじっと指をくわえて見ているだけなのです。

さらに、国内の別地域の事例ですが、子供たちが毒入りの水を飲んでいる場所があります。政府は汚染水の存在を知っているのに、なにも手を打ってきませんでした。こういう話を聞いていると、奇妙な夢を見ているような気がしてきます。アメリカもひと皮むけば、コサワとなにも変わらないのです。この話はどこまでも続きます。この国からさらに南に行くと、土地が海の中に水没しつつある地域があります。一日ずつ、小さな村くらいの土地が失われています。それもこれも全部、石油会社が好き放題やっていて、政府が無策を決め込んで、国民はなすすべなくなりゆきを見守るしかないからなのです。大小の企業や行政機関は現実の問題から目をそむけ、都合のよい理屈を振りまわし、議員たちは議員たちで取り返しのつかない惨事がすぐそこまで迫っていることを知っているくせに、なにも問題はないと人々を言いくるめていて、そんな話を聞いていると私はほとんど息ができなくなります。私たちの国にはコサワ以外にも苦境に立たされている人たちがいることは知っていましたが、大国と呼ばれている国々でも同じような問題が起きているなんて信じられますか？

私は長いあいだ、問題点は私たちの力が弱いところにあると思っていました。知識の不足が最大の弱点なのだと。父さんやおじさん、コサワのために立ち上がり命を落としていったすべての人々は世界の仕組みを学んでいなかったために、挫折したんだと思っていました。虐殺のあと、私は知識を手に入れ、それを鉈《マシェット》に変え、私たちを虫けらみたいにあしらった人たちを一人残らず葬り去ってやるんだと誓いました。コサワを守り、未来の子供たちに私たちのような苦しみを味わわせない、そんな大人になりたいと強く思いました。知識こそがコサワに強さを与えると信じていました。けれど、ここにいるアメリカの人たちはもう十分知識を身につけているのに、どうして同じように無力なのでしょうか？　人々に仕える従者であるはずの政府が支配者のように振る舞っているのはいったいどうしてでしょうか？　ロクンジャにいた最後の年、ある本を読み、それ以来、アメリカみたいに民主的な政府を樹立できれば、私たちの国も暮らしやすい楽園のような場所になると私は信じてきました。しかし、実際にこの国に暮らし、ようやくそれとは異なる現実が見えてきました。世界の成り立ちはずっと複雑なのです。あちこちの大国や小国の村や町や都市で、人々は苦難をふりほどけずに生活しており、アメリカ人を含む世界中の民衆はそのような共通項でつなぎ合わされています。どのような種類の問題であれ、私たちはそれらひとつひとつを明晰に把握していこうと思います。そうすれば現実の社会に変化をもたらすことも可能になるでしょう。

ミーティングでは私も立ち上がって、村で起きた出来事を話そうかと思いました。けれど、声が震えないか心配だったし、知らない人ばかりの中で話すのは初めてで、同情をさそうような姿をさらすことになるのもいやでした。勇気をふりしぼって立ち上がろうとしたそのときでした。一人のほっそりした男の人が立ち上がり、発言を希望する人の列に並ぶのが見えました。さらっと真っすぐにのびている髪が顔の前に流れるのを見て、彼だとわかりました。オースティンだったんです。

彼は順番が回ってくると「こんばんは」と挨拶しました。

このミーティングに参加したのは二回目だと言っていました。海外に数年住んでいたのでこの種の集会にはその土地で何十回も参加しいろんなことを学んできた、と。もし、このようなミーティングがなければ僕みたいな人間がいったいどうやって連帯を築いたらいいのかわからず、途方に暮れていたと思う。万が一こんな機会がなかったら、我々の怒りはどうなるのだろう、と。それをビンに詰めて火をつけたら、素敵な爆弾になるよ、と誰かが大きな声で言いました。部屋は笑いに包まれました。オースティンは苦笑していました。僕はいろんなところに行って、人間の堕落のありさまを見てきた。けれどそれがなにに起因するのか僕にはいまひとつよくわかりません。貪欲さという指摘は、いささかありきたりすぎる回答じゃないかと感じます。ただひとつわかっていることがあります。我々自身についてわかっておかなければならないことがまだたくさん残っているということです。それも、解決策を模索する前にわかっていなければならないことが。そう彼は言いました。ある村に行ったとき、僕はその村の人々にどのような解決策があるのかわかりませんでしたと彼はつづけました。彼は、その時のことをお話ししたいと言いました。なぜなら、その村の人たちのことなら新聞で読んだという人がこの部屋にいるかもしれないし、でもその村に実際に足を運んだことのある人は僕以外にはいないからです、と。

集会が終わったあと、人々が彼を囲み、彼が語った村について質問しました。私は彼に声をかけるのを待っているあいだ、なんだかとても奇妙な感じがしていました。心臓が激しく鼓動を打っていました。話す順番が私にまわってきました。私は笑顔を浮かべ、彼に挨拶しました。彼は静かに微笑み返し、質問を待っていました。私は言うべき言葉が見つからず、思わず私はボンゴの姪ですと打ち明けました。すると、彼は眉をひそめました。ボンゴのことを必死に思い出そうとしていました。ボンゴです、コサワのボンゴです、と私は言いました。彼はまだ困惑していました。私はもう一度同じ言葉をくり返し、兵士たちがやって来たその日の午後、私もそこにいたんですとつぶやきました。そのとき、彼の顔に、驚きと、息を呑むような優しさがまじり合った表情が浮かびました。

そのとき、私はオースティンにちょっと言葉にできないくらいきつく抱きしめられました。そして私はコサワを出立し、ずっとこんな感じの力強い抱擁を言葉にできないくらい深く待ち望んでいたことに気づきました。体を離し、彼の顔を見ると、今まで見てきたどんな男の人よりも、だんとつでハンサムでした。あの長い髪も最初に会ったときのままです。あのとき女の子たちはくすくす笑いながら「私もあんなふうにふさふさの髪だったらいいのに」と言ってました。以前は少年っぽいソフトな感じがまだ残っていたのに、今では顔の輪郭を男っぽい硬い線がふちどっています。私はふと思うのですが、彼の年齢はちょうど、いなくなったときの私の父さんくらいでしょう。

私たちは部屋の奥に椅子が二つあるのを見つけました。彼はニューヨークでの生活はどうかと聞きました。連絡をしなくて申し訳なかったと彼は謝りました。〈かわいい人〉が彼に手紙で、私がニューヨークに来るから、もしなにか困っているようなことがあればぜひ助けてあげてほしいと頼んでくれていたそうです。私がここにいるあいだ、できることは何でもすると彼は〈かわいい人〉に返事したけど、新聞の仕事で国中を飛びまわっていて、ブルックリンという地域にある自分のアパートにいる時間すらろくすっぽ取れなかったんだと言いました。そして私がこの町にいることをすっかり失念してしまっていたそうです。私が近づいてきたときも、失礼なことをするつもりはなかったけど、どうして見ず知らずの人がボンゴの話を持ち出したりするのかと戸惑ってしまったんだと彼は言いました。

私は頷いて、きらきらとやさしそうに輝いている彼の目から視線をそらしました。

私は、自分の意志で私たちの国から出てきたのか、それとも強制的に退去させられたのかと尋ねました。叔父の死と大虐殺のことは今でも頭から離れないけれど、許されるなら国内にとどまりたかった――あの国に暮らしている人々のことがとても好きだったからね、と彼は答えました。出国するか、滞在を続けるかの選択は彼自身の決断によるものではなかったのです。アメリカの新聞に大虐殺の写真が載ってから二週間後、兵士たちが自宅のドアまでやって来て、彼を空港まで移送しました。捏造記事を書く新聞記者を国には置いておけないというのが大統領閣下のお考えだと兵士から言われたそうです。フェイクニュースを拡散させるオースティンは閣下の敵であり、国民の敵でもあると。その夜、オースティンはいつまでも話していたいというふうに見えました。私にはそれがわかりました。でもまた次に機会を作って会うこともできます。だからそのときは、彼にもう二度と私たちの国には入国できないことになったのかと尋ねませんでした。それに、彼には人と会って話をする別の予定が入っていて、帰らなければならなかったのです。だから私たちはもう一度ハグをしました。それから彼は私の手を握って歩きだしました。建物から表の通りに出て、そこで別れるまで私の手を離しませんでした。遠ざかっていく彼の姿を見ながら、彼が私の手を握ったのはボンゴとの過去の関わりがあるからか、それとも〈かわいい人〉から私を見守ってほしいと頼まれているからか、それとも他の誰のためでもなく自分の気持ちとしてそうしたかったからなのかと私は考え込んでしまいました。

　あの日から彼とは二度ばかり会いました。彼が学校まで来てくれたのです。話すことといえば大抵コサワのことです。そしていつも、彼がどんなに強く私たちの村のために尽くしたいと熱望しているかという話になります。父さんとベランダで過ごした夜以来、私にとってこんなにたっぷり時間をかけ、疑問に満ちたこの世界について議論を交わしたことはありませんでした。来月また彼と会う予定です。ブルックリンというところに連れていってもらいます——そこに行けば、村で食べているものと同じおいしい料理が食べられるそうです。考えるだけでほっぺたが落ちそうになるけど、でも、今私がいちばん望んでいるのはビレッジのミーティングに戻りたいということです。この前のミーティングで発言していた人とぜひ話してみたい。マキシムという名のその人は、私の目を開かせてくれました。このことはみんなの胸にもとどめておいてください。

　ミーティングの最後に発言したのがマキシムでした。私たちのおじいさんくらいの年齢です。足が不自由で長い時間立っていることができません。ですから壇上には彼が腰掛けられるように椅子が用意されていました。マキシムは若い頃、ヨーロッパの貧しい寒い国で、友人たちと一緒に役所の建物を焼き払ったと語りました。この話をしたとき、部屋には百人以上の人がいましたが、みんな黙って聞き入っていました。マキシムたちはオイルとマッチを手に、すべてを焼き払ったそうです。凍てつく暗い夜に炎と煙が立ちのぼる圧倒的な情景を語るとき、彼の目はきらきらと輝いていました。彼らのしわざだとは誰にも気づかれなかったそうです。数か月後、彼らはまた別の役場に集合しました。書類を引き裂き、キャビネットを打ち壊し、ペンキをぶちまけました。それから、彼らはオフィスの床に腰を下ろしお酒を飲みました。そして、テーブルや椅子の上に放尿し、大声で笑いました。この部分を話すときマキシムは大笑いし、私たちは笑い転げながら拍手をしました。「政府が犯人をつきとめるまで、そう時間はかからなかったよ」と彼が言ったとき、しばらく鳴りやまなかった拍手がぴたりとやみました。

政府は彼と友人を逮捕しました。そして彼らは刑務所暮らしを一年続けました。それは人生において最上の誇るべき一年になったと彼は言いました。誰かが何かをしてくれるのを座して待ちわびるのではなく、自分がなしうることを現実行動に移したからだ、と。自分がやらなければならないと信じている行為をやってのけたからだ。自分は戦うことができるんだ、自分に息があるかぎり闘争をやめないと、あのぼんくらどもに我々は示したんだ。

その場にみんなも一緒にいてくれたら、もう最高だったんだけど、と思ってしまいます。そうすれば、マキシムの揺るぎない自負や、おそれ知らずの不敵さや、そしてそれに私たち全員がどれほど畏敬の念を抱いたかを、じかに目にすることができたんだけど。私たちは立ちあがりました。世界の西の果てまで響き渡れとばかり、長々と拍手喝采を送りつづけました。私の目には涙がこみあげてきました。マキシムのメッセージは、私個人に向けられたものではないか？　私たちコサワに向けられたものではないのか？　村の広場でみんなが話していたすべての内容を、私はぜんぶそのときの情景とともに記憶しています。「我々はペクストンを痛い目に遭わせてやるべきだ」と言っていました。そのとき私は同意できませんでした。建物を燃やしたりするのは無益だと思いました。たとえ十棟燃やしたところでなんにもならない。そんなことしたって一日でペクストンはガーデンズを建て直すことができるからです。でも違います。回復不能なほどのダメージを与えることができるかどうかなんて関係ない。シンプルに彼らに、私たちがここで生きていて怒っていると示すこと、それが大切なのです。

昨日、私の部屋に友人たちがやって来て、マキシムの話について議論しました。六人いたのですが、敵の所有物に対する破壊行為には善なるものが含まれているという意見に賛成したのは、私ともう一人だけでした。「単純に手段として効果的ではない」というのが大方の意見でした。効果という概念に基づいて物事を判断するのはおかしいと私は主張しました——今、私たちが取る行動が直接的な成功をもたらさなくても、永久にその行動が無価値だなんて、どうして言い切ることができるでしょう。今できることを実行する、それが私たちの務めです。おびえきっているソンニや長老たちには、そのことが見えていません。回復運動が私たちを解放してくれるまでじっと待っていればたしかに身の安全は保てます。でも、それは臆病な人がとる態度です。白状しますが、そのことについて考えれば考えるほど、つまり他人の所有物に対する破壊行為について想像を巡らせれば巡らせるほど、私は重く深い不安におそわれます。でも父さんがよく言っていたことですが、安逸な日常にふけってばかりいられません。なすべきことをなさなければなりません。

長い手紙になってしまったことを許してくださいね。今私がいちばんみんなに伝えたいのは、ペクストンに対して「まだ終わっていない」とはっきりと示す方法について私にはみんなの考えを聞く用意があるということです。

いつだってみんなの一員

スーラ

———

僕たちは返事の手紙に、蟻が獰猛な犬をちくちくひと噛みずつ噛んで、最終的に死に追い込んだお話のことは思えているよねと書いた。僕たちだってできるはずだ。今こそペクストンに噛みつかなきゃ。コサワは、いつ人が住めなくなってもおかしくない状況にある。僕たちはやがて結婚し、子供ができる——子供たちを、僕たちが経験してきたようなつらい目に遭わせるわけにはいかない。行動を起こし、それがもし失敗したとしても、いつの日か子供たちに「我々はやれるだけのことはやったんだよ」と言えるなら、そっちの方がいいんじゃないだろうか？　スーラは同意してくれた。彼女はこんなふうに書いていた。

その通りです。かりに私たちが完全に打ち負かされるにしても、その理由は私たちが戦わなかったことにある、というふうにならないようにしたいものです。私たちの父、兄弟、叔父、友人——彼らはいったいなんのために死んでいったのか？　私たちがコサワで平和に暮らせるように、それが無理でも、せめて私たちの次の世代は平和的に暮らせるようにと願いながら、彼らは死んでいきました。自分たちの土地に暮らしている私たちを囚われ人にしていいはずはなく、そんな権利はどこにも、誰にも存在しません。精霊が先祖に与えたものを私たちから奪う権利など、どこにも誰にも存在しません。いま現在アメリカ全土に、自分の土地に暮らしていながら捕まった囚われ人たちが遍在しています。彼らは先祖の土地を奪われ、社会の片隅に追いやられ、私たちよりもひどい境遇に置かれています。まがりなりにも、私たちは先祖がたどってきた小道を歩いています。でも、この国で起きているようなことは、私たちにかぎっては起こりっこないし、すべての土地をごっそり収奪されることはないだなんて、誰が言い切れるでしょう？　ここアメリカで踏みにじられながら生きてきた人々の祖先は懸命に戦い、そして敗北しました。しかし、いちばん大切なのは彼らが戦ったという事実です。彼らの敗北の物語は私の心を深く沈ませますが、同時に私を強く勇気づけてくれます。私たちは無力ではなく、猛々しい野獣と血をわけ合っているのだと気づかせてくれるからです。政府とペクストンは私たちに選択の余地を与えませんでした。その結果、私たちには、実力行使によって声を出すしか道は残されていません。彼らは破壊という言語で私たちに語りかけてきます。同じように私たちも彼らに破壊の言語で語りかけようではありませんか。彼らが理解できるのは破壊だけなのですから。

行動に出ましょう。私はみんなを祝福します。でもくれぐれも、人に危害を加えることだけは避けてください。彼らのように人殺しになるべきではありません。私たちの血管には誇り高い人々の血が流れているのですから。できるかぎりお金を送るのでぜひ役立ててください。みんなのことを見守ってくれるよう精霊に祈りをささげます。

いつだってみんなの一員
スーラ

私の結婚生活にひとつ後悔があるとすれば、それは私がほとんど笑わなかったこと。笑うべきことは人生に満ち満ちているのに、私は自分をそれから遠ざけたのだ。なぜか？　夫への私の愛が、彼が悲しみに暮れる中で私だけ幸福に浸ってはならないと命じたためだろうか？　結局のところ、この世の中に笑えることなんて存在しないからだろうか？　そんなことはない。この世はおかしなことだらけだ。こうして今、臨終の床に横たわり、そのことを私は初めてしみじみと実感している。人生は笑える。どうせ死んだ後には置いていかなければならないというのに人々は土地をめぐって争っている——笑えないはずがない。誰もが幸せになるために何かを欲しがり、それが手に入ったとたん、また別のものを追い求めている——それがどうしておかしくないだろう？　人生は風を追いかけるようなもの。無意味でばかげている。どうしてそのことに私は気づかなかったのか？　自分がこの世に別れを告げようとしている今になってようやく、この世界のおかしさに気づいたのはいったいどうしてなんだろう？　もっと前に気づいていれば笑いが止まらなかっただろうなと、わびしく振り返るしかなくなったから？　いずれにしろ手遅れだ。死が近づくにつれ、現在への関心は希薄になる。考えるのは過去のことだけ。この目で見てきたもののことだけ。眠れない夜、昨日と同じような新しい日を待ちながら、私は家族や村に起こった出来事の背景をなす物事の成り立ちに思いをはせる。夫が元気な頃によく語ってくれた彼の素敵な思い出話を私は思い起こす。たとえば彼が二週間ばかり海岸で過ごしたときの話を。

——

彼はまだ若かった。私たちはまだ出会っていなかった（この出来事の数年後に私たちは出会う）。ヨーロッパからやって来た三人の男たちが、ベザムから海岸部へ向かう途中、ロクンジャを通りかかった。彼らは海岸で船に乗り、故郷へ帰る予定だったのだ。ガイドが一人いなくなったので、その穴埋めとして有能な働き手を探し求めていた。日頃から私の夫が真面目に暮らしているということを知っていて、彼ならこの仕事もうまくこなせるだろうと考えた人物から、夫はその仕事の口を持ちかけられた。夫がコサワに移り住み、ウォジャ・ベワの畑で働くようになるよりもずいぶん前のことだ。ガイドの仕事は相応の利益をもたらしてくれるはずだと彼にはわかっていたが、私たちを支配しようとするヨーロッパ人に対しては、他の人たちと同じように彼もまた強い警戒心を抱いていた。だが、ほどなくして、その仕事はかなり実入りのいいものであることを知った。しかも、仕事をしながら海まで旅行できることがわかった。海なんてまず行ける機会はない。海を見たことのある人は、私たちの地域には一人もいなかった。どこか遠くに海というものがあることは知っていたが、海に関心を持つ人もいなかった。私たちの土地にはせせらぎや川があった。それで十分だった。でも、夫はそれに飽き足らなかった。そういうわけで、ガイドの仕事にどんな不条理な危険がともなうか見当もつかないと思いながらも、海にお目にかかれるチャンスを逃すまいと、彼はガイドの仕事をひきうけたのだった。

男たちと旅に出かけたその日、彼は生まれて初めて車に乗った。彼ともう一人のガイドは、屋根のない荷台におさまった。当時の私たちの国は、見渡すかぎり木々が密に生い茂っていた。そしてときたま思い出したように、あっちにひとつこっちにもひとつという感じで村が現れた。とりたてて見るべきものはなく、変わり映えのしない景観が続いた。私の夫は、ヨーロッパ人のグループが途中の村に車を停め、そこで一夜を過ごすとき、あるいは太陽が沈んでしまってどこにも村が見あたらないとき、林道沿いの安全そうな場所で火を起こし、彼らのために料理を作った。一緒にガイドをつとめていた男性はベザム地方の出身で、いろんなことをよく知っていた。彼は英語が話せたので、この旅行ではヨーロッパ人の通訳兼ガイドとして働いていた。夫は彼から、ヨーロッパ人の男たちの風呂のお湯の温度、彼らのために狩りをして仕留めた獲物を調理する焼き時間、ヨーロッパ人が持ってきたドライフルーツやスイーツを盛りつけて食卓に出すやり方なんかを教えてもらった。ガイドの男性は夫に、この国のあちこちの町に逗留しているヨーロッパ人とその仲間たちは、とても好奇心の強い人たちなんだと言った。ヨーロッパ人は私たちがどのような民族かということや、目を引くような行動の背景にある理由や、そして私たちがよりよい生活を送れるようになるためにどのような支援ができるかを知るためにこの地を訪れているということを彼は教えてくれた。

夫は旅行のあいだじゅうずっと、そのガイドの男性の話を聞いていた。彼とのおしゃべりは、車の荷台で上下に体ががたがた揺れつづける時間をしのぎやすいものに変えてくれた。彼は寡黙の対局にあるような人物だった――ヨーロッパ人がこの国にもたらした素晴らしい変化について語りださずにはいられなかった。彼の目には、ヨーロッパ人の到来は夜明けのように輝かしい出来事だったのだ。雇い主たちは彼のことを犬のように扱ったりして、ろくでもない連中だったけれど、彼としては、同年代の仲間たちと距離を置く機会を与えてくれたことに心から感謝していた。雇い主からもらった服を着て村を散歩していると、友人たちから羨望の眼差しを向けられ、自分もヨーロッパ人になったような気がするんだ、そう言いながら、彼の目はきらきらと輝いた。旅先では妻の料理が恋しくなるものだが、彼は主人たちの食べ残しで腹を満たし、彼らの飲み残した酒を飲むことをむしろ楽しんだ。たとえそれがやし酒には遠くおよばない代物であっても。彼は、主人たちの任務がうまくいくことを願った。もし、ヨーロッパ人たちの計画がすべてうまく運べば、わが国のすべての村の人々がじきに英語を話すようになって、きちんとした服を着て、本を読み、甘いお菓子を食べ、車を所有するようになるかもしれないと言った。子供が車を持ったら、俺も荷台なんかではなくて前の座席に座れるんだよね、と彼はしみじみ言った。

――

海岸に着くまで何日かかったか、夫には思い出せなかった。というのも、自分の馴染みの世界からどれだけ遠く離れたかを気にしても仕方がないので、二日目から日数を勘定するのをやめていたからだ。夫がヨーロッパ人たちの出発地となる沿岸の村についに足を踏み入れたとき、その村は彼の生まれた村と何もかもが同じように見えた。ただひとつ違うのは、空気の匂いだった。それは独特の匂いで、彼は私にその匂いを言葉ではうまく説明できなかった。それは甘いというわけでもなく、鶏を煮込んだシチューのようにいい味がするわけでもないけど、口に含むと味がして、ごくんと飲み込むこともできたと彼は言った。舌に感じる新しい種類の歓喜。彼は海からの風を全身で受け止めた。それを吸い込み、味わい、目をつぶった。それを何度もくり返した。

彼は雇い主たちが村長の住居に落ち着くのを手伝い、それが終わるとすぐに海岸へ走った。彼はまず水平線に目をとめた。その曲線と広がりに目を奪われた。「どう表現したらいいんだろう?」彼は私に向かって尋ねた。「俺はどうしたら君にあんなにとほうもなく大きなものを思い浮かべさせることができるだろう?」突然、彼は自分が人生の無限の驚異の中の単なる一点に過ぎないことを深々と実感した。自分はすべてであると同時に無なのだ、そう感じた。砂浜に腰を下ろし、口を開け、腕をだらんとゆるめた。彼は何時間もその浜辺にとどまっていた。目の前で村の子供たちが泳ぎ、たがいに水をかけ合っていた。漁師たちが釣果を腕に抱え陸にあがってくる時間になっても、彼はまだそこにいた。漁師たちの中には、砂浜で口をぽかんとあけて笑みを浮かべている彼に目をとめる者もいた――以前にも彼のような人を、内陸に住んでいて際限のない青さというものを見たことのない人の姿を、彼らは、一度ならず目にしたことがあった。その日の夕方、彼は水平線に太陽が沈んでいくのを見た。太陽が地球の前でお辞儀をするのを見ていた。自分の頬に手をやるとそこは冷たいもので濡れていた。それは物心がついてから流した、最初で最後の涙だった。

二週間あまり、彼はその浜辺で眠った。もう一人のガイドの方は、仲良くなっていた、夫を亡くした女性のベッドにするりとおさまった（雇い主たちは三日目に帰路についた。彼らを乗せた船は新しい雇い主たちを連れてきた。四人のヨーロッパ人で、しばらく村に宿泊してみたいというのが彼らの要望だった）。村の男性たちは小屋に泊まっていけばいいと私の夫に言った。でも、彼はお礼を言って丁重に申し出を断った。もうすぐ自分の家に戻らなければならず、家に戻れば自分はそこで一生寝ることになるはずで、つまりここを出発したらもう二度と浜辺で寝ることはないだろうから、と言った。夕方になると彼は浜辺を散歩した。塩、コショウ、生姜、ニンニクでマリネしたとれたての新鮮な焼き魚を売っている女性から夕食を買い、スライスした赤玉ねぎをのせた。それを、コショウのきいたディップソースが添えられたフライド・プランテンとともに食べた。満月の夜、暗くなってから村人たちが浜辺まで出てきて、踊り始めると、男たちと一緒になって、太鼓を打ち鳴らした。二十年以上生きてきて、初めて幸せな気持ちになった。けれども、彼はその村に留まるわけにはいかないことを知っていた。自分の民族、先祖を同じくする人々とともに暮らしていくのが男だ。よそ者と暮らしてはならない。たとえそこがどんなに素晴らしい土地でも。

まだ私が小さな女の子だった頃、二人のヨーロッパ人と通訳がコサワにやって来た日のことを、私は今でもよく覚えている。彼らが村に来たのは、自分たちの精霊のことを伝えるためだった。彼らの精霊なら、気がつかないうちに私たちが囚われてしまっている暗闇から私たちを連れ出してくれると彼らは言った。光が見えるようになるのだ、と。

男たちは身体中を蚊に刺され、汗をかいていた。その日は肌寒く、太陽も姿を隠していたというのに。一人はもうすっかりおじいさんと言っていいくらいの年齢だった。しかし彼は真実を私たちに伝えるまでは死ねないと言って、立ち去ろうとしなかった。あとになってわかったことだが、この人はずいぶん若い頃から村々を訪ね歩いたらしい。自分の発した言葉の種が発芽し、それが大きく生長していくような肥沃な心に、いつの日かきっと出会えるはずだと信じながら。彼の願いは、その種子から実った果実がやがて私たちの世界の隅々まで運ばれ、すべての精霊たちが彼の精霊の前でひれ伏すようになることだった。

私たちが村の広場に彼らの話を聞きに集まったのは、興味があったからではない。ヨーロッパ人はみんな銃を持っていると当時のウォジャが信じていたからだ——ほんの一時間ばかり耳を貸すだけでいいのだ、殺される危険を冒す必要はない、と。通訳は、五つある姉妹村のうちの三番目の村に住んでいる若い青年だった。集会の開始にあたって彼は歌を歌いだした。手を打ち鳴らし、空を見上げ、むかし水の上を歩いたという人物のことを歌った。その男は十二人の信奉者を引き連れていたと言う。その歌の意味は私たちにはよく理解できなかった。彼の歌が終わると、ヨーロッパ人たちが言った。私たちの精霊を捨て、彼らの精霊を選べば、死後の世界で幸福が待っていると。「あの世で先祖はあなた方を待ち受けてなんかいない」と彼らは私たちに言った。「あなたたちの先祖はいま火であぶられているのだ——あなたたちもそこでそんな目に遭いたいのかね?」怒りに触れるようなことは何もしていないのに、彼らの精霊が、なぜ私たちを火の中に投げ込むのか、その説明はなかった。話を聞きながら、彼らの精霊はなぜそんなに冷酷で理不尽なのかと、私たちは首をひねった。

私たちが目を閉じて祈りの言葉を唱えれば、彼らの精霊は私たちの精霊になると彼らは言った。そうすれば死後、先祖と一緒に火の中で身を焼かれながら永遠の夜を送らずに済む。夜が存在せず、永遠不変の朝の光に照らされ、道はまっすぐのびて輝き、庭には美しい花が咲いている、そのような死後の世界で暮らせるんだ。そこでは誰もがたがいに愛し合い、輝く白衣を着た聖歌隊が休みなく歌っているのだ、と。

その集会の後、父さんやコサワの男たちからわきおこった大笑いのすさまじさといったらなかった。その手の話を耳にするのは初めてではなかったが、それはいつも彼らの笑いを誘った。火の中の生活とはいったいどのようなものなのか、喉をうるおす水もなく、誰もかれも泣きわめき、眠りのない世界とはいったいどんな場所なのかと、よその村にいる知り合いが想像をめぐらせ、最終的にヨーロッパ人の精霊の方を選んだという話が伝わると、いつも男たちは大きな声をあげ爆笑した。身内の一人はヨーロッパの火から逃れようと、自分の家族のへその緒の束を火の中に投げ入れた。そこに宿る力などというのはまやかしで、この世界の真の力はヨーロッパからやって来た人間と彼らの精霊にこそあると彼は信じたのだった。当時、彼のような人は少数派だったけれど、信仰心というのは移ろいやすいものだとそのとき私はつくづく思った。

父さんと伯父さんがひとしきり大笑いしたあと、目をぬぐったのを私ははっきり覚えている。脳みそがそなわっている人間なら、永遠に燃えつづける火なんて作り話を本気で信じられるわけがないと二人は思った。けれども、彼らがもしもそれとは形の異なる別の火が私たちの命を何世代にもわたり灰にしてきたことを知ったら、とてもじゃないけど笑う気になんてなれないだろう。

人の姿を探しまわり、誘拐し、売りとばす男たちが海岸からやって来るようになったとき、コサワは当初その害から免れていた。だが、遠い国から持ち込まれた災いがいつまでも対岸の火事でありつづけることはないと我々は見越しておくべきだった。略奪者たちは私が生まれる何世代も前にやって来た。祖母から聞いた、代々伝わる略奪者たちの話を、私は今でも覚えている。遠い村の男たちと女たちが血まみれになって泣きながらコサワに逃げてきた。彼らの話では、子供も老人も無差別に鎖につながれ、捕えられたということだった。病人は置き去りにされ、一人で死んでいった。赤ん坊は地面に投げつけられた。母親は乳房からあたたかい母乳を流しながら引きずられていった。逃げだした者たちは何日も走りつづけ、ふらふらになってなんとかコサワまでたどり着いた。着ているものもぼろぼろになっていた。コサワの兄弟村に避難した人の数はさらに多かったらしい。彼らはひどいショック状態に陥りながらも、私たちの先祖に、つぎに狙われるのはコサワか兄弟村だろうから、くれぐれも用心しなければならないと忠告した。

私たちの祖先は避難者たちに食べ物を与え、彼らを村の中に住まわせた。その子孫はいまもこの村に暮らしている。彼らの血はずいぶん前から私たちの血と混じり合ってかなり薄くなっているけれども。祖母から聞いた話では、先祖たちは槍の穂先を研ぎ、森に逃走経路を作ったという。そして、いざというときの対処法を子供たちに教えた。だが略奪者たちは来なかった。それでも、恐れている事態が現実となるのではないかという不安は八つの村から払拭されなかった。新しい避難者たちが逃れて来ては、略奪者たちのために無人となった村の話を聞かされ、そのたびに先祖たちは槍とマシェットをせっせと作った。避難してきた人々が「そんな武器はなんの役にもたたない、略奪者たちは指で一回カチッとやるだけで火を噴いて人を倒すことができる武器をもっているのだから」といくら言っても無駄だった。新規の避難者がやって来ないようになってからも、男たちは一人で森に狩りに行くのを控えた。母親は子供たちに「いい子でいなさい、略奪者が来ないように」と言った。夜、ゆっくりと深い眠りに浸ることができる者はほとんどいなかった。コサワは長いあいだ、剣呑な雰囲気に包まれていた。

最近の子供たちは遊んでいるときに、ああしろ、こうしろ、そんなことはやめろ、さもないと略奪者が襲って来るぞと冗談めかして声をあげては、みんなで大爆笑している。でも、そんな冗談が言えるのも私たちが生き残ったからなのだ。私の少女時代には、略奪者を送り込んでくれるよう精霊に祈りをささげる、夫のいない若い女性たちの歌まであった。略奪者とはとりもなおさず、女性を見かけるやただちに父親の小屋から連れ去り、自分のものにして、彼女を縛りつけている未婚の鎖を切断してくれる者に他ならないから。この歌を、娘たちはくすくす笑いながら歌っていた。そのメロディーを私は気に入っていた。でも年老いた今、私は思う。もし私たちがあのときに略奪され、地元からひきはなされ、私たちの物語を伝える相手が誰もいなくなっていたら、娘たちはどんな歌をうたったのだろう、と。連れ去られた人たちの子孫は今どこにいるのだろう？　その子孫たちは先祖の村について何を知っているのだろう？　自分たちより先にこの世界を生きた男たちや女たち、つまり、自分たちに魂を与えてくれた人たちのことをなにも知らない子孫たちには、どんな苦悩がついてまわるのだろうか？

以前、コサワや七つの村が無事だったのはなぜだったのかしらと夫に聞いたことがある。私たちのことを精霊が愛していたからだろうか？　伝承によると、ちょうどその頃、歴史上最も強力な霊媒師が私たちの先祖とともに生活しており、生まれたばかりの豚をその霊媒師が燔祭として捧げ、そのおかげで精霊は略奪者たちから私たちの村を隠してくれたのだということになっていた。もし略奪者たちがコサワを通りかかったとしても、小屋も住人もまったく見えなくて、目に映るのは木や灌木ばかりだっただろう、と。夫は私の問いにため息をつき、しばらく黙っていた。なおも私は食い下がった。夫はもういちどため息をついた。そして、誘拐された人々は、強力な霊媒師を村の中にかかえていなかったからといって、どうして罰を与えられたのだろう、と私にたずねた。燔祭を捧げなかったからといって、精霊はどうして彼らに慈悲をお授けにならなかったのだろう？　さらに言えば、と彼は言った。俺たちは助けられたわけじゃない。俺たちは遠隔的に支配されていたんだ。だから、しばらくして別の種類の恐怖が降りかかってきたわけさ、と。彼の言うとおりだった。最近の若者たちは、石油のことを、あたかも私たちの最初の不幸であるかのように言うけれど、石油のずっと前、私たちの親の親たちにゴムが招き寄せた苦難の連続が、彼らの記憶からはすとんと抜け落ちている。

――

コサワや他の七つの村からゴム農園に出稼ぎに行った若者たちは首に鎖を巻きつけられて、村を出ていったわけではない。だけど、実質的にはそうだった。そして私の親類も含めて何百人もの村人たちが、法律の力によって連れ去られた。海岸からやって来て、闇夜に姿を現した略奪者たちとは異なり、これらのヨーロッパ人と通訳者たちは白昼にやって来た。銃を突きつけ、すべての村に対し、ゴム農園で働く男を志願させなければならないと申し渡した――彼らが着手している新しい国づくりのために、人手を総動員する必要があるのだ、と。ヨーロッパ人は、健常な若者たちを必要とする頭数が揃うまで、力ずくで村人を連行した。抵抗した者は射殺された。彼らは家族に、連れていく男たちが割り当てられた量のゴムをちゃんと収穫しさえすれば、すぐに戻ってこられると約束した。

あとになって知ったことだが、農園では息子や夫が殴られ、飢えさせられ、日が暮れても長時間働かされた。割り当てられただけの収穫をあげられず逃亡した場合には、その家族のもとへ通訳者たちが駆けつけた。父親がゴム農園から逃げたという理由で、子供たちは小屋から引きずり出され、村の広場でめった打ちにされた。妻たちはレイプされた。母親たちは殴りつけられた。まったく容赦なかった。ゴムはヨーロッパで必要とされていた。そして、その需要に応えること、それが私たちの祖先の責務だった。ゴムのために、青年世代がなぎはらわれた。コサワの男たちは、この農園でいったい何人死んだのだろう？　村から若い男たちがすっかりいなくなると、ヨーロッパ人の男たちは小さな男の子を連れ去り、ゴムの木の樹液を採取させ、もたもたするなと言っては鞭でどやしつけた。だが、そんな状況の中でもコサワはなお存在しつづけた。「ゴムの連中」が訪れたすべての村が存続できたわけではない。したがってすべての村が村の事蹟を語り継ぐことができたわけではない。全滅した村も中にはあった。

私が生まれた頃、これらの地域には、かつての姿を完璧に取り戻すまではいかないにしても、平和の回復のきざしが現れていた。略奪者の話は今や昔話となり、ヨーロッパにおけるゴムに対する欲求は、これ以上私たちの血を流す必要はないというくらいにまで落ち込んでいた。それでも、いずれまたヨーロッパで新たな需要がかきたてられ、自分たちの子供が連れ去られるのではないかという父親や母親たちの恐怖が消えさることはなかった。しかし、私たちが大人になっても、新たな災いが降りかかってくるような気配はなかった。ヨーロッパ人の男たちのことを怖れる気持ちも、彼らの存在が珍しくなくなるにつれて、次第に薄れていった。私たちと親しい友人として付き合うためではなく、私たちを思い思いのやり方で利用し、彼らがしたいと思うことを成し遂げるためにこの土地にやって来たのだということを、私たちは決して忘れていなかったけれども。彼らは私たちに貨幣をもたらした。それは私たちが貨幣を必要としたからではない。彼らのために私たちが貨幣のことを学ばなければならなかったのだ。彼らは、心の弱い人たちに自分たちの精霊を押しつけ、ロクンジャに教会を建てた。私たちが教会を必要としたからではなかった。それは、私たちの精霊が邪悪であり、私たちのやり方は不道徳であると信じさせるための施設だった。彼らは私たちを彼らの世界に組み込もうとし、そのおかげで私たちは彼らの生活の原則を私たちの生活に取り入れなければならなかったのである。

――

ボンゴが生まれて数年後、私たちは、支配者たちがヨーロッパに帰国することを決断したと知った。どんなに心躍る一日であったことか。支配者がいなくなるのだ。私たちの子供は、のびのびと胸を張って自分たちの土地を歩き、生きていく。私が育った世界から急ぎ足で変貌をとげていくように見えるこの世界で子供たちが大きくなっていくのを眺めながら、村の学校から外国語の聖歌が流れてくるのを聞きながら、私たちの生活様式は、無慈悲な旱魃で干上がっていく川のように、この子たちの世代で途絶えてしまうのではないか、そんな不安に私はおびえていたけれど、もう大丈夫だ。先祖の道は後世まで残るのだ。精霊の掟の下で先祖が暮らしていた時代に後戻りするなんてことはどだい無理な話だ。去っていく支配者たちの頭には、私たちのために前の世代が汗水流してもたらしてくれたものを、もとの状態に戻す考えはいささかもないようだけど、少なくとも、まだなんとか残っている過去からの贈り物がこれ以上損なわれることはない。

支配者たちがウォジャ・ベキを通して伝えてきた話によると、ロクンジャはこれまでどおり行政の中心地として私たちの居住地を管轄するということだった――郡長から末端の行政官まで現地出身者がその任務につく、そうすることで人々と行政の意思疎通が円滑になるというのが、彼らの言い分だった。支配者たちは、私たちの国の政府所在地をベザムに置くことに決めた。彼らは、この若い国を構成する民衆の中でベザムの人々が最も知的であると信じていた。どうしてそんな結論に至ったのか、私はずいぶん前から不思議に思っていた。私たちはベザムの人々について、太陽が昇る方角に住んでいるということを別にすれば、ほとんどなにも知らなかった。私たちは、自分たちが世界の他の地域の人々と同族でないのと同じように、ベザムの人々とも同族ではないと思っていた。それなのに、私たちには自己決定の権限が与えられなかった。また、支配者たちが選んだベザム人を大統領にするという決定についても、私たちは何ひとつ意見できなかった。その大統領が死んだとき——伝え聞いた話では、ヨーロッパ人たちは彼に〈召使い失格〉の烙印を押し、暗殺したという——次の大統領、つまりこのあと数十年にわたって私たちを支配することになる、私たちが閣下と呼ぶ人物が選ばれたときも私たちには発言の機会は与えられなかった。

　閣下の統治が始まって十年が経ったある夜、私はベッドで夫の方を向いて、どっちが悪人だと思うかと聞いた。ヨーロッパ人の支配者たちと閣下のどっちが。こんな愚かしい国をこしらえた狂人たちと、その国がぶっ壊れないようにせっせと手回しする召使いと。夫は肩をすくめて、どちらとも決められないなあと言った。もしかしたら、支配者たちの方がまだましなのかもね、と私は言った。彼は答えなかった。くるりと寝返りをうって、そのまま眠りについた。

県内のすべての役場と教室の壁には、閣下の写真がかけられている。豹柄の帽子を右斜めにかぶり、口ひげがはなみぞにそって垂直にのびている。まるで流れ落ちる鼻水をつかまえようとしているみたいに。兵士だった彼は、よどみなく多数の人間を殺害できるというその異能を買われて、まず大臣に昇りつめたらしい。初代大統領の死も彼のしわざで、毒を盛り死に至らしめたという話だった——彼は自分が大統領になる日を待っていたが、順番がまわってくるまで待ちきれなかったのだ。伝え聞いたところによると、初代大統領とあつれきが生じた支配者たちは、彼らの共通の敵である大統領を一年以内に追い落とす計画を協議するため、閣下のもとに集まった。すると閣下は「任せてくれ。一日で始末してやる」と答えた。彼は郷里にいる霊媒師を訪れ、私たちを一生涯支配する力を授かるのとひきかえに自分の男性器を捧げたという。そして、年に一度ヨーロッパに行き、自分の血を抜き、若い男の血と入れ替えているそうだ——そうして彼は、この国の民が死に絶えたとしても、あいかわらずこの土地にとどまりつづけられる、と。彼は妻とベッドをともにしないし、彼の子供たちは彼の血をひいていない。彼は肉を食べない、なぜなら彼は獣であり、同胞の肉を食べることに耐えられな

いから。彼の妻については、自分の頭髪を毛嫌いしているらしいというう伝聞を別にすれば、ほとんど何も情報がなかった。彼女の髪はヤスデを思わせるような形で頭を密に覆っていて、私たちの髪と何も変わりはないのだけれど、この女性は自分の髪を心底嫌っていて、それをきれいさっぱり剃り上げてしまった。そして夫がヨーロッパ人に金を払い、外国人女性みたいな黄色の新しい髪を作ってもらった。それは頭の上でこんもりと盛り上がり、横長に広がり、だらんと長い。金持ちの夫を持つ女性が好き好んで頭に灌木林を繁茂させて闊歩するのはなぜなのだろうかと、私たちは首をかしげないではいられない。噂では、閣下のご趣味だそうだが。

私たちは彼にじかにお目にかかったことはない。私たちの村はとても辺境にある。彼にとってとんでもなくへんぴなところにあるのだ。自分の宮殿を離れ、ここまで会いに来られない。彼のことは、ベザムから口伝えにいくつもの村を渡ってきた噂話を耳にするだけだ。その真偽は私にはとても判断できない。私が言えるのは、ベザムで彼が頂点に立ったその日から、この国は彼の所有物となったということだ。この国に気に入ったものがあればどんなものでも、手当たり次第我がものとして刈り取っていくし、気にいらない人間がいればすみやかに葬り去る。彼は私たちが税金として払った汗と血を使い、私たちには想像もつかないような豪壮な邸宅をヨーロッパにいくつも建てた。ヨーロッパ人の絵描きたちを雇い、ヨーロッパ人の王様と同じ格好をした自分の絵を描かせた。アメリカ人と食事をするための船を買い込んだ。彼の靴の購入費は、百人の男たちが一年間に稼ぐ金を上回ると言われている。

銃を担いでロクンジャの町を歩いている兵士の姿を目にすると、いつも私は、鉄のような無慈悲な支配の手に私たちは首根っこを押さえつけられていることをあらためて思い知らされた。閣下から与えられた権力を手にしている兵士たちは、誰から許可を得ずとも人々に懲罰をくわえた。法は私たちの行動や自由を封じ込めるものであって、そこに疑問をさしはさむ余地などなかった。兄弟村に住む私の親戚たちは、役場の建設と県と他地域をつなぐ道路の拡幅のため、土地を手放さなければならなかった。いとこの一人は小屋まで奪われ、あとにはなにひとつ残らなかった。誰の土地であろうと、政府には望む分だけ手に入れる正当な権利がある、と兵士たちは言った。いとこは県の役所に行き、涙ながらに異議を申し立てたが、仕方がないとしか言われなかった。命令はベザム、つまり閣下から降りてきているのだからと。

――

そして、ペクストンがやって来た。

ペクストンの男たちは銃を手にしていなかった。そう、彼らはにこやかな笑みをたたえてやって来た。このときばかりは、ベザムから何かいいことがもたらされそうな予感がしたものだ。彼らの話では、海外で石油を売っている人たちがいて、その名前はペクストンというのだそうだ。彼らは閣下の命令で動いているのではなく、もっぱら石油を買ってくれる人たちの要求にこたえながら操業しているという。「海外」と聞いて、私たちの頭の中はうまく整理がつかなかった。これまで海外から私たちに何か良いものがもたらされたことがあっただろうか？　けれども、ベザムの男たちは、ペクストンはこれまでの支配者たちとは別の種類の外国人だと断言した。ペクストン社はヨーロッパではなくアメリカの会社で、ペクストンは前の支配者たちとはまったく関係ない、と。そして、実のところアメリカ人の方がヨーロッパ人よりもずっと善人だとつけ加えた。アメリカ人の頭の中には仕事のことしか入っていないし、彼らの仕事には妥協がない。そのことを私たちはまもなく身をもって知った。

あなたがたが知っておかなければならないのは、と彼らは言葉を続けた。この土地の下に石油が見つかったさいには、谷地の大部分をペクストンが所有することになるということです――彼らの仕事にはなにしろ広大な土地が必要なのです。私たちの小屋が建っている土地まで差し出す必要はないけれど、ペクストンとしては、ビッグリバーを横切って畑の中を通りぬける機械を敷設しなければならない。その機械が私たちに悪影響を及ぼすことはない。どうやって石油がそんなところを通っていくのか私たちには見当もつかなかったが、そんなことはまあどうでもよかった。私たちとしてはのんびりと平和に生活し、ペクストンには自由に仕事をさせ、私たちのわけ前を支払ってもらいさえすれば何も文句はなかったから。

その会議の中で、ペクストン社が必要な石油をすべて採掘してこの谷から撤収するまで、どれくらいの年月がかかるのかと代表者たちにむかって誰かが質問したのを私は覚えている。すると、彼らは顔を見合わせ、口ごもりながら、そんなに長くはかかりません、ええちっとも時間はかかりませんと答えた。まあそうだろう、そんなに時間がかかるわけはないと私たちも思った――地面の下にどれだけの石油があるかなんて、私たちには見当もつかなかったのだ。ペクストンが私たちの土地にとどまるのはせいぜい数か月、長くても二、三年というところだろうと私たちは見積もった。そして、彼らはあり余る量のオイルを手に入れることができるだろう。そして彼らは立ち去る。そういうふうに我々は考えているが、その理解で間違いないかと私たちは尋ねた。男たちはそれをとんちんかんな考え方だとは言わなかった。また、ペクストンが排水と有害廃棄物をすべてビッグリバーに放出することについても彼らはひと言も触れなかった。毒が土壌を伝わって採掘場の外部まで広がり、私たちの子供のそのまた子供たちの命を縮めるかもしれない可能性についても彼らはいっさい語らなかった。真実は巧妙に隠され、私たちは空に舞い上がるような心持ちになった。私たちはいともあっさりと、彼らの目の中に誠実な光を認めてしまった。私たちは、自分たちの人生がとびきり素晴らしいものになるんだと夢を描き始めた。誰しも胸を膨らませた。私の夫を別にすれば。

彼はなにひとつ信じなかった。

海外から来た男たちが何世代にもわたって俺たちにふるってきた蛮行のあとで、いま現在もベザムの男たちが俺たちにふるっている蛮行を前にして、どうしてそんなほら話を信じられるのか、わけがわからないと彼は言った。「あの男の人たちの話によると、石油を取りにやって来る人たちは閣下の仲間ではないし、以前のヨーロッパ人の支配者たちとは無関係だそうよ」とそれとなくなだめ、私が手を握ろうとすると、彼はその手を払いのけた。自分が頭の回転のとろい相手と結婚したことに俺はこれまで気づかなかった、と彼は言った。私はいい気がしなかった。でも、そういうのも彼の気質のせいだと思い直した。よい知らせを素直に喜ぶことができず、良いことの中に何かしら欠点を見つけないではいられないのが彼の性分なのだ、と。

ウォジャ・ベキはコサワのすべての男たちを集め、ペクストンとその使節団はまさしく精霊からの贈り物であり、私たちの祈り、心の中で人知れず静かに唱えていた祈りに対する応答に他ならないと言い、彼の見解に全員が同意した。その夜、夫はウォジャ・ベキに会いに行った。村人たちの意見に自分は賛同できないと夫はウォジャ・ベキに伝えた。海外からやって来た人々が利益を私たちと分け合うという話はとても信じられない――どうして今さらそんな話が持ち上がるんだ？　利益を分け合うなんてこれまで一度だっておこなわれたためしがないじゃないか。彼はウォジャ・ベキに、私たちの土地に立ち入らないようペクストンに申し入れてくれと頼んだが、ウォジャ・ベキは彼を笑いのめした。たまには君も陽気になった方がいいぞとウォジャ・ベキは言った。いつまでも鬱々とした気持ちをかかえこんで、苦しくないのかね？　みんなで素晴らしい未来を祝福しているというのに、どうして君だけそんなにかたくなに不機嫌なのか。

ウォジャ・ベキが夫に言わなかったこと、いや、それどころかウォジャ・ベキすら知りもしなかったことがある。閣下は、ペクストンの男たちが村に姿を現すよりも前に、ペクストンに土地をくれてやっていたのだ。つまり私たちは異議申し立てをする権限をそのときすでに有していなかった。それを私たちが知ったのは数年後のことだった。ガーデンズの上級監督がウォジャ・ベキにうっかり真相を漏らしてしまったのだ。村の繁栄の話を持ってきた男たちが訪ねてきたのは、ペクストンが体面を保つために送り込んだだけであって、私たちの習慣に通じている政府関係者がそうするよう提案したからだということを、私たちはのちに知ることになる。この政府関係者はペクストンの社員たちにできるかぎりの手を打っておくべきであると伝えた。そうすれば彼らが村に到着したとき私たちが喜びで沸き返るだろうと。私たちは歓喜して、私たちの精霊にペクストンへの祝福と彼らの繁栄、そして彼らの繁栄を通しての自分たちの繁栄を祈願するはずだと、その男は言った。ペクストンが私たちの土地を掘削するにあたって、先祖の好意が得られるのならそれは決して損にはならないだろう、と。アメリカ人は、先祖の話を男が持ち出したとき、大笑いしたにちがいない。死んでしまった者に何ができるというんだなどと言いながら。まあしかし、うまいこと口車に乗せるために社員を派遣したところで、べつにたいした手間でもない。いったんペクストンのために祈りが捧げられたら、祈りの取り消しはきかないのだとその男は話を先に進めた。捧げられた祈りは永遠の願いなのであって、たとえ村人たちがペクストンに対する見解をあらためたとしても、祈りに対しての応答は続けられ、ペクストンは私たちの土地にとどまり、私たちの精霊による祝福をいつまでも受けることができる、と。

そして、実際にその通りになった。知らせを受けた私たちは大喜びで先祖たちに祈りの酒を捧げた。この幸運は、何世紀にもわたり私たちの生活を根本からおびやかしてきた苦痛と破壊に対する贖罪であると私たちは考えた。私たちはペクストンが永遠に天翔るよう祈念した。

それから数年後、夫に、あのときあなたの言ったことはすべて正しかったと言おうとした。あなたにとって私は最後の砦になるべきだったし、みんなと異なる見解を一人だけ持っているあなたに孤立感を抱かせることがないよう努めるのが私の責務だったと言おうとした。そんな弁解は彼にとってはどうでもよかった。彼はまだ怒っていた。彼にとってこの上なく明白な事実に、つまり、ウォジャ・ベキがコサワを裏切るつもりだという事実に、誰一人気づいていなかったからだ。でも、彼はどうして最初からわかっていたのだろう。この若いウォジャの父と、夫が信頼していた先代のウォジャ・ベワといったいどこがそんなに違うのだろう。若者であることをさしひいても余りあるウォジャ・ベキのちゃらちゃらした性格が、夫の鼻についたからなのか？　夫はウォジャ・ベキと第二夫人の結婚の祝いの席に参加するのを拒んだ。村長はオイルマネーとひきかえに我々の血を売り渡そうとしていると、そのときすでに彼は確信していたのだ。私たちの軽はずみな言動がいずれ私たちに支払わせることになる大きな代償を、どうしてそんな段階で彼は予見できたのだろう？

もし私がこれまでどれだけの犠牲を払ってきたかを今彼に話して聞かせたなら、彼は何と答えるだろう。

——

私の愛しい夫よ、私たちがあなたに取り合わなかったせいで、私たちの息子が二人とも死んでしまいました。そんな私でも愛してくれますか？　私にあなたは背を向けますか？　それとも私の涙を拭いてくれますか？　息子たちは殺され、ゴミのようにうち捨てられ、お墓もなく、ただ腐っていきました。あなた自身の肉や血が。私がそう伝えたら、あなたはどうしますか？

私が伝えるまでもないのかもしれません。だってあなたにはもうわかっているでしょ。私たちの子供たちはあなたと一緒にいるんですから。

ベザムで何が起こったか、それは子供たちがもう話してくれたでしょうね。

あの野蛮人たちの町でどんな目に遭ったか、あなたは私よりもよく知っているはずよ。私はそれをあえて思い浮かべません。あれほど美しく、人生の最も完璧な創造物であった息子たちを抱きしめ、やさしくささやきかけながら眠りにつかせた夜、こんな恐ろしい悲劇が彼らに降りかかることになるなんて思いも寄らなかった。

あなたたちはそっちの世界でみんなと一緒に暮らしていて、私はこの世界で一人きりです。女にとっての最悪の呪いが私にかけられたのです。そちらの世界で、私のために泣いてくれますか？　死が私に慈悲を与えてくれるように祈ってくれますか？　まもなく死が私に訪れるように祈ってくれますか？

——

私は夫や息子たちのもとへ行きたくてたまらないのだけれど、サヘルはそれを望んでいない。私も彼女をここに置き去りにはしたくない。誰かが彼女をこの小屋から連れ出してくれるまでは、彼女と一緒にいてあげたい。間もなくそうなると思う——相手はベザムの男性。彼は彼女をベザムに連れていきたいと思っている。私は彼女に行きなさいと伝えた。そうしてほしいと心からお願いした。彼女は泣きながら、マラボとの深い絆を捨て去るなんて到底できないと言った。あなたはそうしなければならないのよ、と私は言った。この村は死に向かっているのだから。私の孫を連れてベザムに行ってほしい。ナンギの名を受け継ぐたった一人の子をここから遠く離れた土地に連れ出し、私の夫の血が途絶えないようにしてほしい。

スーラとサヘルとジュバと私は、スーラがアメリカに旅立つ前の日、私の寝室で一日を過ごした。（スーラがバスに乗り込むとき村にいられるか定かでない）親戚や友人たちが絶え間なく訪れ、別れの抱擁を交わした。訪問者の波が途絶えると、私たちは黙り込んだ。明日という日の意味について考えたくはなかったから。夕方になると、サヘルが応接間にあった食卓を私の部屋の中に運んでくれた。夜、私たちはひとつのボウルから食べ物をとって食べた。ジュバはベッドで私の隣で眠り、サヘルとスーラは私たちの横に敷いたマットで眠った。翌日の午後バスが到着し、スーラがサヘルとジュバと一緒に空港へ出発する前にやって来て、私のベッドのそばにひざまずいた。「ヤヤ、私コサワに戻ってきたら、とにかくあらゆる手を尽くしてコサワをあなたが子供だった頃の姿に戻すわ」

私のかわいそうな、愛しい子。

いいえ、お願いだからコサワのことは気にしないで、コサワの運命は天にまかせましょう、と彼女に言いたかった。けれども、コサワのことは決して放っておけないと彼女の目が語っていた。決意。それが彼女の名前の原義だった。その決意がゆらいだところを私はいちども目にしたことがない。生まれたて頃から、どんなに空腹でも、ちゃんと自分の欲しい食べ物が差し出されるまで、他のあらゆる食べ物をはねつけた。小さな女の子になると、気に入らない服を着させようとしても、彼女は堅く腕組みして、母親を途方に暮れさせた。子供の意思を体罰でむりやりねじまげてしまう親もたくさんいるけれど、マラボは決して手をあげなかった。子供たちは精霊の手によって創られたままの姿で、自由に育つべきだと息子は信じていた。そんなわけだから、旅立ちの日、私は彼女の頭に手をそっと置くことしかできなかった。そして、私は心の中で、精霊が彼女を祝福し、彼女を守護し、彼女の歩いていく道のりを、今もこれからも永遠に見守ってくれるよう祈りを捧げた。

誰も彼もが口を開けば、スーラは私の夫の生き写しだとか、少女の頭には彼の顔が乗っかっているとかそんなことを言った。そういう台詞を聞くたび夫の瞳はパッと明るくなった。スーラは自分のものなんだ、そのことを世間には忘れてほしくないと彼は思っていた。スーラが生まれた日のことは今でも私の中に生き生きとよみがえってくる。私が部屋から彼女を連れ出し、外で待っていたマラボに手渡し、彼の手から父

親に手渡された。他者をこれほどまで不思議そうに見つめた人間がかつて存在しただろうか。スーラを抱いている夫は、どんなに彼女が泣こうとも、誇らしげな表情をかたときも曇らせなかった。世界に対して向けられる彼の希少な笑顔のほぼすべては彼女に捧げられた。

あの夜の出来事も忘れられない。私は目がさめ、外のトイレに行った。スーラはちょうど生後四か月だった。トイレのそばまで来たとき、遠くからスーラの泣き声が聞こえてきた。泣きやまなかったが、私はあわてて戻りはしなかった。たぶんサヘルが抱きあげ、汚れたおむつを取り替えているのだろう。しかし部屋に戻ってみると、抱っこしているのは私の夫だった。夫はやさしい声で歌いかけていた。彼は、サヘルとマラボが部屋にいないことに気がついた。夜更けにどこかへ消える夫婦には、聞くのも野暮な事情があるものだ。夫は部屋へ入り、赤ん坊を抱きあげた。私はベッドの彼の隣に座った。スーラが泣きやむまで彼は歌いつづけた。彼女はすぐにまぶたが重くなって、ふたたび眠りにおちていった。夫は彼女の涙を拭いてあげた。静かに立ち上がり、眠りについたスーラをサヘルとマラボのベッドの足もとのゆりかごにそっと戻した。そうする必要はなかったのだけれど、サヘルやマラボが帰ってくるまで、一時間近く立ったままじっと彼女を見守った。

夫が亡くなったとき、スーラは成長し少女になっていた。歌いかけ、見守っていなければならない赤ちゃんの段階はとっくに通り過ぎていた。それなのに夫の魂は夜になるとしょっちゅう戻ってきて、彼女のベッドの脇にとどまった。マラボは父親の葬儀のあと、時々スーラが私と一緒に夜を過ごせるように、私の部屋に小さなベッドを置いた。スーラが私の部屋で眠っていると、きまって夫が戻ってきた。彼はいつも黄色いシャツを着ていた。彼の肌はまるで一度も風にさらされたことがないみたいになめらかだった。この世にいた頃の苦悩の影は消え去り、見たこともないような穏やかな表情を浮かべていた。夜明け前、遠くで雄鶏が鳴き始めると、彼は静かに去っていった。私の部屋でまたスーラを寝かせてもらってもいいかとサヘルが聞いてくるのを私は心待ちにしていた。だから、そんなふうに尋ねられると、いつももちろんかまわないわと喜んで同意した。けれども、スーラは両親の寝室で眠りたいと言った。私から積極的に働きかけたり、強く求めたりしたことはない――夫には、物事の自然な流れに逆らわず可能なときに会いに来てほしい。最愛の人の顔を見たいという私の気持ちをなだめるためわざわざ駆けつけてきてくれなくていい。その頃サヘルはジュバを妊娠していた。赤ちゃんが生まれたら、もう夫は会いに来なくなることを私は知っていた。この世界に新しくやって来る者とこの世界から去っていく者は、時間の端に浮かぶ土地からやって来る者と、それとは反対側にある端に浮かぶ土地へ向かっていく者であり、両者の魂は同じ空間に留まることができないからだ。サヘルのお腹が日に日に膨らむにつれ、夫の訪問がもたらす幸せな夜は、眠れぬ夜へと変わっていった。彼の姿を一瞬たりとも見逃すまいと、目を閉じることができなかったからだ。スーラを見つめる喜びに輝く彼の顔はたまらなく魅力的だった。美しい静寂が彼を包んでいた。それは彼がようやく自由の身となったということの証だった。

ジュバが生まれた日、私は彼を抱きしめて泣いた――みんなはそれを、一人の男がいなくなり、代わりに別の男が現れたことへの感謝の涙だと考えていた。けれど、涙のほんとうのわけを知っているのは私だけだった。

結婚して間もない頃、なぜ彼と結婚したのかと人からよく聞かれた。不幸な人と一緒になって、どうやって幸せになれるの？　いろいろ骨を折って彼の気分を盛りたててあげなければならないわけでしょ、いやにならないの？　快活な関係をよそおわなくちゃならないなんてつらくない？

私はそんな人たちにひと言だけ答えを返した。私には、彼の中に他の誰にも見えないものが見えているの。

そういう人々にとって、彼は呪われた存在だった――生まれる前に死んだ父、生まれたときに死んだ母。喜ぶことを知らぬ精神。けれど、私にとって彼は一羽だけ別の木の枝にとまり、別の歌をうたっている鳥だった。そんな鳥が美しくないわけがない。結婚して最初の頃、この小屋に二人きりでいたときのことを私は覚えている。彼は私に言うべきことだけを言うと、あとは沈黙の音に愛の耳を傾けた。二人してベランダで何時間も何も言わずに座っていると、息を呑むほど美しいおしゃべりをかわしたみたいな気持ちになった。私は彼と二人きりになることによって初めて、世界に溢れている雑音から身を離したとき、世界がいかに新鮮な驚きに満ちた姿で立ち現れてくるか、それを実感することができた。その頃はまだ彼の怒りの表出は控えめなものだった。手がつけられないほど気性が荒ぶり始めたのは父親になってからだ。守るべき子供がいて、いたいけな子供たちに危害が及ばないよう自分の力のかぎりを尽くそう、そんなふうに彼は思ったのではないだろうか。自分は幸せにはなれないけれど、せめて子供たちだけは幸せにしてあげなければならない、と。永遠の暗闇に覆い尽くされた世界で、子供たちの幸せのためにすべてを捧げる。そういう思いを彼は抱いていたのだと思う。けれども、それが彼に重すぎる負担を背負わせたのではないか。

料理が気に食わない、辛すぎる、ぜんぜん辛味が足りないと、なにかと理由をつけ私の作った料理を父親が床にぶちまけてしまうのは、マラボにとって我慢ならない情景だった。マラボは私に床におちている料理を拾ってはならない、私じゃなく自分で拾わせるべきだと強く主張した。後始末は自分でするべきだと彼は言った。そのようなことがあると、マラボは決まって私の隣に腰を下ろし、あんな父さんの横暴をどうして母さんは黙って許しているんだよと言った。暴力をふるわれたくないから？　ううん、そうじゃない、と私は息子に言った。お父さんが戦っている相手は自分自身なのよ、私やこの世界の誰かと戦っているわけじゃない。お父さんは私たちみんなの苦しみをまとめたよりももっと大きな苦しみに耐えているのよと、私はいつも言って聞かせた。それ以上のことはマラボには話さなかった。子供が親の複雑な事情を詳細まで知る必要はない。私が彼に伝えていないこと——夫とベッドで横たわっていると、しばしば彼は私を引き寄せて手を握り、「俺の目を見てくれ、俺は君に感謝している、これまで俺のために尽くしてくれて恩にきるよ。どんなつらい目に遭っても毎日俺や子供たちのために生活を切り回してくれて、ほんとうにありがたいと思っているんだ」と言ってくれるのだった。そして、マラボの父親が私の作った食事や、なくなったシャツのことや、訪ねてきた私の友人が長居したことを口汚くののしっても、そのあと夜になると、彼は私にごめんと謝り、許してほしいと言うのだった。その後すぐに、私はふたたび彼に心を傷つけられるのだが、それでも私は彼を愛していたし、それでも私は精霊に、彼のもとに連れていってほしいと祈っている。

——

いったい私は愛する者が死んでいくのを何人見送ったんだろう？　数を勘定する勇気はない。いちばん最初に死ぬのと、いちばん最後まで残されるのと、どっちがつらいだろう？　夫よ、あなたは最高にうまくやったのよ。両親のあとを追って、子供たちよりも早くこの世を去っていったのだから。こんなに恵まれた人間がいったい何人いるだろう？　でも、私はこの悲しみを抱えながら、生きていることに心から感謝しているの。私はあなたより恵まれています。もし私たちがいなくなり、あなたが一人残されていたら、私はあの世で安心して休めないでしょうね。あなたは安心していいのよ。私がこの世に残っているんだから。サヘルは私を必要としているようで、「もうしばらくここにいてほしい」とお願いされると、私としてもなんだか心がなぐさめられます。

時はめぐり、私は、あとどれくらいしたらまた雨季がやって来るのか、そんなこともうわからない。ジュバは成長し、私のベッドで寝てくれなくなりました。スーラは海外にいて、サヘルはほとんど小屋から出なくなりました。彼女は、不在中に私が死ぬのを恐れているのです。私は彼女のために生きていたいし、死んで彼女を自由にしてあげたい。死は子供をむさぼり食べ、人生の終焉を願う老人を放置して生きながらえさせるんです。どうしてこうもいまいましく役立たずなのでしょう？　墓が肉に飢えているのはわかるけど、どうして、まだ生を享受していたいと願う者の命をそっとしておいてやれないのでしょうか？　自分の体を差し出している者がここにいるのに。どっちにしたって同じ肉体なのに。

サヘルの孤独が私は気がかりでならない。今となっては私たちは夫を失った女同士として、月のない夜に死を悼む歌を一緒にうたう。だけど、寝返りをうったときそこにぽっかりとあいた空間の広がりを見ても、私は、彼女みたいに落胆しない。女ざかりの彼女にとって、自分をあたためてくれる相手がいないのはたまらなくせつないことだ。彼女の先々のことまでマラボはちゃんと考えたのだろうか？　それとも自分の子供たちのことしか考えなかったのだろうか？　彼女は一人で夜を過ごさなければならない。もう二度と男に抱かれることなく。

でも、どうして？

そんな規則いったい誰が作ったんだろう？　私たちの祖先である男たちは、私たちの伝統を定めるとき、女たちに発言権を与えたのだろうか？　なぜサヘルの運命は無私的なものでなければならず、犠牲的なものでなければならないのだろう？　私がいるからだ。ジュバがいるからだ。マラボの記憶があるからだ。生涯で一人の男しか許されないからだ。彼女はそれを受け入れている。仕方ないわ、と彼女は言った。でも私はそうは言わない。そんなこと私は受け入れられない。他の女性たちは伝統にしたがえばいい。しかし、そんな女性たちにサヘルを仲間入りさせるわけにはいかない。

ベザムに移り住みなさい、そう彼女を説得しつづけるつもりだ。スーラは遠くにいるし、私は死がすぐそこまで迫ってきている。彼女がこの土地にとどまっていなければならない理由がどこにある？　サヘルの友達のココディは、五つの姉妹村のうちの二番目の村に引っ越していった。彼女の一番下の子供が病気であやうく命を落としかけたあと、ココディの弟がやって来て、彼女と子供たちを連れていったのだ。村を出ていく前、私たちに別れを告げに来たココディは泣いていた。彼女はこの土地から立ち去ってしまいたい気持ちと、ここにとどまっていたい気持ちの両方を抱えていた。ココディが去ったあと、初めてサヘルは涙を流した。二人の夫が亡くなってからというもの、彼女たちはたがいにわかちがたく結びついていた。食事をわけ合い、おたがいの子供の世話をし、泣くときはおたがいの涙を拭いてあげた。でもサヘルには他にも友達がいる。昨夜はルルがやって来て、息子がロクンジャの学校から帰ってきて、先生から人間の祖先は猿だと教わったと言っていたわと言って、私たちを笑わせてくれた——海外の本には、私たちについて他にどんなへんてこりんなことが書かれているのだろう?

サヘルには、いとこのチュニスもいる。彼はちょくちょくやって来ては、彼女のために薪を割り、裏庭の小さな畑にヤムイモやプランテンを植えるための穴を掘るのを手伝ってくれる(サヘルは私を置いていけないから、森の中の畑に出かけられないのだ)。サヘルにはおばさんや年下の従姉妹もいるけれど、姿を見かけることはない。二番目の姉が年長の姉の夫と寝ているところを取り押さえられ、それ以来、彼女の家族は調和や一家団欒というものをすっかり忘れてしまったのだ。この一件が持ちあがったとき、サヘルはまだほんの幼い子供だったが、母親と一緒に暮らしていたため、彼女自身もそのいざこざにいやおうなく巻き込まれてしまった。母親は争いを起こした二人の娘のどちらの側にも立たなかった。家族の外の者には手出しのしようがない事情が複雑にからみ合い、まもなく、娘たちはたがいに口をきかなくなった。

サヘルの母親が亡くなったとき、私の夫はまだ生きていた。夫は泣いている彼女に、心配しないで、私たちの家族はいつも君の家族だからと言った。君が強い絆を感じることができる人たちは、常に君のそばにいるよ、と。しかし、母親の存在は彼女を村と結びつける最も強い絆であり、母親の死によって、自分が送ってきた人生は記憶の中できれぎれの形でしか存在しなくなることをサヘルはわかっていた。ある出来事が事実として起きたことなのかどうかという疑問が生じたとしても、その疑問に答えてくれる人はもういない。真相を確かめることができる相談相手はいなくなった。姉たちと顔を合わせるのは、他の村でおこなわれる稀にしかないお祝い事の場だけになってしまった。マラボとボンゴがあんなことになってから、ここには誰も寄りつかなくなった。二人の姉は和解したとサヘルは聞いていたけれど、その二人もふくめて誰一人、ここに訪ねてきて哀しみや喜びをわかち合おうという者はなかった。彼女にはこの村に置き去りにしていく人なんか誰もいない。叔母たちはもうここにはいないし、従姉妹たちにしても、それぞれの場所でそれぞれの生活を送っているのだから。

私の晩年になってコサワの状況が悪化するなんてまったく想像もしていなかったのだけど、実際にそうなってしまった。この一年間で兵士たちは数え切れないほど何度も村に乗り込んできた。彼らは小屋の周辺を嗅ぎ回り、ペクストンの所有物を破壊した犯人を捜索する。この家にも兵士たちが踏み込んで来て、ベッドの下まで頭を突っ込んで調べる。誰も隠れていないか確認するためだ。夜中に誰にも気づかれずにあちこち放火してまわり、他人の生活を破壊する人間がこの家にいるわけがないとは彼らは考えない。

最初の事件が起きた日、ガーデンズの建物が全焼したという一報があり、私たちは目を覚ました。とくに悲しいとも感じなかったし、その火災とコサワの関連なんて思いつきもしなかった。数週間後、ビッグリバーを横切るポイントでパイプラインが爆発した。自分の目で確かめようと現場へ急ぐ人々の足音が私にも聞こえた。ソンニはガーデンズまで行き、オイルが川からあふれださないうちに、作業員を寄越してパイプラインを修復してくれと上級監督に嘆願した。労働者たちはパイプラインを閉鎖した。しかし、それは私たちに及ぶ影響を考慮したからではなかった――あとで知ったことだが、ペクストン社のオイルを一滴も無駄にしたくないという、新任の上級監督の意向が働いただけだったのだ。

この一件の数日後、現場監督がソンニの家に聞き込みに来た。監督がソンニのもとを引き上げたあと、ソンニの父親である、私の弟のマンガが訪ねてきた。マンガによると、最近の火事と爆発の背後には村の子供たちがいると現場監督は疑っているらしい。私は首を横にふった。いいえ、私は弟に言った。コサワの子たちのしわざなんかじゃない――そんなことをする子たちじゃないわ。その日の夜、少ししてから、友人が私を訪ねてきた。以前会ったときにはまだ二本残っていた彼女の歯も、とうとうすっかり抜け落ちてしまった。でも私のひと言に対して百の言葉を返すことができた。彼女の話では、ソンニの妻が夜更けに、小屋を出ていく息子を見かけ、朝ふたたびガーデンズが火事に見舞われたという噂話で村はもちきりになっているという。ガーデンズの人間がソンニの息子の姿を見たと証言したが、少年はそれを否定し、夜通しベッドにいたと主張した。こうして私たちは、スーラと同じ年に生まれたこの子供たちが、ガーデンズでの放火と破壊活動に関わっているのではないかと疑念を持ち始めた。

――

アメリカ人の上級監督から、ソンニの来訪を求めるメッセージが届いた。

ソンニは、私たちの支援者であるベザムの友人、〈かわいい人〉と〈いけてる人〉の二人と一緒にガーデンズに向かった。彼らは上級監督の宿舎を訪れた。それは労働者や現場監督たちの住居から離れたところに立っていた。

マンガは、ソンニが上級監督の家屋はまるで雨季の井戸水のようにひんやりしていたと言っていたよと言った。白いカーペットが床に敷きつめられ、椅子は一軒の家で必要とされる以上の数がそろっていた。県庁から三人の男が来ていた。応接間に全員が着席したあと、ソンニにたったひとつ、仕事が課せられた——村にひそむ無法者たちに破壊行為をやめさせるという任務だった。ほうっておけばコサワはひどく後悔することになる。けれども、ソンニが持ち帰った警告に若者たちは耳を傾けただろうか？　傾けなかった。ソンニの言っていることはわけがわからない、と彼らは首を振った。僕たちはガーデンズで何もしちゃいないし、ペクストンの敵は世界中にいるのだから誰の犯行でもおかしくないだろと言い張った。

子供たちの言っていることを信じる者はいなかった。彼らの意図は誰の目にも明らかだった。彼らのうち二人は最近結婚していた。妻たちは新しい父親のもとに行き、泣きながら訴えた。夜中にベッドから抜け出しみずからトラブルに巻き込まれにいくような真似はやめるよう息子たちを説き伏せてほしい、と。父親にもどうすることもできなかった。息子たちはとっくに自分の人生を所有する大人になっていたからだ。人の足は頭の上に立たないというのが私の夫の口ぐせだった。正論だけど、足は自由にどこでも移動でき、頭は足に従うしかないと、この子たちは年長者に示したのだ。

——

ペクストンは最近になって、武装したガードマンを置くようになったが、むしろそれは子供たちをますますそこに引き寄せる強い誘因になったようだ。パイプラインの破損と火事が交互に毎日のように起きた。二か月前、彼らは暗闇の中で待ち伏せをし、ビッグリバーを通りかかった労働者を襲った。現場監督が来訪し、ソンニと話し合いを持った。労働者はひどい傷を負い、治療のためにベザムに連れていく必要があった。犯人の顔は見なかった。マスクをかぶっていたのだ。疑いを向けられた若者たちは、ずっと小屋の中にいたと弁明した。

ソンニは何度も集会を開き、頼むから破壊活動はやめてもらえないだろうかと切実な声で訴えた。こうした村の集会に若者たちが姿を見せないことも間々あった。ソンニの嘆願は彼らにとっては何の意味ももたなかった。もうやめなさいと母親たちも泣きついた。「裸で村中を歩き回ってやるからね。そして、母親の威厳をないがしろにする息子たちに恥をかかせてやるわ」と恫喝した。へその緒の束を太陽に晒し粉々にしてやろうかと言いだす父親もいた。けれども、そのように脅し文句を実際の行動に移す親はいなかった——我々はすでに、集合的な呪いによっていやというくらい痛めつけられていたから。

ある日、村の集会で〈かわいい人〉と〈いけてる人〉が若者たちに、怒りを表現する別の方法を見つけてほしいと懇願した。私たちの将来がいかに脅かされているかを、政府に手紙で訴えるよう彼らは勧めた。

若者たちはそれを笑いとばした。僕らの固い決意に感応しない者になんと言われようが、僕たちにはちっとも響かない。ソンニは年寄りだし、〈かわいい人〉も〈いけてる人〉も僕たちの仲間ではない、と彼らは言う。コサワは自分たちのものであり、自分たちの遺産であると僕らは信じている。それを復興させるのが僕たちの望みであり、そのための闘争は我々の義務である、と彼らは言う。しかし、炎と破壊は彼らをいったいどこに連れていったというのだろう？ ペクストンは撤退しただろうか？ そうなる日がいつかやって来るのだろうか？

先月、事態はさらに悪化した。ガーデンズの子供が行方不明になったのだ。夜明け前、兵士たちが現れた。彼らは一軒ずつ小屋をまわり、十歳以上の男たちを片端からひきずり出した。ベランダに座っていろ、一歩も動くなと兵士たちは吠え立てた。うちの男にはどこにもやましいところはないと言い、泣きながら慈悲を求める母親や妻たちの声が聞こえてきた。ジュバに逃げなさいと叫ぶ間もなく、うちの小屋のドアを兵士たちが荒々しく叩いた。サヘルがドアを開けた。兵士たちは彼女を押しのけ、悲鳴をあげるジュバを引っ張っていった。私はベッドから両手をのばして必死に叫んだ、「ジュバ、ジュバ。お願いだから、乱暴しないで。まだほんの子供だよ。いい子なのよ」。誰一人私の声に耳を貸さなかった。立て、広場まで走っていけと兵士たちは叫んだ。少年や男たちは走った。女たちも息子や夫と一緒に走った。私はその中にサヘルの声を聞きつけた。それは、たった一人の息子のために投擲された哀願の声だった。

あとになってサヘルが教えてくれたことだけど、兵士たちは広場で、少年や男たち全員をひざまずかせ、頭の上で両手を組ませたという。彼らの背後に立ち、頭蓋骨に銃をつきつけ、兵士たちは消えた子供の行方を問い詰めた。誰も何も言わない。彼らはふたたび尋ねた。返事はない。シラをきるならズドンだ、と兵士は言った。他の人たちと一緒にひざまずかされていたソンニがようやく口を開いた。コサワの誰もその子とは一面識もない、自分が言っていることは嘘じゃないと震える声で兵士に言った。母の墓に誓う、と。兵士は彼に歩み寄り、こめかみに銃口を向けた。ソンニは目を閉じた。両手は頭の上で組まれていた。村民に自分の泣き顔をさらすまいと、震える唇を食いしばっていた。もし子供の居場所のことで何か情報を得たら、そのときはロクンジャまで私がおもむくと彼は兵士に言った。兵士たちは彼に、すべての先祖たちの墓に誓え、ほら誓い直せと迫った。ソンニの父親（私の弟でもある）も、老齢にもかかわらず、息子のそばでおなじようにひざまずいていた。杖をついているが、犯罪をおかす力はまだ残っていると兵士たちは判断したのだ。ソンニは三回誓いの言葉を口にした。一回誓いをたてるごとに声量をあげた。彼からそれほど離れていない位置に息子がひざまずいていた――この新しい苦境をコサワに招いた若者たちの一人だった。

兵士たちは銃を構えたまま、広場にいる全員にむかって、ふざけた行動はつつしめと警告した。もし我々が必要と判断したら、そのときは赤ん坊から動物まで、村の生き物という生き物を根こそぎ無差別に撃ち殺す、手当たり次第に、と。

兵士たちは車に乗り、去っていった。

ソンニはやっとのことで立ちあがった。彼の体は震えていた。「なぜだ」彼は叫んだ。横にいる若い男たちを見すえ、やり場のない怒りとともに両腕が大きく広げられた。「どうして自分の仲間をこんな目に遭わせる？　もう十分我々は苦しんできたじゃないか。あとすこししたらなにもかもきれいに片づいて、みんなが待ち望んでいた平和が訪れるというのに。アメリカで私たちのために戦ってくれている善意ある人たちがいるのに、どうしてそのチャンスをふいにしようとする？」

「いったいどこに彼らの努力の成果がある？」と若者の一人が怒鳴った。

「兵士たちが我々をそんなに殺したがっているなら、好きにさせてやろうじゃないか」と、もう一人の青年が言葉をついだ。「死を怖れているのか？　僕たちはまだこんな年だけど死なんか怖れちゃいないぜ、なのに、あんたのような年齢の者が死に怯える必要がどこにある？」

「でも、どうしてわざわざ死をおびき寄せるような真似をするんだ、まだたっぷり生きられる時間が残されているというのに？」ソンニは叫んだ。

誰も聞いていなかった。怒号が交錯した。彼の息子の声さえもそれに加わって、そのうねりは、ソンニの声を呑み込みながら、〈かわいい人〉も〈いけてる人〉も中身のないことを言っている、二人の言葉はまったく胸に響いてこない、と叫び返した。待ちなさい、待つのです、我慢です、我慢ですよ、そんなことしか言わないじゃないか。コサワは、いったいいつまで待てばいいんだ！

その日の朝、ひとつのことが明らかになった。夜中に寝床を離れ、放火と破壊活動を実行する若者は村民のごく一部にすぎないにしても、若者たちのやっていることは多数の村民から共感を得ているということが。若者たちに向けられてしかるべき怒りは、ソンニに向けられた。いずれにせよ、ソンニが下した選択が若者たちを、自らの手で問題を解決しなくてはならないというところまで追い込んだのだ。

サヘルからこの話を聞いた私は内心、マンガには、息子が批判の矢面に立たされているとき、頭を垂れてなんかいないで、息子の側に立つ発言をしてほしかったと思った。けれど、サヘルの話によると、ソンニはまったくの孤立無縁だったというわけでもなかったらしい——彼の父親の世代と彼の同世代の男たちの何人かが息子たちを叱責したというのだ。コサワが独力でペクストンを倒せるという考えはいかにも能天気すぎる、自分たちが立っているこの場所で十年前あの日の午後どんなことが起きたか、きれいさっぱり忘れてしまったらしいな、と。


——


先週、ソンニと〈かわいい人〉がサヘルに会いに来た。

彼らは私の部屋の、ベッドの向かいの長椅子に腰を下ろした。最初の数分、私たちは深刻な話題を避けようと心がけた。だけど、あたりさわりのない話題など最近のコサワにはほとんど存在しなかった。会話が途切れたところで、〈かわいい人〉はソンニにむかって、ガーデンズから姿を消した子供はまだ見つかっていないのかと尋ねた。ソンニは首を横に振った。〈かわいい人〉はそれ以上聞かなかった。私たちはふたたび沈黙し、そこにサヘルがやって来た。

〈かわいい人〉は咳払いをした。

彼はサヘルに話したいことがありますと言った。そして、それはソンニがいるところで、つまり私がきちんと真実を伝えたことの証人としてソンニが見守る中で話す必要がある内容なんです、と言った。はるばるベザムから足をのばしここまで来たのは、とても重要なことを伝えるためです、と。ボンゴの友人の、アメリカの若い新聞記者がスーラの近況を手紙で知らせてきたのだった。

アメリカから来た青年のことは、その愛くるしい顔とともに今もはっきり覚えている。彼はボンゴや私たちみんなにとても親切だった。彼はスーラのことが好きで、そのことをみなさんにお伝えしたいと言っていますと〈かわいい人〉は言った。私はサヘルと顔を見合わせた。二人とも必死で笑いをこらえた。〈いけてる人〉が私たちに読んでくれたスーラからの最後の手紙のあと、私たちのあいだで膨らんでいた予感が的中したことをその手紙は裏づけていた。前の手紙の中で、スーラは何度もこの青年のことに触れ、アメリカを故郷のように感じさせてくれる人だと書いていた。私たちはスーラが外国人と結婚することを望んでいたわけではない。だけど、彼以外に結婚相手はいないように思えた。二人を育んできた伝統は大きく違っていて、彼との結婚生活は感情の行き違いに満ちたものになることは目に見えていた。けれど、スーラの人生が私たちの懸念していたようなものにならない方へ救いだしてくれた彼に、私たちは感謝しないではいられなかった。スーラに夫ができる。なんて素敵なことだろう。

けれども、〈かわいい人〉は、スーラが結婚するかもしれないということを伝えに来たのではなかった。

彼はごほんと咳払いし、青年の手紙にはスーラのことで気がかりな点があると書かれていると言った。彼女はちゃんと食べていないし、睡眠も不十分で、政府や企業との闘いを支援することにばかり時間を取られ、自分自身の健康に十分な注意を払う時間がないと言うのだ。

その青年の話では、政府の職員が貧しい人々を故郷から追い出し、彼らの土地を奪うのをやめさせるために、スーラは最近、国内の他地域まで友人たちと出かけていって、人間の壁を作ったという。貧しい人々や支援者たちは、政府が提示してきた金額は土地への対価としてあまりに安すぎると考えていた。スーラは授業を休み、町の広場で長時間、怒りの言葉を叫びつづけたという。その青年はスーラがやっていることを賞賛し、彼女は何もまちがってはいないし、自分も年齢がスーラと同じ頃に似たようなことをやっていたと書いていた。実のところ、抗議行動の主催者にスーラをひきあわせたのも彼だった。問題は、スーラがバランスを失っているように思える点にあった。アメリカに来たのは学校に通うためなのであって、自分の幸福を損なうような活動に首をつっこむためではない、ということを彼女はすっかり忘れてしまっているように見える。寒空の下で友達と肩を寄せ合い、抗議活動をして夜を明かすことも間々あった。一度病気になったこともある。食べる物にもこと欠く家庭が何百万も存在している一方で、同じ国のほんの一握りの人々がうなるほどのお金を手にしている、そんなことはおかしい、という怒りを示すために、彼女は体調が良くなるとすぐさま抗議行動に戻っていった。その新聞記者によると、スーラは自分がとった行動のために刑務所に一晩入れられたこともあるらしい。そのときには彼が刑務所に行って保釈金を支払ってくれたという。

〈かわいい人〉が話し終える頃、サヘルと私は涙をぬぐっていた。聞かなければよかったと思った。スーラがアメリカで国中を周りながら、命を失うような危険な状況に自分をさらしているだなんて。そんなことのためにアメリカに渡ったのか。父親と叔父に降りかかったのと同じ運命を自分のもとにおびき寄せるために？　私たちが耐え忍んできた悲しみを、まさか彼女は忘れてしまったのか？

〈かわいい人〉はサヘルに、言ってくれればこちらでそれを手紙に書きますから、スーラに今やっているようなことはやめて、学業に専念し、無事に私たちのもとに戻ってきてくれと言ってやってくれませんかと求めた。母親だけが知っている特別な方法で、サヘルはスーラの心に触れなければならないのだ。

それから、ペクストンの所有物を破壊し火を放つよう友人たちをそそのかす手紙を書くのもやめてくれと頼んでほしいのだが、とソンニは言い足した。

ソンニがその言葉を言い終わらないうちに、サヘルが椅子からとび降りた。

「なんですって?」

ソンニはあっけに取られた様子だった。まるで自分はいちばん簡単なお願いをしたにすぎないのだが、といわんばかりに。

「スーラが関係してるなんてよく言えるわね」とサヘルは言った。

「この村のみんなが知っていることさ、サヘル」とソンニが答えた。

「あきれた、なんて言い草」

強い怒りがサヘルの中に燃えあがった。もし誰かが私にサヘルにそんな怒りがあると言っても、私は信じなかっただろう。でも私はそれをはっきりこの目で見た。まるで、これ以上耐えきれないという感じで、今にも自分の痛みを世界中に聞こえよがしに叫びだそうとしているようだった。頭のてっぺんから太もものつけ根まで順番に一枚いちまい薄切りにしていくような鋭い目つきで彼女はソンニをにらみつけた。指を突きつけ、こぶしをふりあげ、ソンニにむかって絶叫した。自分の無能さを省みず、私の娘を非難するなんて、今すぐこの小屋から出ていけ、そして二度と戻ってくるな、と彼女は言った。ソンニはあまりに頭がとろすぎてまったくまわりが見えていない。自分の息子の行動すら見えていない。他に打つ手がないから、いかにも安直にスーラに濡れ衣を着せようとしているのだ。スーラは何も悪くない。問題の元凶はソンニだ、とサヘルは言い放った。

ソンニは立ちあがり、無言で小屋から出ていった。

〈かわいい人〉が彼のあとに続いた。

それからサヘルはその場に座り込み、すすり泣いた。

そんな彼女を見て、ソンニの言い分に私が同意していることはおくびにも出してはならないと自分に命じた。他の誰もがそうであるように、私もスーラがコサワに訪れた新たな災いに加担していると思っている。スーラが〈かわいい人〉を通じて友人たちに送金していることは村中が知っている。私たちにもお金を送ってくれる。学校で働いて貯めたわずかな、アメリカではたいした額ではないけれど、私たちにとってはかなり高額なお金を。サヘルはそれを独り占めにはしない。コサワにはお金を必要としている人がわんさかいるから。スーラが母親の暮らしている土地で生じている破壊活動に一役買っているという事実を、誰も口にしないのはそのおかげもあるのかもしれない。でも、サヘルだって気づいているはずだ。たとえ外目には何を考えているかわかりにくい子であっても、自分の子のことは親には手に取るようによくわかる。サヘルが、囁かれている噂話に耳を貸さないのは、あまりに苦すぎる真実がそこに含まれているからなのだ。

あの日以来、ソンニは訪ねてこなくなったが、二日前、転倒して負った怪我から回復したマンガが私を見舞いに来てくれた。彼の口から、サヘルが二度とソンニとは口をきかないと誓ったのはほんとうなのかと、問いが発せられることはなかった。もし尋ねられていたら私は、サヘルの怒りはソンニや私たちの誰かに向けられたものではない、と答えただろう。サヘルが怒っているのは、彼女のような境遇におかれた女性は怒る以外に感情表現ができないからなんだよ、と言っただろう。だからあの晩、私はもう一度彼女にベザムに移り住むことをお願いしたのだった。

ベザムにいる彼女の相手はそれほど若い男ではない。けれども、死んだときの私の夫よりも若い。彼は、サヘルと同い年の〈いけてる人〉のおじである。

話の流れはよくわからないけれども、〈いけてる人〉がサヘルに「おじさんは新しいお嫁さんを探しているんです」と言ったそうだ。〈いけてる人〉いわく、おじは孤独を愛するタイプの人間ではないが、一年半前に妻に先立たれた。おじと妻のあいだに子供はなかった（妻は不育症だった。だけど、子供を産める別の女性と取り換えようとはしなかった）。妻に先立たれた彼は役所勤めをしながら、ベザムのレンガ造りの家で一人で生活を続けている。

おじさんはいい人なんですよと〈いけてる人〉は言った。そして、一人暮らしの生活のことや再婚についておじさんと話しているとき、真っ先に頭に浮かんだのがサヘルのことだったんです、ベザムにいる若い女性たちなんかじゃなくて、と言った。サヘルはとてもきちんと義母のケアをしているし、おじさんの面倒もよくみてくれるだろう、だからおじさんもよろこんでサヘルとジュバの面倒をみるはずですよと、私の目の前で〈いけてる人〉はサヘルに言った。

〈いけてる人〉にそんなふうに言われてサヘルは怒っているようにも見えた。自分にはもっといい話があって当然、という感じで。〈いけてる人〉の口ぶりは私も不愉快な気持ちにした。サヘルがベザムに移り住んで、年寄りとほんの数年生活をともにし、そのあとはずっと〈いけてる人〉のために掃除をして、食事をつくり、自分が死んでいくまで添い遂げてほしいと言っているようにも聞こえた。それでも、私は、その「ほんの数年」が彼女にどんなに素晴らしいものをもたらすことになるか想像してみた。あるいは、その老人は十年も生きていられないかもしれない。私の夫は胸の痛みを訴え始めるその日の午後までなんともなかったが、その後数時間で亡くなったのだ。もしもこのベザムの男が早々とこの世を去ったとしても、転居後のサヘルやジュバは、コサワに確実に訪れるものから身を守ることができるのだ。

――

昨夜、サヘルを寝室に呼んで、ベザムの男に「イエス」と返事を伝えるよう七七回目のお願いをした。

「そんなこと言えないわ、ヤヤ」

「どうして?」

「無理よ……」

私はサヘルに、私のため、ジュバのため、そして何より彼女自身のために、そうしなさいと言った。彼女はため息をついた。この問題が彼女を延々と悩ませてきたことを私は知っていた。

「せめて一晩だけでも、〈いけてる人〉と一緒にベザムに行ってらっしゃい、そして、自分の目でその人のことを確かめてきなさい」と私は言った。「もしその人があまりにも年を取りすぎているのだったら、私にまわしてくれればいいわ」

彼女を笑わせるための冗談を言ったつもりだったのだが、彼女は笑わなかった。「〈いけてる人〉はどうしてそんな話を持ちかけてきたのかしら。あなたを置いていけやしないことを知ってるのに」

〈いけてる人〉を責めてはいけないと私は言った。男は自分の知性を過大評価し、いろんな角度から検討することなく自分の見解を口に出して言うことがあるけれど、それを指摘しても始まらない。それに、かりに〈いけてる人〉がもっと神経をつかって話をしたとしても、どのみち結果には大差ないわ。だって素敵な話なんだもの。

「もし私が出ていったら……出ていきたいわけじゃないけど、もし出ていったとしたら、マラボは私を許してくれるかしら?」

「そんなことであなたは気づまりを感じるべきじゃない」と私は言った。「私にまかせて。いずれ彼と会ったら私が話をつけておくから大丈夫。死後の世界では彼の方が年上になるけど、私が彼の母親であることに変わりはないもの」

彼女はにっこりと笑った。私たちはこのとき初めて死を笑うことができた。そんな晴れ間は長くつづかないと、わかっていたけれど。私たちの涙はあいかわらずすぐそばにあるのだから。

「私は泣きながら彼に誓ったの」と彼女は言った。「たとえ彼がベザムから戻ってこなくても……私の魂を他の男の魂と結びつけたりすることは永遠にない、と」

「マラボが生きていたとき、彼はあなたに何をすべきか、何をすべきではないか指示を出し、彼を愛しているあなたはその指示をしっかり守った」と私は言った。「私はここで、あなたが彼の望むようにふるまうのを見てきた。あなたはそれをただの一度も不幸だと感じたことはなかった」

「彼を幸せにすることが、私を幸せにしてくれたから」

「そうね、でもね、彼は亡くなったのよ。それなのにあなたはあいかわらず、来世で彼が幸せになれるかどうかを基準にして自分の行動を選んでいる。年老いて死に向かっている今の私なら、あなたの年齢のときには決して言えなかったことでも口に出して言える。私は人に頭がおかしいと言われたってかまわない。だから教えてちょうだい、サヘル。生きている夫のためになすべきことをなす、そして、夫が死んでもなお彼のために尽くさなくちゃならない、そんな女性としての務めをいったいいつまで続けないといけないの？」

彼女は私の質問なんか的外れだというように肩をすくめた。

「いったいどうして自分に罰を与えるの？　まわりからそうするように期待されているから？」

「でもね、ヤヤ、もしビッグパパがもっと若いうちに亡くなっていたら、あなたは再婚していた？」

「いいえ」と私は答えた。「そして、そのことを後悔したと思うわ」

彼女は黙っていた。彼女が私の言葉を深く受け止めていることは私にもわかった。いいかげんなことを、死の扉の前に立っている私が言うわけがない。

「私はベザムも政府の人間も大きらいだけど、聞いたかぎりでは、その男の人は感じの良さそうな人だよね」とサヘルは言った。「それにジュバも、新しい父親ができれば喜ぶと思う」

「ジュバのためじゃない。自分のためにそうするのよ」

「あなたのことはどうなるの？　あなたをここに置いてはいけない。ベザムで幸せに暮らせる？」

そこで、私は自分の計画を彼女に話し始めた。

―――

最愛なる私の夫よ、私がどこへ行こうとしているか、私がそれを打ち明けたら、あなたはきっと気を悪くするでしょうけど、私は行かなければなりません。

あなたはずっと前にあの村を出て、私が生まれた場所に来て、この土地をあなたの故郷にしてくれました。あなたはよく私に言ったものです。あなたの仲間たちがあなたと結んできた関係なんかよりずっと深い絆で、私の仲間たちとあなたは結ばれているんだって。どうしてあなたはとび出してきたの？　最初に会ったとき、私はあなたに聞きました。自分の居場所がないんだとあなたは答えました。あなたの言葉の意味を私は深く考えました。先祖代々の村にほとんど立ち寄りもしないのは帰属意識が弱いせいなのかしら？　あなたの強烈な悲しみが、あなたを親族から断絶させたんだろうか、いや、その悲しみは断絶の結果なのかもしれない。あなたの兄弟や彼らの子供たちとのあいだには、目に見えるような争いや仲たがいがひとつもないのに、いったいどうしてあなたは息子たちに自分の親族のことをちっとも話したがらないのか、私にはさっぱり理解できませんでした。私は何度もあなたに尋ねましたよね。そしてそのたびあなたは話すことがないからさと答えました。

でも、話すことはあったのです、私の愛する夫よ。話すべき物語はそこにあったのです。

どうして私に話してくれなかったの？

あなたの苦しみを私もわかちあうことができたというのに、どうして一人で耐えることにしたの？

どうして私に抱擁させてくれなかったの？　どうしてあなたのために泣かせてくれなかったのですか？

――

夫の孫にあたるマライカという女性が教えてくれた話だ。両親を亡くした夫を育てたのは、彼女の祖母だった。

マライカは、ボンゴがベザムに連れていかれてから、ちょくちょく私を訪ねてくれるようになった。夫の葬儀の前には一度も会ったことがなかった――葬儀には、夫が何十年も口をきいていなかった兄弟や親戚の人たちと一緒に彼女も参列していた。マライカに、どうして彼の家族は私たちのところへ誰も訪ねてこなかったのかと尋ねると、彼の新しい家族と関わりを持ってほしくないと夫が望んでいたからだと答えた。私はなるほど、そういうわけだったのねと言った。そして、横槍を入れてくる人はもう亡くなったのだから、これから私たちは好きなだけ自由に行き来できるはずねと言った。葬儀のあと彼女が訪ねてきたのは一度きりだった。しかししばらくして虐殺が起き、ボンゴ逮捕のニュースを知った彼女は、その後、わが家に頻繁にやって来るようになった。ボンゴが殺されたあとも来てくれて、八つの村から集まってきた親戚たちと一緒に、私のベッド脇の床の上で一緒に眠ってくれた。彼女は私の食事や入浴を介助してくれた。二、三時間ほどの睡眠へ誘ってくれる、カクテルを作ってくれたのも彼女だった。そのカクテルを飲むと、我が子が二人とも亡くなった現実の苦しみから逃れることができた。

ある晩、マライカが訪ねてきた。どういうわけか、彼女の祖母（私の夫の姉）の話になった。おばあさんは死ぬ前、最後にいちど私の夫と話をし、「ごめんね」と謝りたいと言っていたわ、心からそれを願っていた、とマライカは教えてくれた。

「ごめんなさいって、何のこと?」と私は言った。

「今までのこと全部よ」と彼女は答えた。

「全部って?」

それから、私の夫の姉が死ぬ前に彼女に語った話を聞かせてくれた。夫の姉が誰にも語ったことのなかった話を。腹に大きなかたまりができて衰弱していた姉に、霊媒師を通して、死を迎えるためには腹の中にある暗黒の秘密を誰かに打ち明ける必要があるとお告げがあり、姉は死の数日前に孫娘にそれを話して聞かせたのだった。夫が七歳の時に起きた出来事について姉は語った。


――


ある晩、あなたはお姉さんのところへ行き、叔父さんにされたことを話しました。叔父さんがあなたを狩りに誘い、森の奥深く、虫や鳥しか見えないイロコの木の下まで二人でやって来ると、叔父さんは腰布をほどいて足を広げ、ペニスがかゆいから掻いてくれと言いました。あなたは首を振ってその大きく膨張した器官から目をそむけました。すると叔父さんは、あれだけ果物や木の実をプレゼントしたのに、助けてくれないなんて信じられない、この村で君ほどかわいがってやった少年は他にいない、君のことを大切に思ってきたのに、どうして困っているときに助けてくれないんだ、と言いました。あなたは泣き出しました。すると彼は、俺のペニスを両手でこすってくれないなら、森に置き去りにして獣に肉を食べさせてやるぞと言いました。そうやって彼はあなたに、男の子が男にしてはいけないことをさせたのです。

あなたは泣きながら、お姉さんにその話をしました。話し終えたあなたに、お姉さんは何ひとつ質問しませんでした。ただひと言、この話を誰にも言ってはいけないと言いました。彼女の夫、つまりあなたがお父さんと呼んでいた人が、訪問していた親族の家から戻ってきたとき、お姉さんはあなたにその話をもう一度させました。彼もまた、お姉さんが言ったように、このことは誰にも話してはいけないと言いました。我々の存命中はもちろん、君の一生にわたっても、この話は語られてはならない、と。あなたを森に連れていった叔父さんは、あなたの一族の長の一人でした。彼には二人の妻と九人の子供がいました。君の話を信じてくれる人は一人もいないだろう、たとえ誰かが君のことを信じたとしても、その事実に対して何ができるだろう、とあなたの姉とその夫は言いました。叔父さんが君にした事実が消えてなくなるか? 君が良い子であることを知っている、だから君を信じるよと二人は言いました。でも、叔父さんも素晴らしい人物だと二人は考えていました。家族で何かいざこざが生じたとき、それを解決してくれる人、それが叔父さんでした。村長の親友であり、相談役の一人でした。村がそのとき平和で豊かだったのは、彼のような人がいたからでした。君の嫌がることを彼がしたからといって、村が混乱に陥っていくのを目の当たりにしてうれしいかい？　家族のため、村のために、みんながそれぞれできることをやっていく、それが大切なことだろう？お姉さんの夫はあなたに「涙をふきなさい、そして強い子であることを示しなさい」と言いました。自分の体を見てみなさい、叔父さんは何ひとつ君を傷つけちゃいないよなとお姉さんの夫が尋ねました。あなたは首を横に振りました。じゃあ、いつまでもくよくよ悩むなんておかしいわとお姉さんが言いました。あなたがその出来事を語り終えたとたん、その事実はあとかたもなくどこかに消滅してしまったのです。

——

マライカが話し終わると、私は毛布を顔に引き寄せ、声をあげて泣いた。彼女が立ち去ったあとも、私の涙は延々と流れつづけた。私は最愛の人のために泣いた。彼は恥ずかしさと孤独に浸された子供だった。一人ぼっちで苦しみに沈んでいる男だった。姉は彼を犠牲にしたのだ。実の姉さんが。自分の名誉を守るために、彼に苦しみを押しつけた。「あいつに下劣な嘘を拵えさせて、村を引き裂かせた」と他の人から悪態をつかれるのを怖れ、彼女は彼の唇を縫い合わせた。どうして私の夫はこの話を隠しとおさなければならなかったのかと私は何日も考え、そこでふと思いついた。たとえ彼が大人になってから秘密を明かしたところで、私たちのうちの何人がそれを信じただろうか。何人の者が、とっくの昔に死んでしまった人間に人知れず囚われつづけている彼の、大人の男としての彼の心情をわかってやれただろうか。

そして彼の姉——彼女に対して私はあまりにもさまざまな感情が、悪意をふくんだ感情が燃え立つ。でも同時に意志の力をふりしぼり、彼女の苦しみを想像しようと私は努める。彼にこんなことをして、彼女はどんなに打ちのめされたことだろう。間違いなく彼女は何か手を打とうとして、何か行動を起こそうとして、夫と衝突したはずだ。夫は彼女にできることは何もないと答えたにちがいない。犠牲を払うんだ、生きていくうえで自分たちが犠牲になることも必要なんだ、と夫は言ったにちがいない。家族のため、村のため、国のために、それらをひとつにまとめ、発展させるために、内部からばらばらに壊れていかないように、誰もが犠牲を払わなければならない、と夫は彼女に言って聞かせたはずだ。

——

私に話してくれたらよかったのに。今の私の率直な思いです。暗闇の中にいるあなたに私は寄り添っていたかった。あなたの憂鬱が濃度を増していく夜に、あなたと一緒に私は泣きたかった。誰かが立ち上がらず、言うべきことを言わず、実行すべきことを実行に移さないとき、あなたが叫んだり、怒鳴ったり、侮辱の言葉を浴びせるのはなぜなのか、その理由を私も理解できたのに。年上の子が年下の子のおもちゃを取りあげ、大人はそれをほったらかしにしているといった、ほんとうにとるに足らないような出来事でさえも、あなたはかんかんになって怒りました。あなたの激烈な怒りは、世界をありのままに受け入れることができない悲観主義のあらわれだと私たちは思っていました。だけど、あなたの昔の言葉は今、なんだかちがった響きを帯びて聞こえてきます。そう遠くない未来、私たちが再会したとき、私はあなたの頭を胸に抱き、あなたが望むかぎり、思う存分ありとあらゆる邪悪な存在を呪わせてあげるわ。もうよして、なんて絶対言いません。そんなに怒らないで、人生はそういうものだし、こういうことも起こるのよ、なんていう安易な慰めを私は口にしません。落ち着いて、なるがままに放っておきましょうなんて絶対に言いません。

ああ、愛する夫よ、スーラもあなたのように、子供たちを守ることのできないこの世界を、抜け殻みたいにさまようのではないかと、私は心配でなりません。世界が新しく生まれ変わり、平等と尊厳が万人にもたらされるようになるまで、心の平安が彼女を訪れることはないのかもしれません。あなたたち二人は私に、うずくような痛みを感じさせます。喜びを手にすることができなかったあなたと、絶望の道を歩くスーラ。こんなに数多くの子供たちがいる中で、彼女がその道に導かれたのはいったいどうして？　力のかぎりを尽くしてすべての過ちを正したいという彼女の願いは、どこから来るのだろう？　あなたが、夜眠っているあの子のもとを訪れたとき、「自分が正しくないと思うことを決して受け入れてはいけないよ」と吹き込んだのですか？　お願いだから、戻ってきてあの子のところに行ってやってください、愛するあなた。そして、もう大丈夫だよ、コサワはなるようになるから、と教えてやってください。サヘルのため、そしてジュバのために、どうかお願いします。

―――

愛するあの人と私は、つぎの雨季が巡ってくるまでには再会できるだろう。私はたしかにそう感じている。乾いた風の吹く日に私は飛び立ちたい。もう彼の顔は見えている。彼の姿は青年に戻っているように見える。私に微笑みかけてくれているようにも見える。ここから先祖の土地まで、私は最速で旅するだろう。あの素晴らしい場所に到着し、夫と子供たちに再会し、彼らや先祖と一緒になって、永遠なる精霊との幸せな一体感を得るまで、私はかたときも立ちどまることなく走りつづけるだろう。

――

サヘルがベザムに移り住む準備が整ったら、マライカが私を引き取ってくれる。私は彼女と一緒に暮らすのだ。私たちは身を寄せ合って生きていく。マライカの娘は三人とも妻として、それぞれの家に婚出していった。マライカの夫はずいぶん前に亡くなっている。一人息子も幼い頃に亡くなっていて、彼女はいま一人暮らしをしている。彼女の向かいの空き部屋に私は移り住むことになる。

今日、一陣の風みたいに新鮮な生気が体の中に吹き込んできた。もしかしたら数歩程度は歩けるようになるのかもしれない。けれども、マライカは彼女の小屋ではあまり歩く必要はないからねと言ってくれる。マライカが食事を食べさせてくれるし、トイレやベランダに行くのにも手を貸してくれるからだ。私はそのベランダで、思い出せないくらい長いあいだ吸えなかった清潔な空気を吸う。私はここで、夫が自分の手で建てたこの小屋で、二人で最高の夜を過ごしたこのベッドで死にたいと思っていた。だけど、私より先にコサワが死ぬかもしれない。村の最期に立ち合いたいとは思わない。私が彼の生まれ故郷に移り住むことを彼には許してほしい。彼はかつてその土地を去り、故郷の人々とは関わりあいたくないと言っていた。私は長年彼にむかって、故郷を訪ね、子供たちを親族に紹介し、親族関係を保つべきだと言ってきた。彼は取り合わなかった。私が食い下がると、彼は私を怒鳴りつけた。今、私はそこへ行く。たいせつなものを彼が奪われたその土地へ。他に行くべき場所はどこにもないから。

僕たちはベザムまで行き、彼女を出迎えたんだ。残された五人で。僕らの人数が減ってしまったのは死が原因というわけではない。その点はありがたいと感謝した。でも、彼女が送ってくれた金を使って借りたバスの中で揺られながら、僕たちは、今までともに生きてきたすべての村人が、彼女がこっちに向かって歩いてくるその瞬間に、その場に顔をそろえて出迎えることができたら、きっとおもしろいことになっただろうなあと夢想した。彼女とお別れしてから十年、いちばん痩せっぽっちで、いちばん無口だったあの彼女が、僕たちのリーダーになるなんて、いったい誰が想像できただろう？

僕たちはずっと七人だったけれど、彼女が戻ってくる六年前、家庭の事情で二人が距離を置くようになったんだ。ある晩、僕たちがガーデンズに火をつけに行ったあと、一人が、僕たちとの関係をこのまま続けるわけにはいかないと言った。あのときの作戦も、いつもとほぼ同じ手順を踏んで遂行された――警備員が発砲してきたけれど、またしても僕たちはそれをふりきって暗闇に逃げおおせた――だけど、翌日の夜、もう少しで死ぬところだったなあと笑いながら、つぎの作戦について話し合っていたとき、僕たちの仲間の一人がため息まじりに「もう限界だ」とつぶやいたのだ。彼にとって勇気は最良の美徳ではありえなかったんだ。彼は美しい心の持ち主だった。だから僕たちは彼を引き留めなかった。棺桶に仰向けに横たわる、牢屋に入れられる、妻と幼い子供たちを今とは比べ物にならないくらい貧しい暮らしにつき落とす、そんな危険を冒しつづけるわけにはいかないんだ、と、地面に目を落として言う彼に、もっと未来のことに目を向けてくれよなんて、とても言えなかった。パイプラインを壊し、放火し、タンクを破壊したところで事態はなにひとつ変わらなかった、と彼は熱を含んだ声で語った。なにも変化をもたらしえなかった。政府が法を犯す者たちに対して前にもまして非情な態度をとるようになり、我々の三人の仲間が拘留されているロクンジャの刑務所の収容人数を二倍に増やしたことを別にして。

僕たち三人はさっぱりとした心持ちで、その友人を祝福し、僕たちとのこれまでの関係は解消されることを約束し、これまでいろいろと世話になったねと感謝を述べた。僕たちからは、ペクストンが僕たちの要求を呑むまでは、攻撃の手を止めるわけにはいかないんだと伝えた。そのとき、ペクストン側にはこちらの要求に応じる意向がちらちらと見え隠れしていた。一か月もすれば新しい上級監督がガーデンズに着任し、その人物が僕たちとの対話を始めることを熱望しているというメッセージを、ペクストン側が〈かわいい人〉を通じて伝達してきたのだ。

――

新しい上級監督は、ガーデンズに着任して一週間もたたないうちに僕たちに会いに来た。彼の横には通訳が立っていた。反対側にソンニ、〈かわいい人〉、〈いけてる人〉が並んでいた。通訳はまず上級監督の名前を告げた――ミスタ・フィッシュ。子供たちはくすくす笑い、妻たちは冷ややかににらみつけた――ミスタ・フィッシュが生まれたアメリカの町のことや、彼がこれまで訪れた世界の多くの場所のことや、僕たちの国について学ぶために費やした年月について語った。フィッシュ氏は、みなさんとともに働き、より深くみなさんを理解し、たがいに調和的に生きていく方法を見つけたいと強く願っています、と通訳が言った。

僕たちの耳は通訳に向けられているけれど、目は上級監督に釘づけになった。ろうけつ染めのシャツを着て、顔から汗がふきこぼれるほどの暑さの中、彼のために用意された椅子に見向きもせず、一時間以上彼は僕たちの正面に立ちつづけた。表情を絶え間なく彩っている微笑は彼に、海外やベザムの人間には見受けられない、ボンゴやルサカがかつて首都で出会いたいと願ったような、隠しだてしない広い心の持ち主という印象をまとわせていた。

このアメリカ人が、乾季の暑い日の夕方、ガーデンズから歩いてコサワまで来たそのときから――あとで聞いて知ったことだけど、僕たちの村とさして離れていないことを示すために車をガーデンズに残してきたという――僕たちは、彼がただの石油商なんかじゃないと気づいていたんだ。彼の目の中にある輝きは、ばらばらになりそうな僕たちの魂に対して、ある種の鎮痛作用を持っていた。

彼が手を振りながら村に入ってくると、幼い子供たち――僕たちの子もそこに混じっていた。子供たちの反応は、幼かったときの僕たちと何も変わらなかった――は母親のスカートのかげに隠れ、彼のことをじっとのぞき見た。肌や髪がこんなに明るい色をしている人間を見たことがないから、怖がって泣き出してしまう子供もちらほらいた。けれど、そんな子供たちを妻たちが家に連れて帰ろうとすると、子供はまだ帰りたくないとむずがった。そして、ひとしきり彼の不思議な顔に熱い眼差しを注ぎつづけた。

――

フィッシュ氏との最初の話し合いで、僕たちは最前列にほど近い位置に置かれたスツールに腰かけた。兄さんやおじさんたちも最前列で父さんたちと並んで座っていた。僕たちはすでに結婚し、子供も一人二人生まれ、父親になっていた。父さんたちはおじいさんになり、おじいさんたちは先祖の仲間入りをし、僕たちは、自分たちの言動が次の世代の未来を左右する立場にたち至っていた。

マンゴーの木の下では、妻たちが子供たちと一緒に待っていた。彼女たちは、僕たちが子供だったときの母親みたいに泣いてはいなかったけれど、その表情は、《子供たちの生活には、生きていくプロセスそれ自体を豊穣にする小さな感動が満ち溢れている》という希望があとかたもなく消失したことを物語っていた。あいかわらずコサワのほとんどの小屋は満員状態だったが、もうすぐあの人が出ていくのではないかとか、あの人はもうここでの生活に耐えられなくなったようだとか、そういう話が声をひそめてしきりに語られていた。僕たちが幼かった頃みたいに、度を越して頻繁に子供が死ぬという惨劇は少なくなっているにせよ、あいかわらず子供たちは病気がちだった。年を追うごとに、ペクストンはボトル入りの水を送ってこなくなった。僕たちには約束を守らせる手段がない、彼らにはそのことを見すかされていたんだ。約束とは裏腹に、空気の汚染もひどくなる一方だった。彼らは我が物顔で僕たちの土地に石油をたれ流した。僕たちは報復として、石油を流出させた。僕たちのもとに、現金の入った新しい封筒は届かなくなった。ソンニの手にさえそれが届くことはなかった。僕たちは極度の貧困状態におちいっていた。

――

通訳の話では、フィッシュ氏は前の週にロクンジャの県の長官と、収監されている友人たちの釈放について話し合ったという。協議はうまくいったらしい。なぜ僕たちの仲間が逮捕されたのか真実は語られなかった。政府の公式発表なんか四本足で歩く蛇の話とどこも変わらない作り話なのだ。それなのに通訳はその点についてひと言も触れなかった。仲間たちが刑務所に入れられたのは、ビッグマーケットで税金を支払った領収書を彼らが所持していなかったからなんかじゃない。市場のそれこそ無数の見物人たちが見守っている中で、ポケットから引っ張り出された領収書が兵士たちによってびりびりに引きちぎられたとき、彼らの目が冷ややかに宣告していた。ほらこれでどうだ、俺たちに歯向かうことができる者はいるか？　兵士に手錠をかけられ、牢屋に入れられた友人たちはまるで無力だった。ペクストンの所有物に対する攻撃の背後には僕たちがいるんじゃないかと兵士たちは疑い、僕たちの仲間を罠にかけたわけだ。ベザムの人間たちにとって真実なんてものは無意味なんだ。

僕たちははらわたの煮えくりかえる思いだったが、声をあげることもできなかった。

仲間たちの裁判で、弁護側の証人として、兵士が領収書を破り捨てたところを目撃したと証言してくれる人は一人も現れなかった。裁判官は懲役一年、禁固六か月の判決を下した。妻や母や娘が泣き叫ぶ中、刑務官に連行される友人たちに、一日一日は長く感じられるけれど確実に年はめぐるからなと僕たちは伝えた。そんなとき、またもやスーラから大切なお金が送られてきた。科された罰金を払うための金だった。

――――

仲間たちが刑務所に入れられている一年のあいだ、残された僕たちは毎月、ときには毎週、できるかぎり頻繁にいろんな場所で、駐車している車に放火し、機械が正常に動かないように部品を取りはずし、「ペクストンが撤退しないならガーデンズの連中を皆殺しにする」という脅迫状を送った。ロクンジャとガーデンズを結ぶ道路で、労働者を満載したバスを止めたことも二回ある。マシェットをつきつけ、あり金をすべてよこせと要求した。ペクストンの給料なんか雀の涙くらいのものだから、家族を養うためにはどうしてもこの金が必要なんだと労働者は訴えていたが、僕たちはひとかけらの同情も示さなかった。連中の子供たちに慈悲の心を向けられるわけがない。そんな戯言には平手打ちをお見舞いするしかない。ペクストンに魂と体を売り渡した人間が子供たちのことを口にする。これほど胸のむかつくことはない。

バスの運転手を脅しエンジンオイルを奪い、そのオイルでペクストンの所有物にまた火をつけた。ラフィアのかごバッグで顔をすっぽり覆い、オイルで汚れた紙幣をもうひとつのバッグに押し込み、僕たちは労働者たちによく聞けと言った。無視村に引き揚げることをそろそろ真剣に考えたらどうだ。無視を決めこむなら、敵の皿の残飯を食べているお前たちを俺たちの敵だとみなす。ペクストン社を待ちかまえている天罰を生きのびることができる者はいない。僕たちはそう警告したんだ。

労働者に対する攻撃や脅迫のことをスーラに知らせたのは、たぶん〈かわいい人〉だろう。僕たちは手紙の中でひと言も言及しなかったのだから。たしかに彼女の中で使命感は激しく燃えていた。けれど、やはり彼女は女性なのだ。身体的な攻撃という一線を越えることをどうしても許せなかった。僕たちの中には、労働者たちを標的にしつづけていれば、遅かれ早かれ仲間の連帯に綻びが生じるだろうという危惧があった。そして朝になると太陽が昇るように、我々の危惧は現実の中に具体的な形を取り始めた。彼女は事件の報告を受けるたび、そんなことはやめるよう僕たちに手紙で言ってきた。私たちの当初の計画から逸脱している、と。ペクストンの注意を引き、我々を適切に取り扱うことを訴え、我々の怒りを伝えることが本来の計画であり、人を殺すことは決して許される行為ではない、と。いったい何を考えているの？　僕らは、誰も殺しやしないと約束した。僕たちは単に労働者たちに恐怖心を植え付け、ガーデンズにパニックを引き起こし、どんな手段も辞さないと警告を発したかっただけなのだ。でもスーラは納得しなかった。もし僕たちが袋叩きにした労働者が死んでいたら、それこそ取り返しのつかないことになっていた、と彼女は書いてきた。血の上にさらなる血を重ねることは、コサワにとって避けるべき最悪の事態だ。労働者は我々の敵ではない、敵はペクストンなのだ、と。僕たちに対する資金的な支援も打ち切らなければならないと彼女は書いていた。そして実際に、〈かわいい人〉は彼女からの封筒を何か月も持ってこなかった。彼女は心変わりして、もう僕たちの仲間ではなくなってしまったのかもしれないと思い始めた矢先、僕らのもとに彼女からの手紙が舞い込んできた。そこには、労働者も僕たちと同じ父親であって家庭を持っており、そのために多大な犠牲を払っていることを忘れないでくださいと書かれていた。

——

僕たちが攻撃を開始してから三年目、ペクストンは労働者たちに、今後妻や子供のガーデンズへの立ち入りを許可しないと通告した。遅きに失する通達であり、そこにはさして意味はなかった。十年以上も前、僕たちの仲間が亡くなり始めた頃、つまり三人の子供たちが亡くなったとき、ガーデンズの女性たちや子供たちはとっくにこの土地から退去し始めていたのだから。

ガーデンズの子供たちが亡くなったという話を、僕たちはその日のうちに聞いていたが、その死因が、僕らの仲間が死んだときのものと酷似しているとは考えもしなかった。ガーデンズの子供たちは井戸のすぐそばに建てられた住居に住み、口にしているのは清潔な水だったし、おまけにペクストンからアメリカの薬が与えられるのだから、彼らが僕たちのような運命をたどることはないと、僕たちは思い込んでいたんだ。

どんなに強力なアメリカの薬でも身体に長年蓄積された毒素を洗い流すことはまず不可能なのです、と〈かわいい人〉と〈いけてる人〉は僕たちに言った。

コサワの僕たちには思いも寄らなかった。

村の人間はだれ一人として労働者とまともに会話したことはなかった。僕たちは子供の頃から、ガーデンズの子供たちとは口をきかなかった。バスで隣合わせに座ったときでさえ、ひと言も話さなかった。僕たちは憎しみの塊と化していた。そこには僕たちの親が彼らの親に向けていたのと同じ軽蔑も混じり合っていた。彼らは僕たちとそっくりななりをして、行動も似通っていたけれども、決定的な違いがあった。彼らはペクストン社の子供たちだった。それから数年が経過したあと僕たちはようやく、彼らの方でも、僕たちの友人ほどばたばたとは死ななかったものの、それでもたしかに死んでいく子供はあとを絶たなかったし、亡くなった子の親たちが僕らの親たちと同じように涙していることに気がついたんだ。

〈いけてる人〉の話によると、ガーデンズで最初に六人が亡くなったあと、自分の子が咳の症状を示すと、母親たちはすぐさま荷物をまとめ、別の土地に移り住むようになったらしい。居残っていた女性や子供たちも、僕たちが襲撃を始めてから一年後に起きた子供の謎の失踪事件のあと、数日のうちにどこかに引きあげてしまった。

村に戻ってくるスーラを迎えにベザムに行ったとき、ガーデンズには男たちしかいなかった。男たちは傷つき、故郷を恋しがりながらも、愛する者たちに報いようと富の幻影にしがみついていた。学校はからっぽだった。子供たちとともに教師たちも大半は引き払っていた。残っていたのは、コサワの学校に着任予定の、研修を終えたばかりの新米教師たちだけだった。ペンダ先生もすでにいなくなっていた。彼はさよならも告げずに立ち去った。僕たちにだけでなく、そのとき教えていた僕たちの姪っ子や甥っ子たちにすらも。僕たちがまるで敵かなんかのように彼は行動したわけだが、それもまあ、おあいこみたいなものだった。僕らとしても、ガーデンズに火を放ち、灰にするチャンスがあれば、ガーデンズに暮らしている彼がたとえ巻き添えになるとしても、計画を実行していたはずだから。

妻たちが一人残らず逃げ出したあと、労働者たちの苦難は時がたつにつれて色濃くなっていった。バスの中では彼らの咳が響いた。かつてワンビがしていた咳とまったく同じ種類の咳だった。彼らの目もかつての僕たちみたいに涙目になっているのがわかった。掘削事故が多発しているという話も聞

いた。身体部位をいくつかのビニール袋にわけて包まなければならないほどむごい死に方をするらしい。事故から生還したものの腕や脚を失い村に戻ってきた男たちも数えきれないくらいいた。事故が原因ではない死亡例に関する情報も入ってきた。毒物への曝露が死因なのかどうか、僕たちにはそこまで知る術はなかった。ただひとつ僕たちにわかったことがある。ガーデンズの労働者が一人死ぬと、十人ばかりの男たちがアメリカからもたらされる富を手に入れようと、遠くの村から補完的労働力として名乗りでてくるということだ。ガーデンズはいつも、油まみれの作業着に身を包み、ほこりまみれになって夢をふくらませつづける男たちであふれていた。

僕たちが攻撃をエスカレートさせ始めてから数か月が過ぎ、彼らの目の中に、僕たちに対するひどい怯えがはっきりと浮かぶようになった。彼らは僕たちの顔を識別できていなかったと思う。襲撃や待ち伏せ攻撃を実行するとき、僕たちはつねに覆面をつけていたからだ。けれども犯人が僕たちであることは薄々勘づいていたはずだ――八つの村の中で僕たちほど彼らを憎んでいる者は他にいなかったのだから。バス停で彼らの姿を見かけると、僕たちは下を向き、自分の指をじっと見つめるふりをした。そして、彼らは僕たちのすぐそばで、いかにも苦しげにはあはあと喘ぐように呼吸をしていた。自然にそうなってしまうのだろう。災いだらけの生活を労働者は送っていた。頭上にそびえたつペクストン社から、最後の一滴まで掘削しろ、さもなければ家に帰れと吠えたてられる。僕たちは彼らの前にたち、嫌悪をはらんだ敵意を隠そうともしなかった。彼らの体内では毒素が泳いでいた。彼らは死に対して身構えていた。いますぐ死が訪れるのだけはかんべんしてほしい、彼らはそう乞い願うことしかできなかった。妻や子供たちは、生活費が送られてくるのをどこか遠くの場所でじっと待ちながら、何十年も前に油田で働いて稼いだ金で故郷にレンガ造りの家を建てた者たちのように、うちも金持ちにしてくださいと先祖に祈っている。けれども、その日がやって来るまで、男の妻は夫のいない日々を送り、彼の子供たちは父なし子同然に育ち、男の両親は彼に別れを告げることもできずあの世へ旅立っていった。

労働者たちは幾たび自分の人生の価値を問いかけただろう。後悔の涙にくれる夜をいくつ数えただろう。将来いつか富を手にできるという約束なんか、愛と静寂のシンプルな生活にはとても及ばないと思い直し、荷物をぎゅうぎゅう詰めにしたトランクを抱え、バス停に立っている男の姿を見かけることがあった。そのたび僕らは、その労働者をほめたたえるべきなのか、それとも尻尾を巻いて逃げ出す心の弱さを嘲笑したらよいのか、なんだかよくわからなくなってしまうのだった。

フィッシュ氏との初めての話し合いの一か月あまり前、コサワの男たちは集会を開いた。〈かわいい人〉と〈いけてる人〉が呼びかけた集会だった。にわかには信じがたいことだけど、待ち望んでいた画期的な展開があったので、ぜひその情報をみなさんの耳に入れたいとのことだった。

ペクストン社によるたび重なる約束不履行に不満をつのらせたニューヨークの回復運動の人たちが、ペクストンに対して僕たちの土地と水を浄化したうえで、収益を僕たちと共有するよう求める書類をアメリカの裁判所に提出したという。ペクストンは僕たちの土地から利益をあげているので、僕たちにも、同社が石油を売って得た利益の配分を受け取る正当な権利がある、というのが回復運動の見解だった。その一方で、ペクストンは一新された経営陣のもと、彼らのビジネスの根幹には公正なる精神が据えられていることを、世間になんとしても示したがっていた。新しい経営陣には、裁判で争うことなく問題を解決したいという意向と、回復運動と協議して合意を形成しようという意思があった。合意が成立すれば、僕たちは今後、父さんたちや母さんたちが受け取っていた現金の入った封筒を手にすることはなくなる。その代わり、ペクストン社が僕たちの土地を用いて得た儲けの何割かを、取り決められた日から受け取れるようになる。つまり僕たちには毎年、配当金が支払われるようになる。

フィッシュ氏との一回目の話し合いの場で、すべてその通りですと彼の通訳は言った。

配分率についてはいまだ折り合いがついていないけれど、きちんとした率で合意することは間違いありませんと彼は言った。

「だいたい、どれぐらいになる?」と誰かが叫んだ。

通訳がフィッシュ氏の耳もとになにやら囁いた。フィッシュ氏は頷き、通訳の耳もとに囁き返した。

「フィッシュ氏は、何パーセントになるかわからないとおっしゃっています」と通訳が言った。「覚えておいていただきたいのですが、ペクストン社の周辺には、支払いを求めている人々が多数います。アメリカの政府は多少の取り分を必要としていますし、この国の政府も取り分を要求しています。ペクストンで働いている人たちにも毎月、給料を支払う必要があります。しかしながら、あなたがたの配当金もきわめて重要です。なぜなら私たちはともにこの谷間の土地に居を定めているからです。平和的に暮らしていかなければならないからです」

あちこちから疑問の声があがった。ベザムにいる人々は、この懸案事項を把握しているのか? 彼らはなんと言っているのか？　配当金には課税されるのか？　なぜ彼らはこの場に出席していないのか？

「ペクストン社はあなた方に寄り添い、正しい行いをなしたいと願っています」と通訳は答えた。「企業が地域のコミュニティと利益を共有するなんて、通常ならありえない話です。しかし、わたくしどもはそれをかならず実行します。それが私たちなのですから。この国の政府が私たちの計画を支持しようがしまいが、関係ありません。政府には政府の意思というものがある、それはいかんともしがたいことです。ペクストン社の信条としては、人々を優先することこそが第一義なのであって、政府を最優先するわけではありません」

「それはどういう意味だ」と僕たちの仲間が尋ねた。「あんたたちに俺たちの土地をくれてやったのは政府じゃねえか」

「ええ、その通りです、ある意味では」と通訳は言った。「しかし、ペクストン社はペクストン社であり、閣下の政府は閣下の政府なのです。私たちは、私たち自身の信念にもとづいて動いています。世界のためになることを実行するのが、私ども企業の使命です——そのために私たちは今日この場にいるわけです。この協定がまとまったあと、生活改善のためのお金の使い道について、もしみなさんが私たちのサポートを必要とされるのであれば、喜んで人材を派遣し、ご支援いたしましょう。かりにロクンジャに移住したい、あるいは他の七つの村に土地を買い求めたいという方がいらっしゃれば……」

「ロクンジャに移住する？」数人から叫び声があがり、重なり合った。

「土地を買う？」

これ以上話をしてもむだだった。

僕たちは立ちあがり、スツールを手に抱えた。そろそろ引きあげよう、と妻たちに合図を送った。何人かは不服そうにしていた。けれど、彼女たちもちらっとまわりに目をやり、僕たちにたてつくのはやめた方がよさそうだと思い直した。通訳は立ち去る僕たちにむかって、土地を売って他の村に移る必要はないんですよ、ご自身でそうしたいと思わないかぎりは、と声を張り上げた。フィッシュ氏に説明する機会を与えるべきだぞ、とソンニが大声で言っているのが聞こえた。

数人の父親たちはその場にとどまって、ペクストンが本当に欲しいものは何なのか通訳から聞き出そうとしていたが、そんなこと聞くまでもないじゃないかと僕たちは思っていたんだ。谷間全体をまるまる我が物として手中におさめたいという彼らの意思は明らかだった。僕らの子供たちが遊んでいる土地の下に眠っている石油を、一滴残らず手に入れたいのだ。僕たちの小屋が建っている地面の下を採掘し、そこにある石油を吸い上げたいと彼らは望んでいる。妻たちが料理をする台所の下に眠っている石油も、そっくり全部手に入れたいのだ。でも連中にそれをくれてやることは、僕たちが死ぬまでありえない。

——

翌日、ソンニがフィッシュ氏からの招きを伝えに、僕たちの小屋にやって来た。石油屋《オイルマン》が自分の家でじっくり話し合いたいと言っているそうだ。そんなの時間のむだだ。わかりきっている。いったい、これ以上何を話せというのか。でも〈かわいい人〉と〈いけてる人〉が、刑務所にいる僕たちの仲間のためにも招きを受けるべきであると主張するので、その一週間後、僕らは二人と一緒に招待を受けることにした。

長い髪の女性と葉緑色の目をした三人の男の子の写真、そして数多くの本が所狭しと並んでいる部屋で、フィッシュ氏の通訳が、ペクストン社はみなさんに土地を売ってもらおうなどとはつゆほども考えていませんと言った。ペクストン社が求めているのは、ただひとつ、平和です。前任の上級監督をニューヨークに送り返し、フィッシュ氏を僕たちのところに連れてきたのも痛いほど平和を切望しているからなのです。みなさんの側にも平和を望むお考えがおありでしたら、ひとまずここで握手を交わし、再出発しようじゃありませんか？ペクストン社にはみなさんと協定を取り交わす用意がありま

す。まず、大きな協定の土台になる予備的な協定をまとめます。破壊と放火をやめ、労働者を恐怖にふるえあがらせることをやめれば、配分率に関する合意を取りまとめるために、ペクストン社は前向きに回復運動との交渉に臨みます。それはさておき、あなたがたが男らしく握手を交わせば即刻、真っ先に、刑務所にいるあなたたちの仲間が釈放されます。

その場にいた僕たち三人はいとまごいをして、いったん外に出た。

フィッシュ氏宅のポーチで、目の前に広がる労働者の共同住宅や空っぽの学校や、黒煙に染まっている空に構造物がつきだしている油田や、縦横に走るパイプラインや、がっくりと膝をついているような格好でたっているしみったれた僕らの小屋を遠くに眺めながら、フィッシュ氏が示してきた条件を呑むべきか僕たちは考えあぐねてしまった。スーラがいてくれればと思ったけれど、手紙を書いて返事を待っているわけにもいかない。刑務所にいる仲間たちは、自宅のベッドで眠りたがっている。あたたかい食事を食べ、妻に足をからませ、ランタンの明かりで子供たちが宿題をしている姿を眺めたいと切望していた。彼らのために僕たちは部屋に戻り、フィッシュ氏と握手を交わし、マッチとマシェットをひとまず置くことに同意した。ペクストンに今日から三か月間の猶予を与えることと、毎月同日に現金で配当金の支払いを開始するこ

とを僕たちは提案した。さらに一年かけて川や空気や土地の浄化をすすめ、もしも完全には浄化できないようなら、ひとまずその時点で有害物質の排出を停止し、自然環境の自浄作用にまかせることを求めた。

上級監督は我々のすべての提案に同意した。もちろんです、と彼は微笑んだ。僕たちも微笑み返した。僕たちの仲間の一人は声をあげて笑った。取り決めはきちんと実行されるのだろうか？　僕たちは確かな実効性があるかたちで、ペクストンと取引を交わしているのだろうか？

——

僕たちがフィッシュ氏と握手しているところを、通訳が写真に撮った。オイルマンは僕たちの手を堅く両手で握りしめ、こぼれるような笑みを浮かべていた。僕たちは顔を見合わせ、彼の手放しの喜びように胸が跳ねあがり、どこまでも幸福な気持ちになった。アメリカからやって来たお偉いさんをこんなふうに歓喜させることができる力を僕たちは持っているんだ、その事実が僕たちを驚かせた。握手したあと、集合写真を撮った。中央でソンニとフィッシュ氏が手をつなぎ、その両脇に僕たち三人と〈かわいい人〉と〈いけてる人〉が並んだ。通訳は写真を撮りながら、この写真はニューヨークの新聞社に送られますと言った。そして、きっと対話の力を物語る証拠になるんでしょうねと言った。

フィッシュ氏がベルを鳴らすと、黒白の服を着た使用人が登場した。

フィッシュ氏が言葉をかけると、彼は肯いた。一分もしないうちに、彼はグラスを半分まで満たした飲み物をトレイに載せ、戻ってきた。僕たちは一人ずつグラスを手に取った。フィッシュ氏はグラスを高く持ち上げ、アメリカ訛りの英語で何か言った。その英語は、ロクンジャの学校で先生たちを相手に僕たちが話していた英語とはまったく似ても似つかない代物だった。なんて言っているのかちんぷんかんぷんだったが、通訳が大笑いしたので、僕たちも一緒になって笑った。アメリカ人の真似をして興奮ぎみの山羊みたいにへらへら笑いながら、僕たちもグラスを高く掲げた。フィッシュ氏がグラスをソンニのグラスにかちんと合わせると、僕たちもおたがいにグラスを軽くぶつけ、かちんと鳴らしてみた。フィッシュ氏はグラスに入ったものをひと息に飲み干した。僕たちはおたがいを見回し、その通りにした。強烈な刺激は僕らの顔をくしゃくしゃにゆがませた。そして、フィッシュ氏は大きな笑い声をあげた。僕たちもすっかりアメリカ人のオイルマンの家にいることを忘れ、爆笑した。その夜、僕たちは彼から贈られた酒を三本持ってその家を出た。そして、コサワの男たち全員に酒をわけ与え、面談の内容について報告した。

長いあいだすっぽりと抜け落ちていた、実現できなかった団結のひとときに僕たちは酔いしれた。まだもろてをあげて大喜びするわけにはいかないけれど、これでようやく一息つけるようにはなったぞと胸の中で言った。

これが、スーラの帰国するおよそ六年前にあった出来事のあらましである。

そのあいだ、僕たちはペクストンを傷つけるような攻撃を完全にストップしていた。石油が流出し、土地を汚しても、僕たちはおとなしくしていた。子供たちに咳の症状が現れても、沈黙を貫いた。ロクンジャに向かうバスの中で労働者たちと居合わせても気にもかけなかった。ペクストンと約束したのだ。僕たちは約束を守った。

僕たちは彼らが約束を守るのを待った。

そうして待ちわびていたある夜のこと、僕たちの仲間の一人が妊娠中の妻のうめき声で目を覚ました。どこが痛いんだと彼が聞いても、妻は何も答えなった。目は大きく見開かれているが、口は固く結ばれていた。友人は母親の部屋に駆け込んで、母親を叩き起こした。母親も妻に口を開かせることができないので、友人は大急ぎで子宮専門の伝統医を呼んできた。子宮の伝統医はおなかに一回だけ手を触れると、「赤ん坊が出てきている」と言った。子宮医はもう一度おなかを触り、言い直した。赤ん坊たちが出てきている、と。母親はお湯を沸かした。友人はベッドの下から槍を取り出し、ベランダで穂を研ぎだした。夜明けとともに狩りに行く心づもりなのだ。しばらくして妻が口を開き声をあげ始めたとき、自分はその声の届かないどこか遠くの場所にいることができればありがたいというのが彼の胸のうちだったんだ。

彼は森の中で一日中生まれてくる子供たちのことを考えていた。会話の途中で話の流れを見失ってしまう彼を、僕たちはからかったりしていた。帰り道、彼は、僕たちもみんなそうだったように、家に戻ったら、そこにはもう赤ちゃんは生まれていて、自分は酒を飲んで長い夜を過ごすことになるのだろうなと想像していた。しかし、僕たちが村に帰り着いたとき、そこに赤ん坊の姿はなかった。夕暮れ時、妻の沈黙はうなり声に変わった。翌朝それはわめき声になった。翌日の夕方に彼が森から戻ってくる頃には、悲鳴が響きわたっていた。そのとき僕たちは気がついた。五つの姉妹村のうちの最初の村から霊媒師が来て、そのことを確認してくれるのを待つまでもなく、僕たちにはわかった。ジャカニとサカニが戻ってこようとしているのだ。

あの双子たちがコサワの他の若い女性たちの子宮ではなく、僕たちの仲間の妻の子宮を選んだのはなぜなのか見当もつかなかった。彼女はとてもゆたかな胸をしていて、はっとするくらい大きなお尻をしていることとなにか関係があるんじゃないかと、僕たちは想像をめぐらせたのだけれど。しかし、そのお尻もたいして役にたたなかった。赤ん坊たちは僕らの世界にふたたび姿を現すべく、肘をぐいぐい押しつけ、足で蹴りつけ、力ずくで産道を押し広げ、彼女の中を通り抜けてきたのだから。彼女の泣きわめく声の途方もない音量は、それがとても人間の肉体の耐えられるような種類の困難ではないことを物語っていた。ジャカニとサカニが最後にこの世界にやって来たときのことを話して聞かせてくれた祖父たちの語りをそっくりそのままなぞるように、七日間昼夜を問わず陣痛が続き、日ごとに痛みはひどくなっていった。四日目の夜、村人は不眠に陥った。コオロギや鳥や獣や、コサワで歌声をもつすべての生き物たちが眠るどころではなかった。夕日が沈むと、ほとんどの生き物たちは、寄せては返す陣痛の波に同調し、彼女の苦悶の叫び声を、すすり泣くような声のコーラスでまわりから包んだ。女性の叫び声のあとに出血がつづいた。女性の血がこぼれ、マットレスをつたって流れ落ち、地面に広がり、それが顔のかたちを描き出した。僕たちのために癒しと執《と》り成《な》しを求め、東奔西走していたときのジャカニとサカニの顔だった。

ついに双子は出てきた。彼らは手をつないでいた。

――

二人が僕たちのところへまた戻ってくることを、僕たちは固く信じていたんだ。なにせ尋常じゃない人間だ。死んでそのまま死にっぱなしであるわけがない。世界がその手の存在を必要とするかぎり。しかし、現実に二人が戻ってきて、僕たちは畏敬の念に打たれた。祖先とのつながりを欠いた生活はこれでおしまいだ。ついに、自分の魂の豊かさを自分の中にふたたび感じられるようになるのだ。双子が僕たちのために癒しと執り成しを実践できるようになるまでには多少の時間を要することはわかっていたが、僕たちは、コサワじゅうの老若男女にまじって小屋の中の双子をひと目見ようと順番待ちの列をつくっているあいだも、単に彼らが存在するという事実だけで、自分たちが癒されていくのがわかった。双子は僕たちに希望をもたらした。僕たちの上に、全体として一なる世界という感覚が降りてきたんだ。

彼らが生まれて一週間後、双子の父親から「ペクストンとの戦いを再開するのなら、自分はそこには参加できない」と告げられ、僕たちは五人になってしまった。彼は、双子の養育に専念したいと言った。僕たちは反論することも、説得に努めることもしなかった。彼がバマコとコトノウと名づけた双子はしかるべき特性をその身に具えるべくして生まれ、実際にその通りに育っていき、それ以外の何者にもなれないさだめなのであって、わざわざ人間の父親から導いてもらう必要なんかないということは、僕たちにはわかっていたけれど。ただ黙って、友を祝福し、このさき彼は僕たちの一員ではなくなることを確認した。ふたつの異なる世界に同時に暮らす子供たちの父親となる彼には、全身全霊を捧げなければならないほどの大きな義務が課されることになるはずだ。そのうち、僕たちの子孫がそういう役目を担うことになるかもしれない。人がこの世に存在するかぎり、双子はくり返し再生し、どのような死に方をしても、まず間違いなく、二人一緒にこの世界に舞い戻ってくるのだから。僕たちの時代より何世代も前、双子はここことは別の場所に暮らしていた。だが今は僕たちのもとにいる。復活に際し二人が選んだ子宮の持ち主が、コサワの男と結婚したからだ。彼らは僕たちのいるこの場所に根を下ろすのだ。彼らは今ここにいる。永遠に僕たちのものであってほしいと、僕たちは心から願った。

僕たちは毎晩村の広場に集まり、この奇蹟につくづくと考えをめぐらせ、ほんとうに不思議で仕方がないというようにかぶりをふった。弾丸をもってしても、彼らの命を消し去ることはできなかったわけだ。僕たちはそう遠くない将来、この一帯の最高の霊媒師と呪医の知恵と癒しを求めて、他の村から人々がバスに乗って集うのだろうなと話した。コサワはいずれこの国の暗闇を照らすかがり火となることを確信した。そして、たとえ他の人々がすべて逃げ出したとしても、僕たちだけはこの地に留まると心を決めた。

双子の帰還をスーラに手紙で伝えた。二人のつながれた手は、この世界にふたたび姿を現した瞬間においてさえ、決してほどかれることはなかった、と。双子は手をつないで死に、手を握り合ったまま戻ってきた。そしてこの生も、手を握り合ったまま生ききるのだろう。手を握り合って眠り、手をつないでハイハイをする。二人のもとにやって来た訪問客は二人の手がはなれないよう注意して、そっと一緒に抱きあげなければならない。本人たちが手をはなすと決心しないうちはその手がはなれることがあってはならないというのがみんなの共通理解になっていた。

返信の中でスーラは、ニューヨークの友人たちにこの素晴らしいニュースを伝えたら、みんなひどく困惑していましたと書いていた。土の中に埋められたジャカニとサカニがこの世界にどのように舞い戻ってこられたのか、それは彼らの思考にはとても手におえない問いだったんだ。明快に説明するための言葉が私のまわりには見あたりませんでしたと彼女は書いていた。私たちの世界に暮らし、私たちが見たものをじっさいに自分の目で見てみないかぎり、自然の法則というものははかりしれないほど不可解なのでしょうね、と。

――

それから数年間、ペクストンとの案件についていては、僕らはひたすら応答を待ち続け希望を絶やさないということを別にすれば、できることはなにひとつなく、僕たちからスーラへの手紙の内容はだいたい、出産や、作物の出来具合や、訃報や、オイル漏れと除去処理や、非自発的移住や、妻たちがスーラにはどうしても伝えたいと言ってきかないくだらないゴシップといった、さほど変わり映えのしない村の話題なんかが中心だった。一方、彼女からの手紙には、彼女の経験した新しい出来事や、参加している抗議運動や、研究の進展について記されていた。八年目に入ったある日、彼女は手紙に一九九八年の年内に帰国するつもりだと書いてきた。

すでに彼女はひと通りの教育課程を終え、二年ばかり働いたあと、研究しながら教育にもたずさわれる奨学金を得て、専攻している分野で最も優秀な研究機関の教育課程を修了するべく、研究を続けているところだった。その修了時期も決まって彼女の関心は、以前にも増して強くコサワの問題へと傾き始めていた。スーラは僕たちがペクストンと始めた対話の継続を熱望していた。自分とフィッシュ氏なら、ペクストンと僕たちの双方にとって利益をもたらすような共通の土台を見出すことができるはずだとみていた。そして、これから数年という期間がペクストンとの交渉をうまく導くために最良のタイミングだと確信していた。ペクストンは虐殺事件のあとも新たな汚名を負っていた。そのひとつはアメリカの新聞によってあばかれた、アメリカ政府に対する課税逃れだった。ペクストンは批判に対してひとつ残らず抗弁した。けれども、今後の会社の利益は、世界に対して彼らの道徳的な側面をもっとアピールすることができるかどうかにかかっている、彼らは状況分析にもとづいてそのような見立てを下していた。僕たちはフィッシュ氏のことをスーラに伝え、スーラはそこに「道徳的な側面」が早くも現れ始めていることを見てとった。

八年という歳月が、彼女の生まれ故郷への愛を失わせることはなかった。そのことを思うと、僕たちは胸が熱くなった。最初の一年間僕たちは、アメリカが彼女に、たとえば僕たちにはあげられないものを気前よく差しだしたりして、コサワのことを忘れさせてしまうんじゃないかとやきもきした。二年目になっても僕たちの懸念は彼女から送られてきた手紙やカンパによって完全には払拭されなかった。オースティンがスーラの心の中に入り込んで、彼女の気持ちに変化をもたらしていたからだ。最初の頃の手紙に、彼女はこう書いていた。

数日前、彼と一緒に彼の友人のアパートで開かれたパーティーに行きました。私はダンスが苦手で、そのことは彼も知っていたけれど、そんなことおかまいなしに私をダンスフロアまで引っ張っていって、「この世界を生きていくには自分なりのダンスを身につけておかなきゃね」と言いました。そして気がつくと、私はダンスを踊っていました。すごく楽しかった。この手紙を読んでびっくりしているみんなの顔が目に浮かぶようです。「まさか？スーラがダンス？」みたいに。この国で暮らし始めて知ったことなんですが、コサワとは違ってここのダンスには特定の型というものがありません。私みたいにおかしな体の動かし方でもかまわないんです。「怪我しちゃうから、君は座っていた方がいい」と、心配して言ってくる人もいません。こんな印象深いこともありました。パーティー会場にいた一人の男の人に私の目は奪われました。彼は太っていましたが、そんなことにはお構いなしに頭をぐるんぐるん振りまくって、身体をくるくる回し、世界は無限に広がっているといわんばかりに至福の笑みを浮かべていました。オースティンに教えると、彼は愉快そうに喉を鳴らして笑い、生きている人間ならみんなあんなふうにあらゆるものから自由でなくっちゃと言いました。彼は、その男の人を見ていると、ちょうど同じくらい太っている叔父さんの友達のことを思い出しちゃうなあと言いました。その友達は最高のダンサーだったそうです。彼が招かれたパーティーはいつだって忘れられないものになったんだぜ。彼は面白い冗談や変わった話でみんなを楽しませることもできる人だった。ベザム暮らしでいちばんさみしかったのはね、彼みたいな人がいなかったことさ……。その男の人の話はもうわかったよ、だから、ねえ、楽しみましょうよ、と私が止めなければ、オースティンはいつまでも思い出の世界に没入していたでしょう。彼はそこで話をやめてくれました。それから、私をくるくるとスピンさせました。がくがくして、この世のものとは思えないほどひどい動きで体をひねる私を見て、彼は大笑いしていました。

つぎに愛する人の顔を見られるのはいつなんだろうと、日数を勘定しながら待ちわびるなんて思いも寄りませんでしたが、今の私はまさにそんな状態です。そしてオースティンはそんな私の状態をちゃんとわかってくれています。私にとって彼は完璧な人です。彼と過ごす毎日の中で、私には、まるで私を幸せにするために世界中がしめし合わせているようにさえ感じられます。彼は歌をうたってくれます。街に連れ出しいろんな料理を食べさせてくれます。先週末、天気が良かったので、私たちは公園の芝生にブランケットを広げ、横になって代わりばんこに本の朗読をして一日を過ごしました。そのあと、露天で食べ物を買い求め、それを食べ、手をつないで川まで散歩し、夕陽を眺めました。次の日、彼に連れていってもらって、生まれて初めて海を見ました。海のことをみんなにきちんと伝えたいのですが、美しくて洋々としている海の様子や、波が私の足にぶつかったときの感触などを言葉であらわそうとしたら、きっと本一冊分の紙数が必要になると思います。

私と彼の精神はあらゆる面においてぴったり重なり合っていますが、コサワのことだけは別です。オースティンは、私たちが村を愛するように、土地を愛するという感覚を持ち合わせていないのです。コサワは私たちがこれまで手にしてきた物事のすべての始まりであり、終わりでもあるということが彼には理解できません。私が、パパとボンゴが命を捧げた闘争をあきらめるわけにはいかないと説明すると、彼は、そうだね、たしかに仲間のことを忘れるべきじゃないよねと同意してくれます。でも、彼は私に村に帰らないでくれとときどき言うのです。そんなとき、私たちの経験は彼の理解を越えていることを実感します。危機と隣り合わせに育ってきた私たちとはまるで別の世界で暮らしていた彼には、とても理解しがたいことなのです。友達がばたばたと斃れていくような子供時代を過ごしたわけでもない彼には。明日も生きていられるだろうか、新しい一日を見ることができるだろうか、兵士や飲み水に命を奪われたりしないだろうかと、おびえながら眠りについたこともない彼には。ペクストンが私たちから奪っていったものを、せめて子供たちにだけはちゃんと与えてやりたい、そのような私たちの願いを、いったいどうやって彼が理解できるでしょう？

私たちのような経験を何ひとつ持ち合わせていなくたって視点の共有は可能だとオースティンは言っていますが、そうは思えません。私たちのような子供時代を送った人間が、他人の土地で心穏やかに暮らすことなどできるはずがありません。私と違って物理的に故郷に帰れない人でも、精神的に帰郷しているのです。彼らの健全な精神がそうすることを求めるのです。どこへ行こうとも、故郷を常に心に抱え、それが与えてくれたもの、奪っていったものを忘却することはありません。寒い日には暖かな空気に思いを馳せ、雲におおわれた日には太陽の光に記憶を巡らせます。見ず知らずの人々の群れに、懐かしい人々の顔を見いだします。声が聞こえてきて、遠い夜の物語を思い出します。故郷の風景や人々の温もりを思い出させるラブソングに、胸が締めつけられるのです。もうそんな日々は戻ってきません。でも深い夜の闇の中で、郷愁が大人たちを泣き虫にさせます——故郷に帰れない人々の多くは完全な存在には戻れません。永遠に不完全なパッチワークのままです。そして、「君の物語を話してほしい」とお願いをする時間すらない世界に生きています。物語なんか誰も気にとめません。そんな生き方を私は望みません。私の心と体が、祖先たちがかつて誇りを持って歩んだその土地で、これからもずっと生きていくことを願っています。

オースティンが私と一緒に帰郷するところをときどき空想します。彼は、母親が亡くなり、私に出会う前までの、私たちの国で過ごした数年間がいちばん幸せだったとよく言います。——おじさんは親切だし、ベザムでは気のおけない親友ができ、私たちの国のことを文章にするのがとても面白かったそうです。でももう彼が戻ることはないでしょう。コサワでおじさんを掘り起こし、ふたたび土の中に戻したオースティンのことを、おじさんの妻は夫の死に加担したと言って非難しました。いとこの何人かは彼と口をきかなくなりました。ニューヨークに行って少し休もうと、彼は荷物をまとめていました。そのとき大統領閣下の兵士たちが現れ、彼をアメリカへ強制送還し、永久に締め出したのです。それから何年も経ちましたが、彼は自分の国に安らぎを見いだせずにいます。

——

スーラがオースティンに心を奪われすぎないようにと願うと同時に、僕たちはそれと同じくらい強く、オースティンの幸せを願った。自分の生まれ故郷に安らぎを見いだせない人には、幸福が訪れることはないのではないか？　どこにも居場所がないというオースティンの心は大丈夫なのか？　スーラに尋ねると、彼女はこう答えた。

世界の異なる地域から来た両親のあいだに生まれた彼は、その生い立ちのおかげで、自分はここではないどこか別の土地の者で、（悲しいことに）どこの国にも居場所がないという心持ちになっているのではないでしょうか。さらに不運なことに、子供だったとき、彼をいちばん深く愛し、現在の彼の人柄を作ってくれた母親が若くして亡くなりました。彼は一人きりでとまどいながら人生を歩くことになりました。母親がどんなに美しく素敵な人だったかよく彼は話してくれます。僕が今まで出会った人の中で彼女みたいな女性は君だけだ、と彼は言ってくれます。生前、母親から聞いた話では、彼女と父親との結婚は人生における最高に愉快なジョークのひとつだったそうです。彼女はベザムからそう離れていない自分の村での生活を深く愛しており、村を離れた生活なんて考えられなかったそうです。オースティンの父親は、妻を見つけるためではなく、救済について説教をしてまわるという目的で（そのためだけに）、私たちの国に来ていました。ところが彼の父親は母親のことを見そめ、そのあと彼女が〈永遠の栄光の朝〉という彼の言葉を私は信じますと言っているのを聞き、彼女をここに置いてアメリカに帰るわけにはいかないと心に誓ったと言います。この部分にさしかかると母さんはいつも笑い声をあげていたよ、とオースティンは言いました。父親も一緒になって笑っていたそうです。

娘がアメリカ人宣教師に嫁いでいくことになるわけですが、彼女の両親を説得するのはさして骨ではありませんでした。オースティンの母親は十五人きょうだいの九番目で、両親からそこまで深い愛情が注がれていたわけではありませんでした。両親はオースティンの父親が供出した婚資を使って小さな結婚式を挙げ、娘を守っていくことを花婿は誓いました。一週間後、ベザムであらためて正式な結婚式を挙げたあと、ほどなくして二人はアメリカへ出発しました。オースティンの話では、母親は最後までアメリカを心から愛することはできなかったと言います。アメリカに到着して十か月後に彼が生まれ、自分の愛を息子にどのように注ぐべきか、母親の頭の中はいつもそのことでいっぱいでした。何をやるにしても二人一緒でした。料理をし、村の歌をうたいました。新しい仕事に就いた父親が医療機器の営業で出張したときは、一緒にベッドで眠りました。ある日オースティンが学校に行っているとき、母親は交通事故に遭い、亡くなりました。彼は死のような悲しみにうちひしがれたそうです。

その後、なつかしく思い起こす価値がほとんどないような子供時代を彼は送りました。昼間は裕福な家庭の少年が通う学校に行き、夜は、仕事の関係でほぼ不在にしている父親の代わりに、息子の身のまわりの世話をしてもらうために雇われた女性と一緒に過ごしました。彼は肌の色が黒く風変わりな髪型をしていたため、他の生徒たちから奇異の目を向けられていたそうです。アメリカの真ん中の町にあった父親の家の静寂の中で、彼は、人生の目的や人生の虚しさについて論考している本を読みました。文章を書き始めました。そして、母の死によって失いかけていた喜びを、書くことの中に見いだしました。その後、さらに勉強を続けることになったとき、彼は父親に、自分はなんとしても存在の本質を探究し、自分の生の意味を明らかにしたいと告げました。父親はオースティンを後押ししてくれました。彼の意思を尊重することが、自分が息子に与えてやれなかったものに対する償いになると考えていたのです。

父親がローンで買ったブルックリンのアパートで一人暮らしをしていた彼は、二十歳のとき、新聞記者になることを思い立ちました。他者の人生について書くことの中に、生の意味をいささかなりとも見いだせるのではないかと考えたからです。聞かれることのない人々の声を世に伝えることに日々を捧げれば、自分の人生は意義あるものになるのではないか。それまで彼の世界を形作ってきたのは、他人が書き残した言葉たちでした。「だったら自分の言葉で世界を作ってもいいはずだ」当時の自分を今では笑っていますが、新聞記者になりたての頃、彼は自分の仕事をとても気にいっていました。世界が必要としている事実を追い求め、書き、書き直し、彼の原稿にあまり関心を示そうとしない上司をねばり強く説得するという仕事を心の底から楽しんでいました。今も彼は、詳細な情報を求めて国中をかけ回っていますし、自分の書いた記事が国民の思考や在り方を変えうるかもしれないというわずかな希望を抱いていますが、深い無力感にとりつかれていて、その葛藤の中で彼は悩んでいます。どこまでやっても自分の仕事によって変化なんか起こせやしない、それは月が落っこちてくるのを待ち望んでいることと同じではないのか、と。

オースティンはコサワの話を書いたことを後悔しています。あんなにことさらペクストンをあばき立てなければ、今頃ボンゴは生きていたはずだと言うのです。あんなことしなきゃよかったと。でも私は価値のある行為だったと思います。私たち全員がそう感じています。けれど、そう信じることを彼に無理じいするわけにはいきません。あの四人はたとえ絞首刑にならなかったとしても、いずれは死んでいたと思う、私がそう言うと彼も同意します。だけど、と彼は続けます。僕たちにも首吊り役人の手は迫ってきているし、ロープの輪は僕たち全員の首を絞めようとしているんだ、そんな状況なのに、僕は、戦う値打ちが果たして本当に存在するのかどうかわからないんだ、と。彼の戦いは、ペクストンに挑んできた私たちの戦い、圧倒的な力の差がある戦いなんかとは性質が異なります。もちろん彼は私たちに勝ってほしいと願っています。もし私たちがペクストンに勝てば、自分が書いてきた事例の中でもすごくまれなハッピーエンドを迎える話になるだろうと言っています。新聞記者は世の中の過ちを正すことができると昔の自分は本気で信じていたんだろうか？　彼は力のない笑みを浮かべながら過去を振り返ります。彼が言うには、読者たちは彼や同僚の新聞記者たちの書いた記事を読み、ため息をもらし、それぞれの日々の生活に戻り、ゴミ箱に捨てられた言葉たちは暗くじめじめした場所に置き去りにされるのだそうです。ときたま読者が、状況を変えてくれるかもしれない団体に手紙を書くこともあります。デモ行進をし、ある企業に対して不買運動が起き、政権交代を引き起こすこともあります。けれど、多くの物事には何も変化が起こらない。大局的にはがっちりと揺るぎない。他にこれといって打てる手はないよね？　変化はしかるべきときに起きるかもしれないし、起きないのかもしれない、と彼は言っています。

——

使命感に燃えるスーラが、白旗をあげているオースティンとどうしてこれほどまでに強く結ばれるのか、僕たちにはわけがわからなかった。女性というものは移り気で、だから信念さえも愛によって簡単にねじ曲げられてしまうんだ。だからこそ僕たちはことあるごとに、僕たちの友人に賢明な判断力を授けてくださるよう精霊に祈ってきたのだ。彼女は出発前に、書くべきことはすべて手紙に書いて報告するし、いつでも僕たちから指示を受けられるようにすると約束した。だから、オースティンが彼女を新しい創造物へ作り変えようとしていることを知ってしまった僕たちとしては、いざというときにはオースティンのもとを去り、コサワに戻ってくる心づもりが彼女にあるのかどうか、彼女に尋ねないわけにはいかなかった。もしも彼女が愛の方を選び、アメリカに残ることを決心しても、その意思を僕たちは尊重すると言ったんだ。そのときには僕らは彼女の幸せを心から願う、と。それに対して、彼女はこう答えた。

私もまあ見くびられたものですね。私がオースティンのことを伝えているのは、私が村に戻るかどうかみんなを心配させるためではありません。戻ることに対して私の心が拒絶の叫び声をあげてもなお戻らなければならない理由をみんなに知っておいてもらうためなのです。ええ、その通りよ。もうこれが最後の呼吸になるという瞬間まで、私は彼と一緒にいたい。私は彼の隣で寝ていたいわ。パパやボンゴのことを嘆き悲しみながら。宇宙を人間からひきはがして解放してあげたいと思うくらい完全に狂ってしまった世界のことを嘆き悲しみながら。オースティンも世界の再創造を望んでいますが、その実現の方法は私たちが考えているものとは異なります。彼は対話が持つ力を信じています。人々が事実をわかち合う力を信じ、他者の語りに耳を傾け、敵対している人々が相互についての新しい視点を得るということを信じていま す。話し合いだけですべてを解決できるという彼のナイーブさに私はふきだしそうになります。あなたたちが初めてガーデンズを襲撃した話をしたら「まさかそんな方向に事態が転がっていくとは……」と混乱していました。それから彼と口論になり、何日も口をききませんでした。闘争のことを彼と議論するのは至難の業です。それでも議論は続けています。彼はかけがえのない仲間だから。でも、目線を共有できずしてこれから先いったいどうやって、彼に私のそばにいてもらいつづけることができるでしょう?

彼には何度も何度も、必要なのは忍耐だよと言われます。閣下とその政府はやがて悪欲の重さに耐えきれず崩壊し、ペクストンも彼らとともに逃げ出すだろう、と。彼の口から出てくるこういう言葉は私を憤らせます。じっと我慢だ、慎重にやるんだ……。いいえ、必要なのは忍耐なんかじゃない。必要なのは戦うことです。けれども、彼は敵意を前面に押し出すやり方をどうしても信じようとはしません。世界の対立は例外なく対話によって解決できると言います。私たちのケースにそんな方法は通用しない、だから私たちは戦いつづけるわ、と私は彼に言いました。

——

でも、僕たちは武器を手放したのだ。いったいどうやって戦えばいいんだろう。僕たちは彼女に質問した。

この手紙の時点で、フィッシュ氏との合意から四年が経っていたが、いっこうに配当金が支払われる気配は見えなかった。ふたたびマシェットを手にする気にもなれなかったが、無視されたままじっと黙っているわけにはいかなかった。僕たちはスーラに、そろそろ真夜中のガーデンズ訪問を復活させるべき時が来ているんじゃないだろうかと書いた。僕たちの畑で収穫した作物はあいかわらずしわしわに縮んでいたし、井戸は有毒な水で満たされていたし、子供たちはあいかわらず有害な汚れた空気の中で呼吸していることを、彼らにふたたび思い出させる必要があった。

スーラも同意した。「約束を守るかどうかなんて、彼らにはどうでもいい問題なのでしょう」と彼女は書いていた。

けれども、彼女は、いますぐ攻撃を再開してほしいと望んでいるわけではなかった。自分が帰国するまで待ってほしいと彼女は僕たちに求めた。いま帰国準備を進めているからと。彼女はソンニや長老たちと膝をつき合わせて話し合うことを望んでいた。ペクストンと対話する意思はあるが、時間の制限を設けないままペクストンの応答を待ちつづけるのはおかしいと彼らに伝え、説得にあたろうと考えていた——ペクストンが僕たちの要求を聞き入れない場合は、僕たちが以前とったあの戦術を復活させる、そのように長老たちと足並みをそろえることが肝心というのが彼女の考えだった。長老たちに、回復運動はいずれ時がくればコサワから別の場所に移っていくこと、そしてそれは別に冷淡な態度のあらわれというのではなく、物事の自然な流れなのだということも伝えておきたいと考えていた。外部からの支援が得られなくなる日を想定して、村は今後のプランを立てておく必要があるのだ。

僕たちは彼女のすべての提案に賛成した。彼女が戻ってくれば僕たちの中に闘争心が湧き起こることはわかっていたし、戦いの炎をふたたびともすのは彼女が帰郷するまで待つことにすると返事した。

そして、彼女からのつぎの手紙には、彼女の中であたためられていたもうひとつのアイデアが書かれていた。

考えてみてください。ペクストンは単独で行動しているわけではありません。彼らが私たちを力で押さえつけていられるのは、政府が彼らに権力を与えたからなのです。政府は彼らに私たちの土地を与えました。そしてあの日の午後、兵士を送り込んできたのも政府です。政府は私たちの仲間を絞首刑にしました。かりに私たちがペクストンを追い出したとしても、政府はなにか別の形を取って戻ってきて、私たちをいたぶりつづけるのではないでしょうか？　つまり、私たちの究極の敵はペクストンではなく、政府なのです。ペクストンに立ち向かうべきではないと言っているのではありません。政府にも立ち向かっていく必要があると言っているのです。とんでもない話に聞こえるだろうし、私たちの能力の限界をはるかに越えている話だと思うでしょうね。でも、閣下の政府を倒すために行動を起こさなければなりません。もうこれ以上私たちは耐えられないとベザムにメッセージを突きつけましょう。

私たちにはできるはずです。ペクストンの有害物質によって汚染された空気を呼吸しているのは、たしかに私たちの村だけかもしれないけれど、パイプラインは他の村にも巡らされており、オイルはそこかしこから漏れ出ています。兵士たちはいたるところで罪のない人々の脅威になっています。国じゅうが閣下の鉄の束縛に抑圧され、苦しんでいます。何百万もの人々が彼の追放を望んでいます。まさにこのポイントをつくのです。私たちは変化を求める人々と手を組み、力を合わせることができます。彼らをふるいたたせ、表通りにつれだし、みんなではっきりと新しい国を要求するのです。私はそのような大きな変化についてこれまで研究してきました。実際にアメリカやヨーロッパで起こったことなのです。人々が表通りに集い、抗議の行進をすることで国を変えてきました。おおぜいの人々が集まって行進するには、その下準備に数か月から数年の時間は必要でしょう。しかし綿密に練り上げられた計画のもとでなら、確実に変革をもたらすことができるはずです。

コサワや兄弟村からスタートして、できるかぎり広く全国を訪ねます。ひとたび私たちの言葉が届けば、まず間違いなく、人々は政府の言いなりになってばかりいなくてもいいんだと気づき、自分たちには選択の自由があり、政府に対してなんらかの意志表示が可能であると思い至ることでしょう。ここが私たちの運動にとっていちばん肝心なポイントになると思います。なぜなら、閣下を追い出すことができるのは国民だけだからです。国民だけが国民を解放できるのです。自分たちが持っている力に目を向けさせる必要があります。

私の意見に賛成してくれますか？　みんなに賛成してもらえるよう心の底から願っています。これは何年も前から熟慮を重ねてきたアイデアです。そして今私にははっきり見えています。精霊が私たち全員にこの計画を進めるよう促していると、今身にしみて感じています。精霊がこの計画を私たちみんなで実行するよう求めているのです。

ここにいる友人たちに私の構想を話したら、それについて夢中になって話し合ってくれました。過去にあったいろいろな社会運動を取り上げて議論し、そこから教訓をひき出してくれました。友人たちは私に読むべき本を薦めてくれました。そこにいた友人のうちの一人は私を、彼のおじにあたる人物に引き合わせてくれました。彼のおじさんはアメリカで巻き起こった社会運動に参加し、国民全員が平等に扱われる権利を定める法律を成立させた人物なのだそうです。おじさんはこんなことを私に言いました。この国で起こりうることは、他の国でも起こりうる。人間は死すべき存在であり、人間が構築するシステムにもかならず終わりが来る。そして、まるでペンダ先生がアメリカ人を真似て言っているみたいな口調で付け加えました、「信じることをやめちゃいけないよ、べイビー」。かならず変化はやって来ます。

ところがオースティンに私の考えを話すと、いつも彼は、ヨーロッパやアメリカの社会運動の歴史なんか参考にはならないと言います。むしろ比較しなきゃいけないのは君の国と似た状況に置かれている国の社会運動の事例だ、と。

君がやろうとしているのは小さな運動なんかじゃないと彼は言いました。それは、革命なんだ。

運動でも革命でもいい、どんなふうに名づけようと私の知ったことではないけど、とにかく私の国にはそれが必要なのと私は答えました。

でもね、革命が君のまわりの国々にどんな変化をもたらしたか見てみるといいよ、プリンセス、と彼は反論しました。南にある国ではかつて権力は少数の者の手によって握られていた。善良な人々が立ちあがり、富が均等に行き渡るように戦った。実際にそうなっただろうか。単に富が少数者の手からまた別の新たな少数者の手に渡っただけではなかったか。東にある国を見てみよう。反乱軍が、海外の支援者から提供された銃を使って大統領官邸を襲撃した。官邸の尊厳なんかおかまいなしだ。彼らは中にいた人たちをどこかの物陰に追いつめた。そして、長いあいだ自分たちを踏みつけてきた男の胸に銃弾を撃ち込んだんだ。彼らは銃を高く掲げ、新しい自由に拍手喝采した。とうとうやったぞ、とうとう勝ったんだ！ でもそのあとどうなった？ 平和的な合意を集団間に受け入れさせることのできる強い権力を持つ者がどこにもいない状況が続き、部族間対立や村同士の紛争が起こったのではなかったか。あの国の子たちは食べる物にも事欠き、見る影もなく痩せさらばえているじゃないか。女たちは女たちで、かつて全民衆の解放のために戦ったあの男連中にかしずく奴隷になり下がっているじゃないか。もしいま直接、当事者たちの意見を聞くことができるとして、はたしてそういう階層の人々は革命を賞賛したりするだろうか？

なぜ君は自分の革命が異なる結果をもたらすと思うのかと彼は言います。いったいどうして、うまくいかないことが目に見えているのに、革命なんてものを追い求め、人々をさらに厄介な状況に引き込もうとするんだい？

彼の言葉は私を深く傷つけます。彼がそう言うのは私をアメリカに引き留めるためなのだと考えれば考えるほど、私の胸の痛みは激しくなっていきます。彼が私を抱きしめ、絶対に離さないと言うとき、彼の目には絶望が滲んでいるのが見えます。私たちは八年近く一緒に暮らしてきました。それは素晴らしい日々でした。けれど、最初から、コサワが占めている私の心の奥底には、コサワ以外の何物も入り込めないということが彼にもわかっていました。彼が私の心を奪うことができる唯一の人だとしても、です。私は彼に別れを告げる日のことを想像しないようにしています。私のことを守ろうとして、むだだとわかっていながらなんとか思いとどまらせようと話しかけてくる彼の声を聞くだけで、私は涙がこみあげてきます。でも、涙を流すわけにはいきません。この戦いが終わるまで、涙はなしです。

この手紙で私が提案していることは、私たちの残りの人生を燃やし尽くすようなミッションに思えるかもしれません。けれど私としては、もしみんなが賛成してくれるなら、喜んでこの人生を捧げたいと思っています。私たちの命はコサワやこの国が闇をぬけ、光につつまれる日をむかえるまではもたないかもしれません。それでも信じて前に進みましょう。それ以外に生きる道はないのですから。

――

それ以外に生きる道はない、と僕たちは返事を書いた。

たしかに彼女が思い描いている企てには人をぎょっとさせるような構想が含まれているけれど、僕らだって、臆病者として生きるくらいなら、戦って死んだ方がましだと思っていると返答した。彼女の心の中で育っている計画がどんなものであれ、僕たちはそれを新しい世界をもたらしてくれるものと信じ、彼女についていく――そのために彼女はアメリカに渡航したのだ。僕たちに恩恵をもたらしてくれる知識を学び、それを持ち帰ってくるために。自分の町や村に閣下の怒りが降りかかるようなことは誰もしたくないだろうから、閣下を打ち倒すという彼女の熱意が一般の人々にすんなり浸透していくとはなかなか考えにくいけれど、どう転がるかは実際に人々と会って話をするまでわからないと僕たちは慎重な見解を述べた。

彼女は返信の中で、過去や未来に目を向けるのではなく、今あるものに目を向けるべきだとオースティンから言われたと書いていた。でもそうはいっても、父さんやおじさん、そしてコサワが亡くした人たちのことを考えてしまうし、この先も自分たちの構想が実を結ぶ前に、さらに多くの命が損なわれるかもしれないとときどき思い悩んでしまうと率直に認めていた。しかし、亡くなった人たちの記憶は彼女を勇気づけてもいた。スーラはこんなふうに書いていた。

先週、オースティンがあるエッセイを読んで聞かせてくれました。私の父さんやおじさんを思わせる男性たちに捧げて彼が書いた文章です。その中で彼は、この世界のいたるところで勇気ある人々が傷つき命を落としているけれど、勇敢なる犠牲は、古いかたちの強欲と暴虐から新しいかたちの強欲と暴虐へのすげ替えに帰結するばかりで、結局のところ犬死に終わっていると書いています。自らの足で立ちあがり、行動を起こす人たち（父さんやおじさんのような人々）はどうなっていくのでしょう？　世界の片隅ではたしかに進歩のきざしがちらちらと明滅していますが、普遍的な解決策には誰一人到達していません。

　自分自身や周囲にいる人々を自由にする最善の方法とはなにか？　オースティンと私は議論を尽くし、ひとつの見解に至りました。あきれるほど多くの人間が自分の本質を見失っていて、結果的に、最も強欲な人々が人間を食い物にするのを許してしまっているということです。アメリカで目にした物事は私に心の落ち着きを取り戻させ、その一方で、私をひどくうちのめしました。コサワは、丁寧に検討を重ねた方法を用いてもとの姿に立ち直らせなければならない何千もの場所のひとつに過ぎないとわかったからです。私たちよりも強い力を具えている地域が、想像をはるかに越える深刻な損害をこうむっているとわかったからです。私は今でも毎週、ビレッジのミーティングに参加しています。ミーティングでは毎回私たちは自らにこう問いかけます。私たちは今なにをなすべきなのか？　できることをすべて実行し、何の変化も見られなかったら、そのときはなにをなすべきか？　私たちの子供は何をどうするだろうか？　私たちが自分たちにできることをなし、それがむだに終わったあとに。私たちよりも前に私たちの父親たちが道半ばで倒れたときのように。

　オースティンは私にアメリカに残るようと迫り、引き下がろうとしません。ここで稼いだお金を仲間に送ることができるじゃないかと言っています。内心では、コサワをペクストンに売ってしまう方がよっぽど賢明な選択だと考えているのかもしれません。どうやったって彼には理解してもらえそうにありません。お金で買えるものは買えばいい。だけど、私たちの望むものは、孤立した生なんかではありません。私たちの望むものは、自分の生を自分のものとして所有することです。豹の息子と娘にふさわしい美しい姿で、風をきって歩くことです。

――

その手紙を受け取ったあと、僕たちは「我々には尊厳というものがあり、尊敬を受ける権利がある」という彼女の言葉と信念を思い返すようになった。そして、そんなときには決まって胸がゆったりと空気をいっぱいにはらみ、肩が高く持ちあがってくるのを感じた。その月の終わり、少年たちの通過儀礼に村人全員が集うと、スーラの意見に共鳴する声がその場に響きわたった。

成年式はずいぶん前から、僕たちが大好きなお祝いだった。なぜならそれは、僕たちは何者か、どんな人生を歩むべくこの世界に生まれてきたか、そういったことをあらためて身にしみて感じさせてくれるからだ。僕らは自分たちの成年式の夜、親族の男性たちに連れられ、森の奥に置いてけぼりにされたことを思い起こし大笑いした。親戚のうしろをついていき、家まで戻ろうとした同い年の仲間たちが鞭で打たれ、あやうく木に縛りつけられそうになった。日が昇るまで誰一人として家に帰ることは許されなかった。一晩中、得体の知れない物音と匂いに包まれ、僕たちはおたがいの名前を呼び合い、蛇やサソリを踏んづけたりしないかヒヤヒヤしながら、暗闇の中に仲間の姿を探し求めた。友達を見つけることができた者は身を寄せ合い、ぶるぶるふるえながら木にしがみついた。成年式の開催時期は雨季と決まっていたが、毛布を持っていくのは禁止されていた。友達を見つけられない者は樹上に避難した。あるいは、怖くて一人では横になれず自分で自分の体を抱くような格好で夜通し起きていた。朝になると体じゅう蚊に刺されまくっていたけれど、自分の勇敢さを自分に対して証明したような、誇らしい気持ちになった。村まで歩いて戻るとき僕らはげらげら笑って、相手の話をさえぎって声高に自分の話をした。僕たちは無我夢中で競うように、それぞれの命がけの冒険話を語り合った。

村に戻ると、母さんたちの歓声に出迎えられた。母さんたちの中には、僕たちが戻ってこないかもしれないなんていう不安は微塵もなかったはずだけど。コサワの少年が村に戻ってこなかったことなんて、これまでただの一度もなかったのだから。まるでそんな事実は関知しないとばかりに、いくつもの太鼓が激しく打ち鳴らされ、台所ではおばさんや姉さんたちがせっせと料理を作っていた。でも、僕たちはまだ食べられなかった。母さんと抱き合うのもおあずけで、自分の小屋に行くことすら許されなかった。父親や長老たちに導かれ、まっすぐ広場へ連れていかれた。そしてマンゴーの木の下に敷かれたマットに腰を下ろした。動くことも話すことも禁止されていた。男らしさというものには、粛として押し黙っているたたずまいが不可欠だからだ。トイレに行きたくなったら、手振りで合図をし（それは許されている）、用を足し終わったらもといた場所にまたじっと腰を落ち着け、空腹と寒さに耐えなければならない。午前から午後までずっと、村が成年式の支度を整え終わる時間まで僕たちはひたすら座して待った。

僕たちのまわりにコサワの全員と兄弟村の友人や親戚が何百人も集合し、最終テストが始まった。

みんなの視線を浴びながら、僕たちは裸になり、熱い炭の上を歩いた。

ぶざまな姿や苦痛をさらすことなく、炭の上を四十歩で歩かなければならない。男として、世間の目を気にもかけず、頭を高くあげ、痛みをクールに処理しなければならないのだ。「炭の上ではすたすた足を運びなさい」というのが父親たちのアドバイスだったが、いざとなるとそんなふうに歩ける者はほぼゼロだった。ほとんどが一歩進むごとにギリギリと歯を喰いしばった。おしっこをちびってしまった者がすくなくとも二人。この試練を切り抜けると、母親たちや親戚の女性たちが僕たちに腰布を巻いてくれた。父親たちや親族の男性たちは僕たちを担いで家に帰り、やけどをおった足の裏をきれいに洗い、僕たちが水浴びを終えると、包帯を巻いてくれた。

赤い服に着替えて広場に戻ると、村の讃歌が響きわたり、誰もかれもが歌い、踊っていた。「豹の息子たちよ、豹の娘たちよ、我らをあざむく者どもに用心せよ、我らの咆哮がやむことは決してない」

いよいよこれから宴が始まる（森の中でじっと黙りこくって座っているあいだも一晩中ずっと僕らはこの宴のときを夢見てたんだ）という雰囲気になり、僕たちは長老たちの前にひざまずいた。長老たちは僕たちの頭に手を置き、お酒をふりかけ、僕たちが正式に豹の新参者となったことを宣言した。宣言を受けて立ちあがった僕たちはその瞬間に成人となった。もちろん、成年式を経ただけでは男にはなれないことを、僕たちは父親たちから聞いて知っていた。妻を得て、子供を持ち、家族を見守り、子供たちにすべてを与えることができなければ自分には何の価値もないと感じたとき初めて、つまり、他者の生に対して責任を持つようになったときに初めて、僕たちは真の男になるのだ。通過儀礼は男になるための扉が開かれたということに過ぎないんだよと、今や男になった僕たちは若い世代にことあるごとに助言した——世間に対して、自分の身体を満たしている豹の血のことを何度もくり返し思い出させてやらなければならないんだ。そうでなければいつまでたっても少年のままなんだよ。

スーラに今回の儀礼がうまくいったことを伝えると、あのとき村で抱っこされてた赤ちゃんたちがもう成人しちゃったんだねと、いささか驚いているみたいな返事を書いてきた。「ああ、うれしい。もうすぐ帰れるんだよ。村に帰ってみたら友達みんな、おじいちゃんやおばあちゃんになっていた、というのはなんだかちょっとね」アメリカからの最後の手紙に、彼女は友人たちが開いてくれた即席のお別れパーティーのことを書いていた。パーティーに参加した友人たちは、彼女と一緒に敢行した冒険的行動や旅先のアメリカ中の滞在地のことを話した。話を聞きながら彼女は泣いてしまった。けれども、ほとんどの紙幅は、彼女の身に起きたある出来事の説明に費やされていた。

二日前、オースティンのアパートに行き、一緒に夕食をとりました。三か月後には私はここを離れるという話は忘れて、これからもずっと一緒にいられるという気分で楽しもうと二人で約束していました。けれど、アパートに入った瞬間から彼は暗く沈んだ様子でした。彼がベザムにいるときに作り方を覚えたという熟れたプランテンのフライと、豆とキノコのシチューを食べているとき、彼は私の右手を取り、話があるんだと言いました。

プリンセス、と彼は言いました。僕は死ぬんだ。

私は彼の顔をじっと見つめました。すぐには言葉が出てきませんでした。

死ぬってどういうこと。ようやく私は彼に聞きました。

僕は死ぬんだ、とふたたび彼は言いました。いつ死ぬかはわからない、どうやって死ぬのかもわからない、でも今日、明日、来週、来年、いずれ僕は死ぬんだ。

いったいどういうこと？　お医者さんにそう言われたの？　彼は首を横に振りました。私の心臓は落ち着きを取り戻しました。何かを深く考え込んでいるだけらしいとわかったからです。

あなたはいま自分の心が強く揺り動かされるような死について文章を書いているの？　私は尋ねました。

僕の書くものはいつも死がテーマだよと彼は言いました。今日僕は気づいたんだ。生は死であり、死は生であるってことに――そこにたいした違いなんてない。

よかった、あなたは病気じゃないのね？　彼は首を振りました。私の目から涙がこぼれ、彼は空いている方の手で私の涙を拭ってくれました。

どれくらいの時間そうしていたのかわかりませんが、私たちはたがいの目を見つめ合ったまま座っていました。涙がわけもなく、とめどなく流れてきました。体はずっしり重く感じられました。乱気流のような人生の果ての疲労。けれどもあいかわらず意識は冴えていました。私は声を出して泣き、オースティンは私の涙をずっとふきつづけてくれました。彼のその行為が私の涙をさらに誘いました。

彼は私に言いました。君も死ぬんだよ、プリンセス。僕たちはみんな死んでいくんだ。死がどれほど近いか、この一週間そのことがずっと僕の頭から離れなかった。

そう考えると生き方を変えたくならないかい？　僕は、なる。虚栄心なんかに縛られず、ただ人生に漂いたい。僕たちは宇宙の無限の広がりの中で、どこまでもちっぽけな存在なんだ。それは本当に不思議で、そんなことを考えると謙虚な気持ちになり、同時に解放された気分になる。僕たちの存在なんて、実際のところ、何の意味もないんだから。

彼はくすっと笑い、私の手を取り、その手に口づけをしました。

気づいたことがあるんだと彼は言いました。生きていくということにはたえず痛みがともなう。だから、往々にして僕たちは自分が死ぬということを忘れてしまう。痛みへの対応にかかりきりになってしまうからだよ。これも自然の巧妙な仕組みのひとつだろう。我々が死んでいくという事実に囚われないよう、そうさせているんだ。死を気にかけなければ、我々は枝もたわわにぶら下がる果実を食べ、清流で水しぶきをあげてはしゃぎ、無意味な人生が過ぎ去っていくのをただ笑って眺めながら日々を送ることになるからね。自然界は、僕たちが常に苦痛と向き合うようにできている。僕たちはそれを避けたい、あるいはそれを取り除きたいという永久に変わらない欲求にかられて、次から次へと何かを求めつづける。そして、地球は活気に満ちた状態を保っているんだ。僕たちは痛みを感じ、痛みを引き起こし、終わりのない滑稽なサイクルを反復する。他者の不幸は、僕たちが自分自身の痛みを他人に押し付けた結果以外のなにものでもないよね？　痛みに振り回される生き方なんてもうこりごりだよ。君が去ることで感じるこの痛みを僕は愛に変えたいんだ。無条件で愛しつづけたい。君が飛行機に乗る前に、僕は死んでるかもしれない。今夜死ぬかもしれない。不気味に聞こえるかもしれないけど。何ものにもしがみつかずに生きていきたいと願っているだけだよ。僕の人生は、ずっと何かに強くしがみついて、それを絶対に離したくないと思いながらも、結局は失ってしまうというゲームだったんだ。つらいよ……僕の母さん、今日が命日なんだ。

私はそのとき初めて、彼女の命日を知りました。

彼が今までそれを話してくれなかったからといって、母の死を今でも深く悲しんでいる彼を責めることはできません。最近、父親が倒れたと聞き、オースティンはすぐに病院へ飛んで、二日間付き添っていました。彼の考えていることを私は想像しました。父親が亡くなり、私が帰国し、大統領閣下は彼の帰国を望まないとなると、彼はアメリカで一人で生きることになり、あるいはそのまま孤独のうちに自分は死んでしまうのかもしれない、そういう考えが脳裏をよぎったのでしょう。

もし母さんが今ここにいたら、君に、ただ愛に生きることが大切よ、誰にでも優しくして生きていくのよと言うんじゃないかなと彼は言いました。母さんは毎日そう言っていたし、実際にそうしている姿を僕は見てきた、と。誰にでも笑顔で接する姿を見ていたんだ。とても寒い日でもにこにこしてたよ。見た目や話し方が違うからといってお店の人たちにじろじろ見られても、いつだって母さんは微笑みをたやさなかった。息をひきとる最期の瞬間も、笑顔を浮かべていた。ここ数年、世界は僕に「もっといい生き方がある」と教え込もうとしてきた。「君の母親みたいな人はそもそも考え違いをしているのだ、だから自分の痛みにもとづいて行動すべきだ」と。間違っているのは世界の方だ。

私はその日彼のアパートで、眠れない、心の落ち着かない夜を過ごしました。まるで、子供の頃に経験した恐ろしい夜を追体験しているみたいに。でもその夜は死に対する恐怖はありませんでした。これ以上ないくらい敏感に、死に対する知覚が研ぎ澄まされていただけです。そして死が「今すぐ君のもとへ行くからな、スーラ、準備しておけ」と言っている声に耳を傾けました。死が私に、深淵まで考えを巡らせることを強いていました。もしオースティンの言う通り生とは痛みを感じたり、痛みを引き起こしたりする終わりのないサイクルだとしたら、どうすればいいのだろう？　そんなサイクルに私はこれ以上巻き込まれたくありません。一晩中ずっと、私たちのペクストンに対する戦いは痛みにもとづいているのか、それとも愛にもとづいているのか、自問自答しました。愛によって戦うことは可能か？　そうあるべきなのか？

昨日、自分の部屋でベッドに横になって、美しいガラス細工で満ちた空間にいると想像してみました。その空間は広大で、コサワほどの広さがあります。そこには私と、多様な色彩に満ち溢れ、花で飾り立てられたお皿、トレイ、グラス、花瓶が置かれています。整然と並んでいる、とても高価な壊れやすいものたち。私はそれらをめちゃくちゃに壊してやりたいと思いました。目を閉じて叫び、部屋の中を走り回り、棚から物をつかんで、床に叩きつけ、壁に投げつけ、蹴り飛ばし、叫び声をあげ、棚をひき倒しました。部屋に私と私の心の傷以外なにも残らなくなるまで破壊しまくりました。それから、壁にもたれて座り込み、頭が痛くなって頬がじんじん痺れるまでしくしくと泣きとおしました。目を拭い、立ちあがると、隅に箒があるのが目にとまりました。部屋の中からガラスの破片をぜんぶ掃き出しました。すると、まるで何もなかったみたいにそれはふっと消えてなくなりました。ドアを閉めました。空っぽの部屋に私だけ。私はまた泣き出しましたが、今度はただ泣くだけではありません。泣きながら踊り、そしてただ踊り、笑い、幸福な感覚が私を満たしました。

今この瞬間、私の心に宿っている愛が永遠に続くことを願っています。それでもいつかこの愛がどこかで途絶えてしまうかもしれません。そのときは、私が平和を希求した日はたしかにあったと、この手紙が証拠になってくれますように。明日になると私は、私たちの受けてきた苦痛に満ちた光景以外にはなにも考えられなくなっていて、ペクストンに罰を与えることだけを欲しているかもしれません。この手紙を送ったことを後悔するかもしれません。でももう手遅れです。この私の文章を読んだみんなは、私と一緒に、誰にも苦痛を与えることなくコサワを解放しようと決意してくれるかもしれない。人を傷つける言葉や考え方や行動にいっさい訴えることなく。私の言っていたことは間違っていたんじゃないか、つまり、破壊によって自由を手に入れられると信じていた私たちみんなが間違っていたんじゃないかという疑問が浮かんできて、もう二度と何かを壊したり燃やしたりしないと誓いをたててくれるかもしれない。

あるいは、もしかすると、こんな文章は迷える女の戯言に過ぎないと切り捨て、私の言葉をこれほどまでに重んじてきた自分に首をひねり、この手紙を火の中に放り投げるかもしれません。みんなにひとつお願いしたいのは、自分の心の真実を探り、私たちの血の中に流れている愛を用いて私たちの土地を取り戻すその可能性についてじっくり考えてほしい、ということです。

この手紙を書きながら、私たちが何をしなければならないかが私にははっきりと見えてきました。ペクストンにむかって行進し、兵士たちを前に歌い、踊る私たちの姿が。私たちは泣きだしてしまうかもしれない。あるいは怒りが高まってくるかもしれません。でもそれは自分自身や生まれ故郷への愛から来る感情です。愛の彼方から私たちは権利を要求し、勝利するのです。

死ぬのなら、平和のために死のうではありませんか。

常にみんなの一員
スーラ

それに対する返事として、彼女の提案については直接会って話し合った方がいいだろうと僕たちは書いた。彼女の知性に疑いを持ったことはなかったけれど、彼女のメッセージは、愛する人に今まさに別れを告げようとして、愛についてしか語れなくなってしまった女性の言葉のように感じられた。穏当な対話と歌とダンスでこの戦いに勝てるとは誰も思っていなかったし、敵に対して友好的な態度を保っていられる時期はとっくに過ぎ去っていたからだ。

最近、僕たちの仲間がある兵士からこっそりと、銃の入手に手を貸すことができると持ちかけられていた。銃が手に入れば、破壊行動や放火以外にも、可能な選択肢が増える。コサワを守るために。僕たちは兵士の申し出を熟考し、価値のある投資であると結論づけた。しかし、購入資金についてはスーラの到着を待ち、彼女に支援してもらえるよう直接会ってお願いするのがベストだ。だから最後の手紙に僕たちは、君の言っていることはすべてわかった、君が安らぎを得られたのは幸いだとだけ書いた。

そして、ちゃんと帰国日には空港まで迎えにいくし、もう妻たちにも一番いい服に糊とアイロンをかけておくように言ってあるからねと書いた。スーラは入国後一週間してコサワを訪れる。ほんとうの意味での帰郷だ。そのときは村を離れて久しい友人たちも戻ってきて、彼女の帰郷を一緒に祝ってくれることだろう。

誰がどの料理を作るか妻たちはすでに決めていた。山羊を二頭ほどつぶし、村の広場に箒をかけ、きれいに掃除する。彼女がここから出ていったあと生まれてきた僕らの子供たちは、彼女のことをなんでも知りたがった。「自分たちのスーラ」のことだもの、と言いながら。当日のコサワはいったいどんな歓喜の声に包まれるのだろうと僕たちは思った。

とはいえ、まわりをさしおいて真っ先に躍りあがったのは、他でもない僕たちだったんだ。そのとき僕たちは彼女の家族の隣に立っていた。スーラはベザムの空港のゲートをくぐり、僕たちの腕の中にとび込んできた。十七歳で旅立った彼女はまもなく二八歳になろうとしていた。年齢的にはレディーなのだが、見た目はあいかわらず少女のままだった。顔の肌はすべすべしていて、しわひとつなかった。体つきもあいかわらずほっそりしていた。ただ、大きな目が以前にも増して際立っていた。笑顔は一段と大きく、強い輝きを放っていた。髪は長くのび自然にカールしていた。そうしたことのすべてが彼女の美しさをよりいっそう卓越したものに、人をひきつけてやまないものに押し上げていた。彼女は僕たちを抱きしめ、声をあげて泣いた。すでに何年もの、十年もの、一生分もの時間が経ず泣いた。すでに何年もの、十年もの、一生分もの時間が経過していた。

一週間後、彼女と家族がコサワに到着すると、僕たちは太鼓を激しく打ち鳴らし、ソンニと長老たちは祈りの酒をふりかけた。帰郷を果たした彼女が、コサワを去っていった少女時代とは見違えるように成長し、それでいて、コサワを去っていった少女のままだということが僕たちをつくづく驚かせた。歌声はあいかわらず最悪だったけれど、もう無口な彼女ではなくなっていた。にこにこして、陽気な性格になっていた。女性たちと踊り、子供たちとじゃれあう彼女はどこまでも自由で、まるで巣に戻ってきた鳥のようだった。


銃の入手の必要性について僕たちがきりだしたのは、スーラが村に戻ってきた二日目のことだった。夜、仲間の妻の一人が僕たちに食事をふるまってくれたあと、僕たちは村の広場に移動した。そこには僕たち六人しかいなかった。マンゴーの木の下に腰を下ろし、見あげるとやけにしょんぼりした半月が浮かんでいた。僕たちはベザムまで彼女を出迎えに行く二、三日前に、どのように頼み事を持ちかけるのがいいだろうかといろんな角度から議論していた——グループで説得するのか。あるいは一対一の方がいいのか。求められる説得力の総量を測りながら。最終的には、みんなでまとまって事情を説明するということに決めた。彼女が手紙の中で書いていた方針変更については、きっと一時的な気まぐれにすぎないと僕たちは判断した。愛を持って自由を獲得できるなんて、本気で信じているわけないじゃないか。

彼女の本気度についてとんだ思い違いをしていたと思い知るまで、そうたいして時間はかからなかった。

彼女が熱心に研究してきた偉大な人物たちについて語るとき、破壊や流血なしで自国を変えた偉大な人物たちにについて語るとき、彼女の目には揺るぎない確信が宿っていた。私たちにもできるよ、と彼女は言った。敵を味方に変え、人々を分断している壁を壊し、私たちの子供が彼らの子供であり、彼らの子供もまた私たちの子供であることをはっきり示しつづけること。彼女の父親は、ベザムの人々にその真実を伝えるために死んだのだ、と。

もしも仲間の一人が途中で話をさえぎらなかったら、彼女は朝までずっと話しつづけていただろう。彼女の意見に賛成すると彼は言った。閣下を追い出すために市民が連帯するというのは、たしかにいいアイデアだ。でも、こんな時代だしコサワも銃を備えておくべきだと思うと彼は言った。


——


誰を殺すつもり？　長い沈黙のあとに彼女は尋ねた。

僕たちに危害を加えようとする者だけだよ、と僕たちは答えた。コサワに兵士が送り込まれ、家族と友人が無差別に殺されたとき、僕たちにはなすすべがなかった。命を狙われているっていうのに、何も手出しできない。あいつらは子供たちの目の前で僕らを数えきれないくらい何度も辱めてきたけれど、いつだって僕たちは指をくわえて見ているしかなかった。それもこれも、彼らは銃を所有し、僕たちは所有していなかったからなんだ。あいつらは僕たちの村にずかずか入ってきて、無力な僕らは「出ていけ」とさえ言えない。せめて、何かしらの対抗手段を備えておくべきじゃないか？

彼女は首を振った。

賛成できない、と彼女は言った。平和のために立ちあがるのなら、いつどんなときだって平和を大切にしなければならない。彼らを殺す計画をたて、彼らとともに平和を築くなんて、そんなこととてもありえない。

殺すなんてつゆほども考えちゃいない、と僕たちは言った。ガーデンズに対する攻撃を再開するつもりはない。労働者をおどしたりもしない。つぎにまた攻撃されるようなことがあれば、そのときは、自分たちの身を守る、銃の目的はそれだけだ。丸腰のまま平和を主張しつづけることはできない――いくらなんでも無謀すぎる。僕たちの血が流れようと、閣下とペクストンはおかまいなしだもの。僕たちが対抗手段を持つことがそんなにいけないことなのか？　彼らと同様の行為には絶対手をそめたくないし、永遠にそんな日は来ないでほしい。だけど、守りは固めておく必要がある。

銃の購入資金を提供してもらえるなら、僕らとしても、彼女が思い描いている革命の実現に全身全霊をかけようと思う、と僕たちは誓った。彼女から号令がかかったら、僕たちは間を置かず、県や近隣の県の長たちとのミーティングにくり出し、政府による大規模な森林伐採による土砂崩れや、政令によるレイプや、崩落した学校の屋根のことなど、人々の生活困難を聞いて回る。我々の共通の敵を倒すために協力する意思はないかと、僕たちは村の長たちに誘いかけるつもりだ。抗議の行進で大統領閣下を倒すというアイデアを聞き、そっぽを向いてしまう人も中にはいるだろう。年長者たちが僕たちの顔を見ながら笑い声をあげ、こんなふうに言う光景が目に浮かぶ。やれやれ、若い人たちよ、おまえさんたちにはまだ腹を立てる力が残っているらしいな。じっと待ちなさい、そしておまえさんたちの歯が抜け始めるとき、その怒りがどれくらい残っているか見さだめるがいい。でも僕たちはどんなにつっぱねられても、引き下がらない。彼女と同じように僕たちも、勝利は可能だと信じているからだ。ただし銃がなければ、彼女の思い描いている理想に、僕たちは身を捧げることはできない。

——

翌日、スーラがコサワまで運んできた歓喜は、彼女の顔からすっかり消え去っていた。

とはいえ、彼女はベザムでの政府の仕事を始める前に開かれた村の集会でも努めて笑顔を絶やさないようにしていた。広場でソンニのわきに立ち、集まった人々に、コサワを救うために最後の力を振り絞る時が来たと語りかけた。この運動にはみなさんに、体力がゆるすかぎり参加してもらう必要があると彼女は言った。私たちがひとつになればチャンスはあります、と。彼女は村にできるかぎり頻繁に帰郷することを約束した。

彼女が話し終わり、母親と弟と一緒に車に乗り込もうとした時、僕らの妻たちと子供たちが彼女をかわるがわる抱きしめた。彼女は年長者から祝福を受けるため前かがみになった。彼女のうしろには僕たちがついており、祖先たちと精霊もついており、森羅万象が彼女に力と希望をたっぷりと授けるだろうと年長者たちは力強く言い放った。

一か月後に彼女はまた村に戻ってきたが、銃についての返答はなかった。翌月になっても返事はなかった。待ち遠しくてたまらなかったけれど、僕たちはせっつきはしなかった。この問題についてひどく考えあぐねている様子が彼女からはっきりと見てとれたからだ。コサワの状況も輪をかけて彼女の決断を難しいものにしていた——彼女の不在期間中に墓地は二倍に拡張されていた。かつては家族で賑わっていた小屋も、今では空っぽになって荒れ放題に荒れていた。おびただしい量のオイルが流れ込んだビッグリバーのことを、ちびっ子たちはもうビッグリバーとは呼ばなくなり、「あわれな水」と呼んでいた。自分の落胆を絶対に表に出すまいとスーラは心に決めていた。いつだってゆったりと楽観的にかまえている自分の姿を村の中で示すことがなにより大切だと彼女は考えていた。誰に対しても「信じよう」と言いつづけた。けれども、ひたむきに何かを信じるということにどれほど意味があるのか。僕たちがいなければ、彼女がコサワのためにできることなどほとんどないだろう。彼女にはビジョンと資金があったが、僕たちには身体と体力があった。僕たちの友人や兄弟たちはここを出ていったり、奇蹟を信じて祈ったり、大統領閣下から投げつけられた運命に身をまかせたりしながら生きていた。みんながより良い暮らしを求めていたが、そのために最大限の代償を支払うことを誰一人望んでいなかった。

僕たちは死を怖れなかった。何も行動を起こさず傍観するにせよ、立ちあがり戦う道を選ぶにせよ、どのみち僕らは死ぬんだ。だったら戦うべきだと僕たちは考えていた。時折、僕たちと他の人たちをへだてているものはなんだろうと僕たちは考え込んだ。なぜ活力に満ちた同年代の他の男たちは、最も価値のある正義を求める戦いに命を賭けることを拒むのだろうか？　僕たちの魂には他の人とは異なる何かがあるのかもしれないと僕らは漠然と推察した。なぜだかよくわからないけど、精霊が人類全体には授けなかったものがそこにはあるんじゃないかと。ただし、僕たちの魂の中にあるその「何か」は僕たちを苦しみから守ってくれるわけではなかった。このつらい生活に終止符が打たれるのを延々と待っている、その苦しみからは。

コサワは僕たちが子供だったときからずっとペクストンと戦いつづけてきたんだ。僕たちが生まれる前から土地は汚染されていたし、日常生活は、石油の流出と耳をつんざくガスフレアの轟音一色だった。ペクストンのこと以外ほとんどなにも話さないという時間をいやというほど送った。僕たちは不安を感じ、希望を抱き、小さな勝利をおさめ、山ほどの敗北に耐えた。それでいて変化は無に等しかった。僕らの夢見たコサワは幻でありつづけた。僕たちがロクンジャの学校に通っていた頃、教師はたびたび目前に迫っている次のミレニアムや変化を遂げたあとの世界について語り、僕たちはそのような世界の姿を思い描いた。一九八〇年代、二〇〇〇年なんて七十七世代も先のことのように思えたけれど、それはわずか十八か月後に迫っていた。僕たちはそこに向かって悠然と風をきって歩くというよりも、ずるずると這うように進んでいた。

精霊の慈悲のおかげで、かろうじて僕たちは目標を見失わないでいられた。完全に笑みを忘れた人間にならないでいられたのは精霊のおかげなんだ。子供たちのにぎやかな笑い声。畏敬の念を抱かせる虹の出現。満月の夜の前後に催され、コサワを喜びで満たす誕生と結婚の祝い。そして多幸感に包まれる満月の夜。そんな夜には僕らは太鼓を持ち出し、子供たちは広場をスキップし、年長者たちは歓声をあげた。そして妻たちは大きく腰を振り、僕らの股間はかちんかちんになった。

そんなとき、この先あと何年耐えなければならないのかという悩みはどこかに消え去っていた。純粋な幸福と人生の無限の可能性が僕たちを喜びで満たしていた。至福の瞬間は僕たちに、どんなに長い夜でもかならず朝はやってくるとあらためて気づかせてくれた。

そして、スーラがいる僕たちはこのうえなく恵まれているんだ、しみじみ感じた。

彼女が「自分の役割は果たしたけど失敗だった」と言って降参し、コサワのことを忘れ、ベザムに引っ込んでしまうんじゃないかと不安を抱いたことは、一度だってなかった。彼女はそんな人間ではない。彼女には太陽のような強さがあった。どんなに暗く厚い雲に覆われていても、それらを消し去り、十全な輝きを空にともすことができるという自信が彼女には溢れていた。

スーラが帰国して六か月後、彼女は僕たちに銃の購入資金を与えた。

儀式めいたそぶりはいっさいなかった。僕たちが仲間の小屋の中で座っているとき、彼女はそっと封筒を取り出した。封筒の中には、僕たちが頼んでおいた高性能な銃五丁と十分な数の銃弾を買い求められるだけの金が不足なく入っていた。僕たちが一人ずつ立ちあがって、彼女の横に身をかがめ、頭を下げ、手を取って感謝の気持ちをあらわしても、彼女は黙っていた。それから彼女は厳しい口調で言った。銃は、彼女の許可なく使ってはならない。自分自身や家族、友人の命を守るとき以外には使ってはならない。そして、どうしても避けられないというときまで、僕たちが銃を所持していることは誰にも知られてはならない。銃を買う資金を彼女が出したことは口外してはならない。万一その銃を使って人を殺すようなことがあっても、精霊は彼女がいっさいの殺意を許容しなかったことを見ていると、僕たちは誓った。

翌朝、僕たちの仲間が一人、銃の取引を持ちかけてきた兵士に会いにロクンジャまで出かけた。五丁の銃の調達に兵士は同意した。もし銃を持っていることが政府にばれたら死ぬことになるぞと、彼は同意の前に警告した。俺も死ぬことになるんだと彼は言った。僕たちのせいで命を失いたくはないと。自分は政府の給料では足りないから、ブローカーをして、家族扶養のたしにしているだけだ。僕たちがひとつでもミスを犯したら身の破滅だ。僕たちは細心の注意を払うと約束した。兵士が銃を持ってきたその日、僕たちは森の奥で彼とおち合った。

彼が銃をバッグから取り出したとき、僕たちは圧倒されてしまった。開いた口がふさがらなかった。ついに手に入れた。なめらかな手触り。完璧な重量。原油より黒い。僕たちはそれを手にとり、上下左右と動かし、さまざまな角度から眺めた。まるで生まれ変わったかのように、僕たちはたがいを見つめ合った。兵士は銃の操作方法を教えてくれた。手入れの仕方。故障を防ぐ扱い方。銃に装備された魔法のような望遠照準器についても。この望遠照準器とサイレンサーを使えば、かなり遠くから無音で殺人の証拠を何ひとつ残さず人を殺せると彼は言った。そんなことができるなんて僕らは聞いたこともなかった。隣国にいる彼の取引相手が僕たちのために独自の改造をほどこしてくれたのだと兵士は言った。僕たちの置かれている状況を説明したらしい。僕たちの金で買える銃の中で、最高性能の銃を僕たちはいま手にしている。

僕らは持ちあげてみた。えも言われぬ感覚に魅了された。突如として、殺すことが最も自然な行為に思えてきた。引き金を一回引けば、敵が一人減るのだ。ひとつの体に四、五発の弾丸がめり込み、僕たちの心から四、五層の痛みが剥がれ落ちる。彼らの血が流され、採掘がとまる。彼らの子供たちは父親を失い、僕らの子供は自由に生きていける。その夜、森の中で僕たちは虐殺者という聖職を授任したんだ。その場には精霊もいた。僕たちはその存在を感じた。四人の魂。それから六人衆のことも。力が不均衡な戦いは、これで過去のものとなった。そう気がついたとき、僕たちのまわりには彼らがいたんだ。チャンスが到来したら（そしてそのときはかならずくるだろう）、かつて僕らを怖れさせた殺戮を、今度は僕たちがやってのけるのだ。兵士も労働者も、閣下の仲間たちも殺してやる。いったい何人殺すことになるのだろう？　僕たちが殺すことに嫌気がさした頃、彼らは僕たちの土地からいなくなっているだろうか？　僕たちはがたがたと震えているだけの子供だった。その僕たちが、優位に立つ力を手に入れる。それは想像を絶することのように思えたけれど、僕たちはその資格を手放したわけじゃなかったんだ。無価値な人間ではなかったのだ。僕たちには、自分たちが受けた苦しみを彼らに与え返し、その快感に酔いしれることができる権利があったんだ。とはいえ、そのとき僕たちには攻撃を仕掛ける意思は皆無だった。スーラとの約束があったからだ。機会が訪れるまで待つのだ。武器は森に隠しておかなければならない。

兵士が去ったあと、僕たちは地面に穴を掘り、銃と弾薬を埋めた。

その夜、僕たちは高揚した気分で森をあとにした。スーラと力を合わせ、革命の土台作りを始めるのだ。抗議の行進と歌とダンスがうまくいかなくとも、僕たちには心強い武器がある。強い力を備えているというのは、なんて素敵なことだろう。


それから三年間、スーラは実に足しげくベザムからやって来て、僕たちは彼女と一緒に他の村々に出かけていき、彼女の構想について話し合いを持った。どこの村でも、未婚の女性、それも体格からして少女とおぼしき彼女が「祖国解放の社会運動に参加すれば、私たちと子供たちの未来はもっと明るいものになる」と大胆不敵に語ることに、男たちは戸惑いを感じている様子だった。あるとき、長老が子供は何人いるのかと彼女に聞いた。「いない」と答えると、彼は「いつ産むつもりだ」と聞いた。彼女がそのつもりはないと答えると、男たちはいっせいに笑い声をあげた。あんたの頭の中にアメリカの本がなにを吹き込んだかちゃんとわかってんのかと、そのうちの一人が言った。うちの伜《せがれ》が嫁さんを探しているんだがなあと別の男が言った。あんたみたいに小さいのがいいんだそうだ。あんたがふざけたことをすれば一発ビンタが飛んできて、根性を叩き直してもらえると思うよ。彼の友人たちは笑いころげた。三人目の男は、一年後にスーラがまだ独身だったら四番目の妻にするのもやぶさかでないと大声をあげた。彼らが腹をたてているのは明らかだった。この女は男なんかいなくても幸せだと思っている。ひどい女だ。けれども、スーラは、僕たちのスーラは、どんなにこき下ろされても感情を表に出さなかった。眉をひそめて困惑の色を浮かべることさえなかった。彼らに自由にしゃべらせ、笑いの波が静まってから彼女は口を開いた。最終的に国が解放されたら、喜んで夫を三人ばかり迎えましょう。

子宮に関わる質問を彼女に浴びせてきたのは、見ず知らずの男たちばかりではなかった。

夫としてふさわしい男を紹介してあげると、同年代の人々、とりわけ女性たちがしきりに声をかけてきた。彼女とオースティンの以前の関係のことはみんなが知っていた。その事実は彼女も女性としての欲求を有していることの証だった。八つの村をまわり、煙の立ちこめるキッチンや応接間やベランダで、友人の子供を膝に抱いてゆらゆらとあやしながら、私は私の目的と結婚したのだといつも彼女は話していた。自分の目的と結婚したってどういうこと？　いま私とても幸せなの、と彼女は答えた。

――

スーラの構想によると、革命は「解放の日」と僕たちが呼んでいる日に正式に開始されることになっていた。その日になったら、僕たちの県や隣県の町や村から男たちや女たちがロクンジャに集まってくる。彼女は、オースティンの後任の新聞記者を招待することにしていた。その新聞記者は写真を撮り、僕たちの国の再生を記録にとどめることになる。「解放の日」がうまくいけば、他の町やできるだけ多くの県でさらに集会を開く。やがて時が熟したら僕たちは国中の町や村で、男も女もみんなでこぶしを握ってチャントを唱える。統一された抗議行動をおこない、政権の固い壁を跡形なく壊してしまうまで運動を続けるのだ。

途方もない計画に思えるが、彼女は成功を信じていた。国を変化させるためには革命が一回では足りないかもしれないし、あるいは世紀が二つ以上必要かもしれないと彼女は感じていた。けれども、それは何の障害にもならない。むしろ、過去の世代の人々が着手した仕事を未来の世代の者たちが仕上げられるよう、自分は立ちどまることなく、ひとつずつ成果を積みあげていくのだという方向へ彼女をより強く駆り立てるように見えた。スーラは僕たちによくこんなことを言った。アメリカやヨーロッパの富裕国は、平和のために戦い、死んでいった何世代もの人たちのおかげで繁栄できたのよ、と。

「解放の日」の土台を作ることにいそしんでいたあの数年間、僕たちの武器は注意深く隠されていた。人の死や病気やひどい石油流出に見舞われ、コサワから喜びが奪われたように思えたときには決まって、武器を手に取り、ガーデンズに突っ込んでいきたい強い衝動に駆られた。そういうときは、永遠に朝がやって来ないように感じられた。僕たちを覆っている闇に順応することだけが、たったひとつの選択肢であるように思われた。畑のわずかばかりの収穫物を妻たちから見せられるたび、ガスフレアを見て猛毒が子供たちの体に浴びせられる情景がふと頭をよぎるたび、労働者たちの頭に蜂の巣みたいな穴をあけるところを想像し、長い夜をやり過ごした。僕らの信念はか細い糸となり、今にもぷっつりと切れてしまいそうになった。それでも、僕らはかろうじてそれにしがみついていた。そこから落っこちないよう精霊に祈った。何がなんでも、落ちるわけにはいかない。ふたたび高く舞い上がりたいのなら、地に落ちることは許されない。そしてスーラのために、銃を取り出してはならなかった。コサワが寝静まっている夜更けに僕たちは集まり、「僕たちの時代はかならずやって来る」とたがいに声をかけあった。夢を見ていられるように。

スーラはベザムで、昼間は政府の指導者養成学校で教え、夜は意思が通じ合っている教え子を家に招き、革命について語り合った。新しいビレッジ・ミーティングみたいなものだよ、と彼女は言った。彼女はそういう教え子たちと、彼女の愛読書について意見を述べあった。そして彼らはコサワのために一緒に戦うことを約束した。ベザムで彼女に支持者がつくのはうれしかったけれど、僕らは、僕たちの闘争に向けられた学生たちの関心がほんとうに純粋な心から来ているのかどうかいぶかしんだ。僕たちみたいな村の出身者は一人もいなかったし、彼らは権力者のコネのおかげで入学資格を得ていた——自分が手にしている特権を葬り去るために人が行動を起こしたためしはない。しかし、それでもまぎれもなく、彼らをスーラに引き寄せる要因になっていたのは、彼らが従者としてかしずこうとしている男の権力を、彼らの父親たちが昼は頭を深く垂れながら働き、夜になると今度は呪詛を投げつけているあのモンスターのような男の支配を、この社会から葬り去ってしまいたいという思いに他ならなかった。

このうちの三人は、彼女の帰国から四年後にあった、ペクストン社の現地オフィスの社長との会談に同行した。社長の命令には、ガーデンズやペクストン社にいる誰もが従っていた。この会議まで、スーラは数えきれないくらい何度も会談を申し入れ、アポなしでペクストンのオフィスにとび込んだりしたが、社長はいつも会議中だったり、国外にいたり、あるいは他の理由で不在にしていて、彼宛にメッセージを残していくことしかできていなかったんだ。

ようやく社長との会談が実現した日、僕たちは、このところ〈かわいい人〉と〈いけてる人〉の足がコサワから遠のいていた理由と、僕たちに対する配当金の支払いが遅れている理由を知ることになった。ペクストンは僕たちに受益権があると主張する回復運動との闘争を辞さない姿勢を明確に打ち出し、この問題を法廷に持ち込むことに決めたのだった。今この訴訟は、アメリカの裁判所で審理を待っている。アメリカでは訴訟に長々と年月を要し、審理は裁判所から別の裁判所へと差し回される。アメリカの裁判はふとっちょのカタツムリなみのペースで進むから、裁判官が双方の言い分を聞き最終的な判断を下す頃には、僕たちの子供はすでに親になっている可能性が高い。

椅子に背をもたせかけ、頭のうしろで指を組んで、ペクストンの社長がスーラに言った。とりあえず回復運動はこの訴訟を取り下げた方がいい。長期にわたって費用のかさむ裁判を続けるだけの金はなさそうだから。ただでさえ、回復運動はあちこちの企業を相手に、係争中の裁判をしこたま抱えている。彼らにはそれらすべてに決着をつけられるだけの資金はない。コサワが配当金を目にすることはまずないだろう。私には君たちを救うためにできることはなにもない、と社長は言った。

コサワに帰ってきたスーラからこの話を聞いたとき、回復運動のスタッフがどうしてこれまで真実を話してくれなかったのか僕たちにはまるで理解できなかった。ソンニが杖をついて不自由な体を支えながら、コサワの男たちを広場に集め、これからどうすればいいかと僕たちに尋ねた。

〈かわいい人〉と〈いけてる人〉を呼び出し、事情を説明してもらおうじゃないかと主張する人もいたが、そんなことしたってなんにもならないという意見が多数だった。彼らは我々を悲しいニュースに触れさせたくないと思っていただけだ。そんな彼らの名誉を傷つけるようなことはできない。社長と会って話をしようじゃないか、と僕たちの父親の一人が言った。誰も反対しなかった。議論を尽くすまでもなく、回復運動抜きで独力で進むべき時が来たのだという結論に至った。

スーラが帰国し、すでに四年が経過していたけれど、フィッシュ氏との交渉はそれまで回復運動に任せきりになっていたんだ。〈かわいい人〉がスーラに、ここまで社長をまじえて話し合いを進めてきて、それがよい方向にむかっているから、これまで通り〈かわいい人〉と〈いけてる人〉とで話を詰めていくのがベストなんじゃないかな、と提案したからだ。この交渉と並行してスーラがペクストン側との話し合いを新たに始めるのはちょっとどうかと思う、と。スーラは同意した。でもこんな展開になってしまった。スーラの手で、この国のペクストン社の最高権力者に通じるルートが開かれたのだから、これまでとは異なるやり方で、新しく話し合いを開始すべきだ。スーラが社長に会ったとき、〈かわいい人〉と〈いけてる人〉の姿を見かけなくなってから九か月が過ぎていた。そういうわけだから、スーラに対し、村の代表団を連れフィッシュ氏と会ってくれないかとソンニが持ちかけるということで、すんなりと総意がえられた。彼女はフィッシュ氏との交渉で、アメリカ仕込みの話法を用いるだろう。彼らと僕たちをつなぐ最高のかけ橋が彼女なんだ。

フィッシュ氏のもとに送り込まれた代表団のメンバーから、僕たちはみんな外れた。スーラは女性だから、代表団に世間的な体裁をまとわせるためにも村の有能な男たちの中から年長者を選び、彼に同行してもらうのが、いいだろう、と長老たちが判断したからだ。僕たちが彼女から聞いた話では、まず、通訳を介さずフィッシュ氏とニューヨークでの思い出ばなしにひとしきり花を咲かせたらしい。二人のお気に入りの店がなんと同じ古着屋だったことがわかって爆笑したという。スーラに付き添った長老も、会話の内容はさっぱりわかっていなかったけれど、一緒になって大笑いしていた。

コサワに対して果たさなければならない義務をペクストンが負っているのか、その点をペクストンが裁判所に判断してもらうことにしたという話はどうやら事実だった。訪問の目的を確認する段階に二人の話がさしかかったとき、フィッシュ氏がそのようにスーラに伝えた。このことに関し、ペクストンから村に対して説明はひと言もなかった。そもそも、僕たちに事情を知らせるのはペクストンの役目ではない。それは回復運動の役目だった。

「コサワを救いたいのはやまやまなんだけれども」とフィッシュ氏は言った。「しかし私にそんな力はない。ご存知のように、この件はニューヨークの法律家の手に委ねられた。ここに来た当初私は、一時的にではあれ双方の話をまとめるために助力した。だが、自分の権限から逸脱するわけにもいかない」

「私たちは、もうずっと何年も前から約束を守ってきました」

とスーラが言った。「私たちは悲惨な状況に置かれています。今も時間の経過とともに状況は悪化している。裁判の判決をいつまでも待っているわけにはいかない」

裁判を早く終わらせるなんてことはペクストン社にもできっこないはずだと、フィッシュ氏は言った。個人的にできるのはせいぜい、私の上司にあたる社長と話をしてみることくらいだ。裁判の進捗状況をニューヨークに確認してもらうよう頼む程度のことならできるよ。それでなにがどうなるわけでもないかもしれないけど、でも、やってみる価値はある。そして、もし回復運動の弁護団がコサワの案件から手を引けば何かしらの望みが出てくるのかもしれない、と彼はつづけて言った。

「もし、君をスポークスマンに立てて、君の村が自分たちの言葉で状況を伝えられるのなら」と彼は言った。「ニューヨークの連中も、身を入れて事態の収拾に乗り出すかもしれない」

「ええ、その通り」とスーラは言った。「回復運動の退場ということになれば、あなたの会社の新たな失態がマスコミに流れる可能性はそのぶん小さくなるわけだから」

「私はね、ただ君の仲間たちのために、できる限り手を貸したいと思っているだけだよ」

「あなたの誠意を疑っているわけじゃないわ」

「提案があるんだ。君と私、そして君の村の長老二人も連れてベザムに行き、社長と会って話をしないか。ニューヨークの一件を迅速に進めるためにできることはないか探ってみよう。社長は冷たい人間に見えたかもしれない。だけどわるい人間ではないんだ。子持ちでもある。君たちの村の子供のことをニュースで知るたび我々は心を痛めている」

「話を続けて」とスーラは言った。

「だけど、いいかい、社長とニューヨークの連中にあることといったら、君と少し話してみるのも面白そうだなという気分だけ、まあ好奇心どまりだ。おまけに会談の事前準備として私に課されていることがある。君には、死亡と損害に対する補償金額をペクストンの言い値で受け入れ、合意書に気持ちよくサインをする意思があり、共同声明を発表することにもとても前向きだ、と私から彼らに伝えなければならない」

「そんなこと、私、絶対にしない」

「君には選ぶことができない。回復運動の弁護士がおこした訴訟には、まったく根拠がない。審理の結果、訴えは却下されるだろう——ペクストン社はコサワに対してなんら契約上の義務を負っていないからさ。もしも君が無茶な要求なんかしたら、私はボスの時間を食い潰す愚か者だと笑い者にされるだろう。彼らはね、そんな悠長なことをやっていられないんだ。裁判で君たちにとって有利な判決が得られなければ、君たちは一切の権利を失うことになる。私は善意にもとづいて、君の仲間たちにせめていくばくかのものを手にできるチャンスを持ちかけているんだよ」

「金銭によって償えるほど簡単な問題ではないと言ったら、どうする？」スーラは尋ねた。「お金は巨大な問題のほんの一角にすぎない。安全な環境で生活を営む権利が私たちにはある」

「そのことについては、私は立場上なにもお約束できない」

「そして、私たちは来る年も来る年も待ってはいられない状況に立たされている」

「お気の毒だ」フィッシュ氏の返事はそれだけだった。


会談のあと、スーラは以前より何倍も足しげく村を訪れるようになった。フィッシュ氏とさらに三回の会談を持ち、そこでも妥協点を見出すことができず、対話による平和的合意の可能性がなくなった今、「解放の日」がますます重い意味を帯びてきた。週の五日間を彼女はベザムですごした――夜の半分にあたる時間はビレッジ・ミーティングに費やされた。残りの半分を母親と新しい父親と弟と一緒に過ごした――そして二日間を僕たちとともに過ごした。ベザムから運転手つきの車が来て、それに乗って、僕たちは他の町や村をまわった。運動のための出張に彼女と出かけるのは二人と僕たちは決めていた。交代で狩猟に出かけ、家族の世話につとめ、革命の準備にあたった。

訪問した町や村では、僕たち以上の年齢の人なら性別を問わず、彼女のことを見るなりひとしく取り乱していたけれど、若者たちはたちまち彼女のとりこになった。彼女のそばに腰を下ろし、今後の構想を語るその声に聞き入った。ふわふわした彼女の長い髪や、まるで地位の高い男みたいに足を組んで座っている姿は、若者を深く魅了した。彼らは彼女がアメリカで何を見て、何を学んできたのかを知りたがった。アメリカに渡ったのに、いったいどうしてこんなねじけた国にまた帰ってきたりしたんだい、と彼らは尋ねた。質問はいつも彼女から微笑みを引き出した。あなただって、いつかこの国もアメリカみたいにすごい国になってほしいと思っているよね？　彼女はそう答えた。大統領閣下が居座る未来は間違いなく気持ちの滅入るようなものになるということは、わざわざ説明するまでもなかった。自分たちの人生なのにそれを自分たちのものとして所有することができないのは親世代と同じことのくり返しだ、と説明する必要もなかった。事実としてこの国は人々のものではなかったし、一人の人間によって支配されているかぎり、人生が自分のものになることはありえないのだから。彼女が伝えなければならなかったのは、首都の外にまでなかなか伝わってきにくい事実についてだった。年老いた閣下は不安に駆られることが増え、以前にも増して残忍きわまりない人間になっていたのだ。

——

閣下は自分の治世の終わりが近いことを感じ取っている——だから敵味方の区別なく誰に対しても慈悲の心を失っているのだというベザムでささやかれている噂は、スーラの耳にも入っていた。彼はたび重なるクーデターをくぐり抜け、自分を陥れようとした者を一人残らず処刑してきたというのに、あいかわらずおびただしい数の敵が彼のまわりには潜んでいた。そのため二年ごとに内閣を改造した。彼はきわめてささいな不満の種を嗅ぎつけ、取り巻き連中を刑務所送りにした。そうすれば計略をめぐらせることすらできないから。四人組が収監されていた刑務所には、いま、彼らの収監に手を貸した同じ男たちが投獄されていた。ベザムの周辺では「大統領は自分のベッドで寝ていないらしい」とか「夜中のクーデターで寝首をかかれないよう、どこで寝ているか秘密にしている」という噂がささやかれていた。最初に起きたクーデターは大統領府の警備隊長によって仕組まれたという話だった。自分を憎んでいる者たちを一人も漏らさず把握しておく術のないことが、彼を何よりも気に病ませているらしい。ベザムは鳩の皮をかぶったハゲタカだらけだった。

町中の人々が彼の神殿の前でぬかずき、彼のために毎年とりおこなわれている即位式典で彼に賞賛を送った。けれど、ほぼ全員の崇拝者たちが彼の死を切望していた。噂によると、彼は料理人にさえ気を許さなかった。だから料理人は、閣下が食事をするときは、かならず食事の前に、自分の家族を連れてきて閣下の目の前で毒味をさせなければならなかった。最も追従的な彼の閣僚が、閣下を狂人と見なすヨーロッパの政府の差し金で、飛行機の墜落事故を装った暗殺を企てた。閣下の娘がこの閣僚の息子と結婚する準備が着々と整えられていく裏で、密かにこの陰謀は進められていた。閣下が陰謀の存在に気づいたのは、結婚式の数日前だった。正午、ベザムの最も交通量の多い交差点で、何百人もが見守る中、当の閣僚はただちに処刑された。誰もが恐怖に怯え、声をあげる者はなかった。

その後おこなわれた大統領閣下の在位式典で、兵士や政府職員、全学年の学童たちが午後の炎天下に汗だくになって立ち尽くす中、閣下が演説した。彼は自ら「国家の父」「姿を現せば、あらゆる生き物がひれ伏してしまうライオン」と名乗った。私を殺そうともくろむ者は、私の子供たちを父なし子にすることによって国家を攻撃しようとしているのだと彼は語った。その罰はただひとつ。切り刻まれ、煮込まれ、銀のボウルに入れられ、私の前に差し出される。

私に歯向かう者は跡形なく消えると彼は言った。

スーラが帰国して六年後、僕たちはまだ「解放の日」を設定できないでいた。あいかわらず僕たちはあちこちに出かけ、現状把握の共有につとめていた。なかには複数回足を運んだ場所もある。しかし、関心を刺激された一部の若者たちのグループを別にすれば、僕たちの運動に強い興味を示す人はほとんどいなかった。肩を落としてコサワに戻る僕たちに、私たちの時代はかならずやってくるよとスーラは言った。だけど、なにひとつ変わらないのではないかという僕たちの疑念と不安を、彼女の言葉はほとんどまったく拭い去ることができなかった。

ミッションに対する僕たちの信念が激しく揺らいでしまい、村落訪問ができなくなってしまう月もあった。けれども彼女の信念はびくともしなかった――彼女は公正の伝道師として生まれたのであり、その信者としての生に専心していた。仕事で稼いだお金のうち自分や母親や新しい父親にまわさなかった分のすべてが、友人たちや友人の親戚たちに差し出され、彼らの子供たちの生活費として、そして僕たちの旅費として使われた。彼女は僕らの子供たちのために本を買ってくれたり、ちびっこたちを自分の車に乗せ、ハンドルについているクラクションを鳴らさせてやったりした。この子たちのために私たちは運動を続けているということを忘れないで、と彼女は言った。いったいいつまで辛抱すれば革命の夢をあきらめられるのだろうと僕たちが聞くと、彼女は言った。私たちはたくさんの心の中に種を蒔いてきた。その種はかならず発芽し、生長するよ。じっと待って時間がたてば人々は目覚めてくれるわ。そう話す彼女は――そんなとき決まって僕たちは応接間に腰を下ろしていた。そして記憶をひとつずつたどっていき、やがてあの日僕らを具体的な行動に突き動かしたコンガが僕たちの前によみがえってくるのだった――すっかり別人になったように見えた。まるでコンガの何かがスーラの中に住みついたかのように、やわらかな狂気のオーラが彼女を包んでいた。

――

もし僕たちの一人が別の村の親戚を訪れて帰ってきて、息子が死んでいるのを見つけなければ、僕らの銃は、永遠に森の中に隠されたまま、スーラが僕たちにそれを使うべきときが来たよと言って祝福を与えてくれるのをいつまでも待っていただろう。

彼の子がペクストンの有害物質のせいで死んだのかどうか、そこまではわからなかった――男の子には咳や高熱の症状はなかったが、二日前から嘔吐が続いていた。でも断言できることがひとつあった。もしペクストンの毒のせいで胃の病気を癒す薬草が枯れていなければ、この子の命は助かる可能性があったということ。ペクストンの手によって土壌汚染が進み、繁茂していた薬草たちが根絶やしにされたその日、少年の命も絶たれたんだ、と僕たちは言った。

友人は子供のように泣きじゃくりながら墓場にうずくまり、僕たちが土を掘って彼の息子の安息の地を拵えていくのをうつろに見ていた。埋葬の際には、息子の棺を下ろしたあと、彼の妻を墓にとび込ませまいと、僕たちは身を挺して彼女を抑えた。

葬儀の翌日の夜、僕たちの友人はもうこれ以上耐えられないと心を決めた。

彼の中で長らく眠っていた悪が、ついに彼を森の中へと駆り立てた。銃を掘り出し、ガーデンズのはずれに茂っている藪地に向かった。木陰から銃の望遠照準器を覗き、三人の労働者が夜風に吹かれてパイプを吸いながらその日あったいろいろな出来事を話しているところを観察した。

彼は全員殺した。

一人目の男は頭を撃ち抜かれた。二人目の男は悲鳴をあげる間もなく弾丸が胸に命中した。三人目の男は逃げようとして振り返ったとき、背中を撃たれた。ガーデンズにいた者は誰一人物音を耳にしなかった。サイレンサーが効いていたのだ。死体が発見されたのは、友人が銃の隠し場所まで逃げ帰ったあとだった。銃を手にして泣く彼に夜の闇が降りた。

ふたたび銃を埋めたあと、彼は僕たちの小屋までやって来て、何をしたかを打ち明けた。彼は泣きつづけ、ふるえていた。目は真っ赤に充血していた。息子は彼にとって初めての子だった。一人息子だった。妻がもう一人男の子を産んでくれなければ、彼の名前も息子とともに死に絶えてしまう。

僕たちのうち二人は自分の子を埋葬した経験があった。そして僕たち全員、これまで数え切れないほどたくさんの小さな棺を運んできた。けれどもこのとき、悲しみに打ちひしがれる友人を見つめている僕たちを、なにものかがひとつの認識へと導いていった。殺すべきときが来た。もうたくさんだ。僕たちはもうさんざん泣いて、泣き尽くしたのだ。そして死者をさんざん埋葬してきたんだ。僕らの苦しみの代償を敵は支払わなければならない。

その日僕たちは決断した。スーラの祝福は求めず、家族のためになすべきことを実行する。僕たちはこれからもスーラと遠征を続け、「解放の日」に参加してくれるよう人々を説得してまわり、同時に、亡くなった子供たちの復讐を始める。

――

殺害のあと数日間、僕たちは兵士の侵攻に備えた。彼らは現れなかった。しばらくあとでわかったことだが、ペクストンは殺人の事実を隠蔽したのだった。ニュースで油田のことが取り上げられるのを彼らは怖れていた。現場監督たちは殺された男たちの遺族に、彼らは掘削事故で命を落とし、遺体の損壊が激しいので対面しない方がいいと伝えたという。遺族のもとに届いた遺体は、本当の死因に気づかれぬようペクストンによって完璧に密閉された棺桶に入れられていた。銃の所持は兵士だけという状況で、労働者が銃で撃たれて死んだなんてとても説明がつかないことだったんだ。

ニュースがどのように漏れたかはわからないが、あっという間に県全域で、この殺人事件のことが人の口の端に上るようになった。ある者は、労働者の一人に妻を寝取られた兵士が復讐のために間男と仲間たちを殺したのだと語った。また、ペクストンが兵士に金を渡し、社長の怒りを買った男たちを始末したのだという噂も流れた。僕たちの仲間はビッグマーケットで、女性が友達と「労働者の一人に裏切られた死者の仕業らしいわよ」と話しているのを聞いた。死者の精霊がとうとう銃を手に入れたらしいのよ、と話していた。これがいちばん真実に近いと言えるだろう。なにしろ、僕たちは暗闇に死体を残していく幻影なのだから。

殺害事件から一か月後、僕たちはあらかじめ把握していた二人の兵士の住んでいる家まで行き、寝ている彼らの頭に穴を開けてやった。ロクンジャの庁舎で働いているある公務員が次のターゲットだった。そのとき彼は妻と車の中にいた。二人のことを僕たちはまったく知らなかった。僕たちの苦しみを加害者に少しでも伝える、その一点のために彼らを処刑したんだ。

殺害したあと、攻撃に参加した者たちは仲間からやし酒を受け取った。殺人者たちが酔っ払っているあいだ、しらふの者たちはつぎに誰を殺そうかとじっくり思案した。

僕たちは今や我が同胞たちの槍となったのだ。

十二人目を殺したあと、兵士たちは我々を追跡し始めた。八つの村を巡回し、銃を捜索し、ベッドの下やキッチンの中をかき回し、汚れた服の山を物色し、血痕を嗅ぎまわった。村の広場に男性たちを集め、殺人犯に投降を命じた。彼らは端的に警告した。もし犯人が投降せず、あとになって逮捕されたら、村の男たちを一人残らず処刑する。自白は得られず、沈黙が流れるだけだった。

ある村では、何十人もの女性たちが銃を突きつけられて無理やりトラックに乗せられ、ロクンジャまで連れていかれた。女性たちはロクンジャの刑務所で兵士たちから尋問を受けるあいだ、薄暗い部屋で順番に仰向けにされ、いちばん最近あった殺人事件の日の夜の夫や息子の居場所を詳しく言えと問い詰められた。老女たちは頭を殴られ（知っていることといえば耳に入ってきた噂話くらいしかなかった）、細かい点まで包み隠さず話さなければ、じっくりと時間をかけて死の苦しみを味わってもらうことになるからなと脅された。若い女性たちは三人、あるいはそれ以上の兵士たちから下着をはぎ取られ、足をこじ開けさせられたということを、村に戻ってきて証言した――何人の兵士にレイプされたのかを、はっきり思い出せない女性たちもかなりいた。そのうちの一人は僕らの仲間の妹だった。彼女はまだ少女だったが、すでに女性的な体つきをしていた。女の子はその後何日も出血が止まらず、取り返しのつかないほどひどく子宮が損傷しているのではないかと危惧された。僕たちの妻や母親たちはかならず自分の番がまわって来ると言っておびえ、声をあげて泣いた。ソンニは他の村の長老たちとともに、解決策を模索した。彼らは県の役人のところへ出向いた。殺人犯が引き渡されるまでは村人の安全は保障できないと役人は言った。

スーラがベザムから新聞記者を連れてやって来た。彼女は記者を八つの村すべてに連れていき、暴行や性暴力を受けた女性被害者に聞き取りをおこなった。新聞記者は女性たちに、殺人犯は自分たちの村の出身者だと思うかと尋ねた。女性たちは首を振った。先祖に誓って、私たち村人の中にそんなことをする者はいないと彼女たちは言った。スーラも誓った。真相を知っていたけれど。最初の殺人事件が起きたときから、彼女には何もかもお見通しだった。そんなことはどうかやめて、と彼女は涙を流して懇願した。僕たちがやったという証拠はどこにあるのか、と僕たちは問い返した。僕たち以外に銃を持っている人間が八つの村にいるんじゃないか？　僕たちは彼女にすら事実を打ち明けることができなかった。どうして僕たちがそのような行動に訴えないではいられなかったのか、その理由を彼女には到底わかってもらえそうになかったからだ。

新聞記者が去った後、スーラは僕たちに、聞き取りをした被害女性は顔を殴られて大きく腫れあがって今も目が開けられないのよ、としくしく泣きながら語った。レイプされるかもしれないという恐怖は他の何よりも私をおびえさせる、と率直に語った。「女性たちのために」と彼女は泣き声で言った。

「お願いだからもうやめて。あなたたちの妻や娘たちのために、お願いだからやめてください」

仲間内での話し合いを僕たちはすでに済ませていたんだ。僕たちの行為によって、子供たちが母親を失い、姉妹たちが子を失い、親たちが娘を失うとしたら、僕たちのしている殺人は誰のためになるというのだろう？　血の賠償を支払わせる機会すら僕たちから奪っていく敵に対して憎しみは募る一方だけど、ここは一時的に攻撃を中断し考え直す必要があると僕たちは結論づけた。そしていずれ攻撃を再開することを誓った――そのときは、新しく、より優れた戦術で。

――

あたかも精霊が停戦に同意してくれたみたいに、それから半年間、コサワでは誰一人命を落とす者はいなかった。その結果、僕たちの中で、武器を捨てたことの後悔の気持ちも次第に消えていった。殺人事件によってスーラと僕たちのあいだに生じた亀裂もだんだんと小さくなっていった。殺人が続いていた頃は僕たちと目を合わせることさえ怖がっていたけれど、最近の彼女はまるで家に帰ってきた息子みたいに僕たちに抱きついてきて、ほんとによくやっていると思うよと言い、僕たちを喜ばせるような言葉をかけてくれるのだった。

　彼女が帰国してから七年目になる頃だったと思う。彼女は僕たちにむかって「解放の日」の日程を決めたよと言った。三か月後だなんていくらなんでも早すぎるよと抗議すると、いいのよ、今まで私たちの主張に耳を傾けてくれた人たちが何人であれ、その人たちとともに進んでいけばいいわけだから、と彼女は言った。僕たちには賢明な計画とは思えなかった。その考えには反対だと異議を唱えた。――万一、決起集会にまばらにしか人が集まってこなければ、僕たちは嘲笑の的になるだろう。もっと時間が必要だ。革命的な爆発は小さな火花なんかじゃ発火しない。それに殺人事件の後、兵士たちは慈悲の心を失っている。兵士たちが銃を使いたくてむずむずしているこのタイミングで、彼らを刺激するなんてどうかしている。銃に出番はない、と彼女は言った。公立学校における高い職位と政府職員としての特権を利用して、彼女は大統領官邸から許可証を受け取っていた。そこには、彼女がロクンジャに若者たちを集めて国の祝典を催すことを許可すると書かれていた。許可証の写しは県のほうでも保管されていた。集会に来ている兵士は僕らの保護のためにそこにいる。笑えるくらいの皮肉な状況――僕たちを守るよう命じられた兵士たち――だが、僕たちはそれでもなお笑うことができなかった。心に引っかかるものがあったから。演説の中で、数多くの人々に対して革命に備えよと訴えかける段取りはととのったのか？　そして彼女の真の目的を知ったとき、政府はどう出るだろうか？

　僕たちの見立てでは、「解放の日」まであと一、二年は準備が必要だと思われた。閣下に向けられた憎悪は深く、多くの人が変化を切望しているということが僕たちにはかなりはっきりと見えていた。だが同時に、女性（もっと厄介なことに未婚で子供のいない女性）が率いる運動に参加する人はほぼ皆無に等しいという現実も、隠しようもなく僕たちに突きつけられていた。スーラが家庭を持たないことの背後に目を向けてください、とはとても言えなかった。家庭を持っていないことは重要な事実ではありませんと主張することもできなかった。それは核心的な事実だった。その事実は、彼女には無数の欠点があるということを意味しており、そのすべてを受け止めきれる男性はこの世にはどこにも見当たらないということを意味していた。僕たちは彼女がいつの日か夫を見つけ、子供をもうけ、本当の意味での女性となることを願った。母性と結婚以外に、彼女を尊敬に値する存在に祭り上げることのできるものはないから。

そんなことを言って彼女を傷つけるわけにもいかないし、自分たちがなぜそのような女性の信奉者になっているのか（僕たちはされても気にならないようになっていた）それを人々に理解してもらうために多大な苦労をしていることを伝えることもできなかった。でもいくら変わり種の女性であろうとも、スーラは僕らのリーダーであり、その彼女の堅い決意がある以上、そんな理由だけで抵抗運動を失敗させるわけにはいかない。しかし、完璧なタイミングを待っていても、まずそんなものは永久に訪れっこないという彼女の主張を受け、さらにバマコとコトノウの双子に相談し、その結果、僕たちは彼女の設定した日程を受け入れることに決めたんだ。

双子はまだ幼い少年にすぎなかった。けれど、すでにジャカニやサカニにほぼ匹敵する技量を具えていた。スーラの計画を進めるためには、二人と会って精霊のサポートを求めるプロセスは絶対に欠かせなかった。

森の野生動物の燻製を贈ると、双子は、僕たちのために執り成しをしてくれることに同意した。数日後、僕たちのところへやって来て、精霊はスーラが「解放の日」に選んだ日付に賛成しているという精霊からのメッセージを僕たちに伝えた。精霊はまた、スーラがしっかりと下準備を進めていくうえで必要な儀式の執行についても、双子に指示を与えていた。

その後、スーラがコサワを訪れるたび、僕たちは「解放の日」のための段取りを整えていったんだ。精霊から承認を受けたおかげで、僕たちは希望に満ち、運動への信念を新たにすることができたし、その日が近づくにつれ、熱意は高まっていった。その高揚感は数週間にわたって僕たちを喜びで満たし、そしてコサワを活気づかせた。頼んでもないのに、このニュースを僕らの家族が他の村々に知らせまわってくれた。老いも若きも「解放の日」のことを語り、来るべき日までの日数を、僕たちが長いあいだ夢見てきた光明が輝き始める日までの日数を、みんなで指折りカウントダウンしていた。ニュースは、

周辺の町や村にまで広まった。僕たちは一人一人、自分が話すスピーチの内容を考え、子供たちを募って合唱グループを作り、太鼓を持ってきてもらえるよう友人にお願いした。スーラが新たな一日の始まりを高らかに宣言したあと、歓喜の中でみんなで踊り明かせるように。星が姿を現し、コオロギが僕たちの合唱に声を重ね、すべての存在が取り残されることなく喜び合えるように。

スーラは「解放の日」の六日前から休暇をとり、コサワに戻ってきて村に滞在し、最後の細かな準備を手伝った。深夜、仲間の小屋で彼女が寝ていると、双子がやって来て儀礼の時間だと告げた。

双子はまず彼女に鎮静作用のある薬を飲ませ、部屋に何かをさっと振り撒いてドアを閉めきった。そのあと、僕たちの仲間が彼女を背負って双子の小屋まで運んだ。彼が小屋から出てきたとき、中で目にしたことの記憶はすっかり失われていた。彼が何を見たかは、重要ではなかった――僕たちは双子からスーラに何をおこなうかすでに説明を聞いており、手を貸すことに合意していたからだ。合意に至るまでに一悶着あったけれど。

そんなふうに大もめにもめたのは初めてだった。二人が反対、三人が賛成。この問題にけりをつけるためにみんなで話し合った夜、僕らの会話は懇願と非難と脅迫でびっしりと埋め尽くされた。反対する二人は、彼女の体のことなのだから、父親でも夫でもない僕たちが決めるわけにはいかないという意見だった。僕たちは双子を信じているし、双子が執行するのは最善の儀礼であり、運動の拡大に大きな効果を発揮することは間違いないと考えていた。だがそれでも、儀式を受けるかどうかはスーラが自分の意思で決めるべきことであり、そのためには儀式の手順について彼女に事前に説明しておかなければならないというのが僕たちの見解だった。僕たちとしては、双子がおこなおうとしている行為に手出しするつもりはこれっぽっちもなかった。ところが、儀礼の二日前の夜の長い話し合いの場で、この計画に賛成している三人のうちの一人が、僕たちは双子に対して助力を惜しむべきじゃないと主張しだしたのだ。この件についてスーラが正しい判断を下せるとはとても思えないと彼は言った。スーラは国を良くするためなら喜んで死ねるけれど、自分の体をコントロールする権利は断じて手放さないだろう、と。彼女に代わって、彼女のために、彼女の夢のために、僕たちが決断を下してあげなければならないと彼は言った。

儀礼当日の夜が訪れる頃には、僕たちは彼女のために「それ」をやらなければならないと全員が心を固めていた。そんなことをしても僕たちには何の喜びももたらされはしない。でも犠牲を払わなければならないんだ。スーラ自身が、そう言っていたじゃないか。

双子は僕たちに、まるで大人が子供に物事を教えるみたいに、彼女に何をするのか話してくれた。精子は村の若者から得られる。若者は精霊に導かれて夢中歩行で双子の小屋までやって来て、ボウルに射精し、そして無意識の状態のまま自分のベッドに帰っていく。精液はこの青年のものだが、その中にいる子供は精霊の子供である。青年は単なる媒体に過ぎない。

鎮静状態にあるスーラから双子は下衣を取った。一人が彼女の両足を開き、もう一人が精液を注入し、祖先に讃歌を送りながら彼女の腹をさすった。そして彼女の勝利と、彼女の中の精霊の子が彼女をすべての男性を超越する存在に押し上げてくれることを、高らかに宣言した。さらに彼女を、時代の変革を待ち望む人々にとっての母なる象徴に任命した。処置が終わると、僕たちは彼女をベッドに運び、精液が溢れ出さないように横向きに寝かせた。わずか二日後、精霊がおこなった行為の結果が誰の目にもはっきり見て取れるかたちであらわれてきた。

――

最初に変化に気づいたのは、今か今かと儀礼の成果を待ちこがれていた僕たち自身だった。彼女の体の大きさにはなにも変わりはなかったのだが、体内で育っている子供から輝きと威厳のようなものが放たれていたんだ。スーラはついに女性になったのだ。いや女性を超えたとさえ言える。そしてみんながそのことに気づいていた。その理由は今ひとつよくわからないけど、本気で深く信じるにたる人間に彼女が生まれ変わったという事実を、誰もが自然に受け入れていた。彼女はもう、たしなみを欠く年長者たちが声を立ててあざけり笑うような、子供のいない年増女などではなかった。友人たちがどうしても男とくっつけたがるような奇抜な女性でもなかった。彼女の中に宿る精霊の子の力によって、本来の自分の肉体を超越する崇高な存在となったんだ。

双子の話では、スーラ自身はそのことに気づかないそうだ。もちろん僕たちにははっきりそれが見えていた。彼女の中の子種は休眠している状態を続ける。どうして自分が老若男女からたいへんな尊敬と賞賛を受けるようになったのかと、疑問に思うこともない。彼女が身ごもっている子供について双子に尋ねたとき、「子は母胎から拙速には生まれてきやしない」と彼らは答えた。数か月先でも数年先でも、精霊がこれと思った日に、つまり美しい男性の腕の中でスーラが目覚めるその日に、精霊は彼女の中の子種を目覚めさせ、成長を開始するよう促すのだという。

二〇〇五年十一月の夜、彼女が夢見てきた通り、僕たちが通っていたロクンジャの学校のグラウンドで革命が始まった。僕たちは、演説するためのテーブルとお年寄り用のスツールを用意した。僕たちの兄弟姉妹や友人、母親や父親たち、そして、僕たちのメッセージを気にかけてくれるとは思ってもみなかった親戚たちが、八つの村のあちこちから集まってきてくれた。若い男性たちは遠くの町からバスに乗ってやって来た。若い女性たちは夫になる男性を探すために、なんだか結婚式に似つかわしいようなドレスを着て、めかしこんでいた。商売っけのある人たちは、手当たり次第にという感じで、売り物になりそうなものをあれやこれやと持ち込んだ。畑の端では太鼓叩きたちがフィナーレの練習をしていた。小さな子供たちがその脇で踊っていた。僕たちとしては、お祭りのような雰囲気に包まれ、親族が再会し、友達どうし集まっておしゃべりをしたりするような日になるだなんて、まったくの想定外だったのだけれど、ともかくそんな感じで最初の何時間かがまたたく間に過ぎていった。県中の人々が集まってきたみたいな感じでものすごい数の人々がひしめき、学校の敷地から数多くの人たちがあふれ出していた。遠くで兵士たちがけわしい顔つきをして、銃をかまえて立っていた。彼らのことを怖がっている人はいなかった。人々の至福の感覚が、兵士たちを透明な存在に変えてしまっていたんだ。

——

僕たちは歓迎のあいさつの中で群衆にむかって、今日は私たちみんなのための日であり、「これから自分たちの人生を取り戻していくんだ」と意思表示をするための日だと述べた。僕らの死者たちを一人残らず叩き起こしてしまうくらいのものすごい歓声があがった。子供たちはせっかく何週間も前から歌を練習してきたのに、歌いたくないと言いだした。そこで妻たちの一人が群衆を巧みにコーラスへと導きながら歌をうたい始めた。生きているということの不思議を、女たちは声を揃えて歌いあげた。両手を打ち合わせ、そこにリズムのうねりが生まれた。僕たち三人はテーブルの上に立って、スーラ・ナンギは僕たちのきょうだいであり、アメリカから戻ってきたのは、精霊が聖別した人物として我々を導き、敵を打倒するのを支えるためであると言った。僕たちが彼女をテーブルに立たせ、拡声器を手渡すと、人々は歓喜の叫びで応えた。

「民衆に力を」と彼女は握りこぶしを突き上げて叫んだ。

「民衆に力を」と群衆は叫び返した。

「民衆とは誰だ？」

「我々が民衆だ」

「そうだ」と彼女は言った。「私たちが民衆だ。そして私たちの時代がやって来たのだ」

群衆は叫び声をあげた。彼女の言葉に合わせて群衆はこぶしを突き上げた。群衆の叫び声は、しだいに雷鳴のような響きに変わっていった。

「この土地は我々の土地だ」歓声。

「彼らがどう思おうと、私たちはそれを取り返す」拍手喝采。

「私たちはこれ以上虐殺されないし、毒殺されないし、踏みつけられもしない」絶叫。

「私たちの平和と幸福を邪魔だてする者たちにむかって警告を送ろう。ロクンジャの町や全国の県庁所在地を私たちは行進する。私たちはベザムにたどり着くまでこぶしを振り上げる。彼らが私たちの尊厳を返してよこすまで、私たちは叫びをあげつづける。私たちの声は、不正のシステムを片っ端から焼き尽くす火となり、その灰の中から新しい国家を築くのだ」

「火だ」と誰かが叫んだ。

「火だ」と群衆が叫んだ。

「そうだ」とスーラが叫んだ。「我々は、不道徳なものをひとつ残らず焼き尽くす火だ。兄弟よ、姉妹よ、母よ、父よ、今や光は見えた。我々はもう二度と暗闇には引き返さない。私たちは目覚めた。この国のすべての男性、女性、子供たちが自由になるまで、私たちは声を上げることをやめない」

ジュバ

自由って、いったいどういうことなんだろう？　自由がどういうことなのかわかったとき、人はどんな行動をとるのだろう？　あの日、ロクンジャで僕はその行動をこの目で見たんだ。ぴんと背筋を伸ばし、ゆうゆうと闊歩しながら家路につく男たち。小さな女の子たちは、まるで〈こんにちは、私のかわいいドレスを見て〉とでも言うように、兵士たちに手を振り、微笑んでいた。女性たちは頭をうしろに深く傾けて大笑いしていた。ほんの一瞬だけだけど両肩から重荷が取り除かれ、周囲の空気がかすかに震えているのを僕は感じた。可能性という言葉が、未来へのまっすぐな期待が、大勢の人々の顔に書き込まれていた。僕は姉さんのあとを追ってひとつずつ集会や県をまわり、国の西部まで足を運び、何度もそのような光景を目にすることになった。人々が民主的な選挙を求めて大きな声を張りあげるのを僕は聞いた。我らに大統領を選ぶ権利を与えよ、我々に我々の理想とする国を築くための機会を与えよ、と彼らは閣下にむかって要求していた。群衆の前に立つ姉さんの顔に、僕は自由を見た。

———

彼女の握りこぶしがゆるめられることは決してなかった。彼女の決意がゆらぐこともなかった。コサワが元通りになると信じることを、決して彼女はやめなかった。姉は人々をガーデンズに、フィッシュ氏の家の前庭に率いた。人々は賠償を要求した。敬意ある処遇を要求した。警備員が銃をかまえると、フィッシュ氏は銃を下ろすよう求め、「チャントは誰も傷つけたりしないのだから」と言った。この土地は私たちの土地だ、と人々は声をあげた。彼らはときどきガーデンズの真ん中で座り込みをした。赤ちゃんを膝に乗せた母親たち。おじいさんやおばあさんたちはスツールに腰掛けた。逃げ出していた多くの人々が、闘うためにふたたびこの土地に帰ってきた。彼らはコサワの失われた、光り輝く日々を語り合った。彼らは歌を歌った。**豹の息子たち／豹の娘たち／我らをあざむく**

者どもに用心せよ／我らのやむことは決してない。オイルは私たちのいにしえの財産だと彼らは言った――私たちにはガーデンズを占拠する権利がある。まるまる一週間、彼らは交代で休みなくガーデンズを占拠しつづけた。決して彼らは途中で妥協しなかった。たとえペクストンが目をそむけつづけるとしても、いずれアメリカの裁判所は私たちの勝利を認めるだろう、と彼らは言った。

姉さんが初めてコサワの新しい弁護士と話をしたとき、僕もその場に一緒にいたんだ。フィッシュ氏との話し合いが行きづまり、彼女は、知り合いの教授に手紙を出し、助言を求めていた。教授は、ニューヨークにある名門法律事務所の共同経営者のカルロスという男性（教授の甥っ子にあたる）のことを教えてくれた。教授の説明では、カルロスの事務所の中心的な業務はペクストンと類似する事案で企業側の弁護をすることであり、コサワのような人々の側を代弁する会社ではないという。けれども、彼と話をしても損はしないはずだと教授は手紙に書いていた。

　カルロスが仕事部屋に電話をかけてくる半時間ほど前、姉はいちはやく机の前に座り、用意した質問項目を確認し、長年の構想やアイデアを書き留めてきたノートに注意深く目を通していた。僕が届けた昼ごはんの入っている容器はまだ蓋も開けられていなかった。もしかしたら、今日一日彼女は何も食べないかもしれない。

「少しでいいから何かおなかに入れておかなきゃ」と僕は言った。

「おなかは空いてないわ」と彼女は顔もあげずに答えた。

「アメリカには他にも弁護士がいるでしょ」と僕は言った。

「もし彼に断わられたって、また探せば……」

「他の弁護士なんて必要ない。ニューヨークの大物弁護士を引き込まないと、彼らとはまともに戦えっこない。カルロスは私たちの最高のチャンスなの」

　一回目の呼び出し音が鳴り終わらないうちに、スーラの手は受話器を持ち上げていた。会話のほとんどの時間、彼女は聞き手になっていた。電話を切ったとき、彼女の表情には安堵の色も興奮の色も浮かんでいなかった。カルロスの電話は心配事を増やしただけだった。

　ペクストン社に対するコサワの訴訟は説得力に欠けると弁護士は言った。彼のおこなった事前調査によると、ペクストン社とわが国の政府の合意は、ペクストン社が原油を採掘し、負の外部効果が生じた場合、そのすべてに対して我が国政府が責任を負う、という内容であった。つまり、かりに裁判になったとしても、ペクストンはコサワの土壌を汚染するような原油流出があったことを否定しようとはしないだろうと弁護士は説明した。ビッグリバーを汚染している廃棄物が油田由来であることについても、ペクストン側の弁護士は異議を唱えないはずだ。子供たちの死が油田とは無関係だと主張する必要すらないだろう。彼らからしてみれば、油田の利益を分配する見返りに、政府がペクストンを土地や人々に対する責任から放免したというその証拠を示しさえすれば、もうそれで一件落着なのだ。

「彼はこの事件を引き受けないって言ってるの？」僕は尋ねた。

「引き受けるかどうかを考えるために時間が必要だと彼は言っている」

「報酬の方はどうなの？」

「それはまた別の話よ。彼は成功報酬型では仕事しない。そして私たちに彼を雇う余裕がないことを知っている。彼は共同経営者に相談し、プロボノ［訳註：専門家が専門知識と技能を使ってボランティアで仕事をすること］で請け負ってくれる人がいないか探してみるそうよ。私たちとしては、このさき発生する費用を支払える手立てをしっかり確保しておく必要があるわ」

　数週間後、カルロスから、成功報酬で仕事を引き受けることにするという電話が彼女にかかってきた。しかし、まず回復運動が起こした訴訟をコサワが取り下げる必要がある。スーラが回復運動と話をして、村がカルロスを雇って新たに訴訟を起こすことにしたと伝えなければならない。いったん古い訴訟が取り下げられれば、カルロスはペクストンを「外国人不法行為法」違反の謀議で訴える。彼の主張は、ペクストンは閣下の政府と提携する際、政府が国民の福祉に何の関心も払わないことを承知していた、というものだった。ペクストンは法の不備につけこみ、コサワの人々の財産と生命に対し莫大な損害を与えたというのが彼の主張のポイントだった。

　カルロスは、間違いなくペクストンはこれを下劣なクレームとして、裁判官に申し立てを却下するよう求めるだろうと言った。そこでカルロスは裁判官に対して、コサワに関連する内部文書を、同社の労働者が最初にその谷に現れた時期まで遡って提出するよう命じることを要請する。そして裁判では、相当額の賠償金と懲罰的損害賠償を請求する。この法廷闘争は容易ではないし、すんなりとはいかないだろうと弁護士は警告した――戦いには数年を要し、巨大企業を相手どった訴訟は無益な徒労に終わるのが常であり、アメリカの裁判所でコサワが勝てる可能性は限りなくゼロに等しい。村の希望を裁判に託すのはお勧めできないよと彼は言った。もちろん私は村のために精一杯戦うつもりだけれど、と。

――

僕の姉さんは、何事によらず躍りあがって大喜びするというような人間じゃなかった。だけどこのことを話しながら、姉さんは居間を跳ね回り「信じられない、ついに始まったのね」と言いながら、部屋の中をくるくるとスキップしつづけた。彼女はアメリカに住んでいたから、裁判がどういうものなのかは承知していた。それでも彼女はコサワのすべての命運をそこに委ねた。他に委ねられるあてがなかったからだ。

姉の呼びかけに応じて広場に集まった村人たちは、彼女の口から新しい弁護士について説明を聞き、歓声をあげて抱き合った。なかにはうれし涙を流す人もいた。彼らは、スーラがアメリカから帰国してわずか四年で、コサワの救済の日を目の前に引き寄せたと感じ、驚愕していた。姉は喜びで沸き立つ人々に自制を求めなかった――彼らの喜びこそ彼女の力の源泉なのだ。それどころか人々にむかって、弁護士軍団を従えているペクストンは強敵であることに変わりはないけれど、私たちのカルロスも恐ろしく手強い闘士だ、と述べた。彼は大きな訴訟で負けたためしがないし、彼がこの訴訟に加わったのは我々が勝つためです、と言った。五人組のうちの一人が立ち上がり、ペクストンの窮状について感動的なスピーチをした。いよいよペクストンは追い詰められたのだ。裁判が終わる頃、彼らは僕たちの土地に足を踏み入れなければよかったと後悔するだろうと彼は言った。

村での集会のあと、ソンニの小屋で開かれた非公開の会議で、スーラは長老たちに、カルロスは成功報酬のかたちで仕事をしてくれると言っているが、彼は、下検分に来てくれる専門家たちの旅費の支払いも含めて、かなりの金額の経費を必要としていると伝えた。まとまった額の前金が受け取れないとなると、書類提出もままならないだろう。スーラはカルロスから、村に金を貸してくれるヘッジファンドと呼ばれる機関に関わっている人物を紹介してもらった。ヘッジファンドはカルロスに必要な金を渡す。そしてコサワが訴訟に勝てば、ペクストンから得た金の何割かがヘッジファンド側に入ることになる。カルロスとヘッジファンドの人たちに取り分を渡すと、コサワが手にするのは損害賠償金の三分の一以下ということになる。

「そうなると我々はいくらもらえるんだ？」と長老の一人が聞いた。

「わからない」とスーラが言った。「まったく予測できないとカルロスは言っています。でも、もしヘッジファンドの人たちがお金を貸してくれるとしたら、それは私たちが十分説得力のある申し立てを起こしていると向こうも信じているということを意味します。貸したお金が何倍にもなって戻ってくると彼らが確信しているということを」

数秒間の沈黙がその場に流れた。「そのアメリカの人たちは、我々が実際に求めているのはお金ではないとちゃんとわかっているのか?」と、別の長老が尋ねた。

「アメリカの裁判所がペクストンに命じることができるのは、お金に関する問題だけです」と、スーラの横から僕が口を出した。みんなにひとつひとつていねいに説明することを苦に感じたりするそぶりをスーラは微塵も示さなかったけれど、僕は、できることなら彼女にかかる負担を少しでも軽くしてあげたいと常々思っていたんだ。

「ジュバの言った通りです」と彼女は言った。「アメリカの裁判所にできることは、ペクストンにお金を出させることだけです。そのお金を使って村をきれいにするかどうかは、そのあと私たちが決めればいい。十分な金額の賠償金が支払わるということになれば、土や水や空気の浄化に詳しいアメリカの専門家たちを呼び寄せ、現地視察の結果に基づいて、私たちのとるべき選択を示してもらうことだってできます」

「でもどうして裁判所はペクストンを追い出せないんだろう」と最初の長老が言った。「そんなふうに簡単にはいかないという君の言い分は私にも理解はできたよ。だけどアメリカの書物の中にも、人々には自分たちの土地で平和に暮らす権利があるという法律くらい書かれているだろう。そのカルロスという男性は自分の法律書をめくって、そのページを裁判官に示し、我々の状況にあてはめて考えるように求めることはできないのかね?」

「私から頼んでみるわ、ビッグパパ」とスーラは答えた。「私たちが村を取り戻したいとなによりも強く願っていることはカルロスも理解しているし、そうなるように彼は最善を尽くしてくれるはずです」

「君が彼のことを信頼しているのなら」とソンニは言った。「我々が同意していることを彼に伝えてほしい。彼がなさなければならないことを、彼ができるようにしてやってくれないか」

カルロスが新たな訴訟を起こしたその日、時は、派手なファンファーレが吹かれるわけでもなく、いつものように過ぎていった。講義を終えたスーラを教室に迎えに行くと、カルロスから届いた「心のシートベルトを締めて、準備に努めてくれ」と書かれたファックスを彼女は僕に見せてくれた。僕は彼女を抱きしめた。僕たちは車で両親に会いに行った。彼らは姉を抱きしめ、それから、少し休むようにと言った——裁判から裁判へとたらいまわしにされ、どれだけ時間がかかるかわからないからね。訴訟のことや国のことはできるだけ考えないようにと両親は言った。

考えないわけにはいかなかった。やらなければならないことが山積みだったから。

「解放の日」のあと（カルロスが訴訟を起こしてから三年間というもの、彼女は寸暇を惜しんでその日のために準備をし、休みなく議論を続けた）、彼女は政党を立ち上げ、選挙を――僕たちの国での歴史上初めての大統領選挙を――おこなうよう閣下に求めた。正式な党名は「連合民主党」だったが、全身全霊で彼女に信をおいている者たちは「火の党」と呼んだ。彼女が握りこぶしを高く上げて「火だ」と何度も叫んでいたから。彼女の願いは、全国各地に十分な数の支持者を見出し、政党の地域支部を国中に作り、全国的な存在感を示すことだった。党内の仲間の中から閣下に対抗する人物が現れ、民主的な選挙によって彼を打倒する。この国にとって選挙というのはまだ空想の世界の出来事だった――政党を組織する権利は閣下が独占していた。でも、姉さんはたとえ非合法的であっても、自分の活動を政党活動として宣言することに意味があると考えていた。最終的に閣下が選挙の必要性を認めたときに備え、自分の政党を閣下と渡り合える組織に育てておかなければならない。

彼女は五人組とビレッジ・ミーティングの参加学生たちとともにベザム郊外の町で集会を開いた。そして聴衆に向かって「投票所で政権を焼き尽くす火になろう」と呼びかけた。彼女はその年の休暇を利用して、同じようなイベントを一か月ぶっとおしで全国各地で開催してまわった。しかし、彼女の政党は国の西部地域を超えて支持基盤を広げることができなかった。北部や東部では十数人しか集まらないこともあった。模倣者たちが全国に現れたんだ。彼女のやり方を真似ることによって有名人になり、手にした人気に乗じて私服を肥やそうという手合いが次から次に出てきた。ベザムや南東部では、閣下を怖れ、彼女と団結しようという者はほとんど名乗り出てこなかった。その他の地域に暮らす人々も政治的覚醒のときを迎えつつあった。自民族を重んじるべき時代の到来を感じ取った人々は、民族的リーダーとして、関係の希薄な他民族の女性ではなく、馴染み深い名前を持つ男性を求めた。そのような考え方に姉さんは反論しようとした。この国は何十もの民族から構成されているにせよ、それでも、さまざまな形や色や香りの花が咲き乱れ、それがひとつになって精妙な美しさをつくりだしている庭みたいに、ひとつの優美な国なのだと説得を試みた。でも耳を貸す者はいなかった――「ひとつになる」という表現が人々の耳には絵空事にしか聞こえなかったからだ。

母さんも僕も彼女のことが毎日心配でたまらなかった。姉が旅に出るとき、僕はときたま現金を運転手のポケットにすべり込ませたんだ。「たった一人きりのきょうだいなんです」と僕は言った。「どうかしっかり見守ってやってください」運転手はうなずいた。その運転手には七人の娘がいた。彼の妻もひどく不安がっていた。

聴衆にむかってスーラが「一緒に夢を思い描きましょう」と訴えかけるのを見るたび、僕の中で恐怖と誇らしい気持ちがないまぜになって、涙があふれてきた。僕たちは——母さんと新しい父さん、僕のガールフレンドと僕——できるかぎり彼女と一緒に旅をした。アメリカからも姉さんの友達が訪れた。励ましの言葉が書かれたカードを送ってくれる人もいた。彼女は火の中をつき進む鳩だった。燃えながら空高く舞い上がる鳩だった。


「解放の日」から二年が経ったある日、カルロスと彼の三人のチームがベザムに到着した。彼は空港につくなりスーラにむかって、どうしても直接会って伝えたいことがあったんだよと言った。彼は最近、司法省に勤める旧友にばったり会った。ペクストン訴訟のことを話すと、友人は彼にペクストンのファイルが司法省にあるとこっそり教えてくれた。ペクストンが外国の役人に賄賂を渡し、アメリカの法律を違反する行為に手を染めていることを裏付ける証拠を、司法省は大虐殺があったあの日から集めていたんだ。司法省は海外腐敗行為防止法にもとづき彼らを告発することを考えていた。つまり、とカルロスは言った。もし司法省が勝ったら、裁判長はペクストンにコサワに対する賠償金の支払いを命じるかもしれないということだよ。

母と父の家でカルロスたちと夕食をとっているとき、スーラが僕たちにカルロスの話を説明してくれた。僕らはいっせいに歓声を上げた。

それほど見込みのある話というわけではないですけどね、とカルロスが慎重につけ加えると——そこから何かをコサワが得られる可能性は極めて低いです——スーラはぱっと顔を輝かせて言った。「そんなこと蓋を開けてみないとわからない。何が起きるかわからないのが、人生の素敵なところだもの」

その夜、僕たちは乾杯をして、山羊肉のペッパースープとカタツムリのトマトソース煮とライスを食べた。

夕食後、みんなが両親のテレビでアメリカのコメディを見ているあいだ、僕とカルロスは一緒にポーチに腰を下ろし、ビールを飲みほし、夜更けのベザムのそよ風に吹かれていた。

「こんなにたくさんの星を見たのは、いつ以来だろう」と弁護士は空を見つめながら言った。

「ここに移ってくれれば毎晩見ることができるよ」と僕は言った。

彼はくすくす笑った。「僕は自分がこういう生活にふさわしい人間だとは思えないなあ」と彼は言った。

僕は彼にちらりと目をやった。そのとき、僕は彼にこう言いたかった。「もし誰かから『あなたは映画から抜け出してきたんだよ』と言われたら、きっとその言葉を信じただろう」って。その完璧な横顔、濃い無精ひげ、なめらかな髪が引き立たせている、美しすぎる顔立ち。手首にはずいぶん高価そうな時計が巻かれ、指には結婚指輪が光っていた。しかし、姉さんを見ているときの彼の目つきや、夕食中に姉さんのことを何度も褒めあげたり、体を斜めにかたむけて肩と肩を触れ合わせたりしている彼の様子を見ていると、僕は、もしスーラが何らかのきっかけを与えでもしたら、きっと彼は結婚のときの誓いの言葉なんかそっちのけにしちゃうんだろうなと思わないではいられなかった。でも実際に行動を起こしてみれば、結局のところ、自分であろうと誰であろうと、スーラと親密な関係になれる見込みはつゆほどもないと思い知らされることになるんだ。オースティンが生きているかぎり。自分は決して叶わない恋心を抱いていたと気づくには、スーラがオースティンとの思い出話をたったひとつ語るだけで十分だった。

「僕がこんなこと言っても大して意味はないと思うけど」と僕は言った。「この案件を引き受けてくれてありがとうと言わせてください。コサワは姉さんのすべてなんです」

「叔父からも聞いたよ」と彼は言った。

「マルティネス教授ですか?」

彼は頷いた。「おじはね、自分の国を変えようとしているスター生徒のことを話し出すと、止まらなくなっちゃうんだ。彼と僕の両親と家族で食事しているとき、『へーイ、カルロス、あの村のこと助けてあげれば』と彼が言い始める。すると、世界で起きている恐ろしい出来事についてみんなが語り始める。そして、僕にも何かできることがあるはずだとか言い出すわけ。『ほら、カルロス、今すぐそのかわいそうな村を助けてやりなよ』ってね」

「家族に無理やりここに来させられたということ?」

彼は声を立てて笑った。「いや、そういうわけじゃないよ」と彼は言った。「僕はね、大物たちの弁護をけっこう気に入ってやっている。でもね、せめて一度は小さい人たちのために戦ってみたい。何か違うことをやってみたいと思っていたんだよ。もちろん親も喜んでくれるしね。父は僕や兄弟を大学まで進学させるために、タクシーを毎日十四時間も運転していたんだ。そのおかげで僕は大学まで進むことができた。僕が法科大学に入ったとき、父は友人たちに、僕がわるいやつを刑務所に入れる弁護士になるんだと触れ回った。そんな仕事に就くつもりはなかったけどね。でも、コサワが勝てば、両親は喜んでその日のニュースを切り抜いて、友達に見せびらかすと思う」

――

カルロスたちとは、彼らがコサワにやって来る前にも、それから彼らが引き上げていったあとも、会う機会はなかったけれど、スーラによると、彼らは今回の出張でずいぶんたくさんの成果をあげたとのことだった――ビデオに収録されたインタビュー、写真、土や水のサンプルをどっさりかかえ、彼らはアメリカに飛行機で帰っていった。彼らが来てくれたおかげで村の生活も活気づいた。アメリカでは、二〇〇七年に一人の女性が政府で三番目の権力者となったとか、男性同士で結婚できる権利を勝ち取るために人々が争っているとか、抜け残っている歯がぽろりと落っこちるんじゃないかと心配になるくらい長老たちを大笑いさせるような話を聞かせてくれた。出発日の前の夜、溢れんばかりのやし酒がふるまわれ、アメリカ人たちは太鼓を叩き、子供たちはそれに合わせて踊り、大人たちは手を打ち鳴らした。

翌日からコサワはまた新たに「待ち」の季節に入った。女性たちは地味ゆたかな土地を探し求め、何時間も苦労して方々を探索してまわった。母親たちは赤ちゃんのためにお湯を沸かした。森は野生動物の肉を人々にもたらし、それが人々の生活費になった。子供たちはペクストンのせいで亡くなり、あるいはペクストンと無関係の理由で死んでいった。入れ替わりに、新しい命が生まれた。逃げていく家族。戻ってくる家族。多くの移住は、生まれた場所で死にたいと願っている祖父母のために下された決断の結果だった。平穏な日々と絶望の日々とが交じり合っていた。

何年もの歳月が流れ、そのあいだにビレッジ・ミーティングの生徒たちが卒業し、また新しい生徒たちがやって来て、その彼らもまた卒業していった。でも、スーラの姿勢はゆるぎなかった。昇進して学部長になり、党の活動をしばらく見合わせないわけにはいかなくなったときでも。自分の構想を実現へと強力に導いてくれる学生たちにかかりきりになれるのだから。

あいかわらず彼女は国を旅してまわり、支持者たちが開いた臨時集会でスピーチした。兵士がいようとおかまいなく肩を高くして歩き、握りこぶしをつきあげて挨拶をかわす若者たちのために。また、彼女の話を聞いて勇気づけられた人々から「官庁や企業の工場の前で抗議集会を開くので、ぜひこちらに来て話をしてほしい」という手紙を受け取り、出かけることもあった。彼女は抗議の声をあげる人々にむかって、変化が訪れると信じつづけることの重要性を語った。彼女が足を運んだ場所では決まって女性たちが喜びのダンスで歓迎してくれた。「私たちの仲間がいま何をしているかご覧なさい」と彼女たちは歌った。「女性に何ができるかをその目に焼き付けなさい」と。

スーラは、自分を陥れようとする者が大勢いることを心得てはいたけれど、そのことをまったく意に介さなかった。自宅の前に停められた車の中に座っている黒眼鏡をかけた男が目にとまり、ベザムでの自分の生活はその男から一部始終を監視されているとはっきり気づいたときですら、彼女は平然としていた。その男はスーパーマーケットで彼女をつけまわし、携帯電話を耳に当てながらオフィスの周囲をうろついていた。そのことは彼女を驚かせはしなかった。それはたぶんペクストンの嫌がらせだった。彼らの目算は外れた。予想に反して、姉さんはその男と顔を合わせるたびに微笑みかけたし、時には手を振ったりした。彼女がカルロスと五人組にその男のことを伝えたとき、彼らは、身の安全を守るためになにか手を打つべきだと口をそろえて言った。けれど姉さんは恐怖心にとらわれて自分のダンスが踊れなくなるような種類の人間ではなかった。ボディーガードをつけることも彼女は拒んだ。僕も一、二度、姉さんと一緒にいるときに例の不審者の姿を見かけたことがある。「ほんとに気をつけてよ」と僕は言った。姉さんはほがらかに笑い、もう心配するのなんかやめなよと僕に言った。ある日をさかいにその男はふと彼女をつけまわすのをやめた。もう安心よ、あの男の人はいなくなったからと姉さんが母さんに伝えると、母さんはほっとして泣き崩れた。

スーラがアメリカから初めて帰国したとき、母さんはしょっちゅう僕を呼び寄せた。そして僕は母さんにとって大切な存在であり、世界はすべて姉さんのためのものというわけじゃないのだし、姉さんのことを優先して自分のやりたいことを我慢してはいけないわよと言った。母親たちだけに見えるものがあり、それが母さんにもよく見えていたのだ。僕には僕なりの人生の物語があるということを、スーラのそばにいると僕はよく見失ってしまうんだ。母さんと僕にもそれぞれの、コサワや国の未来を思い描いているスーラの思いとは別の、僕たちなりの夢や物語があるということをころっと忘れてしまっている僕に母さんは気づいていたんだ。

母さんと僕はときたま台所にいるとき、スーラがアメリカに旅立ったあとの日々のことを回想した。小屋にいるのはヤヤと僕たちだけ、ヤヤはベッドから出られず母さんと僕はベランダに腰を下ろしていた。そして残り少ない小屋での最後の時間をしみじみ味わった。小屋を完全に空っぽにした日の朝、僕たちは二人して泣き、新しい父さんと暮らすためにベザムに出発した。マライカと暮らすためにヤヤが旅立ち、一週間とたたないうちにヤヤは亡くなった。ヤヤを埋葬し、僕たちはふたたびその小屋をあとにした。家財なんかは友人や親戚にゆずった。僕たちがあとに残していった小屋はビッグパパが建てたときと同じ裸の姿をさらして立っていた。コサワから人々は立ち去っていくばかりだ。だから永遠に小屋は裸のままなのだろう。

竹を編んで作ったトランクに古着や燻製肉、天日干しした野菜、葉っぱに包んだスパイスなどを詰め込んで僕たちはベザムに到着した。バスを乗り換えるとき、母はそれを頭に載せて運んだ。町の食べ物には用心しないといけないのよと、母は僕に忠告した。ボンゴに会うために刑務所を訪れるときも、母は常に食べ物を持参していた――彼女は故郷の食べ物しか口にしなかった。

最初の日の夜、新しい父さんは僕たちを抱きしめ、食事をふるまい、小さな四角い氷が入っている水を飲ませてくれた。そのあと、彼は僕たちにむかって旅のことを全部話して聞かせてくれないかねと言った。そしてこう言った。ここが君たちの家だよ。これから、ずっとね。母は頷いた。新しい父さんに感謝しなさい、と僕に言った。だけど、僕が眠りにつくとき、「前の父さんのことを忘れないでね」とこっそりささやいた。「わかったよ、母さん」と僕は答えた。父さんのことはいつも胸の中にしまっておくからねと僕は言った。情けないことに、父さんのことやボンゴのことを僕はすでに忘れつつあったんだけれど、そのことは言わなかった。僕の思いとはうらはらに二人の記憶は薄れていくばかりで、僕にはどうしようもなかった。

到着して一週間後、新しい父さんが僕の手を取って、新しい学校まで連れていってくれた。緑や赤や黄色の車のあいだをぬうように歩き、途中でおやつを買い、歩きながら食べた。昼食代もくれたし、ハンカチで汗を拭いてくれた。彼はそれまで子供を持ったことがなかった。だから、彼の心はいちずな愛情で溢れていた。

――

月日は流れた。コサワの人々の顔は少しずつ色あせたものになっていった。僕の前の父さんの顔も例外ではなかった。僕の新しい友達が遊びに来たとき、彼らは母さんがまるでまだコサワから一度も離れたことがないような見なりをしているんだねと言った。母さんは英語を話せなかった。ほとんどが政府で働いている彼らの親たちとはまるで違っていた。母さんはしきりに思い出を反芻した。あれやこれや人の名前を挙げ、いろんな出来事を思い起こし、あなたはまだ覚えているかしらと僕に尋ねた。そして前の父さんと暮らした小屋の歌を作り、そのせつない歌を、新しい父さんが勤めから戻ってくるまで歌いつづけた。新しい父さんの足音が聞こえると、母さんの声は急に陽気なメロディをかなで始めるのだった。父さんの食事をテーブルに並べるときには母さんの声は高くなった。彼女は昔の父さんにしていたように、新しい父さんに対しても同じことをした――彼のためにダイニングチェアを後ろに引いてあげた。そして、「男の皿をこれほどおいしい食事が埋め尽くしたことはかつてなかった」と言いながら食べる父さんを微笑みながら見つめた。彼女は彼が食卓から立ち上がらずに手を洗えるように水を運んできた。食後は、カウチに身体を横たえる彼に手を添えた。リラックスできるように。一人の男として満ち足りた気分に浸れるように。

父さんは母さんの財布が軽くならないように心がけた。必要とするものを彼はすべて与えた。おかげで母さんは家を清潔に保ち、十分な食べ物を家に備えることができた。自分のために十分な額の現金を手もとに置いておくこともできた。そのお金は外出するときや、同じ地域から町に出てきた女性たちと談笑をするために使われた。マーケットに行ったとき、その女性たちが地域共通語《リンガ・フランカ》ではなく、コサワやその周辺の村の言葉で会話しているのを耳にしていたのだ。同じ言葉を話し、同じ土地の出身者であるということが、新しい友達を作るきっかけになった。

友人たちを訪ねたあと、あらっぽい都会人たちを満載したバスから降り、リビングルームに入ると、父さんが母さんのことを、自分の宝物みたいに待ちわびていたことに気づくのだった。いつだって父さんは立ちあがって、きらきら目を輝かせながらキスをした。髪は白髪になっていても、まだ彼女を抱き上げることができた。くすくす笑う母さんを彼は寝室に連れていき、ドアを閉めながら僕にむかって「おやすみ」と言うのだった。

寝室で一人になると、僕は死者の世界から生還した夜のことを考えた。あの夜、僕は何かを失った。それが何なのかはわからない。そして何かを得た。それが何なのかもわからない。失ったものと得たものを別にすれば、僕はそのときのことのすべてをはっきり覚えている。目を開けると、父さんは僕を母さんの腕に抱かせた。父さんは小屋の奥へ駆け出さないではいられなかった。泣いている姿を誰にも見せないためだ――胸が張り裂けるような痛みに彼は襲われていた。母さんは僕を抱きしめ、安堵の涙を流した。ヤヤも泣いた。スーラも泣いていた。みんなは僕の体をさすりながら、どこか苦しいところはないかと聞いた。僕は何も答えず応接間を見回した。あの世の森から持ち帰ったものをきょろきょろ探したんだ。母さんにもうひとつのこと、あの世に置いてきてしまったもののことを話そうとした。けれど、永遠の川をとび越える前に落としてしまったものが何だったのか、僕にはどうしてもそれを思い出すことができなかった。体ひとつで旅をして、体ひとつで帰ってきたと考えれば、別に何も思い悩むこともないのだ。だけど、あの日から何十年もたった今なお僕は寝汗をかき、ぴくっと体を引き攣らせ、その答えを探し求めている。日中は日中で不安に打ちのめされる。自分が持ち帰ったものを探さなければならないという息苦しい衝動に駆られる。どこかにあるはずだ。僕が失くしてしまったものは何だったのだ？　それなしで僕はどうやって生きていけばいいのか？　何年も思案した末に僕は納得した。僕は死んでいると同時に生きているのだ。僕はその両方である。そして僕はそのどちらでもない。

あの日何が起こったのか、どうやってジャカニは僕を見つけだし家まで案内してくれたのか、僕は前の父さんに僕が理解できるようにそのことを説明してほしかった――父さんには、不可解なことを論理的に説明する力があったんだ――けれど、父は僕が蘇生したあとすぐにベザムに出立してしまった。僕は彼が払った自己犠牲を尊いと感じている。僕の命の永続を強く願った帰結として彼は死んだんだ。けれども僕としては「もしもあのときジャカニが僕を呼び戻したりしなければ、僕はそのまま喜んで祖先の方に向かって歩を進めていたはずだよ」と、彼に言いたかったんだ。彼が出かけていってしまう前に。遠くの丘の上にかすむ祖先たちの町を見て、僕は何がなんでもあそこまで行ってみたいと思ったんだ。

――

僕は友達が少ない子だった。僕には、人生の重荷に苦しむ母さんと、遠く離れて暮らす姉さんと、もう体が言うことをきかなくなってしまった祖母がいた。僕は父さんとボンゴが亡くなったあと、それでも続いていく自分の人生にじっと目を凝らした。僕は応接間の隅に座り、ノートに絵を描いた。蘇生して間もなく、絵を描きたいという衝動が僕を強くとらえたのだ。絵を描いたことなんてなかった。だけど僕はある晩、スーラの鉛筆と一枚の紙を手に取った。すると自然に手が動きだし、いろんな絵が描き出されていった。あの虐殺のあと僕は泣きたいとは思わなかった。ただ自分が目にしたものを描きたいと強く思った。

僕は、自分のまわりの世界を絵に描き、そこに色をつけることに生涯を注ぎたいと思っていた。

愛が課す義務というものさえなければ、僕は、僕が愛してやまない芸術家の故郷であるヨーロッパに移住し、そこで生活してみたかった。絵を描いているときだけ、僕は自分の疑問に対する答えを見つけることができた。言葉にできないような答えを。コサワで起きたような人間の不条理は僕の絵を通してしか理解できない。存在の無意味さから逃れるための唯一の手段は、僕の目に映る世界をありのままに描くことだった。現実が目の前で超現実に変わる世界——蘇生したその日から僕はそのような世界に身を置き、人生を経験し始めるようになった。仕事をしているとき、僕とおしゃべりをしている同僚の頭がふとガラスに変形する。本棚から本がとび出し、空中で燃え上がる。母さんの頭に王冠が降りてくる。愛する人の肌が半透明になり、彼女の血流が透けて見える。そういうことを初めて経験したのは、村の集会で演説しているウォジャ・ベキの舌が犬の尻尾に変わったときだった。そのとき僕は熱が出た。けれど恐怖は感じなかった。そういうことは最近も不定期に起こる。けれど目を閉じて呼吸に集中すれば、またすべてが現実に戻る。そんな話は誰にも言えない。母さんや父さんにさえ。愛する女性にも話したことはない。妄想にとらわれている人間だとみなされかねないから。それは、僕が二つの人生を得るために支払わなければならない代償なのだろう。

——

僕が大人になってから、最も深い眠りが得られたのは、姉さんがアメリカから帰国するまでの四日間だった。最終的に僕は自分の悩みを打ち明けようと決心した。打ち明ける相手は、スーラをおいて他にはありえなかった。父さんは行方不明中、母さんは母さんで、父さんのことや、おなかの中で死んだ赤ん坊のことで絶望に打ちひしがれていた。あのときスーラは僕に食事を食べさせてくれ、お風呂にも入れてくれていたんだ。

僕は、僕の告白を聞いてスーラが笑いとばしてくれることを想像していた。僕のことをまともだと言ってくれるだろう。人間はだれしも生と死の狭間で生きているのであり、世界は手がつけられないほど混沌としているから、ほとんどの人はそのことに気がついていないだけだよと言ってくれるだろうと。ひょっとすると彼女は何も言わないかもしれない。いずれにしろ、たいした問題じゃない。僕はただ、ふたたび食卓で彼女の隣に座りたかっただけだし、彼女の食べ残しを僕が食べてやりたいと思っていただけなんだ。昔、前の父さんとかわした世界の不思議についての会話をまた聞かせてほしかった。昔コサワでしょっちゅうそうしたように、彼女の特別な個性に深く感心しながら彼女の隣を歩きたかったんだ。

スーラが帰国したあの日、空港で抱き合ったことを今でも覚えている。

僕の顎ひげを見て、彼女は笑って言った。ねえ、私のかわいい弟くんはどこに行っちゃったの？　彼女はママと僕のためにオースティンと別れ、アメリカを去ったのだ。コサワのためということももちろんあったけれど、でも家族のためでもある。僕たちのために彼女は政府の指導者養成学校の教師の仕事を引き受けたんだ。彼女は何度も何度もその申し出を断った。魂のない人間たちとなんか関わりあいたくはなかったからだ。政府は引き下がらず、百パーセント彼女の希望どおりに教育を進めてもらってかまわないから、と約束した——彼女は稀有な頭脳の持ち主であり、彼女が学んできた科学的知識は共和国の未来の子供たちの幸福にとってなくてはならないものだった。政府は雇用の条件として車と運転手の提供、そして彼女が必要とする以上の金銭的待遇を持ちかけた。それはコサワが必要とするお金であり、彼女の政治活動に必要な資金だった。

だから姉さんは、父さんがウォジャ・ベキやゴノのことを嫌いながらもウォジャ・ベキと手を組んでベザムに行ったように、やりたくもないことをやったように、アメリカから帰国したあと政府と握手をし、政府のために働き始めたんだ。

——

僕たちは市内の別々の場所に住み、それぞれ仕事を持っていたけれど、夜はよく一緒に時間を過ごした。とくに彼女が帰国してからの最初の数年間は、この町を案内してあげる必要があったから、自然にそうなった。アメリカでは、オースティンが動物性食品を食べなかったので、姉さんも避けていたが、ベザムではまた魚を食べ始めた。夕方、僕の車で町をまわり、街角で魚を焼いている女性たちを探すこともよくあった。姉さんは母さんと父さんの家で過ごす夜の時間が大のお気に入りだった——家族が甘えた調子でからんできて「お願いだからもっと食べてよ、そんな骨と皮ばかりの体じゃ、強い風が吹いただけでゲームオーバーになっちゃう」とか言われて嬉しそうにしていた。でも、ベザムの屋台料理のこともかなり気に入っていたんだ。道端の焼き魚屋さんで他の客たちと、暑いね、野良犬が多いね、サッカーの代表チームが勝ってなんだかちょっと自分の国のことが誇らしくなったよね、などなど、冗談混じりにおしゃべりするのが大好きだった。ときたま、焼き魚屋さんの女の人がラジカセを持っていたりすると、姉さんは立ち上がって、そこから流れてくる音楽に合わせて他の客と一緒に踊った。彼女の体の動きはコサワにいた頃と何も変わらなかった。決して上手なダンスじゃなかっただけど、ほんの束の間、彼女の魂は完全な開放感に満たされたんだ。ある日姉さんを送っていったとき、「こんな言葉を口にするなんて思いも寄らなかったけど、私ベザムの生活がすごく好きよ」と言った。

でも、コサワのことを忘れてしまうほど好きになったわけじゃない。

カルロスが訴訟を起こしたあと、彼女は数か月のあいだ来る日も来る日もその闘いをめぐり議論を重ねた。

僕は彼女の話に耳を傾けた。そして、僕はできるだけ優しい口調で説得を試みた。「姉さんは村を守るためにずっと今まで自分の役割を果たしてきたんだもの。ここで一歩ひいてアメリカの判決を待つことにしても、姉さんのことをとがめる人間は一人もいないよ」彼女は納得しなかった。コサワのための戦いは彼女にとって宿命だった。

――――

コサワのための闘争は僕にとっては宿命なんかじゃなかった。だから「解放の日」のあと僕は姉さんの夢から距離を置くことにしたんだ。僕はすべてにおいてすっかり疲れてしまった。国中を駆け回ること。じっと耐えること。自分の恋人と離ればなれになること。闘争の戦略のことで姉さんがさんざん頭を悩ませること。希望と絶望がめまぐるしく交錯すること。コサワのために僕ができることはすべてやり尽くした。姉のために僕は手を尽くした。自分の生涯を他の人間の主義主張にもうこれ以上奉仕させることは僕にはできない。たとえそれが姉さんのことであっても。彼女には何も話さなかった。あいかわらず一緒に焼き魚を食べに出かけ、オフィスを訪ねた。スーラが僕の姉さんであることに変わりはなかった

――けれど、胸のうちで僕は、もう彼女の革命に自分が加わることはできないと思っていたんだ。僕は彼女ではない。僕はとてもじゃないけど彼女のようにはなれない。自分の道を進まなければならない。彼女には五人組がついているし、僕は一度も顔を出したことはないけれどビレッジ・ミーティングにも彼女の信奉者がいるという事実に僕は慰めを見いだした。すっかり疲れきってカウチから立ち上がれなくなった姉を見ていると、他の生き方を選べばよかったのにと僕は思ってしまう。コサワではなくオースティンを選んでいればよかったのに、と。他の人のためになにもそこまで自分を犠牲にすることはないのに。そうでなくても僕たち家族はあんなにひどい目に遭ったのだから。

スーラがアメリカから帰国する数か月前、僕は、彼女がうちに戻ってくるのがほんとうにうれしくて待ちきれない、と手紙に書いて送った。彼女と僕と母さんと新しい父さん、これでまた完全な家族の形を取り戻すことができる。そして、姉さんと僕のガールフレンドのヌビアは間違いなくおたがいのことを大好きになるはずだよ、と書いた。彼女が僕のガールフレンドのことをとても気に入り、ほんとうに血のつながったお姉さんみたいになるところを目に浮かべ、僕はとてもく

つろいだ気持ちになった。スーラは僕がヌビアと初めて出会った日のことを話すと、うれしそうに僕の声に聞き入った。僕はね、ヌビアに話しかけたんだ、「君の名前は本当にヌビアなのかい？　信じられないよ。僕が幼い頃、おじさんと姉さんがヌビアの本を読んでいたんだ。そしてその中の写真を僕に見せてくれたのさ」ってね。スーラはヌビアにカードを送り、弟のことを愛してくれてありがとうと書いた。スーラは帰国する直前、ヌビアに「会えるのをとても楽しみにしています」と手紙を送った。ところが、実際に会っておたがいの現実の人柄が見えてきたとき、そこに友情が生まれる余地はないことを、二人ははっきりと感じた——二人は山と谷ほども遠く隔たっていた。

それでもヌビアに対する僕の愛情は変わらなかった。

僕は、彼女が自分の物語を語ったあの日から、生涯をともに歩くことを心に決めていた。「父親たち。私たちの苦しみは父親たちに始まり、父親たちとともに終わるんじゃないかな？」と彼女はそのとき話し始めたんだ。

ヌビアの父親は、ヌビア国を夢見て、その夢の基づいて彼女を名づけた。海の波が、穏やかな波や荒々しい波として生まれ、そして変化するように、かつて存在したすべてのものはあるべき場所に回帰する——それがもとの場所であれ、あるいは回帰してきたあとにふさわしい場所を見いだすのであれ。彼女の名前は、父親や他のみんなにくり返しそのことを思い出させるためのものだった。彼女をヌビアと名づけることで、彼は自分の信念を宣言したのだ。終わりというものは存在しない。つねに新しい始まりがあるだけだ。種が落ちて木になり、その木がまた種を落とし新しい木々が生い茂っていくように。空から落ちてきた水が地面から蒸発し元の場所に帰っていくように。ヌビアも回帰する。ヌビアはくり返しよみがえる。

彼女は幼い頃父親からヌビアという国の話を聞いた。想像もつかないほど遠い過去の物語だった。バラの花びらが敷きつめられた道をヌビアの女性は黒豹に乗って進み、男たちは肩を高く持ち上げるようにして歩いていたと彼は言った。彼女が夜眠れないでいると、ベッドのそばに腰掛け、ヌビアの物語を話してくれた。父親は英語でヌビアに話しかけた。彼女の兄弟たちがアメリカへ行ってもすぐに順応できるように、家ではみんな英語で話した。「私たちの仲間はどうしてヌビアを離れたの、パパ？」と彼女は聞いた。「熱意ある人々だったからだよ」と彼は言った。「彼らは新しいヌビアを作り、私たちの偉大さを世界に広く行き渡らせたいと願ったんだ」「どうして失敗しちゃったの？」「失敗なんてしちゃいないさ」と彼は彼女に言った。「私たちを通してゆっくりと彼らは進んでいるんだ」

ある日目覚めると、と彼は言った。私たちはヌビアに戻ってきているんだ。君はヌビアのプリンセスになってる。王国で暮らすんだよ。

彼女が目覚めると、そこに父の姿はなかった。彼は大統領官邸での仕事に出かけたのだ。彼は大尉の指揮のもとで閣下の身辺を警護する任務を負った十数人のうちの一人だった。大尉の幻想のせいで彼は命を落とすことになった。大尉からだった。ヌビアという国の話を知ったのも、大尉からだった。父さんは、それがどんなにくだらない話か考えたことがあったんだろうか。おそらく、なかっただろう。彼女はそう思っている。大尉が、閣下を殺害し自分がその座に就き、僕たちの国をヌビアと改名するために宮殿を襲撃したその夜、彼女の父親はそこにいた。衛兵は反乱兵に姿を変えていた。彼は二人の男を殺し、大尉と一緒に閣下を探した。それまで宮殿でさんざん狂気の沙汰を目にしてきた大尉は、民衆を国家の誘拐犯から解放し、この国の物語を書き直すべく決意を固めていたんだ。ヌビアの父親と他の五人の衛兵もひとつの志を共有していた。ヌビアという新しい国のためなら、彼らは命を捨てることも惜しいとは思っていなかった。そしてその通り七人全員が命を落とした。彼らは宮殿の門の前で捕えられ、処刑された。彼らの遺体はその場に放置された。カラスがつつきまわし、死肉をむさぼり食うことができるように。閣下がそこを通りかかるたび、にやにや笑いを浮かべられるように。遺体は何日もさらしものにされ、クーデターの愚かしさを国民に知らしめた。ヌビアは父親の遺体を直接見ることはなかったが——家族は家に閉じこもっていた——心の中にその姿は焼き付いている。テレビから閣下の声が聞こえてくると、今でも父親の声が彼女の耳に聞こえてくる。

その日、すべてが終わった。裕福な境遇の恩恵を受け、肌までをきらきらと光り輝き、将来はアメリカで生活することが決まっていた子供たちの人生が。ベザムの最上流社会に座を占め、ゆったりとプールサイドでくつろいでいた家族の生活が。父親の親戚たちが村から伝言を持ってきた。家を出ていくよう母に告げ、新たに家族の長となった父の兄が家を引き継ぐと言った。母親は泣きついたりしなかった。夫の所持金は閣下に全額差し押さえられ、全財産を失った自分たちに残されているのは家だけだ、と彼女は言わなかった。母親は涙を隠しながら子供たちの荷物をまとめた。彼女は子供たちを友達の家まで連れていった。あなたの子供たちを泊めることはできないわと話し始める友達の言い分にじっと耳を傾けた。友人は、共和国の敵の家族との関わり合いを断ち切るために、真実を語らず、あらゆる言い訳を並べた。自分には守るべき特権があり、守るべき夫の仕事があり、明るい未来を保障しなければならない子供たちがいるとは言わなかった。彼女は別の友人のもとへ足を運んだ。それからまた別の友人のもとに行った。やがてもうどこも行くところがなくなった。世界はビッチになることをおそれている女で溢れているのだと、そのときヌビアは気がついた。そんな女に自分は断じてなるまいと彼女は心に誓った。

ようやく一人、彼女の家族がほんのひとなめできる程度の食べ物を差し出してくれる女性が現れた。以前母親がパーティーで知り合った女性だった。彼女が車でバス停を通りかかったとき、家族がそこで待っているのが目にとまり、車を停めた。彼女は新しい使用人を探していた。自分の家の裏に小屋があるから使用人部屋にして、母親と子供五人がそこに住み込むのはどうかと申し出た。食事はただということでかまわないけれど、家の食事――夫と妻と、ヌビアと同い年の娘の食事――はヌビアの母親が作らなければならない。マーケットに行き、家を掃除し、服を手洗いし、食事を出し、食器を洗ってきれいに乾かさなければならない。かつて使用人がしていたのと同じことを、母親がやることになるのだ。母親は「イエス」と答えた。家族は小屋の中で生活した。ひとつのシングルベッドの上で、たがいに体を重ねるようにして眠った。それが、理想のために命を手放した父が彼らに残していった生活だった。

彼女は泣きながら、十七歳のときに起きたある夜の出来事を僕に話してくれた。その日、この家の妻と娘は親戚の家を訪ねるために出かけており、夫が一人だけ家に残っていた。夫の寝室に入って後ろ手にドアを閉め、服を脱ぐと、夫の目が大きく見開かれた。彼のために官能的な小説に出てくるような行為をした。彼は、隣の県にいる妻にまで聞こえるのではないかとヌビアをおびえさせるほどの特大のうなり声をあげた。妻はさらに三泊して戻ってきた。彼が妻と子供に二週間ばかり家を留守にさせる口実を見つけたとき、二人は同じことをくり返した。そのあいだ、学校から帰ってきた彼女は、母親に勉強してくると伝え、彼のもとに通った。彼は性的絶頂に達しながら、ヌビアと母親と兄弟を助けるために支援は惜しまないと約束した。彼は約束を守り、彼女を指導者養成校に入学させた。その学校で僕はヌビアと出会い、彼女に僕の隣を歩いてほしいとお願いしたんだ。政府のトップに登りつめていく僕に寄り添ってほしいと、彼女に伝えたんだ。

自分の話を語り終えたヌビアは誓った。子供ができたら、子供にすべてを与えるために私は町をいくつでも焼き払ってやるし、子供たちのものを奪おうとする者がいたらそいつの心臓をえぐり出してやる、と。そのとき僕は、彼女が、僕が築くことになるナンギ・ファミリーの次の世代を支える岩盤になってくれる女性だと確信した。

――

僕は子供の頃から母さんに、ナンギ・ファミリーの名前はあなたが継ぐのよと言われてきた。僕たちの血筋を広げるために僕は力を尽くさないといけないと母は言った。ヤヤにも、いつか結婚して子供をつくり、子供たちにご先祖たちのことを伝えてあげなければならないのよ、としょっちゅう言われていた。僕はヤヤからの言いつけにはいつもしっかりとうなずいた。そしてヤヤは幸運に恵まれますようにと僕を祝福してくれた。

新しい父さんには彼なりの夢があった。

彼は、僕が立派な人物になる運命にあると信じて疑わず、裕福なわけでもないのに、僕を最高の学校に通わせてくれた。僕は一生絵を描いて暮らしたいと思っているとは言い出せなかった――スーラが自分の使命にかかりきりになっている以上、両親にとって僕だけが、楽しくて誇らしい老後を送るためのたったひとつの希望だったし、僕としても彼らのその夢をかなえてあげたいと心から願っていた。父さんは何時間も僕の宿題を手伝ってくれて、僕が試験に合格するとご褒美としてお小遣いをはずんでくれた。僕が指導者養成校に入るとき、父さんは知り合いの中でいちばん偉い政府の役人たちのところに行き、才能ある息子のためにどうかご支援を賜れますようよろしくお願いいたしますと頭を下げて回った。彼は底辺で暮らす無力な民衆の一人であり、息子を頂点に立たせるために奮闘している何千人もの小物たちの一人にすぎなかった。母さんは料理を作り、バスケットにフルーツを詰め込んだ。父さんはそれを持って、役人たちの家々を回った。お酒の瓶や青空市場で手に入れた山羊、お金が入っている封筒も携えていた。こうして僕はこの国で唯一の政府系指導者養成校に入学することができたんだ。

学校生活を送っているあいだ、僕は勉強のことやクラスメイトとの会話のことをスーラに手紙で知らせた。僕が行政に関わることで、コサワのような村のために僕も力になれると書いた。この国に必要なのは僕たちのような人々から構成された政府だ。劣悪な政策の結果に苦しめられ、物事がどうあるべきかをちゃんとわきまえている人々から構成された政府だ。国民のことを第一に考え、すべての企業を国の支配下に置くことのできるリーダーが僕たちには必要だった。輸出から得られるすべての収益は、国の財源にまわされなければならない。財源が盗み取られないような対策をきちんと講じれば、財源はいずれ十分すぎるほどうるおうはずだ。豊かな財源は医療や教育や雇用創出のために用いることができる。北にボーキサイト、西に石油、東に木材と、資源豊富なこの国で、国民が欠乏に苦しまなければならない理由は存在しない。先見の明のある指導者がいれば豊かな国は実現できる。わかりきったことだけど、正しい政府、それがこの国の問題の解決策だよね、と僕は姉に書いた。僕たちの手で問題解決できると信じているよ、僕らの世代でね、と。僕たちには、社会的地位の向上と平等を実現し、国民のあいだに優劣のない社会をつくることができる。素晴らしい国をつくることができる。だけどその前に、自分たちの順番が巡ってくるのを待たなければならない。古い世代の順番がまだ終わっていないのだから。今の指導者たちは「チェンジ」という単語を耳にすると哄笑するような人たちばかりだけれど、彼らや古風な考え方を強制的に排除できない以上、僕たちとしては彼らの時代が終わるのを待つしかない。過去のものはほどなく消え去り、僕たちの手で自由に描くことができる未来がやって来るだろう。

スーラは僕が思い描いている理想を否定しなかった。ただ、「私たちのような国が、ひどく劣悪な政府から立派な政府へすんなり移行できるとはちょっと思えないけど」と彼女は書いていた。私たちの国には憲法がないから、そのような進歩の基盤が存在しないんだよ。どんな国に暮らしたいかを全国民が一丸となって宣言し、ともにその国を築き上げていくことが、あらゆる国の基礎になる。安定した政府の歴史を持つ国を見てみると、そこには常に先人たちが作ったしっかりとした基盤がある、と彼女は書いていた。アメリカは建国の父たちが作った基盤の上に立っている。ヨーロッパの君主たちは、自分の子孫たちが暮らすことになる国に連なるような土台を作った。私たちの国の土台は誰が作ったのだろう？　誰も作っていない。私たちは、共通の夢を持たず一か所に放り込まれた雑多な諸民族に過ぎない。私たちは、沈んでいく砂の上に国を建てることを余儀なくされ、今、内側から崩れ落ちていこうとしている。

――

そんな姉さんの懐疑をよそに、僕は指導者養成校で学びながら将来は国の行政に関わりたいという希望を抱きつづけた。僕と同様に同級生たちも上の世代のようには自分たちは腐敗しないと確信していたし、公務員として奉仕の精神を深く胸に刻み、「公務員」の名に恥じない行動を心がけていた。

働き始めてからすぐに、僕は自分が叶わぬ夢を抱いていたということに気づかされた。予算編成を担当した初日から、この国は過去と寸分たがわぬ未来をくり返していくことになると痛感した。僕の仕事は数字上のつじつまあわせであって、大金がどうして帳簿から消えるのかについて問いただすことではないとしつこいくらいに言われた。もし赤字が発覚したらどうするんですかと聞くと、そんなことは赤字が発覚してから考えろと言われた——僕の職務は目の前の数字に神経を集中させることなのだそうだ。
政治的な理論とその応用は別々の領域に属しているということを、僕は指導者養成校を卒業した最初の年に学んだ。そして、スーラが正しいということも。僕らの国にはより良い国を再構築していくための基盤がないのだ。結局のところ同僚たちと同じように、僕は僕個人にとっていちばん大切なことを実行していくしかないのだと、時間をかけて身にしみて理解していった。ただ、当時の僕には、何が自分にとっていちばん大切なことなのかが見えてなかった。自分が心から望んでいるものはなにか僕にはわかってなかったんだ。
ヌビアは自分が望んでいるものをはっきりわかっていた——将来アメリカ留学する子供たち五人、健康と繁栄、そして、自分自身と僕と家族の幸せ。この国は彼女にとって何の意味もなかった。この国が誰かの役に立つところってある？　彼女はよく僕に尋ねた。僕たちがチャンスを与えさえすれば、この国にもチャンスが生まれる、と僕は学生時代によく言っていた。その後、僕は政府の内部に入り、職場のいちばん下っ端の同僚からトップの上司まで、誰一人この国にチャンスを与えようとする者がいないことに気づいた。彼らは可能な限りすべてのお金を私的な口座に流用し、子供たちが学校に通うのに必要なものを手当たり次第持ち出し、役所の運転手に妻を町まで送りとどけさせ、できる限り遅く出勤してきて、好きな時間に早退《はやび》けしていった。ともかく、自分たちにはそうする権利があると考えているのだ。指導者養成校の同級生が集まると、みんな、国の無法ぶりと予想以上にひどい状況について、最高に幸せそうに大笑いし語り合った。僕はそんな付き合いから距離をとった。働き始めて数年間、僕は自分の給料だけ受け取っていた。姉さんの夢を信じ、この世界を作り直すには、たった一人のまっすぐな人間がいればいいと信じていたから。けれども、僕の給料では、ヌビアと僕の生活を快適なものにすることはできないということもわかっていた。より良い国づくりのために僕は妻や未来の子供たちの夢を踏みにじってしまうのではないかと、僕は毎晩のように頭を抱えていた。

——

「解放の日」を迎えるまでの数年間、僕は自分の任務に献身するスーラを背後から支え、ヌビアは何度も一人の夜を送っていた。彼女は僕が姉さんを支えたいと強く望んでいることを理解してくれていたし、彼女にとって家族愛以上に神聖なものは存在しなかった。あいかわらず彼女は、スーラの戦いはまったく無意味だと考えていた。だから「解放の日」の数か月後に僕がコサワのことは他の人たちにまかせることにしたよと伝えたとき、僕にキスをして、これで私たちは新しいスタートをきることができるわねと言ったんだ。

僕は姉さんと一緒に全国をまわり、姉さんの熱意とは裏腹に、変化と呼べるほどの変化はほとんど起きていないことを目の当たりにし、東部で開かれた参加者のまばらな集会で男たちからスーラがやじを浴びせられたその瞬間、ヌビアの言っていることは正しかったのだとふと気づいた。僕たちの国は僕たちとともに衰退していくのだ。せいぜい僕たちにできるのは持てるものを全部持って逃げ出すことくらいだ。だけど、私たちは何かを持ち逃げしているわけじゃないのよ、ヌビアは好んでそう言った。私たちは自分たちのものを取り返しているだけなの。私たちにはそうする権利があるわ。彼女は自分のことをグレート・ビッチと呼んでいる。それが僕の最愛の人の名前だ。彼女はアメリカ英語を話し、僕たちがヨーロッパのファッションデザイナーの服を着ることを望んでいる。彼女は、自分の男にふさわしいものを手に入れるためにはビッチになることもいとわず、ありとあらゆる手を使った。

僕を政府のトップに押し上げるため、僕の既婚の上司に、若い女性との密会を仕込んでやり、その二人に僕たちのベッドを使わせ、そのあと二人に夕食をふるまった。彼女は、政府関係者の友人やその知人にまで金を渡し、僕が定年の五十五歳を迎えても仕事をやめなくて済むように僕の出生証明を書き換えさせた――〈お願いだから蓄えてくれ〉と言っている富が目の前にあるのに、どうしてそんなに若くして仕事をやめるわけ?

僕が特別な取り計らいを頼まれると彼女はその依頼内容を値踏みし、僕が相応の賄賂を受け取れるよう取り計らい、僕たちは金を貯めていった。彼女は僕に上限の額でしか仕事をさせなかった。僕に公正さを考える余地を与えず、常に最大限を求めさせた。僕たちは全国に、僕の取り計らいを求める企業や地方の支配者から贈られた土地を所有している。僕が国税局長になり、彼女が計略をめぐらせてくれたおかげで、我が家には潤沢な蓄えができた。

ヌビアのお母さんと兄弟のために僕たちは家を買った。お母さんに車を一台買い与え、彼女のアルビノのお兄さんに、日なたで長時間バスを待っていなくてもいいように別に一台車を買ってあげた。若い女性が彼の肌の色に気を取られないように、彼に高収入の仕事の口を見つけてやった。僕の母さんと父さんのために門のある二階建ての家を買い、高齢で病気がちになってきた父さんの世話をしてくれる女性を雇った。自分たちの家も建てた。寝室は七部屋ある。一部屋は親戚が来たとき用の客間。残りの部屋は子供たちのため。もうすぐ僕たちには初めての子が生まれる。赤ちゃんの名前は母さんと父さんが決めてくれた。その名を聞いたとき僕は泣きだしてしまった。その夜、ヌビアのおなかを優しく撫でながら、僕はそっとささやきかけたんだ――こんにちは、マラボ・ボンゴ。

ベッドから動かないようにとヌビアが医師に指示された月に入って、スーラがヌビアに会いに来た。彼女は僕が仕事から戻る時間までヌビアのそばに座っていた。彼女はヌビアに、マラボ・ボンゴはもっと良い世界に住むことになるし、人々もその頃には真実に目覚めているはずだと言った。ヌビアの父親のことはスーラも知っていた。彼女はヌビアよりも長く生き、多くのものごとを目にしてきたが、それでも彼女は善が勝利を収めると信じていた。世界はスーラが決して変えることのできない法則のもとに動いていると彼女に諭したところで無益だとヌビアは思った。私たちが果たすべきたったひとつの義務は、と彼女は思った。自分の幸せと、自分の愛する人たちの幸せだけに焦点を合わせ、行動を選ばなければならないということ……スーラは強くヌビアの頭を抱きしめ、それからコサワに行く準備をするために帰宅した。ヌビアはベッドの上で寝返りを打った。そこは、あの小屋で寝ていた夜には想像すらできなかったような大きな寝室だった。彼女はクローゼットを見つめた。前回僕がアメリカに出張に出かけたときマディソン・アベニューの店で買ってきた服がそこには掛かっていた。その日、僕はオフィスから戻り、ベッドに入って、彼女に腕をまわした。階下では給仕係が夕食の準備をしていた。

僕たちがたどる道は別々に分岐したとはいえ、僕は以前と変わらず、求められればいつでも姉さんにアドバイスをしている。そして彼女も与えることのできるものを僕に与えてくれる。僕の進む道は彼女と同じではないし、彼女の進んでいる道はもう僕のとはちがっているけれど、いつかまた同じ場所で僕たちはふたたび出会うだろうと、スーラは信じている。家族に焦点を合わせている僕と、より良い国に焦点を合わせている彼女の目線が重なりあうポイントで、僕たちはどちらも喜びにみちてもういちど出会う。ほんとうにそんなことが起こるだろうか？　同じようなものを求めている人間同士が争い合うのはいったいどうしてなんだ？　僕の子供のマラボ・ボンゴは何を求めてこの世界に生まれてくるのだろう？　母さんが言うには生まれてくるのは男の子、それも幸せな男の子だそうだ。幸せな男の子たちで世界が満たされますように。僕たちはみんな苦しんできたんだ、と僕は姉さんに言った。どうして苦しみつづけることを選ぶのさ。もっと自分に世間

なみの楽しみを味わわせてやってもいいじゃないか？　けれどもスーラの場合、世間的な快楽は生きがいとはなりえない。それが彼女の精神を満足させるとは僕には思えない。たとえ苦しくても自分のなすべきことをなすのが私の生きがいなの、と彼女は言う。

こんな邸宅に暮らしながら僕はいまだに苦しんでいる。

毎日、夜明け前に起き、画帳を手に持ち、窓際に座る。ときどき、古くなって擦り切れたニーチェの『善悪の彼岸』を読み返したりするけれど、大抵、夢の中のイメージを、父さんやボンゴやヤヤの顔をスケッチしている。彼らはいつも僕を見て微笑んでいる。あの世でみんな幸せそうにしている。あるいは、自分にそんなふうに言い聞かせることで、僕はほんの気持ち程度の平和を手に入れようとしているのかもしれない。以前の自分が心の底から憎んでいたような種類の人間であることを僕がやめてしまえば、きっと本当の平和を手に入れることができるだろう。でも、僕はもう平和を切望していない。僕は死者と生者の狭間で生きている、それと同じように、完璧な外部を持つ崩壊した内部という自己を受け入れている。僕は永遠なる自由という希望を手放してしまったんだ。

なぜスーラは希望を手放さないのか。僕はヌビアに問いかける。彼女は何も答えてくれない。私たちはそれぞれ重い荷物を背負い、どこでどうやってそれを下ろすことができるか探し求めているんだよ、と彼女は言う——スマートなビッチは重荷をお上品に運び、そしてそれをお上品に下ろす術を知っている。私の重荷を下ろすには、父親が母親と兄弟姉妹に負わせたあの人生を遡らなければならない、とヌビアは言った。そうすることで初めて、閣下や家族を追い払った女性たちに対して中指を立てることができる、と。そして彼女は、自分の場合はヨーロッパのデザイナーのラックから赤いハイヒールを選び、それとお揃いの服を着て、そういう連中を見返してやらなければならないと考えていた。

数年前ヌビアが僕の恋人になったばかりの頃、僕は、彼女の友達の父親がコサワの村人に人質として捕らえられた〈リーダー〉であることを知った。ヌビアと一緒にその男性の家に行ったことがある。僕は彼の手を握り、そして言葉を交わした。けれども、あの夜村の集会に僕がいたことや、兵士たちが彼を救出し、僕の友人や親戚が虐殺されたその午後の現場に僕がいたことについては触れなかった。そのことを僕は帰り道でヌビアに話した。そしてそのことは決して友人に話さないようにと言った。するとヌビアは、〈リーダー〉が村の会合に来るようになる十一か月前に〈リーダー〉の妻と二人の年長の子供たちは死んだのよ、と話し始めた。彼女の話では、彼の妻と子供たちが乗っていた車が川に落ちたそうだ。川に架かっていた橋が崩落したのだ。橋の補修を任されていた役人たちは、その資金を不正に自分たちの口座に流用していた。その役人たちの中には〈リーダー〉の友人もおり、彼らは日頃から一緒にお酒を飲んで笑い合う仲だった。友人たちは通夜の席で、彼の子供と妻が白い服を着ておそろいの棺に並んで横たわっているのを見ながら、〈リーダー〉を慰めた。〈リーダー〉は葬儀が終わって仕事に戻ると、人のために正しい行いをなすという考えを捨てた。残された子供たちのことだけを彼は考えた。

我々の国は建国以来手の施しようがないくらい呪われているから、そこに希望なんてないと彼は思い定め、子供たちのために、子供たちをアメリカに渡航させるために、身を粉にして働いた。彼は村々を訪ね歩き、ペクストンのために仕事をした。給料をもらい、オウムみたいに唱えつづけよと命じられていた言葉を、オウムみたいに唱えつづけた。家に帰るとかならず子供たちを抱きしめ、服にアイロンをかけ、毎朝目玉焼きを作って食べさせた。再婚はせず、子供たちのために料理を作り、自分の手で家を清潔に保つ人生を彼は選んだ。ある晩、ヌビアの友人が彼の寝室に入ると、父親は、彼女と生き残った妹が一緒に写っている写真を握りしめ、寝ていたらしい。それも涙を流して泣きながら。

ヌビアがこの話をしてくれたあと、僕はため息をつき、彼女は僕にどうしてため息をつくのと聞いた。敗北した側にも、勝利した側にも、どちらの側も選ばなかった人々にも、死者があまりにも多すぎると僕は言った。人間の区分にどんな意味があるのだろう？　いったいどこの誰が、生きているあいだに勝利の喜びを感じることができるのか？　たぶんいずれ、すべての死者の数を勘定し尽くしたあと、生き残った人たちの前に、熟慮すべきひとつの数字が現れるのだろうと僕は言葉を続けた。その数字には、失われてしまったすべてのものを物語ることはとてもできないけれど。

――

昨夜、僕はその会話を思い返していたんだ。

コサワのことを考えた。コサワはこの先持ち堪えられるだろうか。母さんはことあるごとに、僕たちは豹の血を受け継いでいる民だと言うけれど、豹が絶滅に向かっていることを母さんは忘れているようだ。僕らの地域にほとんど豹は残っていない。スーラが戻ってきてから十二年、「解放の日」から五年がたったけれど、村はあいかわらず汚染されたままだ。

先日、ペクストンの利益が前期比二桁増になったというニュースを僕は見た。来週にも閣下が新内閣を発足させる見込みだという。昨年、彼はついに我が国初となる大統領選挙を容認した。彼のヨーロッパの支援者たちは、彼が民主主義の理念を重視していることを態度で示すべきだと主張し、大統領選挙を強く求めたのだ。一夜にして対立政党が複数結成され、選挙で戦うことになった。「これは見せかけの選挙に過ぎない」と言ってスーラは取り合わなかった。結果が発表されたとき、予想外の結果だと思った人は一人もいなかった。

今年初め、カルロスからスーラに電話があった。彼は司法省はペクストン社を海外腐敗行為で起訴しないと伝えた。その理由をスーラは僕には話さなかった。事実を手短に報告しただけだ。この件について彼女は口が重かった。カルロスは、司法省の起訴によって、海外腐敗行為防止法に基づいて村が訴訟を起こしていることがおおやけになり、ペクストンとしても和解に応じざるをえなくなるだろうと望みをかけていた。それが理想的なシナリオだった。カルロスの見立てでは、村が裁判に勝てる見込みは薄かったからだ。ペクストンは実際にカルロスに提案を持ちかけてきたが、彼にはそれが適正な条件に思えなかった。司法省による起訴の危険性がなくなった今、ペクストンは和解案をすべて白紙に戻した。コサワの復興の唯一のチャンスは、今や裁判官の判断にかかっているわけだ。

僕の姉さんはもうすぐ四十歳になる。彼女の顔にも闘いの痕跡がついにあらわれ始めた――やわらかな皺が刻まれ、頬骨がつき出してきた。僕はめったに精霊に頼み事をすることなんてないのだが、でも昨夜、コサワのことやここまでの自分の人生の旅路について記憶を巡らせ、途中途中で起こったすべての出来事を思い起こし、姉さんのために、そして僕たちの生まれ故郷に今も住んでいるすべての人々のために、静かに祈りを捧げたのだった。

子供たち

私たちは、スーラと五人組の同齢の仲間だ。ずっと前にグループから離れ、沈黙を守ってきた。この物語の一部は、私たちにしか語れない。

私たちの中には、裁判官の判決を聞いた日、まだコサワに残っている者もいたが、多くはすでに村を去っていた。新しい夫や家族のもとに移り住んだか、あるいは子供たちの死に手を貸していると親戚たちから非難され、耐えきれず逃げ出したのだ（その後私たちもコサワに残っている家族や友人たちにむかって、過ちをとがめる言葉を投げつけた）。私たちは新しい小屋を建て、子供を産み、親戚から土地を借りてそこで作物を育てた。

――

私たちの中でコサワに残った者は、誇りをもってコサワに踏みとどまった。

敵は私たちの決意の深さを甘く見ていた。敵には、祖先から受け継いだものを守るためにはどんな犠牲も厭わないという私たちの決意が見えていなかった。

私たちがデモ行進を始めても、敵のとった行動といえば、兵士を送り込んで監視させ、報告させるくらいのものだった。報告書には、私たちの行動は無害だと書かれていたはずだ。ともかく、私たちにはなにも手出ししてこなかった。デモの参加者ごときが政権に対して何ができる？　声を張り上げたくらいで、体制が崩壊させられたことがあったか？　スーラが、私たちの運動のことを海外に広めるために新聞記者を雇ったとき、兵士に焼き払われた村の代表団を引き連れ省庁の上官たちと面会したとき、ベザムの連中は鼻で笑った。あの女ほんと邪魔くさいよな。手を引かないのなら仕事を馘《クビ》にするというような脅しはなかった。彼女が生徒に、政府が将来の指導者には伏せておきたいと思うような事実を教えても、彼らはそれを受け流し、好きなようにさせた――アメリカで教育を受けた女は、なかなかコントロールしにくいね。給料の支払いの対象となっているような内容のみ教えてもらうにこしたことはないわけだが、彼らは寛容な姿勢を保った。彼女の教育的功績が並みはずれていたからだ。彼女は熱狂的な生徒を前に、閣下や、騒々しいだけの取り巻きたちや、彼らの無知無能ぶりや、恥ずかしげもなく道徳をないがしろにする精神性を手厳しく批判した。政府の提供する居室でビレッジ・ミーティングが開かれていることが政府の関係者たちの耳に入っても、彼らはあくびをするばかりだった。一人の女が怒っている、で、それがどうした?

——

怒れる一人の女はあらゆる手を尽くした。そしてそれは結局うまくいかなかった。

アメリカの弁護士から、アメリカの裁判所に公明正大な裁定を期待するのはやはり無理があったという電話がかかってきたあの日、彼女は家で一人きりで泣いたのだろうか。それとも両親の家まで行って抱きしめてもらっただろうか。彼女はコサワではなくオースティンを選ぶべきだったと後悔したのだろうか。

スーラは、ニュースを聞くために広場に集まった私たちに、最終的な判決を下した裁判官はペクストンが私たちの土地を破壊したことを否定しなかった、と言った。裁判官は、ペクストンと政府が結託して数えきれない罪を犯した可能性が高いと述べた、と。しかし、アメリカの裁判所がこの問題から手を引くこと、そしてペクストンとこの国の政府が私たちに対して不正を行ったかどうかという問題については、ペクストンの主張の通り、私たちの国の裁判所に判断させるべきだという見解を裁判官が述べたことを彼女は説明した。私たちが自国で公正な裁定を受けられないとすれば憂慮すべきことだけれど、それでもアメリカは他国との境界線を尊重しなければならないと彼女は言った。この判決が示していることは、とスーラは説明した。隣家の家族生活に不満があるからといって、家に勝手にあがり込んで隣人を殴りつけるなんて許されないというのと同じことだよ。

彼女の話を聞いたとき、私たちは誰を最も憐れむべきなのかよくわからなくなった——私たち自身を憐れむべきなのか、それともスーラだろうか。わが友人の唇は話しながら震えていた。けれども彼女は自分に泣くことを許さなかった。これで終わったわけじゃないと彼女は何度もくり返した。でも私たちにはわかっていた。これで終わったのだ。復興の最後の望みは断たれた。政府やペクストンをベザムの法廷に訴えるのは愚の骨頂だ。ベザムの法廷をコントロールしている権力者は、私たちの土地をペクストンに与えた者と同一人物である。私たちの訴訟をあつかう裁判官は、四人組に死刑を宣告した人物かもしれない。正義なんて望むべくもない。

その日も次の日も、村は昼間でさえまるで永遠の夜が訪れたかのようだった。太陽はもう二度と昇ってこないように思われた。私たちは畑に行き、森に行き、マーケットに行ったけれど、心の中に疑問が渦巻き、自分の手が何をしているか、足がどこに向かっているか、ほとんど何も考えられなかった。どうしてこんなことになったの。これから何をどうすればいいのだろう。

スーラはその後コサワを訪れるたび、彼女の父親が姿を消したとき彼を呑み込んでいったあの暗闇の中に次第に深く沈み込んで行っているように見えた。口数が少なくなり、彼女の大好きな食べ物を作って出しても、それに手をつけようとしなかった。子供たちが駆け寄ってきても、彼女はぼんやりうつろな目で子供たちを眺めた。彼女と五人組は夜遅くまで広場に座りひそひそと話し込んでいた。スーラが私たちに話してくれたよりもさらに悪いニュースを、五人組の一人の妻から聞かされた。ペクストンがコサワを提訴したということだった。ペクストンが弁護士を雇わなければならなくなったのは私たちの責任なのだから、コサワが弁護士費用を支払うべきだと要求してきたのだ。もしその裁判に負ければ、私たちが所有している価値あるもののすべてをペクストンに渡さなければならなくなる。

スーラは集会で私たちに訴訟のことを心配しなくていいと言った。そのような報復的行為を認める裁判官はいないから。ペクストンは、私たちの歩みに合流し、勇気を持ってさらに先へと歩を進めていく人々に、企業に反抗して無事でいられると思うなよと脅しをかけているだけだ、と。「あんたは本気で、アメリカの裁判官が我々の味方となり我々の所有物をペクストンから守ってくれると信じているのか？」と誰かが叫んだ。裁判官は我々を永遠の恐怖に陥れると宣告したばかりじゃないか。スーラは何を信じればいいのか迷っているように見えた。確信を持てないまま彼女は話しつづけた。アメリカにいる友人たちやまだ自分の夢を信じてくれている友人たち、それからカルロスとも何度も話をしたと言った。でも彼女の声の中にはほとんど希望の響きは含まれていなかった。ペクストンを引っ張り出せる裁判所ならまだ他にもあるし、ヨーロッパにある市民を政府から守ることを使命にしている法廷のことも教えてもらった、と。でも、裁判に望みをつないでいる村人はもはや一人もいなかった。

———

私たちはひりひりするような悲しみを胸に抱え、なすすべもなくただ追い詰められていた。そのあいだ五人組は人目から逃れるようにどこかに集まり、頭の中でマシェットの刃を研いでいたんだ。くだんの話をスーラから聞いて一週間が過ぎ、彼らは、私たちとばったり顔を合わせても、取るに足らない会話に時間を割く余裕はないと言いたげに、よそよそしい態度をとった——次のコサワ戦争に向け、ひどく緊張が高まっていたんだと思う。コサワに注がれる彼らの熱意には私たちは以前から畏敬の念を抱いていたし、スーラの理念に彼らが命を捧げるのはなぜなのか、その理由について疑問を持ったことは一度もなかった。幼い頃から、私たちの中でも最もつらい思いをさせられてきたのが彼らだった。毎月石油の流出量を測り、父や叔父が新しい墓を掘るときにはつるはしやシャベルを運ぶのを手伝った。けれども彼らが訃報に接して涙を流すことはまずなかった。そのときからすでに私たちは、彼らの悲傷を解消できるものは暴力の他にないことに気づいていた。年齢を重ねるにつれて、彼らが共有していた「コサワを救いたい」という切迫した思いがおたがいを強く結びつけていった。

有害物質や私たちの価値を軽視する者たちの圧制に悩まされることなく人生を全うし、コサワで穏やかに死んでいくことを彼らも私たちと同じように夢見ていた。けれども彼らは私たちとは違い、そのような運命にないことをどうしても受け入れられなかった。彼らと一緒に暮らしている妻たちのことを、私たちは尊敬していた。友人でもある私たちは、妻たちが人知れず、苦悩と深い孤独に覆われた沈黙の結婚生活を送っているということを知っていた。

もし、五人組が爆発寸前の状態にあることを私たちが認識していれば爆発を防ぐための言葉を何かかけたと思う。たとえそれがどんな些細な言葉であっても。けれどいったいどうすればそれに気づくことができたというのだろう。アメリカで下された評決が明らかになり、それから数か月が経過しても、あいかわらず私たちの心は重かった。しかし、スーラが村を訪れると、小さな笑みが私たちにともされるのだった。さすがのスーラも、もうほとんど希望を失いかけていたのだけれど。私たちの多くは一日いちにちをあるがままに営み、なにもかも精霊にゆだねることにしていた。ひょっとしたら翌日になればペクストンが「もう必要な石油はすっかり採掘してしまったことだし、そろそろここから出ていこうか」と言いだすかもしれない。でも五人組は、そんな空想を巡らせはしなかった。私たちがゆっくりとあきらめに至る長い道のりを歩みだした頃、五人組は着々と作戦を練っていたのだ。

五人組が爆発した日、スーラは村にいた。

その日、いつもと何ひとつ変わらない朝をむかえた。私たちは子供たちを学校に送り出し、日々の仕事にとりかかった。村では数日後に結婚式を控えていた。私たちの村の若者が兄弟村の少女と結婚することになっていて、コサワの女性たちは暇さえあれば、コサワに移り住んでくる新入りの少女のことをあれやこれやとおしゃべりしていた。すべての小屋がふたたび人で溢れかえる日もそう遠くはないわよ、と彼女たちは話した。無鉄砲とも言えるその一途な愛を精霊にむかってほめ讃えましょうよ。

その結婚式のことは、スーラも楽しみにしていた。評決が下されて以来数か月ぶりに幸せそうな表情を浮かべている彼女の目は、あたかも煙がたちこめるキッチンから逃げだしてきたみたいに真っ赤になっていた。彼女とソンニと五人組のうちの二人は、午後からロクンジャの県庁舎で開かれている会議に出席した。その内容については、次の村の会議でソンニが話してくれることになっていた。スーラは、いつも泊まっている小屋で、そこに住む五人組のうちの一人の妻と子供たちと一緒に夕飯を食べた。夕食後には、子供たちの宿題を見てあげた。子供の一人が「すべての国がアメリカのようになるべき理由」という作文を読んで聞かせてくれたとき、彼女は大笑いした——アメリカはすべての人がすべてを所有している場所というふうに書かれていたから。スーラは微笑みながらベッドに入った。そのあと起きたことについては、私たちには知る由もない。

——

私たちの推察では、五人組はスーラを起こし、自分たちがフィッシュ氏と彼の妻を捕らえていることを告げたと思われる。

五人組がいつコサワを出発し、ガーデンズまで行き、フィッシュ氏とその妻を誘拐したのかはさだかではない。朝、五人組は村にいた。私たちは彼らのうちの二人が一緒に狩りに出かけるところを見かけた。夕方には、彼らが自分の家のベランダで腰を下ろしているところを見た。親戚のもとを訪問している者もいたようだ。彼らは村人たちが寝静まるのを待って、ガーデンズに向かったのだろう。それを知ったときのスーラの落胆とショックはどれほどだったろう。

彼女は何と言ったのか？　彼女は何を言うことができたのだろうか？

犯罪に手を貸すことを良しとはせず、距離を置こうとしただろうか。五人組は彼女に自分たちと行動をともにすることを強制したのだろうか。それともそんなことはしなかっただろうか。しなかったと思う。彼らはスーラを尊敬していた。しかし、彼女としてはフィッシュ氏とその妻の身柄を、怒りに燃えるガンマンたちの手にあずけるなんてことはしたくなかったんじゃないだろうか。フィッシュ氏は石油を生業《なりわい》とする男だったけれど、私たちは彼を憎んでいなかった。彼は私たちに対して一度も冷淡な態度をとらなかった。スーラは、彼が骨を折って成し遂げようとしているものに対して敬意を払い、そして感謝していた。彼は自分の生活が私たちの苦しみの上に成立しているという事実に心を痛めているように見えた――そして、スーラは彼との話し合いではつい熱くなったけれど、彼が本当にペクストンとコサワの和解を望んでいることを信じていた。「土地と水の浄化についてはニューヨークの本社が決めることだ」と唱える以上のことを彼が実現してくれるのを、私たちはみんな待ち望んでいた。スーラが彼の死を望むわけがなかった。

――

フィッシュ氏と彼の妻は三日間スーラの家族の小屋にいたのに、私たちはそのことにまったく気づかなかった。サヘルは小屋の鍵をスーラに渡し、スーラは、五人組が自由に出入りできるように小屋の鍵を彼らに預けていた。ある晩、五人組がその扉を開け、小屋の中にフィッシュ夫妻を閉じ込めることになるなんて、彼女にしてみれば思いも寄らなかっただろう。その夜、彼女はパジャマ姿のまま小屋に入ったときアメリカ人夫妻を目にして、何と言ったのだろう？　スーラは父と母の部屋に自分でベッドとテーブルと椅子を運び込んでいたのだが、その部屋をフィッシュ夫妻に使わせたのは彼女の取り計らいによるものだったのだろうか？　彼女は五人組をわきへ呼び寄せ、アメリカ人たちをガーデンズに帰してやってほしいと小さな声で懇願したのだろうか？　身代金を要求する脅迫状は本当に彼女の手によるものなのか、それとも五人組が彼女の名を使って作成したものなのか？　スーラの細い緻密な筆跡とは異なり、政府が公表した手紙の文字はずんぐりしていて、文字と文字のあいだには大きなすき間があいていた。

五人組がアメリカ人を誘拐した翌朝、スーラの泊まっていた小屋の妻が目を覚まし、朝食の支度を始めた。彼女がスーラの部屋に行ってみるとベッドは空っぽだった。べつに心配することはないさ、スーラは夜明け前に目が覚めて書き物でもしているんじゃないかな、と彼女の夫が言った。自分の家族の小屋で一人になる時間がスーラには必要なんだよ、と付け加えた。夫はスーラの持ち物をそっくりぜんぶ自分たちの小屋からナンギ家の小屋まで運んだ。スーラがランプを使えるように、彼は追加用の灯油も持っていった。妻もきっと夫と同じ考えだったに違いない――コサワを訪れたスーラが自分の家族の小屋の扉を開け、その中で一人で時を過ごし、集中してノートブックに文章を書くことはまあよくあることだったから。
　私たちの想像では、ロクンジャとガーデンズに脅迫状が届けられたあと、政府とペクストンが動き出すのを待ちながら、スーラとフィッシュ夫人は三日間、ニューヨークのことをおしゃべりしていたんじゃないかと思う。アメリカ人たちの心理状態を長時間恐怖に陥らせないように、小屋の雰囲気を穏やかに保っていなくてはいけないとスーラは感じていたはずだ。心理状態についてはよくわからない部分もあるけれど、十分な食事が与えられていたのは間違いない。五人組の妻たちは、毎日夫のために食事を作り、それをナンギ家の小屋まで運んだ。ちょっとした問題が持ち上がっちゃって、友人たちと一緒に食事をとりながら話し合わないといけないんだ、と彼らは説明した。妻たちは肩をすくめた。そういうことはこれまでに何度となくあった。その三日間スーラは小屋から出てこなかった。そこには五人組の判断が働いていたのだろう。外に出たいと彼女は思ったはずだ。せめて一日が終わる時間帯くらい、と。なにしろ彼女は夜にベランダで女友達とその子供たちと一緒に座っているのが大好きだったから。
　フィッシュ夫妻が小屋にいるあいだ、五人組は交代で（おそらく二人一組で）銃を持って彼らを見張っていたと考えられる。残りのメンバーは私たちに異変を察知させまいと、ふだんどおり村の中で過ごした。そして私たちは奇妙だとは思わなかった。とくに変わった様子もなかった。彼らはいつも通りの彼らだった。スーラが書いたと政府が主張する脅迫状を彼らがガーデンズとロクンジャまで届けに行ったときも、私たちはまったく気がつかなかった。

――

　ペクストンは、脅迫状に書かれている「兵士を交渉に参加させるな」という警告に従おうとした。夫妻が解放され、アメリカにいる子供たちのもとへ帰ることを望んでいた。これ以上この手を血で汚したくない、ペクストンはこの国の狂気と殺戮に巻き込まれるためにここまでやって来たわけではない、と。私たちが聞いた話では、ベザムにいる大統領閣下の部下が彼らに、ペクストンはいかなる決断を下す権限も有していないと伝えたらしい。閣下は誰の指図も受けない。ましてや女が相手ならなおさらだ。ニューヨークのペクストン本社の社長も閣下に直接電話をかけ、コサワに兵士を送らないように要請した。ペクストン社は誘拐犯の望むものをすべて与えるつもりだ、と。兵士を派遣し血が流れるようなことになれば、ペクストン社は私たちの国とのビジネスを取りやめざるをえないと、社長は閣下に警告した――人の命に勝るものはないというのがペクストン社の信念である、と。「くだらんはったりはよせ」と閣下はペクストンの社長に言い放ち、声をあげて笑った。

ペクストンは仕方なく、兵士に同行させるかたちで社員を現地に送った。


――


彼らはトラックでやって来た。トラックは私たちの村の入り口に停まった。私たちは彼らに気づき、まるで吐き出されるように小屋からとび出したものの、どうしていいかわからず、遠巻きに見守った。子供たちの手を握りしめた。子供たちは近寄っていこうとしていなかったけれど。子供たちは生まれながらに、兵士を恐れていた。銃を持った男たちが自分たちに何をしてくるか、子供たちですらそれを知っていた。

黒いスーツを着たペクストンの社員が拡声器を使って、呼びかけた。「君たちは我々の社員を人質にとっている」と彼は言った。「彼らを今すぐ連れて来なさい。そうすれば我々は君たちの要求をすべて呑む」

それは夕方だった。動揺が広がった。私たちは彼の言ってることが理解できなかった。

村に誰がいるって？　労働者のこと？　監督たちのことか？　ペクストンの労働者がいったいどうしてコサワにいるの？　それがフィッシュ氏のことだとは、誰一人思いつかなかった。トラックが村に入ってきたとき、五人組は誰一人として小屋から出てこなかったのだが、そのことに私たちはあとになって気がついた。

兵士が拡声器を手にした。「今すぐ全員、手をあげて小屋から出てこい。我々が銃を撃ち始める前に出てくるんだ」

スーラの耳にもその声は届いていたに違いない。両手をあげて小屋から出ようと思ったんだろうか。そんなことをしたら政府がどう出るか、彼女にはわかっていた。兵士がアメリカ人を救出し、五人組にむかって二度とこういうことはするなよと忠告を与えるだけでは済まないということを知っていた。ベザムのやり方を熟知している彼女には、連中がどのような処罰を下そうとしているのかわかっていた。彼女には短い刑期。友人たちには処刑。簡単には五人組が屈服しないことも彼女にはわかっていたはずだ。


――

兵士たちの前に立ち尽くす私たちに、ある予感が訪れた。あの虐殺がふたたび起きようとしている。ただし、今回は事前に警告がなされた。わずかばかりの視力が残っているソンニが片手で杖をつきながらトラックに近づき、男たちに尋ねた。「何が起きているのか、教えてくれないかね。君たちは誰を探しているのだろう」

拡声器を手にしている兵士が言った。「もう一度言う。全員、必要な物を持って、ただちにこの村から立ち去れ」

私たちは小屋に駆け込み、手当たり次第持ち物をかき集めた。男たちは妻たちにむかって「泣くんじゃない」と怒鳴り、子供たちにむかって「靴を履きなさい」と大きな声で言った。病人や年寄りは見たこともないような敏速な動作で外に出た。母親の背中でぐったりと疲れはてている赤ん坊たちはぐずついたり、あくびをしたりしていた。赤ん坊たちの空腹の訴えは無視された。私たちはバスケットやラフィアのバッグに持ち物をほうり込んだ。荷物が多すぎる人もいれば、少なすぎる人もいた。何をもっていくべきか頭に思い浮かんだが、それを探す時間はなかった。兵士は五分しか与えてくれなかった。

私たちは食料を頭に乗せて、ガーデンズまで小走りに駆けだした。

労働者の家の裏の戸外で毛布を広げた。労働者の中には私たちに水を飲ませてくれる人もいた。答えようのない質問をしてくる人もいた。私たちに不審の眼差しを向ける人もいた。私たちとどう接すればいいのか彼らは途方に暮れていた。彼らにとって私たちは無だった。私たちにとって彼らが無だったのと同じように。双方にとって相手はただ空間を占めている物質に過ぎなかった。

その夜、私たちはまるで動物のように自然に身を任せて眠った。月すら出ていなかった。私たちには光で照らす価値さえないと言わんばかりに。子供たちは怯えきっていた。ぴったりと私たちに体をくっつけたまま離れなかった。かき集めてきたわずかな食料をわけあった。眠るときには頭の下にある岩がごつごつして痛かった。眠れない者の耳に、遠くから銃の発砲音が聞こえてきた。それがスーラと五人組に関係している銃声であることはわかった。けれど誰もが口を閉ざしていた。もう二度と自分の小屋の中で眠ることはないんだと思いながら。

朝、ガーデンズから出発したバスは私たちをロクンジャまで運んだ。そこから他の七つの村に散らばる親戚たちのもとへと、避難先を求めて進んだ。私たちはすっかり疲れ果て、目の前がぼやけて、自分の足もともろくに見えなかった。避難先の村にたどり着く前に、私たちはそれを知った。私たちがよろよろと歩いているのを見ていた人たちが教えてくれたのだ。彼らは、五人組、四人の兵士、フィッシュ氏と彼の妻、そしてスーラが死んだと言った。

コサワの最後の数日間に関して私たちが伝え聞いた話によ

ると、スーラと銃を手にした五人組はガーデンズに行き、何人もの警備員たちの目を盗みフィッシュ氏の家に押し入り、寝室に入って、彼とアメリカから訪れていた夫人を誘拐したという。政府から流れてくる話では、スーラと五人組は慈悲を懇願するフィッシュ氏夫妻に目隠しをし、コサワまで連れていったとされている。ガーデンズで誰一人緊急警報を出す者がいなかったのはいったいなぜなのか、その理由についてはひと言も触れない。フィッシュ氏と妻は自分たちの意志でコサワまで来たんじゃないかと私たちは考えているのだが、政府はその可能性をはなから無視している。必要とあらば、「私たちはあまりに長いあいだ待ちつづけた」という文章が記されている、スーラがペクストンに書いたとされる脅迫状の一枚を示すに違いない。「会社の代表者たちはガーデンズから歩いて交渉に来なければならない。従わなければ、フィッシュ夫妻は始末する。そして遺体はビッグリバーに投げ込まれる」と書いてある部分に彼らはアンダーラインを引くだろう。さらに「もし交渉人ではなく兵士が現れたら、人質は裸にされ、さるぐつわをはめられ、じっくりといたぶられてから、処刑されるだろう」と書いてある箇所にもアンダーラインを引くはずだ。国内外の新聞はスーラを過激派と書き、「炎の女」と呼んだ。

それが事実だと考える者は私たちの中には一人もいない。我々の友人スーラはたしかに怒っていた。けれども、憎しみの感情を彼女はとうの昔に手放していた。弟たちが数人でパイプラインを破壊し、ペクストンの原油を盗み、バケツに原油を入れ、遠くのマーケットで売りさばき始めたとき、スーラは会議でそれを非難し、我々自身が、敵に対して求めているような人格者でなければならないと言った。しかし、五人組については、私たちは政府の主張するようなことをほんとうに彼らが実行したのだと考えている。アメリカでの判決が彼らにそれを実行させたのだ。

亡霊のしわざのごとき殺人の背後に彼らがいたことを、私たちは彼らの死後に初めて知った。

その可能性はあるかもしれないと私たちは感じていた――まるで樹木さえも政府の密偵であるかのように、私たちはひそひそ声でその可能性について議論した――けれど、彼らが銃を所持している証拠はどこにも見当たらなかったし、私たちの友人たちが敵のように陰険な暗殺者に変貌するとは、どうしても想像がつかなかったのだ。誰よりも深く悩み、苦しんだのは五人組の妻たちだった。けれども、彼女たちに、夫に殺人を犯したのかと質問する権利があるはずもなかった。配偶者の良識に疑問を持ったまま、結婚生活を長続きさせることはできない。彼らの妻たちもまた、復讐心に駆られた霊のしわざであるという説を自分に言い聞かせ、それを信じた。

兵士たちは、亡霊的な殺人が止んだあとも何年にもわたり、村を訪れては村人に自白を強要しつづけたが、妻たちは夫のために思いつくかぎりの必要な嘘をついた。夫が家にいない夜、妻たちはたがいの家を訪ね、なぐさめ合った。子供たちには「今お父さんは家を留守にしているけど、そのうちもっと家にいるようになるからね」と話した。「そのときはお父さんもちゃんと構ってくれるよ、もうすこししたら、なにもかも望みどおりになるからね」

スーラの運動はかならず閣下とペクストンを打ち倒す、そのような私たちの信念は時に揺らいだが、それでも私たちはロクンジャで行進しつづけたし、ガーデンズを占拠することをやめなかったし、彼女が招集する企画会議にもいつだって出席した。スーラの信念は堅く、五人組は揺るがなかった。肉体の方はそれほどでもなかったけれど、私たちの精神は生気に満ち溢れていた。どんなときも立ち上がり、こぶしを振りあげ、チャントを奏でた。私たちは来る年も来る年も運動を続けた。スーラが信じつづけていたからだ。

兵士たちは五人組の遺体をロクンジャに運び、それをビッグマーケットの入り口に放置したんだ。通行人の記憶に焼きつけられるように。この事実が遠くまで、多くの人々に伝わっていくように。私たちの友人の目はまだ開いていた。体はほこりと血にまみれていた。私たちは彼らをシーツに包み、肩に担ぎ上げ、別の場所に運んだ。

私たちはスーラの遺体を探し求めた。

兵士たちのもとにはスーラの遺体はなかった。

遺体を見つけられないまま、私たちはスーラの死を嘆き悲しんだ。

彼女はビッグリバーにとび込み、体に無数の銃弾を受け、川底に沈んでいったと語る人もいる。彼女は誰の目にも触れず死にたいと願い、森に逃げ込んだんだ、と語る人もいる。私たちは森に入り、彼女を探した。朝から晩まで「スーラ、スーラ」と呼びつづけた。彼女の遺体はどこにも見当たらなかった。スーラ、スーラ。返事はなかった。スーラはあとかたもなく消えてしまった。

双子のバマコとコトノウは、避難先の叔父の小屋に家族と身を寄せている父親に、スーラの胎内に宿された子供のことを話した。双子は治療師であり、霊媒師でもあった。けれども彼らもまた、家を失った子供だった——子供たちによくあるように、彼らも、私たちがこんな目に遭っているのは自分たちのせいじゃないだろうかと思い悩んだかもしれない。双子の父親は私たちの仲間だった。彼は私たちに、子供たちと五人組がおこなったことを説明した。私たちは双子を責めなかった。彼らは精霊に命じられたことを実行しただけだ。私たちはスーラを思い、そして彼女の赤ん坊を思い、泣いた。赤ん坊は成長し、私たちの救世主になってくれるはずだった。精霊によって命を授けられた者――そのような者の進む道を誰も邪魔だてすることはできない。時折私たちは想像する。スーラは森の奥深くに身を隠し、精霊の力のおかげで彼女のおなかは大きくなっていて、鳥や豹たちが彼女に寄り添って彼女の眉を拭いてやったり、唇を水で湿らせてやったりしている。すべての生きものたちが声を揃え「私たちのために子供が生まれてくるんだ」と歌い、彼女は赤ん坊を出産する。いつかこの子が私たちのもとに帰ってきて、奪われたものを取り返してくれる日がやって来るのだろうか。

――

サヘル、ジュバ、ヌビア、そしてスーラの新しい父親がベザムからやって来た。彼らに引き渡すべき遺体はどこにもなかった。五人組は埋葬した。けれどスーラについては、私たちはただ泣くことしかできなかった。私たちはサヘルを抱きしめ、お願いだから気持ちをしっかり持ってと言った。何度も何度も彼女は気を失った。毒を飲ませてちょうだい、と彼女は言った。そんなことできるわけない、と私たちは言った。ヌビアは、すべてのナイフをサヘルの目に触れない場所に隠した。私たちはサヘルに、精霊が何もかも元通りにしてくれる、と言った。そんなこと私たちだって信じていなかったが、とにかく苦しまぎれにそう言うしかなかったのだ。一人の女性の一生で、三度もの喪失。ジュバは母親のために努めて気丈に振る舞おうとしたけれど、心の傷が深すぎて無理だった。ヌビアは片方の腕を夫にまわした。もう片方の腕には息子のマラボ・ボンゴが抱かれていた。

父親たちは、マラボ・ボンゴが父親の祖父の生き写しだと言った。小さくてしょんぼりした目。私たちはこの子を前にして慟哭した。自分たちの子供のことを思って泣いたときと同じように。この子もまた、この子の前に生きていた人々が辿った事績にまつわる重荷を背負いながら生きていかなければならないのだ。彼の人生は、私たちのあとに連なっていく子供たちの人生と同じように、良い意味でも悪い意味でも、私たちの物語の続きにすぎないのだ――彼がそこから逃れる術はない。

――

いったんコサワに戻り、小屋に残っているものをきれいに片づけるという、私たちに残されていた最後のチャンスも潰《つい》えた。想像を絶して汚染がひどく、人の立ち入りを許可できないとの政府見解が発表されたのだ。大統領閣下はコサワを焼却するよう命じた。かつての私たちの住居は灰になった。母親たちの台所は灰になった。納屋もはなれも灰になった。先祖の誇りの源泉が灰になった。私たちの心の中にあるものは別にして、コサワはあとかたなく消え去った。風はひっきりなしに、来る日も来る日も年が変わってもなお吹きつづけた。灰と化したかつての私たちの故郷を、それは吹き払っていった。

——

ペクストンは、上級監督と妻の遺体をアメリカにいる息子たちのもとへ送り届けた。彼らのフルネームがわかったのは、それから数か月後のことだった。オーガスティン・フィッシュとイヴリン・フィッシュ。国内の新聞に、息子たちと笑顔で写っている夫妻の写真が掲載された。人生を愛した夫婦は処刑され、男の子たちは孤児となった。真の悲劇だ。スーラの死を悲劇ととらえる見方はひとつも示されなかった。ほとんどの新聞が彼女の写真を掲載しなかった。五人組の写真も同じ扱いだった。炎の女、炎の女……。彼女の本当の名前や生涯に関心を持った読者は何人いただろうか。

　彼女について語られることは、アメリカにいた頃のエピソードに限られていた。何度か違法行為で牢屋に入れられたという話だ。自由を愛する閣下の政府が、彼女とその信奉者たちに発言と行進の自由を十分に与えたことを報じている記事もあった。彼女には、共和国のすべての市民と同等の恩恵が与えられていたのだ――いったいどこに暴力に訴える必要があったのか、と。アメリカの新聞は、彼女がニューヨークで暴力を学んだと報じた。ニューヨークまでやって来て、過激派としてニューヨークを出ていく、そういう例は彼女が最初でもないし、最後となるわけでもないだろう。彼女はビレッジで集会に参加していたと新聞は伝えた。それは怒りをポジティブな方へ差し向けることを知らない人々の集まりだった、と。彼女の場合、アメリカに渡るずっと以前から、その血中に暴力が注がれていたと主張する人もいた。問い合わせに対して我が国の政府は「指摘の通り、スーラの叔父であるボンゴは数十年前にペクストンの労働者を誘拐した犯人グループの一人だった」と明言した。スーラは銃を入手し、数々の殺人の指揮をとることによって一段と犯罪性を高めたのだ、と。暴力を継承する家族……常軌を逸した恐るべき家族。

　スーラの一周忌には、元生徒たちや熱心な支持者たちが全国各地からバスで詰めかけ、ビッグパパの村に集まった。私たちはもう泣き止んでいたが、サヘルはあいかわらず泣いていた。もっとも、サヘルの涙には、新しい夫のことがからんでもいた。スーラが死んだ数か月後に彼も亡くなった。広大な家にサヘルは一人ぼっちになった。人生の最後のときを迎え、彼女はしきりに生まれ故郷に戻りたがった。ベランダに腰を下ろして、ルルやココディと老成した笑い声をあげたいと切望していた。けれども、ジュバとヌビアは彼女にベザムにとどまっていてほしかった。彼女を幸せにするためになんでもしてあげられるし、いつだって顔を見に行くことができるから。彼女の家で夜の時間を過ごすこともできるし、サヘルがマラボ・ボンゴと妹のビクトリアに食事を食べさせてあげることもできるし、入浴させ、歌ってあげることだってできる。

ジュバは、オースティンからお悔やみの手紙が届いたと言った。そこには、スーラが自分が死んだときはみんなに黄色い服を着てほしいと言っていた、と書かれていた。だから、私たちは黄色の服を着た。女性たちは、この日のために新しく仕立てた、ふわりと流れるような黄色のドレスを着て、黄色のヘッドスカーフ、黄色のイヤリングを身につけた。男性は黄色のズボンに黄色のリネンシャツを合わせた。

私たちは、むかし彼女のビッグパパが腰を下ろしていた広場の片隅で、オースティンが撮ったスーラの写真を囲んで、太鼓を打ち鳴らした。額に収められた写真の中で彼女は白いドレスを着て、ニューヨークの街を歩いていた。髪は頭の上でお団子に束ねられている。彼女は微笑みを浮かべている。

私たちはスーラの魂がそばにいるのを感じながら、太陽が沈むまでしばらく歌い、踊った。私たちが帰路につこうとしたとき、姉さんのことを大切に思ってくれてありがとうございます、とジュバが感謝の言葉を述べた。オースティンがプリンセスのことを思って書いた詩を朗読し、この場を締めくくらせてください、と彼は言った。

私たちはスーラから、オースティンは修道士になり隣国に移住したと聞いていた。スーラが帰国した翌年、彼は父親を埋葬し、数か月後にアメリカを離れたらしい。彼は自分の新しい生活をこれまでの人生でいちばん幸福に満ちたものだと喜んでいるわ、とスーラは話してくれた——何ひとつ所有せず、静寂の中で生活し、毎日庭に出て、近くの孤児院の子供たちが食べていけるよう奉仕活動に尽力する。二人は、もう一緒になるチャンスがないのはわかっていた。けれど、ラブレターを交わしつづけた。手紙を通じて二人は、二人の魂は永遠に結ばれていることをまっすぐに伝え合った。二人は運命の導きにより自由となり、おたがいを無条件に愛し合うことができるようになったのだ、と。

ジュバは妊娠中のヌビアの手を握り、震える声でオースティンの詩を朗読した。

革命に別れを告げよ、悲しむな、
　　　　静寂は一夜にして過ぎ去る
立ち上がれ子供たち、隊列を組め、
　　狂気に火をつけろ、こぶしを握りしめよ
燃えよ、燃えよ、燃えよ、声のかぎり叫べ、
　生と誇り――さもなくば我らに死を与えよ
幾万もの制度が我らの魂をすすり、
　　それでも我らは戦いつづける、
　　　そのときを迎えるまで
私たちを、
　光り輝く朝を目にするまで生きながらえさせよ、
　　　光さすまで
私たちが清らかな川に、清らかな村に集うときまで
もう泣くことも、流血することも、
　　病むこともなく、ただ至福のみ
ああ無限の愛よ、我々は疲れ果てている、
　　こっちに来て導いてくれないか　故郷まで

――――

ペクストンは上級監督と彼の妻に敬意を表して、「オーガスティン&イヴリン・フィッシュ・メモリアル 平和と繁栄の奨学金」を始めた。これは、私たちの子供向けに創設された助成だった。最も優秀な学校に進学し、スーラのように学問の道を究めることができる。紛争の火種はもう消滅したのだ。ペクストンにしてみれば、私たちの子供が成長して彼らに対して戦争を起こすことを怖れる必要もなくなったのだ。奨学金の募集が始まったとき、すでに彼らは新しい油井を村の広場があった場所に掘り始めていた。私たちが遊んでいたマンゴーの木、そして灰にならず形をとどめていたすべてのものがまるごと地面から掘り返されていた。

　ほぼすべての子供たちが奨学金を受け取った。

　ペクストンの支援のおかげで、私たちは子供たちの教育にほとんど何も支払う必要がなかった。ロクンジャの学校を卒業したあと、彼らはもっと大きな町やベザムに移り、寄宿生活を送りながら学びつづけた。政府の指導者養成学校に入学する子もいた。そのレベルまでいかなくても他の高等教育機関に入学する者もいた。さらに、別の奨学金を得てヨーロッパやアメリカに留学し、新しい生活を始める子もたくさんいた。

　二〇二〇年現在、コンガが私たちに行動を起こすべきだと呼びかけたあの夜から四十年の歳月が流れた。子供たちは政府機関や欧米系企業の良職に就き、こぎれいな家に住み、新車に乗っている。彼らは私たちに孫を与えてくれた。私たち

の中には、アメリカに行った者も数人いる。子供たちは感謝の気持ちを表すために、私たちに上等なプレゼントを買い与えてくれる。

―――

時々、私たちは子供たちに、彼らが乗っている車について尋ねる。以前よりずいぶん大きな車だけど、その分たくさんの燃料を食うんじゃないの？　私たちは石油を好きなだけ買えるけど、そのことと引き換えに、世界のどこかの子供たちが、かつて私たちが経験したような苦しみを受けていることはわかってる？　地球上から石油がなくなる日が来るかもしれないことは知ってる？　私たちの質問に彼らは苦笑する。石油が枯渇するのはまだ千年も先のことだし、その頃にはもう誰も石油なんて必要としなくなっているさ、と彼らは答える。私たちは頷く。そうか、千年も先のことだったら気にやむこともないわね、と納得する。

私たちの人生は今、最後の十数年に差し掛かっている。

私たち、私たちの両親、そして先祖たちが耐え忍んだ苦しみを思うとき、子供たちが車を所有し、コサワのことを忘れ去っていくことに心底驚かされる。彼らは子供たちに私たちの言葉で話しかけない。話すのは英語だけ。彼らは精霊の存在を認めない。そんな拒絶の態度はきっと私たちの先祖をすすり泣かせていることだろう。たとえ精霊の存在には気づいているとしても、彼らは教会に行く。私たちは精霊たちの中で生きているのに、彼らは空にいる神のことしか信じない。私たちの中には、コサワから出てくるとき、家族のへその緒の束を持ち出し、子供たちに引き継ぎたいと考えている者もいたけれど、子供たちはそれを必要としていない。誕生や、死や、結婚なんかの儀礼も彼らは、大昔の征服者たちが持ち込んだのと同じやり方でとり行う。彼らは征服者たちの音楽に合わせて踊る。あたかも私たちの歌は過去の遺物に過ぎないとでも言うように。彼らはときどき、村の会合を開くが、それは先祖の精神を生かしつづける方法や、コサワを復活させる話をするためではない。そうではなく、私たちには理解できないことを話し笑い合うディナーパーティーを計画するためだ。私たちの世界と私たちの文化は完全に消え去っていこうとしている。

現在、七つの村すべてに電気が通っている。私たちのほとんどがレンガ造りの家に住んでいる。多くの人が携帯電話や薄型テレビを持っている。ロクンジャでインターネットというものを使えば、私たちの物語を読むことができる。私たちが生まれたときに暮らしていた小屋の画像を見ることもできる。

———

　コサワよ、もう滅びてからずいぶん時間が経ちましたね。でも私たちはコサワが、この世界のそれはそれは見事な作品であったことを決して忘れません。忘れるなんてとてもできない。あの場所においてこそ、私たちの魂は完全なかたちをとることができたのだから。オイルが流出し、ガスが燃え盛る中、私たちはうしろを振り返った。緑の丘があり、双子の毒蛇《マンバ》が陽気にヒスヒスと鳴き、体格のいいモグラとヤマアラシは、狩人の正確なひと突きの餌食になる直前のひとときを、楽しげにジグザグ動いていた。私たちは、イモムシたちがずっしり重い体を持つ蝶に変態していくために、実にのんびりと二倍もの時間をかけるような土地に住んでいたのだ。私たちの村では、乾季になると空が雷鳴のような歌をうたった。それは私たちを畏敬の念と喜びに満ち溢れさせ、自分の足を兄弟の足に絡めずにはいられなくなるような歌だった。激しい雨が降り、私たちの持ち物を川が安住の地へ持ち去ろうとし、日照りが続き、丘がからからに乾いて地面がひび割れ、ヤシの木は歓喜した。コサワは特別な場所でありつづけた——自然環境が美しいからというだけではない。この地を故郷と呼ぶ人々がいるからだ。広場で踊ったあの満月の夜に帰りたいと思わないわけがない。子供時代に別れを告げる年頃になり、ろくでもない死のおかげで、自分たちの老成した姿を目にすることはまずできないのだと気づいてからも、私たちはあいかわらずベランダに出て、笑い声をあげ、パイプラインの上をスキップして遊んだ。マンゴーの木の下に腰を下ろし、くつろいで噂話をした。明日は私たちのものであり、輝かしい明日が待っていると信じていた。私たちは生まれた場所で死ぬことを願い、そうなると信じていた。

　ベザムやアメリカ、ヨーロッパにいる子供たちを訪ねる。カウチに座り、テレビを見ている。でも実はテレビは見えていない。私たちはそこにいて、そこにはいない。私たちは別の場所にいる。コサワのことを思い、スーラのことを考えている。もしスーラが生きていたら、まだ戦っているだろうかと考えている。そのとき、私たちの子供の子供がやって来る。ねえ、ヤヤ、ビッグパパ、お話しして、お願い。

訳者解説

粘り強い文学

波佐間逸博

この『僕らはとびきり素敵だった』（*How Beautiful We Were*）という美しくも、もの悲しく不吉なタイトルを冠せられた長編小説は、二〇二一年の三月にランダムハウス社から単行本として出版された。

当初、二〇二〇年六月に出版されることになっていたが、新型コロナウイルス感染拡大の影響で出版は延期された。パンデミックの最初期、マンハッタンでは救急車や警察車両のサイレンが絶え間なく響き渡り、出版延期の決定は作者イムボロ・ムブエを途方に暮れさせた。

いたたまれなくなった彼女は夫と子供たちとともにハドソンバレーに避難した。気の遠くなるような（と本人が語っている）月日の流れのあとでようやく『僕らはとびきり素敵だった』が出版されると、思慮深い、共感のメッセージがニューヨーク州北部の静かな町に届きはじめる。

「この小説が扱うテーマの重さや物語の広がりを考えると、目指すものが大きすぎて執筆が暗礁にのりあげてしまう危険はかなり高かったんじゃないかな。でも、ムブエは月に向かって腕を伸ばし、最後にはそれをしっかりと手につかんだんだ」と小説家のトチ・オニェブチはアメリカ公共ラジオ放送で語った。

「ムブエの描くこの壮大な物語の魅力は、権力と腐敗をめぐる単純な勧善懲悪の物語という枠を越え、もっと複雑で奥行きのあるテーマを巧みに描き切っている点にある。ダビデとゴリアテのような対立として始まる小説世界は、資本主義と植民地主義という悪意ある欲望機械の緻密な探求に昇華している」と、小説家でジャーナリストでもあるオマー・エル・アッカドは『ニューヨーク・タイムズ』に詳細な書評を寄稿した。

『ワシントン・ポスト』も紙面を大きく使って、小説の美質を分析した。「『僕らはとびきり素敵だった』は、自然の中で営まれている共同体的な生活にむけられた、はっとするくらいあたたかなラブレターである。しかし、それは手放しのアフリカ賛美などではない。人々の抱えている矛盾や限界を直視し、人間的な良識と利己主義の両面をあますところなく丹念に描写している」

そして『カーカス・レビュー』は「この小説の数ある美点の中でも特筆すべきは、環境破壊という悪夢を背景に、世の無関心にふきさらされてもなお自らの価値を世界に訴えつづける人間の姿を、鮮烈かつ感動的に描き出していることだ。悲しみで胸がしめつけられるほどのやりきれなさと、立ち向かう意志を呼び起こすほどの怒りを抱かせる、現代的で力強い小説だ」と、簡潔だが要を得た賛辞をおくっている。

称賛の声はやまず、ほどなくして本書はPEN／フォークナー最終候補作となり、『ピープル』『エスクァイア』『マリ・クレール』をふくむ数多くの主要メディアで「今年の最良の一冊」に選ばれた。

『僕らはとびきり素敵だった』は、ムブエにとって生まれて初めて手がけた物語なのだが、出版された順番からいくと二作目の小説ということになる（詳しくはまたあとで）。デビュー作は、リーマン・ブラザーズ経営破綻後のアメリカを生きるカメルーン系移民を描いた『Behold the Dreamers（夢見る人びと）』で、二〇一六年にランダムハウス社から出版された。この作品もまた、批評的にも商業的にも大成功をおさめていた。ドル建てで七桁のアドバンス（前払い印税）を獲得し、複数のレビューで「二十一世紀アメリカ文学の傑作」と絶賛され、オプラズ・ブック・クラブに選出され、『ニューヨーク・タイムズ』をはじめ各種ベストセラー・ランキングに名を連ね、二〇一七年のPEN／フォークナー賞を受賞し、映画化の権利をソニーが買い取った（監督はジョージ・クルーニーに決定）。

当然、読者たちは大きな期待を持って、ムブエの次作を待ち望むことになった。

二作目はころぶ、というジンクスがアメリカにはある。日本のプロ野球でも似たような傾向が指摘されることがあるけれど、アメリカではこの不幸な雲はジャンルを選ばないらしい。たとえば「シンディ・ローパーは『ガールズ・ジャスト・ワナ・ハヴ・ファン』の成功を繰り返すことができるか、それともワンヒットワンダーで終わるのか」とか「ケヴィン・コスナーは『ダンス・ウィズ・ウルブズ』のような傑作をふたたび世に送り出すことができるか」とか「ラフ・シモンズのプラダ・コレクション第二弾は前回と同じくらい魅力的だろうか」というように。人は期待を裏切るまいと考えた時、肩に余計な力が入り、体が硬くなり、フットワークが重くなり、頭がぐつぐつ煮詰まってしまうものなのかもしれない。

だが、この非凡な作家は書き始めてからじつに十七年もの長く曲がりくねった道を歩きつくし、二作目『僕らはとびきり素敵だった』を、その執筆にかけられた年月に見合うだけの、深く掘り下げられた、切実で濃密な物語にしあげることができた。

＊＊＊

ムブエは一九八一年カメルーンの英語圏地域《アングロフォン》・南西州の小さな村で生まれた。その後べつの村に移り、それからまもなく沿岸の町リンベに移り住んだ。

ギニア湾に面した沿岸漁業が盛んなリンベは、『Dreamers』の主人公ジェンデとネニがアメリカに移住する前に住んでいた町だ。石油精製所もある。

ムブエはちょうどスーラ・ナンギのように、ひとり静かに本を読んでいるのが大好きな、やせっぽちの女の子だった。八歳のとき、母親が彼女を本のたくさんあるおばの家に移り住ませてくれ、シェイクスピア、ディケンズ、チヌア・アチェベを夢中になって読んだ。

もちろんスマホなんてものが影もかたちもなかった時代の話だ。そして、ほかのカメルーン人家族とおなじように、ムブエの家にはテレビがなかった。だから、世の中のニュースを彼女はラジオから聴き取っていた。

隣国ナイジェリアでシェル石油と闘うケン・サロ＝ウィワや他の環境主義者たちのこともラジオで知った。

オランダ系多国籍企業シェルは、イギリス・ロンドンを拠点に、ギニア湾に注ぐニジェール川の広大な三角州地帯ニジェール・デルタで、一日に百万バレルもの原油を採掘していた。この過程で彼らは大気や土壌の汚染を引き起こし、とくにオゴニランドと呼ばれる地域に深刻な影響を及ぼしていた。

作家であり環境活動家でもあるケン・サロ＝ウィワは、この地に暮らす先住民オゴニ人の一人で、土地と水域の環境破壊に反対する非暴力運動を率いていた。ナイジェリアの軍事独裁政権がサロ＝ウィワと八人のアクティビストを投獄したとき、バチカンやカナダ政府が釈放を申し入れるなど、世界的なキャンペーンが持ちあがった。

「私は心を痛めながらニュースに聞き入り、状況を見守っていました。長い時間をかけ、ケン・サロ＝ウィワの釈放を祈っていました」とムブエは回想している。「そしてある日（一九九五年十一月十日）学校から帰宅すると、彼と仲間の環境主義者たちが絞首刑に処されたことを知りました。私は打ちのめされました。立っていることもできないくらいに」

十七歳のときアメリカに留学した。アメリカのテレビ番組でコメディアンが大統領をからかっているのを観たとき、彼女は息を呑み、なんて自由なんだと思った。それがアメリカ生活でいちばん驚いたことだった、と彼女は振り返っている。

ニュージャージーのラトガース大学では経営学を専攻した。

大学の図書館でふとサロ＝ウィワが書いた本が目にとまった。彼の本を読んだのはこの時が初めてだった。大学で勉強し、皿洗いや掃除機の訪問販売といった移民仕事に励んでいるときも、サロ＝ウィワたちのことが彼女の中から消えることはなかったという。そして、気がつくと、シェルのガソリンスタンドを冷ややかに睨みつけながらその前を通り過ぎるようになっていた。

二〇〇二年、人生の転機が訪れる。

バージニア州フォールズチャーチの図書館で、書棚にOPRAH'S BOOK CLUBというラベルが貼られているのが目に入った。そこにはアメリカで絶大な人気を誇るトーク番組『オプラ・ウィンフリー・ショー』で司会のオプラが推薦した本が集められていた。彼女はトニ・モリソンの『ソロモンの歌』を手に取った。

黒人青年ミルクマンのアメリカ縦断の旅と精神の軌跡が、斬新な、聴覚的な文章で描かれていた。モリソンの声は、同じ黒人に向かって「意識を変えよう」と呼びかけていた。「あ、そうか、小説ってこういう書き方をしてもいいんだ。そういうのもアリなんだ」みたいな風通しの良さがそこにはあった。

故郷には作家になった人は皆無だったし、作家になろうなんて考えたこともなかったが、『ソロモンの歌』はムブエの中に、書くことの喜びや興奮を味わってみたいという願いを引き起こした。

執筆はとてもひそかに始められ、家族や友人の誰一人として彼女の変化には気づかなかった。その頃ムブエは歯科医院の電話受付をし、ノードストロムでランジェリーを売っていた。書くことが彼女の安らぎの場所となっていった。十四年後に一作目が出版されるまで、その秘密は注意深く守りつづけられた。

インタビューでムブエはこの時期のことを、すっきりと前向きに振り返っている。

読んでくれる人が誰もいないことがよかったんだと思います。「書き始めるためには、書き方を知らなくちゃいけないんだぜ」なんていってくる人は私のまわりにはいなかった。幸運でした。だって、「まず書き方を知らなくては」っていう思いが、多くの場合、物語を書くことの障害になるんだもの。

大学の英語の基礎クラスでレポートやエッセイの基本的なルールを学んだことはあるが、新入生の全員が受講する一般的な内容だった。小説の書き方を彼女はなにひとつ知らなかった。そこにあったのは「村の少女がいて、その村の人々が大企業と戦う」というアイデアと「この物語は語られなければならない」という意思だけだった。

初めの頃、創作は無意識のうちにおこなわれた。読書好きな自分の感覚の中で「優れた物語」を思い描き、ただ自分の中で物語のキャラクターがたちあがりストーリーが動いていく様子を見届ける。

必要なのは、物語が自然に自分に語りかけてくれるのを待つことだった。そのためには忍耐が必要で、物語が自ら姿を現すのを受け入れる覚悟が求められた。

創作の専門的な教育を受けたことがなかったから、プロットもアウトラインも決めず（決めることを知らず）、目もあてられないような文章しか書けなかったけれど、それでも彼女は書きやめなかった。もちろん本を出版するという考えは、思いつきもしなかった。

やがて彼女は、頭の中で想像をめぐらせるだけではスーラやコサワ村を描くのは難しいと感じるようになった。

たくさんの本を読み、たくさんのリサーチをした。

オプラズ・ブック・クラブの推薦作を教材代わりにしてアメリカ文学に没頭し、小説の構造を身体にしみ込ませ、さらにジョージ・ワシントン、スティーブ・ジョブズ、アンジェラ・デイヴィス、パトリス・ルムンバ、マルコムX、マーティン・ルーサー・キング、ネルソン・マンデラなど、影響力のあるリーダーや反体制派の人々のメモワールをむさぼり読み、彼らがどのようにして特定の理念に至り、戦略を築いたのかを理解していった。

スーラが暮らす村の輪郭——川が原油に汚染され、空気は油井のフレアでずっしり重く、墓地はちっぽけな棺で埋めつくされ、石油会社は独裁政権の暴力の庇護を受け何食わぬ顔で営業している——が、しだいに浮かびあがってきた。リーダーとして称賛される者たちの顔ぶれが、アンジェラ・デイヴィスのような数少ない例外を除けば、すべて男性であることに彼女が気づいたのもこのころだった。

しかしムブエの目に焼きついていたのは、自分のまわりにいたアフリカの女性たちが、不正と向き合いながら、日常の中で静かに闘い続ける姿だった。その記憶がスーラの母親や祖母として受肉し、物語は少しずつ立体的に膨らんでいった。

ジャングルのように豊穣な物語を、私はたぶん一生をかけて書くことになるだろう、とその頃の彼女は想像していた。ほんとうに歓びにみちた現在を生きることができるライフワークとしての〈書くこと〉みたいな感じで。

ここまでムブエがたどった道は、ナンギ・スーラの人生ととてもよく重なっている。

アフリカで初等教育を受け（カメルーン／西アフリカのどこかの

国）、森の中の小さな村から地方都市に生活範囲を広げ（リンベ／ベザム）、本の世界と出会う（叔母の本／叔父の本）。尊敬する大切な人が独裁者によって理不尽に命を奪われる（ケン・サロ＝ウィワたち／マラボ・ナンギたち）。

そして、ふたりともアメリカの大学と大学院に進学し、物理的には遠く離れていても彼女たちの魂が祖国からひきはがされることはない。

二〇〇六年、彼女はコロンビア大学ティーチャーズ・カレッジで教育学と心理学の修士号を取得し、メディア企業に就職した。彼女の仕事は市場調査だった。二〇〇八年リーマン・ブラザーズが倒産したとき、彼女はニューヨークに住んでいた。自分の生活にも不況の影響が及んでくるだろうと思っていたが、予感は現実となる。二〇〇九年、会社から解雇を言い渡された。不況下で新しい仕事の口はいっこうに見つからなかった。彼女は経済的にじわじわと追い込まれ、暗い疑問が心を覆っていった――アメリカでやっていけないかもしれない。そもそもいったいなぜ自分はアメリカなんかに来てしまったのだろう。

彼女は道端で立ちどまり、泣きだした。

「もう帰りたい」と彼女は友人に言った。

「あと少しだけ我慢してみて」と友人は言った。「アメリカでの生活は大変かもしれない。とくに黒人と貧乏人にとっては厳しい。それでもここにはチャンスがある。故郷に帰ったら同じチャンスはないんだよ」

数日後、散歩中にコロンバスサークルのタイム・ワーナー・センターの前をとおりかかったとき、これまでなんとなく見過ごしていた光景に彼女は心をひかれる――一列に並んでいる光り輝く黒塗りの車の前で、白人の重役を待ち受ける黒人の運転手たち。

「アメリカではどんな人が運転手を雇うんだろう」と彼女は友人に訊いた。

「ウォール街の連中だよ」と友人は言った。

そのとき、彼女の中で何かがカチリと音を立ててつながった。彼女は、運転手たちの人生について考え始めた。アフリカ系の移民たちと企業エリートの人生はどんなものなんだろう？　子どもたちはどうしているんだろう？　妻は？　彼らの人生はどこでどのように交差しているのだろう？

ムブエは家に帰り、いったんコサワの話をあとまわしにし、ウォール街の人々の物語を書き始めた。他の小説を書くなんて、それまで思いも寄らなかった。頭からつま先まですっぽりとスーラたちの世界に没入していたからだ。

『Dreamers』の執筆は彼女の心を新しい幸福感でみたした。頭の中だけに存在するアフリカの村を離れ、自分がいま実際に暮らしている街の人たちのことを書く。彼らは地下鉄に乗り、コロンバスサークルにいて、彼女が歩いている道を歩いている。新しい空気を吸い込むみたいに、すがすがしい気分だった。

完成した原稿は三年間さまざまなエージェントに断られつづけたが、ジョナサン・フランゼンのエージェントにほとんどストーカーのようにかじりつき、ようやく出版契約を取りつけることができた。

『Dreamers』の舞台は、二〇〇八年の金融危機時のニューヨークだ。主人公は、成功を夢見るリンベ出身の夫婦と、すべてを手に入れているように見えるアメリカ人夫婦。この作品は、移民、人種、階級の交差に焦点をあて、つかみどころのないアメリカンドリームを追い求める人々の姿を描いている。その夢がいったいどういう意味を持つのか、もし実現できるのなら、それはどうやって実現できるのか。そんな問いを読者に投げかける物語だ。

彼女がこれまでに著したふたつの作品『Dreamers』『僕らはとびきり素敵だった』の中の風景と心情は、多くの意味合いにおいて、彼女自身の精神と生活そのままの自然な延長だった。『Dreamers』に意識が向けられている時も、村の世界が彼女から遠ざかることはなかった。むしろ村人たちの話し声に取り囲まれているみたいな、村人に憑依されているみたいな感じがずっとしていた。

二〇一六年八月二十三日にデビュー作が出版されると、時をおかず彼女はふたたびスーラたちの物語に舞い戻った。そのときムブエの耳には、声が聞こえていたという。「何をすべきかわかっているはずだ」と声は言っていた。「あの作品にもういちど戻って書き上げろ。最後までやり遂げるんだ」

二〇一六年、国内外で環境問題に関わる重要な出来事が相次いでいた。エクアドルのラゴ・アグリオ地域でのシェブロンによる環境破壊、スタンディングロックでの水資源をめぐる闘争、ウェストバージニア州パーカーズバーグでの化学会社デュポンに対する地域社会の戦い、ミシガン州フリントの水危機などだ。

そして、歴史上最大級の人為的環境災害のひとつ、メキシコ湾でのＢＰの原油流出事故が、再びニュースで大きく取りあげられた。ブルッキングス研究所がきわめて批判的な報告書を発表し、マーク・ウォールバーグ主演の『バーニング・オーシャン』をはじめいくつかの関連する映画が公開された。

これらの出来事が、ムブエの物語世界を強く後押しした。ムブエがふたたび『僕らはとびきり素敵だった』に戻ってきたとき、環境問題の視点がさらに重要性を増して深く書き込まれることになった。

子どもたちが物語の語り手となるというアイデアもこのときに生まれた。

サンディ・フック小学校でいたましい銃乱射事件が起こり、ムブエは身を切られるような痛みを感じながら考えた。子どもたちを理解し、子どもたちを守り、子どもたちに必要なものを与えるために十分な努力をしていない世界で子供たちはどのように育っていくのだろうか、と。一人称複数（「僕たち」「わたしたち」）の視点はそのような思索の過程で形作られていった。

被害者となった子どもたちは高度な思考をしていなかった。物事を複雑にとらえるものの見方も持ち合わせていなかった。「僕たちは襲われた──どうしてなの?」。子どもたちの中では、すべてがとてもシンプルだ。

複数の子どもたちの視点から語るという行為は、この物語をある種のマニフェストにしかねない重しのようなものからムブエを解放した。

「僕ら」は何も深く考えない。小説は芸術に過ぎず、芸術は作品に触れる人が好きなように解釈するためのもの、という原点に、彼らのイノセンスはムブエを立ち返らせてくれた。

催眠術をかけられて子供返りしたかのようだった。でも、ものを書くというのはそういうことなのかもしれない──ほんとうに大事なことを書くときには。

デビュー作の成功で作家として世間的な認知を得たムブエだったが、「最初であり、二作目でもある」この作品を完成させるのにはひどく手を焼いたそうだ。

何度も何度も書き直して、文章を磨いていって、自分のボイスを模索しつづけ、ほとんどこのまま永遠に手を入れ続けるんじゃないかと思うくらい手を入れ、あまりに長い歳月をかけて書いてきたせいで、書きやめられなくなってしまっていたからである。

だから最終的には彼女の手から、担当編集者が原稿をむしり取っていかなくてはならなかった。

ムブエは『僕らはとびきり素敵だった』を、「どう闘うべきか」「どれだけ犠牲を払うべきか」「権力は人々に、『善良な』人々に何をもたらすのか」といった問いを扱う物語と位置づけている。

スーラがフランツ・ファノンに抱く敬意は、ムブエ自身がケン・サロ＝ウィワやネルソン・マンデラ、パトリス・ルムンバたちに抱く敬意と重なる。スーラは独特の執念深さを持って、彼らから学んだことを小説世界で実践する。

最初の章の最後の一文──「僕らは生やさしい相手なんか

じゃない、そのことを彼らはわきまえておくべきだったんだ」――についてムブエは語っている。「たとえ敗北することになっても、私たちが誇り高い人間であることに変わりはありません。それは、立ち上がる勇気を称える言葉なんです」

それは彼女が三十年間心の中で、たえず持ちつづけてきた称賛だった。学校から急いで家に帰り、ラジオのニュースに耳を傾けたあの日から。

＊＊＊

『Dreamers』同様、『僕らはとびきり素敵だった』には、予定調和の合唱やリボンをかけたプレゼントのようなハッピーエンドはない。

アフリカの村コサワでは、先祖から受け継いだ土地と水がアメリカの石油会社によって汚染され、子どもたちが命を落としていく。一部の親たちが抗議活動をおこなうと、おそらくその行動のために彼らは姿を消す。戦い続ける他の人々も、企業の無関心、政府の敵意、自国民からの部族主義的な排除、そしてアメリカの活動家たちからの善意の、しかし効果的ではない支援に直面する。ムブエが物語に散りばめたマジック・リアリズムでさえ、国内の腐敗とアメリカの企業による帝国主義という二つの強大な力には太刀打ちできない。彼らの闘争は果てしなく、容赦なくむごたらしくつづくように感じられる。

たしかに、トチ・オニェブチが指摘しているように、『僕らはとびきり素敵だった』は単に悲劇を描くだけの物語ではない。それは状況を変えようと立ち上がる村の女性が率いる抵抗と闘争の物語でもある。この小説で最もスリリングなのは、故郷を破壊した独裁者を倒すために闘うスーラの姿を追う部分である。

さらに、ムブエは物語におだやかで親密な光を招き入れる方法を知っている。共同体の生活を描いた幕間劇の描写は息を呑むほど見事だ。スーラの両親の恋愛時代を振り返る回想シーンや、女性たちがただ座って話している情景や、若者たちが通過儀礼を受ける場面では、森の空き地にさし込む木漏れ日みたいに、物語に一息つく場を与えている。

村の人々には、暗い力と向き合うこととは別に生活というものがあり、より温かみのある瞬間を加えることで、読者は彼らを物語の道具としてではなく、ひとりひとりの人間として感じ取ることができる。

類稀な着眼とストーリーテリングの冴えをとおして、作者は読者に、多くの小さな奇蹟が働いている様相や、公正な政府を実現するために自分なりの方法を見つけようとする多くの人物の姿や、民主主義の誕生という究極の奇蹟に奉仕するために作動している複雑で壮大な人間的メカニズムをつぶさに追うことができる、内部の目のようなものをもたらしてくれている。

要するに、「アフリカの物語」を純粋な搾取とゆっくりと進行する災難としてのみ描くという罠を、ムブエは見事に回避しているのだ。

でも、そのストーリーの流れの中に、感情的な変化の経験の中に、漠然とした楽観の気配は微塵も感じられない。そして本をいくら読み返してみても、救済的な答えは一つも見出せない。

それでは、この物語を動かしているのは、シニカルでモラルを欠いた形而上学なのか？ いや、違う。

逆説的な言い方になるけれど、本書が伝えているのは、人間のたゆみない愛が、どのように人と人とをつなげるのかということだ。僕はそう思う。

とても苦しい状況で、希望を見つけたいという（コサワの人々と訳者の）願いが叶えられることはない。人々が胸に抱いている夢――突拍子もない夢なんかではない。彼らが望んでいるのは普通の生活だ。安全に暮らせる場所があって不自由なく食べていける。そんな夢だ――に自然発生的に起こることが切々と描かれるだけだ。

彼女の筆致は僕たちに「物語を語る（書く）人にできる最善のことは正直であることだ」というアフォリズムを冷たく思い起こさせる。冷たいくらいにとても公正に。

多国籍企業に立ち向かい、腐敗した独裁政権と戦い、何の代償も支払わずに済むなんてありえない。リアリズムに徹したこの小説は、進歩を嫌い、不変を好むアフリカの冷たい社会の抑圧性を執拗に細密に伝える。抗議者たちは拷問を受け、絞首刑に処され、子どもたちの目の前で銃殺されなければならなかったのだ。

この物語を書きながらムブエは何度も涙を流し、いくつかのシーンは彼女に悪夢を見させるほど苦しいものだったという。身を削るようにして書きあげられた作品はあまりにもリアルすぎて惨く、ユーモアや人間的な温かみを欠いていると受け取られかねない危険さえはらんでいる。

ムブエの描く暴力はあくまで血なまぐさく、修飾を削ぎ落とされた文体はあくまで簡素で緊迫している。じっさいに訳していて、僕は低く重い嘆きの声を聞いたし、空気が硬い熱の塊となり、万物が静止しているように感じられることがあった。自分が、自らの声にさえ怯えるほど臆病になっているような気さえした。

この本を読んでいると読者もまた苦しくなるはずだ。けれど、いったいなぜ苦痛を感じるのか。

人を信じ、愛しているからなのかもしれない。他者の生の尊厳を胸に受けとめ、抱きしめているから、それが砕かれると、痛みを覚えないではいられないのかもしれない。

殺戮や国家暴力のあとにはきまって死者を悲しみ、悼み、記憶し、闘争し、関係の切断を拒否しつづける人々が生まれる。コサワのように、そして最近ヨーロッパの裁判所で小さな勝利をおさめた、ナイジェリアのサロ＝ウィワの精神的な後継者たちのように。

苦痛が、人間をつないでいる。

重い暗闇の中で希望を見いだすのは、ほとんど不可能と思えるほどきわどい想像力を必要とする。もしマンデラが信じる力を持たなかったなら、ロベン監獄島の二十七年は彼を押しつぶしていたはずだ。キング牧師にしてもマルコムXにしても自分が殺されるだろうということはわかっていた。彼らは力尽くさずして道半ばで想像をやめるということを最期まで拒みぬいた。

スーラもほとんど狂気のような粘り強さで想像力を持ちつづけた。

人は生きているかぎり想像しないわけにはいかない。そして、灰の中に光って見える燠《おき》のように小さなぎりぎりの希望が、本物なのだ。

文学と希望には、結びつきがあるのかもしれない。文学においておこなわれている行為もまた、根気強く想像することである。

《著者について》
Imbolo Mbue（イムボロ・ムブエ）
デビュー小説『BEHOLD THE DREAMERS』によりPEN／フォークナー賞フィクション部門、ブルー・メトロポリス「変革への言葉」賞を受賞。オプラズ・ブッククラブにも選ばれた。二作目の本書『僕らはとびきり素敵だった』は、ニューヨーク・タイムズで2021年の「ベスト10冊」に選ばれた。彼女の作品は20カ国語以上に翻訳されている。カメルーンのリンベ出身で、ラトガース大学とコロンビア大学を卒業後、現在ニューヨークに在住。
（詳細は本書の訳者解説348頁以降を参照）

《訳者について》
波佐間 逸博（はざま　いつひろ）
1971年東京生まれ。東洋大学社会学部教員。
早稲田大学を卒業後、京都大学大学院に進学し、1998年よりウガンダとケニアの国境地域でナイル系の遊牧民家族と暮らし、生態人類学的なフィールドワークを行なっている。
著書に『牧畜世界の共生論理――カリモジョンとドドスの民族誌』、『レジリエンスは動詞である――アフリカ遊牧社会からの関係／脈絡論アプローチ』（共著）、『Citizenship in Motion』（共編著）、訳書としてキリン・ナラヤン著『文章に生きる――チェーホフとともに、エスノグラフィーを描く』など。

僕らはとびきり素敵だった

2025年1月30日発行
著者：イムボロ・ムブエ
訳者：波佐間 逸博
発行所：風響社
〒114-0014　東京都北区田端4-14-9
電話 03-3828-9249
印刷所：モリモト印刷

 ISBN978-4-89489-030-5